ALICE BORCHARDT

Die Silberwölfin

Buch

Die junge Regeane, von königlichem, fränkischem Blut, wird im mittelalterlichen Rom von Gundabald, dem verarmten Bruder ihrer verstorbenen Mutter – und Mörder ihres Vaters – gefangen gehalten, denn Karl der Große wünscht sie eines Tages mit seinem Lehnsmann Maeniel zu verheiraten. Gundabald verfolgt mit skrupelloser Gewalt den Plan, sich durch die Verheiratung Regeanes das Vermögen Maeniels anzueignen. Doch die junge Frau, die ihren Bräutigam nicht kennt, verbirgt ein vom Vater geerbtes schreckliches Geheimnis. Ihr droht der Scheiterhaufen, falls ihre Fähigkeit zur Gestaltwandlung entdeckt wird. Regeane flieht und trifft auf Lucilla, eine reiche Römerin und Mätresse von Papst Hadrian, die sie in ihr Haus aufnimmt. Dort wird Regeane zunehmend in Machtkämpfe und öffentlichen Aufruhr verwickelt. Währenddessen ist sie auf ihren Streifzügen bereits, ohne davon zu ahnen, ihrem zukünftigen Gemahl begegnet – denn auch er kann die Gestalt eines Wolfes annehmen. Als Gundabald beim Papst intrigiert, um Regeane wieder in seine Gewalt zu bekommen, spitzen sich die Ereignisse dramatisch zu …

Autorin

Alice Borchardt, aufgewachsen in New Orleans, ist die Schwester von Anne Rice (»Interview mit einem Vampir«), und hat sich von Kindheit an gemeinsam mit ihr Geschichten ausgedacht. Seit dem Erfolg ihres ersten Romans »Die Mauern von Chantalon« lebt die ehemalige Krankenschwester als freie Schriftstellerin in Houston, Texas.

In Kürze erscheint von Alice Borchardt:

Die Nacht der Wölfin. Roman (35360)

ALICE BORCHARDT

Die Silberwölfin

Roman

Ins Deutsche übertragen
von Michaela Link

BLANVALET

Die amerikanische Originalausgabe erschien unter dem Titel
»The Silverwolf«
bei Del Rey/The Ballantine Publishing Group, New York

Umwelthinweis:
Alle bedruckten Materialien dieses Taschenbuches
sind chlorfrei und umweltschonend.

Blanvalet Taschenbücher erscheinen im Goldmann Verlag,
einem Unternehmen der Verlagsgruppe Bertelsmann.

Deutsche Erstveröffentlichung 7/2000

Umschlaggestaltung: Design Team München
unter Verwendung einer Illustration von F. Regös
Satz: Uhl + Massopust, Aalen
Druck: Graphischer Großbetrieb Pößneck
Verlagsnummer: 35286
Redaktion: Alexander Groß
V. B. · Herstellung: Katharina Storz/HN
Printed in Germany
ISBN 3-442-35286-X

3 5 7 9 10 8 6 4 2

Für meinen geliebten Ehemann,
Clifford Borchardt

»Siehst du, wie die Glühwürmchen dort tanzen?
Genau das habe ich mir gewünscht: im Mondlicht
zu tanzen, zu den Sternen zu singen, direkt zum
Mond hinaufzuspringen.«
Und mit dir habe ich es getan.

1

Die Sonne ging unter. Der feurige Kreis legte sich über die mit einer Laubenverzierung gekrönten Säulen einer Tempelruine. Die Säulen schnitten den hell strahlenden Ball in dünne Scheiben roten Lichts. *Beinahe Abend,* dachte das Mädchen und erschauderte in der kühlen Herbstluft, die durch die Fensteröffnung strich.

Das Fenster war unverglast, aber mit Gitterstäben versehen – mit schweren Gitterstäben. Die sowohl senkrecht wie waagrecht verlaufenden Stäbe waren in die Steinmauern des winzigen Raums eingelassen.

Sie wusste, dass sie das Fenster schließen konnte. Sie brauchte nur durch die Gitterstäbe hindurchzugreifen, die schweren Läden zuzuziehen und mit dem eisernen Riegel zu versperren. Aber sie schob diesen Gedanken mit einer Art blinder Sturheit beiseite. Der Anblick der Freiheit, selbst wenn es sich um eine unerreichbare Freiheit handelte, war zu kostbar, um ihn aufzugeben.

Noch nicht, sagte sie sich, *nur noch ein kleines Weilchen. Nicht jetzt schon.*

Die Luft, die ihre Arme mit einer Gänsehaut überzogen hatte, stieg ihr süß in die Nase. O nein, mehr als süß. Sie war ein sprechendes Wesen. Jedes feine Vibrieren eines Duftes, jede noch so geringfügige Veränderung des Luftstroms, jede flüchtige Regung dort draußen weckte in den tiefsten Winkeln ihres Seins ein lebendiges Bild.

Irgendwo blühte ein Büschel Thymian. Die winzigen blauen Blüten erfüllten die kühle Abendluft mit ihrem Aroma. Ihr zarter Duft war durchmischt mit dem schweren Geruch von feuchtem Marmor und Granit. All diese Düfte verwoben sich mit vielen anderen zu einem üppigen Gobelin, gewoben von den Blumen und Pflanzen, die die Ruinen der Paläste und Tempel des alten Imperiums überzogen.

Der gewaltige, rastlose Geist dieses größten aller Reiche schien endlich unter der weichen Hand der großen, grünen Mutter selbst Ruhe gefunden zu haben.

Regeane wusste nicht, was sie von der einst so stolzen Herrin der Welt erwartet hatte, als sie nach Rom gekommen war. Gewiss nicht das, was sie dort vorgefunden hatte.

Die Einheimischen, Nachfahren einer Rasse von Eroberern, lebten wie Ratten, die die Ruinen eines verlassenen Palastes mit ihrem Gezänk und ihrem Unrat füllten. Ungeachtet der Spuren einstiger Pracht, die sie umgaben, kämpften sie gnadenlos um die letzten Reste verbliebenen Reichtums. Und nur wenig war noch übrig von dem einst gewaltigen Strom von Gold, der in die Ewige Stadt floss. Das Gold, das noch zu finden war, glitzerte in den Händen päpstlicher Beamter und auf den Altären der vielen Kirchen.

Regeanes Mutter versetzte die wenigen Juwelen, die sie noch besaß, um – wie sie es sah – die Seele ihrer Tochter zu retten. Das Geld genügte für die notwendigen Bestechungen, um eine päpstliche Audienz zu erhalten und darüber hinaus den nicht minder teuren päpstlichen Segen zu erwerben.

Regeane war mit von Angstschweiß triefenden Gliedern der Ehrfurcht gebietenden Persönlichkeit unter die Augen getreten. Wenn ihre kränkliche Mutter in Gegenwart des obersten Prälaten der Kirche ein falsches Wort sagte, war es durchaus möglich, dass man sie als Hexe verbrannte oder steinigte. Aber als sie sich dem Pontifex maximus näherte, wurde ihr klar, wie töricht ihre Befürchtungen gewesen waren.

Der Mann vor ihr war ein Wrack und kurz davor, von Alter und Gram endgültig besiegt zu werden. Sie bezweifelte, dass er noch vieles von dem, was man zu ihm sagte, verstand. Weinend erflehte ihre Mutter die Fürsprache von Gottes oberstem Stellvertreter auf Erden beim Allmächtigen selbst. Während die allzeit pflichtbewusste Regeane niederkniete, den seidenen Pantoffel küsste und spürte, wie sich die verwelkten Hände auf ihr Haar drückten, fing sie einen schwachen Duft auf, der sich von den den Raum beherrschenden, schweren Gerüchen nach Weihrauch und griechischem Parfüm unterschied: Es war der schale, trockene Geruch von alterndem Fleisch und menschlichem Verfall.

Bei Gott, dieser Geruch war überwältigend. *Er wird bald sterben,* dachte sie. *Er wird Gott Mutters Anliegen schon in ganz kurzer Zeit persönlich vortragen können.* Sie wusste, dass dieser Segen, genauso wie all die anderen Segnungen, für die ihre Mutter, Gisela, so weit gereist war und für die sie so viel von ihrem Reichtum vergeudet hatte, nichts nutzen würde.

Dies war das Ende. Regeane wusste es. Sie hatte Angst. Wenn nicht einmal der Papst selbst diesen seltsamen Fluch von ihr nehmen und es ihr ermöglichen konnte, als Frau zu leben, an welche andere irdische Macht konnte sie sich dann noch wenden? Oder um genauer zu sein, an welche Macht konnte ihre Mutter sich noch wenden?

Gisela verwelkte genauso schnell wie der allzu menschliche Mann auf dem Stuhl Petri. Obwohl sie noch vergleichsweise jung war, zehrten die vielen fruchtlosen Reisen an ihr, die sie mit Regeane unternommen hatte, und ein geheimer Kummer, der ihre Gedanken und ihr Herz mit bodenlosem Gram erfüllte, stahl ihr ihre Kraft.

Regeane log. Ihre Mutter glaubte. Und zum ersten Mal seit vielen Jahren spürte Regeane, dass die kleine, zierliche Frau, die so weit gereist war und die so viele Lasten getragen hatte, Frieden fand. Regeanes Lüge war Gisela eine Stütze bis zum Ende.

Drei Tage nach der päpstlichen Audienz hatte sie ihre Mutter wecken wollen und festgestellt, dass Gisela nie wieder erwachen würde. Jedenfalls nicht in dieser Welt.

Regeane war allein.

Mit gierigen Augen sah sie zu, wie die Sonne zu einem Halbkreis schwand, zu einem Schimmern verblasste, das sich über die hohen Zypressen der Via Appia legte und schließlich dem tiefblauen Zwielicht des Herbstes Platz machte. Dann und erst dann wandte sie sich von dem Fenster ab, hüllte sich in einen alten Wollmantel und kehrte zu ihrer Pritsche zurück. Mit Ausnahme des niedrigen Betts und eines kleinen, zugedeckten braunen Terrakottaeimers in der Ecke war der Raum vollkommen kahl.

Regeane setzte sich auf ihr Bett, die Schulter gegen die steinerne Mauer gedrückt, die Beine herabbaumelnd, den Kopf in den Nacken geworfen, die Augen geschlossen. Schweigend wartete sie auf den Aufgang des Mondes. Die silberne Scheibe musste sich gerade in diesem Augenblick über den sieben Hügeln erheben. Bald, sehr bald schon, würde ihre Reise über den Himmel sie zu Regeanes Fenster bringen, wo sie einen Teich silbernen Lichtes auf den Boden werfen würde. Ohne die schwarzen Schatten der Gitterstäbe auf dem Boden zu beachten, würde sie aus diesem Teich trinken können. Dann wäre es ihr noch einmal gestattet, die Luft der Freiheit zu atmen, in dieser Luft zu triumphieren.

Die Tür, die in den Vorraum führte, fiel krachend ins Schloss. *Verdammt.* Das Mädchen auf dem Bett suchte im Geiste fieberhaft nach Flüchen. *Nicht ... fluchen.* Auf Grund ihrer Jugend war es ihr nie gestattet gewesen, laut zu fluchen, aber sie konnte die Worte denken. Was sie auch häufig tat. Und mit welcher Inbrunst sie es tat, wenn diese beiden sich im selben Raum aufhielten. Es gab noch schlimmere Dinge als Einsamkeit. Alles in allem zog Regeane Schweigen und Leere alle Mal der Gegenwart ihres Onkels Gundabald oder seines Sohnes Hugo vor.

»Heute Morgen habe ich schon wieder Blut gepinkelt«, jammerte Hugo mit hoher Stimme. »Sind denn alle Huren in dieser Stadt verseucht?«

Gundabald lachte schallend. »Jedenfalls scheinen alle verseucht zu sein, die du dir aussuchst. Wie oft habe ich es dir schon gesagt? Zahl ein bisschen mehr. Beschaff dir etwas Junges, Sauberes. Oder zumindest etwas Junges, damit die ganze Juckerei ein paar Tage später sich wenigstens lohnt. Das letzte Frauenzimmer, das du dir gekauft hast, war so alt, dass sie ihrem Gewerbe im Sternenlicht nachgehen musste. Was du an der Möse sparst, geht hinterher an Medikamenten für deinen Schwanz drauf.«

»Ein wahres Wort«, sagte Hugo gereizt. »Du scheinst es immer besser zu treffen als ich.«

Gundabald seufzte. »Ich bin es Leid, dir Vernunft zu predigen. Beim nächsten Mal sei wenigstens so gescheit, dir ein Fünkchen Zurückhaltung aufzuerlegen und sieh sie dir erst mal bei gutem Licht an.«

»Allmächtiger, wie kalt es hier drin ist«, sagte Hugo wütend. Eine Sekunde später hörte Regeane ihn durchs Treppenhaus brüllen, der Wirt solle einen Kohleofen herbeibringen.

»Es ist sinnlos, mein Junge«, bemerkte Gundabald. »Sie hat schon wieder das Fenster offen gelassen.«

»Ich begreife nicht, wie du das aushältst«, murrte Hugo. »Ich bekomme immer eine Gänsehaut, wenn ich sie sehe.«

Gundabald lachte abermals. »Wir haben nichts zu befürchten. Diese Bretter da sind einen Zoll dick. Da kommt sie nicht durch.«

»Ist sie schon jemals ... rausgekommen?«, fragte Hugo mit furchtsamer Stimme.

»Oh, ich glaube, ein- oder zweimal hat sie es geschafft, als sie noch jünger war. Viel jünger. Bevor ich die Angelegenheit in die Hand genommen habe. Gisela war zu weich. Nichts gegen meine Schwester, sie war eine gute Frau – hat immer getan, was man ihr sagte –, aber schwach, mein Junge, schwach. Denk nur, wie sie um ihren ersten Mann geflennt hat, als die Ehe so abrupt ... beendet wurde.«

»Sie hat sich von ihm scheiden lassen?«, fragte Hugo.

»Äh, ja.« Gundabalds Antwort klang ein wenig beklommen. »Natürlich, sie hat sich von ihm scheiden lassen, weil wir es ihr befohlen hatten. Sie hatte keine Wahl in dieser Sache. Schon damals konnte jeder erkennen, dass Karls Mutter bei Hofe immer mächtiger wurde. Gisela hatte viele wohlhabende Bewerber. Ihre zweite Ehe war viel besser als die erste und hat uns alle reich gemacht.«

»Und jetzt ist alles weg«, meinte Hugo verbittert. »Ihr beide, du und Gisela, habt es geschafft, dass wir bestenfalls noch eine jämmerliche Kupfermünze in unseren Schatztruhen haben. Du wolltest dich bei den Reichen und Mächtigen der Franken einschmeicheln. Um in ihrer Nähe zu bestehen, musstest du dich in Samt und Brokat hüllen. Und das war natürlich noch nicht alles! Wenn ich an die Feste denke, die du für diese Leute ausgerichtet hast! Schlimmer als eine Horde Geier sind sie über dein Haus hergefallen, um alles zu verschlingen, worauf ihr Auge fiel. Und wie die Geier haben sie sich, nachdem der Leichnam sauber abgenagt war, wie eine stinkende Wolke davongemacht und sind nie mehr zurückgekehrt.

Und was ihnen entgangen ist, hat Gisela an sich gerissen, um es für Reliquien, Schreine, Segnungen und Pilgerfahrten zu vergeuden – um ihren elenden Balg von diesem Fluch zu befreien. Du hast mir gesagt, ich soll mir etwas Jüngeres beschaffen. Ich hätte gute Lust, meiner kleinen Cousine mal einen Besuch abzustatten … Am Tag natürlich, und …« Hugo schrie laut auf. »Vater, du tust mir weh!«

Gundabalds Antwort war ein zorniges Fauchen. »Wenn du dieses Mädchen auch nur mit dem kleinen Finger berührst, wirst du uns beiden viel Mühe und Kosten ersparen. Ich schneide dir deinen Schwanz mitsamt den Eiern ab. Du wirst der glatteste Eunuch zwischen hier und Konstantinopel sein, das schwöre ich. Sie ist der einzige Trumpf, den wir noch haben, und sie *muss* heiraten. Hast du mich verstanden?«

Hugo heulte abermals auf. »Ja, ja, ja. Du brichst mir den Arm. O Gott! Hör auf!«

Gundabald musste ihn losgelassen haben, denn Hugos Schreie verebbten. Nach einer Weile begann er mit wehleidigem Tonfall wieder zu sprechen. »Wer würde sie schon heiraten … diese Kreatur?«

Gundabald lachte. »Ich könnte dir augenblicklich ein Dutzend Männer nennen, die morden würden, um ihre Hand zu erringen. Das königlichste Blut des Frankenreichs fließt durch ihre Adern. Der große König selbst war nicht nur ein Cousin ihres Vaters, sondern auch ein Cousin ihrer Mutter.«

»Und dieselben Männer, die heute morden würden, um sie zu heiraten, werden sowohl dir als auch dem Mädchen ein Schwert in den Leib rammen, sobald sie herausfinden, was für ein Geschöpf es ist.«

»Ich weiß wirklich nicht, wie es möglich ist, dass ein Sohn wie du die Frucht meiner Lenden sein kann«, fauchte Gundabald. »Aber schließlich war deine Mutter eine hirnlose kleine Idiotin. Vielleicht schlägst du nach ihr.«

Trotz der sadistischen Bosheit in Gundabalds Stimme ließ Hugo sich nicht dazu hinreißen, den Köder zu schlucken. Die meisten Menschen, die sich länger in Gundabalds Nähe aufhielten, lernten schnell, ihn zu fürchten. Hugo war da keine Ausnahme.

»Es hat dir recht gut gefallen, wie wir lebten, als wir noch flüssig waren. Geier, was! Das sagt der Richtige! Du hast die ganze Nacht gevögelt, den ganzen Tag gefressen und mit den besten

Männern des Landes gezecht. Und jetzt überlässt du Dinge, von denen du nichts verstehst, besser Leuten, die älter und klüger sind als du. Halt den Mund! Und lass uns etwas zu essen und Wein kommen – viel Wein. Ich will mein Abendessen und ich will vergessen, was nebenan hinter dieser Tür ist.«

»Es war ein Fehler, sie hierher zu bringen«, sagte Hugo. Seine Stimme klang hoch und nervös. »Es ist schlimmer denn je mit ihr.«

»Jesus Christus! Barmherziger!«, brüllte Gundabald. »Selbst ein hirnloses Tier hat die Vernunft zu tun, was man ihm sagt. Du Tölpel mit dem Verstand eines Pflastersteins! Halt das Maul und hol endlich den Wein. Mein Gott! Ich sterbe vor Durst.«

Heiraten, dachte sie matt. Wie konnte sie heiraten? Sie glaubte, dass nicht einmal eine Schlange wie Gundabald etwas so Gefährliches wagen würde. Oder dass er Erfolg haben würde, wenn er es versuchte. Ihre Mutter besaß immer noch ein wenig Land im Frankenreich, eine Hand voll heruntergekommener Landsitze. Sie warfen gerade genug Geld ab, um sie und die beiden Männer mit Nahrung und Kleidung zu versorgen. Aber nichts von dem, was ihr als Erbe zustand, würde reichen, um die Aufmerksamkeit auch nur eines Einzigen der großen Männer des fränkischen Reiches auf sie zu lenken.

Was ihre Verwandtschaft mit Karl betraf – einem König, dem man schon heute immer häufiger den Beinamen »der Große« gab –, diese Verwandtschaft bestand in einer eher entfernten Verbindung zu seiner Mutter. Die liebe Dame, Bertrada, hatte Regeanes Existenz niemals auch nur für einen einzigen Augenblick zur Kenntnis genommen. Tatsächlich gehörte es zu den Dingen, die König Pippin der Kurze an Bertrada so sehr schätzte, dass ihr nämlich ein ganzer Stamm von Verwandten folgte. Sie kamen mit der Bereitschaft an den Hof, ihre Schwerter für Kirche und König zu schwingen. Man musste natürlich über all die Wagenladungen von Beute hinwegsehen, Kriegsbeute, die irgendwie an den Schatzkammern des Königs vorbeiwanderten.

Regeane ging in der Menge vollkommen unter. Sie hatte nichts zu bieten. Sie war arm, eine Frau und nicht einmal schön. Sie glaubte nicht, dass es viele Bewerber um ihre Hand geben würde. Aber wenn Gundabald wider Erwarten doch einen armen Tropf fand, den er betrügen konnte, so würde er sie zweifellos ohne die leisesten Gewissensbisse an den Meistbietenden versteigern und dann ihrem Schicksal überlassen. Sie glaubte allerdings nicht, dass er jemanden finden würde. Außerdem hatte Gundabald, wie es hieß, eine heiße Kehle und einen kalten Schwanz. Er wollte so oft als möglich Erstere kühlen und Letzteren wärmen. Für seine Ausschweifungen brauchte er alles, was an Geldern aus Regeanes Gütern floss, wie wenig es auch sein mochte. Er würde sie gewiss verkaufen, aber nicht billig. Und ob er seinen Preis bekommen konnte, blieb abzuwarten. Im Augenblick kümmerte es sie nur wenig, ob sich die Dinge so oder anders entwickeln würden.

Als der päpstliche Segen sich als fruchtlos erwies, war der dünne Faden der Hoffnung, der sie über die Alpen geführt und ihr während der schwierigen Reise nach Rom Kraft gegeben hatte, zerrissen.

Giselas Tod hatte ihr den letzten Schlag versetzt. Sie war Regeanes einziger Schutz gegen eine Welt gewesen, die sie sofort vernichten würde, wenn sie ihr Geheimnis auch nur erahnte. Aber Gisela hatte ihre Tochter nicht nur vor der Welt geschützt, sondern auch vor den schlimmsten Auswüchsen von Gundabalds Habgier. Sie war Regeanes einzige Vertraute und Gefährtin gewesen. Regeane hatte keine anderen Freunde, niemanden sonst, den sie liebte. Jetzt stand sie ohne einen Menschen und vollkommen allein da.

Trockenen Auges folgte Regeane dem Leichnam ihrer Mutter bis ans Grab. Eine so schwarze Verzweiflung bemächtigte sich ihrer, dass der helle Tag sich in bitterkalte Nacht zu verwandeln schien.

Jetzt erhob sich ein schwacher, silberner Schatten über der Schwärze des Fußbodens.

Es gibt nichts anderes für dich als Mondlicht, dachte Regeane. *Trink es, ertränke dich darin. Sie wird mich nie mehr schelten. Ich werde nie wieder ihre Tränen sehen oder an ihrem Weinen leiden. Was immer aus mir werden mag, ich bin allein.*

Sie stand auf, streifte ihr Kleid und ihr Hemd ab und wandte sich dem silbernen Nebel zu.

Der Windschwall vom Fenster war eisig, aber es gab keine Lust ohne den scharfen Biss des Schmerzes. Selbst das kurze Aufblitzen eines Orgasmus ist zu intensiv, um reine Freude zu schenken. Die kalte Liebkosung war verführerisch, die schnelle, grausame Berührung, die der Lust vorangeht.

Regeane machte einen kühnen Schritt nach vorn, denn sie wusste, dass ihr schon in einer Sekunde warm sein würde. Nackt trat sie in den silbernen Nebel hinein.

Und stand dort, die Wölfin.

Regeane war für eine Wölfin ziemlich groß. Sie hatte dasselbe Gewicht wie als Mädchen, über hundert Pfund. Allerdings war sie viel kräftiger als in ihrer menschlichen Gestalt – hager, flink und machtvoll. Ihr Fell war glatt und dicht. Der Pelz glitzerte silbern, wo er das Mondlicht auffing.

Das Herz der Wölfin quoll über vor Freude und Dankbarkeit. In ihrer menschlichen Gestalt hätte Regeane es nie zugegeben, aber sie liebte die Wölfin, und päpstlicher Segen hin, päpstlicher Segen her, sie würde die Wölfin niemals ziehen lassen.

Sie genoss die Verwandlung aus tiefstem Herzen. Manchmal, in Menschengestalt, fragte sie sich, wer wohl klüger war, sie oder die Wölfin. Die Wölfin wusste es. Die von Jahr zu Jahr immer schönere und stärkere Kreatur wartete darauf, dass Regeane so weit war, ihre Unterweisung zu empfangen und zu begreifen.

Die Silberwölfin erhob sich auf die Hinterläufe, stellte die Vorderläufe auf das Fenstersims und spähte hinaus. Sie sah nicht nur mit den Augen, wie diese verstümmelten Menschen es taten, sondern auch mit ihrem feinen Gehör und ihrer Nase.

Die Welt, wie die Menschen sie sahen, war wie ein Fresko – dimensionslos wie ein auf eine Wand gemaltes Bild. Damit die Wölfin an ein Ding glauben konnte, musste es nicht nur eine sichtbare Gestalt haben, es musste riechen, schmecken und mit allen Sinnen zu ertasten sein.

Ah, Gott… wie herrlich. Die Welt war voller Wunder.

Es musste geregnet haben – am Abend. Die Wölfin konnte die feuchte, schwarze Erde unter dem frischen Grün der Pflanzen riechen, genauso wie den Schlamm, den die Pferde in einer nahen Gasse mit ihren Hufen aufgewühlt hatten.

Die Frau hatte es nicht bemerkt. Sie hatte den Tag träumend und in ihrem Kummer verloren verstreichen lassen. Dies trug ihr ein kurzes Aufflackern von Verachtung von Seiten der Wölfin ein. Aber die Wölfin war zu sehr ein Geschöpf der Gegenwart, um in Vergangenem zu verweilen. Sie war dankbar für jeden Augenblick. Und dieser Augenblick war schön.

In Rom überlagerte der Geruch des Menschen für gewöhnlich alles andere: Ausdünstungen von schalem Schweiß und ungeklärten Abwässern, die in den Tiber flossen, Gestank menschlicher Exkremente, der selbst im Vergleich mit dem anderer Tiere durch und durch widerlich war. All das erfüllte die Luft und legte sich über sie. Für gewöhnlich wurde dieser Gestank noch verstärkt von den modrigen, allgegenwärtigen Ausdünstungen menschlicher Behausungen mit ihrem abgestandenen Rauch, feuchtem Holz und Stein.

Aber nicht heute Nacht. Der scharfe Wind kam von den offenen Feldern jenseits der Stadt; er erinnerte an trockenes Gras und die Süße wilder Kräuter, die in den Hügeln nahe dem Meer wuchsen.

Manchmal erreichte sie der duftende Atem der Campagna mit den sauberen Gerüchen der Bauernhöfe nach Schweinen und Rindern, in die sich ganz zart der lockende Moschus von Rotwild mischte.

Die Nacht unter ihr vibrierte von Bewegungen. Die Katzen, die sich zwischen den Ruinen angesiedelt hatten, sangen inmitten vergessener Denkmäler ihre uralten Lieder von Zorn und Leidenschaft. Hie und da erhaschte sie einen Blick auf die geschmeidige Gestalt eines streunenden Hundes; mitunter nahm sie sogar verstohlene menschliche Bewegungen wahr. Diebe und Wegelagerer suchten die Umgebung heim, immer gerüstet, dem Unwachsamen das Seine zu nehmen.

Ihre Ohren stellten sich auf und registrierten, was ihre Augen nicht sehen konnten – das kaum hörbare Flügelschlagen einer Schleiereule im Flug, die hohen, dünnen Schreie von Fledermäusen, die auf der Jagd nach Insekten durch die kühle Nachtluft auf- und niederschossen.

Die huschende Eile und das Wispern der Jäger und der Gejagten, fast lautlos bis zum Ende. Der gequälte Todesschrei eines Vogels, den eine räuberische Katze im Schlaf in seinem Nest überwältigt hatte, zerriss die Luft. Das jäh erstickte Aufkreischen eines Kaninchens, das in den Krallen einer großen Eule starb, folgte.

Diese und viele andere Laute wurden von ihren Wolfssinnen zu einem reichen Gewebe verflochten, das nimmer endende Mannigfaltigkeit und immer währendes Entzücken war.

Die Silberwölfin ließ die Vorderpfoten mit einem leisen, beinahe unhörbaren Aufschrei der Sehnsucht wieder auf den Boden fallen. Dann zog sie die Lefzen zurück und bleckte fauchend die Zähne, als sie das Geräusch von Stimmen im Nebenzimmer wahrnahm.

Hugo und Gundabald aßen. Bei dem Geruch nach gebratenem Fleisch knurrte der Wölfin der Magen. Sie hatte Hunger und Durst und verzehrte sich nach frischem Wasser und Nahrung.

Die Frau ermahnte ihre Nachtgestalt, ihre Begierden zu zügeln. Sie würde nichts bekommen.

Die Wölfin antwortete. Sie waren beide fort – die Frau hatte ihr Gefängnis verlassen, die Wölfin ihren Käfig. Die Wölfin stand neben einem klaren Bergsee. Der Vollmond spiegelte sich silbern im Wasser wider. Überall um den See herum hoben sich schwarze Bäume gegen die Berge ab, auf denen ewiger Schnee weiß glänzte.

Die Erinnerung verblasste. Die Wölfin und die Frau blickten wieder auf die versperrte Tür.

Die Wölfin und die Frau wussten beide, was Gefangenschaft war. Regeane hatte den größten Teil ihres Lebens hinter verschlossenen Türen verbracht. Schon vor langer Zeit hatte sie gelernt, von welch zermürbender Nutzlosigkeit es war, gegen Eiche und Eisen anzurennen. Sie schob beiseite, was sie nicht ändern konnte und wartete ab.

Die beiden Männer sprachen von ihr.

»Hast du das gehört?«, fragte Hugo verängstigt. Hugos Ohren waren besser als die Gundabalds. Er musste ihren leisen Protestschrei gehört haben.

»Nein«, murmelte Gundabald mit vollem Mund. »Ich habe nichts gehört und du hast auch nichts gehört. Du hast es dir nur eingebildet. Sie gibt nur selten einen Laut von sich. Wofür wir übrigens dankbar sein sollten. Wenigstens heult sie nachts nicht den Mond an wie ein echter Wolf es tun würde.«

»Wir hätten sie niemals hierher bringen dürfen«, stöhnte Hugo.

»Fängst du schon wieder damit an?«, seufzte Gundabald müde.

»Es stimmt aber«, erwiderte Hugo mit trunkener Beharrlichkeit. »Die Gründer dieser Stadt wurden an den Zitzen einer Wolfsmutter gesäugt. Früher nannten sie sich Söhne der Wölfin. Seit ich die Wahrheit über sie herausgefunden habe, muss ich oft an diese Geschichte denken. Ein echter Wolf könnte keine menschlichen Kinder großziehen, aber eine Kreatur wie sie …«

Gundabald lachte heiser. »Ein Märchen, das irgendeine Dirne ersonnen hat, um eine Brut von Bastarden zu erklären. Sie war bestimmt nicht die Erste und wird auch nicht die Letzte sein, die sich eine wilde Geschichte ausgedacht hat, um ihre eigene … Verderbtheit zu bemänteln.«

»Du hörst mir einfach nicht zu«, sagte Hugo verdrießlich. »Seit wir hier sind, ist es mit ihr immer schlimmer geworden. Sogar als ihre eigene Mutter im Sterben lag, hat sie …«

Die Silberwölfin zog die Lefzen zurück. Ihre Zähne glitzerten im Mondlicht wie elfenbeinerne Messer. Selbst im Herzen der Wölfin waren Hugos Worte wie Säure.

Sinnlos der schwelende Zorn. Sinnlos die kurze, traurige Rebellion. Zwischen ihr und ihren Peinigern stand die Tür. Zwischen dem prachtvollen Geschöpf und der Freiheit das verriegelte Fenster.

Sie begann, auf und ab zu laufen, wie jedes gefangene Tier es tun würde, und gehorchte damit dem wortlosen Befehl: Bleib stark. Bleib gesund. Bleib wachsam. Fürchte dich nicht, deine Zeit wird kommen.

2

Maeniel war eine sorgenvolle Natur. Heute hatte er sehr viele Sorgen, als er auf der halb zerstörten Galerie stand, die einst der Erbauung eines römischen Gouverneurs hatte dienen sollen.

Er beneidete den Mann, der wahrscheinlich einst an ebendieser Stelle gestanden, tief durchgeatmet und selbstzufrieden seine ausgedehnten Ländereien betrachtet hatte. Heute galt Maeniels Sorge unter anderem dem Heu. Es schien nicht so schnell zu reifen wie es sollte. Und sie brauchten dieses Heu, um durch den langen, kalten Winter zu kommen. Abermals seufzte er; der Mann von einst war zu mächtig gewesen, um sich den Kopf über Heu zu zerbrechen. Er hatte wahrscheinlich andere Sorgen gehabt, vielleicht noch drückendere als Maeniel. Zum Beispiel um die Führung der Staatsgeschäfte in Rom. »Die Führung der Staatsgeschäfte in Rom«, murmelte er.

Gavin, der Hauptmann seiner Wache, saß an ein Wandgemälde gelehnt auf einer Bank und döste. Das Gemälde zeigte Perseus, wie er die Medusa tötete, und das Gorgonenhaupt in der Hand des Helden starrte ihn wütend an. Aber das bereitete Gavin kein Ungemach. Nichts bereitete Gavin irgendwelches Ungemach. Er öffnete ein Auge und wiederholte: »Was ist mit der Führung der Staatsgeschäfte in Rom?«

»Mir ging nur gerade durch den Kopf, dass sich der römische Gouverneur wohl keine Sorgen um das Heu gemacht haben wird wie ich es tue, dass ihm dafür aber die Führung der Staatsgeschäfte in Rom sehr wohl Sorgen bereitet haben könnte.«

Gavin öffnete nun auch das zweite Auge. »Habe ich richtig verstanden? Du hast aufgehört, dich wegen des Heus zu sorgen, um dir den Kopf darüber zu zerbrechen, was einem bereits lange toten Römer Sorgen bereitet haben könnte?«

»So ist es«, bestätigte Maeniel.

»Vielen Dank, dass du mir in diesem Punkt Klarheit verschafft hast.« Gavin schloss die Augen. »Und jetzt, wenn du nichts dagegen hast, möchte ich noch ein wenig schlafen.«

»Es scheint nicht so schnell zu reifen wie sonst«, beharrte Maeniel.

»Das Heu oder die Sache mit den Staatsgeschäften in Rom?«, fragte Gavin.

»Das Heu.« Maeniel biss sich auf die Lippen.

Gavin stieß einen tiefen Seufzer aus, öffnete beide Augen und blickte über die Felder um sie herum.

Das Land lag schläfrig in der warmen, goldenen Nachmittagssonne, ein Bild ruhiger, bäuerlicher Schönheit. Drei wohlhabende Dörfer lagen in den Hügeln verstreut, inmitten bestellter Äcker, und ihr tiefes Grün trug den ersten schwachen Hauch der reichen Farben des Herbstes, rot, braun und gold.

Ein Stück weiter oben grasten an den Berghängen Schafe, Ziegen und Rinder, die auf den hohen Sommerweiden Fett ansetzen sollten. Dahinter ragten schneebedeckte Gipfel auf, die in ätherischer Schönheit vor dem Himmel zu schweben schienen.

»Das Heu«, sagte Gavin, »scheint mir genauso gut zu reifen wie es das immer getan hat, seit wir hierher kamen.«

»Meinst du wirklich?«, fragte Maeniel hoffnungsvoll.

»Ja«, erwiderte Gavin, der abermals die Augen schloss.

Maeniel schüttelte den Kopf. »Trotzdem, ich höre von Clotilde, dass wir einen bösen Winter zu erwarten haben. Sie sagt, die Wolle der Schafe sei doppelt so dick wie gewöhnlich, und …«

»Nein«, widersprach Gavin entschieden. »Ich höre mir das nicht länger an. Jedes Jahr um diese Zeit ist es das Heu. Und sobald es eingebracht ist, erhebt sich als Nächstes die Frage, ob es genügen wird, um uns durch den Winter zu bringen. Oder ob du ins Tiefland gehen solltest, um weiteres Heu zu kaufen und so das Überleben unseres Viehs zu sichern. Danach lamentierst du dann wegen des Holzes. Haben wir genug? Angenommen, es kommt ein wirklich schlimmes Unwetter und der Schnee ist so tief, dass wir uns nicht mehr hinauswagen können, um weiteres Holz zu schlagen. Also müssen wir jetzt zusätzliche Bäume fällen, die wir dann immer höher und höher auftürmen, bis wir draußen im Schnee schlafen müssen, weil unsere Häuser bis auf das letzte Plätzchen mit Holz gefüllt sind.

Zwischendurch läufst du dann mitten im Schneesturm hinaus, um jede Kuh, jede Sau, jedes Mutterschaf und jede säugende Ziege zu besuchen, die irgendein Zipperlein hat oder ein Junges zur Welt bringt. Du hältst ihren Huf, bis sie ihr Junges geworfen hat. Wenn eins der Tiere niest, hörst du das Niesen noch im Schlaf und weckst mich auf, um mir dein Leid zu klagen. Halt die Laterne etwas höher, Gavin. Schwing die Axt ein wenig kräftiger, Gavin. Zieh, Gavin. Schieb, Gavin. Trommle deine Männer zusammen und weise diese Räuber in ihre Schranken, Gavin. Ich weiß, sie befinden sich nicht auf meinem Grund und Boden, aber es gefällt mir nicht, dass sie ihre Raubzüge in unserer Nähe durchführen, Gavin.

Jetzt sind es die Sorgen verstorbener Römer und politische Fragen, die uns hier in unseren Bergen nicht das Mindeste angehen. Zuerst habe ich mich darüber gewundert, als der alte, kranke Rieulf seinen Grundbesitz in deine Hände legte. Aber nach dem ersten Winter habe ich begriffen, wie klug die Entscheidung des Alten gewesen war. Er wusste genau, wer für diese Aufgabe der Richtige war.«

Maeniel hörte sich Gavins Schimpftirade mit duldsamer Miene an. Sie waren alte Freunde. All das bekam er mehrmals im Jahr zu hören, wann immer Gavin sich über ihn ärgerte.

»Ich wünschte nur«, kam Gavin nun langsam zum Schluss, »du würdest etwas anderes finden, worüber du dir Sorgen machen kannst, abgesehen vom Heu und von den Schafen, von den Ziegen, dem Holz und den Schneestürmen. Das wäre wenigstens mal eine Abwechslung.« Seine Stimme verlor sich und er hob den Kopf, um zu schnuppern. »Frisch gebackenes Brot«, flüsterte er. »Ich habe ganz vergessen, dass heute Matronas Backtag ist.« Sein Körper hob sich wie von selbst von der Bank. Die Nase hoch in die Luft erhoben, schien er von den lockenden Düften wie magisch angezogen zu werden.

Maeniel legte Gavin seine große Hand auf die Schulter und drückte ihn wieder auf die Bank. »Matrona hat am Backtag alle Hände voll zu tun. Man kann sie leicht verärgern. Weißt du noch, wie ich dich einmal retten musste? Sie hat versucht, dich mit den

Füßen zuerst in einen der Öfen zu schieben. Du hast dich mit beiden Füßen an der Ofenwand abgestemmt und dir das Herz aus dem Leibe geschrien. Wenn ich nicht gekommen wäre…«

»Du brauchtest mich nicht zu retten«, leugnete Gavin hitzig. »Es lag nur daran, dass ich ihr nicht wehtun wollte – ich weiß schließlich, was sich gehört.«

»Klar«, beschwichtigte ihn Maeniel, »klar. Außerdem hattest du Recht… Ich meine, was meine Sorgen betrifft.«

»Du hörst auf damit? Du machst dir keine Sorgen mehr?«, fragte Gavin.

»Nein«, sagte Maeniel. »Ich habe eine neue Sorge.« Er reichte Gavin einen Brief.

Gavin überflog das Schreiben und las es dann ein zweites Mal und etwas langsamer, als ihm die Bedeutung des Briefes aufging.

»Nicht die Führung der Staatsgeschäfte in Rom«, erklärte Maeniel. »Die der Staatsgeschäfte im Frankenreich. Die Frau kommt mit Empfehlungen von Karl dem Großen, Charlemagne persönlich. Ich sollte sie besser heiraten.«

»Ich würde es nicht tun«, sagte Gavin, während er ihm den Brief zurückgab. »Ich würde dem großen Karl den Rat geben, seine Falken fliegen zu lassen oder Sachsen zu jagen oder zu tun, was ein König sonst noch so tut. Aber heiraten? Vergiss es! Wenn so eine königliche Cousine herkommt, versperrst du am besten deine Tore, schärfst dein Schwert und wünschst ihr eine glückliche Reise über den Pass ins Tal. Ich wette, du wirst nie mehr etwas von ihr hören.«

»Diese Wette kann ich nicht halten«, entgegnete Maeniel leise. »Der Einsatz ist zu hoch.«

»Nein, das ist er nicht«, beharrte Gavin. »Du sitzt in einer uneinnehmbaren Festung. Dieser Felsen ist noch nie gefallen, nicht einmal zu Zeiten der Römer.«

»Und wenn Karl jemals den ernsten Entschluss fassen sollte, mich hier herauszuholen«, antwortete Maeniel mit tonloser Stimme, »dann wird es ihm gelingen. Warum glaubst du, habe ich solche Kostbarkeiten an Karls Hof geschickt? Jedes Jahr zu Weihnachten sende ich dem Hof ein hübsches Geschenk, Gold und Juwelen. Ich halte die Straßen frei von Dieben und Banditen und verlange den Händlern, die über den Pass reisen, keine übertriebenen Summen ab. In der Zwischenzeit drücke ich mir die Daumen. Bisher hat er mich in Ruhe gelassen.

Aber damit ist es jetzt vorbei. Die Stunde der Wahrheit ist gekommen und er schickt sie mir in einer Gestalt, gegen die ich keine wirklichen Einwände erheben kann. Er bietet mir die Ehe mit einer Frau aus königlichem Geblüt an. Ich wage es nicht, dieses Angebot abzuschlagen. In dem Brief steht, sie sei jung, anziehend und…«

»Der Brief«, fiel Gavin ihm ins Wort, »setzt dich über jede wesentliche Einzelheit die Dame betreffend ins Bild: über ihre Geburt, ihre Abstammung und alles andere. Nur eine Frage bleibt offen: Was stimmt nicht mit ihr?«

»Was soll denn nicht stimmen mit ihr?«, fragte Maeniel.

Gavin blickte mit düsterer Miene über das Dorf. »Wer ist jetzt der Optimist von uns beiden? Abgesehen von bitterer Armut fallen mir da einige Dinge ein. Liederlichkeit, Trunkenheit, Wahnsinn, Unehrlichkeit, Dummheit, Lepra, Grausamkeit und Habgier. Jeder einzelne dieser Punkte könnte zutreffen. Außerdem wird sich wahrscheinlich herausstellen, dass sie ein buckliger Zwerg ist, nur noch einen einzigen Zahn im Mund hat und obendrein halb schwachsinnig ist.«

»Manchmal denke ich, es war ein Fehler, dass dein Vater dich zur Schule geschickt hat. Das hat deiner Phantasie ein Übermaß an Nahrung gegeben«, meinte Maeniel.

»Ich weiß«, pflichtete Gavin ihm bei. »Und genau das habe ich ihm jeden Tag gesagt, bis es nun nur noch die Frage war, was sich als Erstes abnutzen würde – sein Arm, sein Gürtel oder meine Kehrseite. Wie die Dinge lagen, haben wir beide, du und ich, am Ende versucht, auf- und davonzulaufen und unser Glück zu suchen. Nun, wir haben es gefunden und jetzt musst du diese… Kreatur heiraten, um es nicht wieder zu verlieren.«

»Es ist ein kleines Opfer«, antwortete Maeniel.

»Wollen wir es hoffen«, sagte Gavin.

»Wenn sie ein buckliger Zwerg ist, hat sie vielleicht einen angenehmen Charakter. Wenn sie schwachsinnig ist, werde ich dafür sorgen, dass sie in gute Obhut kommt. Falls sie sich als Trinkerin entpuppt, muss sie bisweilen ausgenüchtert werden und wenn sie ein liederliches Frauenzimmer ist, muss man sie zur Diskretion überreden. Grausamkeit und Habgier lassen sich beide im Zaum halten. Und selbst Lepra kann man, Gott helfe mir, behandeln. In diesen Höhenlagen erholen sich die Kranken entweder sehr rasch oder sie sterben.«

»So ist es richtig«, ermunterte ihn Gavin. »Betrachte die Sache von der Sonnenseite. Vielleicht wird sie ja den ersten Winter hier nicht überleben.«

»Vielleicht ist sie ja auch all das, was der Brief verspricht: jung, reizvoll und umgänglich. Wer weiß, vielleicht ist ihr einzig wirklicher Fehler die Armut.«

»Nein«, widersprach Gavin. »Wenn das das einzige Problem wäre, würden sie sie niemals einem Mann wie dir anbieten. Einem heruntergekommenen irischen Söldner. Wenn Rieulf nicht gewesen wäre, würden wir immer noch unsere Schwerter dem Meistbietenden leihen, um uns unser Brot zu verdienen. Aber du konntest ihm einen Dienst erweisen, und er hat dich ins Herz geschlossen. Du hattest Glück...«

»Das ist wahr.« Maeniel ließ den Blick abermals über das Tal wandern, in Gedanken immer noch mit der Frage des Heus beschäftigt. »Was meinst du, Gavin? Sollten wir einen Teil jetzt schon einholen und...«

Aus Richtung der Küche ertönte lautes Gebrüll.

Maeniel drehte sich um. Gavin war verschwunden. Sein Hauptmann hatte am Ende der Verlockung des frisch gebackenen Brotes doch nicht widerstehen können.

Gavin zu Pferd, das Schwert in der Hand, mochte der Schrecken jedes einzelnen Räubers in den Bergen sein, aber wenn er es mit Matrona aufnahm, war er unweigerlich der Verlierer.

Maeniel beschloss, ihm zu Hilfe zu eilen. Er überließ das Heu und die Zukunft ihrem Schicksal und machte sich auf den Weg in Richtung Küche, wo der Tumult immer wilder wurde.

3

Als Regeane am nächsten Morgen erwachte, lag sie nackt auf dem Bett. Die Wölfin war bis zum Untergang des Mondes im Raum auf und ab geschritten, bis die beiden Männer im Nebenzimmer in tiefen, trunkenen Schlaf fielen und laut schnarchten. Dann erst stieg sie ins Bett, legte die Schnauze auf das Kissen und schlief ebenfalls ein. Sie erinnerte sich nicht daran, wieder Menschengestalt angenommen zu haben. Das Bett roch gleichzeitig nach warmem Tier und nach Mensch.

Ihr altes blaues Kleid lag am Fußende des Bettes. Obwohl sie es für blau hielt, war es vom vielen Waschen so verblichen, dass es nur mehr einen schlammigen Grauton hatte.

Als sie sich nun anzog, stellte sie fest, dass das Kleid, das ihr erst vor wenigen Monaten locker über den Leib gefallen war, mittlerweile über den Schultern und der Brust zu eng wurde. Früher hatte sie es nur dann tragen können, wenn sie den Saum hochhielt. Jetzt reichte es ihr kaum mehr bis zu den Knöcheln.

Als das Kleid neu gewesen war, hatte es am Hals und an den Ärmeln breite, bestickte Bänder gehabt. Der Faden war aus reinem Gold gewesen, etwas, wonach Hugo und Gundabald die Habe ihrer Mutter mit Feuereifer durchsucht hatten. Einer der beiden Männer hatte schon vor langer Zeit die kostbaren Garne aus dem Tuch gezogen.

Draußen herrschte heller Tag. *Jetzt müssten sie sich eigentlich sicher fühlen,* dachte sie.

So schien es. Die schwere Tür ließ sich ohne weiteres öffnen.

Gundabald saß am Tisch. Seine Augäpfel sahen so aus, als hätten sie geblutet. Getrockneter Speichel sprenkelte seinen borstigen schwarzen Stoppelbart, aber er machte sich bereits wieder mit gutem Appetit über dunkles Brot, molkigen Käse und sauren Wein her.

Hugo kniete auf dem Boden und erbrach sich in einen Nachttopf.

Der große, runde Brotlaib lag mitten auf dem Tisch. Regeane brach sich einen ordentlichen Brocken ab. Das Brot roch nach Olivenöl und Zwiebeln. Regeane riss es mit kräftigen Zähnen entzwei. Sie hatte gute Zähne.

Von dem Käse war kaum mehr übrig geblieben als die Rinde. Diese verzehrte sie zusammen mit dem Brot, wobei sie sich zweimal in die Finger biss.

Neben dem Brot stand eine braune Terrakottaschale mit Feigen. Sie wollte sich eine der Früchte nehmen. Gundabald ließ den Griff seines Messers auf ihren Handrücken herunterschnellen. Man konnte den Aufprall hören. Es tat weh. Sie zuckte zusammen und riss ihre Hand zurück. Ihr Blick begegnete dem Gundabalds.

Er kicherte und einige Krümel fielen ihm aus dem Mund.

Sie hatte die Hand noch immer auf dem Tisch liegen, neben der Schale. Ihre schön geformten Finger waren lang und liefen so spitz zu, dass es nicht weiter auffiel, dass die Nägel vorne zu stumpfen Dreiecken zusammen liefen.

Gundabald schlug sie noch einmal und diesmal hinterließ sein Schlag einen Striemen auf Regeanes Fingern. Sie zuckte nicht zusammen und zog die Hand auch nicht weg. Gundabald genoss es, Menschen wehzutun. Wer Schmerz zeigte, forderte ihn nur noch mehr heraus.

Er starrte erst die roten Abdrücke an, die sein Messer hinterlassen hatte, dann sah er Regeane wieder ins Gesicht. Ihre Gelassenheit schien ihn zu verwirren.

»Hier, iss noch etwas Brot«, sagte er. »Damit du Fleisch auf die Rippen kriegst. Du wirst es brauchen.«

Hugo hatte aufgehört zu würgen. Er saß auf einem der Stühle am Tisch. Auf seinem Gesicht glänzte Schweiß, aber er brachte es trotzdem fertig, Regeane mit einem anerkennenden Blick zu streifen. »Sie ist gar nicht schlecht, so wie sie jetzt ist«, sagte er. »Dieses Haar. Diese Augen.« Dann widmete er seine Aufmerksamkeit einem Becher Rotwein. Beim ersten Schluck musste er erneut würgen. Er hustete, spuckte den Wein auf den Boden und führte den Becher dann erneut an die Lippen, um gierig zu trinken.

Gundabald betrachtete erst ihn, dann Regeane. *Sie hat tatsächlich ihre Vorzüge,* dachte er. Ihr Haar war lang und dunkel, beinahe schwarz an den Wurzeln, mit einem silbrigen Schimmer in der Mitte und schließlich, an den Spitzen, ganz weiß. Es geriet nie durcheinander. Er hatte selbst gesehen, wie es sich anhob und wieder herunterfiel, wenn der Wind zu heftig daran zog.

Ihre Augen waren wirklich schön, groß, warm und dunkel – bis sich das Licht darin fing. Dann loderten sie golden auf, wie Wasser es im Licht der untergehenden Sonne tut.

Davon abgesehen machte sie nicht viel her. Mager, blass und farblos. Gundabald zog Frauen vor, bei denen er ordentlich zupacken konnte – Frauen, die kreischten, stöhnten und ihm einen harten Ritt gaben. Er hatte das Gefühl, dass sie weder das eine noch das andere tun würde. Und Gott helfe dem Mann, der mit ihr im Bett erwachte, wenn der Mond schien.

Trotzdem war sie tagsüber fast genauso hilflos wie jede andere Frau, und er musste Maßnahmen ergreifen, um sie zu schützen. Charlemagnes Stern war im Aufgehen begriffen und sie ein möglicherweise wertvoller Besitz.

Hugo kippte noch mehr Wein hinunter, wahrscheinlich, um seinen rebellischen Magen davon abzuhalten, auf diesen Angriff zu reagieren. Der Wein war von seltsamer Beschaffenheit. Er stank. Zwischen den einzelnen Schlucken knabberte er an dem Brot. Er hatte beim Essen weniger Erfolg als Regeane und Gundabald. Hugo hatte einige verfaulte Zähne im Mund.

Gundabald zog langsam und bedächtig seinen Fuß zurück. Dann rammte er dem nichts ahnenden Hugo die Ferse in die Lenden.

Hugo schrie nicht. Regeane bezweifelte, dass er schreien konnte. Er presste sich die Hände auf die Stelle zwischen seinen Beinen. Die Augen verdrehten sich in ihren Höhlen, bis nur noch das Weiße darin zu sehen war. Sein Stuhl kippte nach hinten um. Mit einem hörbaren Krachen schlug er mit dem Schädel auf dem hölzernen Boden auf.

Gundabald stopfte sich den letzten Rest seines Essens in den Mund, seufzte und erhob sich von seinem Platz. Er beugte sich über Hugo und drehte den keuchenden Mann auf die Seite, damit er nicht erstickte.

Hugo erbrach, was er gegessen hatte, auf den Boden: Brot, Wein, dann, als seine gepeinigten Gedärme nach dem Essen vom gestrigen Abend griffen, kleine Bröckchen von Fleisch und Rüben.

Regeane stand, eine Hand auf die Brust gepresst, voller Entsetzen auf. Sie wusste, dass die beiden ein gewalttätiges Paar waren, aber dies hier überstieg das gewohnte Maß an Barbarei.

Gundabald schnaubte seine Verachtung über den am Boden liegenden Hugo heraus, dann warf er einige Silbermünzen vor ihn hin. »Beschaff ihr eine Zofe«, sagte er.

Hugo stieß ein gurgelndes Geräusch aus, das irgendwie Verwirrung anzuzeigen schien.

»Stell eine Zofe für sie ein«, sagte Gundabald etwas lauter. »Beschaff deiner Cousine Regeane eine Zofe.«

Eine alte Frau trat in den Raum. Sie war klein und gebeugt und hatte die verzerrten Glieder der Krankheit, die Regeane häufig in den schmalen, dunklen Straßen der Stadt bemerkt hatte. Ihr Gesicht war mit Pockennarben übersät, ihre Nase gebrochen und sie hatte ein Blumenkohlohr. Unter ihrem Schleier stahlen sich wirre graue Haare hervor.

Sie beschimpfte Hugo, weil er eine derart widerliche Schweinerei angerichtet hatte. Dann beschimpfte sie auch Gundabald; wie es schien, legte sie ihm das Verbrechen seiner bloßen Existenz zur Last. Regeane ignorierte sie. Sie sprach den ungeschliffenen Dialekt der römischen Gosse. Eine Sprache, die Regeane obszön, faszinierend, ausdrucksvoll und bisweilen beinahe schön fand, obwohl sie eindeutig keine Ähnlichkeit mehr mit dem Lateinischen hatte.

Gundabald verstand sie nicht, begriff aber sehr wohl den Inhalt ihres Wortschwalls. »Was hast du zu plärren, du alte Vogelscheuche?«, brüllte er sie an.

Zu Regeanes Überraschung verlangsamte die Frau ihre Rede. Sie stieß eine höchst einfallsreiche Beschreibung von verschiedenen möglichen Vorfahren Gundabalds hervor.

Er hob die Faust und machte einen Schritt auf die winzige Frau zu.

Schneller als ein Auge blinzeln konnte, erschien ein Dolch in ihrer Hand. Die Klinge war schwarz und rostzerfressen, aber die Schneiden waren sorgfältig geschliffen und glitzerten gefährlich.

Gundabald trat hastig einen Schritt zurück. »Heute haben aber wirklich alle schlechte Laune«, brummte er. Mit einem Blick auf den noch immer am Boden liegenden Hugo ließ er noch einige weitere Silberstücke neben ihn fallen. »Hörst du mir zu?«, rief er.

Hugo nickte nachdrücklich. Er war nicht in der Position, sich gegen den Zorn seines Vaters verteidigen zu können.

»Du wirst eine Zofe für Regeane einstellen. Die Zofe kannst du vergewaltigen, wenn sie dich lässt. Deine Cousine wirst du nicht anrühren. Du wirst ihr weder unter den Rock greifen noch eine Hand auf ihr Bein legen. Wenn du sie auch nur mit einem einzigen Finger berührst, werde ich dir diesen Finger abhacken. Und wenn du weitere Zeichen von ›Zuneigung‹ für deine Cousine an den Tag legst, werde ich deinem Treiben schmerzhaft und endgültig ein Ende bereiten. Verstanden?«

Hugo nickte noch einmal und mit demselben Nachdruck wie zuvor.

Gundabald warf sich einen schäbigen Samtumhang über die Schultern und schritt zur Tür hinüber.

Die alte Frau wischte den Boden auf. Im Vorbeigehen stieß Gundabald mit vorsätzlicher Bosheit mit seiner Stiefelspitze gegen den Eimer. Schmutziges Wasser ergoss sich bis in die letzte Ecke des Raums.

Wieder blitzte das Messer der alten Frau auf. Sie beschrieb mit einer unmissverständlichen Geste eine sexuelle Perversion, von deren Existenz Regeane bisher nichts gewusst hatte und ließ keinen Zweifel daran, dass sie ein solches Verhalten Gundabald unterstellte. Er lachte und schlug die Tür hinter sich zu.

Hugo begann zu stöhnen und um Hilfe zu jammern. Regeane beachtete ihn nicht und setzte sich wieder hin.

Die alte Frau warf ihr einen kurzen Blick zu und ging dann ebenfalls. Wenige Sekunden später kehrte sie mit einer Wurst zurück und gab sie dem Mädchen. Als sie in die Wurst biss, meldete sich für einen flüchtigen Moment der Wolf in Regeane zu Wort, aber nicht einmal die übermäßig geschärften Sinne des Tieres konnten ausmachen, welche Art von Fleisch in dem Ding war.

So weit sie wusste, konnte es ein ehemaliger Besucher des Gasthauses gewesen sein – einer, der versucht hatte abzureisen, ohne seine Rechnung zu bezahlen. Thymian, Fenchel und Knoblauch überlagerten alle anderen Gerüche und Regeane war ausgehungert. Sie umwickelte das übel riechende Etwas mit Brot und schlang es gierig hinunter. Als sie fertig war, fühlte sie sich besser. Die alte Frau fuhr indessen mit überraschender Geschicklichkeit fort, den Raum zu säubern.

Hugo raffte sich vom Boden auf, setzte sich auf den Stuhl und bettete den Kopf in die Hände. Regeane aß gerade das letzte Stück Brot. Er ließ die Hände sinken, funkelte sie wütend an und sagte: »Miststück! Du hast alles aufgegessen.«

Regeane hob das Kinn. Die Wölfin schob sich langsam aus der Dunkelheit hervor, den Kopf gesenkt, die Zähne zu einem Lächeln mörderischer Wut gebleckt. Sie, nicht Regeane, begegnete Hugos Blicken. Er hielt ihrem Blick einige Sekunden lang stand, dann wandte er sich ab.

Irgendwann im Verlauf ihrer Auseinandersetzung hatte Gundabald einiges an Silber über ihm fallen lassen. Er raffte hastig alles zusammen, was in seiner Kleidung steckte oder auf dem Fußboden lag. Dann erhob er sich und verließ den Raum, wobei er um die alte Frau einen großen Bogen machte.

Die Alte murmelte eine Reihe von Obszönitäten in Richtung der sich schließenden Tür, dann kicherte sie und machte abermals eine Bemerkung im Dialekt der Einheimischen.

»Tu das nicht«, sagte Regeane. »Ich spreche die römische…« Sie brach ab, da sie nicht wusste, wie sie die Ausdrucksweise der Einheimischen bezeichnen sollte.

Die alte Frau lachte leise. »Mich schert nicht, was du weißt und was nicht. Er fürchtet dich. Ich kann nicht sagen, warum, aber er tut es. Der alte Teufel braucht sich keine Sorgen zu machen. Diese kleine Pfütze ausgekotzter Galle würde es nicht wagen, Hand an dich zu legen.«

»Es macht Gundabald Spaß, andere zu schlagen«, sagte Regeane dumpf.

Die alte Frau nickte zustimmend, als verstünde sich das von selbst. »Dann lass uns hoffen, dass er es das nächste Mal bei mir versucht. Ich werde ihm die Hand, die mich berührt, abschneiden.«

»Hast du vielleicht etwas Wasser?«, fragte Regeane zögernd. »Ich habe solchen Durst und der Wein …«

»Ist Igelpisse«, beendete die Frau den Satz für sie. Sie ließ ihr Putzzeug klappernd zu Boden fallen und trottete aus dem Zimmer. Einige Minuten später kehrte sie mit einer großen, braunen, irdenen Tasse zurück. »An den meisten Tagen«, sagte sie, »würde ich dir raten, das Wasser in Rom nicht anzurühren. Selbst der schlechteste Wein, den man in den Tavernen kauft, ist ungefährlicher. Aber gestern Nacht hat es einen wahren Wolkenbruch gegeben. Der Regen hat die Zisterne ausgespült und gesäubert.«

Als Regeane mit den Lippen das Wasser berührte, tranken sie und die Wölfin. Das Wasser war kalt, mit einem leichten Beigeschmack von Kalk und es roch nach dem Winterhimmel: ein frostiges Grau, verhangen von Regen oder von dem Nebel, der die Senken zwischen den Hügeln ausfüllte und einen eisigen Tau mit sich brachte, dicht genug, um die Kleidung von Frühaufstehern zu durchnässen. Irgendwo auf dem Gipfel eines solchen Hügels wiegten sich lange Gräser, tanzten und beugten sich vor den Sturmwinden, während über ihm durchscheinende graue Wolken vor der Sonne dahintrieben.

Als der Becher leer war, schloss Regeane die Augen. Sie und die Wölfin kamen in der Dunkelheit ihrer Seele zusammen. Die Wölfin knurrte. Sie schickte sich an, Regeane zu sagen, wie sehr sie Hugo, Gundabald und das Leben, das sie führte, hasste. Sie war auf dem Sprung, sich zur Wehr zu setzen, aus der Falle zu fliehen, in der man sie gefangen hatte. Lieber der Tod als die Welt, in der auch diese Kreaturen hausten.

Regeane spürte – zum ersten Mal auch bei Tag – die schwache Veränderung, die mit dem Erscheinen der Wölfin im Mondlicht einher ging. Die Frau zuckte voller Entsetzen zurück. Sie fürchtete die Folgen einer Rebellion. Sie wollte nicht wissen, wie sehr sie Gundabald hasste, wie tief ihre Furcht vor ihm ging. So verderbt ihre Familie auch war, sie klammerte sich an sie. Diese Männer waren immer noch besser als die Alternative.

Die Strafen, mit denen man Hexen belegte, verursachten ihr

Übelkeit und entsetzten sie. Ihre Mutter hatte Regeane Geschichten über die letzten Qualen jener Frauen ins Ohr geflüstert, die wegen der Ausübung übernatürlicher Künste verdammt worden waren. Nackt in ein mit Nägeln beschlagenes Fass gesteckt, das Fass herumgerollt, bis die Schreie verstummten. Feuer und der Schandpfahl. Eingenäht in einen Sack zusammen mit einer Ratte, einem Hund und einer Schlange in den Fluss geworfen. Strafen, schlimmer als die, die die Bestien aus der Hölle ersinnen konnten, um die Verdammten zu foltern, entsprangen der Phantasie der Männer Gottes, um dem zu begegnen, was in ihren Augen das Böse war.

»Nein, nein!«, sagte Regeane zu der Wölfin. »Ich habe zu große Angst. Ich kann nicht. Geh weg. Bitte, bitte, geh weg.«

Die Wölfin sah Regeane ernst und feierlich an, dann stieß sie einen leisen Laut des Bedauerns aus und verschwand in der Dunkelheit.

»Was ist los?«, fragte die alte Frau. »Bist du krank?«

»Nein«, sagte Regeane. »Nur müde. Ich danke dir«, fügte sie noch hinzu, bevor sie wieder in ihr Zimmer ging und die Tür verriegelte.

In der kleinen steinernen Zelle herrschte eisige Kälte, aber die Sonne auf den Mauern tauchte sie in helles Licht. Regeane legte sich auf das Bett, hüllte sich in den Umhang und schlief ein.

Hugo besorgte die Zofe. In den frühen Morgenstunden brachte er sie mit nach Hause.

Der Aufruhr weckte Regeane.

Gundabald war noch spät auf. Er hatte einen Gast. Ob es ein Junge war oder eine Frau, konnte Regeane nicht erkennen. Sie hätte die Wölfin herbeirufen können. *Ihre* Nase konnte niemand täuschen, aber die Wölfin war Jungfrau und noch dazu eine anspruchsvolle. Regeane sah sich außer Stande, mit ihrer Missbilligung und ihrem unverhohlenen Ekel fertig zu werden. Das Nachtgeschöpf fand, dass Menschen ein übermäßiges Interesse an geschlechtlichen Dingen hatten und dass ihre menschliche Partnerin über allzu viel lüsterne Neugier verfügte.

Die Luft, die unter der Tür hindurchwehte, stank nach rohem

Sex. Eingelullt vom Stöhnen und Schnauben der Leidenschaft, schlief Regeane wieder ein.

Es war kein Geräusch, das sie weckte, sondern ein Geruch. Die Wölfin war da. Etwas, nein, nicht etwas, eine Schlange ging in den Reben in der Nähe ihres Fensters auf Jagd. Wenn der Reptiliengeruch die Wölfin ärgerte, erfüllte er die Frau mit würgendem Ekel. Regeane erhob sich vorsichtig.

Schon dieses leise Geräusch genügte, um die schlanke Räuberin, die durch die Reben glitt, aufzustören. Der Geruch wurde schwächer. Regeane hörte einen leisen Aufprall und dann ein wischendes Geräusch unter ihrem Fenster. Der Eindringling verschwand.

Hugo stürzte im Nebenzimmer durch die Tür.

Jemand kreischte auf.

Hugo schrie: »Sodomit!«

Offensichtlich hatte es sich bei dem Besucher tatsächlich um einen Jungen gehandelt.

Diesem einen Wort folgte das Geräusch rennender Füße.

»Hölle und Fluch über den Bengel!«, tobte Gundabald. »Siehst du jetzt, was du angerichtet hast? Der kleine Arschficker hat meine Börse mitgehen lassen.«

Als Nächstes hörte man einen Schlag.

Hugo heulte auf.

Ein feminines Kreischen folgte, dann vier Schreie in rascher Folge.

Bum. Bum. Bum. Bum.

Regeane keuchte und trat hastig von der Tür zurück. Sie kannte dieses Geräusch. Der Vermieter hämmerte von unten an seine Decke.

Ein Hagel wilder Flüche kam als Nächstes, zusammen mit der Drohung, sie allesamt auf die Straße zu werfen, und zwar *sofort*, wenn dieser Krach nicht aufhörte.

Die Stimmen in dem Raum neben ihrem wurden leiser.

Hugo beschimpfte Gundabald.

Gundabald beschimpfte Hugo.

Das Mädchen schluchzte.

»Halt das Maul, du blöde kleine Fotze«, flüsterte Gundabald

heiser. »Ich verdrehe dir auch noch deine andere Titte, wenn du nicht mit diesem Geflenne aufhörst. Reiß ein Zündholz an, verflucht. Hier drin ist es finster wie im Arsch eines Maulwurfs.«

Regeane hörte das leise Knacken von Feuerstein auf Stahl.

»Barmherziger Gott, wer ist denn das?«, fragte Gundabald.

»Regeanes Zofe«, antwortete Hugo. »Ich hab sie in einer Taverne gefunden.«

»Wo in einer Taverne? Unten in der Kloake? Im Scheißloch? Im Vergleich zu ihr sind die meisten Ziegen ja geradezu bezaubernd schön.«

Regeane war es wirklich nicht darum zu tun, sich mit Gundabald zu verbrüdern, aber in diesem Punkt musste sie ihm beipflichten, als sie das Mädchen am nächsten Morgen kennen lernte.

Ihr Name war Silve. Sie hatte O-Beine und vorstehende Zähne – ein mageres, blasshäutiges Geschöpf, das alles in allem vielleicht gar nicht so schlecht gewesen wäre, wenn sie über Intelligenz oder Freundlichkeit verfügt hätte, wenn sie wenigstens fleißig oder gutwillig gewesen wäre. Nichts von alledem ließ sich von Silve sagen. Wenn sie nicht gerade in ihrem Alkoven hinter dem Hauptraum schlief oder sich heftig und unter unüberhörbarem Lärm von Hugo reiten ließ, half sie ihm, Regeane zu schikanieren.

Wie ihre Mutter es getan hatte, versuchte Regeane, ein gewisses Maß an Ordnung in ihrer aller Leben zu bringen. Sie übernahm die häuslichen Pflichten, die einst Gisela verrichtet hatte. Sie tat ihr Bestes, um mit dem wenigen Geld, das sie besaßen, möglichst weit zu kommen. Sie kochte einfache Eintopfmahlzeiten, kümmerte sich um die Wäsche, wenn sie Gundabald überreden konnte, die Wäscherin zu bezahlen und half der alten Frau – Regeane erfuhr niemals ihren Namen und dachte an sie immer als »die alte Frau« –, hinter den drei anderen herzuräumen.

Die alte Frau war die Einzige, die Silve überhaupt an die Arbeit bringen konnte. Sie beschuldigte Silve solch ungeheuerlicher Obszönitäten, dass Silve, die Angst hatte, die Alte anzugreifen, ihrer unterdrückten Wut Luft machte, indem sie mit aller Kraft schrubbte und wusch.

In ihrer freien Zeit zog sich Regeane in ihre schmale Kammer zurück und versuchte mit kalten, tauben Fingern, ihre spärliche Garderobe in Ordnung zu halten. Sie hatte keine anständigen Nähnadeln. Die wenigen, die sie besaß, waren aus Knochen gemacht und ihre Spitzen wurden schnell stumpf. Sie hatte auch kein Garn, sodass sie Lumpen aufribbelte, um genug Faden zu haben, um ihre Kleider ändern zu können.

Ihre Mutter war in ihren einzigen guten Kleidungsstücken begraben worden, einem Umhang und einem langen Gewand. Dafür hatte Regeane gesorgt, auch wenn Gundabald und Hugo sie eine Närrin geschimpft und gesagt hatten, dass Gisela dort, wo sie hinging, keine warmen Kleider benötigte, sondern nur ein Leichentuch. Was von ihrer und ihrer Mutter Garderobe sonst noch übrig war, war von unfassbarer Schäbigkeit.

Regeane akzeptierte die Situation. Die meisten Frauen hatten dasselbe Problem. Stoff war teuer. Mit einem Webstuhl hätte sie sich ihre eigenen Stoffe weben können, aber ein Webstuhl war groß und kostete viel Geld. Nur wenige Familien hatten Zugang zu einem solchen, sodass die Frauen einen großen Teil ihrer Zeit darauf verwandten, die wenigen Kleider, die sie besaßen, umzunähen, damit sie ihre Blößen auf anständige Weise bedecken konnten.

Während der Herbst langsam in den Winter überging, wuchs Regeanes Verzweiflung. Das Gasthaus war ein Teil einer alten Ruine. Selbst der Besitzer hatte keine Ahnung von dem Zweck, dem der Bau einst gedient haben mochte. Der eisige Winterwind schluchzte und stöhnte Tag und Nacht durch die steinernen Räume. Ein Kohleofen erwärmte die Luft, doch die Wärme reichte nur für einen Umkreis von einigen wenigen Zoll unmittelbar um die Kohlen. Die Mauern und Böden blieben bitterkalt.

Gundabald und Hugo waren froh über das Essen, das Regeane zubereitete, obwohl sie es als kunstlosen Bauernfraß verunglimpften. Sie warfen die Knochen unter den Tisch, spuckten Knorpel auf den Boden. Wenn sie pinkelten, verfehlten sie den Topf und hinterließen überall stinkende, gelbe Pfützen. Nach dem Essen verzog sich Gundabald auf der Suche nach weiterer Unterhaltung in eine Taverne.

Hugo und Silve gingen zu Bett und stellten das gewebte Netz

unter der Matratze auf eine harte Probe. Sie vögelten sich um den Verstand, tranken bis zur Besinnungslosigkeit und verfielen dann in einen gelähmten, ohnmachtsähnlichen Schlaf.

Gundabald kehrte für gewöhnlich in den frühen Morgenstunden zurück und war geneigt – je nachdem, wie viel Glück er mit dem Würfelbecher, Knaben oder Frauen gehabt hatte –, Silve und Hugo zu wecken und immer wieder durch das Zimmer zu jagen, wobei er ungeachtet ihrer Schreie ihre nackten Leiber mit seinem Ledergürtel auspeitschte. Der Zorn des Vermieters machte diesen Vergnügungen für gewöhnlich ein Ende, woraufhin sich alle zurückzogen.

Am Morgen wachte für gewöhnlich Silve als Erste auf – sie ließ sich am leichtesten aus einem warmen Bett scheuchen – und öffnete Regeanes Tür, sodass sie herauskommen und die Trümmer der vergangenen Nacht beseitigen konnte.

Um Regeanes Schwierigkeiten noch zu verschärfen, hatte Regen eingesetzt.

Die Wölfin fand ihn herrlich. Die Winde, die durch die Stadt strichen, wehten den menschlichen Gestank weg. Das Hochwasser ließ den Tiber anschwellen und spülte die Abwässer weg, die sich überall ungehindert in den Fluss ergossen. Wolkenbrüche säuberten Pflastersteine und Mauern. Für kurze Zeit wurde die von der wässrigen Wintersonne überflutete Stadt zu einem Ort des Lichts und der Farben. Der Marmor glitzerte. Die orangefarbenen Stuckmauern glänzten. Im Ziegelgemäuer wuchsen lange Ruten von rotem Baldrian und an zerfallenden Giebeln flatterten rote und rosafarbene Banner vor dem wolkengrauen Himmel.

Die Römer liebten Blumen. Aus Fensterkästen und Töpfen auf Balkonen quollen spät blühender Salbei, gelbe Schafgarbe, duftende, staubweiße Kamillenblüten und gelbe Tausendschönchen.

Auf den Marktplätzen und Piazzas der Stadt scharten sich Händler, die Iris, Lavendel und spät blühende Rosen feilboten. Für gewöhnlich kauerten die Straßenhändler an Feuern oder Kohleöfen und wärmten sich die Hände, während ihre Blumen vor den schwarzen und grauen Pflastersteinen seltsam unpassend wirkten, wenn der eisige Wind an ihren Blütenblättern zerrte.

An Tagen wie diesem gelang es Regeane, Hugo und Silve nach

draußen zu schleppen, vorgeblich, um Kirchen zu besuchen. In Wirklichkeit hasste Regeane Kirchen. Sie hatte zwingende Gründe dafür. Erstens, weil sie nach dem Tod ihrer Mutter und dem Misserfolg des päpstlichen Segens glaubte, Gott habe sie im Stich gelassen. Zweitens, weil sie Geister sehen konnte.

Diese Visionen waren nicht häufig, aber immer beunruhigend. Meistens ereigneten sich solche Erscheinungen in der Nähe von Kirchen. Gewöhnlich nicht in den Kirchen selbst, sondern in der Nähe der Tür, wenn sie das Gebäude betrat oder verließ.

Die Wölfin scherte das nicht. Das Tier war ein denkbar logisches Geschöpf. Was können die Lebenden schon für die Toten tun? Für die Frau dagegen waren die Toten ein Quell des Schmerzes.

Das Schlimmste war ein schattengesichtiger Kadaver gewesen, angetan mit reichen Samt- und Brokatgewändern. Die Kleidungsstücke waren voller Schimmel und zerfielen bereits in Stücke und sie stanken nach feuchten, vermodernden Lumpen und Verwesung. Der Kadaver, eine Frau, folgte Regeane und sie weinte und rang die Hände, die zuerst Fleisch zu sein schienen und sich dann in knochige Krallen verwandelten. Das Schluchzen und Stöhnen kam von einem Gesicht, das, genauso wie die Hände, zwischen schönen, blassen, aristokratischen Zügen und der nebelhaften Gestalt eines nackten Schädels hin und her pendelte – nur dass dort, wo einst die Augen gewesen waren, lediglich Löcher klafften.

Der Geist peinigte Regeane drei Tage lang und verschwand erst, als Gisela auf Regeanes wiederholtes Drängen hin mit ihr den Schrein, den sie besucht hatten, verließ. Regeane war damals sechzehn gewesen. Sie hatte versucht, die Quelle für den Gram des Schattenwesens auszumachen, aber der verwesende Brokatstoff und das Grauen des augenlosen Gesichts weckten ein unaussprechliches Entsetzen in ihr. Außerdem umgab die tote Frau und ihr berühmtes Grab in der Kirche ein durchdringendes Gefühl des Bösen. Sie schrie nicht vor Kummer und Reue, sondern aus Zorn über eine wohlverdiente Verdammung – ein Schicksal, dem sie allein ausgesetzt war, was sie mit Kummer erfüllte.

Regeanes andere Begegnungen mit Geistern waren kurz und weniger erschreckend gewesen, aber sie konnte nicht an eine Einzige zurückdenken, ohne dass ein Schaudern des Ekels sie befiel. Sie hatte gelernt, Kirchen mit Argwohn zu begegnen.

Dieser Tag begann mit einem Gefühl, das ein klein wenig Ähnlichkeit mit Glück hatte. Regeane gelang es, Gundabald zu überreden, sich von einigen Münzen zu trennen. Nicht viel, aber genug, um ein Kochhuhn zu kaufen, etwas Fenchel, Estragon, Pastinaken und einen Bund grünen Gemüses unbestimmter Herkunft. Die alte Frau steuerte Knoblauch und eine schon ziemlich vertrocknete Zwiebel bei. Regeane gab alles zusammen in einen Topf, um das Mahl über dem niedrig brennenden Feuer zu kochen.

Der Morgen war neblig gewesen, aber gegen Mittag klarte es auf. Die Sonne kam heraus. Die Luft war mild, beinahe warm. Die alte Frau schöpfte mit einer Kelle Eintopf für Regeane, Hugo, Silve und sich selbst aus dem Topf; auf Grund der Zwiebel, die sie beigesteuert hatte, stand ihr eine Portion zu. Ausnahmsweise waren Silve und Hugo einmal nicht zu verkatert, um zu essen. Sie alle kauten das wohlschmeckende Hühnerfleisch, aßen Pastinaken und tunkten ihr zähes, graubraunes Brot in die Brühe.

Als sie gesättigt waren, brachen Regeane, Silve und Hugo auf, um einige Kirchen zu besuchen. Die alte Frau blieb zurück. Sie schüttete den übrig gebliebenen Eintopf für Gundabald in eine zugedeckte Schale und setzte ihre Putzarbeiten fort.

Die Kirche, die Regeane auswählte, war schon sehr alt und stammte angeblich noch aus der Zeit der Apostel. Man musste einige Stufen hinuntergehen, um zur Tür zu gelangen. Die Kirche selbst befand sich in einem Atrium inmitten der prachtvollen Empfangsräume einer uralten römischen Villa. So alt war das Gebäude, dass die Mauern bis einen Meter unter Straßenhöhe abgesunken waren. Gleich hinter der Tür war eine Öffnung im Dach, sodass man den Himmel sehen konnte. Unter dieser Öffnung befand sich ein kleiner Teich. In dem bleichen Licht blühten noch immer einige grüne Gräser und purpurne Iris.

Regeane kniete nieder. Der Boden war mit einer dünnen Schicht sauberen Strohs bedeckt. Eine freundliche Geste gegenüber ihren Knien, fand sie. Zu beiden Seiten des kleinen, altertümlichen Atriums verlief ein langer Säulengang. Hohe, schlanke, weiße korinthische Säulen lenkten den Blick auf das Sanktuarium.

Die Laubverzierung der Kapitelle trug noch immer verblichene Spuren grüner Farbe. Die Mauern und das Dach waren aus leuchtend weißem Stuck. Hier und da zeigte ein abgeblättertes Bröckchen Gips noch eine Spur von Farbe. Regeane wusste, dass der Gips aufgetragen worden sein musste, um Fresken zu verbergen, die der im Werden begriffenen Kirche entweder zu deutlich oder zu heidnisch gewesen waren.

Der Altar war – den Sitten der damaligen Zeit entsprechend – ein schmuckloser, sauberer, quadratischer Tisch aus weißem Marmor. Vier kleine, ungemaserte Säulen, ebenfalls aus rein weißem Marmor, trugen einen einfachen, blauseidenen Baldachin über dem Altar.

An einem Becken mit geweihtem Wasser brannte ein ewiges Licht und machte den Besucher darauf aufmerksam, dass die eigentliche Verkörperung Gottes in Gestalt geweihter Hostien sich ganz in der Nähe befinden musste.

Dieser Ort war bestimmt schon immer heilig gewesen.

Vor langer Zeit – Rom war damals nicht mehr als ein kleines Dorf am Tiber gewesen – lebte hier eine Familie. Das älteste männliche Mitglied der Familie fand sich zusammen mit den Frauen, den Kindern und sogar den Sklaven am Altar ein, um den Fruchtbarkeit schenkenden Geistern des Himmels und der Erde zu opfern. Und natürlich, um für die Verstorbenen der Familie zu sorgen, von denen die meisten auf den Feldern und in den Obstgärten in der Nähe der Villa begraben lagen.

Sie erwiesen ihre Wertschätzung all den Dingen, ohne die man nicht leben kann, Dingen, die noch immer an diesem Ort gegenwärtig waren: Erde, Luft, Feuer und Wasser.

Das Brot der Wandlung sprießt aus dem knospenden Weizenfeld. Der Wein aus der kalten, erfrischenden Luft der Berge. Reben halten die Erde auf dem Felsen fest, mit Wurzeln wie Krallen, die sich an steile Hänge klammern, wo sonst nichts gedeihen kann. Rote und weiße Trauben reifen, während die Sonne ihre Herzen wärmt und kühle Brisen ihre Haut liebkosen. Das Feuer, das in dem nahen Altar flackerte, erinnerte an den von einer Frau gehüteten Herd, und das Wasser in dem Becken stand für den Quell allen Lebens.

Um das kleine Atrium herum wuchs die Stadt. Der Wohlstand der Familie nahm zu. Die Villa wurde vergrößert, aber das alte, heilige Herz des Hauses erhielt man.

Wo jetzt der Altar stand, hatte gewiss der Besitzer der Villa Audienz für seine Klientel und Pächter gehalten. Seine Pächter knieten vor ihm nieder, um ihm das Geld zu überreichen, das ihm für Pacht und Löhne zustand. Seine Klienten küssten ihm die Hände und versuchten, Vergünstigungen zu erbitten. Als Gegenleistung folgten sie ihm wohl durch die Straßen, eine imposante Leibwache, die ihm in den Augen des römischen Pöbels größere Bedeutung verschaffte, jederzeit bereit, seine Feinde einzuschüchtern.

Die Zeit verging. Die Familie zerfiel. Ihre Macht verblasste. Ein Teil der Villa nach dem anderen wurde verkauft, bis nur dieser Bereich übrig blieb. Als sie Christen wurden, ging ihre Großfamilie in der Gemeinschaft aller Menschen auf. Aber das kleine Atrium war heilig und würde es immer sein.

Regeane begrüßte Christus, aber sie begrüßte ihn nicht als einen Freund. Sie glaubte nicht, dass Er jemals ihr Freund sein würde. Dennoch erwies sie Ihm den geziemenden Respekt und forderte nicht Seine Feindschaft heraus.

Als sie sich erhob, bemerkte sie, dass Silve allein an der Tür stand. »Wo ist Hugo?«, fragte Regeane.

»Hat sich davongemacht«, antwortete das Mädchen grollend. »Wahrscheinlich ist er in irgendeiner Weinschänke und schiebt gerade dem Schankmädchen die Hand unter den Rock. Soll ich ihn suchen gehen?«

»Nein«, antwortete Regeane kurz angebunden. Silve hinter Hugo herschicken? Ha! Binnen weniger Stunden würden die beiden schlafend in den Sägespänen auf dem Boden irgendeiner Taverne liegen.

Sie entdeckte eine Bank an der hinteren Mauer der Kirche, die zweifellos einst für die Kunden und Bittsteller des Besitzers der Villa gedacht gewesen war. Sie schien wie geschaffen dafür zu sein, sich ein wenig auszuruhen. Sie und Silve gingen hinüber und setzten sich.

Die Kirche war ein friedvoller Ort. Die Gegenwart wachte ohne Feindschaft über die Vergangenheit. Die Luft war kühl, aber ohne die schneidende Schärfe des Windes draußen. Geflecktes Sonnenlicht fiel auf den weißen Marmoraltar und durch die Öffnung in dem Dach über dem Teich im Atrium.

Während ihre Augen sich nun der Düsternis anpassten, konnte sie sehen, dass die Kirche unter dem Stroh ein aufwendiges Mosaik in einem Muster leuchtender Frühlingsblumen besaß.

Silve zog einen Krug unter ihrem Gewand hervor, riss mit den Zähnen den Korken heraus und nahm einen tiefen Schluck. Dann hielt sie den Krug Regeane hin.

Regeane lehnte ab. Silve und Hugo bevorzugten beide Tavernen, in denen der Wirt den Wein mit Substanzen versetzte, die seine Wirkung erhöhen sollten. Es kam nicht selten vor, dass ein Gast dieser Häuser von dauerhaftem Wahnsinn ergriffen wurde oder tot umfiel, nachdem er dort heftig gezecht hatte. Regeane hatte nicht den Wunsch, dasselbe Schicksal zu erleiden.

Silves Augen wurden ein wenig glasig, als der Wein seine Wirkung zeigte. Sie machte einige Bemerkungen über Hugos Ahnen, dann lachte sie. »Er wird im Hinterzimmer seinen Hintern verhökern müssen, um was zu trinken zu bekommen«, sagte sie. »Das Geld habe nämlich ich. Oh, sieh nur!«

Regeane folgte Silves Aufforderung. Das Mädchen zeigte auf den Teich im Atrium. Regeane bemerkte eine Bewegung im Wasser. »Ein Karpfen«, sagte Silve. Sie machte sich daran, ihren Schleier abzunehmen. »Mal sehen, ob wir ihn fangen können. Ich halte den Schleier. Du jagst den Fisch hinein. Das gibt ein wunderbares Abendessen.« Sie stand auf, aber Regeane hielt sie am Arm fest und zog sie wieder auf die Bank herunter.

»Ich bin nicht überzeugt davon, dass das ein Fisch ist«, sagte Regeane.

Das Ding im Teich hob seinen Kopf über die Wasserfläche. Eine Schlange.

Silve gab ein Geräusch von sich, das Regeane an eine ungefettete Achse erinnerte, die zu großem Druck ausgesetzt wurde. Dann fuhr sie wie der Blitz von ihrem Platz auf. Sie rannte in die falsche Richtung, zum Altar hinüber, wo es keinen Ausgang gab. Schließlich lehnte sie sich an eine der Säulen und besann sich wieder des Krugs, um ihm ein wenig zusätzliche Stärkung zu entlocken.

Die Schlange glitt mühelos aus dem Teich auf den strohbedeckten Boden und schob sich auf Regeane zu. Die Frau hatte Angst, aber die Wölfin war gleichgültig, ja sogar majestätisch. Sie wusste, dass die Schlange nicht giftig war, nicht einmal wütend, nur neugierig.

Es widerstrebte Regeane zutiefst, sich vor Silve ihre Angst anmerken zu lassen. Schließlich war sie die Tochter von Wolfstan, dem sächsischen Prinzen, und von Gisela, einer Blutsverwandten Karl Martells, des Hammers Gottes. Sie würde sich nicht von diesem Geschöpf dort unten beschämen lassen.

Die Kreatur bewegte sich nicht besonders schnell, sodass Regeane sich auf ihre Ankunft vorbereiten konnte. Bei näherem Hinsehen stellte sie fest, dass die Schlange nicht hässlich war. Die Schuppen waren ein eng anliegendes Mosaik, das Ähnlichkeit mit den Farben des im Wasser funkelnden Sonnenlichts hatte – weiß, blau und grün. Sie formten über dem Rücken der Schlange ein Muster, das sich über dunklere Streifen zu beiden Seiten des Tierkörpers hinwegzog.

Die Wölfin betrachtete das Reptil mit einer anerkennenden Verneigung ob derart gelungener Tarnung. Die Schlange musste beinahe unsichtbar sein, wenn sie durch den schlammigen, sonnenbeschienenen Tiber schwamm.

Die Schlange erreichte Regeanes Gewand und untersuchte mit einem kurzen Vorschnellen ihrer gegabelten Zunge den Saum. Die Wölfin blieb reserviert, aber die Frau streckte die Hand aus, als hätte sie einen Höfling vor sich.

Die Schlange hob den Kopf. Regeane spürte die zuckende, scheue Liebkosung der Zunge auf ihren Fingerspitzen. Sie – oder vielleicht er – machte eine erstaunliche Kehrtwendung und eilte zurück Richtung Wasser.

»Aha! Ahaa! Ahaaaa!«, bemerkte Silve. »Sie hat dir ihre Ehrerbietung gezollt.«

»Den Teufel hat sie«, antwortete Regeane. »Sie ist zu dem Schluss gekommen, ich sei zu groß, um gefressen werden zu können. Und jetzt halt den Mund. Falls irgendein Diener oder Priester in der Nähe ist, wird er bei deinem Geplärr gleich angelaufen kommen, um nachzusehen, was los ist.«

Silve hielt tatsächlich den Mund, wahrscheinlich, weil sie nicht gleichzeitig schreien und ihre Tonflasche leeren konnte.

Regeane stand auf und ging auf den Teich zu. Sie beobachtete die Schlange, die – mit der Selbstverständlichkeit eines Geschöpfes, das weiß, wohin es geht – zum Abflussrohr schwamm, das wahrscheinlich in den Fluss führte. Als die Schlange in das Rohr hineinglitt, sah Regeane die Frau.

In der Nähe des Teichs stand eine kleine Marmorbank. Die Frau saß dort und blickte zufrieden in das stille Wasser. Sie hatte ein Kind auf dem Schoß – einen kleinen Jungen. Er schlief und sein kleiner Lockenkopf ruhte an der Brust seiner Mutter.

Einen Augenblick fragte sich Regeane, wann die Frau hereingekommen war. Dann wurde ihr klar, dass sie die Kirche unmöglich hätte betreten können, ohne dass es ihr, Regeane, aufgefallen wäre. Außerdem konnte sie durch die Körper der beiden die Kirchenmauer dahinter sehen. Sie verstand, was sie da sah. Die Wölfin gähnte gelangweilt.

Regeane verspürte einen Anflug von Neid: Der Ausdruck auf dem Gesicht des Geistes war heiter und erfüllt von Liebe und Frieden.

Über der Öffnung im Dach hellte der Himmel sich auf. Regeane blickte nach oben. Als sie sich wieder der Bank zuwandte, war die Frau fort. *Ja,* dachte Regeane. *Dieser Ort ist immer schon heilig gewesen.*

Silve wimmerte. Sie hörte sich an wie ein unglücklicher Jagdhund.

»Oh, um Christi Willen!«, rief Regeane. »Was ist denn jetzt schon wieder? Die Schlange ist doch weg.«

»Du hast jemanden auf der Bank angesehen. Da kann aber keiner gesessen haben. Trotzdem hab ich etwas auf der Bank gesehen...« Wieder ertönte die unter Druck gesetzte Achse.

Regeane hatte genug. »Ruhe!« Die Akustik des Gebäudes war hervorragend. Regeanes Stimme hallte unter dem Dach laut wider.

Silve stieß ein Schnauben aus und verstummte.

Regeane ging an dem Säulengang vorbei, bis sie zu Silve kam. Dann fasste sie sie am Ohr und zog sie zur Tür.

»Hugo sagt...«, kreischte Silve.

Regeane fiel ihr ins Wort. »Du darfst nicht vergessen, dass ihr beide, du und Hugo, euch in den selben Weinschänken betrinkt.«

Sie gingen durch die Tür und die kleine Treppenflucht hinauf auf den Platz davor. Regeane blickte auf. Sie sah, dass der Himmel jetzt noch dunkler war als zu der Zeit, als sie die Kirche betreten hatten. Ein leichter Regen benetzte ihr Gesicht.

Silve schniefte. Regeane ließ ihr Ohr los. »Ich werde sterben«, jammerte sie. »Die Kälte und die Feuchtigkeit werden noch mein Tod sein. Dir ist es egal, ob ich sterbe. Dir ist überhaupt alles egal. Du sitzt einfach da in deinem kleinen Steinzimmer und verziehst keine Miene. Und brichst den Stab über uns. Ich werde bestimmt krank.« Sie heulte laut auf. »Meine Lungen werden sich mit stinkendem Eiter füllen und wenn ich huste, werde ich Blut spucken! Ich werde nicht mehr laufen und keine Treppen mehr steigen können. Ich bekomme die Ruhr. Ich werde sterben.«

Wenn es irgendetwas auf Erden gab, das noch abstoßender war als Silve, dachte Regeane, dann musste es Silve sein, die Blut hustete und ihr beengtes Wohnquartier mit Gestank verpestete, weil sie Durchfall hatte. Bewusst oder unbewusst hatte Silve den einzigen Punkt getroffen, der Regeanes Börse öffnen konnte. Regeane tastete hastig nach dem Lederbeutel an ihrem Gürtel, zog eine Kupfermünze heraus und reichte sie Silve. »O Gott, o Christus! Im Namen Seiner großheiligen Mutter und aller anderen Heiligen, lauf und beschaff dir neuen Wein.«

»Juchhu«, stieß Silve überglücklich hervor; dann sprang sie auf die Füße und stürmte um die Ecke zu der Weinschänke, die sie auserkoren hatte. Regeane blieb in der Nähe der Kirche.

Der Himmel verdüsterte sich weiter und Regeane spürte, dass jemand sie beobachtete. Das überraschte sie nicht. Die Römer, vor allem die römischen Männer, beobachteten alles. Frauen waren wichtige Zielscheiben und junge Frauen standen ganz oben auf ihrer Liste. Der entkleidende Blick zählte zu ihren Lieblingsbeschäftigungen. Mit einem schiefen Lächeln dachte Regeane: *Wenn er das tut, hat der Beobachter in diesem Fall ein gutes Stück Arbeit vor sich.* Sie trug lange Leinenunterhosen, die an langen Leinenstrümpfen befestigt waren. Ein Strophium um die Brüste. Ihre Mutter hatte sie stets gezwungen, es zu tragen, begleitet von düsteren Warnungen, dass sie später im Leben in sich zusammensacken würde, wenn sie die Busenbinde allzu oft wegließe. Ein langes, ärmelloses Leinenhemd und dazu ein langes Leinenhemd mit Ärmeln bis zu den Handgelenken. Ein Überkleid mit weiten, bis zu den Ellbogen reichenden Ärmeln. Einen dunklen Wollumhang, der ihren Kopf und ihren Körper einhüllte. Dazu einen Schleier, der seinerseits den größten Teil ihres Gesichts verbarg.

Ihr Blick suchte den Platz nach dem Beobachter ab, konnte aber niemanden entdecken. Der Regen wurde ein wenig kräftiger. Die einzige andere Person in der Nähe war ein Bettler. Er oder sie war ein schmutziges Lumpenbündel, das auf der Veranda eines nahen Wohnblocks schlief.

Trotzdem konnte sie den Blick spüren. *Ich bilde mir etwas ein,* dachte die Frau. Die Wölfin zögerte. Sie benutzte keine Worte, aber sie wusste, wie sie »Nein« sagen konnte. Ihre Nackenhaare stellten sich auf. Regeane hatte das Gefühl, als rinne kalter Regen ihr Rückgrat hinunter.

Der Blick war bösartig, eisig und irgendwie nicht... lebendig.

Sie zog sich den Umhang tiefer ins Gesicht und eilte in dieselbe Richtung davon, die Silve zuvor eingeschlagen hatte. Sie fand Silve in einer Schlammpfütze in der Nähe einer Weinschänke sitzend. Sie fluchte. In einer Hand hielt sie eine große Tonflasche, in der anderen ihre Unterhosen und das Strophium. Die Strümpfe waren ihr bis zu den Knöcheln heruntergerutscht.

»Da kannst du deinen Hintern abkühlen, du Miststück«, schrie der Gastwirt ihr nach.

»Du schwuler Schwanzlutscher!«, kreischte Silve. »Was bringt dich auf den Gedanken, du hättest ihn je gewärmt?«

Regeane packte Silve am Arm. Der Besitzer der Taverne schien nach einer Waffe zu suchen. Regeane schubste die Dienerin die Straße hinunter. Sie erspähte eine verlassene Gasse und hielt Wache, während Silve sich ihre Unterwäsche wieder anzog.

»Was ist passiert?« Sie blickte die leere Straße hinunter.

»Ich habe ihm die Kupfermünze gegeben«, antwortete Silve, »und er sagte, wenn ich ihm noch ein klein wenig was obendrauf gäbe, würde er mir etwas Besonderes verkaufen – Wein mit einem Sirup aus Opium und Schierling.«

Regeane war entsetzt. Sie hatte eine sehr gute Erziehung genossen. Sie wusste, wie Sokrates gestorben war. »Schierling?«, fragte sie.

»Das Zeug ist sehr gut.« Silve hatte sich das Kleid über den Kopf gezogen und band sich ihr Mieder fest. »Man bekommt so ein schönes, prickelndes Gefühl davon.«

»Das glaube ich dir aufs Wort«, antwortete Regeane. *Und wenn es genug geprickelt hat stirbst du.*

»Na jedenfalls, wir sind also in die Scheißkammer gegangen. Wir haben es auf dem Boden getrieben und als er sich runterwälzte, versuchte er, mir den Weinkrug wieder wegzunehmen.« Silves Stimme schwoll zu einem schrillen Wutschrei an.

»Und dann?«, fragte Regeane.

»Ich habe dem Bastard Scheiße auf den Kopf geschmiert.«

»Ah«, sagte Regeane.

Silve wusch sich die Hände in einer Regenpfütze und trank dann etwas von dem Wein. Sie hielt den Krug Regeane hin.

»Nein«, sagte Regeane. »Was jetzt?«

Keine der beiden Frauen wollte in ihr Gasthaus zurückkehren. Silve wusste, dass Gundabald, falls er schon zurückgekommen und schlechter Laune war, sie schlagen würde. Dasselbe würde vielleicht Hugo tun, falls er sich – wie sie gesagt hatte – an einen Sodomiten verkaufen musste, um Geld zum Trinken aufzutreiben.

An Regeane würde zurzeit niemand Hand anlegen. Hugo auf keinen Fall und Gundabald würde nicht das Risiko eingehen wollen, sie zu entstellen. Sie vermutete, dass eine Menge Prügel auf sie warteten, wenn sie sich als nicht so gut verkäuflich erwies, wie Gundabald glaubte. Dies hier war nur eine flüchtige Atempause. Nein, sie würde nicht geschlagen werden, aber man würde sie einsperren und ohne Abendessen ins Bett schicken. Gundabald würde wütend sein, dass sie nicht zurückgekommen war, nachdem Hugo sich davongestohlen hatte.

Die Luft war diesig vom Regen. Sie konnte es im Nachmittagslicht sehen, das an den im zweiten Stock gelegenen Fenstern der Häuser vorbeistrich. Sie spürte wieder den Blick. Diesmal schien er näher zu sein. Sie sah sich auf der Straße um. Die Fenster über ihr waren fest geschlossen. Es gab keine Türen, nur leere Mauern aus den schmalen Terrakottasteinen, die die Römer bevorzugten. Vor ihr erstreckte sich die Straße in die neblige Ferne.

»Mal sehen, ob wir einen Brotverkäufer finden. Hast du noch Geld übrig?«, fragte Silve.

»Ein paar Kupfermünzen«, sagte Regeane. Sie und Silve teilten eine Vorliebe für die römischen Fladenbrote, gefüllt mit Zwiebeln, Oliven, Knoblauch und köstlichen Schweinefleischstückchen. Regeanes Magen meldete sich zu Wort.

Gemeinsam schlenderten sie weiter, um nach einem Brotverkäufer Ausschau zu halten. Nach kurzer Zeit fanden sie einen und verirrten sich in den engen, gewundenen Straßen in der Nähe der Ruinen des Kolosseums. Regeane machte schließlich die hohen Zypressen aus, die die Via Appia säumten und kurz darauf gingen sie über die berühmteste aller Straßen, die nach Rom führte.

Sie blickten auf die Stadt hinab. Sie lag verdeckt unter niedrigen Regenwolken. Nebelschwaden reckten sich wie Gazevorhänge zwischen Himmel und Erde. Der Nachmittag ging in den Abend über und der Wind wurde kälter.

»Lass uns hier Pause machen und die Brote aufessen«, meinte Silve. Sie hatten beide je eines der Brote gegessen, gleich nachdem sie sie gekauft hatten. Zwei Stück hatten sie noch übrig.

»Aber hier können wir uns nirgends hinsetzen«, wandte Regeane ein.

»Sei nicht dumm. Wenn wir das Brot mit nach Hause nehmen, werden Gundabald und Hugo es aufessen.« Silve zeigte auf die Ruinen eines Grabs ein Stück weiter die Straße hinunter. »Wir können da reingehen.«

In der Hochzeit des römischen Imperiums hatten die Leute ihre Toten hier begraben. Jetzt waren alle Gräber entweiht – man hatte sie schon vor langer Zeit ausgeraubt.

Dieses hier musste einmal einem großen Mann gehört haben, aber jetzt war das Gebäude leer. Der Sarkophag ruhte am Straßenrand. Schafhirten, die ihre Herden zum Markt trieben, benutzten ihn als Wassertrog.

Das Grab hatte früher einmal ausgesehen wie ein kleines Haus mit einem Giebeldach, aber eine Wand war eingestürzt und an dieser Seite war das Gebäude den Elementen preisgegeben. Das überhängende Dach und die niedrige Plattform, auf der einst der Sarkophag gestanden hatte, sorgten jedoch für ein trockenes Plätzchen, wo sie sich mit Blick auf die Straße niederlassen und ihr gefülltes Brot essen konnten.

Regeane war ausgehungert. Ein Anflug von Verzweiflung bemächtigte sich ihrer, während sie das Essen verschlang. Sie hätte noch weitere Brote essen können. Silve trank ihren Wein, während sie aß. Sie war bald gesättigt und ihre Augen wurden abermals ein wenig glasig. Es juckte sie offensichtlich und schließlich stand sie auf, um sich überall zu kratzen.

Regeane verzehrte das Brot, leckte sich ihre fettigen Finger ab und fragte sich, ob es genug zu essen auf der Welt gäbe. Sie verstand auch, warum Silve und Hugo diese giftige Mixtur aus Wein und Drogen tranken – sie linderte die Qualen des Hungers. Der letzte Rest Wein in Silves Krug stellte eine Versuchung dar, der Regeane jedoch entschlossen widerstand. Das Zeug war Gift und früher oder später – wahrscheinlich früher – würde es die beiden töten.

Silve hörte nicht auf, sich heftig zu kratzen.

»Silve«, fuhr Regeane auf. »Hast du dir irgendwelche Wanzen eingefangen?«

»Nein«, sagte Silve. »Das ist der Mohnsaft; manchmal hat das Zeug so eine Wirkung.«

Regeane sah sich beklommen um. Der Himmel schien noch finsterer geworden zu sein.

»Scheiße«, sagte Silve mit belegter Stimme. »Es wird die ganze Nacht regnen. Ich hätte gute Lust, mir eine warme Taverne zu suchen und im Hinterzimmer die Beine breit zu machen. Der Nächste bitte! Jeder kommt an die Reihe! Eine Kupfermünze pro Kopf! Wenigstens die halbe Nacht könnte ich dann schlafen. Der Tavernenwirt würde einen Teil meiner Einnahmen für sich wollen, aber er würde mir auch jede Menge Wein zu trinken geben und der verdammte Hugo würde mich nicht wund reiben, während er sich den Alkohol aus seinem Kadaver schwitzt. Der Bastard kriegt ihn hoch, so lange er betrunken ist, aber der widerwärtige kleine Schwanzlecker kriegt ihn nicht wieder runter.«

»Warum verlässt du ihn dann nicht?«, fragte Regeane.

Silve lachte. »Weil ich in die beiden nächst gelegenen Tavernen nicht mehr gehen kann. Dem Besitzer der Ersten schulde ich Geld und das Schankmädchen der Zweiten hat mir gesagt, wenn ich ihr irgendwelche spätabendlichen Geschäfte wegnähme, würde sie mir das Gesicht zerschneiden.

»Dumme Sache«, bemerkte Regeane mitleidig.

»Na egal«, kam Silves Antwort.

Die Via Appia glänzte in dem verblassenden Licht wie ein schmales, schwarzes Band. Regeane sah, wie in einem Bauernhaus an der Straße in den Fenstern einige Lichter aufleuchteten.

»Wir müssen gehen«, sagte Regeane mit einer Spur Beunruhigung in der Stimme. »Nach Einbruch der Dunkelheit ist es hier nicht mehr sicher. Wie die Dinge liegen, werde ich wohl eingesperrt und du kriegst wahrscheinlich Prügel.«

»O nein«, stöhnte Silve. »Es ist doch trocken hier. Und warm, so herrlich warm. Ich will nicht weg«, schniefte sie.

Wieder befiel Regeane das Gefühl, beobachtet zu werden. Sie blickte zu Silve hinüber und sah eine Wespe, die ihr übers Gesicht kroch. Das Insekt war schwarz, ein durchscheinendes, bläuliches Schwarz. Regeane sah genauer hin und bemerkte, dass die ganze rechte Seite von Silves Körper über und über mit diesen krabbelnden Geschöpfen bedeckt war. Dunkle Fühler zitterten auf ihren Köpfen, ihre Füße tasteten, erkundeten. Die knollenförmigen Hinterleiber, die mit bösartigen Stacheln bewehrt waren, zuckten über Silves Haut.

Regeane streckte die Hand aus, packte Silve an der Schulter und zerrte sie aus dem Grab. Silve sah die Wespen. Sie schrie und begann, mit den Armen zu fuchteln und mit den Händen nach den Tieren zu schlagen.

Zu Regeanes flüchtiger Verblüffung stachen die Wespen Silve nicht. Sie schraken zurück und verharrten in der Nähe des Eingangs zum Grab in der Luft, wie eine böse, schwarze Wolke. Silve, die noch immer halb betrunken war, taumelte. Sie suchte ihr Gesicht und ihren Körper nach möglichen Stichen ab.

Regeane blickte die Via Appia hinunter und sah es kommen.

»Nein«, wisperte sie. Dann schrie sie: »Lauf, Silve!«

»Laufen?«, fragte Silve und sah sich um. »Wohin?«

Das Ding näherte sich schneller und schneller, bewegte sich wie die ersten Steine einer Lawine und es war offensichtlich in Regeanes Richtung die Straße hinauf unterwegs. Es klapperte und brabbelte mit tausend Stimmen, die in Wahnsinn und Qual zu einer Einzigen geeint waren. Es stank nach brennendem Tuch, brennender Wolle, brennenden Knochen, brennendem Fleisch. Und dann, als es näher kam, nach Verwesung und Tod.

Sie konnte seine Stimme hören, die heulte und ihr entgegenschrie. »Wo ist sie? Du hast sie gesehen. Du kannst mich zu ihr bringen.«

Dann war es überall um Regeane herum, und das Grauen in dieser Stimme war beinahe unerträglich. »Die Leute sagen, ich hätte sie getötet – sie und das Kind. Ich habe – niemals ...« Das Ding stöhnte.

Regeane warf sich ihren Umhang übers Gesicht und versuchte, der stinkenden Wolke, die die Erscheinung einhüllte, zu entrinnen. Sie fand sich allein und im Dunkeln mit dem Ding. Seine Existenz quoll über vor Gram.

»Ich konnte sie nicht ernähren.« Die Verlassenheit in der Stimme war ein Schmerz, den das Rad der Ewigkeit zur Vollendung gebracht hatte. »Ich konnte es nicht ertragen, ihre Gesichter zu sehen, während sie verhungerten.« Ein Kummer, so herzzerreißend, dass er die ganze Welt in Trauer zu ertränken schien. »Ich war wahnsinnig vor Schmerz.«

»Nein«, hörte Regeane sich rufen. »Du warst wahnsinnig vor Stolz.« Sie erinnerte sich an die Frau und das Kind in der Kirche. »Sie wollten leben«, schrie sie das verdammte und verdammenswerte Ding an. »Sie wollten leben! Du hast sie getötet und du hast deine Strafe bekommen.«

Die Luft um sie herum stank nach Fäulnis. »Sie haben mich in Ketten gehängt!«

Regeane sah und roch es. Der verwesende Körper, der am Galgen baumelte. Nur Knochen, an denen Fleischfetzen herabhingen, die im Nachtwind tanzten, beinahe so, als seien sie lebendig. Die herunterfielen und sich im Gras verteilten. Der Torso, der sich am Bauch in zwei Teile trennte; die Hüften, die mit einem klatschenden Geräusch auf die Erde fielen und die Lungen und die Haut von den Rippen mit sich zogen. Zuletzt dann Kopf und Schultern, die herunterfielen; der fleischlose Schädel, der auf die Pflastersteine schlug und mit einem Ekel erregenden Geruch zerbarst. Die beinahe flüssige Gehirnmasse, die einst den Mann ausgemacht hatte und zu Pfützen zerlief, die gerann, um auf der Straße zertrampelt zu werden.

Die Wespen griffen an, senkten ihre Stachel in Regeanes Gesicht, durch den Umhang hindurch in ihre Wangen, ihre Zunge und ihr Kleid, in ihre Arme und ihre Brust, aber am schlimmsten von allem: durch ihre Lider hindurch in ihre Augäpfel.

Sie hörte die Wölfin nicht brüllen. Ihre eigenen Schreie machten sie taub. Sie wusste nur, dass sie vier Beine hatte, nicht zwei. Ihr Kiefer öffnete sich mit einem empörten Aufschrei und Feuer erfüllte die Luft um sie herum.

Als sie erwachte, lag sie auf der Seite. Ihre Schulter ruhte in einer sauberen Regenpfütze. Sie schlug die Augen auf und erhob sich langsam. Eine Seite ihres Kleides war durchnässt. Mit zitternden Fingern erkundete sie ihr Gesicht und ihren Hals. Keine Schwellung. Kein Schmerz. War die ganze Sache ein Traum gewesen?

Sie blickte zu Boden. In der Nähe der Pfütze konnte man in einer Schlammlache Hundespuren sehen. Sie erinnerte sich, dass die Wölfin ihr zur Hilfe gekommen war. War sie wirklich da gewesen? Hatte sie das Grauen irgendwie abgewehrt? Regeane stand noch zu sehr unter Schock, um die Konsequenzen der vergangenen Ereignisse abwägen zu können.

Sie sah sich um. Silve war fort. Offensichtlich hatte sie eine Antwort auf die Frage gefunden, wohin sie laufen sollte. Dann wurde ihr bewusst, dass das Grab, in dem sie ihre Mahlzeit eingenommen hatten, verschwunden war. Es existierte einfach nicht mehr.

Regeane raffte ihre Röcke und rannte los.

Erst in der Nähe der Stadt verlangsamte sie ihre Schritte. Nicht weil sie atemlos gewesen wäre. Ihr Durchhaltevermögen war für gewöhnlich größer als das der meisten Menschen. Sie ging langsamer, weil sie an einigen Arbeitern vorbeikam, die in der Nähe der Stadt zu tun hatten. Und ihre Blicke machten ihr Angst. Eine einzelne anständige Frau war ein ungewöhnliches Bild. Prostituierte stellten ihre Ware zur Schau. Also würde man sie nicht mit einer solchen verwechseln. Aber man konnte sie sehr wohl für eine verheiratete Frau halten, die sich aus dem Haus gestohlen hatte, um ihren Liebhaber zu besuchen. Als solche musste sie auf der Hut sein vor Wüstlingen auf der Suche nach einer günstigen Gelegenheit. Sie blieb stehen, hüllte sich fest in ihren Umhang, zog den Schleier über ihr Gesicht, senkte den Kopf und ging weiter.

Sie wagte es nicht, so spät noch durch die Ruinen des Forums zu wandern. Sie trat ihren Heimweg durch die engen Straßen nahe des Pantheons an. Diese Gassen waren nur zu Fuß passierbar. Steinerne Treppenfluchten umgaben die Mauern aus Terrakottastein. Zwischen diesen Mauern war es so dunkel, dass es genauso gut hätte Nacht sein können.

Der Himmel über ihr war ein düsteres, blaugraues Leichentuch. Das wenige Licht, das noch übrig war, ließ nur Regen erkennen, der an hohen, hinter hölzernen Läden verschlossenen Fenstern vorbeizog.

Sie ging so schnell wie möglich, als sie auf die Beerdigungsprozession traf. Es war eine armselige Prozession – der Leichnam eingehüllt in ein Tuch, auf einer offenen Totenbahre. Fackeln flackerten in den Händen der wenigen Verwandten und Freunde, die dem Verstorbenen folgten. Die Flammen zuckten im Wind, neigten sich zur Seite und brannten bläulich in der feuchten Luft.

Regeane presste sich an die Mauer, um die Leute vorbeiziehen zu lassen.

Wie eine Fledermaus, die aus dem Eingang einer Höhle herausflog, erschien plötzlich Silve aus der Dunkelheit. »Hexe!«, schrie sie und zeigte auf Regeane. »Dämonin! Sie ist hier, um seine Seele zu stehlen. Tötet sie! Tötet sie! Sie wird seine Seele zur Hölle schleifen und sie dem Teufel verkaufen, um ihre eigene dafür auszulösen!«

Regeane war ein paar Sekunden lang wie gelähmt vor Furcht, aber auch vor fassungslosem Erstaunen. Dann sah sie, dass die Verwandten des Toten Silve glaubten. Der Schmerz und das schiere Grauen in ihrer Stimme vermittelten eine furchtbare Gewissheit. Selbst Regeane erkannte, dass, wie viel Wahrheit oder Falschheit in den Schreien der Dienerin auch enthalten sein mochte, Silve selbst daran glaubte – absolut. Plötzlich stand die

Totenbahre auf der Straße und die Trauernden tasteten in der Dunkelheit nach Wurfgeschossen.

Regeane rannte wieder los. Das Einzige, was sie rettete, war der relative Mangel an Material für eine Steinigung. Noch im Laufen spürte sie, dass etwas sie hart im Kreuz traf. Ein zerbrochener Dachziegel schoss direkt an ihrem Arm vorbei und hinterließ ein brennendes Gefühl. Dann hatte sie die engen Mauern hinter sich und rannte über eine Durchgangsstraße, auf der nicht nur Fußgänger unterwegs waren. Das Gasthaus lag direkt vor ihr.

Sie verlangsamte ihre Schritte, denn sie wollte sich nicht anmerken lassen, wie groß ihre Angst war. Der Himmel war in ein indigoblaues Zwielicht gehüllt. Eine Außentreppe an der Seite des Hauses führte zu ihrem Quartier.

Sie stieg gerade die Treppe hinauf, als sie sah, dass sie sich den Arm aufgeschnitten hatte und ihre Hand blutig war. Sie wischte sie sich an ihrem dunklen Umhang ab. Der dicke Wollumhang war fast schwarz; sie hoffte, dass man das Blut nicht sehen würde. Sie spannte den Arm an und der Schnitt schloss sich.

Sie dachte einzig an Wärme und Sicherheit, als sie durch die Tür trat. Sie wusste, man würde sie für die Nacht einsperren, aber selbst das enge Zimmer schien ein sicherer Hafen zu sein nach dem, was sie heute durchgemacht hatte. Sie hatte keine Ahnung, was sie erwartete.

4

Zum ersten Mal seit Monaten war das Zimmer warm. Kohleöfen glühten in jeder Ecke. Ein tosendes Feuer brannte im Herd.

Regeane ließ sich auf einen Stuhl am Feuer sinken.

Hugo und Gundabald saßen zusammen am Tisch und ließen sich ein üppiges Mahl schmecken.

Die Nase der Wölfin wanderte zwischen den Düften umher, Safran, Zimt, Nelken und Pfeffer – Gewürze, die ihren Weg nicht in die Speisen gewöhnlicher Menschen fanden.

Gundabald zerlegte einen Kapaun, der mit einer Fleischfarce und eingemachten Feigen gefüllt war, mit Butter, Zimt und dem furchtbar teuren Pfeffer gewürzt. Seine Wangen glänzten fettig. Er schob sich etwas von dem saftigen, köstlichen Fleisch in den Mund und warf dann einen wütenden Blick auf Regeane. »Wo zum Teufel bist du gewesen?«

Ihr war klar, dass sein Ärger auch Furcht enthielt. Da er noch nie zuvor Sorge um ihr Wohlergehen gezeigt hatte, konnte sie daraus nur den Schluss ziehen, dass seine Angst um sie ihre Wurzel in irgendeiner Veränderung ihrer Stellung hatte.

»Du hast einen reichen Ehemann für mich gefunden?«

»Kluges Mädchen! Also, wo zum Teufel bist du gewesen?« Er stand vom Tisch auf.

Die Wölfin warnte sie. Sie hörte nicht zu oder sie reagierte nicht schnell genug, aber sie war auf den Beinen, als er sie erreichte. Er schlug ihr, so fest er konnte, mit dem Handrücken ins Gesicht. Ihr Kopf flog zur Seite wie bei einer zerbrochenen Puppe. Eine Sekunde verlor sie das Bewusstsein. Ihr Knöchel schlug gegen eines der Stuhlbeine. Im Fallen prallte ihr Kopf auf dem Boden auf. Es war das erste Mal, dass sie die volle Wucht einer Männerfaust am eigenen Leib erfuhr. Die schiere Gewalt und Zerstörungskraft waren erschreckend.

Dann setzte sie sich auf. Mit Hilfe der Stuhllehne zog sie sich wieder auf die Beine. Blut rann ihr aus der Nase und sickerte aus ihrem Mundwinkel.

Gundabald stand vor dem Feuer und wärmte sich an den Flammen.

Sie griff nach einer Serviette, die auf dem Tisch lag.

»Verdammt! Mach das Leinen nicht schmutzig«, sagte Gundabald.

Regeane benutzte ihren Umhang, um sich das Blut vom Gesicht zu wischen.

»Also, wo bist du gewesen?«

»Hugo hat uns im Stich gelassen«, sagte sie.

Hugo – der den Mund voll hatte – gab ein ersticktes Geräusch von sich.

»Du sei still!«, sagte Gundabald, bevor er ihm ebenfalls ins Gesicht schlug.

Hugo würgte und begann auszuhusten, was er zu schlucken versucht hatte.

»Ich bin umgeben von Narren!«, überlegte Gundabald laut. »Dass du es bloß niemals mehr wagst, deine Cousine auf der Straße allein zu lassen! Hörst du mich!«, brüllte er. »Oder das war nur ein Vorgeschmack von dem, was dich erwartet.«

»Gott! Gott! Gott! Ja«, ächzte Hugo. »Barmherziger Jesus, was ist denn in dich gefahren! Zuerst versuchst du, das bisschen, was hübsch an ihr ist, zu ruinieren... Dann verpasst du... verpasst du mir einen Hieb... Was...«

»Halt den Mund!«, tobte Gundabald.

Hugo hielt den Mund.

»Du«, sagte Gundabald, »bist ein Narr, der noch nie weiter als bis zu seiner eigenen Nasenspitze sehen konnte. Und sie«, er zeigte auf Regeane, »ist ein arrogantes kleines Miststück, das dich und mich zweifellos in die Hölle wünscht! Aber sie ist jetzt auch ein sehr wertvoller Besitz! Sie ist verkauft! Und ich habe einen verdammt guten Preis für sie bekommen. Nein! Es ist keine großartige Sache. Das war auch nicht zu erwarten. Schließlich ist sie bettelarm – aber er ist jedenfalls wohlhabend. Der Bursche sitzt auf einem Haufen Gold. Der König will ihn gefügig machen. Eine Heirat ist billiger und macht bei weitem weniger Ärger, als wenn er eine Armee gegen seine Festung schicken müsste. Der König wird von ihm erwarten«, meinte Gundabald kichernd, »dass er zutiefst und fühlbar dankbar für eine Einheirat in die königliche Familie ist und dasselbe erwarte ich. Tatsächlich, die Geldverleiher brauchten nur seinen Namen zu hören und ihre Börsen öffneten sich. Glaubst du, all diese Annehmlichkeiten sind wie Manna vom Himmel gefallen?«

Regeanes Nase hatte aufgehört zu bluten, obwohl sie das Salz in ihrem Mund schmecken konnte, das von einem Schnitt auf der Innenseite ihrer Wange herrührte. Aber das Entsetzen, das sie erfüllte, überwog den Schmerz. »Was ist mit dem Vollmond?«, flüsterte sie.

Gundabald machte einen Schritt auf sie zu. Sie zuckte zusammen, wich vor seiner Faust zurück.

»Wolf«, sagte Gundabald leise. »Oder eher Hund, noch dazu ein geprügelter Hund.«

Regeane hasste sich für das Gefühl der Dankbarkeit, weil er ihr nicht noch einmal einen Fausthieb versetzte. Irgendwo in der Dunkelheit, tief unten, war die Wölfin über jedes vernünftige Maß hinaus empört, aber die Frau ließ sie nicht in die Nähe ihres bewussten Denkens.

»Du bist eine Närrin«, fuhr er fort. »Weißt du das? Dieser Mann liebt dich ungefähr so sehr, wie du ihn liebst – das heißt, überhaupt nicht. Was glaubst du, was er tun wird – dich an seinem Busen willkommen heißen? Eine vollkommen mittellose Frau, die ein König ihm aufgedrängt hat. Ein mächtiger König. Ein König, dem sich zu widersetzen er nicht wagt.«

Gundabald trat einen Schritt zurück und wärmte sein Hinterteil am Feuer. Er stieß ein raues Lachen aus. »Gott, meine Schwester war ein weinerliches, gefühlsduseliges Frauenzimmer. Der Gedanke, so etwas wie dich zu einer richtigen Dame erziehen zu wollen? Aber wenn man bedenkt, was passieren muss, bist du vielleicht besser dran, so wie du bist. Nein, vertrau mir, du hündisches Geschöpf. Dein Geheimnis ist die geringste deiner Sorgen. Von dem Tag, an dem du dort ankommst, wirst du wahrscheinlich sehr vorsichtig mit allem sein müssen, was du isst oder trinkst. Sobald er es wagt, wird er sich deiner entledigen wollen.«

Regeane starrte ihn mit weit aufgerissenen Augen an. Ihr war schlecht vor Angst.

»Wach auf, du schwachsinniges Geschöpf«, sagte Gundabald hämisch. »Nichts schützt dich. Wie viele Ehefrauen sind in Schande verstoßen worden, von ihren Ehemännern für unfruchtbar erklärt, weil sie sie nie in ihr Bett genommen haben?« Gundabald lächelte. Seine großen, stumpfen Zähne glänzten gelb vor dem Hintergrund seines schwarzen Barts.

»Unfruchtbar«, überlegte Gundabald. »Unfruchtbarkeit ist eine freundliche, ja sogar barmherzige Entschuldigung. Ist dir klar, wie leicht es für einen großen Herrn ist, eine Schändung seines Ehebetts zu arrangieren? Er wartet bis zum Einbruch der Nacht, dann schickt er einen kräftigen Diener in ihr Zimmer. Die beiden werden erwischt. Der Mann – bereits entlohnt – flieht. Aber die Frau führt man am nächsten Morgen mit einem Strick um den Hals in die Wildnis. Wenn sie keine Familie hat, die ihre Unschuldsbeteuerungen unterstützt, ist die Frau verloren. Dort, in der Nähe eines Sees oder eines Sumpfes, wird die einstmalige Gattin erwürgt oder ertränkt. Man vergisst sie; der Schlamm ist ihr Grab.

Ich habe nur zwei der Möglichkeiten erwähnt, wie Ehemänner sich unerwünschter Gemahlinnen entledigen. Es gibt noch andere, viele andere. Eine einzige falsche Bewegung – ein einziger Augenblick törichter Arroganz –, und er wird dich erledigen.« Gundabald zuckte mit den Achseln und lächelte abermals sein furchtbares Lächeln. »Vielleicht brauchst du auch gar keinen falschen Schritt zu tun. Vielleicht zieht er schon jetzt seine Konkubinen vor. Tatsächlich, je mehr ich darüber nachdenke, umso weniger zweifle ich an meinem eigenen Urteil. Und was dich betrifft, du käsegesichtiger Balg, du hast nichts, was für dich spricht. Keinen Reichtum. Keine starke Verwandtschaft. Nein, nicht einmal einen Anflug von Schönheit. Du blasse, flachbrüstige, dumme kleine Möse…«

»Vater«, rief Hugo. »Hör auf! Sieh sie dir an. Ich habe schon Tote mit mehr Farbe im Gesicht gesehen. Du willst doch nicht, dass sie sich erhängt, bevor sie ihn auch nur zu Gesicht bekommt. Wir brauchen das Geld!«

Gundabald schnaubte. »Was soll ich deiner Meinung nach tun?

Sie in diese Ehe gehen lassen mit lauter Flausen im Kopf? Die meisten Männer sind wie ich, selbst die guten. Sie haben die Moral von Bullen oder Hirschen.

Nehmen wir zum Beispiel diesen Punkt. Er hat höchstwahrscheinlich die Moral eines Schakals.« Seine Stimme klang nachdenklich und es schien, als spreche er nicht nur mit Regeane, sondern auch mit sich selbst. »Wie sonst wäre es ihm gelungen, sich von einem bezahlten Söldner in seine gegenwärtige hohe Position zu erheben?

Mein Gott, Gisela hat dich wirklich verwöhnt. Es wird Zeit, dass du herausfindest, wie die Welt sich dreht und was sie antreibt. Ich sehe schon, es ist meine Aufgabe, es dir beizubringen, und wenn du es nicht lernst, wird dein Mann dich wahrscheinlich töten – falls dich nicht zuerst die Kirche verbrennt.«

Regeane konnte ihr Zittern spüren. Ihre Magenmuskulatur flatterte. Nicht so sehr wegen der Drohungen, die Gundabald ausstieß. Solchen Dingen war sie ihr Leben lang ausgesetzt gewesen. Was ihr wirklich Angst machte, war das Wissen, dass sie hier das personifizierte Böse vor sich hatte. Gundabald war grausam, aber wenn er nüchtern war, waren seine Ausbrüche fast immer darauf ausgerichtet, seinen Interessen zu dienen. Er wollte etwas von ihr, und es konnte nichts Gutes sein.

Regeane wischte sich mit der Hand das Blut vom Mund und betrachtete es.

Gundabald trat vor sie hin und schlug sie noch einmal. Nicht so fest wie zuvor. Diesmal genügte der Schlag gerade, um ihr die Ohren klingeln zu lassen und ihr neuerliches Nasenbluten zu bescheren. »Hör mir zu«, sagte er lächelnd. »Schmerz ist ein vorzügliches Mittel, um Aufmerksamkeit zu erringen. Zumindest nach meiner Einschätzung. Also, du brauchst nicht so niedergeschlagen zu sein«, sagte er sanft. »Und hab keine Angst, wir werden dich nicht im Stich lassen.«

Sie fragte sich, ob seine Selbstgefälligkeit groß genug war um zu glauben, dass ihr dieses Versprechen tröstlich erscheinen könnte.

Sein Gesicht war dem ihren sehr nah. Sein Atem, der stark nach den kunstvoll gewürzten Speisen roch, strich heiß über ihre Haut.

Sie setzte sich, um dem Übelkeit erregenden Geruch zu entkommen.

»Der Grundbesitz dieses Mannes liegt mitten auf einem der Pässe, die durch die Alpen führen. Jeder Kaufmann und jeder Reisende, der über die Berge geht, bringt ihm neue Reichtümer ein. Aber dieser Schurke ist ein Emporkömmling, der Anführer einer Horde von Söldnern. Deren Loyalität lässt sich zweifellos kaufen, sobald wir seine Schatztruhen in Händen halten. Und deine Aufgabe wird es sein, dafür zu sorgen, dass der Mord wie ein Unfall aussieht! Also.« Er zog sie an dem losen Stoff ihres Ausschnitts vom Stuhl hoch. Sie konnte seine Knöchel spüren, die sich in ihr Brustbein bohrten. Seine Lippen waren ganz nahe an ihrem Ohr. »Also, meine Kleine«, fuhr er sanft fort, »sag mir, dass du mich verstehst und tun wirst, was ich dir befehle. Sei brav.« Er schüttelte sie sachte. »Sprich mir nach: ›Ich werde tun, was mein kluger Onkel mir sagt.‹ Sag es!«, befahl er.

Regeane hob die Hände von den Armlehnen des Stuhls. Ihre Fingernägel waren an den Spitzen sehr scharf. Sie zog sie über Gundabalds Wangen bis hinunter zum Kinn. Blut und Haut schälten sich in langen Streifen von seinem Gesicht.

Er schrie. Dann zog er sie mit einer Hand hoch. Mit der anderen holte er aus und ließ seine Faust direkt in ihr Gesicht krachen.

Sie flog durch den Raum. Der Stuhl kippte um. Sie schlug auf dem Boden auf und rollte auf die Seite. In der Dunkelheit kämpfte sie mit der Wölfin um die Macht. Das Geschöpf versuchte wie wahnsinnig, ihr zur Hilfe zu kommen, aber sie hatte die vernunftbetontere Angst der Frau auf ihrer Seite – die Furcht, dass Gundabald das Geschöpf, wenn es in seinem gegenwärtigen geschwächten Zustand erschien, würde töten können.

Die Wölfin zögerte – zog sich in grimmiges Schweigen zurück. Regeane erlangte ihr volles Bewusstsein wieder, als sie auf die Knie gezogen wurde.

Gundabald hielt ihren Körper an den Haaren in die Höhe und peitschte sie mit seinem Gürtel aus. Die Schmerzen waren so groß, dass sie sich instinktiv zur Wehr setzte.

Einer der Kohleöfen stand in ihrer Reichweite. Sie riss ihn an sich und schleuderte Gundabald die Kohlen entgegen.

Er rannte quer durchs Zimmer und zog sein Schwert. Hugo war mit einem einzigen Sprung hinter ihm.

Regeane erkannte den Grund für ihr Entsetzen. Der Kohleofen war aus massivem Eisen. Keine normale Frau und nicht einmal die meisten Männer wären in der Lage gewesen, ihn hochzuheben und seinen Inhalt zu verstreuen, wie sie es gerade getan hatte. »Das Haus wird abbrennen«, kreischte Hugo.

Nein, dachte Regeane. *Ich würde es vielleicht hoffen, aber es wird nicht brennen.*

Sie hatte Recht. Während der letzten Regenwochen war die Feuchtigkeit in jedes Stück Holz in der heiligen Stadt gekrochen. Der Fußboden war von einer nassen, schleimigen Substanz überzogen. Die Kohlen rauchten, stanken und zischten bösartig, begannen aber dann eine nach der anderen zu erlöschen.

»Es ist dunkel draußen.« In Hugos Gejammer mischte sich ein heftiger Schluckauf.

»Ja, ich weiß«, sagte Gundabald und schwenkte das Schwert. »Allmächtiger«, fuhr er mit leiser, erstaunter Stimme fort. »Sie ist genau wie ihr Vater.«

Regeane stand aufrecht da – sie schwankte ein wenig, aber sie stand.

»Zweimal«, sagte Gundabald. »Ich habe sie, so fest ich konnte, mit der Faust geschlagen. Eine normale Frau wäre tot oder wenigstens bewusstlos.«

»Sprichst du von meinem Vater?«, fragte Regeane.

Gundabald zuckte mit den Achseln.

»Du willst, dass dieser Mann sehr plötzlich stirbt. Genauso, wie mein Vater gestorben ist. Er war nicht leicht zu töten, nicht wahr?«, fragte Regeane.

»Es war fast unmöglich. Genau genommen hätten wir auch keinen Erfolg gehabt, hätte deine Mutter die Sache nicht in die Hand genommen.«

»Nein!«, rief Regeane. »Nicht meine Mutter!«

»O doch«, sagte Gundabald zynisch, »die heilige Gisela.«

»Das ist nicht wahr«, entgegnete Regeane und schüttelte den Kopf wie ein gequältes Tier hin und her. »Ich glaube dir nicht. Ich werde dir niemals glauben. Sie hat ihn geliebt.«

Gundabald schob sein Schwert in die Scheide, setzte sich und schenkte sich einen Becher Wein ein. Gundabald lächelte wieder. Er liebte es, anderen Schmerz zuzufügen, und bei Regeane konnte er Erfolge verzeichnen, die seine kühnsten Träume überstiegen. »O doch, wir haben es zweimal versucht. Seine Gesundheit trotzte jedem Gift. Er besaß die Fähigkeit des Wolfs, alles, was ihm nicht gut tat, unverzüglich zu erbrechen. Wir haben bezahlte Meuchelmörder ausgeschickt. Sie kamen nicht wieder. Ich kann mir nicht vorstellen, was er mit ihnen gemacht hat.«

Einen Augenblick wirkte Gundabald verwirrt. »Wir haben nie irgendwelche Spuren gefunden. Keine Kleidung, Waffen, Knochen, nicht einmal Schädel oder – verdammt noch mal – Zähne. Sie sind einfach verschwunden. Erst als wir deine Mutter davon überzeugen konnten, dass seine Kräfte dämonischer Natur seien und er sie mit sich fortnehmen würde, erst da hat sie eingegriffen. Es war schwierig, sie zu überreden. Ich glaube, dass zwischen ihnen eine sexuelle Leidenschaft war, die man als Liebe bezeichnet. Nun, wie dem auch sei, er fiel jedenfalls ihren Ränken zum Opfer.

Es gab da einen Platz in der Nähe seiner Festung – ein Liebesnest, zu dem sie sich hinstahlen, um allein zu sein und sich ihren Tändeleien hinzugeben. Wir sind zu einer Jagd ausgeritten – du musst wissen, dass gewöhnliche Jagden ihn langweilten –, und sie hat ihn zu ihrer privaten Laube gelockt, und ich ...« Gundabald hielt inne, um seinen Worten größeres Gewicht zu verleihen, und schenkte Regeane ein wahrhaft strahlendes Lächeln. »Ich habe ihm einen Armbrustbolzen durchs Herz geschossen. Er war sofort tot, bevor sein anderes Ich Zeit hatte, ihn zu heilen.«

Regeane senkte den Kopf und presste ihre Stirn an den Stuhlrücken. Sie fragte sich, wie lange sie sich wohl geweigert hatte zu sehen, was direkt vor ihr lag.

Sie hatte ihr Leben lang die Bürde des Kummers ihrer Mutter getragen, hatte lange Nächte mit Weinen und Selbstanklagen verbracht. Die Verzweiflung ihrer Mutter war ihr ständiger Gefährte gewesen, während Gisela Regeane von Kirche zu Kirche, von Schrein zu Schrein schleppte. Gisela verbrachte den Rest ihres Lebens auf den Knien liegend, um Gott für die eine Sünde um Vergebung zu bitten, die sie nicht einzugestehen wagte, nicht einmal Regeane gegenüber: den Mord an dem Mann, den sie liebte.

»Diese Sachsen«, fuhr Gundabald fort. »Ich hatte Angst vor ihnen, aber auch da war deine Mutter von unschätzbarem Wert. Ihre Trauer war so furchtbar, dass wir sie bewachen lassen mussten, damit sie nicht Hand an sich legte. Also waren seine Leute davon überzeugt, dass wir mit seinem Tod nichts zu tun gehabt haben konnten. Als sie begriffen, dass seine Linie ausgestorben war, erwies sich ihr Kummer als beinahe so groß wie der deiner Mutter. Sie sind zu ihren nördlichen Wäldern aufgebrochen. Unglücklicherweise haben sie dabei, wie ich später herausfand, auch den größeren Teil seiner Reichtümer mitgenommen. Deine Mutter behielt nur das, was er ihr am Morgen nach der Hochzeit geschenkt hatte. Eine sehr großzügige Summe übrigens. Eine hübsche Apanage für eine Frau, aber nicht annähernd genug für die Bedürfnisse einer Familie. Jetzt hast du die Chance, dafür zu sorgen, dass unser Geschick sich zum Besseren wendet. Und du spielst hier die Närrin?«

»Es tut mir Leid«, sagte Regeane leise. Die Wölfin knirschte mit den Zähnen, aber die Frau gab sich wirklich Mühe, bußfertig zu klingen. »Du hattest mir die Situation bisher nicht genau erklärt. Meine Mutter hat verstanden, wo ihre Pflichten gegenüber ihrer Familie lagen. Ich bin sicher, ich werde meine Pflichten verstehen.«

Ein Armbrustbolzen durchs Herz. Sie hatte noch nie einen Menschen gesehen, der mit einer Armbrust erschossen worden war, aber es waren durchaus gebräuchliche Waffen. Meistens benutzte man sie bei großen Tieren, wilden Rindern, Bären oder Wildschweinen. Einmal hatte sie einen Hirsch gesehen, der mit einer Armbrust erschossen worden war. Obwohl der Bolzen ihn nicht an einer lebenswichtigen Stelle getroffen hatte, stürzte der Hirsch mit zerschmetterter Schulter zu Boden. Er starb nur wenige Sekunden später durch den Schock und den Blutverlust. Ihre Gedanken wandten sich von dieser Erinnerung ab. Wolfstan hatte, noch während er fiel, gewusst, dass er von der Frau verraten worden war, die er liebte.

Sie hatten vor, sie auf dieselbe Weise zu benutzen, wie sie ihre Mutter benutzt hatten. Selbst wenn sie ihnen ihre Hilfe verweigerte, wusste sie, dass sie ihren Ränken keinen Einhalt gebieten konnte. Sie hatten sich erst an ihre Mutter gewandt, als andere Methoden bei Wolfstan nichts ausrichten konnten.

Gundabald beäugte sie argwöhnisch. Ihre Kapitulation war zu rasch erfolgt. »Meine Güte, wir drücken uns aber plötzlich sehr fein aus«, sagte er.

»Ja«, erwiderte Regeane, »aber ich habe im Grunde gar keine Wahl, oder?«

Gundabald nahm den Deckel von einer der anderen Schalen. Diese enthielt einen stark gewürzten Fischeintopf mit Unmengen Zwiebeln und Lauch und scharfen, zerstoßenen Pfefferkörnern. »Willst du auch was?«, fragte Gundabald, während er sich etwas davon auf ein Schneidebrett löffelte und mit den Fingern darüber herfiel.

Die Speise war noch quer durch den Raum eine Beleidigung für die Nase der Wölfin. »Nein. Ich habe keinen Appetit. Mir dreht sich alles.« Sie sah sich um. Ein rauchiger Nebel lag über dem Raum, verursacht durch die Kohlen aus dem Ofen, die nacheinander ausbrannten.

Auch das Feuer, das in der Herdstelle gelodert hatte, erstarb und die restlichen Kohleöfen wurden immer dunkler. Langsam sickerte wieder die Kälte durch die Mauern.

Regeane trat an den Tisch. Gundabald wurde ganz von seiner Gier und einem Krug mit gutem Rotwein in Anspruch genommen. Hugo huschte, als er sie auf sich zukommen sah, zur anderen Seite des Tisches hinüber. Gundabald blickte ihn ärgerlich an. »Wo ist dein Schwert?«, brummte er mit vollem Mund.

Hugo sah ihn beschämt an. »Ich hab's verpfändet, um mir vor ein paar Tagen was zu trinken kaufen zu können.«

Regeane blieb vor dem Tisch stehen.

»Iss was«, lud Gundabald sie ein.

Regeane schüttelte den Kopf. »Ich möchte nur einen Becher Wein.«

Hugo schenkte ihn ihr ein und hielt ihn ihr hin, wobei er den Arm weit von sich streckte, um ihr nur nicht zu nahe zu kommen.

Sie nahm den Wein und nippte daran. *Sehr gut,* dachte sie, leerte den Becher und stellte ihn wieder auf den Tisch. Die Erschöpfung lastete auf ihr wie ein bleierner Mantel und drückte sie nieder.

»Vergiss es nicht«, sagte Gundabald.

»Ja«, antwortete Regeane.

»Du hast im Grunde keine Wahl.« Sein Gesicht war gerötet, fettbeschmiert und erhitzt von all dem Wein, den er zu sich genommen hatte. Die Striemen, die ihre Nägel auf seinen Wangen gezeichnet hatten, waren immer noch zu sehen. Im Augenblick spürte er wahrscheinlich nichts, aber am Morgen würde er etwas spüren, zusätzlich zu seinem Kater.

Sie hatte das Gefühl, dass sie zumindest einen kleinen Vorteil errungen hatte. Es wäre unklug, die Situation ungenutzt verstreichen zu lassen. »Ich werde etwas Geld brauchen«, sagte sie.

»Wozu?«, fragte er und schob sich dann eine große, von Safran gelb gefärbte Garnele in den Mund. »Köstlich!«, rief er und spülte den letzten Rest des Bissens mit einem Schluck hellen Weins hinunter.

»Kleider!«, sagte Regeane. »Sieh mich doch an. Das ist das beste Kleid, das ich besitze. Ich werde mindestens einen neuen Umhang und zwei anständige Gewänder benötigen. Ganz zu schweigen von einem Kleid für das Hochzeitsfest.«

»Keine Bange«, sagte Gundabald. »Es wird noch Monate dauern, bis er nach Rom kommt.«

»Ich muss aber irgendwo anfangen«, erklärte Regeane.

Gundabald war schon fast betrunken. Er war zufrieden, die Dinge entwickelten sich so, wie er es haben wollte. Er wusste, dass das Mädchen ein Problem sein würde, aber er hatte noch Monate Zeit, Regeane zu brechen, ihren Geist zu zerstören.

Draußen pfiff der Wind um das Gebäude. Ein besonders lauter Windstoß ließ die Fensterläden klappern, ein Geräusch, als würde ein riesenhafter Hammer gegen die Wände gedroschen. Er schauderte. Das nächste Mal würde er sie sich vornehmen, bevor es dunkel wurde. Nun gut, ihr Gesicht war angeschwollen und von blauen Flecken übersät, ihr Kleid steif von Blutflecken, aber sie sah alles in allem immer noch zu gut aus, wenn man bedachte, dass sie die volle Wucht seines Armes zu schmecken bekommen hatte.

Beim nächsten Mal würde er sich bei Tag mit ihr beschäftigen und er konnte lernen, genauer zu beurteilen, wie viel Strafe sie vertragen konnte, ohne verstümmelt oder getötet zu werden. Körperliches Leiden, regelmäßig verabreicht, würde ihre Bereitschaft, sich ihm zu widersetzen, bald dahinschwinden lassen. Und es war bei weitem vorzuziehen, wenn seine Behandlung keine Narben zurückließ.

Er fischte in seiner Börse nach einigen Münzen. Regeane sah das Glitzern von Gold zwischen dem Kupfer. Sie glaubte nicht, dass sie davon etwas bekommen würde. Sie hatte Recht. Etwa zwanzig Kupfermünzen und vier Silberdinare landeten auf dem Tisch. Dankbar dafür, dass sie überhaupt so viel bekam, schob sie das Geld in ihre Hand und ging in ihr Zimmer.

Die Gefängnisriegel schlossen sich klappernd, sobald sie die Tür hinter sich zugezogen hatte. Sie hatte auch einen Bolzen auf ihrer Seite der Tür, den sie nun ebenfalls über das Holz legte. Sie zog sich ihr Kleid und ihr Hemd aus. Dann roch die Wölfin das Essen!

Sie tastete mit beiden Händen die Matratze unter den Decken ab und fand den Topf. Die alte Frau musste ihn dorthin gestellt haben. Geschützt von der irdenen Schale und den Decken, war die Speise noch immer leicht warm. Im Zimmer war es eiskalt. Die Läden vor den vergitterten Fenstern konnten dem Wind nicht trotzen.

Ungehindert und willkommen besuchte sie die Wölfin. Sie war halb verhungert. Sie brauchte weniger Zeit, um den Eintopf zu verzehren, als die Frau gebraucht hätte. Ihr Pelz sperrte die Kälte aus. Die raue Zunge fuhr ein letztes Mal durch die Schüssel.

Dann sprang die Frau, nackt wie sie war, auf und stieg leise ins Bett. Regeane kauerte sich unter die Decken und segnete im Stillen die alte Frau: Sie hatte zwei Schichten Decken auf das Bett gelegt und saubere Leinenlaken aufgezogen. Sie waren geflickt, zerrissen und fadenscheinig, aber weich und angenehm zu berühren.

Als die Wölfin ging, nahm sie den größten Teil von Regeanes Verletzungen mit sich. Ihr Körper schmerzte nicht länger, obwohl sie nach wie vor so erschöpft war, dass sie sich kaum bei Bewusstsein halten konnte. Trotzdem wollten ihre Gedanken keine Ruhe geben.

Gundabald! Der Teufel! Die beiden waren ein und derselbe. Sie wusste, dass sie nur einen Vorgeschmack auf all das Elend bekommen hatte, das er ihr zuzufügen beabsichtigte.

Wie hatten sie nur ihre Mutter überreden können, den Tod des einzigen Menschen herbeizuführen, der sie geliebt und beschützt hatte? Was war Firminius, der zweite Mann ihrer Mutter, im Vergleich zu Wolfstan? In ihrer Erinnerung war das einzig Bemerkenswerte an ihm seine Korpulenz gewesen, seine Trägheit und seine unvorstellbare Gier.

Nein, sie hatte nichts zu erhoffen von Gundabald und alles zu befürchten. Irgendwie musste sie entkommen, aber sie hatte keine Ahnung, wie. Das wenige, was er ihr an Geld gegeben hatte, würde sie nicht weit bringen.

Die Wölfin, dieses verwegene Geschöpf, ärgerte sich einfach über die Unverschämtheit, dass man ihr ihre Freiheit stahl. Sie war körperlich ausgereift, aber ihre sexuelle Reife hatte noch nicht denselben Stand erreicht wie bei der Frau. Sie war noch immer die magere, geschmeidige Jägerin – Fleischbeschafferin des Rudels –, fähig, selbst das leichtfüßigste Reh einzuholen. Keusche Jungfrau des Mondscheins – unerwählt, unberührt. Möglich, dass sie sich erhob, um die Frau im Ehebett zu verteidigen.

Oh ihr Götter!, dachte die Frau. *Eine absolute Katastrophe.* Sie musste fliehen. Wie? Wohin?

Etwas zupfte an den Rändern ihrer Erinnerung, so wie ein aufdringlicher Bettler. Wolfstan! Seine Leute glaubten, die Dynastie sei erloschen. Das war Gundabald herausgerutscht. Aber die Dynastie lebte weiter. Sie lebte in ihr, die dieselben Kräfte besaß wie einst ihr Vater. Sie nannten ihn den Talisman. Wer hatte ihr diese Geschichte erzählt? Sie konnte sich nicht erinnern und war auch zu müde, um sich zu konzentrieren.

Ihr Entschluss war gefasst. Dieses Wissen schenkte ihr Ruhe. Konnte sie die Leute ihres Vaters finden? Sie musste Verfolgung und Verrat von Gundabald und Hugo fürchten. Nun, so sei es. Die Jägerin der Finsternis starrte sie mit glühenden Augen aus dem Reich des Schlafs heraus an, bedeutete ihr, ihr zu folgen.

Sie würde es schaffen oder bei dem Versuch sterben. Die Wölfin und sie selbst stimmten überein. Regeane folgte der Wölfin in die Dunkelheit, wo sie und ihre Gefährtin im Schattenland des Schlafs frei umherstreifen konnten… durch die endlosen Wälder ihrer Träume.

Sie erwachte ziemlich früh. Nur ein schwaches blaues Licht fiel durch die Fensterläden. Sie durchstöberte den Korb unter ihrem Bett, auf der Suche nach ein paar sauberen Sachen zum Anziehen. Auch diesmal hatte die alte Frau sie nicht enttäuscht. Sie hatte ein sauberes graues Leinengewand, das frisch gewaschen worden war, und einen abgetragenen, aber nachgefärbten braunen Umhang. Unterwäsche und ein ziemlich fadenscheiniger Schleier von ihrer Mutter vollendeten ihre Ausstattung.

Sie hatte Angst, die Tür könnte vielleicht abgeschlossen sein, aber die alte Frau war draußen, beschäftigt mit ihrer endlosen Putzerei, und sie hatte die Riegel zurückgeschoben.

Regeane holte Hugo aus dem Bett – er protestierte schwach, aber eingedenk Gundabalds Befehl kam er mit. Sie ging an der alten Frau vorbei, die mit einem Reisigbesen die Halle auskehrte.

Hugo war bereits draußen und stieg die Treppe hinunter. Regeane ging an der alten Frau vorbei und drückte ihr die Silbermünzen in die Hand.

Die Alte konnte fühlen, dass es mehr als Kupfer war. Ihre Augen weiteten sich, dann steckte sie das Geld verstohlen weg. »Viel Glück«, wisperte sie. »Möge die Jungfrau über dich wachen. Pass gut auf dich auf. Sie sind beide Schweine…«, murmelte sie. »Schweine!«

Regeane eilte die Treppe hinunter, um Hugo zu folgen. Der Himmel war grau, genauso wie das Licht um sie herum.

»Es ist noch nicht einmal Morgen«, jammerte Hugo. »Wohin gehen wir?«

»Auf den Diebesmarkt«, sagte Regeane.

»Ich werde diese kleine Fotze, Silve, umbringen, weil sie mir das eingebrockt hat«, brummte Hugo. »Was hast du mit ihr gemacht? Ich habe sie gestern Nacht gesucht.«

Wahrscheinlich hat Gundabald ihn dazu gezwungen, dachte Regeane.

»Ich konnte sie in keiner unserer gewohnten Tavernen finden. Sie ist einfach verschwunden. Oh, mein Kopf«, schniefte er. »Meine Zunge schmeckt wie der Fußboden eines Aborts. Meine Augäpfel fühlen sich an wie gebraten. Das Essen brannte wie Feuer, als ich es runtergeschluckt habe, aber als es wieder rauskam, war es noch schlimmer. Es fühlt sich an, als hätte mir jemand heißes Fett in den Hintern geblasen.«

»Das ist der Pfeffer. Würde ein Krug Wein deine unteren Körperregionen zur Ruhe bringen?«, erkundigte sich Regeane.

»Ein Krug Wein würde eine Menge Regionen zur Ruhe bringen«, erwiderte Hugo.

Regeane gab ihm einige Kupfermünzen. »Aber bitte, kauf dir nicht dasselbe Zeug, das Silve sich gestern gekauft hat.«

»Was war es denn?«, wollte Hugo wissen.

»Sie sagte, es wären Mohnsaft und Schierling drin.«

»Kein Wunder, dass ich sie nicht finden konnte«, bemerkte Hugo düster. »Sie wird wohl irgendwo tot rumliegen und niemand hat sie entdeckt, weil sie noch nicht angefangen hat zu stinken.«

Regeanes Magen knurrte vor Hunger. »Geh und kauf dir deinen Wein«, sagte sie gereizt.

Hugo kehrte mit einem Weinschlauch zurück. Auf ihrem Weg zum Markt trank er reichlich davon. Seine Miene heiterte sich ein wenig auf, aber er jammerte trotzdem unaufhörlich weiter. »Es ist gefährlich«, sagte er, »sogar für einen Mann. Du könntest Beleidigungen ausgesetzt sein, die für das Ohr einer Dame nicht schicklich sind.«

Regeane blieb so abrupt stehen, dass Hugo mit ihr zusammenprallte.

Mittlerweile hatten sie eine Piazza erreicht. »Geh weg«, flüsterte sie mit zusammengebissenen Zähnen. »Amüsier dich. Es kümmert mich nicht, was du tust, aber belästige mich nicht, während ich versuche, etwas einzukaufen. Und jetzt geh schon.«

Er ging, entfernte sich langsam von ihr, nachdem er ihr noch einen letzten ängstlichen Blick zugeworfen hatte.

Auf dem kleinen Marktplatz tummelten sich Händler, deren Maultiere noch immer an ihre Karren geschirrt waren. Alles in allem eine höchst bewegliche Schar. Bereit, sofort zu verschwinden, wenn die päpstliche Wache, das einzig wirksame Gesetz in der Stadt, einen ihrer unregelmäßigen Rundgänge durch Rom machte. Sie waren hier in der Nähe des Flusses. Die Wohnblöcke, die den Platz umgaben, waren ziemlich heruntergekommen. In vielen Fällen hatte man das Erdgeschoss den immer wieder auftretenden

Überschwemmungen des Tiber und der allgegenwärtigen Feuchtigkeit überlassen.

Der Karren des Tuchverkäufers lag eingekeilt zwischen den jämmerlichen Waren eines Sklavenhändlers und einer Ladung zerbrochener Möbelstücke. In Regeanes Augen sahen sie aus wie Brennholz. Müll, der sich durch nichts mehr reparieren ließ. Der Mann, der seine Ware feilbot, wirkte streitsüchtig. Als er Regeane sah, versuchte er, ihr einen »wunderschönen« Stuhl zu verkaufen – einen perfekten Stuhl, wenn sie nur die Phantasie aufbrachte, ein Bein hinzuzufügen. Und, plapperte er fröhlich weiter, er hatte mehrere Stuhlbeine auf Lager, die sich sehr gut dafür eignen würden. Überdies würde er ihr den Stuhl zu einem Spottpreis überlassen.

»Feuerholz«, sagte Regeane.

Der Tuchverkäufer kicherte hämisch, als Regeane sich an dem anderen Mann vorbeidrängte und begann, die Kleider zu untersuchen, die an den Sprossen seines zweirädrigen Wagens hingen.

Sie sah flüchtig zu den Sklaven hinüber, wandte aber schnell den Blick wieder ab. Sie erschauderte. Sie boten einen quälenden Anblick. Allesamt Frauen, zu jung, zu alt oder zu hässlich, um die Sklavenhändler auf den größeren Märkten zu interessieren, die reizvollere menschliche Ware feilboten.

Im Großen und Ganzen waren die Kleider ein ähnlich hoffnungsloser Fall. Die meisten waren abgetragen und alle waren sie zu klein. Regeane galt als groß. Der Zustand der Stoffe entmutigte sie mehr als alles andere. Silve hatte ihr erzählt, dass man auf diesem Markt günstige Käufe tätigen konnte, aber nichts von dem, was sie bisher gesehen hatte, war es wert, dass man einen Feuerstein abnutzte, um es in Rauch und Flammen aufgehen zu lassen. Wenn sie ein Kleid aus gutem Tuch hätte finden können, wäre sie bereit gewesen, die Säume aufzutrennen, den Stoff zu bleichen, zu färben und zu einem neuen Kleid umzuarbeiten. Aber Stoffe, die so vermodert waren, dass sie bei der ersten Berührung zerrissen, waren indiskutabel.

»Putzlumpen«, flüsterte sie.

Der Möbelverkäufer sah sie wütend an. »Feuerholz!«, sagte er im römischen Gossendialekt. »Putzlumpen! Barbarische Höllenkatze. Sie braucht eine Lektion.«

Der Tuchverkäufer lachte abermals, dann zog er etwas unter den Trümmern im Wagen hervor. Es war, wenn auch schmutzig am Saum, wunderschön: ein Kleid aus blauem Brokat, abgesetzt mit weißem Pelz. Der Tuchverkäufer ließ es vor ihrem Gesicht hin- und herbaumeln.

»Wie viel?«, fragte Regeane argwöhnisch.

»Nur sechs Kupfermünzen«, sagte der Tuchverkäufer und legte es ihr in die Hände.

Ja, es war in einem guten Zustand. Ihre wissenden Finger erkundeten den Stoff. Nicht reine Seide, aber das war auch nicht zu erwarten gewesen, nicht hier. Wenn sich die Flecken nicht rauswaschen ließen, konnte sie…

Die Welt versank. Sie konnte spüren, wie die Garrotte sich um ihren Hals legte, und noch bevor sie sich schloss, wusste sie, dass ihr Leben zu Ende war. Die Hände des Mannes, der den Draht spannte und die Holzpflöcke in ihrem Nacken zudrehte, waren zu stark für sie. Obwohl sie ihre Fingernägel in sein Fleisch bohrte und spürte, wie die Haut sich abschälte, ihre Fingerspitzen feucht von Blut wurden. Sie wusste, dass die Hände den Draht nicht loslassen würden und wahrscheinlich sogar eine gewisse Befriedigung aus dem Beweis für ihren Schmerz zogen.

Das dünne Stahlseil zerquetschte ihre Luftröhre. Es gab keine Bilder mehr. Es gab keine Luft mehr. Es gab kein Leben mehr. Das Einzige, was blieb, war der Schrei… lautlos… nur in ihrem Gehirn, und er gellte durch ihren Kopf, weiter und weiter und weiter und…

Regeane schleuderte das Kleid von sich.

»Was? Ist dir übel?«, rief der Tuchhändler. »Bist du schwanger?«

»Wie kommt das nur?«, erwiderte Regeane schneidend. Sie stürzte sich auf den Wagen und versuchte, ihren Magen unter Kontrolle zu bringen. »Wie kommt es nur, dass, wenn eine Frau blass wird oder krank scheint – und sie unter siebzig ist –, jeder, aber auch jeder fragt, ob sie schwanger sei?«

»Weil sie es oft tatsächlich ist«, antwortete eine melodische Stimme. »Aber in deinem Fall glaube ich, dass du einfach ein ungewöhnlich starkes Wahrnehmungsvermögen besitzt.«

Regeane drehte sich um und betrachtete die Sprecherin. Sie ließ das luxuriöse Gewand vom Zeigefinger ihrer rechten Hand baumeln, als hielte sie schmutzigen Unrat in die Höhe. »Nimm dieses … Ding«, sagte sie zu dem Tuchhändler, »und wirf es in das ungekennzeichnete Grab, in dem sie liegt. Ich werde dich bezahlen.«

»O Gott!«, sagte Regeane. »Das ist widerlich.« Sie wischte sich die Hände an ihrem Umhang ab. Sie fühlte sich besudelt.

Der Tuchhändler schob das Gewand tief zwischen die Lumpen auf seinem Karren.

Die Frau fuhr mit träger Stimme fort: »Die frühere Besitzerin hat ihren Liebsten an einen Mann namens Paul Afartha verraten. Er war die eigentliche Macht hinter unserem verstorbenen Papst aus der Lombardei. Ihr Liebhaber gehörte zu den Leuten des gegenwärtigen Papstes. Paul hat ihn foltern lassen, ihn aber – zu ihrem Unglück – nicht getötet. Er wurde freigelassen, als Hadrian Papst wurde. Er ist auf einem Auge blind und hat ein paar Finger zu wenig, aber ein gutes Auge, und zwei Hände sind ihm geblieben. Er hat sie erwürgt. Sie trug dabei dieses Kleid.«

»Es ist aus gutem Stoff geschneidert«, murrte der Mann.

Diesmal lag ein herrischer Unterton in der Stimme der Frau. »Bring das Ding zu meinem Haus. Gib es meiner Zofe, Susanna. Sie wird dich bezahlen und es verbrennen. Heiliges Blut, Mann! Flecken von ihren letzten Körperfunktionen haben den Saum entfärbt. Tu, was ich dir sage.«

»Jawohl, Herrin«, erwiderte der Mann unterwürfig.

Regeane kam sich etwas mitgenommen vor. Sie war es. Ihr Umhang lag zu ihren Füßen, der Schleier war ihr auf die Schultern gerutscht. Die Sprecherin, eine hoch gewachsene Frau, betastete ihr Haar.

Regeane nahm kostbare Kleidung und einschmeichelndes, teures Parfüm wahr. Zwei kräftige Männer, die die Dame zu beiden Seiten einrahmten, versperrten ihr den Weg nach vorn. Regeane versuchte, sich nach hinten davon zu stehlen. Unmöglich. Sie war gefangen zwischen dem Karren des Tuchhändlers und dem des Möbelmannes. Sie hatten ihre beiden Wagen am hinteren Ende zusammengeschoben. Regeane war zwischen ihnen eingekeilt.

»Was sucht ein so schönes Geschöpf wie du inmitten dieses Abfalls? Ich könnte leicht einen ... einen Beschützer für dich finden, der dir bessere Kleider kaufen würde«, sagte die Dame.

»Ich würde nicht ... Ich glaube nicht ... Ich weiß nicht ...«, stammelte Regeane, während sie versuchte, sich an der Dame und ihrer Eskorte vorbeizuzwängen. Die beiden Männer stellten sich ihr wie Felsbrocken in den Weg und weigerten sich, sie vorbeizulassen. Die Dame stand ungerührt zwischen ihnen. Alle drei schienen sich zu amüsieren.

Regeane war noch nie jemandem so nahe gewesen, der so gut gekleidet war wie diese Frau, der so sauber war und so wunderbar roch. Die Wölfin war bezaubert und schon halb verliebt.

»Tsetsetse.« Der Möbelverkäufer äffte Regeanes Stimme nach. »Steh auf und sprich mit Lucilla, wie sich das für eine anständige Frau gehört. Sie ist so nervös wie ein Hühnchen in einem Stall voller Gockel«, sagte er zu Lucilla.

Regeane war gekränkt.

Die Wölfin war gekränkt.

Regeane richtete sich auf und musterte die Frau namens Lucilla.

Auf den ersten Blick wirkte sie jung, aber dann wurde Regeane bewusst, dass dies eine Illusion war und seine Ursache in einer Anzahl geschickt eingesetzter Dekorationsstücke hatte. Ihr Hemd war aus ägyptischem Leinen, ein feines Gewebe, das mit weißer Seide bestickt war. Das Überkleid war aus einem seidigen Wolldamast gemacht und wies zwei verschiedene Grünfärbungen auf, die so frisch und strahlend waren, dass Regeane sich an die erste Blüte frischer Blätter im Frühling erinnert fühlte. Dazu kam ausgesprochen raffiniert aufgetragene Schminke. Ihr Gesicht war gepudert; sie war noch immer sehr schön, aber an den Linien um Mund und Augen ließen sich die verräterischen Zeichen des Alters erkennen, und Stirn und Wangen wiesen ein Netz unendlich feiner Fältchen auf.

»Wie machst du das mit deinem Haar? Was für eine Kunst wendest du an?«, fragte Lucilla. »Bring es mir bei. Ich werde dich gut bezahlen. Ich würde es gern lernen.«

»Das ist keine Kunst«, sagte Regeane. »Ich verstehe mich auf keine Künste. Mein Haar ist schon so gewesen, seit ich denken kann.« Ihr Haar war wie das Fell der Silberwölfin, dunkel und zu den Spitzen hin immer heller, bis es ganz weiß wurde. Jede einzelne Strähne wirkte wie in Mondlicht getaucht.

»Keine Kunst«, sagte Lucilla. »Natürlich nicht. Wie dumm von mir, auch nur zu fragen. Du bist offensichtlich genauso, wie die Natur dich geschaffen hat. Nicht einmal ein Strophium.« Sie ließ Regeanes Haar aus ihren Fingern gleiten.

Regeane sog scharf die Luft ein. Ihre Hände fuhren an ihre Brüste, ihre Wangen glühten. »O mein Gott«, stieß sie hervor. »Ich hab's vergessen.«

Lucillas Eskorte und die beiden Kaufleute krümmten sich, brüllend vor Lachen, zusammen.

Lucilla streckte die Hand aus und wölbte sie über eine von Regeanes Brüsten. »Mögen die Engel meiner Seele gnädig sein«, sagte sie leise. »Ein reifer Pfirsich. Mein armes Kind, du brauchst keine Leibbinde.«

Regeane wusste, dass sie eigentlich wütend sein sollte über die Freiheiten, die die andere Frau sich ihr gegenüber herausnahm, stellte aber fest, dass Lucillas Berührung ein prickelndes, angenehmes Gefühl weckte und zwar in einem Teil ihres Körpers, der ziemlich weit von ihrer Brust entfernt war. Sie hielt Lucillas Handgelenk fest, schob die Frau aber nicht weg. Lucilla zog ihre Hand so gemächlich, wie es ihr gefiel, weg, indem sie sie langsam durch Regeanes Finger gleiten ließ.

»Bist du eine freie Frau?«, fragte die Dame unvermittelt.

»Frei und frei geboren«, antwortete Regeane stolz und ein wenig wütend. Diese Frau machte ihr Angst. Sie fragte sich, ob sie nach Hugo rufen sollte, ließ diesen Gedanken jedoch sofort wieder fallen. Die beiden Söldner in Lucillas Begleitung waren gut bewaffnet, gut gekleidet, gut bezahlt und – zweifellos – gut ausgebildete Diener eines vornehmen Hauses. Jeder der beiden konnte Hugo mit nur einer Hand zermalmen.

»Verheiratet oder verlobt?«, fragte Lucilla.

»Verlobt«, antwortete Regeane zögernd.

Lucilla war die Unsicherheit in ihrer Stimme sofort aufgefallen. »Dann magst du ihn also nicht?«

»Ich kenne ihn nicht.« Regeane war verwirrt. »Ich habe ihn noch nicht kennen gelernt, ihn bisher nicht einmal gesehen.«

»Aha«, sagte Lucilla. Sie lächelte und senkte die Lider. Regeane war erstaunt zu sehen, dass die Wimpern schwarz nachgezeichnet und die Lider selbst bis zu den Brauen hellblau bemalt waren.

»Warum kommst du nicht mit mir nach Hause?«, sagte Lucilla. »Ich gebe dir etwas Gutes zu essen, dann kannst du mein Lager mit mir teilen. Morgen früh werden meine Dienstmägde dir ein Kleid anpassen, das besser ist als alles, was du hier kaufen könntest. Und wenn ich dich besonders unterhaltsam finde, was ich durchaus vermute, sollst du obendrein noch ein wenig Gold bekommen.«

Regeane sagte zuerst nichts, weil sie nicht verstand. Als sie langsam begriff, lag der Vorschlag so weit außerhalb von allem, was sie je erfahren hatte, dass er sie nur verwirrte. Sie errötete und haderte deswegen schon im nächsten Augenblick mit sich selbst. Dann unternahm sie einen entschlossenen Versuch, aus ihrer Ecke herauszukommen.

Lucilla und die beiden Söldner traten lachend beiseite. Regeane war drauf und dran, die Flucht zu ergreifen, nicht aus Ungehaltenheit, sondern aus Verlegenheit. Sie wurde jedoch unverzüglich aufgehalten.

Der Tuchhändler, der auf der Sitzbank seines Wagens hockte, hatte von hinten ihr Kleid zu fassen bekommen. Er schüttelte sie sachte. »Ein flaumiges kleines Küken. Achte gar nicht auf sie, Lucilla. Ihre Federn sind ja noch feucht. Sie versteht nicht, was für ein großzügiges Angebot du ihr gemacht hast. Hör dir nur den barbarischen Klang ihres Lateins an. Sie ist Fränkin.«

»Er hat Recht, meine Hübsche«, sagte Lucilla. »Lauf nicht weg, bevor du dir sicher bist, dass du das auch wirklich willst. Mädchen, die aus meinen Armen kamen, sind schon in den Betten von Königen, Kardinälen und Päpsten gelandet.« Sie hob anmutig ihre schöne, langgliedrige Hand. »Ich, und nur ich, habe den Grundstein für das Glück mehrerer Adelsfamilien gelegt.«

Der Tuchhändler ließ ihr Kleid los und klopfte Regeane auf die Schulter. »Du siehst hier vor dir«, sagte er und deutete auf Lucilla, »die wohlhabendste und erfolgreichste Kurtisane Roms. Ihr Interesse an dir ist eine Ehre. Ah, diese strengen, tugendhaften Barbaren. Sie halten ihre Frauen einfach hinter Schloss und Riegel. Es sieht aus, als wäre sie noch eine Jungfrau. Sie ist bestimmt noch eine.« Er hob Regeanes Arm. »Und was für eine Haut sie hat, weiß wie der feinste ungemaserte Marmor. Mit einem Hauch von Rosen darin«, schwärmte er. »Sie ist bestimmt noch eine Jungfrau.«

»Ich weiß nicht«, sagte Lucilla und tippte sich mit einem Fingernagel auf die Zähne. »Sie war zu oft dem Wetter ausgesetzt, wie alle Barbaren. Sie ist ein wenig zu braun gebrannt. Das ist im Augenblick gar nicht modern.«

»Braun gebrannt!«, rief der Tuchverkäufer aus. Er hörte sich an, als hätte er eine tödliche Wunde davongetragen. »Sie ist nicht braun gebrannt. Ein Hauch Sonne bringt die wärmeren fleischfarbenen Schattierungen zur Geltung.« Er hob abermals Regeanes Arm in die Höhe, als wolle er eine Trophäe zur Schau stellen. »Sieh dir nur diese goldenen Daunen an, weicher als das Fell eines neugeborenen Kätzchens. Sieh nur, wie die Haare im Sonnenlicht schimmern.« Er musste über eine ausgeprägte Phantasie verfügen. Der Himmel war grau. Die Sonne hatte sich seit Wochen nicht mehr gezeigt. »Stell dir nur vor, wie diese Haut im Lampenlicht leuchtet, wenn sie sich für dich in deinem Gemach entkleidet. Stell dir vor, was für ein Entzücken es sein wird, diese junge, schaumgeborene Venus in die ersten Künste einzuführen …«

Regeane hatte genug gehört. Mehr als genug. Sie riss ihren Arm aus der Umklammerung des Tuchverkäufers los und rief: »Was? Bekommst du eine Provision?«

Sämtliche Männer lachten.

»Ja«, erwiderte Lucilla. »Er hat mich herangewunken, sobald du seinen Wagen erreicht hattest, aber keine Bange, er hat sich seinen Lohn bereits verdient. Der Mann bewundert dich. Er hat ein gutes Auge. Sag mir, möchtest du immer noch davonlaufen?«

Regeane wusste, was ihre Mutter sagen würde: »Heb deinen Schleier auf, nimm deinen Umhang von den Pflastersteinen. Flieh! Diese Frau ist das Laster selbst. Die Fleisch gewordene Sünde.« *Ja,* dachte Regeane, *und du hast meinen Vater ermordet. Du hast einen Mann ermordet, der dich liebte und dir vertraute.* Im Handumdrehen war das Bild ihrer Mutter ausgelöscht und die Wölfin blickte zu Lucilla hinüber.

Die Frau zog kaum merklich die Brauen zusammen, als spürte sie, dass noch jemand anwesend war.

Tausend Reize überfluteten Regeanes menschlich-wölfische Sinne. Der Verräter riecht nach Angst, Furcht, und faulige Körpersäfte durchtränken die Haut des wahrhaft Gewissenlosen, sodass er einen unverkennbaren Gestank verströmt. Nichts dergleichen war hier zu entdecken. Nur saubere Seife, warmes Fleisch, der Geruch nach Frau in den Achselhöhlen und den Lenden. Sie konnte auch keine der Übelkeit erregenden Ausdünstungen von Kummer oder Schmerz ausmachen… Nur Frieden, Ruhe, aber irgendwo auch Trauer.

Die Wölfin verschwand. Sie wusste etwas, das sie Regeane nicht gesagt hatte oder sagen konnte, aber sie nahm keine Missbilligung wahr, nur den Wunsch nach Lucillas Berührung. *Mein Gott,* dachte Regeane, *und was wartet auf mich? Nur ein enges, aus Stein gemauertes Zimmer und ein unbekannter Gatte, der ebenso abstoßend wie grausam sein konnte.*

»Nun«, hakte Lucilla noch einmal nach. »Willst du immer noch weglaufen?«

»Nein!«, sagte Regeane. »Ich werde nie mehr nach Hause zurückkehren.«

»Soso«, sagte Lucilla. »Welch grimmige Entschlossenheit. Und noch dazu bei einem so jungen Menschen. Erzähl mir…«

Auf der anderen Seite des Karrens hörte sie Hugo aufschreien. »Das kleine Miststück hat mich gebissen.«

Regeane blickte an den Maultieren vorbei zu der Gruppe von Sklavinnen.

Lucilla kicherte. »Sieht so aus, als hätte eine der Sklavinnen gerade einen Kunden gebissen.«

»Ich weiß«, sagte Regeane. »Meinen Vetter, Hugo.«

Lucilla schnalzte in höflichem Mitleid mit der Zunge. »Wirklich schlimm.«

»Ganz und gar nicht«, erwiderte Regeane. »Ich hoffe, sie hat fest zugebissen.«

Jetzt schauten sie alle zu Hugo und dem Sklavenhändler hinüber, die hinter den Karren standen.

»Schwanzlutscher!«, schrie der Sklavenhändler Hugo an. »Warum begrapschst du die Waren, wenn du kein Geld zum Kaufen hast?«

»Du bemalter, mistfressender Zuhälter!«, brüllte Hugo, während er seinen Dolch zog.

»O nein!«, rief Regeane und versuchte, sich an Lucilla und ihren bewaffneten Wächtern vorbei zu drängen.

»Was!«, rief Lucilla und umfasste Regeanes Arm mit eisernem Griff. »Bist du wahnsinnig! Dich an einem Ort wie diesem in einen Streit einzumischen? Was aus meinem Volk auch geworden sein mag, kleine Barbarin, die Leute haben noch nicht ganz vergessen, dass sie einst Herrscher über die Welt waren.« Sie zog Regeane zwischen die beiden Wagen und befahl dem Soldaten, bei ihr zu bleiben. Der Tuchhändler und der Möbelverkäufer sprangen sofort hinunter und stellten sich schützend vor sie hin.

Regeane verhielt sich vollkommen still. Lucilla hatte Recht. Ihre Einmischung würde nichts nützen. Wahrscheinlicher war, dass sie zusammen mit Hugo verprügelt oder sogar getötet wurde.

Lucilla stieß dem Söldner, der nicht mit Regeane beschäftigt war, einen Ellbogen in die Rippen. »Schnell«, sagte sie. »Gib diesem Idioten da drüben eins auf den Kopf und beschwichtige den Sklavenhändler mit ein paar Silberstücken – falls es nicht schon zu spät ist.«

Glücklicherweise standen Hugo, der nicht gerade der Tapferste war, und der Sklavenhändler, der im Grunde auch nicht den Schneid für mehr als hitzige Worte hatte, noch immer ungefähr drei Meter voneinander entfernt und warfen sich Beleidigungen an den Kopf.

Zusammengenommen verfügten die beiden Männer über ein reichhaltiges Vokabular. Hugo, der kaum im Stande war, in gebrochenem Latein an einer höflichen Unterhaltung teilzunehmen, beherrschte die übelsten Obszönitäten, die gerade beim römischen Pöbel gängig waren, geradezu virtuos. Der Sklavenhändler verfügte seinerseits ebenfalls über einen haarsträubenden und abwechslungsreichen Wortschatz.

Mittlerweile hatte sich eine Menschenmenge versammelt, um die Darbietung zu verfolgen und die Streithähne anzufeuern; die Gaffer hofften zweifellos, dass irgendeine besonders exotische Beleidigung einen der Widersacher dazu verleiten würde, endlich zum Angriff überzugehen. Die Situation konnte jederzeit außer Kontrolle geraten.

Aber Lucillas Handlanger hatte sich bereits zu Hugo vorgearbeitet. Er schlug ihm mit dem Griff seines Schwerts so heftig ins Gesicht, dass Hugo taumelte. Seine Augen wurden glasig, dann schlossen sie sich langsam. Der hoch gewachsene Söldner fing ihn am Hemdkragen auf und ließ ihn sachte zu Boden sinken.

»Bei den Eiern des Gehörnten«, flüsterte Lucilla, »wir wollen dem Himmel auch für kleine Dinge dankbar sein.« Mit großen Schritten näherte sie sich dem Sklavenhändler. Dieser fuchtelte noch immer mit den Armen und machte seinem Zorn in schönstem Römisch Luft. Nachdem sie ihn mit einem verächtlichen Blick gestreift hatte, brachte Lucilla ihn mit einem einzigen Satz zum Schweigen; sie bediente sich einer Gossensprache, der Regeane in dieser Geschwindigkeit nicht folgen konnte, dann drückte sie dem Mann ein paar Silberstücke in die Hand.

»Welche der Sklavinnen hat meinen Vetter gebissen?«, fragte Regeane.

Der Sklavenhändler warf einen Blick auf das erbärmliche Häufchen Frauen und Kinder, die seine Handelsware darstellten, und unverzüglich hob das Schreien von neuem an.

»Was ist denn jetzt schon wieder los?«, fragte Regeane erschrocken.

Lucilla seufzte. »Das kleine Mädchen ist weggelaufen.« Sie zischte dem Sklavenhändler ein einziges Wort zu, das Regeane nicht verstand, das den Mann aber mitten in der Bewegung erstarren ließ, als hätte sie ihm eine Schaufel voll glühender Kohlen ins Gesicht geschleudert.

Der Sklavenhändler ließ sich auf die Pflastersteine sinken. »Ich bin ruiniert«, stöhnte er. »Meine Frau wird verhungern, meine Kinder…«

Lucilla machte mehrere Bemerkungen, die die Beziehung des Sklavenhändlers zu seiner Ehefrau betrafen, fügte einen kurzen Diskurs über seine Vaterschaft hinzu, bei dem Regeane errötend die Luft einsog, und organisierte dann die Suche nach dem Kind.

»Warum lassen wir die Kleine nicht einfach davonkommen?«, flüsterte Regeane Lucilla zu.

Lucilla schüttelte den Kopf. »Nein. Denk doch nach. Früher oder später wird irgendjemand sie einfangen. Was ihr dann zustößt, könnte durchaus schlimmer sein als alles, was hier geschehen wird. Besser wird es jedenfalls nicht sein.«

Regeane nickte. Sie verstand die Stimme der Vernunft. Selbst der grausamste Beschützer mochte besser sein als die Notwendigkeit, an Kirchentüren zu betteln, um dem Hungertod zu entgehen.

Die Wölfin übernahm die Kontrolle über Regeanes Augen und Ohren. Der Schock kostete das Mädchen für einen Augenblick das Gleichgewicht. Das Licht auf dem Marktplatz wurde schärfer. Die Gerüche hatten plötzlich etwas Überwältigendes: nasse Steine, feuchte Luft, modrige Kleidung, Ausdünstungen von altem, klebrigem Schmutz bis hin zu frischen, beißenden Körpersäften. Eine wahrhafte Flut von sich ständig verändernden Geräuschen – aber ein Geräusch – das Wichtigste – befand sich ganz in der Nähe. Schnelles, verängstigtes Atmen gleich neben dem Karren des Tuchhändlers.

Irgendwo stand die Silberwölfin. Sie senkte den Kopf, um mit ihrer Nase die eines Jungtiers zu streifen, eines Tieres, das noch unsicher auf seinen winzigen Beinen stand. Ein Gefühl des Vertrauens verband sie für einen Augenblick. Die Wölfin war zufrieden und dann war sie fort.

Regeane stellte fest, dass sie die Augen geschlossen hatte. Sie öffnete sie wieder und angelte die letzten drei Silbermünzen aus ihrem Beutel.

Der Sklavenhändler raufte sich noch immer schreiend die Haare.

»Ich kaufe das Mädchen«, sagte Regeane. »Wie viel willst du für die Kleine haben?«

Der Sklavenhändler brach sein Lamento abrupt ab.

»Was?«, entfuhr es Lucilla.

»Ich sagte, ich kaufe das Kind«, wiederholte Regeane. »Nenne einen Preis!« Sie hielt die Silbermünzen fest umklammert.

Der Mann heftete seinen Blick auf Regeane und in seinen Augen stand ein Ausdruck harter Berechnung.

»Einen Augenblick mal«, mischte sich Lucilla ein. »Du willst eine entlaufene Sklavin kaufen, die du noch nie gesehen hast? Bist du krank? Lass mich deine Stirn fühlen. Du musst Fieber haben.«

»Nein!«, schrie der Sklavenhändler. »Sie weiß offensichtlich, wohin das Kind gegangen ist. Das ist eine Sache, die nur uns beide angeht.«

Da die Zuschauer inzwischen die Suche nach dem Sklavenmädchen aufgegeben hatten, strömten sie nun wieder herbei, um sich dieses neue Spektakel nicht entgehen zu lassen.

»Wo ist sie, du Diebin?«, schrie der Sklavenhändler Regeane an.

Gefühlsausbrüche schienen heute an der Tagesordnung zu sein. Regeane richtete sich zu ihrer vollen Größe auf. »Willst du nun mein Geld oder willst du es nicht?« Sie beobachtete, wie in den Zügen des Mannes Habgier und Zorn miteinander rangen. Sie gab seiner Habgier einen kleinen Stoß in die richtige Richtung.

»Drei Silberdinare.«

»Abgemacht«, sagte der Sklavenhändler.

Regeane ließ die Münzen auf seine ausgestreckte Hand klatschen.

»Also, wo ist sie?«, fragte Lucilla, die die Hände in die Hüften stemmte.

»Sie gehört mir«, erklärte Regeane. »Du bist meine Zeugin.«

»Ja, ich kann den Handel bestätigen. Du bist die Besitzerin des Kindes. Und jetzt sag uns, wo dein Eigentum sich versteckt.«

Regeane wandte sich dem Wagen des Tuchhändlers zu. »Komm raus«, befahl sie. »Komm jetzt raus.«

Die Menge drängte sich näher heran. Der Wagen war durchsucht worden, die Leute hatten mit Händen und Stöcken seinen Inhalt durchstöbert. Niemand glaubte, dass der kleine Flüchtling sich dort verstecken konnte. Einige der Zuschauer begannen zu lachen.

»Komm raus«, wiederholte Regeane. »Bei mir bist du in Sicherheit. Ich mag dich nur umso lieber, nachdem du Hugo gebissen hast.« Sie warf einen Seitenblick auf Hugo. Er hatte sich inzwischen hingesetzt und hielt sich, unmissverständliche Worte vor sich hin murrend, den schmerzenden Kopf. Regeane fuhr fort: »Ich habe mir selbst oft eine ähnlich günstige – ja, günstig ist das richtige Wort – Gelegenheit gewünscht.«

Das kleine Mädchen ließ sich aus einem der Kleider, die an den Seiten des Wagens aufgehängt waren, herunterfallen. Sie war zierlich genug und kräftig genug, um sich wie ein Äffchen auf der Innenseite des Kleides festzuklammern, sodass sie trotz der rauen Durchsuchung des Karrens unentdeckt geblieben war. Einzig Regeane und die Wölfin hatten die hastigen Atemstöße gehört.

Das Kind war ein unattraktives Geschöpf. Sein blondes Haar war stumpf und verfilzt. Was die Gesichtszüge der Kleinen betraf, ließ sich wenig sagen, weil die Nase geschwollen war und zwei Blutrinnsale Mund und Kinn verschmierten. Sie war barfuß. Das einzige Kleidungsstück, das ihren Leib bedeckte, war ein zerrissener Lumpen. Ihre Miene spiegelte Übellaunigkeit und eine rebellische Natur. Halsstarrige Aufsässigkeit. Regeane mochte sie.

Das kleine Mädchen murmelte: »Hyrrokkin wicca.«

Hyrrokkins Hexe.

Das Gedächtnis der Wölfin spielte der Frau jäh eine Erinnerung zu: ein Gesicht von unirdischem Liebreiz, aber so weiß, dass es aus Schnee gemacht zu sein schien. Augen voller Entsetzen, in denen die zahllosen Farbschattierungen des Gletschereises aufblitzten, helles Blau, Grün und Schwarz. Sie, das Geschöpf der Schneewüsten, die niemals von der Hand des Frühlings berührt wird. Die »nie Geborene«, die älter war als die Götter selbst, die Hexenkönigin von Berggipfeln und Gletschern, die in ewiglichem Winter eingeschlossen waren. Sie, für die das einzig geziemende Opfer das Menschenopfer ist, allzeit bereit, sich ihre eigenen Opfer zu erwählen: den unachtsamen Wandersmann, den Reisenden, der auf den hohen Pässen unterwegs war und sich an schönen Tagen in die Irre führen ließ, blind geworden von dem weißen Nichts, wahnsinnig geworden vor Angst, wenn er sich immer wieder im Kreis bewegte. Und wenn das Opfer endlich erschöpft in den Schnee sinkt, kommen ihre Diener, die Wölfe, es holen. Die Menschen sagen, oder vielleicht flüstern sie es nur: »Sie haben in ihre Augen geblickt.«

Die Kleine war Sächsin. Regeane beherrschte ihre Sprache. Selbst nachdem ihr Vater schon tot war, hatte sie noch viele Jahre lang eine sächsische Amme gehabt. »Nein«, antwortete Regeane in der Muttersprache des Kindes. »Sie verlässt niemals ihr Schneeland.«

Regeane zog ihren Schleier herunter und gab ihn dem Kind. »Geh und wasch dir das Gesicht. Dann komm mit mir. Wir werden Gefährtinnen sein.«

Die Kleine erhob sich langsam. Sie sah Regeane eindringlich ins Gesicht. Dann lief sie mit dem Schleier zum Brunnen.

Lucilla trat neben Regeane. In ihrem Blick standen Verwirrung und Missbilligung. »Ich handle nicht mit Kindern und ich mache keine Geschäfte mit Leuten, die das tun«, sagte sie. Ein Blick auf Regeanes entsetzte Miene genügte. »Vergiss, was ich gesagt habe. Bitte.«

Regeane und Lucilla folgten dem Kind zum Brunnen. Die Kleine hatte es geschafft, sich das Blut abzuwaschen, aber die oberste Schicht des Schmutzes war unversehrt geblieben. Regeane wusch dem Kind energisch das Gesicht und murmelte dabei vor sich hin: »Wie dreckig du bist. Hat sich denn überhaupt niemand um dich gekümmert? Mein Gott, das Haar ist ein einziges Rattennest. Da kann ich hier nichts ausrichten.«

Die Kleine schloss die Augen und ließ die Wäsche mit Würde über sich ergehen. »Ich hab bloß ein einziges Gesicht. Wasch es mir ja nicht weg.«

»Ich möchte wissen, wie du unter all dem Schmutz aussiehst«, sagte Regeane und lächelte. »So, meine Kleine. So ist es schon besser. Hast du Hunger?«

»Aber natürlich hat sie Hunger«, sagte Lucilla. »Kinder haben immer Hunger.«

»Es macht mir nichts aus«, bemerkte das Kind verstockt.

»Sie ist Sächsin«, erklärte Regeane voller Stolz. »Die meisten Sachsen würden eher sterben, als sich zu beklagen.«

Lucilla legte dem Kind eine Hand unter das Kinn und betrachtete es mit einem schnellen, berufsmäßigen Blick. Dann nickte sie anerkennend. »Gar nicht schlecht, besser als auf den ersten Blick. Eine Knospe – und zwar eine noch ganz grüne –, aber sie könnte sich durchaus noch zu einer Schönheit entwickeln.«

Das Kind riss sich von Lucilla los. »Ich möchte nicht schön sein! Ich möchte ein Mann sein. Dann könnte ich mich an dem da rächen!« Das Mädchen starrte Hugo an. Er war mittlerweile wieder auf den Beinen. Der Soldat, der ihn bewusstlos geschlagen hatte, bot ihm nun seine Hilfe an, damit er zum Brunnen humpeln konnte.

»Sei nicht traurig, dass du eine Frau bist«, sagte Lucilla und strich dem Kind freundlich übers Haar. »Auch Frauen bekommen ihre Chance, wenn sie Rache suchen. Hu, was für ein Haar. Wahrscheinlich hat sie Läuse.«

»Ja«, antwortete das Kind. »Auf meinem Kopf kribbelt es und in meinen Kleidern auch. Zu Hause war ich immer sauber. Ich hasse das hier.« Sie ließ ihren Blick von Regeanes Gesicht zurück zu Hugo wandern. »Zu Hause«, flüsterte sie, »hätte mein Vater ihn gelehrt, was es heißt, Hand an die Tochter eines königlichen Gefolgsmannes zu legen.«

Die Augen des Kindes füllten sich mit Tränen. »Ich weine. Ich will nicht weinen. Nur Schwächlinge weinen, aber ich möchte wieder nach Hause.« Das leise Wimmern, das von tiefem Kummer sprach, drang in Regeanes Herz, vorbei an all den Schichten aus Vorsicht und Gleichgültigkeit, bis in den verborgensten Teil ihres Wesens.

»Es ist zu weit weg«, schluchzte das Kind. »Das Schiff muss tausende von Meilen gesegelt sein. Ich werde nie mehr nach Hause kommen.«

Nach Hause, dachte Regeane. *Ja, auch ich würde gern wieder nach Hause gehen. Wenigstens weiß sie, wo ihr Zuhause ist. Alles, was ich habe, ist ein Name, Wolfstan, und ein Volk, das irgendwo im Land verschwunden ist.*

Ungeachtet des Schmutzes und der Läuse drückte Regeane das Kind an sich und ließ es seinen Kummer ausweinen. Zum ersten Mal seit dem Tod ihrer eigenen Mutter spürte sie eine sanfte Wärme, als die schmalen Arme sie umschlangen und sich für eine Weile an sie klammerten, als wollten sie sie nie wieder loslassen.

Lucilla schüttelte den Kopf. »Du hast ein weiches Herz, das habe ich schon gesehen. Es ist traurig, aber es gibt Tausende von ihrer Art. Du kannst ihnen nicht allen helfen.«

»Nein«, sagte Regeane, »aber diesem Kind hier kann ich helfen.« Sie schob das Kind mit einer schützenden Geste hinter sich, um es von Hugo fern zu halten. Dieser tauchte gerade seinen Kopf ins Wasser und murmelte Verwünschungen, die sich auf den allgemeinen Zustand des Universums bezogen. Regeane bedachte ihn mit einem verächtlichen Blick.

»Kommst du mit mir?«, fragte Lucilla.

»Ja«, erwiderte Regeane, während sie ihren nassen Schleier benutzte, um die Tränen des Kindes zu trocknen.

Lucilla seufzte und förderte ein sauberes Leinentuch zu Tage. Regeane ließ den Schleier auf den Rand des Brunnens fallen. Dann nahm sie das saubere Tuch und wischte damit abermals das Gesicht des Kindes ab. »So, meine Kleine«, flüsterte sie. »Es ist nicht so weit. Wenn dein Vater ein Gefolgsmann des Königs ist, finden wir ihn ...«

Plötzlich war der Marktplatz erfüllt vom Donnern zahlreicher Hufe.

Lucilla schrie erschrocken auf. Ihre Leibgarde trat hastig zu ihr.

»Die Miliz!«, rief irgendjemand.

Die römische Miliz, die päpstliche Wache, die unter dem Befehl von Papst Hadrian stand, war der Arm der bürgerlichen Ordnung in der Stadt. Die Bürger selbst fürchteten und respektierten sie gleichermaßen.

»Nein«, widersprach Lucilla leise. »Die Miliz kann es nicht sein. Das wüsste ich. Außerdem kommt die nie hierher.« Sie flüsterte einem ihrer Leibwächter etwas zu, worauf der Mann unverzüglich in einer Gasse verschwand. Ebenso wie einige Händler es taten. Andere begannen, ihre Ware hastig zusammenzuraffen und sich schleunigst in eines der nahe gelegenen Häuser zurückzuziehen.

Regeane drängte sich an den Brunnen. Sie fühlte sich nackt. Ihr Umhang lag irgendwo in der Nähe des Kleiderkarrens, und ihr Schleier war tropfnass.

Die Bewaffneten strömten aus und begannen, zwischen den Karren und den Tischen nach irgendetwas zu suchen.

»Verflucht sollen sie sein, alle wie sie da sind«, fauchte Lucilla. »Sollen sie die Krätze kriegen, sollen sie brennen und sollen sie bluten. Die Bastarde versperren den einzigen Weg, der von hier wegführt. Nimm das Kind an der Hand«, befahl sie Regeane. »Sie werden dich für seine Mutter halten, für eine verheiratete Frau. Sie kümmern sich nur selten um ...«

Einer der Bewaffneten rief: »Ihr braucht nicht wegzulaufen, ihr Narren. Wir wollen weder euch noch euren Abfall hier.«

»Barmherziger!«, wisperte der Verbliebene von Lucillas Leibwächtern. »Basil der Lombarde.«

Lucilla sagte: »Ihr dürft nicht…«

Weiter kam sie nicht. Er hielt ihr mit der Hand den Mund zu und trug sie unverzüglich in das nächste leer stehende Haus.

Regeane ächzte. Das Kind zog an ihrem Arm. »Sieh nicht hin«, sagte sie. »Schau nach vorn. Wenn sie merken, wo du hinsiehst, werden sie wissen, wohin sie gegangen ist.« Regeane stand Todesängste aus und war gleichzeitig vollkommen verwirrt.

Was konnten Männer wie diese hier wollen? Es waren Söldner. Ihre Waffen und ihre Kleidung ließen keinen Zweifel daran, dass sie gut gerüstete Kämpfer waren. Sie trugen Tuniken aus schwerem, dunklem Leinen unter neuen Lederrüstungen. Sie jagten die Kaufleute mit gezückten Schwertern über den Platz und diese Schwerter waren von bester Qualität, schön geschmiedeter und geschärfter Stahl, der in dem grauen Licht schimmerte. Jeder der Männer war mit einem dunklen Schild aus Ochsenhaut ausgestattet.

Der Mann, den Regeane für den Anführer hielt – er trug einen kostbaren, schwarzen Seidenumhang über seiner Rüstung und der Griff seines Schwerts war kunstvoller als die Waffen der übrigen Männer –, hatte sein Pferd vor dem Wagen des Tuchhändlers zum Stehen gebracht. Es fiel ihm nicht schwer, den Mann, der direkt vor den Füßen seines Reittiers kauerte, einzuschüchtern.

Die Antworten, die er bekam, schienen ihn zufrieden zu stellen, denn er ließ sein Pferd einige Schritte rückwärts gehen und erlaubte dem Tuchhändler, sich vom Boden zu erheben. Der Mann stand zitternd auf, sichtlich erleichtert darüber, dass der mächtige Krieger ihn nicht länger bedrohte.

Dieser drängte sein Pferd abermals einige Schritte zurück. *Bei Gott,* dachte Regeane, *was für ein herrliches Tier.* Es war ein Berberpferd von der Rasse, für die Teile Griechenlands und Nordafrikas noch immer berühmt waren. Sie waren überwiegend weiß, nur an den Hufen, am Schweif und am Maul grau. Es hatte einen prächtigen, geschwungenen Hals und war muskulös, aber hoch gebaut in der Schulter und mit langen, schlanken, anmutigen Beinen. Die Mähne und der Schweif, beide um eine Spur dunkler, waren wunderbar gelockt. Ein Hengst.

Das Pferd war rastlos und Regeane kannte den Grund. Die Wölfin war bei ihr, sosehr sie dies tagsüber vermochte. Das Pferd wusste es.

Auf dem Marktplatz war Stille eingekehrt, da sowohl die Zuschauer als auch die Händler die Befehle des berittenen Führers abwarteten. Das Pferd stampfte und schnaubte. Der Mann auf seinem Rücken zügelte es mit fester Hand; gleichzeitig ließ der Reiter seinen Blick über den Platz wandern.

Regeane konnte sein Gesicht recht genau sehen – oberflächlich betrachtet durchaus angenehm. Große, dunkle Augen, römisches Adlerprofil, Mund, Nase und Kinn breit und kräftig. *O nein!*, dachte sie. Diesen Mann hatte sie noch nie gesehen, aber Männer seines Schlags hatte sie oft genug erlebt. Sie waren ohne Gnade oder Liebe und kannten nur sich selbst. Sie fürchtete, dass ihr zukünftiger Ehemann vielleicht von genau dieser Art war. Die endlosen Kriege spülten sie empor, so wie eine brechende Welle Gischt bildet.

Sie hatte auf ihren Reisen gelernt, diesen Männern mit allergrößter Vorsicht zu begegnen. Sie hatten gegen Freundlichkeit, Fürsorge füreinander oder die köstlichen Gesten menschlicher Vertrautheit nichts einzuwenden – denn die meisten von ihnen wussten einfach nicht, dass es diese schönen Dinge überhaupt gab. Für sie war die Welt ein einziger großer, grauer Strom menschlicher Bilder, wie die gesichtslosen Figuren auf einem abgewetzten Fries an irgendeinem vergessenen Denkmal – nur dass diese gesichtslosen Figuren gelegentlich bluteten.

Ein neuer Ausdruck huschte über seine Züge, als er Regeane sah, eine Regung, die zu flüchtig war, als dass sie sie hätte deuten können. Der Mann wandte sich an den Tuchhändler.

Regeane riss den Kopf des Kindes herum und begrub ihn in ihrem Rock, damit die Kleine nichts sehen konnte.

Der Mann gab dem Soldaten neben ihm eine schnelle, gleichgültige Anweisung und ein Speer bohrte sich in die Brust des Tuchhändlers. Er starb, fiel in sich zusammen und blieb wie ein Bündel seiner eigenen abgetragenen Kleider auf dem Boden liegen. In seinem Gesicht spiegelten sich weder Furcht noch Schmerz, lediglich gelinde Überraschung.

Auf dem anderen Wagen begann der Möbelhändler zu schreien und zeigte direkt auf Regeane.

Regeane stieß das Kind weg. »Lauf!«, rief sie. Suchende Hände zogen das Kind in die Menge hinein.

Der Söldnerführer zückte sein Schwert, riss sein Pferd herum und stürmte geradewegs auf Regeane zu.

Die Wölfin war bei Regeane, strömte in ihr Blut, ihre Muskeln, ihre Knochen, lieh ihr die Kraft des Tieres, seine Schläue und die absolute Konzentration des Mörders, der sich selbst keine Beachtung schenkt. Auf dem Platz brach die Hölle los. Einige Menschen versuchten zu fliehen, andere setzten sich mit allem zur Wehr, was ihnen in die Finger kam: Holzscheiten, Äxten, Hämmern und Pflastersteinen.

Regeane blieb stehen. Sie wusste instinktiv, dass es keinen Sinn hatte wegzulaufen. Nach wenigen Schritten würde sie niedergeritten werden.

Pferd und Reiter preschten in einer Wolke aus Leder und Schweißgeruch an ihr vorbei. Er rammte ihr das Knie in die Schläfe und begriff im gleichen Augenblick, dass er sich keinen guten Dienst erwiesen hatte. Sie befand sich an seiner linken Seite, wo der Springbrunnen sie schützte. Er konnte sie mit seinem Schwert nicht richtig treffen.

Mein Gott, was für ein Schlag. Regeane taumelte, aber ihre Sicht wurde bereits wieder klarer.

Der Hengst drehte sich mit geradezu katzenhafter Anmut um und bäumte sich auf. Er schlug mit den Vorderhufen aus und trieb Regeane so aus dem Schutz des Springbrunnens heraus.

Regeane brachte sich mit einem Sprung in Sicherheit und stand nun mitten auf dem Platz. Der Söldner lachte und weiße Zähne blitzten in seinem wettergegerbten Gesicht auf. Das Lachen verlieh ihm einen Ausdruck von fast kindlicher Freude. Jetzt hatte er sie, wo er sie haben wollte. Er war siegesgewiss.

Es blieb noch eine Chance. Als der Hengst seine Vorderhufe sinken ließ, sahen sie und die Wölfin beide eine Möglichkeit zu entkommen. Regeane sprang auf den Kopf des Pferdes zu und riss an seinem Zügel. Dem Tier glitten die Beine unterm Leib weg.

Regeane sah aus den Augenwinkeln, wie das Schwert gehoben wurde – und dann verschwand, als Mann und Pferd mit einem lauten Aufprall neben ihr zu Boden stürzten. Sie brachte sich vor den wirbelnden Hufen in Sicherheit und konnte noch einen letzten Blick auf die fassungslose Ungläubigkeit in den Zügen des Mannes erhaschen.

Ein Maul wie Samt, dachte sie, während sie in eine der schmalen Gassen rannte, die von dem Platz abzweigten. Der Weg stieg steil an, wie eine Rampe. Hinter ihr wurden wütende Schreie laut: »Ihr nach. Bei den Knochen Christi, ich will das Weibsstück bluten sehen.«

Hufschläge hallten auf den Steinen wider. Regeane bewegte sich so schnell wie der Wind. Die Rampe endete vor einer unüberwindlichen Mauer.

Die wenigen Hauseingänge, die auf die Gasse hinausführten, waren mit schweren Holztüren verriegelt, genau wie die Fenster, die in die Düsternis hinabblickten.

Zu ihrer Rechten mündete die Straße in eine Flucht steinerner Treppenstufen. Die ewige Feuchtigkeit des Tiber und die ungeklärten Abwässer aus den Häusern ringsum hatten die Stufen mit einer schleimigen Schicht überzogen. Der Gestank ließ die Wölfin würgen, aber die Frau stürmte die Treppe hinauf, immer weiter. Sie stolperte, weil ihre Füße auf dem Boden wegrutschten, und kam schließlich auf allen vieren oben an.

Ein Ruf wurde laut. Regeane drehte sich um. Die kleine Sächsin lief die Stufen hinauf, immer zwei gleichzeitig. »Lauf weiter«, rief sie. »Einer von ihnen ist direkt hinter mir.«

Regeane lief. Das Kind eilte ihr nach. »Warum bist du nicht zu Lucilla gelaufen?«, stieß Regeane tadelnd hervor.

»Willst du jetzt streiten?«, fragte das Kind. »Bestrafen kannst du mich später.« Sie drängte sich an Regeane vorbei und eilte weiter.

Schreie und Flüche erklangen, als die Reiter an die Treppe kamen. Aus Hufschlägen wurden die schweren Tritte von Reitstiefeln.

Regeanes Herz hämmerte vor Angst. Die Gasse wurde immer schmaler, bis sie nicht einmal genug Platz bot, um zu zweit nebeneinanderher zu gehen. Die Mauern kamen näher und näher. Die Straße machte eine Biegung und endete vor einer hohen, nackten Mauer.

Regeane wirbelte herum, den Rücken gegen die Mauer gedrückt, und blickte verzweifelt nach allen Seiten. Die Häuser in der Gasse waren zwei Stockwerke hoch ... zwei Stockwerke, die steil in die Höhe ragten. Glatte Flächen schmaler Terracottasteine, die in den kalten, grauen Himmel hinaufführten.

Die Wölfin versuchte zu ihr zu kommen, versuchte Regeane in die Verwandlung hineinzuziehen – und vermochte es nicht. Sie war zu schwach. Sie zog sich zurück, als ihr in ihrem dunklen Herzen klar zu werden schien, dass sie mit ihrem Tun der Frau lediglich ihre letzte Kraft raubte.

Die Schritte klangen jetzt näher. Eilig.

»Sssscht!« Die Stimme hatte ihren Ursprung direkt neben ihren Füßen. In der Öffnung hatte sich so viel Schutt angesammelt, dass Regeane sie übersehen hatte.

»Schnell!«, erklang wieder die Stimme des Kindes. »Wenn du noch lange zögerst, hat er dich gleich.«

»Ich zögere nicht«, fuhr Regeane das Mädchen mit einem gezischten Flüstern an. »Ist das Loch groß genug?«

»Ja ... vielleicht ... hm, ich weiß nicht.« Die letzten Worte waren eher ein Wimmern. »Ich bin so schnell reingekrochen, dass ich es nicht sagen kann. Aber bitte ...«

Der Söldner hatte den Eingang der Sackgasse erreicht. Ihr von heißer Angst benebeltes Gehirn schätzte, dass er ungefähr dreimal so groß sein musste wie sie selbst. Ein anderer Teil ihres Gehirns zeigte ihr das grauenvolle Bild ihres Oberkörpers, der in dem Abwasserloch steckte, während der Soldat mit seinem Schwert auf ihren Unterkörper und ihre Beine einhackte.

Regeane schob mit beiden Händen tote Blätter und Zweige beiseite. Die Wölfin, eine Höhlenbauerin von Natur aus, stellte eine blitzschnelle Berechnung an. Regeane sprang in das Loch.

Mit einem Wutschrei stürzte der Krieger hinter ihr her.

Der Tunnel führte hügelabwärts und die Wände waren schleimig.

Der Mann schloss seine Finger um ihren Knöchel. Regeane schrie gellend auf und klammerte sich verzweifelt an der Innenseite des tönernen Rohrs fest. Es war zu schlüpfrig, um ihr Halt zu geben.

Etwas packte ihr Haar und zerrte daran. Sie kam wie ein eingeöltes Schwein aus dem anderen Ende des Tunnels geschossen und landete direkt zu Füßen des Kindes; einen Schuh hatte sie an den Soldaten verloren.

Schreie hallten durch das Rohr, Beweise für den ohnmächtigen Zorn des Mannes hinter ihr.

»Lass meine Haare los!«, befahl Regeane, während sie sich mit zitternden Gliedern auf die Füße kämpfte.

Das Kind sah sie gekränkt an. »Du kannst von Glück sagen, dass ich so fest zugepackt habe. Unentschlossen. Du hättest reinspringen sollen, als ich dich gerufen habe.« Das Kind versuchte durch das Rohr, das immer noch unter dem Zorn des Soldaten erbebte, hinaufzuspähen. »Keine Sorge«, sagte die kleine Sächsin. »Da kommt er nicht durch, es sei denn, er zieht sich seine Rüstung aus.«

»Und dafür wird er nicht lange brauchen«, erklärte Regeane mit Nachdruck, während sie das Kind schon hinter sich her zog.

Der Hof lag inmitten etlicher einstöckiger Wohnblocks. Alle Türen und Fenster waren verschlossen und verriegelt. Regeane konnte keinen Fluchtweg entdecken.

»Nach oben«, sagte das Kind und zeigte auf eine Reihe von Steinbalkons, die die Häuser im ersten Stockwerk umgaben. Die Balkons waren winzig und schmal, aber selbst in diesem ärmlichen Viertel stand auf jedem von ihnen mindestens ein Topf mit Kräutern und Blumen. Auf dem ihnen am nächsten gelegenen Balkon befanden sich sogar etliche solcher Töpfe. Zumindest eine Möglichkeit, sich zu verstecken.

Regeane zog das Mädchen zu sich heran, hob es über das Geländer und zog sich anschließend selbst hinauf. Sie versuchte die Fensterläden mit den Fingern zu öffnen. Massive Bretter. Sie bemerkte Riegel am unteren Rand, in der Mitte und ganz oben. Da war nichts zu machen.

Der Krieger rutschte aus dem Rohr heraus.

Regeane und das Kind hockten sich hinter die Blumentöpfe und versuchten sich so klein wie möglich zu machen. Der Krieger unter ihnen ging mehrmals im Kreis herum und suchte den leeren Innenhof ab. Er mochte seine Rüstung abgelegt haben, aber sein großes, tödlich wirkendes Schwert hatte er bei sich. Regeane erinnerte sich an den Tuchhändler und schauderte.

»Es hat keinen Sinn«, sagte sie leise. »Er wird uns finden.«

Sie spürte, wie das kleine Mädchen ihren Arm fester umklammerte. Sie befreite sich und richtete sich auf. Er stand fast direkt unter dem Balkon.

Regeane griff nach einem Topf mit grauem Salbei und warf ihn dem Mann auf den Kopf. Sie erzielte einen direkten Treffer, hatte aber nicht viel damit ausgerichtet. Er trug einen Helm.

Der Söldner brüllte vor Wut auf und drehte sich um. Er machte einen Satz auf das Balkongeländer zu, zog sich mit einer Hand hinauf und schwang mit der anderen das Schwert.

Regeane griff nach den Henkeln eines großen Rosmarinkrugs. Mit dieser notdürftigen Waffe parierte sie die Schwerthiebe. Bei seinem nächsten Schlag prallte das Handgelenk des Mannes gegen den Krug und der Krieger schrie abermals auf, diesmal vor Schmerz, und ließ sich am Balkongeländer hinab.

Regeane war zu schnell für ihn. Mit aller Kraft rammte sie ihm die Unterkante des Topfs in die Stirn.

Der Mann und der Blumentopf fielen zusammen zu Boden und landeten mit einem lauten Krachen auf den Pflastersteinen. Ihr Verfolger rollte sich inmitten von Blumenerde und Tonscherben herum und stemmte sich auf Knie und Hände hoch.

»O Gott«, wisperte Regeane. »Nein.«

»Doch«, sagte das kleine Mädchen, dessen Lippen nur noch eine schmale Linie waren. »Er ist sehr stur.« Die Sächsin entschied sich für eine flache Tonschale mit Kamille. Als der Soldat diesmal zu Boden ging, blieb er reglos liegen.

Regeane lehnte sich an das Geländer, zitternd und um Luft ringend.

»Warum wollen diese Leute dich töten?«, fragte das Kind. »Was hast du getan?«

Regeane schüttelte den Kopf. »Nichts«, antwortete sie verwirrt.

Die kleine Sächsin blickte zu ihr auf und die Ungläubigkeit stand ihr ins Gesicht geschrieben. »Dann willst du es mir also nicht sagen«, erwiderte sie zutiefst gekränkt.

»Ich weiß nicht, was ich dir sagen soll«, antwortete Regeane.

»Vielleicht hast du ja ganz Recht«, meinte das Kind nachdenklich. »So wie ich auf dem Marktplatz geheult habe, das war einfach beschämend und jetzt denkst du, ich sei schwach.« Sie sah zu Regeane auf und in ihrer Miene spiegelte sich eine beinahe erwachsen wirkende Streitlust wider, ein Eindruck, der nur von einer leicht vorstehenden Unterlippe zunichte gemacht wurde. »Aber ich bin nicht schwach.« Sie kletterte über das Geländer, ließ sich auf den Boden fallen und griff nach dem Messer des Mannes.

Regeane beeilte sich, ihr zu folgen.

Das kleine Mädchen hatte bereits die Finger in das Haar des Soldaten geschlungen.

Regeane rief: »Nein! Das ist Unrecht. Und gefährlich. Du bist kein freier Mensch und ich bin eine Fremdländerin. Man könnte uns bestrafen.«

Ein Anflug von Abscheu huschte über das Gesicht des kleinen Mädchens, das neben dem Kopf des Mannes kniete. »Du suchst nach Ausreden. Eine schöne Beschützerin bist du mir. Hast nicht einmal den Mut, einem Mann die Kehle durchzuschneiden. Da bin ich ja allein besser dran.«

Regeane überlegte, dass diese Feststellung aus einer Vielzahl von Gründen zutreffen mochte, aber sie würde es nicht zulassen, dass das Kind ein solches Risiko einging. Die möglichen Folgen waren verheerend. Sie hatte gesehen, welch grauenvolle Strafen Sklaven zu erdulden hatten.

Sie riss die Hand des Kindes hoch und zog es von dem bewusstlosen Mann weg. »Nein, du wirst ihm nicht die Kehle durchschneiden. Komm jetzt. Wir werden versuchen, einen Ausweg zu finden, um …«

Regeane brach ab, weil die Miene der kleinen Sächsin sich plötzlich veränderte. Statt Missbilligung sah sie nun Entsetzen in ihren Zügen.

5

»Was?«, fragte Regeane.

Die kleine Sächsin schob eine Hand in ihr Kleid. Sie trug etwas um den Hals – einen Stein an einer Schnur. Sie umfasste ihn und flüsterte ein sächsisches Gebet, dann wich sie hastig zurück.

Regeane hörte Schritte. Sie wirbelte herum… Ein kaum hörbares Wimmern der Angst stieg in ihrer Kehle empor.

Die Kreatur kam halb humpelnd, halb schlurfend auf sie zu. Der größte Teil ihres Körpers war von einem schwarzen Kapuzenumhang bedeckt, aber was Regeane sehen konnte, war schlimm genug. Das Wesen hielt sich mit den Fingerstummeln die Kapuze über dem unteren Teil seines Gesichts zusammen.

Aus herunterhängenden Fetzen bleichen, fauligen Fleischs ragten Knochen hervor. Die Nase in dem schwarzen Tuch der Kapuze war von einer Krankheit halb weggefressen worden, sodass man die Nasenscheidewand deutlich erkennen konnte. Überall roch die Silberwölfin den Gestank des Todes und doch starrten oberhalb dieser grauenvollen Nase zwei lebendige Augen Regeane an. Augen, die beinahe schön waren: große, haselnussbraune Augen, umsäumt von dunklen Wimpern.

»Mein Garten«, flüsterte das Wesen. »Du hast meinen kleinen Garten zerstört.«

Es blieb stehen und ging neben dem zerbrochenen Salbeitopf in die Hocke. Das Wesen strich mit einem blassen, knochigen Zeigefinger sanft über die Blütenblätter.

»Mein Garten«, jammerte es leise vor sich hin, »mein armer kleiner Garten. Er war alles, was ich noch hatte.«

»Es tut mir Leid«, stammelte Regeane, »aber der Soldat war hinter uns her.«

»Das gibt dir trotzdem nicht das Recht, Antonius' Garten zu zerstören«, schrie jemand Regeane anklagend an.

Eine nach der anderen öffneten sich die Türen, die zu der kleinen Piazza führten. In einer von ihnen stand eine junge Frau. Ihr Haar war von einem leuchtenden Hennarot, wuchs in den Wurzeln jedoch schon schwarz nach. Sie wäre vielleicht hübsch gewesen, hätte sie nicht das große Loch in der Wange gehabt, durch das man die beiden Zahnreihen deutlich sehen konnte.

Eine Hand hob Regeanes Rock hoch. Etwas kicherte. Sie blickte hinab.

Es hüpfte auf seinen Beinstumpen weiter. Der Arm, zu dem die Hand gehörte, war lang und affenartig. Das Gesicht war nach innen gewölbt, als hätte man es zerschmettert und dann mit einer riesenhaften Keule wieder glatt gestrichen. Schleim floss aus der Nase und Speichel tropfte aus einem grinsenden Mund voller gelber Zahnstummel.

Regeane stieß einen erstickten Schrei aus und wich zurück.

Das Wesen folgte, streckte die Hand nach ihr aus und sang vor sich hin: »Hübsche Dame. Hübsche Dame.«

Sie stieß mit einer anderen Kreatur zusammen, aber diese starrte sie nur ernsthaft an. Es war ein Junge, den ein Buckel so entstellt hatte, dass er nur auf allen vieren kriechen konnte. Seine Augen hatten einen leeren Ausdruck. Als sie sich vor den Händen des Wesens in Sicherheit brachte, wurde ihr klar, dass es blind sein musste.

Sie waren überall, überall um sie herum. In jeder Tür und auf jedem Balkon stand eine weitere von diesen grauenvollen Gestalten. Einige von ihnen trugen die Zeichen von Folter und Verstümmelung – ohne Nase, ohne Augen, mit abgeschnittenen Ohren oder Stümpfen, wo Hände und Füße hätten sein müssen. Waren sie lebendig? War sie in ein Viertel geflüchtet, das nur von Toten bewohnt wurde?

Regeane spürte, wie sich etwas von der anderen Seite um ihren Rock krallte. Ihr Körper wurde gewaltsam herumgerissen; dann erkannte sie, dass es das Kind war, das sich verzweifelt an sie klammerte und sein Gesicht in die Falten ihres Kleides presste. Sie legte den Arm um das kleine Mädchen.

»Sie mag uns nicht«, rief die rothaarige Frau mit einem schrillen Lachen. »Wer hat dich gebeten, dein hübsches Gesicht hierher zu bringen und uns daran zu erinnern, was wir verloren haben? Verschwinde.« Sie hob eine Blumentopfscherbe auf und warf sie nach Regeane.

Sie scharten sich um Regeane, bedrängten sie, ihre Stimmen ein einziger Missklang aus geistlosem Plärren und Kichern; hier und da ertönte ein Aufschrei des Hasses oder der Wut.

Eine seltsame Schwäche überkam Regeane. Die Wölfin versuchte sich ihrer zu bemächtigen. Sie spürte die bebende Bereitschaft zur Verwandlung, einen Riss zwischen der Alltagswelt und den schwebenden Gespenstern des Mondscheins.

»Schämt euch.« Die Stimme war heiser, aber befehlsgewohnt. Sie kam von dem ersten Wesen, das Regeane gesehen hatte, demjenigen, das die Zerstörung seines Gartens beklagt hatte. Auf einen langen Stab gestützt, trat der Mann nun vor. Er hielt sich den unteren Teil seiner Kapuze nun noch entschlossener über das verwüstete Gesicht, sodass sie nur noch die beiden seltsam schönen Augen sehen konnte, die sie über das schwarze Tuch hinweg betrachteten.

»Schämt euch«, wiederholte er wütend. Als er Regeane erreichte, schwenkte er mit einer weit ausholenden Bewegung seinen Stab und trieb diejenigen zurück, die Regeane und das Kind am meisten bedrängt hatten.

»Da ist eine Fremde zu uns gekommen, die Freundlichkeit und Schutz sucht.« Der verhüllte Kopf drehte sich und betrachtete den Soldaten, der noch immer reglos auf den Steinen der Straße lag. »Was immer wir sein mögen«, sagte der verstümmelte Mann leise, »wir dürfen nicht unempfänglich für Mitleid und Menschlichkeit sein. Wenn wir nicht einmal mehr das haben, was soll dann aus uns werden?«

Die Menge wurde still. Der sanfte Tadel des Kapuzenmannes schien großes Gewicht für sie zu haben.

»Du, Drusis«, wandte er sich an den Mann ohne Beine, denjenigen, der versucht hatte, Regeane unter den Rock zu greifen, »geh und hol meinen Bruder.« Dann fuhr er streng fort. »Wasch dir den Rotz aus dem Gesicht. So kannst du dich unmöglich einer feinen Dame zeigen.«

Zu Regeanes Überraschung machte Drusis ein beschämtes Gesicht, ließ den Kopf hängen und humpelte hastig davon.

Dann drehte sich Antonius zu Regeane um. Die klaren, gelassenen Augen blickten direkt in ihre. »Drusis wird meinen Bruder holen«, erklärte er ihr, »und der kann euch hier herausbringen. Ihr müsst meinen Freunden ihre schlechten Manieren nachsehen. Es kommt nicht oft vor, dass ein Fremder sich in… in das Haus der Toten verirrt.«

Die kleine Sächsin spähte unter den Falten von Regeanes Rock zu dem Kapuzenmann auf. »Dann bist du also ein Toter?«, fragte sie ängstlich.

Die schönen Augen wanderten von Regeanes Gesicht zu dem des Kindes. »Nicht ganz«, antwortete er, »aber auch nicht weit davon entfernt. Ich habe Lepra.«

Regeane spürte, wie ihre Knie nachgaben, nicht vor Angst, sondern vor Erleichterung. Sie hatte gefürchtet, sie habe sich in einen Bezirk verirrt, der von jenen Schattengestalten bevölkert wurde, wie sie sie vor Kirchportalen oder in der Nähe von Friedhöfen sah; diese Furcht war nun zerstreut. Verglichen mit diesen Wesen waren die armen, entstellten Aussätzigen nicht furchtbar, sondern bemitleidenswert.

»Oh«, seufzte sie, »Gott sei Dank. Ich… ich hatte schon befürchtet, du könntest… etwas anderes sein.«

Die haselnussbraunen Augen kehrten zu ihrem Gesicht zurück und wenn sie sich nicht irrte, stand nun ein Ausdruck milder Verwirrung in ihnen.

»Ich habe dich für einen Geist gehalten«, erklärte sie.

»Nein, das bin ich nicht«, sagte er gelassen. »Bald, gewiss, aber noch nicht jetzt. Siehst du oft solche Dinge?«

»Ja«, gab Regeane widerstrebend zu. Dann korrigierte sie sich: »Nun, nicht allzu oft. Nur zwei- oder dreimal im Jahr, aber wenn es geschieht…«

Die Menge um sie herum teilte sich. Ein Mann schob sich zwischen den anderen hindurch.

»Was um alles in der Welt…«, fragte er und blieb dann stehen, um Regeane erstaunt anzusehen.

Der Leprakranke mit dem Kapuzenmantel drehte sich zu ihm um. »Stephan, mein Bruder, diese Dame und…« – er zeigte mit einer schnellen Geste auf das Kind – »…ihre kleine Freundin sind hierher gekommen, weil der da sie verfolgt hat.« Er deutete auf den Soldaten, der noch immer inmitten von Blumenerde und Scherben auf dem Boden lag. »Wenn du so freundlich sein würdest – führe sie doch bitte an einen sicheren Ort.«

Stephan war ein hoch gewachsener Mann mit einem hageren Gesicht, einem grauen Haarschopf und einem ebenso grauen gestutzten Bart, der sich am Kinn zu kleinen Locken kringelte. Sein Gewand war so schlicht wie das der Bauern, die Regeane jeden Tag sah, wenn sie ihr Vieh und ihre Herden zum Markt trieben, nur eine Tunika aus brauner Wolle und Sandalen. Er trug keinen Mantel, wie ihn die meisten Freigeborenen im Freien benutzten, sondern den traditionellen Umhang des Volks der Erde, ein schlichtes Stoffquadrat mit einem Loch für den Kopf, das in der Taille von einem Gürtel zusammengehalten wurde. Aber abgesehen von seiner einfachen Kleidung hatte er etwas an sich – die Haltung seiner Schultern und die Festigkeit des Mundes unter der kräftigen vorspringenden Nase –, das von einem Menschen zeugte, der es gewohnt war, Befehle zu erteilen.

»Crysta.« Er wandte sich an die Frau mit dem Loch in der Wange. »Zu wem gehört der Mann?«

Die Frau kam herbei und blickte auf den Krieger hinab. »Der gehört zum Gefolge von Basil, dem Lombarden. Seinen Namen weiß ich nicht, aber Basil ist sein Herr.«

»Basil, hm?« Eine kleine Falte tauchte zwischen seinen Brauen auf. »Was hat der hier zu suchen? Ihr zwei da, Sixtus und Numerus.« Er zeigte auf zwei Männer, von denen einer Eisenhaken statt Händen hatte, während dem anderen die Nase, die Ohren und ein Teil der Kopfhaut fehlten. »Nehmt diesen Abschaum und schmeißt ihn irgendwohin. Ich will nicht, dass er hier aufwacht.« Dann drehte er sich zu Regeane um. »Und du, meine Dame, folge mir«, sagte er.

»Ich komme mit«, sagte Antonius mit fragendem, schüchternem Tonfall zu Regeane, »falls meine Anwesenheit dich nicht abstößt?«

»O nein.« Regeane schüttelte den Kopf. Sie war ihm immer noch von Herzen dankbar.

Da fielen ihr die wenigen Kupfermünzen ein, die sie noch in

ihrem Beutel hatte. Sie zog sie hastig hervor und hielt dann Antonius die Hand mit den Münzen hin.

»Hier, bitte nimm das«, sagte sie. »Das ist für deinen Garten, deine Blumen. Es tut mir so Leid, dass wir die Töpfe zerbrochen haben, aber du wirst schon sehen: Die Blumen wachsen wieder nach.«

Antonius rührte sich nicht und streckte auch nicht die Hand aus, um das Geld entgegen zu nehmen. Stattdessen suchte sein Blick den seines Bruders Stephan. »Das Scherflein der Witwe«, sagte er. Dann wandte er sich wieder an Regeane. »Ich bin gut versorgt. Mein Bruder kümmert sich um alles, was ich brauche. Ich dagegen muss mich dafür entschuldigen, dass ich mich wegen ein paar Töpfen so kindisch benommen habe.«

Als Regeane Stephan ansah, bemerkte sie, dass die Strenge in seinen Zügen einem Ausdruck der Güte gewichen war.

Regeane warf einen ängstlichen Blick auf den Soldaten. Stephans Männer zerrten ihn an den Füßen hinter sich her. *Eine ziemlich raue Behandlung,* dachte Regeane. Sein verletzter Schädel holperte über die Steine. »Besteht irgendeine Gefahr, dass man mich vor den Magistrat ruft und beschuldigt… Ich mache mir nicht um mich selbst Sorgen, aber das Kind… ist… sie ist keine Freie.«

»Nein«, erwiderte Stephan. »Er hatte hier überhaupt nichts zu suchen. Stünde ich nicht im Dienste Christi, würde ich unverzüglich seine Hinrichtung anordnen. Der gegenwärtige Papst Hadrian hat dem Lombarden befohlen, Rom zu verlassen und…«

Antonius unterbrach ihn mit einem leisen Kichern. »Es sieht so aus, als hätte Hadrian nicht so viel Gewalt über sie, wie er gehofft hatte.«

Stephan schien verärgert zu sein. »Nein«, brummte er. »Aber ich denke, sobald Hadrian sich des Problems bewusst wird, wird er schon geeignete Maßnahmen ergreifen.«

»Mach dir nichts vor«, unterbrach ihn Antonius, diesmal mit größerem Ernst. »Die römischen Familien sichern sich nach wie vor nach allen Seiten hin ab und dasselbe gilt wahrscheinlich für die Geistlichkeit. Glaub es mir, Bruder, und sei vorsichtig«, ermahnte er ihn.

»Was meint er damit?«, fragte das Kind.

Da Regeane das selbst nicht so genau wusste, ermahnte sie das Mädchen, still zu sein und nicht so viele Fragen zu stellen.

Die Unterlippe der kleinen Sächsin schob sich vor, so weit es nur ging. In ihren Augen flammte Feuer auf. Sie und Regeane funkelten einander an. »Ich hab bloß eine einzige gestellt. Und außerdem, mein Vater sagt, wenn man etwas erfahren will, gibt es nur eine einzige Möglichkeit, es herauszufinden: Man muss fragen. Also!«

»Sie hat Recht«, sagte Antonius. »Fragen, ob sie sich nun beantworten lassen oder nicht, sind immer eine Notwendigkeit. In diesem Falle sprechen wir vom letzten Papst, der von der lombardischen Partei in Rom beherrscht wurde. Der gegenwärtige Papst Hadrian hat seine Unabhängigkeit von dem lombardischen Herzog Desiderius erklärt und dessen Handlanger Paul Afartha aus der Stadt verbannt. Basil war Paul Afarthas Hauptmann. Viele von den armen Geschöpfen, die du hier siehst, sind von Natur aus mit einem Gebrechen geschlagen, aber andere haben unter den Händen von Paul und Basil gelitten. Ihre Sünde bestand darin, der falschen Partei anzugehören. Deshalb also versuchen die Römer sich nach beiden Seiten abzusichern, weil sie noch nicht wissen, ob Hadrians Politik von Erfolg gekrönt sein wird. Mit anderen Worten, sie fürchten, auch der gegenwärtige Papst könnte sich dem Einfluss der Lombarden unterwerfen müssen. Also versuchen sie äußerst vorsichtig zu sein und es sich mit niemandem zu verderben.«

»Aber was hat das mit mir zu tun?«, fragte Regeane beunruhigt.

»Bruder«, flüsterte Antonius. »Wenn wir hineingehen und uns ein wenig hinsetzen könnten, wäre ich sehr dankbar. Heutzutage machen mir Hitze und Kälte schwer zu schaffen. Es ermüdet mich schon, wenn ich auch nur ein paar Schritte gehen muss.« Er sprach mit großer Gelassenheit und ohne einen Anflug von Selbstmitleid. Seine Worte waren schlicht und einfach die Wahrheit, mehr nicht.

»Entschuldige«, sagte Stephan zerknirscht. »Ich vergesse meine Pflichten als Gastgeber.«

Regeane hätte niemals für sich selbst um etwas gebeten, aber sie wusste, dass das Kind Hunger haben musste. Die Kleine sah ganz so aus, als hätte der Sklavenhändler ihr nichts zu essen gegeben, um den freiheitsliebenden jungen Geist zu brechen. »Ob du wohl einen Bissen zu essen für das Kind hättest? Bitte.«

»Ich denke, wir haben genug für euch beide«, sagte Stephan. »Kommt mit.«

Stephan ging voran, und Antonius schlurfte hinter ihnen her über die Piazza.

Sie folgte ihm in eine kleine Kirche, die fast vollkommen kahl war, wie die meisten Kapellen, die im Dienst der Armen Roms standen.

Die nackten, weiß getünchten Stuckwände waren nur von einigen wenigen schmalen Fenstern durchbrochen, durch die lange Lichtstrahlen fielen. Der einzige Schmuck der Kirche war ein Fresko, das das Allerheiligste umrahmte und den Altar mit seinem abgenutzten Baldachin und der kahlen Marmorfläche einhüllte.

Das Gemälde stellte eine Wiese bei Sonnenaufgang dar. Das grüne Gras war mit glitzernden Frühlingsblumen übersät: die rubinroten Blütenkelche von Mohn, Glockenblumen, Veilchen, wildem Basilikum und über ihnen allen das erste goldene Zauberlicht des Sonnenaufgangs.

Durch eine Öffnung in dem Kuppeldach über dem Altar beleuchtet, erfüllte das Gemälde die schlichte kleine Kirche mit dem Duft eines Frühlingsmorgens und der Freiheit weiter Ausblicke unter einem hohen Himmel.

»Es zeigt die Morgendämmerung«, sagte Regeane leise.

»Nein«, widersprach Antonius hinter ihr. »Es ist Abend. Ich weiß es genau. Ich habe es selbst gemalt. Man kann den Sonnenaufgang leicht mit der Abenddämmerung verwechseln. Das Licht ist beinahe das Gleiche.«

»Es muss ein wunderbares Gefühl sein, etwas so Schönes schaffen zu können«, sagte die Kleine.

»Ssscht«, zischte Regeane, die an den Zustand von Antonius' Händen denken musste, an die weißen Knochenstummel, die aus dem Fleisch ragten.

»Es ist schon gut«, sagte Antonius. »Sie versteht es nicht.«

Regeane führte das Mädchen durch die Kirche. Jetzt blieb es stehen und zerrte an ihrer Hand.

»Was verstehe ich nicht? Wenn ich etwas nicht verstehe, möchte ich, dass man es mir erklärt, damit ich es verstehe.« Ein störrischer Ausdruck zeigte sich jetzt auf ihrem kleinen Gesicht, und die Unterlippe hatte sich abermals vorgeschoben.

»Komm weiter«, sagte Regeane verlegen, »und hör auf, anderen lästig zu sein.«

Das Kind versuchte herauszufinden, ob es sich Regeanes festem Griff entwinden konnte und befand dann, dass ein würdevolleres Vorgehen vorzuziehen sei.

»Es ist eins von den Dingen, die ich erst erfahren soll, wenn ich älter bin. Das höre ich ständig! Wenn die Leute es mir nur erklären wollten, würde ich es schon jetzt verstehen!«

Regeane hörte ein leises Lachen hinter sich und erkannte, dass Antonius nicht gekränkt war.

»Sie kann nicht deine Tochter sein«, sagte er. »Du bist zu jung.«

»Natürlich bin ich nicht ihre Tochter«, sagte das kleine Mädchen entrüstet. »Ich bin Sächsin. Sie ist Fränkin. Siehst du denn den Unterschied nicht?«

»Was du auch bist«, sagte Stephan, »du bist ein Plagegeist.«

Sie befanden sich mittlerweile in der Nähe des Altars. Stephan drückte eine Tür in der Mauer auf und führte Regeane in einen Raum, der zu seiner Wohnung gehören musste.

Plötzlich wurde sie sich ihres zerzausten Zustands bewusst. Ihr Mantel war weg und jetzt erinnerte sie sich auch mit einem Schaudern daran, dass der Tuchhändler darauf verblutet war. Sie glaubte nicht, dass sie das Kleidungsstück zurückhaben wollte. Den abgetragenen Schleier hatte sie als Waschlappen benutzt. Sie hatte ihre Schuhe verloren – einen hatte ihr Verfolger ihr abgerissen, der andere war heruntergefallen, als sie auf den Balkon kletterte. Sie blickte an sich hinab und wackelte mit den Zehen. Das Kleid, das sie trug, war nicht nur fadenscheinig, sondern auch fleckig und vom Unrat der Straßen und vom Schleim des Tunnels besudelt. Ihr Haar klebte schmutzig und verschwitzt an ihrem Kopf.

Das Zimmer war makellos sauber, und auch wenn es nur spärlich möbliert war, so hätten alle Dinge darin sehr wohl aus einer der schönen Patriziervillen stammen können, die das Stadtbild prägten.

In einer Nische in der einen Ecke des Raums stand ein mit Vorhängen abgeteiltes Bett. Es war wie die meisten fränkischen Betten eine Holzkiste, die gleichzeitig als Behältnis für das Federbett und die Steppdecke diente. Aber die Tagesdecke schimmerte wie Seide und die einfache Stickerei, die sie säumte, war mit Goldzwirn ausgeführt worden. Sowohl die Bettwäsche als auch die Vorhänge waren schneeweiß und ebenso schlicht gesäumt wie die Tagesdecke, aber mit Spitze versehen.

Ein Tisch reichte beinahe von einer Wand des Raums zur anderen. Auf den ersten Blick dachte Regeane nur, dass der Tisch sehr alt war, aber als sie noch einmal genauer hinsah, fand sie, dass er einst in einem Palast gestanden haben musste. Er war aus Eiche und sein seidiger Glanz verriet eiserne Härte; in die Tischfläche waren geschwungene Bärenklaublätter aus Elfenbein eingearbeitet.

Die Bänke, die davor standen, waren von gleicher Qualität und wiesen das gleiche in Elfenbein gearbeitete Muster auf.

An einem Ende des Tisches, in der Nähe eines in die Steinmauer eingelassenen Kamins, stand vor einem Bücherständer ein hoher, geschnitzter Lehnstuhl. Das Buch auf dem Bücherständer war von beträchtlicher Größe und Regeanes Blick verharrte auf den strahlend blau und golden verzierten Lettern.

Ein Möbelstück im Raum fiel besonders auf, weil es in der Qualität nicht zu den übrigen passte: eine einfache Holzbank mit einem Strohkissen am anderen Ende der Tafel gegenüber dem hohen Lehnstuhl.

Antonius kam hinter Regeane in den Raum gehumpelt, schlurfte auf die Bank zu und erklärte: »Die gehört mir, damit man sie später …« Er hielt einen inhaltsschweren Augenblick inne, inhaltsschwer, weil Regeane verstand, was er nicht aussprach. »Damit man sie später, wenn ich sie nicht mehr brauche, verbrennen kann.«

Er bewegte sich unter großen Schwierigkeiten, als hätte er Schmerzen. Regeane spürte, dass die Zeit, die Bank zu verbrennen, vielleicht schon bald kommen würde.

Seine lateinische Aussprache war klar und wunderschön, der Sprache der Cäsaren näher als dem Dialekt, den man auf den Straßen Roms hören konnte. Sauber und präzise, der Akzent eines

Mannes von guter Geburt und gleicher Erziehung, auch wenn die Worte jetzt seltsam verwischt klangen. Regeane scheute davor zurück, über den Zustand der Lippen nachzudenken, die die Worte formten.

Die Stimme mochte jung sein, aber seine Bewegungen waren langsam, qualvoll und unsicher, als schleppe er sich allein durch die Kraft seines Willens weiter. Der Blick seines Bruders ruhte liebevoll und gleichzeitig voller Trauer auf ihm. Dieser Blick sprach deutlicher als alle Worte von der Unausweichlichkeit des Schicksals, das Antonius bevorstand.

Regeane und das Kind verharrten im Eingang.

Antonius blieb neben der Bank stehen. »Bitte, kommt doch herein. Ihr braucht keine Ansteckung zu befürchten. Wenn ich mich in diesem Raum aufhalte, sitze ich nur auf meiner Bank und berühre nichts, was meinem Bruder gehört. Er hat sich nicht angesteckt und war auch nie krank, im Gegensatz zu mir und anderen Unglücklichen, die hier unter seiner Obhut leben.«

»O nein«, rief Regeane. »Das ist es nicht.« Sie blickte auf ihr zerlumptes Kleid und das verfilzte Haar des Kindes hinab. »Unsere eigene Verfassung ist…«

»Wir sind schmutzig«, erklärte das kleine Mädchen energisch, »und es tut uns Leid, aber wir hatten keine Zeit für Eitelkeit. Wir mussten um unser Leben laufen. Der Sklavenhändler, der mich gefangen hielt, erlaubte mir nicht, mich zu waschen. Er hat mir Ketten angelegt, weil er Angst hatte, ich würde weglaufen. Er war ein böser Mann, obwohl er Recht hatte. Ich wäre weggelaufen, sobald ich die Gelegenheit dazu bekommen hätte. Und«, fuhr sie fort, während sie mit trotzigen, blauen Augen zu Stephan aufsah, »ich bin kein Plagegeist. Mein Vater hat immer gesagt, ich sei ein braves, gehorsames Kind. Und das bin ich.«

Antonius kicherte abermals, obwohl der schwere Umhang das Geräusch dämpfte.

Stephan unterdrückte ein Lächeln und führte sie in eine kleine Spülküche, wo Regeane und das Kind nach besten Kräften etwas von dem Schaden behoben, den ihre Aufmachung auf der Flucht erlitten hatte. Als sie in den anderen Raum zurückkehrten, hatten sie saubere Hände und ein sauberes Gesicht.

Stephan stellte Wein, Brot und gelben Käse vor sie hin und setzte sich dann auf seinen großen Stuhl am Kopfende des Tisches, nahm selbst aber nur ein wenig mit Wasser verdünnten Wein. Der Anblick und der Geruch des Essens brachten Regeane zu Bewusstsein, dass sie vollkommen ausgehungert war. Nur mit Mühe konnte sie sich davon abhalten, herunterzuschlingen, was vor ihr stand. Erst als der schlimmste Hunger gestillt war und sie sich beim Wein ein wenig entspannt hatte, begann Stephan ihr Fragen zu stellen.

»Also, warum war Basil der Lombarde hinter dir her?«, fragte er.

»Mir wollte sie es nicht sagen«, meldete sich das kleine Mädchen zu Wort. »Vielleicht verrät sie es ja dir.«

Regeane war verärgert. »Ich verstehe deine Zweifel, aber treib es nicht zu weit. In den meisten Dingen sage ich die Wahrheit. Wir wissen beide, was man im Allgemeinen von Lügnern sagt.«

Die Kleine warf ihr einen Blick zu. »Ich nehme alles zurück«, sagte sie steif. Sie zog die Nase hoch und widmete sich wieder dem Essen.

»Bruder«, sagte Antonius, »ich glaube nicht, dass du lange nach dem Grund suchen musst. Du brauchst nur in ihr hübsches Gesicht zu sehen. Basil hat sie bemerkt und ...«

»Nein«, unterbrach ihn Regeane. »Er hat versucht, mich zu töten und ist mit gezücktem Schwert auf mich zugeprescht, um mich zu erschlagen.«

»Wie bist du entkommen?«, fragte Antonius.

»Es war einfach wunderbar«, rief das kleine Mädchen dazwischen. »Sie hat das Pferd am Zügel gepackt und es zu Boden gerissen. Ich hatte von dieser Kriegslist schon gehört«, sagte sie voller Begeisterung. »Die Männer meines Vaters haben von solchen Dingen geredet, aber gesehen habe ich so etwas noch nie.«

»Wer bist du?«, wollte Stephan wissen. »Das Kind sagte, du seist eine Fränkin. Wie heißt du?«

Regeane wandte sich ihm zu. »Ich bin Regeane, die Tochter von Gisela und«, sie zögerte und fügte dann voller Stolz hinzu: »Wolfstan.«

»Von Gisela aus der Linie Pippins?«, fragte er.

»Ja«, antwortete Regeane.

»Du bist Maeniel, dem Fremdländer, anverlobt. Kein Wunder, dass Basil dich töten wollte.« Stephan lehnte sich auf dem Stuhl zurück. Er schien entsetzt zu sein. »Was tut eine Dame *deines Ranges* ohne Begleitung auf den Straßen Roms, noch dazu auf dem Markt der Diebe!« Er sah sie empört an.

»Ich habe versucht, ein Kleid zu kaufen«, stammelte Regeane. »Verstehst du, wir sind sehr arm und ... Sein Name ist also Maeniel? Gundabald hat mir seinen Namen nicht gesagt. Er meinte nur, der Mann sei ein Bergfürst.«

»Ja«, antwortete Stephan. »Er ist ein Mann voller Geheimnisse, dieser Maeniel, und er hat eine Festung, mit der er einen Pass durch die Alpen kontrolliert.«

»Eine sehr mächtige Position«, ergänzte Antonius. »Der König der Franken hat einen wichtigen Gemahl für dich ausgewählt.«

»Ich verstehe nicht«, sagte Regeane. »Was hat das alles mit Basil zu tun?«

Stephan rückte seinen Stuhl vom Tisch weg. »Du brauchst dir über solche Dinge nicht den Kopf zu zerbrechen, Mädchen. Sag mir, wo dein Onkel Quartier genommen hat. Ich werde zwei meiner Männer rufen, die dich sicher zurückgeleiten. Du setzt keinen Fuß über die Schwelle dieses Hauses, bevor ich einigen meiner Freunde ein paar Worte zuflüstern konnte, damit Basil aus der Stadt vertrieben wird.«

»Nein!«, rief Regeane, die so abrupt aufsprang, dass sie die Bank beinahe umgeworfen hätte. »Ich gehe nicht nach Hause. Was diesen Maeniel betrifft, der kann sich eine andere Frau zum Heiraten suchen. Auf dem Marktplatz habe ich heute eine Frau namens Lucilla kennen gelernt. Sie ...«

»Was soll dieser Unsinn!«, rief Stephan und schlug mit der Faust auf den Tisch. »Lucilla! Bist du so dumm, so naiv, dass du nicht weißt, was Lucilla von dir will?«

Regeane sah ihn mit trotzig vorgerecktem Kinn an. Sie tastete nach der Hand der kleinen Sächsin, bekam sie schließlich zu fassen und sagte: »Ich bin weder dumm noch naiv. Ich weiß genau, was Lucilla von mir will, aber das ist immer noch besser, als an einen Mann verkauft zu werden, der mich hassen wird. Mein

Leben in Furcht verbringen zu müssen, nur noch mit Angst essen und trinken zu können …«

Stephan blickte voller Erstaunen zu ihr auf. »Was sind das für verrückte Geschichten? Wer hat dir den Kopf mit solchen Torheiten voll gestopft? Wie kannst du eine ehrenwerte Verbindung so geringschätzig abtun und dich stattdessen an eine Kurtisane wie Lucilla wenden?«

»Regeane«, sagte Antonius, der sich halb von seiner Bank erhoben hatte. »Hör auf, uns anzuschreien und setz dich wieder hin. Niemand hier wird dich zu irgendetwas zwingen.«

Regeane drehte sich zu ihm um. Er hielt sich noch immer den Umhang vors Gesicht, aber die dunklen Augen darüber blickten ruhig und voller Mitleid in ihre. »Und«, sagte er an seinen Bruder gewandt, »ich finde ihre offenkundige Angst vor dieser Ehe nicht unbegründet. Denk doch an die Situation von Desiderius' Tochter. Auch diese Ehe wurde als hervorragende Partie betrachtet, weil sie den Frieden und die Freundschaft zwischen zwei großen Königreichen sicherte. Und wie hat alles geendet? Das Mädchen wurde nach Hause geschickt, in Schande aus dem Bett ihres Gemahls getrieben, ihr Ruf zerstört. Sie war die Tochter eines lombardischen Herzogs. Es gibt noch andere Schreckensgeschichten. Manchmal ist es den Frauen sogar noch schlimmer ergangen. Regeane ist kein Kind mehr. Kein Kind ist Basil entkommen und …«

Wieder ließ die kleine Sächsin stolz ihre Stimme hören. »Sie hat ihn zu Boden gezerrt. Das Pferd hat wie wild um sich getreten. Der Krieger hat geflucht und geschrien und alle haben sich geprügelt. Ich bin zwischen den Beinen der Leute hindurchgekrochen und weggelaufen.«

Stephan lehnte sich auf dem Stuhl zurück und legte sich eine Hand vors Gesicht, aber Regeane konnte trotzdem sehen, dass er lächelte.

»Also gut«, sagte er, ließ die Hand auf den Tisch sinken und erwiderte Regeanes Blick. »Wie gewöhnlich hat mein Bruder Recht. Er führt mich fast immer auf den Pfad der Weisheit zurück, wenn ich davon abgewichen bin. Solche Dinge sollten in aller Ruhe und mit Vernunft besprochen werden, also setz dich wieder hin. Niemand wird dich zu irgendetwas zwingen.«

Regeane setzte sich; ihre Knie zitterten noch immer.

Stephan beugte sich vor und faltete die Hände. »Wie viel verstehst du von Politik, Mädchen?«

Regeane schüttelte den Kopf. »So gut wie nichts.«

»Gut«, sagte er. »Dann brauche ich also keine törichten Missverständnisse aufzuklären. Hör mir gut zu; dies ist die Lage der Dinge: Rom, die einst so stolze Herrin der Welt, ist jetzt das Opfer schlimmer Zeiten geworden.«

»Das ist mir aufgefallen«, sagte Regeane.

»Ja«, erwiderte Stephan und zog die dunklen Augenbrauen hoch. »Dazu braucht man keinen ausgeprägten Scharfsinn. Die Stadt liegt zu zwei Dritteln in Trümmern und ihre Bewohner kämpfen mit Armut und unzureichender Versorgung. Die großartigen Aquädukte, die meine Vorfahren erbaut haben, sind nicht mehr benutzbar. Selbst Springbrunnen, die bis vor kurzem sauberes Wasser zu Tage gefördert haben, sind ausgetrocknet. Wir sind nahezu ohne Macht in unserer Position mitten zwischen zwei Großmächten – dem Herzogtum von Spoleto und dem Königreich der Lombarden. Von denen ein jedes, wie ich vielleicht hinzufügen sollte, uns mit Freuden verschlingen, sich in den Trümmern niederlassen und mit den Zähnen unsere Knochen abnagen würde. Was hält sie davon ab, Mädchen?«

Regeane musterte das kluge Gesicht mit einem Gefühl der Überraschung. Sie war es nicht gewohnt, dass Herren von seiner Lebensart auf solche Weise mit ihr sprachen. »Ihr Respekt vor der heiligen Kirche«, sagte sie aufs Geratewohl.

Stephan stieß ein hohl klingendes Lachen aus. »Nein, mein Kind. Es sind die Franken, die sie davon abhalten.«

Regeane war verwirrt. »Wie können die Franken sie davon abhalten, euch Römer zu erobern? Sie sind zu weit weg von hier.«

»Aber sie sind sehr mächtig«, sagte Stephan, »und sowohl Desiderius als auch der Herzog von Spoleto fürchten sie. Überdies liegt es unbedingt im Interesse des fränkischen Königs, die Alpenpässe zu sichern. Wenn er das nicht tut, könnte er eines schönen Frühlingsmorgens erwachen und feststellen, dass ihm die lombardische Armee im Nacken sitzt. Jetzt verstehst du also, warum Desiderius nur allzu gern eine Heirat zwischen einer Frau aus dem

Königshaus und diesem Bergfürsten Maeniel verhindert sehen möchte. Basil ist, wie sein Name bereits andeutet, ein Vertrauter, ein Diener und auch ein Freund von Desiderius, dem König der Lombarden.«

»Ich verstehe noch immer nicht, warum ich so wichtig sein soll«, entgegnete Regeane. »Könnte der König nicht einfach eine andere Dame aussuchen, um sie mit diesem Maeniel zu verheiraten?«

»Ja«, sagte Stephan, »aber diese Dinge sind doch recht delikat, und in der Zwischenzeit könnte Desiderius, solange Maeniel noch keine Verpflichtungen eingegangen ist, ihn vielleicht durch irgendein Manöver dazu bewegen, sich der Macht des lombardischen Königreichs zu unterwerfen. Außerdem bist du in vieler Hinsicht wie geschaffen für Karls Zwecke.«

Regeane wandte den Blick von Stephan ab und betrachtete das Brot in ihrer Hand. Sie zerbröselte es zwischen den Fingern. »Du meinst, meine Familie ist arm und ich habe keine stolzen Verwandten, die sich einer solchen Verbindung widersetzen könnten. Und ich bin keine große Schönheit, daher…«

»Im Gegenteil«, sagte Stephan, »gerade an deine Jugend und deine Schönheit habe ich gedacht, als ich sagte, du seist wie geschaffen für Karls Zwecke.«

»›Käsig‹ und ›flachbrüstig‹ waren die Ausdrücke, die mein Onkel Gundabald benutzt hat.«

»In der Tat«, bemerkte Stephan. Sein Blick verhärtete sich und sein Mund verzog sich zu einer schmalen Linie. »So hat er sich ausgedrückt, ja? Dann verrate mir doch bitte, warum er so etwas zu einem jungen Mädchen sagt, das in Kürze verheiratet werden soll?«

Regeane sah zu ihm auf. Etwas in seinem Gesicht und die Art, wie er die Frage gestellt hatte, machten ihr Angst. Sie dachte: *Dieser Mann hat Macht.* Sie wusste nicht, um welche Art von Macht es sich handelte oder wie groß sie war, aber in seiner Miene lag die absolute Selbstsicherheit eines Herrschers.

»Er möchte gern, dass ich…« Sie geriet ins Stocken, weil ihr klar wurde, dass sie es nicht wagte, Gundabalds Pläne an diese Männer zu verraten. »Dass ich ihm helfe… Er findet, dass dieser Fürst sich für die Eheschließung erkenntlich zeigen sollte…«

Stephans Augen wurden schmal. »Dieser Gundabald missfällt mir mehr und mehr und dabei habe ich ihn noch nicht einmal kennen gelernt.«

»Was für eine grausame Beleidigung«, sagte Antonius leise, »und außerdem unwahr.«

Regeane drehte sich zu ihm um. Seine schönen Augen ruhten auf ihr. Der Schatten eines beinahe vergessenen Hungers blitzte in ihnen auf.

»Du stehst nicht in der Blüte reiferer Jahre, sondern hast die geschmeidige Anmut eines jungen Mädchens. Ein Hauch von Frühling umgibt dich. Du bist eine Knospe und deine samtenen Blütenblätter sind noch nicht voll entfaltet, die goldene Köstlichkeit des Blumenherzens ist noch unberührt von der Sonne der Liebe.«

Das Kompliment war in so schöne Worte gekleidet und mit solcher Sanftheit ausgesprochen worden, dass Regeane unwillkürlich die Hände an die Wangen drückte.

»Mit anderen Worten«, sagte Stephan, »du hast viele Dinge, die dich einem Gemahl lieb und teuer machen würden – Schönheit, Jugend und die Möglichkeit, seine Beziehungen zum Königshaus zu festigen und seine Position zu legitimieren.«

»Außerdem«, meldete sich Antonius erneut zu Wort, »stehst du nicht so schutzlos da, wie du vielleicht glaubst.«

»Wie das?«, fragte Regeane.

»Karl ist ein sehr mächtiger König. Er hat diese Ehe persönlich arrangiert. Wenn ihm zu Ohren kommen sollte, dass dein Gemahl dich schlecht behandelt, könnte er darin einen Angriff auf seine Ehre sehen. Und Karl ist kein Mann, den ich freiwillig beleidigen würde, mein Kind.«

Regeane schüttelte den Kopf. »Aber Karl kennt mich nicht und außerdem sagte Gundabald, dass er – mein Ehemann – wahrscheinlich die Moral eines Schakals habe und dass er andere Frauen haben würde, die er mir vorzieht. Und dass man mich vergiften würde…« Zu ihrem eigenen Entsetzen spürte Regeane, wie ihr die Tränen in die Augen stiegen. »Es tut mir Leid, aber versteht ihr denn nicht? Ich kann nicht von Früchten und Quellwasser leben…«

»Hör auf zu jammern«, fuhr das Kind sie an. »Du machst dich

hier zum Narren und überzeugst diese Männer davon, dass du ein Feigling bist, obwohl du in Wirklichkeit *mutig* bist, genau wie ich. Außerdem kannst du nicht heiraten.«

Antonius legte den Kopf schief. »Warum nicht?«

»Sie hat keinen Busen und ohne Busen kann man nicht heiraten, weil man dann keinen Mann einfangen kann.«

Regeane überwand die Entfernung von einfachem Kummer zu brennender Schmach mit einem einzigen Schritt. »Was!«, rief sie.

Stephan wandte das Gesicht ab und Antonius zog sich die Kapuze über die Augen.

»Willst du mich unbedingt in Verlegenheit bringen?«, fragte Regeane das Kind mit unverhohlenem Zorn. »Wie kannst du es wagen …«

»Warte!«, sagte Stephan. »Sei nicht wütend auf sie. Sie ist ein Kind und spricht mit der Offenheit eines Kindes. Wir haben Verständnis dafür.« Er grinste boshaft. »Ich würde gern mehr über diese Busengeschichte erfahren.«

Antonius hatte sich inzwischen wieder unter Kontrolle und ermahnte Stephan: »Bruder …«

Regeane wandte sich ab.

Das Kind gab Stephan mit ungebrochener Lebhaftigkeit eine Antwort. »Meine Cousine Matilda war einmal bei uns zu Besuch. Sie sollte verheiratet werden. Meine Mutter hat sie neben mich gestellt und ich war größer.«

»Mmm«, sagte Stephan. »Und weiter?«

»Nun ja, sie sagten, es sei eine Schande, dass ich so groß und flachbrüstig bin und wie ein Junge herumlaufe und spiele und dass ich, wenn ich nicht aufhören würde zu wachsen und keinen Busen bekäme, niemals heiraten würde.« Das Kind hielt inne und holte tief Atem. »Danach hab ich sie gefragt, wozu ich einen Busen bräuchte und sie sagten, ohne Busen könnte ich nicht heiraten. Ich sagte, dass ich dann hoffentlich nie einen bekommen würde, aber später hab ich dann doch geweint. Mein Vater meinte jedoch, ich solle mir noch keine Gedanken wegen meines Busens machen. Er meinte, ein Busen sei nicht wichtig. Wichtiger sei es, in allen Dingen, die von Belang sind, die Wahrheit zu sagen.«

»Ja«, erwiderte Antonius. »Aber Takt, Güte und Ausreden sind uns doch gestattet, nicht wahr?«

»Du meinst, wenn man zum Beispiel sagt, man sei beschäftigt, wenn man in Wirklichkeit auf dem Nachttopf sitzt?«

Antonius nickte.

»Und er sagte auch, man solle sparsam mit seinem Wort umgehen, es aber, wenn es denn einmal gegeben sei, immer halten, in guten wie in schlechten Zeiten.«

»Wie wahr«, sagte Stephan.

»Und«, seufzte das Kind, »man solle mutig sein in der Schlacht. Sie ist es.« Das Kind zeigte auf Regeane. »Und ich bin es auch.« Dann fügte sie noch stolz hinzu: »Aber weißt du, das mit den Brüsten habe ich immer noch nicht verstanden.«

»Nun, jedenfalls sind sie kein Thema, über das du mit diesen Männern hier reden solltest«, entgegnete Regeane schneidend. »Warte, bis wir allein sind, dann werde ich es dir erklären.« Das Kind gab nach. »Sie ist noch unschuldig«, sagte Regeane. »Ich kann sie nicht mit nach Hause nehmen. Sie hat Hugo gebissen und er hat ihr ins Gesicht geschlagen. Gott weiß, was er ihr antun würde. Nein, ich weiß selbst, was er mit ihr machen würde und die Tatsache, dass sie noch ein Kind ist, würde ihn keinen Deut interessieren. Ich werde sie nicht mit nach Hause nehmen und zulassen, dass er sie in die Finger bekommt.«

»Das ist schlimm«, sagte Antonius. »Bruder, begreifst du denn nicht, wie viel Schaden dort angerichtet wird? Ihre Verwandten terrorisieren diese junge Frau. Und ich glaube, Regeane, du verstehst auch, warum sie es tun.«

»Ja«, sagte Regeane verbittert. »Sie sind sehr arm und wollen, dass ich ihnen helfe, aus meinem Mann Geld herauszupressen.«

Stephan nickte. »Was werden sie mit dem Geld machen, wenn sie es bekommen?«

Regeane zuckte mit den Schultern. »Dasselbe, was sie jetzt machen – sie werden es in jeder Taverne und jedem Bordell von Rom versaufen und verhuren. Sie prahlen schon mit dem Reichtum meines zukünftigen Mannes und haben mir erzählt, die bloße Erwähnung seines Namens genüge, um die Börsen der Geldverleiher unverzüglich zu öffnen.«

Regeane biss sich auf die Lippen. Sie hatte ihre Entscheidung in der vergangenen Nacht getroffen. Ihre einzige Angst bestand nun darin, dass dieser Stephan, wer immer er sein mochte, möglicherweise über die Autorität verfügte, sie mit Gewalt zurückzubringen. Wenn ja, wollte sie es nicht riskieren, dass sie Gundabald rieten, sich gegen ihre Flucht zu wappnen. Trotzdem hatte sie nach wie vor mehr Angst um das Kind als um sich selbst. Eine Nacht mit Hugo, und das kleine Mädchen würde, wenn es erwachte, weit weniger Vertrauen in das prinzipiell Gute in der Welt haben, als es jetzt der Fall war. Vor allen anderen Dingen musste Regeane für die Sicherheit des Kindes sorgen.

»Bitte«, fuhr sie fort, »bringt das Kind in die sächsische Kolonie in Rom, dann werde ich, wenn das euer Wunsch ist, ohne Gegenwehr zu meinem Onkel zurückkehren.«

»Nein«, rief Antonius entschlossen. »Nein. Bruder, sieh dir diese junge Frau an. Sie hatte Hunger und das Kleid, das sie trägt, würde nicht einmal der niedrigsten Magd in einem anständigen Haus zur Ehre gereichen und erst recht nicht einer Dame von Rang. Und Regeane, was auch immer mein Bruder dich betreffend entscheiden mag, das Kind kann hier bei uns bleiben. Es gibt hier viele, die sich nicht an der Krankheit angesteckt haben. Sie sind die Opfer von Paul Afarthas Grausamkeit. Diese Frau, Crysta, zum Beispiel hat eine böse Zunge, aber ein gutes Herz. Sie wird sich um die Kleine kümmern.«

Regeane spürte, wie eine Woge der Erleichterung über sie hinwegspülte. Sie war sich gewiss und seltsamerweise war auch die Wölfin überzeugt, dass das Kind unter Antonius' Schutz in Sicherheit wäre, selbst hier.

»Ich weiß nicht«, sagte Stephan langsam. »Die Männer in ihrer Familie sind ihre rechtmäßigen und traditionellen Vormunde.«

Der Seufzer, den Antonius ausstieß, wölbte das Tuch über seinen Mund ein wenig nach außen. »In meinem ganzen Leben sind dein Gesicht und nur ein einziges anderes das Schönste, was ich je gesehen habe. Wenn ich zwischen den Schatten umherwandere, werde ich die Götter bitten, mich nur an euch beide erinnern zu dürfen. Aber manchmal, Bruder, habe ich das Gefühl, einem sprechenden Gesetzbuch gegenüberzustehen.

Wenn dieser Bergfürst nach Rom kommt und seine Braut in ihrem jetzigen vernachlässigten Zustand vorfindet, wird er wohl vermuten, ihre königliche Verwandtschaft habe sie verstoßen und die Ehe sei nicht als Ehre gedacht gewesen, sondern als ein grausamer Scherz. Dann wird er sie vielleicht zurückweisen und sich den Lombarden zuwenden. Bruder, ich bitte dich, lass deine Skrupel nicht deinen gesunden Menschenverstand trüben. Schick das Mädchen zu Lucilla.«

Stephan sah Antonius nachdenklich an. »Lucilla ist eine alte Freundin. Sie wird tun, worum ich sie bitte.«

Regeane blickte schnell von einem der Brüder zum anderen. »Ich verstehe dich nicht. Noch vor wenigen Augenblicken hast du von Lucilla gesprochen, als sei sie eine Frau ... der Straßen und ihr Heim ein Haus von ... üblem Ruf.«

Stephan hob einlenkend die Hand. »Nein. Nein, keineswegs. Lucillas Damen sind keine Straßenhuren und werden es auch niemals. Sie kommen für gewöhnlich als Jungfrauen zu ihr und nach einer gewissen Lehrzeit bringt sie sie dann diskret in den Armen des einen oder anderen Beschützers unter, wo sie oft viele Jahre lang bleiben. Nicht wenige von ihnen haben zu guter Letzt recht annehmbare Ehen geschlossen.«

»Das klingt ja himmlisch«, sagte Regeane. »Ich wünschte, es stünde mir frei, dasselbe zu tun.«

»Nun, das ist aber nicht der Fall«, sagte Stephan schroff. »Deine Eheschließung ist auf einer unbedeutenderen Ebene dynastisch, und der König der Franken muss sich darüber im Klaren sein, dass wir ...«

»Bruder!«, rief Antonius scharf.

Regeane blickte von einem Mann zum anderen. Stephan war drauf und dran gewesen, ein Geheimnis preiszugeben und Antonius hatte ihn daran gehindert.

»Ah«, fuhr Stephan fort, »mein Bruder und ich stammen aus einem vornehmen Haus. Wir haben gute Beziehungen. Ich werde einen Brief an Lucilla schreiben und ihr die Situation erklären. Sie ist eine verständige Frau und, wie ich schon sagte, eine Freundin von mir. Sie wäre die Erste, die begreift, wie wichtig diese Verbindung sowohl für dich als auch für die Stadt ist. Lucilla ist eine getreue Anhängerin des Heiligen Stuhls.« Stephan lächelte ein flüchtiges, recht seltsames Lächeln und warf Antonius einen bedeutungsschweren Blick zu. »Geradeso, wie ich es bin.

Und nun zu dem Kind. Sag mir deinen Namen, Kleine, und auch den deines Vaters. Es leben viele Sachsen hier in Rom. Ich kann bei ihnen nachfragen. Es wäre möglich, dass irgendjemand hier deine Familie kennt.«

Das Kind sah Regeane vorwurfsvoll an.

»O Gott, ja«, rief Regeane. »Ich wusste schon, dass es eine Torheit war, als ich sie von dem Sklavenhändler kaufte, aber sie hat schließlich Hugo gebissen und ich …«

»Du hättest ihn selber gerne gebissen«, beendete das kleine Mädchen den Satz für sie.

Regeanes Wangen flammten abermals auf. Sie blickte wütend auf das Kind hinab. »Das habe ich nicht gesagt«, rief sie und fügte dann ausweichend hinzu: »Nun, jedenfalls nicht direkt …« Ihr ganzes Gesicht brannte. Sie war davon überzeugt, dass ihre Wangen scharlachrot angelaufen waren. »Musst du denn alles wiederholen, was du hörst?«

Das kleine Gesicht blickte zu ihr auf. Die blauen Augen waren von abgrundtiefem Vorwurf erfüllt. Und wieder wurde die Unterlippe vorgeschoben. »Warum nicht, wenn du doch vorhast, mich wie eine trächtige Katze fallen zu lassen?«

»Wie eine was?«, fuhr Regeane sie an.

»Mein Vater sagt, dies seien die drei größten Ärgernisse auf der Welt: ein betrunkener Mann, eine zänkische Frau und eine trächtige Katze. Die will nämlich keiner haben. Sagt er. Das hat er mir erzählt, als er einen Lederstreifen um die Dinger unseres Katers gebunden hat. Du weißt schon«, fügte sie hinzu, »die kleinen pelzigen Dinger, die sie am Hinterteil haben.«

Regeanes Gesicht glühte. »O Gott«, rief sie, »um Himmels willen, sei doch endlich still.« Sie wagte es nicht, die beiden Männer anzusehen.

»Warum soll ich still sein?«, protestierte das Kind. »Alle wissen doch Bescheid über Katzen. Das sind ausnehmend lüsterne Viecher. Außerdem hatte er Recht. Eine ganze Weile gab es keine Kätzchen, aber dann fing alles von neuem an und mein Vater sagte, die Katze müsse sich einen anderen Freund gesucht haben. Ich habe ihn gefragt, warum unser Kater nicht seine Ehre verteidigt hätte, aber er meinte – autsch!« Regeane hatte ihr einen kräftigen Tritt gegen den Knöchel versetzt.

»Was hab ich denn jetzt schon wieder falsch gemacht?«, jammerte das Kind und umklammerte seinen nackten Fuß.

Regeane warf einen verstohlenen Seitenblick auf Stephan und Antonius.

Antonius konzentrierte sich auf irgendetwas am Boden. Der schwarze Umhang verdeckte den größten Teil seines Gesichts, aber seine Schultern bebten. Stephan hatte die Hand an die Lippen gehoben, um ein Lächeln zu verbergen.

Regeane funkelte das Kind an. »Hör endlich auf, von Katzen und Brüsten und allen möglichen anderen Dummheiten zu reden. Sag uns lieber deinen Namen«, stieß sie zwischen den Zähnen hervor, »und zwar sofort! Hast du mich verstanden?«

»Oh, ist ja gut. Das wollte ich gerade tun. Elfgifa.«

»Elfgifa«, wiederholte Stephan.

»Und wie heißt dein Vater?«, fragte Regeane.

»Eanwolf. Er gehört zu den Gefolgsmännern des Königs«, erklärte sie stolz.

»Vielen Dank, Elfgifa«, sagte Stephan. »Wenn dein Vater ein wichtiger Mann ist, wird wahrscheinlich einer der Sachsen hier in Rom von ihm wissen und wir können dich zu deiner Familie zurückbringen. Deine Herrin hat nicht die Absicht, dich fallen zu lassen, aber sie hat eigene Pflichten und muss sich entsprechend verhalten.« Er sprach mit großem Ernst, als hätte er es mit einem Erwachsenen zu tun.

Das Kind nickte.

Stephan erhob sich. »Und nun«, sagte er zu Regeane, »kümmere ich mich darum, dass man dich zu Lucilla bringt. Und«, wandte er sich mit einem freundlichen Lächeln an Elfgifa, »wenn du Lucilla kennen lernst, musst du sie unbedingt nach der Sache mit den Brüsten fragen. Sie wird dir ihre Bedeutung und Funktion erklären.« Der Anflug eines boshaften Lächelns breitete sich erneut auf seinen Zügen aus. »Du kannst ihr sagen, ich hätte dir geraten, dich in dieser Angelegenheit an sie zu wenden.«

6

Einige Stunden später genoss Regeane die Annehmlichkeiten eines Bassins im Tepedarium von Lucillas Villa. Lucilla saß neben dem Bassin und betrachtete sie mit unverhohlener Bewunderung. »Was für ein Jammer. Ich hatte den perfekten Mann für dich im Sinn. Er ist schon ein wenig alt, genau genommen sehr alt, aber ein Realist, meine Liebe. Er weiß, dass du sein Bett nicht teilen würdest, weil es dir Spaß macht. Du würdest mit Geschenken überhäuft werden, und wenn du so diskret wärst, wie du hübsch bist, könntest du am Ende leicht eine wohlhabende und einflussreiche Frau sein.«

Regeane drehte sich auf den Rücken, blickte zur Decke des Badehauses empor und ließ sich in dem warmen Wasser treiben. Scheiben aus dickem Glas, die ins Kuppeldach eingelassen waren, ließen ein weiches, diffuses und gleichzeitig strahlendes Licht hindurch. Regeane war absolut entspannt und glücklich. Bei ihrer Ankunft vor einer Stunde war sie in Tränen aufgelöst gewesen und halb hysterisch vor Erleichterung, dass Lucilla nicht nur lebte, sondern auch wohlauf war.

»Diesen Teufeln haben wir es aber gezeigt! Was für eine Unverfrorenheit von dieser Ratte Basil, trotz des päpstlichen Verbots nach Rom zu kommen. Die päpstliche Wache hat eingegriffen. Ich habe ein paar Männer hinter dir und dem Kind hergeschickt, aber sie haben keine Spur von euch gefunden.

Es tut mir Leid, wenn ich den Eindruck erweckte, als hätte ich euch im Stich gelassen. Evoie, der Hauptmann meiner Wache, bekam es mit der Angst, als er Basil sah. Er war überzeugt davon, es handle sich um einen Mordanschlag der Lombarden. Er hatte Recht, aber er hat sich um die falsche Frau gesorgt.«

Eine Abordnung von Lucillas Dienstmädchen erschien und holte Elfgifa ab. Als sie die Kleine sahen, überschütteten sie sie mit Ahs und Ohs. Die Erfahrenste von ihnen, Susanna, stellte fest, dass sie schön sei, was Elfgifa insgeheim gewiss glücklich machte. Anschließend kamen sie alle überein, dass das Kind gründlich gewaschen werden müsse und einige neue Kleider benötige.

Elfgifa stellte die Frage, die Stephan ihr zu stellen angeraten hatte. Alle Frauen, auch Lucilla, reagierten mit hysterischer Erheiterung. Kichernd zogen sich die Dienerinnen zurück und nahmen Elfgifa mit, um sie zu baden, ihr etwas zu essen zu geben, sie anzuziehen und zu verhätscheln.

Regeane schien es, als sei sie ins Innere eines glitzernden Edelsteins geraten. Das Bassin war aus grauem, poliertem Marmor, der Boden darum herum in Pfirsichtönen gehalten, die Wände waren aus Alabaster mit grünen Porphyritintarsien, und jede dieser Intarsien bildete einen phantastischen Baum oder einen hohen Farn nach.

Das Wasser umspülte sie, wiegte sie, drängte all ihre Ängste beiseite und löste die Anspannung in ihren Muskeln. Sie ließ sich in herrlichem, trägem Frieden treiben.

»Ich glaube, das ist das schönste Haus, das ich je gesehen habe«, sagte sie zu Lucilla. »Ich wusste ja nicht, dass es Menschen gibt, die in einer solchen Umgebung leben, die so einen Luxus genießen dürfen. Ich dachte, nur Kirchen wären mit glänzenden Steinen geschmückt.«

Lucilla lächelte über die ungekünstelte Bewunderung. »O ja. Manche Häuser waren so ausgestattet und einige wenige sind es noch immer. Es heißt, diese Villa sei von Kaiser Hadrian für seinen Liebling gebaut worden – ob es sich dabei um einen Knaben oder um eine Frau handelte, kann ich nicht sagen. Aber er hatte ein stilles Versteck im Sinn, ein Haus, in dem er sich entspannen konnte, ohne dass Heerscharen von Höflingen, Gefolgsleuten, Bittstellern und anderen Landplagen ihn umlagerten.«

»Er hat etwas Wundervolles geschaffen«, erwiderte Regeane versonnen. Sie schloss die Augen und überließ sich dem warmen Wasser.

»Meinst du?« Lucilla musterte den Raum mit einem Anflug von Zynismus.

Die Veränderung in ihrer Stimme ließ Regeane die Augen öffnen, und sie sah die andere Frau fragend an. »Bist du anderer Meinung?«

»Was würdest du sagen, wenn ich dir erzählte, dass früher einmal der Hypokaustus, der diese Bäder erhitzte, von Sklaven bedient wurde? Diese Menschen bekamen niemals die Sonne zu sehen. Männer und vielleicht auch Frauen, denen selbst die simpelste aller menschlichen Freuden verwehrt blieb. Da das Wasser ständig warm gehalten werden musste, um ihrem Herrn allzeit Freude zu schenken, war diesen Sklaven keine Pause in ihrer Mühsal vergönnt.«

Regeane rollte sich mit einem lauten Spritzen herum und stand auf.

»Entschuldige.« In Lucillas Lächeln lag eine Spur sanfter Bosheit. »Habe ich dir jetzt den Spaß verdorben?«

»Ja.«

Das Wasser war seicht und reichte Regeane nur bis zu den Schultern. Sie watete auf Lucilla zu. Der herrliche Raum schien plötzlich von vergangenen Gräueln verdüstert zu werden.

Regeane legte die Arme auf den Beckenrand. Lucilla beugte sich vor, raffte Regeanes langes Haar zusammen und schlang es im Nacken zu einem Knoten.

»Mein Vergnügen ist solches Leiden nicht wert«, sagte Regeane.

Lucilla lachte. »Keine Bange, Kleine. Das war vor langer Zeit. Jetzt bekommen meine Männer einen zusätzlichen Lohn, um den Hypokaustus einzuheizen, und sie übernehmen diesen Auftrag stets willig und gern. Die geben das Geld in den Weinschänken und Bordellen von Rom aus. Dies ist eine bessere Welt als die unserer Ahnen. Ich wollte dir nur klarmachen, dass all diese Schönheit und dieser Luxus nicht durch Zauberei heraufbeschworen werden. Alles im Leben hat seinen Preis.«

Lucilla, die genauso nackt war wie Regeane, ließ sich hinter ihr ins Wasser gleiten und begann ihr das Haar zu waschen. Sie massierte Regeanes Kopfhaut und entwirrte dann mit einem Stahlkamm die verhedderten Locken.

Regeane legte die Wange an den kühlen Marmor am Beckenrand und überließ sich Lucillas geschickten Händen. Als Lucillas Finger von ihrem Kopf zu ihrem Hals hinunterwanderten und sanft ihre Brüste liebkosten, richtete sie sich auf.

»Ich verstehe – der Preis«, sagte Regeane.

»Nein«, antwortete Lucilla mit einem leisen Lachen. »Keineswegs. Du bist mit höchsten Empfehlungen hierher gekommen. Stephan ist…« Lucilla hielt inne. »Ein mächtiger Mann. Ein mächtiger Beschützer. Du brauchst mich nicht zu lieben und musst mir nicht erlauben, mich an deinem Körper zu erfreuen.«

Sie war mit Regeanes Haar fertig und schlang es ihr zu einem langen Zopf gedreht über die Schulter. Sie stand hinter ihr, und ihre Brüste drückten sich an Regeanes Rücken, während ihr Bauch sich an die sanfte Wölbung ihrer Hüften schmiegte. Lucilla ließ den Kopf nach vorn sinken, sodass ihre Lippen beinahe Regeanes Ohr berührten.

»Niemand zwingt dich, meine Liebe anzunehmen, Kleine, aber tu es trotzdem. Denn wisse, meine Liebe kann dir nicht wehtun. Ich kann dich nicht schwängern, kann dich nicht zu einer Ehe zwingen, die du hasst. Ich kann dir nicht einmal deine ach so gefragte Jungfräulichkeit rauben – dazu fehlt mir die Ausrüstung.«

Tief in Regeanes Gehirn regte sich die Silberwölfin, erwachte und erhob sich aus dem Abgrund urtümlicher Dunkelheit, um die Lust willkommen zu heißen, die Lucillas Berührung ihr schenkte. Das Tier, entflammt von dem süßesten Glück des Lebens, trägt keine Schuld am Sündenfall des Menschen. Das Verlangen bemächtigte sich der Wölfin. Verlangen ohne Gewissen, Gedächtnis oder Bedauern.

Regeane ergab sich der Wölfin, wie sie sich zuvor der Berührung ergeben hatte. Die waren ein und dasselbe. Mit geschlossenen Augen ließ sie den Kopf auf Lucillas Schulter sinken, während die langen Finger ihren Leib erkundeten.

»Komm«, flüsterte Lucilla und führte Regeane zu der Treppenflucht am anderen Ende des Beckens. »Komm aus dem Wasser, wo meine Küsse dich erfreuen können.«

Sie lagen zusammen auf den Leinenhandtüchern am Beckenrand. Lucilla war tatsächlich nicht mehr jung, aber sie war wunderschön; sie hatte weiche Haut, feste, straffe Muskeln, einen flachen, harten Bauch und ihre großen Brüste waren reif und voll.

Nur ihre Hände und ihr Gesicht verrieten ihr Alter – die zarten Falten der Haut an ihren Handgelenken und die Traurigkeit in ihren Augen, als sie sich über Regeanes jungen Körper beugte.

»Ah, was für eine Qual. Warum quäle ich mich so?«, wisperte sie.

»Von welcher Qual sprichst du?«, fragte Regeane, die nun selbst die Hände ausstreckte und versuchte, etwas von dem exquisiten Vergnügen zurückzugeben, das Lucillas gewandte, kundige Finger in ihr weckten.

»Ssscht«, murmelte Lucilla und senkte den Mund auf Regeanes Brüste. »Sei still. Liebe mich. Lass dich lieben.«

Regeane spürte die Wölfin in sich, aus deren Kehle sich ein tiefes Wimmern löste, als ihr Körper von einem bebenden Feuer der Lust entzündet wurde.

Der feuchte Strom floss zwischen ihren Beinen hindurch, voll, warm und süß, als Lucillas Mund sich mit geöffneten Lippen zu diesem letzten und intimsten aller Küsse herabsenkte.

Später lagen sie angekleidet in Lucillas Gemach. Lucilla reichte Regeane eine durchscheinende Seidentunika und schlüpfte dann in ein Gewand von gleicher Qualität und Machart.

»Was ist mit meinen Kleidern passiert?«, fragte Regeane.

»Puh! Diese Lumpen. Ich habe sie verbrannt.« Lucilla bedeckte ihre Tunika mit einer Stola aus weichem, weißem Leinen, die am Hals und am Saum mit Goldfäden bestickt war.

Regeane zog die Tunika an und blickte dann an sich herab. »So kann ich unmöglich rumlaufen. Das ist … unschicklich.«

Lucilla lächelte. »In der Tat. Aber ich habe auch für dich eine Stola, nur dass ich dir zuerst noch etwas zeigen will.«

Lucillas Zimmer war wie die meisten römischen Schlafzimmer sehr schlicht und schmucklos, und die Wände waren weiß getüncht. Ihr großes Bett aus Zedernholz mit Goldeinlagen war das Einzige, was den Raum vom Gewöhnlichen abhob. Es war ein behagliches Bett mit einer Gänsedaunendecke, dicken, weichen Kissen und Laken aus gebleichtem Leinen.

Lucilla bemerkte, in welche Richtung Regeanes Blick ging, und sagte: »Ja. Ihr Barbaren aus dem Norden habt uns Römern doch das eine oder andere beigebracht. Der Himmel segne euch dafür. Ihr schlaft bequemer als wir.«

Dann drehte sie sich zu Regeane um, und das Flehen in ihren Augen war sehnsüchtig und beinahe traurig. Sie strich Regeane sanft über die Wange. »Teile dieses Bett heute Nacht mit mir, meine Schöne.«

Regeane griff nach der weichen Hand der anderen Frau und küsste sie. Unerklärlicherweise traten ihr Tränen in die Augen. »Ich hatte geglaubt, dass ich niemals Liebe kennen lernen würde, aber heute hast du mir gezeigt, was das ist. Ich bin froh, dass du mich immer noch willst, froh, dass ich nicht zu … zu unbeholfen war.«

»Unbeholfen?« Lucilla befreite ihre Hand aus Regeanes Griff, umfasste ihr Gesicht und küsste sie sanft auf die Lippen. »Unerfahren vielleicht. Erfahrung kommt mit der Zeit. Aber unbeholfen? Nein. Nein. Unbeholfen ganz gewiss nicht, meine süße Geliebte. Aber jetzt komm.«

Auf der Tagesdecke des Bettes lagen zwei Blütenkränze. Weiße Lilien und Rosen waren mit Rosmarin und Thymian verflochten worden.

Lucilla legte einen der Kränze auf Regeanes Kopf und führte sie dann zum anderen Ende des Raums, wo ein Wandbehang die Mauer darunter verdeckte. Sie zog an einer Kordel und der Wandbehang öffnete sich.

Regeane betrachtete sich. Sie hatte sich noch nie so gesehen, niemals zuvor. Die Gestalt, die ihr entgegenblickte, übertraf alles, was sie von Schönheit wusste, übertraf ihre wildesten Träume.

Das von Blumen gekrönte Gesicht war ein sanftes Oval: Die Augen waren voller Zärtlichkeit, und sie waren gleichzeitig golden und von leuchtendem Schwarz; die Lippen hatten die sanfte Röte von Rosenblättern; ihre Haut spiegelte die Blässe der Lilien mit ihrer samtig weißen Frische wider.

Ihr Körper war genauso, wie Antonius es gesagt hatte, schlank und von der verhaltenen Zartheit der Knospe, die an der Schwelle zu üppiger Blüte steht; kleine, rosige Brüste, die sich gegen das Seidengewand wölbten; das dunkle Dreieck der Schambehaarung ein Mysterium von Begehren und Fruchtbarkeit.

Regeane streckte die Hand aus, bis sie den silbernen Spiegel beinahe berührte; die Kindfrau, die vor ihr stand, musste ein Gemälde sein, konnte nicht echt sein, konnte nicht sie selbst sein.

Aber die Finger dieser ausgestreckten Hand ahmten die Bewegung ihres eigenen Arms nach, und einen Augenblick später spürte sie die kühle Oberfläche des polierten Silbers unter ihren Händen.

Lucilla stand neben ihr, und ihr Lächeln war wie das der Schlange, die Eva den Apfel darbot.

»Gundabald hat gelogen«, sagte Regeane.

»Dein Onkel?«

»Ja. Er meinte, ich sei hässlich.«

»Zuhälter!«, zischte Lucilla und strich über die Flut langen Haares auf Regeanes Schultern. »Genau das ist es, was Zuhälter tun – den Mädchen, die sie verkaufen, etwas vorzulügen. Sie entwürdigen, weil sie ihre Ehre verloren haben. Sie sagen: ›Nur ich könnte dich lieben‹, damit die Mädchen sich selbst verachten und man sie auf diese Weise leichter kaufen und verkaufen kann. Aber ich bin keine Zuhälterin. Meine Frauen kennen ihren Wert.

Ah, wie ich es genießen würde, dich zu einem Bankett zu führen. Ich würde die Söhne der besten Familien Roms einladen, um sie zu beobachten, wie sie um ihre Ehre streiten, dich als Erster besitzen zu dürfen, dich als Erster zu umarmen. Und keiner von ihnen würde wissen, dass ich allen anderen zuvorgekommen bin. Aber jetzt genug davon.« Lucilla trat einen Schritt zurück. Sie zog an der Schnur, und der Wandbehang glitt wieder über den Spiegel.

»Was wir heute gemeinsam erlebt haben, ist nur die Vorspeise, das Appetithäppchen vor dem Festmahl. Es sollte dich lehren, dich an deiner Lust zu erfreuen. Ich werde dich in der Kunst unterweisen, wie du ihm und dir selbst Freude schenken kannst. Und vor allem werde ich dich in die delikateste Aufgabe überhaupt einweihen – ihn zu lehren, für dich ein niemals versiegender Quell grenzenloser Wonne zu sein. Aber komm jetzt, dies ist die Tageszeit, die ich von allen am meisten liebe. Wir wollen zusammen im Atrium sitzen, die Luft genießen und den Sonnenuntergang beobachten. Man sieht besser nicht allzu lange in einen Spiegel. In deinem Fall könnte solches Tun zu einem Übermaß an Eitelkeit führen – und in meinem zu Verzweiflung.«

»Du bist wunderschön«, sagte Regeane, als sie Seite an Seite über den Kiesweg schlenderten, der um das Becken im Atrium herumführte.

»Ja«, sagte Lucilla. »Ich glaube, etwas ist noch übrig von dem, was ich in deinem Alter war. Und zweifellos könnte ich noch immer den einen oder den anderen Liebhaber einfangen, aber ich habe das Lebensalter erreicht, in dem mir meine Muße teuer ist, meine stillen Abende im Garten, allein oder in Gesellschaft einer guten Freundin. Ich bin reich genug, um meinen Neigungen nachzugeben.«

Sie blieb neben dem Springbrunnen stehen, der den Teich speiste. Eine bronzene, von den Jahren grün gewordene Nymphe ließ frisches Wasser über mit smaragdfarbenem Moos überwucherte Steinkaskaden in den länglichen stillen Teich sprudeln. Das Wasser reflektierte die wechselhaften Schattierungen des Abendhimmels, der im Augenblick wie eine Decke aus purem Gold erschien, da die Sonne die Wolken berührte und sie im Dämmerlicht der nahenden Dunkelheit in allen Farben zwischen türkis oder violett erstrahlen ließ.

Der Garten der Villa war von traumhafter Schönheit. Purpurn und gelb blühende Iris umrahmten das Wasser, und die gebogenen Stämme der Rose von Paestum trugen noch große, rosafarbene Blüten.

In den Beeten, die hinterm Haus angelegt worden waren, wuchsen sonnenhungrige Kräuter – gelbe Schafgarbe, kleinblütige, duftende Kamille, großblättriges Basilikum und großer, scharlachroter Salbei. An den Säulen der Veranda rankten sich die hohen, dornigen Stängel der Eglantiner-Rose empor, gebogen von der Last leuchtender Hagebutten.

Im Vorübergehen wehte ihnen der zarte Duft einer jeden Pflanze entgegen. Hier und da blieb Lucilla stehen, um zärtlich über ein Blatt zu streichen und sein Parfüm in sich aufzunehmen. Es war ein Jammer, so bemerkte sie, dass die gallische Rose für dieses Jahr bereits verwelkt war. Regeane folgte ihr wie im Traum, bis sie an eine Marmorbank kamen. Dort warteten ein Krug und zwei Becher auf sie. Beide Kelche waren Wunderwerke der Glasmacherkunst.

Regeane hob ihren in die Höhe, um das letzte Licht einzufangen. Eine Kamee zeigte Weiß auf Blau eine Prozession junger Menschen beiderlei Geschlechts, die mit Girlanden dem Wagen der Braut das Geleit gaben. »Wie schön«, flüsterte sie.

»Und wie passend«, sagte Lucilla, während sie den silbernen Krug nahm, um den Wein einzuschenken. Die silberne Tülle hatte die Form eines Wolfskopfs.

Die Erkenntnis traf Regeane wie ein Fausthieb in den Magen. Sie war in eine Falle gegangen.

Der Becher entfiel ihren Händen und landete in dem Thymianbeet zu ihren Füßen. Der Wein befleckte die weißen Blumen mit blutroten Spritzern.

Sie saß in einer Falle, einer wunderschönen, gefährlichen Falle.

Wahrhaftig, sie hätte sich dem Liebreiz dieses himmlischen Gartens und den Wonnen von Lucillas Liebkosungen überlassen können. Aber diese Idylle konnte nur ein einziges Ende finden. Der Bergfürst würde kommen, um sie für sich zu fordern, und einer von ihnen würde sterben!

»Mein Gott! Was ist denn los?«, rief Lucilla. Sie stellte ihren eigenen Becher eilig beiseite, um die Hände nach Regeane auszustrecken.

Regeane beugte sich vor und presste beide Hände auf den Leib. Wieder einmal spürte sie das Zerlaufen der Welt und die ersten Schatten, die nach ihr griffen, bevor sie sich verwandelte.

Sie wehrte sich verzweifelt. Die Schatten des abendlichen Gartens streckten sich nach ihr aus, zogen sich dann aber wieder zurück, als sie Lucillas Hände auf ihren Armen spürte.

»Was ist denn los, Mädchen?«, fragte Lucilla.

Regeane wurde klar, dass sie sich nur kurze Zeit gestattet hatte, wie eine normale Frau zu denken... ihre bevorstehende Eheschließung und ihren Bräutigam auf die Art und Weise zu betrachten, wie jedes andere Mädchen es getan hätte. Aber sie konnte das nicht. Sie wagte es nicht.

Regeane bückte sich und tastete nach dem Becher, der inmitten des Thymians lag. Sie fürchtete, dass sie ihn zerbrochen hatte. »Es tut mir Leid«, wisperte sie. »Dein schöner Becher.«

»Zum Teufel mit meinem Becher«, sagte Lucilla, die Regeanes Arm mit noch festerem Griff umfasste. »Ist alles in Ordnung mit dir? Noch nie habe ich solches Entsetzen in einem menschlichen Gesicht gesehen. Was ist nur passiert? Was hat dir solche Angst gemacht?«

»Da«, sagte Regeane und angelte den Becher aus dem Thymianbeet. »Gott sei Dank ist er nicht zerbrochen.«

Lucilla nahm ihr den Becher ab, füllte ihn mit Wein und hielt ihn Regeane an die Lippen. »So ist es schon besser. Die Farbe kehrt in deine Wangen zurück. Und jetzt erzähl mir, was los war.«

Regeane wusste, dass sie das nicht konnte. Niemand würde die Silberwölfin verstehen, nicht einmal eine so weltgewandte und kluge Frau wie Lucilla. Regeane zwang ihre sich überschlagenden Gedanken zu einem Hauch von Vernunft. Sie hatte den größten Teil ihres Lebens mit der Wölfin gelebt und Täuschung war ihr zur zweiten Natur geworden. Sie parierte Lucillas Frage mit einer anderen Frage. »Was würde passieren, wenn ich dem König trotzte und eine Kurtisane werden würde wie du?«

Lucilla wandte jäh den Blick von ihr ab und schaute in den dunklen Garten. »Damit würde ich nichts zu tun haben wollen.«

»Warum nicht?«, fragte Regeane verzweifelt. »Ist Karl denn so mächtig?«

»Ja«, sagte Lucilla. Sie drehte sich um und erwiderte Regeanes Blick. »Das ist er. Es würde mich das Leben kosten, wenn ich ihm in den Weg käme.«

Die furchtbare Angst, die sie auf ihrer Flucht vor Basil empfunden hatte, bemächtigte sich Regeanes von neuem. Dieselbe Verzweiflung erfüllte sie, wie sie sie in der Nacht nach ihrem Gespräch mit Gundabald empfunden hatte.

Als sie Lucilla auf dem Marktplatz kennen gelernt hatte, schien sich ihr auf irgendeine wunderbare Weise ein Fluchtweg zu öffnen. Was von einer Kurtisane verlangt wurde, der Verkauf ihres Körpers für Geld, war abstoßend. Dennoch hätte sie ein derartiges Leben ertragen können, wenn es dem herrlichen, schweigsamen Geschöpf, zu dem sie im Mondschein wurde, die Freiheit geschenkt hätte.

Eine Kurtisane lebt allein. Sie hätte sich Ausreden für einen – oder mehrere – Liebhaber ausdenken können, für jene Nächte, da die Herrin des Himmels ihr Herz befehligte.

Aber es sah so aus, als sei ihr diese Tür durch die Begegnung mit Stephan und Antonius vor der Nase zugeschlagen worden. Wieder saß sie in der Falle. Sie hatte keine Garantie dafür, dass sie ihnen vertrauen konnte, sobald sie ihre Komplizin geworden war. Der eine wie der andere konnte sie verraten, aus Gier oder einfach aus Gehässigkeit.

Lucilla blickte forschend in Regeanes Gesicht, das von der blauen Abenddämmerung über dem Garten in Schatten gehüllt wurde. Die tiefe Furche auf ihrer Stirn verriet ihre Besorgnis. »Sag mir, Kleine, was es ist, wovor du so schreckliche Angst hast? Vielleicht ist es nicht so schrecklich, dass man es nicht aus der Welt schaffen könnte. Hm? Sag es mir. Ist es die Berührung eines Mannes, die Liebe eines Mannes? Glaub mir, damit kann man fertig werden. Ich zeige dir, was geschieht. Die meisten Frauen haben anfangs Angst davor, aber die Furcht verwandelt sich schnell in Langeweile oder, wenn das Blut der Frau warm genug und der Mann einigermaßen geschickt ist, in Freude.«

Sie rückte näher an Regeane heran und legte ihr den Arm um die Schultern. »Ich verrate dir ein Geheimnis. Die Männer lieben, um ihren Frauen zu gefallen, und selbst dem unbeholfensten und dümmsten von ihnen kann man beibringen, sogar der anspruchsvollsten Frau Entzücken zu schenken.«

Der verzagte Ausdruck in Regeanes Zügen blieb unverändert.

»Ist es vielleicht die Angst davor, ein Kind zu gebären?«

Regeane schüttelte den Kopf.

Lucilla zog sich zurück. »Dann weiß ich es auch nicht.«

»Angenommen, da wären andere Frauen.«

Lucilla lachte, ein hohes, silbriges Geräusch. »Ist das alles?« Sie tätschelte Regeanes Hand und küsste sie dann auf die Wange. »Ach, Kleines, mit deinen Gaben – Schönheit, Anmut und einem großen Namen – wird es nicht notwendig sein, dass du die Existenz anderer Frauen auch nur zur Kenntnis nimmst.« Lucilla kicherte. »Nimm dir vor, ihn zu deinem Sklaven zu machen und es wird dir gelingen. Ich garantiere es. Wenn du nur ein klein wenig von dem lernst, was ich dich lehren kann, wird er dir zu Füßen liegen.«

Regeane tat so, als wäre sie beruhigt. Sie nippte an ihrem Wein. Der Himmel hatte alles Licht verloren, aber es war noch nicht ganz dunkel. Die weißen Blumen des Gartens verströmten noch immer einen sanften Schimmer vor dem Hintergrund der dunkleren

Pflanzenwelt. Der Teich, der alle Bilder zurückwarf, füllte sich langsam mit Sternen. In den offenen Räumen der Villa hinter ihr konnte sie das Klappern von Geschirr und Töpfen hören. Durch die offenen Türen fielen Lichter, und man konnte Lucillas Dienstboten hören, die einander das eine oder andere zuriefen, während sie den Tisch für das Abendessen deckten.

Es wurde allmählich kühl. Lucillas Arm, der Regeanes Schultern umfing, war warm und irgendwie auch tröstlich, obwohl Regeane ihr ihre Ängste nicht zur Gänze eingestehen konnte.

»So, meine Liebe«, sagte Lucilla und drückte ihre Schultern ein wenig, »fühlst du dich jetzt besser?«

»Ja«, antwortete Regeane leise. Sie hob den Becher an die Lippen, dann fügte sie zögernd hinzu: »Aber es gibt noch eine weitere Kunst, die du mich lehren könntest.«

»Und die wäre?«

»Die Kunst, die man anwendet, wenn alle anderen Künste versagt haben.«

Lucilla, die einen Moment lang verwirrt war, blickte auf sie herab. Dann verstand sie und versteifte sich. Sie ließ den Arm, der um Regeanes Schultern gelegen hatte, sinken und zog sich zurück. »Ich verstehe«, sagte sie kalt. »Du bist nicht so arglos, wie es den Anschein hat. Ist das deine Idee, oder hat dein Onkel sie dir in den Kopf gesetzt?«

Regeane stellte den Becher auf die Bank und erhob sich. Sie stand Lucilla, einer schlanken Gestalt in einer weichen Stola, direkt gegenüber. Das Gesicht der älteren Frau war in dem Lampenlicht, das aus dem Zimmer hinter ihr kam, gerade noch zu erkennen.

Regeane spürte, wie ihr Tränen die Wangen hinunterliefen, Tränen der Wut und der Trauer. »Also gut«, schluchzte sie. »Ich habe Angst, aber nicht vor Männern oder Kindern oder einem Gemahl, der seine Blicke schweifen lässt. Die Wahrheit ist… o mein Gott.« Sie geriet ins Stocken. »Die Wahrheit ist, dass ich dir die Wahrheit nicht sagen kann. Wie willst du wissen, wie mein Leben gewesen ist? Diese Stunden, diese wenigen Stunden, die ich mit dir zusammen verbracht habe, sind die ersten glücklichen Stunden seit Jahren. Seit ich das erste Mal geblutet habe, seit ich zur Frau geworden bin, seit…« Regeane ballte die Fäuste und blickte zu dem mondlosen Himmel empor. »O mein Gott, wie soll ich das jemals erklären?«, rief sie, schlug die Hände vors Gesicht und versuchte wegzulaufen.

Aber Lucilla stand auf und drückte den zitternden Leib der jungen Frau an sich, beruhigte sie, wie sie vielleicht ein verstörtes Kind beruhigt hätte, strich ihr übers Haar und klopfte ihr sanft auf den Rücken.

»Na, na. Du darfst dich nicht so quälen. Ich glaube, dass du wirklich so große Angst hast, wie du behauptest. Ich weiß nicht, warum du mir dieses dunkle Geheimnis nicht anvertrauen willst, aber ich vermute, dass es nur in deinem Kopf existiert. Und ja, wenn du so verzweifelt bist, werde ich dir diese letzte Kunst beibringen. Gott weiß, dass es nicht weiter schwierig ist – allein in diesem Garten wachsen ein halbes Dutzend Pflanzen. In geringer Dosis angewandt, sind einige von ihnen der Natur sehr hilfreich. Vergrößere die Menge und sie schaden ihr. Die Ärzte tränken die Mohnkapseln mit Wein. Wer diesen Trunk zu sich nimmt, dem werden ein besserer Schlaf und Schmerzlosigkeit beschert, aber zu viel davon verwandelt diesen Zustand in ewigen Schlaf.«

»Ich will es nicht für ihn«, sagte Regeane, »sondern für mich selbst.«

»Was!« Lucilla trat einen Schritt zurück. »Für dich selbst?«

»Einige Todesarten sind besser als andere«, erklärte Regeane kläglich.

Lucillas Blick erkundete forschend Regeanes tränenbeflecktes Gesicht. Schließlich murmelte sie: »Ich wünschte, ich könnte dich dazu bringen, mir dieses schreckliche Geheimnis anzuvertrauen. Ich habe langsam das Gefühl, dass da noch viel mehr im Argen liegt…« Sie brach ab, als eine der Dienstmägde das hell erleuchtete Triclinium verließ und sich ihnen näherte.

»Herrin, wir erwarten dich bei Tisch. Soll ich das Kind auch holen?«

»Oh, Elfgifa. Ich habe sie ganz vergessen, aber egal. Es gibt mehr als genug zu essen. Ja, ja, hole sie. Sie muss es Leid sein, darauf zu warten, dass wir sie endlich zu uns holen.«

Zwei Grübchen zeichneten sich auf den Wangen der Dienerin

ab. »Nein, Herrin. Gleich nach dem Bad ist sie eingeschlafen und erst vor einigen Minuten wieder aufgewacht.«

Eine weitere Dienerin kam näher; sie hatte eine gähnende Elfgifa an der Hand.

»Komm«, sagte Lucilla leise und zog die noch immer verstörte Regeane hinter sich her. »Ich vernachlässige meine Pflichten als Gastgeberin. Beunruhige dich nicht länger. Wir setzen unser Gespräch morgen fort. Heute Abend lass es dir einfach wohl sein. Nur leichte Unterhaltung beim Essen. Schließlich haben wir uns erst heute kennen gelernt. Warum solltest du mir die Geheimnisse deines Herzens anvertrauen?«

Regeane war sehr still während des Mahls, obwohl die Probleme, mit denen die unvertrauten römischen Tischsitten sie konfrontierten, ihre eigene Angst für den Augenblick in den Hintergrund drängten.

Sie aßen halb im Liegen und das Essen wurde von den Dienstmädchen zu den Sofas gebracht und vor sie hingestellt. Für jeden Gang gab es einen eigenen Tisch. Und wenn das Ganze für Lucilla auch ein stilles, zwangloses, kleines Abendessen war, so war es für Regeane eine große Sache.

Die Tische vor ihr waren mit besticktem, weißem Leinen gedeckt. Darauf standen Geschirr und Becher aus Silber, und an der Decke hingen Lampen in der Gestalt von Alabastertauben, denen Flammen aus dem Maul schossen. Die Singvögel, mit denen die Wände des Gemachs bemalt waren, vollzogen inmitten eines Frühlingsgartens den zarten Ritus ihrer Liebe.

Elfgifa, die mit weit aufgerissenen Augen dasaß und sich mustergültig benahm, beobachtete jede Regung Lucillas mit Habichtsaugen und ahmte sie sorgfältig nach, genau wie Regeane es ebenfalls tat.

Lucilla behandelte sie beide mit nachsichtiger Belustigung und sorgte wie versprochen dafür, dass die Unterhaltung angenehm dahinplätscherte. Trotzdem hatte Regeane das Gefühl, belehrt zu werden, da sich der größte Teil von Lucillas Bemerkungen auf die zahlreichen Parteien der heiligen Stadt bezog.

Die Speisen waren einfach, aber wunderbar zubereitet. Gewürzte Oliven und ein weißer Sahnekäse im Pfeffermantel wurden als Appetitanreger gereicht. Den Vorspeisen folgte ein Schweinebraten mit einer Füllung aus Brot, Honig, Rotwein und Lorbeeren, zu dem ein zauberhafter Rotwein gereicht wurde.

Der Geschmack erstaunte Regeane. »Der ist ja himmlisch«, sagte sie zu Lucilla, voller Ehrfurcht über die Weichheit und seidige Frische des Getränks.

Lucilla lachte. »Ah, ihr Franken glaubt, Wein sei trinkfertig, wenn eine genügend große Menge davon einen Mann umwerfen kann, aber wir lassen unsere besten Weine altern und versiegeln sie in Tonkrügen. Dadurch wird der Geschmack weicher und gleichzeitig aromatischer. Dieser hier ist erst zehn Jahre alt, aber ich habe seltene Jahrgänge gekostet, die mehr als vierzig oder fünfzig Jahre alt waren.«

»Verdirbt er denn nicht?«, fragte Regeane.

»Manchmal schon«, gab Lucilla zu, »aber die Amphoren, die die Prozedur überstehen, sind all die Mühe wert. Das Schlimmste, was passieren kann, ist, dass Essig daraus wird, und den kann man immer noch zum Kochen benutzen. Dieser Wein stammt von meinem eigenen Gut. Nur wenige machen sich heutzutage noch die Mühe, Wein altern zu lassen«, erklärte sie. »Für gute Jahrgänge kann man einen entsprechend hohen Preis verlangen. Es ist trotzdem einträglicher, einfach den jungen Wein zu verkaufen, sobald er trinkbar ist.« Sie machte ein trauriges Gesicht. »Also verschwinden diese Künste allmählich, aber ich stelle immer ein paar Krüge für meinen eigenen Tisch beiseite.«

Als der Schweinebraten abgetragen und die Tische aus dem Zimmer geschafft worden waren, entspannten sie sich bei gekühltem, süßem Weißwein, zu dem Honigkuchen serviert wurde. Es war schon spät, und Lucillas Villa, die abseits des pulsierenden Herzens von Rom lag, war so still wie ein ländlicher Bauernhof. Die einzigen Geräusche, die Regeane jetzt noch hören konnte, waren die leisen Nachtgesänge der Insekten draußen im Garten und das Wispern der Brise, die kühl und erfrischend durch die offene Tür des Tricliniums wehte.

Ein langer Tag, ein voller Bauch und die halbe Tasse gewässerten Weins, die Lucilla ihr gestattete, waren einfach zu viel für Elfgifa gewesen, und sie nickte auf dem Sofa ein. Als Lucilla einer

Dienerin ein Zeichen gab, die Kleine ins Bett zu tragen, wachte sie nur kurz auf. Elfgifa protestierte, aber dann stellte sich heraus, dass das Kind nur einen Gutenachtkuss von Regeane wollte, bevor es bereit war, sich für die Nacht fertig machen zu lassen.

Regeane kam Elfgifas Wunsch nach und diese ging friedfertig von dannen. Als sie fort war, entstand ein kurzes verlegenes Schweigen zwischen den beiden Frauen, dann begannen sie beinahe gleichzeitig zu sprechen.

»Es tut mir Leid«, hob Regeane an.

»Ich möchte mich entschuldigen, Regeane…«

Sie lachten beide.

Dann sagte Regeane: »Ich bin diejenige, die sich entschuldigen sollte. Ich habe das Gefühl, mich zum Narren gemacht zu haben. Ich habe mich wohl allzu sehr von meinen Ängsten hinreißen lassen.«

»Ganz im Gegenteil, meine Liebe. Ich hätte dich nicht drängen dürfen.«

Plötzlich kam eins der Dienstmädchen aus dem Garten hereingestürzt. »Herrin, vor den Toren stehen Männer!«

Regeane hörte Rufe und ein Krachen. Eine Frau schrie.

Lucilla sprang von ihrem Sofa auf und rannte an dem Mädchen vorbei in den Garten.

Ein halbes Dutzend bewaffneter Männer stand im Atrium. Das Licht ihrer Fackeln spiegelte sich im dunklen Wasser des Teichs wider. Einer der Männer trat vor, und Regeane sah das Gesicht, an das sie sich gut erinnerte: Sie hatte es erst heute Morgen auf dem Marktplatz gesehen.

Er zeigte auf sie und rief: »Da ist sie. Holt sie euch.«

Regeane zuckte zusammen und drehte sich um, obwohl sie nicht wusste, wohin sie laufen sollte. Aber Lucilla ging mit langen Schritten auf die Eindringlinge zu. »Basil, hast du den Verstand verloren?«, rief sie. »Wir stehen unter dem persönlichen Schutz des Heiligen Vaters!«

Die Männer, die mit Basil gekommen waren, zögerten.

Lucilla, die hoch aufgerichtet und mit furchtlos emporgerecktem Kinn dastand, versperrte Basil den Weg zu Regeane. »Dafür lasse ich euch den Kopf abschlagen! Euch allen!«, drohte sie.

Die Männer zogen sich zurück und sahen einander an.

Lucilla, der klar wurde, dass sie für den Augenblick die Oberhand hatte, trat vor, um ihren Vorteil auszunutzen. »Verlasst unverzüglich mein Haus, und ich bin bereit zu vergessen, dass es diesen unglückseligen Zwischenfall je gegeben hat.«

Basil lachte und seine weißen Zähne glitzerten in seinem dunklen, bärtigen Gesicht. »Meine Güte, wie du dich aufspielst! Uns mit der Macht von Kirche und Papst zu drohen. Und das von der größten Hure in Rom. Einer Hure und Kupplerin.«

Lucilla versteifte sich vor Zorn und ihr starres, schönes Gesicht wurde zu einer Maske aus Wut.

Ihre Antwort an Basil klang leise, heiser und tödlich. »Noch einen Schritt weiter, Basil, und ich begnüge mich nicht mit deinem Kopf. Ich werde dafür sorgen, dass du unter der Folter stirbst.«

Basil erwiderte ihren Blick mit schweren Lidern und einem Ausdruck der Verachtung in den Augen, bevor er sich zu seinen Männern umdrehte. »Was ist mit euch? Seid ihr Wickelkinder, dass ihr den Ärger einer Frau fürchtet? Ich sagte, holt euch das Mädchen! Und was dich betrifft, du käufliches Luder«, sagte er Lucilla, »wenn du dich mir noch einmal in den Weg stellst, kannst du deinem Gewerbe in der Hölle nachgehen.«

Basil und die Männer hinter ihm gingen entschlossen auf Regeane und Lucilla zu.

Lucilla griff nach Regeanes Handgelenk und flüsterte ihr erregt zu: »Es hat keinen Sinn. Ich kann sie nicht aufhalten. Wo in Gottes Namen sind meine Männer? Lauf!« Sie wandte sich mit einer jähen Bewegung dem hinteren Teil des Gartens zu und zog Regeane hinter sich her durch eine Tür.

Die plötzliche Dunkelheit des Korridors nach dem hellen Licht der Fackeln machte Regeane für einen Augenblick blind. Als sie wieder sehen konnte, stolperten sie durch die Furchen eines Küchengartens. Vor sich konnte sie die Baumkronen sehen, einen Obstgarten und dann eine Mauer.

Basil und seine Männer kamen eingehüllt in grellen Fackelschein aus dem Korridor gestürzt.

Regeane stolperte beinahe über einen Gegenstand auf dem Boden. Lucilla bückte sich und riss ihn an sich – eine Hacke.

Der nächste von Basils Männern war keine zwei Meter von ihnen entfernt. Lucilla drehte sich um und rammte ihm den Griff der Hacke mit einem schnellen Stoß in die Lenden. Der Mann krümmte sich heulend zusammen.

»Lauf, Mädchen, lauf!«, rief Lucilla Regeane zu.

Die restlichen Soldaten Basils zögerten, vielleicht weil das Schicksal des ersten Mannes sie ein wenig eingeschüchtert hatte. Dann stürzte sich der Nächste auf Lucilla, um ihr die Hacke aus der Hand zu reißen: ein Fehler. Sie versetzte ihm mit dem Griff einen Schlag auf die Schläfe, der ihn in die Knie gehen ließ. Während er sich noch den Kopf hielt, schlug sie mit der Klinge unerbittlich auf sein Gesicht ein.

Regeane konnte sich nicht dazu durchringen, Lucilla allein zu lassen. Sie war überzeugt davon, dass Basil Lucilla töten würde.

Basil zog sein Schwert und schoss an Lucilla vorbei, ohne einem neuerlichen Axthieb Beachtung zu schenken. Er packte Regeane am Arm. Sie kreischte laut und riss sich von ihm los, taumelte und stürzte mit dem Gesicht nach unten in die weiche Erde des Gartens.

Basils Schwert grub sich in die Furche gleich neben ihrem Kopf und bespritzte sie mit Schlamm.

Regeane kämpfte sich auf die Knie und griff sich eine Hand voll Erde. Basil hielt mit einer Hand ihr Haar fest, sodass ihre Kehle bloßlag, und hob sein Schwert, um ihr den Kopf abzuschlagen.

Regeane schleuerte ihm den Dreck entgegen. Nasse Erde traf Basil mitten im Gesicht. Er stieß einen Wutschrei aus und ließ Regeanes Haar los, um sich die Augen zu reiben.

Die Dunkelheit des Mondes überflutete Regeanes Gehirn. Sie war die Wölfin. Erschrocken und verängstigt geriet sie ins Taumeln. Das Licht der Fackeln blendete die Augen der Wölfin schlimmer, als es die Augen der Frau geblendet hatte.

An die Stelle ihres Entsetzens trat triumphierender Zorn. Basil bearbeitete mit einer Hand noch immer seine Augen, während er mit seinem Schwert auf Regeanes leeres Kleid eindrosch. Er wähnte sie noch immer in ihren Kleidern.

Die Silberwölfin stürzte sich unbeholfen auf ihn. Er trat ihr in die Rippen.

Die Willenskraft der Frau, die in der Wölfin weiterlebte, wurde von einer Welle des Zorns durchflutet. Die Wölfin schlang sich wie ein Aal um die Beine vor ihr und grub die Zähne in eine der Kniesehnen. Ihre Fänge legten seine Wade frei.

Basil stieß einen schrillen Schrei aus und ließ sein Schwert auf sie herabsausen. Aber die Silberwölfin brachte sich mit einem Sprung in Sicherheit.

Drei Männer rangen mit Lucilla; einer hielt sie an der Taille fest, während die beiden anderen versuchten, ihr die zur Waffe umfunktionierte Hacke zu entreißen. Im Augenblick hatte sie alle Hände voll zu tun. Ein vierter Mann stand mit der Fackel in der Hand daneben.

»Du verdammter Narr«, rief Basil. »Treib diesen tollwütigen Hund weg.«

Das Feuer flackerte in den Augen der Silberwölfin auf und brachte jedes andere Bild zum Verlöschen, als die Fackel jäh auf ihr Gesicht herabfuhr.

»Barmherziger Gott!«, schrie der Mann. »Das ist kein Hund!«

Sie ließ sich auf die Hinterläufe sinken. Die Frau gab der Wölfin ihre Befehle. *Die Fackeln! Hol dir die Fackeln! In der Dunkelheit bist du die Stärkere.*

Die Wölfin zog sich zurück, weg von den Flammen. Der Mann mit der Fackel versuchte verzweifelt, sein Schwert zu ziehen.

Die vor Zorn und Feuer zur Raserei getriebene Wölfin dachte nur an zwei Dinge – Kehle und Lenden. Mit der gnadenlosen Logik eines Killers nahm sie sich die Lenden zum Ziel. Die Kehle war zu weit oben. Sie war sich ihrer Kraft nicht ganz sicher.

Sie streckte sich, schnellte empor wie eine angreifende Schlange. Sie verfehlte die Lenden, aber ihre Zähne schlossen sich um das weiche Gewebe des Oberschenkels. Blut, Salz und der klebrige Geruch von rohem Fleisch drangen der Wölfin an Mund und Nase.

Der Mann stieß einen gellenden Schmerzensschrei aus, riss sich los und drosch mit der Fackel auf den Rücken der Wölfin ein.

Die Wölfin ließ von ihm ab und wälzte sich herum.

Der Mann taumelte nach hinten und prallte mit Lucilla und den anderen Männern zusammen, sodass sie alle gemeinsam zu Boden gingen. Die Fackeln entglitten ihren Händen und lagen flackernd und bereits halb erloschen auf der feuchten Erde.

Plötzlich war der Garten in Dunkelheit getaucht.

Die Wölfin stürzte sich mit einem wütenden Heulen auf die Männer, die auf Lucilla gefallen waren. Sie sprangen hastig auf oder krochen in alle Richtungen davon.

Basil angelte nach einer der Fackeln, während Lucilla, die Hacke noch immer in der Hand, aufstand, um den Kampf fortzusetzen. Sie versetzte einem Mann einen Hieb quer über die Brust; einige seiner Rippen brachen. Einen anderen erwischte sie im Rücken, sodass er mit dem Gesicht nach unten in den Schlamm fiel.

Hinter der Wölfin wurden Schreie laut. Weitere Fackeln tauchten auf. »Die Miliz des Papstes!«, rief jemand. »Die Miliz kommt!«

Der Garten flammte auf. Lucillas Diener eilten herbei, um ihre Herrin zu verteidigen.

Basil und seine Männer ergriffen die Flucht. Die Wölfin jagte hinter ihnen her. Sie brach durch eine niedrige Granatapfelhecke und stürmte zwischen den Baumstämmen des Obstgartens auf eine nicht allzu hohe Mauer zu. Basis und seine Männer waren binnen Sekunden hinübergesprungen.

Die Wölfin zögerte und sammelte sich. Sie war nie wirklich frei gewesen. Ein müheloser Sprung und sie hatte die Mauer überwunden. Basil und seine Männer saßen bereits auf ihren Pferden und galoppierten davon.

Eine Sekunde stand sie reglos in der Dunkelheit; ihre Flanken hoben und senkten sich vor Anstrengung, bis donnernde Hufschläge hinter ihr erschollen und sie in Deckung trieben.

Ein Trupp der römischen Bürgermiliz preschte vorbei, Basil und seinen Männern dicht auf den Fersen.

Es wurde still. Die Silberwölfin glitt aus dem Gebüsch und stand, die Pfoten in den Staub der Straße gekrallt, still da, während Furcht und Entsetzen in ihr tobten.

Hinter den Mauern der Villa konnte sie Stimmen hören. Instinktiv eilte sie die Straße hinunter, um den Trost der Dunkelheit zu suchen, den Schutz der Nacht.

Es war kein Mond zu sehen, nur die blendende Bahn der Milchstraße, die sich über ihr wölbte. Eine Straße aus Licht. Sie wusste nicht, was Lucilla oder Basil gesehen hatten. Basil hatte das Gesicht voll Schlamm gehabt, Lucilla hatte um ihr Leben gekämpft.

Eins jedoch wusste die Silberwölfin: Sie wollte nicht mehr zurück. Die Silberwölfin war frei, verwirrt, erschreckt und doch von einem bebenden Jubel ergriffen.

Sie war frei.

Sie trottete weiter, verfiel in den fliegenden Galopp eines Geschöpfes, das eine Fünfzigmeilenjagd achselzuckend abtut.

Das Herz der Wölfin sang. Aus den Gezeiten des Blutes in ihren Adern stiegen alte Erinnerungen auf. Erinnerungen, die nicht die ihren waren.

Oh, die Wälder, deren sich das Herz der Wölfin entsann: hohe Wälder, die Berghänge bedeckten, Kiefern, Tannen und Fichten, eine Landschaft übersät von blauen Seen voller Fische. Tieflandwälder mit Eichen, Eschen, Buchen und Ulmen, in denen es nur so wimmelte von den dunklen, geweihbewehrten Gestalten der Hirsche. Sie ästen auf in Mondlicht getauchten Lichtungen.

Und sie jagte sie, in Zeitaltern, die schon lange Vergangenheit waren. Sie war die Herrin der Nacht, die flink und mit scharfen Fangzähnen im silbernen Lichtschein ihren Bluttribut einforderte. Sie jagte über sonnendurchflutete Ebenen, wo der Rauch von Grasfeuern ihr scharf in die Nase stach. Sie fraß sich satt an den Tieren, die bei ihrer überstürzten Flucht vor den Flammen ihr Leben gelassen hatten.

Sie verfolgte ihre Beute durch eisige, leblose Wüsten. Ihr Magen knurrte vor Hunger. Ihre Pfoten vom Frost verkrustet und mit Eissplittern im Fleisch hinterließen blutige Abdrücke im Schnee. Ihr Herz sehnte sich nach dem heißen Blutrausch des Tötens, einem vollen Bauch und etwas Schlaf.

All diese Dinge war sie und noch mehr – Kraft, Mut und eine trotzige Schönheit. *Bin ich Wölfin oder Frau?*, fragte sie sich und blieb dann auf dem Gipfel eines niedrigen Hügels stehen, um die Stille, die Lebendigkeit und die tiefe Einsamkeit der Nacht zu spüren. Sie umschlang sie, wie die Arme einer Mutter ein Kind umschlangen, um es vor Schaden zu bewahren.

Der Wind war kühl und frisch vom Duft des Taus, der sich gerade auf der Pflanzenwelt niederließ. Die Feuchtigkeit drang ihr am Hals und im Gesicht angenehm ins Fell. Die Frau hätte gefroren, aber die Wölfin, die von ihrem Fell geschützt wurde, hatte es warm.

Die zahllosen Sterne warfen einen schwachen Lichtschimmer auf die Landschaft. Auf der einen Seite zogen sich die dunklen, gewellten Hügel dahin, die sanft zu der Ebene der Campagna hin abfielen; auf der anderen Seite lag Rom mit seinen Lichtern, einer Schar von Libellen, die die glatte, schwarze Schlange des Tibers umschwirrten. Die Brise, die aus dieser Richtung kam, trug den Gestank einer offenen Kanalisation mit sich.

Bin ich Wölfin oder Frau?, fragte sie sich noch einmal. Sowohl die Wölfin als auch die Frau waren im Einklang miteinander; beide waren unvollständig ohne die andere. Und doch sprachen die weiten Hänge der Hügel und sogar die Verlassenheit der vom Krieg verwüsteten Campagna direkt zum Herzen der Wölfin. Sie wollte ihr Gesicht in den frischen Wind halten, wollte in dem hohen Gras verschwinden und auf alle Zeit ein Tier unter Tieren bleiben.

Aber die Frau wusste es besser. Die Frau wusste, dass der Morgen kommen würde, dass sie dann nackt, schutzlos und allein war. Ihr Schicksal war für immer auf Gedeih und Verderb mit den Schläfern verwoben, deren Lichter wie sterbende Kohlen in dem Tal unter ihr aufflackerten.

Weder Wölfin noch Frau, dachte sie, *sondern mehr als jede Einzelne – oder weniger. Jedenfalls anders und daher – vielleicht – verdammt.* Würde sie von Menschen gehasst und verflucht werden, den Tod in den Flammen eines Scheiterhaufens finden, verurteilt von der Kirche? Oder würde sie vielleicht von Menschen, die ihre Kräfte fürchteten, gesteinigt werden? Mit eisiger Furcht erinnerte sie sich an die Beerdigungsgesellschaft, die so schnell auf Silves Anschuldigungen reagiert hatte. Andere mochten genauso voreilig sein wie sie.

Dass sie überhaupt so lange gelebt hatte, war eine Herausforderung an die überkommene Ordnung ihrer Welt – eine Herausforderung des Todes, und sie würde leben, würde so lange leben, bis man ihr das Leben entriss. Lebe und gib niemals die Frau auf, um die Wölfin zu retten, oder die Wölfin, um die Frau zu retten. Sie würde leben, um sie selbst zu sein, um frei zu sein oder tot.

Sie trottete zur Straßenmitte und hielt die Nase in den Wind. Unter all den Gerüchen von Pferden und Schweiß, nach Tieren und Menschen nahm sie auch den Duft von Blut wahr.

Die Wölfin beschnupperte die Erde. Sie hatte einen von Basils Männern verwundet und er blutete noch immer. Sie nahm die Verfolgung auf.

Basil und seine Männer waren nicht in die Stadt zurückgekehrt. Sie waren um die Außenmauern herumgeritten und zogen durch die Campagna Richtung Meer.

In der fruchtbaren Ebene der Campagna hatte die Natur einst voller Wohlwollen auf den Menschen herabgelächelt. Gesegnet mit der reichen Erde der Vulkangipfel, der milden Sommer und lauen Winter, war es einst ein Land gewesen, in dem Milch und Honig im Überfluss strömten. Heute nicht mehr. Vier Jahrhunderte Krieg um diese größte aller Trophäen, die kaiserliche Stadt, hatten die Campagna in eine Ödnis aus Sümpfen und Ruinen verwandelt.

Anders als der größte Teil des felsigen Italiens ließ sie sich nicht verteidigen, und keine Macht war auf Dauer stark genug, um sie zu schützen. Die Festung von Cassino, die über die Ebene aufragte, bot den wenigen Reisenden Zuflucht, die ihrer von wilden Ängsten heimgesuchten Dunkelheit trotzten. Nur bewaffnete Reisegruppen wagten sich des Nachts allein hierher. Sie und die Silberwölfin, die von etwas angezogen wurde, das sie nicht kannte.

Sie bewegte sich mit dem mühelosen, federnden Gang eines jagenden Wolfs und folgte der Blutspur, dem Geruch von Pferden und Männern, der jetzt ganz deutlich vor ihr aufstieg.

Ihre Nase fing einen Hauch von Holzrauch auf, noch bevor sie das Feuer sah. Sie beschleunigte ihren Schritt.

Es war einst ein Tempel Apollos gewesen, ein dem Gott des Lichts gewidmetes Heiligtum. Jetzt waren die hohen Säulen eingestürzt, und die Cella war nur noch eine leere Schale. Selbst die Statue des Gottes war verschwunden. Nur das Gesicht eines Ungeheuers blickte grübelnd vom Giebel herab – seine Haare waren Schlangen, und seine Zunge ragte aus dem Mund heraus, als wolle es das Blut der Opfer auflecken.

Basil und seine Männer hatten ihr Lager in den Ruinen aufgeschlagen. Sie saßen um ein Feuer in der zerstörten Vorhalle des Tempels.

Die Wölfin stahl sich durch die schwarzen Pappelstämme dessen, was einst der heilige Hain der Götter gewesen war. Sie blieb stehen, das Gesicht verhüllt von dem hohen Gras, lauschte und beobachtete. Die Wölfin war enttäuscht. Basil hatte viel mehr Männer bei sich, als in Lucillas Villa gewesen waren.

Viel zu viele, als dass ein einziger Wolf sie hätte herausfordern können.

Basil stand auf der fleckigen Marmortreppe, die zum Tempel hinaufführte, und sprach mit jemandem, den das Feuerlicht verbarg. »Es gibt keine Rettung für dich und für deinen Bruder auch nicht. Welchen Weg er auch beschreiten mag, er wird zu seiner eigenen Zerstörung führen.«

»Dann hasst du ihn also so sehr?«, fragte eine Stimme aus dem Eingang der verwüsteten Cella.

Die Wölfin kannte die Stimme. *Antonius.* Sie schob sich ein Stückchen zur Seite, wo ihre Augen nicht von den Flammen geblendet wurden, und sah ihn. Er trug Schwarz und wie immer verhüllte der Umhang sein Gesicht.

»Ob ich ihn hasse?«, fragte Basil. »Allmächtiger, nein. Ich interessiere mich keinen Deut für ihn. Wenn ich die Stadt einnehme, kann er Papst bleiben, so lange er tut, was man ihm sagt.«

Papst! Dieses eine Wort erschütterte sogar die Wölfin. Regeane hatte gewusst, dass Stephan über Macht gebot. Aber keinen Augenblick hatte sie geahnt, wie viel Macht das war. Der Gedanke, dass Stephan Papst Hadrian persönlich sein könnte, war ihr gar nicht gekommen.

Sie rückte dem Geschehen ein wenig näher. Sie spähte durch das Laub niedriger Büsche und hohe Gräser zu den Männern hinüber, die sich vor der Vorhalle des Tempels versammelt hatten.

»Ich kann mir nicht vorstellen, dass ich dir von großem Nutzen sein werde«, sagte Antonius mit wütender Verbitterung. »Ich bin ein todgeweihter Mann, und ich hoffe, mein Bruder ist nicht so dumm, dass er sich von dir mit Drohungen gegen meinen halb verwesten Kadaver erpressen lässt.«

»Eine überaus passende Beschreibung, mein Freund. Du verströmst schon jetzt den Gestank des Beinhauses«, sagte Basil. »Aber du warst ein junger Mann, als dich die Krankheit befiel, und ich möchte wetten, dass du dich an ein Kreuz gebunden ziemlich lange halten würdest.«

Die beiden Augen, alles, was Antonius der Welt jemals zeigte, schlossen sich langsam. Die Schultern unter dem schwarzen Umhang sackten resigniert ein Stück tiefer. Er erhob sich, ging zum Feuer und angelte einen der brennenden Zweige heraus.

»Ich nehme an«, sagte er mit stiller Würde zu Basil, »dass nicht einmal du einem Gefangenen ein Feuer gegen die Kälte missgönnen würdest.«

Basil zog sich hastig zurück, als fürchte er eine Ansteckung. »Nein, das würde ich nicht, und du wirst auch zu essen bekommen, wenn du willst.«

»Ich brauche nichts.«

»Wie du wünschst«, antwortete Basil gleichgültig. »Jetzt kriech in dein Loch und befreie uns andere von deinem Anblick und deinem Gestank.«

Ein Zischen durchbrach die Stille! Ein Pfeil bohrte sich in den Stamm eines jungen Baums direkt neben der Silberwölfin und blieb zitternd darin stecken. Binnen Sekunden hatte sie sich sieben oder acht Meter entfernt und tief in die Dunkelheit zurückgezogen. Die Frau musste ihre ganze Kraft aufbieten, um die Reflexe der Wölfin zu beherrschen.

Sie hörte Basil schreien: »Was zum Teufel soll das!«

»Augen!«, rief einer der Männer. »Die Augen irgendeines Tieres, das uns aus der Dunkelheit hinter dem Feuer beobachtet.«

Die Silberwölfin stand zitternd zwischen den Bäumen.

»Dann schürt das Feuer und hört auf, Pfeile zu verschießen«, fauchte Basil.

Die Silberwölfin ging in die Hocke und entfernte sich dann noch ein Stück, als mit Fackeln ausgestattete Männer sich ihrem früheren Versteck näherten.

Jemand lachte. »Du hast einen Baum erlegt.«

»Ich habe Augen gesehen«, beharrte Drusis. »Ich habe sie verfehlt, das ist alles.«

»Was es auch war, es muss mittlerweile weit weg sein.«

»Die Augen waren groß und ziemlich weit über dem Boden. Es war ein Wolf. Ich habe schon Wölfe gejagt.«

»Aber nicht hier in der Campagna«, bemerkte Basil. »Wahrscheinlich war es eine Eule.«

Immer noch streitend kehrten sie ins Lager zurück und machten sich für die Nacht bereit.

Die Silberwölfin wartete, bis es im Lager still geworden war. Sie ließen nur einen Wachposten zurück, der sich um das Feuer kümmern sollte. Der Mann saß dösend auf den Tempelstufen, in Sicherheit gewiegt von dem Wissen, dass sich in dieser offenen Landschaft keine große Gruppe von Menschen unbemerkt hätte nähern können.

Während des allgemeinen Aufruhrs hatte sich Antonius in das Tempelinnere zurückgezogen, um zu schlafen.

Die Wölfin heulte und schnappte nach Luft, als Regeane ihr ihren Willen aufzwang. Antonius befand sich in Todesgefahr, und die schärferen menschlichen Sinne der Frau begriffen diesen Umstand sofort.

Sie verstand, dass weder Hadrian noch Antonius eine andere Staatspolitik betreiben würden, weil Basil sie erpresste. Der Mann musste ein Narr sein, denn es grenzte an Selbstmord, eine solche Verschwörung zu wagen. Antonius würde einen grauenvollen Tod sterben.

Woraufhin ein erzürnter Hadrian ihn zweifellos rächen würde, indem er Basil tötete. Alle würden leiden und nichts würde sich ändern.

Die Wölfin verstand die Windungen menschlicher Grausamkeit nicht. Für sie war Antonius einfach ein Freund. Ein Rudelbruder, der in Not war und Schutz brauchte. Die Frau trat zurück und überließ dem Wolf die Zügel. Sie handelte aus einem Instinkt heraus.

Langsam und lautlos strich sie um den Tempel herum zum hinteren Teil des Gebäudes, wo sie fand, was sie suchte.

Obwohl der Tempel mit Marmor verblendet war, bestand das Gebäude im Grunde aus Tonziegeln. Einer der Bäume aus dem Wald war umgestürzt und hatte einen Teil der Cella zerstört und ein riesiges Loch gerissen. Der Eingang, der mit Gräsern und Dornen überwuchert war, befand sich nur wenige Zoll oberhalb des Bodens.

Die Wölfin zwängte sich ohne Schwierigkeiten hindurch und hielt Ausschau nach Antonius.

Er saß mit gesenktem Kopf vor seinem kleinen Feuer und lehnte sich an die Mauer neben der Tür.

Sie ging auf ihn zu und blieb auf der anderen Seite des Feuers stehen. Obwohl er allein war, hatte er sich nach wie vor den Umhang über die untere Hälfte seines Gesichts geschlungen, aber die Wölfin konnte genug von diesem Gesicht sehen, um den Grund dafür zu erkennen.

Auf der einen Seite waren seine Lippen weggefressen, und sie konnte die Zähne sehen. Die Wunde erstreckte sich bis zur Nase hinauf. Eine kleine Stelle, die die Krankheit verschont hatte, zeigte noch den geisterhaften Schatten großer Schönheit.

Die menschliche Ruine erinnerte Regeane an eine jener vergessenen, zerstörten Statuen der alten Götter, ein Teil des Gesichts von Wind und Regen abgetragen, aber noch immer geschmückt mit Spuren einstiger Pracht. Wie Basil gesagt hatte, Antonius war noch sehr jung.

Seine Augen waren geschlossen.

Die Silberwölfin stand verwirrt am Feuer.

Als sie das Gebäude betreten hatte, hatte sie keinen klaren Plan im Sinn gehabt, nur die Hoffnung, Antonius irgendwie bei der Flucht zu helfen. Flucht. Allein der Gedanke war lächerlich. Sie konnte ihm nicht einmal begreiflich machen, was sie wollte. Wie hätte sie mit ihm reden können? Wie konnte sie ihn dazu bewegen, mit ihr zu reden?

Die Frau hätte gelacht. Die Wölfin war nur frustriert. Sie jaulte leise, um ihrer Bekümmerung Ausdruck zu verleihen.

Er blinzelte und blickte überrascht, aber nicht ängstlich auf.

Zuerst hatte er sie anscheinend für einen Hund gehalten, denn er machte Anstalten, die Hand auszustrecken. Dann fiel ihm die lange, wölfische Schnauze auf, die aufrecht stehenden Ohren und der prachtvolle silberschwarze Pelzkragen, der das Gesicht einrahmte. Er zog die Hand zurück.

»Mein armer Freund«, sagte er. »Haben wir deine Höhle mit Beschlag belegt? Dann waren es wohl deine Augen, auf die Basils Bogenschütze gezielt hat.«

Da die Wölfin einfach nur dastand und ihn anstarrte, fuhr er fort. »Was ist denn los? Möchtest du etwas von mir? Etwas zu essen? Ich wünschte fast, du hättest es dabei auf mich abgesehen. Deine Zähne und Kiefer wären barmherziger als Basils Kreuz.« Er drehte sich zur Seite. Ein halber Laib Brot, eine Hand voll Oliven und etwas Ziegenkäse lagen auf einem Holzbrett in der Nähe der Tür. Er hob das Brett hoch und stellte es vor die Silberwölfin hin.

»Hier, nimm das. Ich habe kein Verlangen nach Basils Speisen. Je weniger ich esse, umso eher werde ich Basil los sein und meinem Bruder keine Sorgen mehr bereiten.«

Die Silberwölfin senkte die Nase auf das Holzbrett herab, beachtete das Essen jedoch nicht, sondern trottete im Schatten vor Antonius' kleinem Feuer zur Tür.

Der Wachposten lehnte in sich zusammengesunken am Sockel einer der zerstörten Säulen. Er hatte frisches Holz auf das Feuer gelegt. Das Feuer brannte lichterloh und die Flammen zuckten und knisterten im Nachtwind. Der Mann selbst schnarchte leise.

Die Wölfin kehrte zurück, stellte sich neben Antonius' Feuer und blickte darüber hinweg in seine Augen.

»Wolf, du verwirrst mich mehr und mehr. Du benimmst dich wie kein anderes wildes Tier, das mir je unter die Augen gekommen ist.«

Mit Bedacht schob sie sich ein Stück vor, senkte ihre Zähne in den Saum seines Umhangs und zog.

»Was ist?«, fragte er überrascht. »Willst du den Umhang?«

In dem verzweifelten Wunsch, sich verständlich zu machen, sprang sie vor, packte ihn sachte am Handgelenk und zog abermals. Regeane war eine kleine Frau, aber sie war eine große Wölfin.

Antonius rutschte etwa einen halben Meter vom Feuer weg.

Sie ließ seinen Arm los und trat zurück.

Voller Überraschung sah er erst sie an, dann sein Handgelenk. »Wenn du mich töten wolltest«, meinte Antonius leise, »wäre es dir ein Leichtes.«

Die Wölfin stieß ein tiefes, kehliges Knurren aus, ein drängendes Geräusch. Sie rannte zu dem Loch in der Tempelcella und dann zurück zu Antonius.

»Das ist Wahnsinn«, sagte Antonius. »Was bist du? Wer bist du?«

Sie nahm abermals einen Zipfel seines Umhangs in die Schnauze und zerrte daran.

»Verstehst du denn nicht? Sie haben Pferde. Sie würden mich niederreiten«, wisperte er.

Diesmal grollte sie leise und bleckte die Zähne.

Antonius erhob sich. »Hier stehe ich und erkläre einem Wolf mein Verhalten.«

Einmal mehr zog sie an dem Umhang.

»Vielleicht hast du Recht. Alles scheint besser als das Schicksal, das Basil für mich geplant hat.«

Er musste das Pferd allein satteln. Sie spürte in der Dunkelheit Sattelzeug für ihn auf, denn das Leder war in ihrer Nase so klar und deutlich wahrzunehmen, wie es ein Schrei in ihren Ohren gewesen wäre. Sie stand im Schatten am Rand des Lagers und hielt sich sorgfältig auf der windabgewandten Seite der Pferde, während sie voller Ungeduld wartete und den noch immer schnarchenden Wachposten auf der Tempeltreppe nicht aus den Augen ließ.

Die Pferde waren an einem einzigen langen, zwischen zwei Bäumen festgemachten Seil angebunden. Die Wölfin durchtrennte das Seil mit einem einzigen Biss. Das Pferd, das ihr am nächsten war, bäumte sich auf, eine schwarze Gestalt vor dem Hintergrund des Himmels. Sie sprang beiseite, um sich vor einem aufschlagenden Vorderhuf in Sicherheit zu bringen.

Die Pferde rissen sich los. Da sie noch immer aneinander gebunden waren, liefen sie nicht weg, sondern scharrten nur unruhig mit den Hufen.

Die Silberwölfin wäre von Herzen dankbar gewesen, hätte sie fluchen können. Wie die Dinge lagen, konnte sie sich nur mit einem zornigen Fauchen vor den ängstlichen Tieren in Sicherheit bringen. Es war zu gefährlich. Sie kam nicht nahe genug heran, um die einzelnen Tiere voneinander zu befreien.

Antonius' Pferd bäumte sich auf. Die Wölfin sah, dass er die Kontrolle darüber verloren hatte.

Wie durch ein Wunder blieb er im Sattel.

Der Wachposten auf der Tempeltreppe stieß einen Schrei aus.

Die Wölfin war verzweifelt.

Basil und seine Männer erwachten und griffen nach Waffen und Fackeln.

Die Wölfin legte die Ohren an und sprang los, um sich in die Hinterläufe des erstbesten Pferdes zu verbeißen. Das Tier schlug aus, ohne sich von seinem Angreifer befreien zu können, und jagte auf Basil und seine Männer zu.

Sie donnerten dicht an dicht über Basils Lager, Antonius' Pferd im Schlepptau.

In blinder Panik stoben Basils Männer auseinander, um nicht niedergetrampelt zu werden. Basil selbst rannte zur Vorhalle des Tempels hinauf; die Pferde flogen an ihm vorbei, gefolgt von Antonius, der sich verzweifelt an den Sattelknauf des letzten Reittieres klammerte. »Haltet ihn auf!«, schrie Basil.

Die Männer um ihn herum waren zu benommen, um zu reagieren. Basil packte sich eine Armbrust und feuerte.

Die Wölfin sah, wie Antonius' Pferd ins Taumeln geriet, als der Bolzen sich in seine Flanke bohrte.

Basil griff nach einer weiteren Armbrust, und die Wölfin nutzte den Pfad, den die durchgehenden Pferde freigepflügt hatten, und jagte auf ihn zu.

»Deus meus«, schrie jemand. »Es ist der Hund. Der Hund aus der Villa.«

»Von wegen Hund«, rief eine andere Stimme. »Das ist Lupa persönlich, die Wölfin von Rom.«

Basil wirbelte herum und legte auf die fliegende silberne Gestalt an.

Das Feuer flammte direkt vor ihr auf, zwischen ihr und Basil. Sie sah den Blutrausch in seinen Augen und das Glitzern eines scharfkantigen Bolzens, der auf sie zielte. Sie überwand das Feuer mit einem einzigen Satz, ging in die Hocke und machte sich bereit, noch während die Armbrust summte.

Die Spitze des Bolzens streifte und versengte ihren Rücken. Die

Wölfin schoss mit glitzernden Fängen durch die Luft auf Basils Kehle zu.

Basil versuchte, ihr mit der Armbrust einen Schlag zu versetzen. Er traf die Wölfin zwischen den Rippen, sodass sie die Treppen des Tempels hinunterrollte.

»Tötet das verdammte Vieh! Tötet es!«, brüllte Basil seinen Männern zu.

Die Wölfin kam wieder auf die Beine und rannte los.

Sie folgte den Pferden. Die Frau rang mit der Wölfin um die Kontrolle.

Ein Teil ihrer selbst war zu Tode erschrocken und doch erfüllte sie begeisterter Jubel. Sie hatte Basil seine Beute gestohlen und hätte ihn beinahe erwischt. Sie verlangsamte ihren Schritt und blickte zu den Sternen auf; dann wurde ihr zum ersten Mal klar, dass Antonius' Pferd in die falsche Richtung galoppierte – weg von Rom, hinaus in die Wildnis der Campagna, Richtung Küste.

Sie hielt mit bebenden Flanken inne und bemerkte jetzt erst, dass sie verletzt war. Der Kratzer brannte auf ihrem Rücken, außer Reichweite ihrer heilenden Zunge. Es juckte und peinigte sie. Sie schüttelte sich. Ihre Nackenhaare stellten sich kurz auf. Nicht lebensgefährlich, befand sie. Nicht einmal ernsthaft.

In der Stille, die hinter ihr lag, konnte sie Basils Stimme hören. »Ihnen nach«, befahl er seinen Männern. »Das Pferd ist verletzt. Ich habe ihm einen Bolzen in die Rippen gejagt. Antonius ist ein Krüppel und wird zu Fuß nicht weit kommen.«

Die Antwort der Männer war unverständlich, selbst für die übernatürlich scharfen Ohren der Wölfin, aber seine Leute erhoben offensichtlich Einwände, denn sie hörte Basil brüllen: »Im Namen Gottes, warum bin ich nur mit solchen Narren geschlagen? Nehmt die Fackeln. Dieses Ding ist doch nur ein wildes Tier. Was seid ihr – Weibervolk, dass ihr euch vor so etwas fürchtet?«

Sie musste Antonius finden, bevor Basil es tat. Sie senkte die Schnauze und begann im Kreis zu gehen. Wenige Sekunden später nahm sie die Witterung der Pferde auf, einschließlich der Blutspur des verletzten Tieres. Es war hinter den anderen zurückgefallen. Armbrustbolzen waren tödliche Geschosse. Schock und innere Blutungen ließen ein Leben schnell verlöschen.

Es dauerte nicht lange, bis sie Antonius eingeholt hatte. Er kauerte neben dem verletzten Tier, das mit gespreizten Beinen und gesenktem Kopf dastand und mit rauen, gequälten Stößen atmete.

Sie wusste, dass er ihren silberfarbenen Schatten gesehen hatte, denn er begann zu sprechen. »Was jetzt, mein Freund?« Er blickte in die Richtung, aus der er gekommen war. Die Fackeln von Basils Männern hüpften auf dem flachen Land vor ihnen auf und ab und kamen unerbittlich näher.

Sie schob sich zwischen ihn und das Pferd und drängte ihn weg. Als das Pferd ihre Witterung aufnahm, stampfte es mit den Füßen. Es riss den Kopf hoch, und sie sah den bleichen Glanz seiner rollenden Augen.

Mit einem Heulen stürzte sie sich auf das Tier, und ihre Zähne schlugen nur wenige Zoll von seinem Hals entfernt zusammen.

Mit einem Angstschrei setzte sich das taumelnde Pferd in Bewegung.

Die Wölfin stand reglos da und lauschte dem Trommeln der Pferdehufe, das immer leise wurde.

»Ich verstehe«, sagte Antonius und warf noch einmal einen Blick auf die leuchtende Traube von Fackeln hinter ihnen. »Sie folgen dem Pferd.«

Die Wölfin heulte leise und stieß dann ein Grunzen aus.

»Mutter Gottes«, flüsterte Antonius. »Du kannst denken.«

Die Wölfin spürte kein Verlangen, ihm in irgendeiner Art zu antworten. Was sie gerade getan hatte, machte sie nicht glücklich. Das Tier war dem Tode nah. Sie hatte das Gefühl, sehr weit von sich selbst entfernt zu sein. Im Herzen der Wölfin war mehr Mitleid für das Pferd als für den Menschen gewesen. Das »Benutzen« eines anderen Geschöpfs war eine rein menschliche Vorstellung. Die Wölfin verstand nichts davon. Die Taten der Wölfin entsprangen immer nur der Notwendigkeit.

Sie drehte das Gesicht in den Wind und führte Antonius von den Fackeln weg. Sie musste einen Platz finden, wo sie ihn unterbringen konnte, denn am Morgen würde die Wölfin ihn verlassen. Der Sonnenaufgang zeigte das Ende für die Macht der Silbrigen an. Sie musste eine Zuflucht finden, bevor sie wieder zur Frau wurde. Der Gedanke hing über ihr wie ein Schwert.

Für die Ohren der Wölfin sang der Nachtwind mit tausend Stimmen.

Regeane fühlte sich wie damals, wie ein Kind auf dem Schoß ihrer Mutter, als sie zum ersten Mal ein Buch vor sich sah. Die winzigen Zeichen faszinierten sie, und sie war überzeugt davon, dass wunderbare Geheimnisse in ihnen enthalten sein mussten, wenn sie nur in der Lage wäre, sie zu deuten.

Genauso war es mit den Stimmen der Nacht: ein Buch, das sich vor den Augen eines gefangenen Tieres öffnete. Ein Buch, in dem sie nicht lesen konnte. Als Wölfin und als Frau war sie zu lange eingesperrt gewesen.

Sie ließ Antonius für einen Augenblick zurück und zog einen weiten Kreis durch das Gelände, den Kopf emporgereckt, um Witterung aufzunehmen. Sie konnte weit entfernt Wasser riechen und daneben den modrigen Duft von Hirschen.

Sie musste das Tier immer wieder daran erinnern, dass das überschäumend glückliche Geschöpf mit der Morgendämmerung verblassen und sie sich nackt und allein in der Campagna Gott weiß welchem schrecklichen Geschick ausgesetzt sehen würde.

Außerdem hatte Antonius offensichtlich Schmerzen. Er konnte nicht sehr gut laufen, und die Lumpen, mit denen seine Füße umwickelt waren, hingen bereits in Fetzen. Sie jaulte leise.

»Ja, Lupa«, sagte Antonius, »und ich hoffe, du weißt, was du tust, denn ich weiß es nicht. Ich habe nicht die geringste Ahnung.«

Sie lief den Hang eines niedrigen Hügels hinab und dann auf den nächsten hinauf bis zum Gipfel. Dort blieb sie stehen, eine schlanke, dunkle Gestalt unter den Sternen.

Die Brise war kühl. Selbst aus der Ferne konnte sie die Stadt riechen. Dann drang ein sauberer Geruch, der Geruch von Holzrauch, an ihre Nase. Die Fackeln von Basils Männern? Nein, hoch über der Ebene sah sie das ferne Licht des Monte Cassino aufschimmern. Ob sie dort eine Zuflucht für Antonius finden konnte? Widerstrebend entschied sie sich dagegen. Gerade dort würde Basil als Erstes suchen. Sie wusste nicht, ob die Mönche ihn daran hindern konnten, jemanden mitzunehmen, der unter ihrem Schutz stand.

Ihr wurde klar, dass die Gerüche für sie eine Karte der Campagna und auch der fernen Stadt zeichneten. Der Cassino am Horizont und ein feuchter, Schwindel erregender Geruch. Was? Er kam von einem Trümmerhaufen ganz in der Nähe.

Sie kehrte zu Antonius zurück und führte ihn in diese Richtung.

Verborgen in einer Bodenfalte nahe einem klaren Bach befanden sich einige Schornsteine, die fast verdeckt waren von der üppigen Vegetation, wie sie in trockenen Ebenen in der Nähe von Wasser gedeiht.

Die Frau erinnerte sich an etwas Ähnliches, das sie einmal in der Nähe von Paris an der Seine gesehen hatte. Eine Glasbläserei.

Sie tauchte die Schnauze in einen klaren Teich und trank. Das Wasser war frisch und süß.

Antonius hockte sich neben sie. »Wohin hast du mich gebracht, Lupa?«

Die Wölfin stieß ein tiefes, kehliges Geräusch aus.

Antonius wartete. Dann trottete sie davon und begann im Kreis zu gehen. Nach einigen Minuten fand sie die Esse. Man musste die Glasöfen von unten belüften, damit das Feuer heiß genug würde, um den Sand zu schmelzen.

Es gab zwei Öfen. Den ersten unterirdischen Gang versperrten Schmutz und Trümmer, aber der zweite war offen. Sie führte Antonius dorthin.

Dieser starrte das Loch voller Entsetzen an. »Lupa, bist du dir da auch sicher?«

Die Wölfin bekam es langsam mit der Angst. Sie war sich nicht sicher, wie lange sie fortgewesen war. Es war schon spät. Sie *musste* vor dem Morgen nach Rom zurückkehren. Sie heulte drängend.

Antonius kroch in das Loch. Die Esse führte auf den Boden des rübenförmigen Ofens hinab. Als Antonius dort ankam, sagte er leise: »Ich verstehe.«

Ein Teil des Schornsteins war eingebrochen und dichte Büsche und kleine Bäume überwucherten ihn. Der Eingang lag unter hohen Gräsern verborgen. Der einzige Grund, warum die Wölfin ihn hatte finden können, war der, dass irgendwann in der Vergangenheit ein anderer Wolf hier seine Höhle gehabt hatte. Sie hatte seine Witterung aufgenommen.

Wenn Basils Männer die Gegend absuchten, so hoffte sie, würden sie nicht auf den Gedanken kommen, in den verfallenen Öfen nachzusehen. Vielleicht wussten sie nicht einmal, dass sie existierten.

Als Antonius in dem unterirdischen Gang in Sicherheit war, eilte sie hinaus ins Freie und rannte in Richtung Stadt.

Sie hatte Angst. Während sie lief, wuchs diese Angst noch. Ihr war nicht klar gewesen, dass sie sich so weit entfernt hatte. Als sie die Grabstätten entlang der Via Appia erreichte, wusste sie, dass sie in der Falle saß. Sie würde Lucillas Villa nicht mehr erreichen, bevor der Morgen dämmerte. Wenn die Sonne sich am Horizont emporschob und das graue Licht um sie herum sich golden färbte, würde sie wieder zur Frau werden.

Das Gästehaus, in dem Hugo und Gundabald ihre Räume hatten, war nicht weit entfernt. Sie hatte keine Wahl.

Als sie die Außentreppe zu ihren Wohnräumen hinauflief, kam ihr Hugo von oben entgegen. Die verzweifelte, erschöpfte Wölfin wollte nur eins – sich an ihm vorbeidrängen, aber das wusste Hugo nicht.

Er starrte sie mit offenem Mund an. Trotz des schwachen Lichts der frühen Morgendämmerung sah sie, wie sein Kiefer nach unten klappte und sein Gesicht grün vor Angst wurde. Er sprang mit einem Satz die Treppe hinauf, öffnete die Tür und versuchte, sie ihr vor der Nase zuzuschlagen.

Die Silberwölfin ließ sich auf die Hinterläufe fallen und setzte zum Sprung auf seine Kehle an. Sie flog durch die Luft und krachte gegen seine Brust, sodass er der Länge nach auf den Rücken fiel.

Die Pfoten auf seine Brust gestemmt, blickte sie in sein zu Tode erschrockenes Gesicht hinab.

Hugo öffnete den Mund. Es sah aus, als wolle er schreien, aber er war so gelähmt vor Entsetzen, dass kein Laut über seine Lippen kam.

Er blickte in eine gerunzelte Schnauze voller langer, weißer Zähne. Ihr heißer Atem fuhr über seine Wange, und ihr Fauchen klang so laut wie ein Donnerschlag.

Sie hatte Hugo, wo sie ihn immer hatte haben wollen. Für eine Sekunde bedauerte sie, dass sie diesen Augenblick nicht in die Länge ziehen konnte. Hugo sah jedoch so aus, als würde er in

Kürze vor Angst sterben, wenn sie ihre gegenwärtige Position weiter beibehielt.

Was für ein erfreuliches Gefühl.

Zu schade nur, dass sie in ein paar Sekunden wieder ein Mensch sein würde. Wenn sie ihn biss, würde er einen abscheulichen Geschmack in ihrem Mund zurücklassen.

Sie empfand einen Hauch von Dankbarkeit, dass ihr zumindest dieser Augenblick der Befriedigung vergönnt gewesen war. Sie wusste, dass Gundabald sie furchtbar dafür bezahlen lassen würde.

Hugo machte sich in die Hosen und fiel in Ohnmacht. Warmes Licht floss durch die Tür. Regeane riss ihm seinen Umhang weg; sie hätte alles genommen, nur um sich zu bedecken. Draußen dämmerte es und sie war nackt.

7

Sie erwachte am Nachmittag, in ihrer Zelle, an die Wand gekauert. Noch nie hatte sie so viel von dem Tier in sich gespürt. Ihr Körper war der einer Menschenfrau, aber durch ihr Gehirn strich noch immer die Wölfin. Die Wölfin war vielleicht der einzige Grund, warum sie lebte.

Sie war nackt. Der schmale, steinerne Raum war leer. Jemand hatte ihr einen Eisenring um den Hals gelegt und sie damit an die Wand gekettet. Ihre Haut war blau vor Kälte, und ihre Finger und Zehen waren taub.

Sie hockte auf den Knien, eine Schulter an die Steine gedrückt. Ihr Haar spendete ein wenig Wärme, daher hielt sie den Kopf gesenkt. Die Haare fielen ihr über Brüste und Schultern wie ein Cape.

Außerdem hätte sie ohnehin nicht stehen können. Die Kette, die von ihrer Halsfessel zu der Öse in der Mauer reichte, war zu kurz, nur etwa einen Meter lang. Die Eisenfessel war schwer, und ihre Kanten rau. Wann immer sie sich bewegte, sah sie ein Blutrinnsal über ihre Brüste und ihren Bauch laufen.

Sie hatte noch viele weitere Blutflecken auf ihrer Haut, einige teilweise getrocknet und dunkel, andere noch rot. Das Tier sagte: *Schlaf, zieh dich vor Schmerz und Kälte zurück,* aber die Frau vermochte es nicht. Sie hatte den Punkt erreicht, an dem Kälte und Schmerz zu extrem waren, um ignoriert zu werden.

Ihr Magen krampfte sich heftig zusammen. Ihr Rücken pulsierte dumpf, wo Gundabald sie ausgepeitscht hatte.

Am Ende hatte sie sich vor ihm fast genauso sehr gefürchtet, wie Hugo sich vor ihr gefürchtet hatte. Gundabald schien jedwede Kontrolle verloren zu haben. Er packte sie bei den Haaren und drückte sie mit dem Gesicht nach unten auf den Boden. Er peitschte sie mit seinem Gürtel aus, bis Hugos Umhang blutig war und ihre Schreie den Besitzer des Gästehauses weckten.

Gundabald weigerte sich, ihm die Tür zu öffnen. Aber der Mann und seine Frau standen draußen und verfluchten sie beide mit solcher Wildheit – Regeane, weil sie schrie und die anderen Mieter störte, Gundabald, weil er die Ursache für die Schreie war –, dass Gundabald schließlich von Regeane abließ.

»Du glaubst, wir würden dir so was durchgehen lassen, wie?«, fragte er, als er ihr Hugos Mantel abstreifte. »Dieses Ding aus der Hölle wird zu dir kommen und dich heilen.«

Regeane setzte sich in dem Glauben, er wolle sie vergewaltigen, verzweifelt mit den einzigen Waffen zur Wehr, die sie noch hatte – ihrer Stimme, ihren Zähnen und ihren Nägeln.

Wieder begann der Vermieter, an der Tür zu hämmern.

Gundabald hatte Regeane in der Nähe des Kamins in die Ecke gedrängt. Regeane flehte um Hilfe, schrie, dass Gundabald sie töten wolle. Gundabald versprach dem Vermieter und seiner Frau ein Goldstück, wenn sie gingen und sie in Ruhe ließen.

Der Vermieter und seine Frau gingen.

Gundabald schlug Regeane mit einem Feuerscheit nieder. Er brauchte drei Schläge dafür. Sie hatte das Bewusstsein noch immer nicht vollends verloren, als er sie in die Zelle zerrte und die Fessel um ihren Hals zuschnappen ließ.

Ihr Kopf pulsierte. Die linke Seite ihres Gesichts war geschwollen. Sie drückte den Hals gegen die raue Kante des Eisenkragens, diesmal mit Absicht.

Das Blut floss – scharlachrot, warm, heiß sogar, strömte es über ihre bläulich verfärbte Haut.

Als Gundabald die Tür ins Schloss warf, kam sie langsam zu sich. Sie hatte sich gegen die Kette gewehrt, geschrien und mit übermenschlicher Kraft an der Öse in der Mauer gezogen, hatte um sich getreten und an dem Eisenkragen gerissen. Nichts half. Das geschmiedete und gehämmerte Eisen widersetzte sich ihrer Kraft.

Nicht einmal in ihren wildesten Albträumen hatte sie geglaubt, dass Gundabald so weit gehen würde. Nachdem sie sich gewehrt hatte, ging sie dazu über zu betteln. Schluchzend flehte sie um etwas Wasser. Um irgendetwas, wenn es auch nur Lumpen waren, um sich zu bedecken.

Sie bekam keine Antwort – nichts – und sah schließlich ein, dass Hugo und Gundabald wahrscheinlich mit dem Vermieter in die nächste Taverne gegangen waren. Mittlerweile waren sie gewiss alle betrunken und schliefen sich nach den Anstrengungen des Morgens gründlich aus.

Ihr Magen krampfte sich zusammen. Die Galle stieg ihr hoch. Sie würgte. Dann beugte sie sich zur Seite und erbrach sich auf den Boden. Die hellgrüne Flüssigkeit tröpfelte langsam über den unebenen Fußboden auf die Wand zu.

Daneben entdeckte sie eine gelbe Pfütze. Sie hatte fast den ganzen Vormittag die Qual ertragen, ihre Blase entleeren zu müssen. Als der Druck unerträglich wurde, hatte sie schließlich nachgegeben.

Sie schloss die Augen. Die Zelle stank, und nicht nur die Wölfin, sondern auch die Frau nahm den Gestank war. Aber ein eisiger Wind wehte, und der Raum füllte sich mit dem sauberen, zarten Wind der Rosa Canina – der Hundsrose.

Sie sah erst das Gesicht einer Frau, dann das eines Mannes. Er war nichts Besonderes. Sandfarbenes, kurz geschnittenes Haar, breite Wangenknochen, ein boshaftes Grinsen. Man konnte auf der Straße an ihm vorbeigehen, ohne ihn zu bemerken. Die Frau war klein und von der gleichen zierlichen, rosig weißen Schönheit wie die üppig blühenden Rosen, die ihre Laube abschirmten.

Sie lagen nackt und mit ineinander geschlungenen Gliedern da. Die samtigen Rosenblätter wehten auf warme Haut herab, Haut, die von der Hitze eines unerschöpflichen erotischen Feuers gerötet war. Er wiegte sie in den Armen. Er hatte sie geliebt. Die genussvolle Trägheit ihres Körpers sprach Bände. Und wenn sie die Position seiner Hände richtig deutete, war er drauf und dran, sie sanft noch einmal zu lieben.

Bis er die Tränen auf ihren Wangen sah.

Er drehte sich um. Er war nackt. Hilflos. Seine Waffen waren nicht weit. Aber er würde sie niemals erreichen.

Regeane und die Wölfin fuhren jäh aus dem Schlaf auf. Die Fessel schrammte über ihren Hals und einige Blutstropfen liefen ihren Arm hinunter.

Das kleine Stück Himmel, das sie durch das Gitterfenster sehen konnte, war dunkelgrau. Die Wölfin, deren innere Uhr mit den kreisenden Sternen verbunden war, wusste, dass es Nachmittag sein musste.

Ein weiterer düsterer Regentag mühte sich seinem Ende entgegen. Wenn die Nacht sich herabsenkte, würde die Wölfin kommen, würde versuchen, sie zu heilen, sie zu schützen. Aber wie lange konnte das so bleiben?

Die Wölfin sah Regeane durch ein Geflimmer tanzender Schneeflocken an. Es war nicht der Schnee des Südens mit großen weichen Flocken, die auf dem Pelz oder sogar auf der Nase schmolzen. Es war ein Schnee wie eisiger Sand, der auf ungeschützter Haut brannte und das Blut, das aus der Wunde sickerte, gefrieren ließ.

Die Augen der Wölfin waren umwölkt, und man konnte ihre Rippen durch das Fleisch sehen. Ihr Rückgrat wölbte sich wie ein zerbrochener Stein ihren Leib hinunter. Auch sie brauchte Essen, Wasser, Schlaf und Wärme. Am Ende würde sie ohne diese Dinge genauso zu Grunde gehen wie die Frau.

Regeane wusste, was Gundabald wollte: eine bleiche Marionette von einer Frau. Ein Geschöpf, das so furchtbare Angst vor seiner Unzufriedenheit hatte, dass es jedem Befehl gehorchen und sich lieber den Anschein geben würde, ihm gern zu gehorchen, als seinen Zorn zu riskieren – und seine Strafen.

Wie viele Male würde er sie noch in die Zelle schleppen und am Hals anketten? Wie viel Hunger, wie viel Durst noch? Wie viele Schläge – Schläge, die die Wölfin wieder und wieder heilen würde –, bevor sie ein gebrochenes Wesen ohne eigenen Willen war? Bevor sie wie Hugo und Silve nur noch zwischen einem Krug Wein und einem schnellen Liebesakt leben würde? Bevor sie lieber alles tat, was man ihr sagte, als diese Marter noch ein weiteres Mal zu riskieren?

Plötzlich waren sie und ihre Albtraumschwester eine Person. Die Augen der Wölfin betrachteten sie aus dem Land, in dem die Sonne nur am Horizont entlang glitt und ein Feuer entflammte, das in Purpur, Scharlach, Violett und Gold brannte. Ihre Strahlen zeichneten eine tote, weiße, gefrorene Ebene nach. Wenn die Sonne untergegangen war, starb die Wölfin. Es war vor langer Zeit gewesen und es war nur einer ihrer Tode gewesen. Sie legte sich in den Schnee, und sie hatte nicht mehr genug Fleisch auf den Knochen, um sie in der bitterkalten Nacht zu wärmen. Sie lag noch immer und auf ewig in diesem Grab aus Eis. Ihr Geist wanderte zwischen den Sternen umher.

Sie hatte eine Chance – nur eine. Lucilla. Regeane war vielleicht zu retten, aber nachdem sie Antonius in Basils Gewalt gesehen hatte, war sie sich nicht mehr sicher, ob Hadrian noch auf dem Papststuhl saß. Oder ob Lucilla die Macht hatte, sie zu befreien.

Aber wenn Lucilla keine Macht hatte – Regeane hatte sie. Ihre Freiheit lag in ihren eigenen Händen. Sie berührte den schartigen Rand des Eisenkragens und spürte, wie scharf er war. Sie erinnerte sich daran, was der Wolf sie über Blutströme gelehrt hatte, die dunkel und leuchtend unter der Haut pulsierten.

Ihre Augen schlossen sich wie die eines kranken Tieres. Sie wartete, ganz im Reinen mit sich selbst. Ihre Entscheidung war getroffen, und sie ruhte sich aus, schonte ihre Kräfte für das, was kommen würde.

Der Klang von Lucillas Stimme im Nebenzimmer weckte sie.

»Verflucht!«, rief Lucilla. »Schürt das Feuer. Da habe ich es schon in den Katakomben wärmer und behaglicher gehabt. Nein! Mickriger Narr – leg mehr Holz drauf. Ich will tosende Flammen sehen.«

Regeane hörte die Stimme des Vermieters. Ein unterwürfiges Murmeln, als er sich geradezu hörbar verneigte und vor einer überaus gereizten Lucilla katzbuckelte.

»Wir werden etwas zu essen brauchen. Nein! Ich will deine Reste nicht. Ich habe unten in der Straße eine Taverne gesehen. Sie hatten dort auch eine Garküche.«

Die Stimme des Vermieters murmelte Einwände.

»Was!«, rief Lucilla. »Erzähl mir nicht, was sie alles nicht tun werden! Siehst du das hier? Das ist Gold. Kein Kupfer, kein Silber, Gold. Du und Euric, ihr geht zu der Garküche runter. Ich will das Beste, was sie haben – Wein, Essen, Brot. Das Beste. Und ich erwarte Wechselgeld. Ein Goldstück von dieser Größe genügt, um eine Familie ein Jahr lang durchzufüttern.«

Die Riegel an der Tür klapperten.

Regeane versuchte zu rufen. Alles, was sie hervorbrachte, war ein heiseres Wispern. »Lucilla.«

»Nun, ich kann sie hören, daher muss sie wohl in Ordnung sein. Sie haben sie geschlagen, sagst du?«

»Ja, edle Dame. Das Mädchen hat zum Gotterbarmen geschrien. Meine Frau und ich sind raufgekommen, um ihr zu helfen, aber ihr Onkel hatte die Tür verriegelt, und wir konnten nicht …«

Der Rest seiner Antwort ging unter im Klirren und Rattern der verriegelten Bolzen.

Verlogenes Schwein, dachte Regeane. Er hatte sich nur allzu gern von Gundabald bestechen lassen.

Lucilla trat in den Raum. Regeane sah, wie die Farbe aus ihrem Gesicht wich. Sie schnappte nach Luft und taumelte.

»Fall nicht in Ohnmacht«, krächzte Regeane. »Lass nicht zu, dass die Männer mich so sehen.«

Die Tür stand einen Spaltbreit offen. Lucilla zog sie zu, fest zu. Sie schloss die Augen und wandte sich von Regeane ab, um die Stirn an die geschlossene Tür zu legen.

»Ist dein Onkel wahnsinnig?«, fragte sie leise.

»Nein«, erwiderte Regeane. »Ich glaube nicht. Er will meinen Geist beherrschen. Es kümmert ihn nicht, ob es noch irgendetwas zu beherrschen gibt, wenn er mit mir fertig ist.«

»Herrin«, fragte Euric von der anderen Seite der Tür. »Brauchst du Hilfe?«

»Geht weg, geht alle weg«, schrie Lucilla.

»Herrin«, erkundigte sich Euric noch einmal. »Was ist passiert?« Es klang besorgt.

»Nichts«, stammelte Lucilla. »Ich meine, nichts, womit ich nicht fertig würde. Geh mit dem Vermieter nach unten und kauf das Essen. Ich bitte dich, geh sofort und lass zwei Männer an der Tür zurück mit der Anweisung, niemanden hereinzulassen. Wenn ihr Onkel unerwartet zurückkehrt, möchte ich ihn nicht mit meinem Dolch abwehren müssen. Und jetzt geh!«, rief sie und stampfte mit dem Fuß auf.

Wenige Zeit später saß Regeane auf einem Stuhl vor dem Feuer, die Füße in einem Eimer mit warmem Wasser, und aß Huhn mit Lauch in einer schweren Sahnesoße. Sie trug ein fadenscheiniges Kleid, das für eine hochschwangere Frau angefertigt worden war. Es hing wie ein Sack an ihrem Körper herab.

Lucilla stand vor ihr, um ihr Gesicht zu untersuchen. »Mein Gott«, wisperte sie, »noch vor ein paar Sekunden habe ich gedacht, dass es weit schlimmer aussähe.«

Regeane wusste, dass die Wölfin da war.

»Was ist dir gestern Nacht zugestoßen?«, fragte Lucilla abrupt. Sie war dabei, eine Truhe in der Ecke zu durchstöbern. Sie enthielt einige von Giselas Gewändern. »Mein Gott«, sagte sie noch einmal, als sie ein zerlumptes Gewand von unbestimmbarer Farbe hochhielt. »Hatte deine Mutter denn gar keinen Sinn dafür, was ihresgleichen zukommt? Sie war eine Edelfrau. Sie hätten sie besser kleiden müssen, selbst wenn sie dafür hätten hungern müssen.«

Regeane saß aufrecht auf ihrem Stuhl. Ihr war jetzt wieder warm, sie hatte das Huhn gegessen und fiel nun über eine andere Schüssel auf dem Tisch her: gekochter Spinat mit aromatischem Schinken. »Meine Mutter hatte ein schönes Kleid«, stieß Regeane mit vollem Mund hervor. »Ich habe sie darin begraben.« Sie versuchte, ihrer Stimme einen Mitleid erregenden Klang zu geben.

Lucilla ließ das Kleid fallen.

Mit dem Blick, den sie Regeane zuwarf, hätte man Glas schneiden können. »Wag... es... nicht... mich... auf... den... Arm... zu... nehmen... Mädchen! Was ist gestern Nacht passiert? Ich will es wissen, und zwar jetzt!«, befahl Lucilla.

Regeane hatte sich eine Geschichte zurechtgelegt. »Ich... ich habe Angst bekommen. Ich bin im Dunkeln weggelaufen. Ich habe mich verirrt...« Regeane sah von ihrem Essen auf und warf Lucilla einen schnellen Blick zu, um festzustellen, wie sie ihren Bericht aufnahm.

Lucilla nickte ernst.

»Ich hatte Angst... Ich habe das Gästehaus gefunden... Es war fast schon Morgen. Mein Onkel dachte, ich sei mit einem Mann zusammen gewesen... Er hat durchgedreht. Gott sei Dank bist du dann gekommen. Ich war dem Tode nahe«, sagte Regeane schwach.

»Oh... oh... oh«, sagte Lucilla und aus jeder Silbe triefte der Sarkasmus. »Und das alles ohne deine Kleider.«

Regeane aß den letzten Rest Spinat. Lucillas Blick umschlang sie wie ein tödlicher Griff. Regeane konnte sich auf keine einzige überzeugende Lüge mehr besinnen. Sie war im Allgemeinen mehr oder weniger ehrlich, aber in diesem Fall war es unmöglich, die Wahrheit zu sagen.

Regeane schlürfte die Flüssigkeit aus der Schale und griff nach einem Laib Brot. Es war eins von der Sorte, die man mit schwarzen Oliven füllte. Sie tauchte es in die Flüssigkeit. Dann sagte sie ein Wort. Das abscheulichste, das die alte Frau ihr je beigebracht hatte.

»Ha!«, rief Lucilla. »So ist es schon besser.« Sie wandte sich wieder der Truhe zu. »Es war Blut auf der Erde und im Garten, viel Blut, und es war auch welches an der Mauer und auf der Straße. Jemand – etwas – hat Basil und seine Freunde aufgeschlitzt und dabei bemerkenswert gute Arbeit geleistet. Aber davon hast du natürlich keine Ahnung, was? Du warst zu sehr damit beschäftigt wegzulaufen, nackt, ohne deine Kleider, in die kalte, nasse Winternacht hinein.«

»Es ist nicht notwendig, auf diesem Punkt herumzureiten«, entgegnete Regeane. Diesmal versuchte sie es mit Würde.

»Außerdem«, sagte Lucilla, während sie einen forschenden Blick über ihre Züge gleiten ließ. »Außerdem heilen deine Wunden sehr schnell. Als ich dich das erste Mal sah, hatte ich Angst, du könntest für dein Leben entstellt sein. Aber jetzt sind nur noch unbedeutende blaue und gelbe Flecken zurückgeblieben. Allerdings werde ich, wenn wir in die Villa zurückkehren, meinen eigenen Arzt bitten, nach dir zu sehen.«

Schwindel erregende Erleichterung ließ Regeane in sich zusammensinken. »Wir kehren also in die Villa zurück?«

»O ja«, sagte Lucilla. »Ich kehre dorthin zurück und du auch. Du hast keine andere Wahl. Dein Bergfürst muss beeindruckt werden. Ich kann mir nicht vorstellen, dass dieses... dieses Drecksloch großen Eindruck auf ihn machen würde. Der Papst hat mir die Aufgabe übertragen, Maeniel davon zu überzeugen, dass diese Ehe eine Ehre für ihn ist. Männer wissen Dinge, die ihnen in den Schoß fallen, meist nicht recht zu schätzen. Außerdem muss jemand dir beibringen, wie man sich richtig kleidet, und du musst zumindest ansatzweise lernen, wie du dich in der besseren Gesellschaft zu benehmen hast. Du musst mit den Problemen, die die Führung eines großen Haushalts aufwirft, vertraut gemacht werden. Und zu guter Letzt muss jemand dich in die Gesellschaft einführen. Glücklicherweise handelt es sich bei deinem zukünftigen Ehemann zweifellos um einen schmutzigen Barbaren, sodass er nicht allzu viel erwarten dürfte.«

»Ich weiß, dass du böse auf mich bist«, bemerkte Regeane düster. »Aber du brauchst deswegen nicht gleich meinen Verlobten zu beleidigen. Und was heißt das: in die Gesellschaft einführen?«

»Das heißt, dass die richtigen Leute dich den richtigen Leuten vorstellen«, erwiderte Lucilla hochmütig. »Und was diesen Maeniel betrifft, glaube ich langsam – auch wenn du letzte Nacht alles getan hast, um mein Mitleid zu erregen –, dass du ihm wahrscheinlich mehr als gewachsen sein wirst. Ganz egal, was er sein mag.

Diese Ehe wird, auch wenn du selbst es nicht weißt, von Tag zu Tag wichtiger. Ich werde mich in deinem Namen noch einmal an die Geldverleiher wenden. Wenn sie nicht genug auftreiben können, um dich geziemend mit Schmuck und Kleidern zu versorgen, lassen sich die Staatstruhen vielleicht einen Spaltbreit öffnen. Komm, du solltest jetzt langsam aufessen. Wir müssen bald aufbrechen. Ich möchte keine Schlägerei zwischen deinen Verwandten und meinen Männern. Und ich möchte auch kein Gerede über dich in Umlauf bringen – was du auch sein magst. Wir können diesem Ungeheuer, deinem Onkel, nicht erlauben, dich vor deiner Verheiratung zum Krüppel zu schlagen oder zu töten. Wenn ich dich Maeniel übergebe, endet meine Verantwortung. Ich habe nicht viel Zeit. Dein ungeduldiger Barbar wird in Kürze in Rom sein.«

»In Rom!«, stieß Regeane hervor.

»Jawohl«, sagte Lucilla. »Der Papst hat nach ihm geschickt. Er hat das Gefühl, dass keine Zeit verschwendet werden darf.«

Regeane benutzte ein anderes Wort, das die alte Frau sie gelehrt hatte.

»Regeane«, sagte Lucilla streng. »Es gibt verschiedene Methoden, die Ausdrucksweise einer jungen Frau zu reinigen. Ich warne dich, ich kenne die meisten dieser Methoden.«

»Ich habe mich von starken Gefühlen hinreißen lassen«, erwiderte Regeane honigsüß.

»Regeane«, begann Lucilla, wurde dann aber von einem Tumult an der Tür abgelenkt. »Was ist da los?«, fragte sie. »Ist ihr Onkel gekommen?«

»Nein«, antwortete einer der Soldaten draußen. »Es ist eine... Frau.«

»Vielleicht ist es die Alte, die sauber machen will. Lass sie rein«, sagte Regeane.

Die Tür wurde einen Spaltbreit geöffnet, und Silve kam auf allen vieren hereingekrochen. Sie sah Regeane, stieß zwölf schluckaufähnliche Geräusche aus, dann ein sechsfaches Pferdeschnauben und blökte schließlich wie ein Schaf, als sie den Platz unter dem Tisch erreichte. Silve war so nass, dass sie eine Wasserspur von der Tür bis zum Tisch zog.

»Was machst du hier?«, fuhr Regeane sie an. »Als ich dich das letzte Mal sah, hast du versucht, diese Beerdigungsgesellschaft dazu zu bringen, mich zu töten. Und jetzt hast du die Unverschämtheit zurückzukommen.«

»Du wolltest dem Mann seine Seele stehlen! Und du hast es getan! Du hast es getan! Bitteee«, gurgelte Silve. »Mir ist so kalt! Ich habe Hunger! Hugo hat mich geschlagen und das Geld gestohlen, für das ich die ganze Nacht gearbeitet habe...« Silve stieß einen Laut aus, der wie ein überlaufendes Abflussrohr klang. »Ich wollte weggehen. Ich wollte! Wirklich. Ich werd's niemandem sagen, niemandem. Ich verspreche es! Mein Wort darauf. Ich schwöre es. Beim Kopf meines Vaters, beim Kopf meiner Mutter, beim Kopf...«

»Ruhe!«, rief Lucilla. Sie spähte unter den Tisch. »Wer ist das?«

»Meine Zofe«, sagte Regeane.

»Deine Zofe!«, wiederholte Lucilla entsetzt. »Sie ist eine...« Das Wort, das sie benutzte, hatte Regeane noch nicht einmal von der alten Frau gehört.

»Bin ich nicht!«, kreischte Silve. »Ich berechne immer mindestens eine Kupfermünze.«

»Höchstens eine Kupfermünze, würde ich sagen«, erwiderte Lucilla geringschätzig.

Lucillas Antwort erinnerte an die letzten Protestlaute eines von ungeschickter Hand erwürgten Huhns. Eines Huhns, das seinem Henker entkam, bevor sein Hals ganz gebrochen war. Regeane griff hastig nach einem Stück Brot, einer Schale Suppe und reichte beides zu Silve hinunter.

Unter dem Tisch hörte man gehetztes Schlürfen und Schmatzen.

»Was ist das für ein Unsinn, du hättest jemandem die Seele gestohlen?«, fragte Lucilla empört. »Tust du solche Dinge?«

»Nein!«, schrie Regeane, hochrot im Gesicht vor Entrüstung. »Außerdem, was sollte ich mit der Seele eines anderen Menschen anfangen? Was ich auch sein mag, ich habe keinen Bund mit dem Bösen geschlossen. Ich bin so geboren worden, wie ich bin. Ich kann es nicht ändern. Du gibst mir die Schuld daran. Sie, meine Mutter, hat mir auch die Schuld daran gegeben. Hugo und Gundabald glauben nicht, dass ich ein Mensch bin.«

»Bist du auch nicht!«, kreischte Silve. »Du hast einen Ort geschaffen, der nicht da war, nie da war. Du hattest Zähne, große Zähne. Feuer war überall um dich herum. Die Wespen sind darin gestorben… dieses Geisterding stank… ist zu Kohle verbrannt und davongeflogen.«

»Du!«, schrie Regeane. »Du! Du…« So sehr sie sich bemühte, ihr fiel kein Wort ein, das unfreundlich genug gewesen wäre. »Ich habe dich vor diesem Albtraum beschützt, du undankbares kleines Miststück. Wenn du nicht sofort den Mund hältst, unter dem Tisch hervorkommst und dich anständig benimmst, dann werde ich… ich werde… dich in eine Kröte verwandeln, und du kannst den Rest deines Lebens in den Ruinen des Forums sitzen und mit der Zunge Fliegen fangen. Also, wird's bald?«

Lucilla warf die Hände hoch.

Regeane hatte noch nie in ihrem Leben wirklich jemanden die Hände hochwerfen sehen. Es war ein interessanter Anblick.

»Hier wird es mir bestimmt nicht gelingen, Licht in diese Angelegenheit zu bringen«, sagte Lucilla.

Silve glitt unter dem Tisch hervor und setzte sich auf einen der Stühle, während sie noch immer Brot in sich hineinstopfte.

Lucilla sah sie an und bemerkte: »Puh! Gott! Wenn du sie in eine Kröte verwandelst, wäre das unbedingt eine Verbesserung.«

Silve begann zu weinen und sabberte auf das Brot.

»Bring sie nicht zum Heulen«, sagte Regeane. »Das ist noch schlimmer.«

»Das sehe ich«, erwiderte Lucilla. Dann wandte sie sich an Silve. »Hör auf zu flennen!« Ihr Tonfall schied jede Möglichkeit des Ungehorsams aus.

Silve hörte auf zu flennen.

»Ist dir warm?«, fragte Lucilla.

»Ja«, antwortete Silve.

»Bist du satt?«

»Ja«, antwortete Silve.

»Also gut«, sagte sie zu Regeane und Silve gleichermaßen. »Wir brechen jetzt auf. Meine Kutsche wartet unten.«

»Silve, du kommst mit uns. Sie kann auf meiner Seite der Kutsche sitzen«, fügte Regeane hastig hinzu. Sie war an Silves Düfte gewöhnt. Tatsächlich war dies einer der wenigen Punkte, wo sie und die Wölfin verschiedene Wege einschlugen. Die Wölfin fand den Geruch interessant. Regeane hätte auf die Erfahrung gern verzichtet.

Lucilla teilte ihre Gefühle. »O nein, nicht in meiner Kutsche!«, erklärte Lucilla kategorisch. »Ich zweifle nicht daran, dass die Läuse, die sich um ihre Einkommensquelle scharen, in Größe und Zahl genügen würden, um gegen eine befestigte Stadt zu marschieren. Ich zweifle nicht daran, dass ein paar Sekunden mit dem Kamm genügen würden, um auf ihrem Kopf genug von diesen Viechern zu erwischen, um damit die Zinnen zu halten. Außerdem glaube ich nicht, dass sie je in ihrem Leben ein Bad genommen hat. Ein Haufen verfaulter Salatköpfe im Sommersonnenschein ist eine bei weitem angenehmere Gesellschaft als sie.«

Silve öffnete den Mund.

»Mach ihn wieder zu«, sagte Lucilla.

Silve machte ihn zu, brachte es aber dennoch fertig zu flüstern: »Ich könnte einfach gehen.«

»O nein, könntest du nicht. Diese Wahl lasse ich dir nicht. Du wirst tun, was man dir sagt. Oder … ich lasse dich erwürgen, an einen Amboss ketten und in den Tiber werfen.«

Silves Lippen teilten sich.

»Oder... vielleicht...« fuhr Lucilla fort, »wenn ich am Ende ärgerlich genug bin, lasse ich dich vielleicht nicht erwürgen, sondern einfach nur an den Amboss gekettet in den Tiber werfen – und du kannst den ganzen Weg bis nach unten Wasser atmen.«

Silve öffnete den Mund, aber kein Laut kam hervor.

Regeane packte einen alten Umhang ihrer Mutter und reichte ihn Silve. Er war zerlumpt, eingerissen und geflickt, aber weit und warm.

»Und nun!«, sagte Lucilla. »Nach unten! Stell dich hinter meine Sänfte, sage kein Wort zu irgendjemandem und warte. *Schweigend.* Verstanden?«

Silve sagte nichts, nickte aber heftig.

»Ab mit dir!«, sagte Lucilla laut und klatschte in die Hände.

Silve floh.

»Du lässt sie einfach hier und da zurück, was?«, fragte Lucilla.

»Wovon sprichst du?«, fragte Regeane.

Zum ersten Mal lächelte Lucilla. Es war ein Lächeln, das all ihre Zähne entblößte. »Von Leuten, die bei weitem zu viel über dich wissen.«

»Ist das der Grund, warum wir sie mitnehmen?«, erkundigte sich Regeane nervös.

»Ja«, antwortete Lucilla knapp. Sie suchte noch immer die Kleider durch, um Regeane mit etwas Anständigem zu versorgen. Das Kleid, das sie im Augenblick trug, bedeckte sie zwar hinreichend, endete aber ziemlich weit oben an ihren Beinen. Als Lucilla die Suche schließlich aufgegeben hatte, hob sie den Saum hoch und musterte ihn kurz. »Vielleicht kann ich ihn schnell rauslassen... Das Kleid ist ja abgeschnitten!«, rief sie. »Warum?«, fragte sie Regeane.

»Hugo und Gundabald«, seufzte Regeane. »Der Saum muss wohl mit Gold- oder Silberfäden bestickt gewesen sein.«

Lucilla stieß ein wütendes Schnauben aus.

»Hattest du wirklich die Absicht, Silve zu ertränken?«, fragte Regeane.

»Ja«, antwortete Lucilla, die ihren Umhang abstreifte und ihn Regeane um die Schultern legte. »Und ich tue es vielleicht immer noch, wenn sie meinen Befehlen nicht gehorcht. Ich will nicht, dass sie durch die Straßen läuft und irgendwelchen Leuten Geschichten zuträgt, sei es deinem zukünftigen Mann, dem Lombarden Basil, deinen nichtsnutzigen Verwandten oder sogar dem Papst. Gott weiß, dass er gerade jetzt genug andere Dinge im Kopf hat.

Deine Verheiratung ist wichtig, sehr wichtig. Die Sicherung der Alpenpässe ist von entscheidender Bedeutung für König Karl und… den Papst. Desiderius, der König der Lombarden, hat Basil freie Hand gegeben und ihm diese Stadt als Fürstentum versprochen, falls es ihm gelingt, Papst Hadrian zu stürzen oder unter seine Vorherrschaft zu bringen.

Hadrian würde es nicht wagen, den Enkel von Karl dem Hammer zu missachten. Ich kann mir kein loses Gerede über dich in jedem Bordell und jeder Kneipe der Stadt leisten. Sie wird deinen Namen nicht in den Dreck ziehen. Und deine Verwandten übrigens auch nicht. Wenn sie mir Ärger machen, lasse ich sie alle zum Schweigen bringen! Verstanden? Verstanden?«

»Ja«, versicherte Regeane ihr eilig.

Der Umhang war wunderschön, was ihr auffiel, noch während sie sich daran machte, den größten Teil ihres Gesichts und ihres Körpers damit zu verhüllen. Er war von einem herbstlichen Braun, und Regeane vermutete, dass es sich dabei um die ursprüngliche Farbe der weichen, seidigen Wolle handeln musste. In den gewebten Stoff war mit Gold- und Silberfaden ein Muster eingestickt worden, das lange Weidenblätter darstellte.

»Die Trauerweide«, flüsterte Regeane. »Sie weint um die Sterbenden. Wo ist die Zypresse?«

Lucillas Lippen wurden schmal und ein trostloser, harter Ausdruck ließ ihre Züge gefrieren. Eine Sekunde lang sah man ihr jeden Tag ihres Lebens an, wenn sie nicht gar noch älter wirkte, als sie in Wirklichkeit war. Eine Matrone, die vor einem Grabmal stand.

»Die Zeit für die Zypressen ist noch nicht gekommen«, erwiderte Lucilla. »Sie bewachen die Toten. Aber ich glaube doch, dass du vielleicht mit einer neuen Zofe besser dran wärst – und als Waise.«

»Warum ein Amboss?«, wollte Regeane wissen.

»Weil es das Einfachste ist«, sagte Lucilla. »Ein Amboss hält die Leiche am Boden fest, bis die Verwesung weit fortgeschritten ist. Eine Identifikation ist dann nicht mehr möglich. Obwohl ich mir bei den drei Leuten, von denen wir sprechen, kaum vorstellen kann, dass es irgendjemanden interessiert. Trotzdem – sicherer ist es alle Mal.«

»Und was machst du, wenn dir die Ambosse ausgehen?«, fragte Regeane weiter.

»Werd nicht frech«, sagte Lucilla. »Ist dir warm? Bist du satt?«

»Ja.«

»Also gut, dann nichts wie runter in die Sänfte. Sofort! Setz dich in Bewegung!«

Lucillas Kutsche war wie die Sänften, die die Römer in der Vergangenheit benutzt hatten: von Vorhängen verhüllt und im Innern mit Samt und Seide ausgekleidet. Aber die Römer vergangener Tage waren in großem Luxus gereist, hoch oben über dem allgemeinen Gedränge, auf den muskulösen Armen und Schultern schwitzender Sklaven. Wahrscheinlich hatte ein Sklaventreiber mit einer großen Peitsche für eine behagliche Fahrt gesorgt.

Die Fahrt in Lucillas Kutsche war alles andere als behaglich. Das Gefährt wurde von vier stämmigen, grauen Maultieren den Corso hinuntergezogen. Stählerne Räder holperten über die Pflastersteine. Das Innere mochte zwar aus Samt und Seide sein, aber die Kissen waren nicht dick genug, um echte Annehmlichkeit zu schaffen.

Lucilla saß, in die Kissen gelehnt, am einen Ende der Sänfte, während Regeane das andere belegte. Mit oder ohne Kissen wurde Regeane bei jeder Unebenheit und jedem Schlagloch hochgeworfen. Sie landete jedes Mal schmerzhaft auf ihrer Kehrseite und verlor dabei immer wieder das Gleichgewicht. Schließlich musste sie sich an den schweren Tuchvorhängen festhalten, um nicht aus dem Wagen zu fallen.

Ein Rad geriet in ein tiefes Loch. Regeane rutschte zur Seite und ruderte verzweifelt mit den Armen, weil sie davon überzeugt war, dass sie in der nächsten Sekunde auf der Straße liegen würde. Lucilla bekam sie gerade noch rechtzeitig am Handgelenk zu fassen und zog sie zurück. Dann schenkte sie Regeane ein boshaftes Lächeln. »Entspann dich, es ist genau wie beim Reiten. Man muss sich der Bewegung überlassen. Schneller«, rief sie dem Fahrer zu.

Regeane griff nach dem Polster, das den Boden bedeckte, und grub die Finger hinein. Aber unerklärlicherweise legte die Sänfte nicht an Geschwindigkeit zu. Stattdessen rollte sie langsam aus.

Etwas stieß gegen einen der schweren Tuchvorhänge. Lucilla flüsterte ein hässliches Wort, das sie dem Gossenlatein entnommen hatte, dann schob sie den Vorhang beiseite und spähte hinaus.

Eine kleine Menschenmenge hatte sich um die Sänfte versammelt. Die Leute beäugten das prachtvolle Gefährt mit einer Mischung aus Ehrfurcht, Neugier und verschleierter Feindseligkeit.

Eine Stimme in einer der hinteren Reihen rief: »Zieh die Vorhänge zur Seite, Lucilla, damit die Leute einen guten Blick auf die Hure des Papstes haben.«

Lucilla riss an den Vorhängen und streifte sie energisch zurück, sodass die Ringe laut klapperten. »Also gut«, rief sie. »Hier bin ich. Und nun, mein Herr, tritt vor, damit ich einen Blick auf dein Gesicht werfen … und es mir einprägen kann.«

Der Mann, der Lucilla verhöhnt hatte, zog den Kopf ein und verschwand in einer Gasse.

»Wie tapfer von ihm«, bemerkte Lucilla mit lauter Stimme, bevor sie sich an die Menge wandte: »Ist einer von euch vielleicht auch seiner Meinung? Ist er ein Freund von euch? Könnt ihr mir seinen Namen nennen?«

Nervöses Lachen lief durch die Reihen der Müßiggänger, die die Sänfte umlagerten, und wie von Zauberhand waren sie plötzlich einer nach dem anderen verschwunden.

Lucilla rief dem Fahrer einen Befehl zu und zog die Vorhänge zu. Die Sänfte setzte sich wieder in Bewegung. »Die Hure des Papstes, wie?«, sagte sie mit zusammengebissenen Zähnen. »Ich wünschte, ich hätte ihn besser sehen können.« Sie warf Regeane einen schnellen, harten Blick zu. »Du scheinst nicht weiter überrascht zu sein, dass man mich die Hure des Papstes genannt hat.«

»Das bin ich auch nicht«, sagte Regeane zu ihrer eigenen Überraschung. Sie erinnerte sich, dass Basil Antonius am vergangenen Abend als den Bruder des Papstes bezeichnet hatte. Stephan, dachte sie, als Lucilla sie aus den Augenwinkeln musterte. Er ist der Papst höchstpersönlich. Und Lucilla... als Stephan klar geworden war, zu welch übler Sorte Gundabald und Hugo gehörten, hatte er sie ohne einen Anflug von Zögern zu Lucilla geschickt und deren Schutz unterstellt. »Ich könnte mir denken«, sagte Regeane, »dass du schon sehr lange die Mätresse des Papstes bist.«

Eine Sekunde war Lucillas Unterkiefer schlaff vor Erstaunen.

Eine Flut von Wurfgeschossen hagelte gegen die Vorhänge.

Lucilla grub die Zähne in die Unterlippe. Sie ballte die Fäuste, zog die Vorhänge jedoch nicht wieder auf. Regeane hörte das Klackern galoppierender Hufe auf Stein und einen lauten Schmerzensschrei. Sie vermutete, dass einer von Lucillas Leibwächtern den Steinewerfer bestraft hatte.

»Hydraköpfiges Ungeheuer«, zischte Lucilla verbittert.

»Was?«, fragte Regeane.

»Der römische Pöbel«, antwortete Lucilla.

»Was ist passiert?«

»Niemand will einen starken Papst, Regeane«, erklärte Lucilla, »am wenigsten die Lombarden. Basils Lakaien in den Kirchen haben Hadrian in ihren Predigten beschuldigt, von einer abscheulichen Krankheit befallen zu sein, einer Krankheit, die ihn für das oberste Pontifikat untauglich macht.«

»Sie wollen, dass die Leute ihn für einen Leprakranken halten wie Antonius?«, fragte Regeane.

In diesem Augenblick kam die verhüllte Sänfte mit einem Schlingern vor Lucillas Tür zum Stehen. Ohne auf Hilfe zu warten, schwang sich Regeane heraus. Lucilla folgte ihr in gemächlicherem Tempo.

Als Regeane in das Atrium trat, schoss ein kleiner Körper auf sie zu wie ein Wurfgeschoss, das von einem Katapult abgefeuert wird. Elfgifa hängte sich um Regeanes Hals und schlang ihr die langen Beine um die Taille.

»Du bist wieder da! Ich wusste, dass sie dich holen würde! Ich war diejenige, die dich gefunden hat. Hat sie dir das erzählt?« Das kleine Gesicht blickte erwartungsvoll zu ihr auf.

»Ist das wahr?«, fragte Regeane, während sie sich aus Elfgifas Umarmung befreite und zu Lucilla umdrehte.

»Dieses schreckliche, schreckliche Kind«, sagte Lucilla voller Zuneigung. »Ja, es ist wahr. Sobald sie hörte, dass du verschwunden warst, ist sie über die Mauer geklettert. Kurze Zeit später kam sie dann mit dem schmutzigsten kleinen Jungen zurück, der mir je unter die Augen gekommen ist. Er verlangte eine Silbermünze und ein Bad.«

»Ein Bad?«, fragte Regeane.

Elfgifa sah Regeane kokett an.

»Ja«, erklärte Lucilla gereizt, »ein Bad. Er bekam sein Bad und seine Silbermünze und«, fuhr sie fort, während sie die Hände in die Hüften stemmte und Elfgifa anfunkelte, »einen großen, feuchten Kuss.«

Elfgifa schürzte die Lippen und senkte züchtig den Blick. »Ich habe ihm einen Kuss versprochen, aber ich habe ihm erklärt, ich würde niemanden küssen, der so schmutzig ist wie er.« Sie warf den Kopf in den Nacken. »Mein Vater sagt, ein Mann, der sich, wenn er zu seiner Frau geht, nicht vorher und nachher wäscht, hat weder vor sich selbst noch vor der Frau Achtung. Das ›Vorher‹ kann ich ja noch verstehen, aber warum ›nachher‹? Ich habe ihm gesagt, einmal würde reichen, aber er meinte, nachher solle man sich auch waschen. Warum ist das so?«

»Warum hast du ihn nicht gefragt?« Lucillas Lippen zuckten.

Elfgifa runzelte die Stirn. Langsam schob sich ihre Unterlippe nach vorn. »Er hat gelächelt – genauso wie du jetzt lächelst – und mir gesagt, das würde ich besser verstehen, wenn ich erst älter wäre.«

»Erzähl uns jetzt nicht, dass du diese Dinge schon heute verstehen willst«, sagte Regeane. »Du hast mich vor Stephan und Antonius in Verlegenheit gebracht.«

Elfgifa starrte sie und Lucilla aufsässig an.

»Du darfst nicht vergessen, dass du noch ein Kind bist«, meinte Lucilla. »Es gibt ein paar Dinge, da musst du noch warten, bis du sie verstehst.«

Elfgifa seufzte. »Vielen Dank, dass du mich darauf aufmerksam gemacht hast. Genau das sagt mein Vater auch immer, wenn ich ihm Sachen erzähle, die er nicht hören will. Ich weiß, dass ich ein Kind bin, aber ich verstehe…« Sie brach ab, weil ihr plötzlich ein neuer Gedanke gekommen zu sein schien. »Außerdem waren mein Onkel Thungbrand und meine Tante Huldigun zu Besuch, und von denen wäscht sich nie einer. Ich habe meinen Vater deswegen gefragt. Er sagt, Wasser jedweder Art sei für die beiden ein Fremdwort. Das hab ich auch nicht verstanden, bloß dass die beiden sich so schlimm betrunken haben, wie manche von Vaters Männern das tun, und anschließend haben sie sich mit ihnen unter dem Tisch zusammengerollt und …«

»Ich halte es für möglich, dass es das war, was dein Vater meinte«, sagte Lucilla.

»Dann geben sie auch kein Wasser in ihren Wein?«, fragte Elfgifa.

»So ist es«, antwortete Lucilla. »Und jetzt lauf. Ich habe meinen persönlichen Arzt rufen lassen, damit er nach Regeane sieht.«

»Hat er dich verprügelt?«, wollte Elfgifa wissen. »Postumous – das ist der Junge, der mir gesagt hat, wo du warst – hat uns von drei Franken erzählt, von denen einer Hugo heiße und in der Nähe des Forums wohne. Er sagte, du hättest heute Morgen geschrien.«

Lucilla scheuchte Regeane durch den Säulengang zum hinteren Teil des Hauses. »Ja, er hat sie geschlagen.«

»Oh«, sagte Elfgifa. »Darf ich mal sehen?«

»Nein, darfst du nicht«, erwiderte Lucilla streng.

Elfgifa umschlang Regeanes Hand mit festem Griff. »Wenn ich ihre Zofe sein soll, muss ich doch …«

»Wer in aller Welt hat gesagt, dass du ihre Zofe sein sollst?«, fragte Lucilla.

»Deine Zofe Susanna hat es gesagt«, erwiderte Elfgifa. »Und ich möchte gerne Zofe werden. Sie sagt, es sei wundervoll, eine Dame zu bedienen. Man kann die männlichen Diener herumkommandieren, und alle Händler machen einem teure Geschenke, damit man seine Herrin auf sie aufmerksam macht. Man kann sich so viele Liebhaber nehmen, wie man will, und braucht nicht mal irgendeinen schmutzigen alten Mann zu heiraten nur wegen seines Geldes und … obwohl die Frage, warum man einen schmutzigen alten Mann wegen seines Geldes heiraten sollte, auch so eine Sache ist, die ich nicht verstehe. Haben junge Männer denn kein Geld?«

»Ich sehe«, bemerkte Lucilla mit unheilvoller Stimme, »dass ich mal ein Wörtchen mit Susanna reden muss.«

»O nein«, rief Regeane. »Ich bin sicher, die Frau hat es nicht böse gemeint.« Das Gefühl der kleinen, warmen Hand in ihrer hatte etwas sehr Tröstliches. »Bitte, schick Elfgifa nicht weg.«

Lucilla sah Elfgifa von oben herab an. »Na schön, ich werd's nicht tun, wenn ... wenn du versprichst, dich in eine Ecke zu setzen und absolut still zu sein, während der Arzt deine Herrin untersucht. Wenn du Zofe sein willst, ist das das Erste, was du lernen musst: wann du sprechen darfst und wann du schweigen musst.«

»Susanna hat mir nicht gesagt, dass das auch dazu gehört«, erwiderte Elfgifa.

»Ach nein?«, meinte Lucilla. »Teure Geschenke von den Händlern, wie? Anscheinend ist das Schweigen etwas, das sie selbst noch nicht gelernt hat.«

Der Arzt kam. Pappolus war ein großer, gut gekleideter junger Mann, der sich mit einer Aura von Würde umgab, die sein Alter bei weitem überstieg.

Regeane schreckte davor zurück, sich vor den Augen eines Mannes zu entkleiden, aber da Lucilla wie ein weiblicher Drache über ihr stand und Elfgifa das Ganze aus der Zimmerecke voller Neugier verfolgte, ließ sie sich schließlich dazu überreden, dem Arzt ihren Rücken zu zeigen.

Er runzelte die Stirn und musterte sie, dann äußerte er in langen, komplizierten Sätzen seine Meinung und geizte auch nicht mit überaus beeindruckenden griechischen Worten, bevor er seinen Lohn entgegennahm, eine Salbe für Regeanes Rücken zu Tage förderte und ging.

Lucilla schnupperte argwöhnisch an der Salbe und warf sie umgehend weg. »Er hat einmal einem meiner Mädchen eine Augensalbe verschrieben«, erklärte sie. »Ihr Problem wurde schlimmer statt besser. Ich bin der Sache auf den Grund gegangen und habe erfahren, dass er glaubt, Nilpferddung, den er in Pulverform aus Ägypten importiert, sei ein hervorragendes Heilmittel für alles. Ich hatte große Mühe, dem Mädchen das Augenlicht zu retten. Aber so sehr es mir widerstrebt, muss ich doch zugeben, dass er mehr

Erfahrung hat als ich, wenn es darum geht, eine Narbenbildung zu verhindern. Das ist der Grund, warum ich ihn heute hierher gebeten habe.«

Lucilla drängte ihr einen Schlaftrunk auf. Wieder leistete Regeane anfänglich Widerstand, aber zu guter Letzt trank sie. Lucilla führte sie zu einem Schlafgemach. Der kleine Raum war selbst tagsüber dunkel. Das einzige Licht kam von der Lampe in Lucillas Hand und vom Schein der Sonne, der hinter dem Säulengang in das Atrium fiel. Lucilla gab Regeane den Befehl, sich auf dem Bett auszustrecken.

Schon als sie sich hinlegte, spürte Regeane, wie der Schlaftrunk ihre Gedanken vernebelte und ihre Sinne dämpfte.

Lucilla stand mit der Lampe, die die Form einer Taube hatte, vor ihr. In ihrem Lichtschein schien die andere Frau nur ein körperloses Gesicht zu sein, ein leerer Raum in dem kühlen, angenehmen Dämmerlicht. »Ruh dich aus«, sagte sie sanft. »Schlaf.« Dann wiederholte sie noch leiser: »Schlaf.«

Obwohl Lucilla sich so leise wie möglich verhielt, drang das Einschnappen des Riegels an der schweren Eisentür wie ein Schlag an die Ohren der Wölfin und der Frau.

Regeane war von dem Schlaftrunk und der tiefen Erschöpfung halb gelähmt. Auch die Kräfte der Wölfin waren nicht unbegrenzt. Sie hatte all ihre Reserven aufgezehrt. Wärme und Nahrung hatte sie bekommen. Jetzt *musste* sie schlafen.

Antonius? Er war allein in der Campagna. Ohne ihre Hilfe würde er sterben. Sie überlegte, dass Lucilla sie vielleicht nicht hungern lassen und auch nicht foltern würde, dass sie aber durchaus im Stande war, sie genauso wirksam einzusperren, wie Gundabald es getan hatte. Wahrscheinlich würde sie ihre Sache sogar noch besser machen, da sie über die geeigneteren Hilfsmittel verfügte.

Regeane hob die Augenlider. Sie sah, dass das Fenster des Schlafzimmers genauso gründlich vergittert war wie das in dem Gästehaus.

Das Tageslicht draußen war strahlender als noch kurze Zeit davor. Es musste aufgehört haben zu regnen. Es war früh am Nachmittag. Die Wölfin gähnte. *Schlaf jetzt. Tu jetzt, was das Jetzt fordert. Irgendwann wird es schon Nacht werden.*

8

Die Wölfin weckte Regeane in der Abenddämmerung, und sie öffnete die Augen nur ein klein wenig. Durch ihre Wimpern konnte sie die Sterne sehen, winzige Lichter, die durch das tiefe, blausamtene Zwielicht stachen. Sie rührte sich nicht. Ganz in der Nähe waren zwei Stimmen zu hören.

»Nun, es tut mir Leid. Ich gebe ihr einfach nicht mehr. Es könnte sie töten.« Sie erkannte die Stimme. Sie gehörte dem Arzt, Pappolus.

»Das bezweifle ich«, erwiderte Lucilla skeptisch. »Sie hat die Kondition einer Löwin. Du würdest nicht glauben, in welchem Zustand sie war, als ich sie fand. Jetzt sind ihre Wunden fast verheilt. Sie ist nicht vollkommen menschlich.«

»Pah!«, fuhr Pappolus auf. »Gütiger Gott, Frau, ich hatte gedacht, du seist deinem Geschlecht überlegen, weil du Vernunft über das Spinnengewebe des Aberglaubens setzt, der die meisten Frauen an Hand und Fuß fesselt. Außerdem habe ich es dir schon einmal gesagt: Manchmal wirkt es nicht.«

»Ja, aber warum tut es das in diesem bestimmten Fall nicht? Die anderen haben über alles Mögliche geredet – Liebhaber, Freund, Verschwörungen, Wollust, Gier und dazu Neid, Eifersucht und Hass in schier unvorstellbarem Ausmaß.«

»Ja«, erwiderte Pappolus. »Einiges davon war echt und eine ganze Menge eingebildet.«

»Aber alles, wovon *sie* sprach, war Unsinn«, brauste Lucilla auf.

»Unsinn, der bei mir eine Gänsehaut hervorgerufen hat«, sagte Pappolus. »Rosenblätter, rosig und weiß wie die Haut einer blonden Frau und mit Teichen aus Blut getränkt. Ich höre, sie soll verheiratet werden. Nun, verheirate sie. Dann bist du sie los.«

»Wer ist jetzt der Abergläubische von uns beiden?«, fragte Lucilla.

»Sie könnte ein Geschöpf der Natur sein. Die reale Welt spült viele seltsame und gefährliche Dinge an die Oberfläche. Schließlich habe ich die Giraffen gesehen, als ich an den Ufern des Nils studierte. Und es gibt noch seltsamere Dinge als Giraffen. Ich war sehr beeindruckt davon.

Außerdem redet sie vielleicht Unsinn, weil ihre Gedanken unsinnig sind. Ich habe es dir schon früher gesagt, du beurteilst andere Frauen aufgrund der Überlegenheit deines eigenen Geistes. Die meisten von ihnen sind im Grunde sehr dumm. Einige Philosophen sahen in ihnen, wie du gewiss weißt, nur Tiere, wie eine Katze oder eine Kuh, denen es irgendwie gelungen ist, die Macht der Sprache zu erlangen. Ein edles Pferd oder ein Jagdhund übertrifft sie, was ihre Fähigkeit zu abstraktem Denken und die Tugend der Loyalität betrifft. Ein Pferd oder ein Hund dienen ihrem Herrn bis zum letzten Atemzug und verteidigen ihn in jeder Situation. Während Frauen es nur allzu oft an geziemender Dankbarkeit für die Wohltaten mangeln lassen, die die Männer ihnen erweisen. Sie widersetzen sich ihren Vätern, betrügen ihre Männer und verlangen vollkommen unvernünftige Loyalität von ihren Söhnen! Sehr unbefriedigend. Sehr«, stieß er mürrisch hervor. »Und nun, meine liebe Dame, wenn ich so kühn sein darf, habe ich einen anderen angesehenen Kunden, um den ich mich kümmern muss. Er hat die Gicht. Ich bitte dich, mich zu entlassen.«

»Dann geh! Geh nur«, sagte Lucilla düster.

Als Regeane die Tür zufallen hörte, richtete sie sich auf und öffnete die Augen.

»Ah«, sagte Lucilla, »ich dachte mir schon, dass du wach bist. Dein Atem klang anders, als es draußen dunkel wurde.«

»Du hast mir eine Droge gegeben, um meine Geheimnisse herauszufinden«, sagte Regeane.

»Es wurde aber nicht geschickt genug gemacht, fürchte ich«, entgegnete Lucilla. Sie richtete einen zornigen Blick auf die Tür, durch die der Arzt verschwunden war. »Idiot. Wüsste ich nicht, dass dieser Trottel schon beim bloßen Gedanken an mein Missfallen eine Schüttellähmung bekommt, hätte ich ihm gedungene Mörder auf die Spur gesetzt. Das würde seinem ›angesehenen Kunden‹ wahrscheinlich mehr helfen als seine Medizin.«

»Was wolltest du eigentlich wissen?«, erkundigte sich Regeane.

»Wo ist Antonius?« Lucilla hob die Lampe, die sie hielt, so hoch, dass sie in Regeanes Gesicht sehen konnte.

»In der Campagna«, sagte Regeane. »Ich erzähle dir, wo er ist, aber ich bezweifle, dass selbst *du* ihn finden könntest.« Es gelang ihr, Lucillas Blick mit einer Miene träger Unschuld zu erwidern. Von irgendeinem warmen, hellen Ort aus bedachte die Wölfin Regeane mit einem Schnauben, das ungeteilten Abscheu verriet.

»Nun«, sagte Lucilla. »Basils Männer finden ihn mit Sicherheit nicht. Meine Informationsquellen sagen mir, dass etwas – oder jemand – ihn gestern Nacht vor Basil in Sicherheit gebracht und so gründlich versteckt hat, dass nicht einmal Basils gesamte Truppe ihn finden konnte, obwohl er das ganze Gebiet in der Nähe des alten Schreins hat durchkämmen lassen.«

»Ja, das ist richtig. Aber *ich* könnte ihn finden«, sagte Regeane.

Lucilla ging zur Tür. Sie öffnete sie, um sich zu vergewissern, dass niemand im Korridor war. Der Flur lag verlassen da. In der Ferne konnte Regeane das Klappern von Töpfen und Pfannen hören und eine Frau, die lachte. Lucilla schloss die Tür. Diesmal schob sie von innen den Riegel vor.

Das einzige Licht im Raum kam von der taubenförmigen Alabasterlampe in Lucillas Hand. Die Flamme brannte tief im Innern der Lampe, und man konnte sie nur durch die durchscheinenden Seiten des Vogels sehen. Sie tanzte über dem Docht und dem Öl und warf einen flackernden Schattenreigen auf die Wände.

Lucilla stellte die Lampe auf einen niedrigen Tisch in der Nähe des Betts. Auf diese Weise blieb ihr Gesicht im Schatten und ihre Miene undeutbar.

Regeane konnte Lucillas Angst riechen, einen beißenden Geruch, der so stark war, dass der Wölfin beinahe die Augen tränten. Der Geruch war so stark, dass Regeane ihres Wissens bisher nur ein einziges Mal etwas ähnlich Überwältigendes wahrgenommen hatte – bei einem Straßenräuber, der auf der Via Julia gefangen genommen worden war, als sie und ihre Mutter gerade nach Rom kamen. Soldaten führten ihn aus der Stadt hinaus, um ihn hinzurichten.

Lucilla musste verzweifelt sein.

»Was willst du?«, fragte Regeane.

»Es wird Zeit für Antonius zu sterben«, kam Lucillas Flüstern aus der Dunkelheit.

»Ich bin keine Mörderin«, entgegnete Regeane.

»Das brauchst du auch nicht zu sein«, sagte Lucilla.

Regeane begriff, dass Lucilla deshalb flüsterte, weil sie außer Atem war. Sie klang, als bekomme sie kaum noch Luft.

»Was soll ich denn dann tun?«, wollte Regeane wissen.

»Bring ihm das Gift. Und …« Lucillas Atem beschleunigte sich.

»Und?«, hakte Regeane nach.

»Und sag ihm, ich hätte es geschickt. Er wird wissen, was er zu tun hat.« Lucilla stieß einen tiefen Seufzer aus.

»Die Entscheidung, ob er leben oder sterben will, liegt bei ihm«, sagte Regeane.

Lucilla erwiderte nichts. Sie ließ sich neben Regeane auf das Bett sinken.

»Also gut«, erwiderte Regeane. »Ich werde tun, worum du mich bittest. Und ich werde einen Lohn fordern.«

Lucilla sagte: »Natürlich«, und tat die Sache mit einer nachlässigen Handbewegung ab. Sie hielt den Kopf gesenkt.

»Ich werde Hilfe bei dem Ehekontrakt brauchen«, sagte Regeane. »Ich möchte, dass mir in dem Dokument eine eigene Residenz und meine eigenen Dienstboten zugestanden werden.«

»Und eine Leibwache – bewaffnete Männer, die du bezahlen kannst und die dir entsprechend treu ergeben sind«, fügte Lucilla hinzu.

»Du bist sehr klug«, erwiderte Regeane.

Lucilla lächelte. *Ein schreckliches Lächeln,* dachte Regeane. *Ein Lächeln, das die Frau mit dem Geistergesicht an Stelle von Tränen oder Wahnsinn benutzen muss.*

»Bin ich das?«, fragte Lucilla.

Die Wölfin wandte sich ab. Sie hatte Angst und ihre Nackenhaare stellten sich auf.

»Gott weiß, was gestern Nacht passiert ist. Ich weiß es jedenfalls nicht«, flüsterte Lucilla. »Du bist verschwunden. Du bist einfach verschwunden. In einem Augenblick war Basil mit dem Schwert hinter dir her und im nächsten … nichts. Aber Basils Männer haben laut geschrien, und nach dem Blut zu urteilen, das auf dem Boden zurückgeblieben ist, waren sie offensichtlich verwundet, als sie wegliefen.«

Da Regeane keine Antwort gab, sah Lucilla sie abschätzend an. »Wie gerne hätte ich jetzt diesen Narren Karl hier. Dann würden wir kein Wort mehr von irgendwelchen Bergfürsten hören. Er würde deine Blüte selbst rauben wollen. Zumindest beim ersten Mal. Ich könnte dich als Freundin von Hadrian am fränkischen Hof unterbringen. Du wärst eine wohlhabende Frau, mächtig und im Stande, dich an allen möglichen ruchlosen Angelegenheiten zu beteiligen ...«

Die Wölfin hörte nicht zu. Sie war weit fort. Sie hatte den Morgen gefunden. Die Sonne schien warm auf ihr Gesicht. Sie lief über den Gipfel eines Hügels. Das Land war offen, eine Graslandschaft. Das Gras zu ihren Füßen war niedrig, nicht besonders üppig, aber trotzdem nahrhaft.

Viele kleine Bäume waren über den Hügel verteilt. Sie hatten eine dicke, tief gefurchte Borke und winzige fedrige, grüne Blätter. Überall blitzten noch immer die versprengten Diamanten des Morgentaus auf. Vogelgezwitscher hüllte sie ein. Der Wind erhob seine Stimme und sprach zu ihr. Erst war er ein ungleichmäßiges Flüstern, dann ein Schnarren, als er ins Unterholz und zwischen die Baumstämme fuhr, und schließlich verklang er mit einem Seufzen.

Die Wölfin hob den Kopf. Die Hügel zogen sich wellig bis zum Horizont. Diejenigen, die ihr am nächsten lagen, waren zuerst grün und nahmen dann einen verschwommenen hellblauen Schimmer an, bis sie in weiter Ferne den Rand der Welt erreichten.

»Du kannst jetzt ein Bad nehmen«, drang Lucillas Stimme in das Bild ein. »Wir werden zusammen essen und das Gift zu Antonius bringen.«

Regeane erhob sich und machte sich auf die Suche nach den Bädern. Als sie gebadet hatte und aus dem Becken stieg, warteten bereits zwei von Lucillas Dienerinnen auf sie. Sie kleideten sie in einen Chiton, ein griechisches Gewand von großer Schönheit, das ihre schlanke Gestalt verhüllte. Es fiel in weichen Falten bis zum Boden hinab.

Lucillas Dienerinnen boten ihr Schmuck an. Regeane entschied sich für eine sehr alte Kette aus Silber und Perlen. Die einzelnen Glieder waren groß und das Metall war sehr weich. Sie konnte es mit dem Fingernagel bearbeiten. Die Frauen schnürten goldene Sandalen an ihre Füße und banden ihr ein goldenes Netz ums Haar.

Als sie einen Blick in den Spiegel warf, wurde ihr klar, dass man sie zu Lucillas Vergnügen ankleidete. Das weiche Leinen war fast durchsichtig – nicht ganz, aber doch fast. Es gab den Blick auf ihre rosigen Brustwarzen und ihr dunkles Schamdreieck frei.

Eine der Dienerinnen zeigte ihr, wie sie den Gürtel in der Taille und die beiden Schließen an den Schultern öffnen konnte, sodass der Chiton jäh über die Füße fiel.

Regeane bat darum, Elfgifa sehen zu dürfen, und wurde in ein kleines behagliches Zimmer geführt. Elfgifa lag in sich zusammengerollt da und schlief. Sie sah aus wie ein schmutziger, kleiner Ball. Es schien, als habe sie den Nachmittag darauf verwandt, im Garten zu spielen. Einige Locken des weichen, blonden Haars fielen ihr in die Stirn, und Regeane schob sie beiseite, um das Kind sanft zu küssen.

Die Dienerin, die sich das Zimmer mit Elfgifa teilte, war eine stämmige, mütterliche Frau mit ergrauendem Haar. »Ich war früher einmal Antonius' Amme«, erklärte sie Regeane. »Wir haben schon lange kein Kind mehr im Haus gehabt. Mir fehlen die Kinder.«

»Was meinst du? Hat die Gefangenschaft ihr großen Schaden zugefügt?«, fragte Regeane.

»Nein«, antwortete die Frau. »Ich glaube nicht. Sie ist, wie sie es zu sein behauptet, von hoher Geburt. Trotz ihrer manchmal heidnischen Sitten ist sie wohlerzogen und gehorsam. Hat immer ein ›Bitte‹ und ›Danke‹ für jeden, der sie bedient. Sie ist wohl ein wenig verwöhnt worden – sie hat erzählt, ihre Mutter sei gestorben, bevor sie noch eine Erinnerung an sie hätte fassen können. Ihr Vater wollte sich dann nicht wieder verheiraten. Ich glaube, er hat das Kind sehr geliebt. Die Kleine himmelt ihn jedenfalls an und er ist nun sicher außer sich vor Kummer. Ich hoffe, die beiden können wieder zusammengeführt werden. Diese Trennung ist grausam.«

Regeane nickte.

»Wie zärtlich du zu ihr bist, und dabei ist sie nicht einmal dein eigenes Kind.« Lucilla war eine dunkle Gestalt in der Tür. »Stell dir vor, wie sehr du sie lieben würdest, wenn es dein eigenes wäre.«

Regeane antwortete nicht. Die Dienerin machte Anstalten, als wolle sie sich an Lucilla vorbeidrängen.

»Fausta!«, sagte Lucilla zu der Frau. »Du hast ihn genauso sehr geliebt wie ich. Lass mich nicht allein mit meiner Trauer.«

»Herrin«, sagte Fausta leise, »vor vielen Jahren hat meine Familie mich zu dem Sklavenhändler gebracht. Meine Mutter weinte, während mein Vater um den besten Preis feilschte. Ich war erst dreizehn Jahre alt. Meine Schwester galt als die Schönheit, die einen Ehemann einfangen würde. Mein Bruder war der starke Rücken, der das Land bearbeiten sollte. In mir sahen sie das Geld für den Erwerb eines neuen Ochsen. Du hast mich dem Sklavenhändler abgekauft, weil du sagtest, ich hätte ein freundliches Gesicht. Ich habe dir geholfen, deinen Sohn großzuziehen. Alles Gute in meinem Leben ist von dir gekommen. Ich habe ihn geliebt, ich habe dich geliebt, aber niemand auf der Welt liebt Antonius so, wie du ihn liebst. Wenn er heute noch den Tod findet, dann wirst du ebenfalls sterben. Verlang nicht von mir, einen der Menschen zu verraten, denen meine Liebe gehört. Du bist nicht die Einzige, die trauert.« Nachdem sie so gesprochen hatte, stahl sie sich leise davon, nahm die Lampe mit und hinterließ nichts als Dunkelheit.

Sobald das Licht, das ihre Augen abgelenkt hatte, fort war, stellte Regeane fest, dass sie recht gut sehen konnte. Die Wölfin war gegenwärtig.

Lucillas Gesicht war leer vor Entsetzen. Sie zitterte.

Der Wind strich durch das Gewölbe und wehte Lucillas Duft von Regeane weg. Sie war froh darüber. Nicht einmal die Wölfin konnte der Aura, die Lucilla umgab, etwas abgewinnen.

»Dein Sohn, Lucilla?«, fragte Regeane. »Dein Sohn?«

Lucilla antwortete nicht. »Ich werde jetzt ein Bad nehmen. Wir sehen uns dann im Speisezimmer und … Ich kann kein Wort mehr über dieses Thema ertragen. Meine Entscheidung steht fest. Wenn ich Fausta nicht so sehr liebte, würde ich sie morgen auf die Straße setzen, damit sie sich ihr Brot auf den Kirchenstufen erbetteln und ihre alten Tage in Hauseingängen zubringen muss, um vor dem Regen Zuflucht zu finden.«

Bevor Regeane antworten konnte, drehte Lucilla sich um und lief davon. Die Nachtluft, die durchs Fenster drang, war kalt. Regeane schloss die Läden, verriegelte sie und deckte Elfgifa zu. Das Kind bewegte sich. Regeane drückte einen Kuss auf ihre weiche, noch immer schmutzige Wange. Elfgifa stieß einen tiefen Seufzer aus und rekelte sich unter der warmen Decke.

Regeane war sich nicht ganz sicher. War das Kind hier in Sicherheit?

Die Wölfin war es zufrieden. Es hatte etwas mit Fausta zu tun. Mit ihrer stillen Art. Der Geruch nach reifen Äpfeln beruhigte die Wölfin. Ein gutes Rudelmitglied, nicht tollkühn, aber immer verlässlich. Eine von denen, die sich nicht verändern.

Regeane eilte zum Speisezimmer.

Sie aßen in ungestörter Zweisamkeit, wie Lucilla es versprochen hatte. Zwischen den beiden Sofas stand ein niedriges Tischchen, auf dem man ausgewählt hatte, was für Lucilla offenkundig nichts Besonderes und für Regeane ein verschwenderisches Mahl war.

Aus dem Garten wehte ein von Wohlgerüchen geschwängerter Wind herein.

Die Speisen waren auf dem Tisch vor ihnen ausgebreitet: über offenem Feuer gegartes Wildbret bedeckt mit einer Sauce aus Bratensaft; ein mit Honig und Mandeln gekochter, gespickter Kapaun; schwarze Oliven, Brot und einige gekochte Eier.

Inmitten des Ganzen stand ein silbernes Tablett mit Rotweingläsern und einem Krug.

Lucilla griff nach einem der roten Kelche und schenkte Regeane Wein ein. »Das ist mein ältester Jahrgang. Ich habe ihn für das Hochzeitsfest meines Sohnes aufgehoben, aber er wird auch für seine Beerdigung genügen, denn er muss heute Nacht sterben. Sag mir, wo er ist.«

Regeane zuckte mit den Achseln. »Ich wüsste nicht, wie. Ich habe ein geheimes Versteck gefunden.«

Lucilla starrte sie an. »Du lügst.«

»Nein«, erwiderte Regeane. »Ich bin kein Jäger. Ich bewege

mich nicht auf dieselbe Art wie Basil und seine unbeholfenen Handlanger, die durch die Gegend tappen. Ich bin … anders.«

Ein Schluchzen löste sich aus den Tiefen von Lucillas Kehle. Dann senkte sie den Kopf und legte die Stirn auf das Kissen am Ende des Liegesofas.

Regeane griff nach dem Essen. Sie tauchte einen Brocken Wildbret in die Sauce und führte ihn an die Lippen. Die Wölfin hatte Hunger, furchtbaren Hunger, und sie veranlasste Regeane, so schnell wie möglich zu machen.

Die Gefühle der Wölfin waren zu stark für den auf Worte spezialisierten Geist der Frau. Die Wölfin wusste nur, dass sie irgendwo in den Tiefen ihres Seins zu einer Entscheidung gekommen war.

Sie war ohne Argumente oder Analysen zu dieser Entscheidung gekommen, beinahe ohne an mögliche Konsequenzen zu denken. Sie würde Antonius retten. Regeane stimmte ihr zu.

Mit der Klarheit, die aus der beinahe hysterischen Anspannung in ihr geboren war, sah sich Regeane die wunderschönen Fresken an den Wänden des Raums an, die die Illusion von Licht und Weite schufen; betrachtete die Alabasterlampen, die purpurroten Samtkissen auf den Liegesofas.

Lucilla aß nichts, aber sie trank von dem dunklen Wein.

Das Speisezimmer, das ihr am vergangenen Abend so prachtvoll erschienen war, wirkte jetzt düster und billig auf sie. Die Fresken waren fleckig und von der Zeit und dem Ruß von tausend Mahlzeiten verdunkelt. Hier und da blätterten einzelne Stücke der Farbe ab, sodass darunter die nackten Mauern sichtbar wurden.

Die taubenförmigen Lampen zeugten von dem schwulstigen Geschmack einer Kupplerin, einer Bordellbesitzerin. Aber genau das war Lucilla doch, oder? Ganz gleich, welch hübsche Worte sie dafür fand – sie war eine Zuhälterin.

Regeane aß das Wildbret auf. Sie brach sich einen Flügel und ein Stück von der Brust aus dem Kapaun ab und riss mit den Zähnen an dem schwach duftenden, weißen Fleisch.

Auch wenn Lucilla den ersten Familien Roms diente, war ihre Göttin noch immer die Lust. Aphrodite mit den goldenen Fingern. Noble Herren nahmen die Mädchen, wie Maeniel Regeane nehmen würde. Lucilla nahm ihren Lohn. Und das Blut ihres Sohnes.

Regeane aß, ohne etwas zu sagen, und die Zeit schien sich unendlich hinzuziehen. Sie hatte das Gefühl, in einem Labyrinth gefangen zu sein. Es war eine Reise, die begann, als Gundabald ihr von ihrer bevorstehenden Verheiratung erzählte, als er sagte, was sie Maeniel antun sollte, nachdem sie ihn geheiratet hatte. Er wollte, dass sie eine fügsame Ehefrau war und Maeniel in falsche Sicherheit wiegte.

Aber sobald die Nacht des vollen Mondes kam oder, so dachte sie voller Freude, sobald es überhaupt dunkel wurde, konnte sie sich verwandeln. Verwandeln und ihrem arglosen Ehemann die Kehle herausreißen. Die Männer im Garten hatten gestern Nacht kaum eine Chance gegen sie gehabt. Sie war nicht nur viel größer als ein normaler Wolf, sie war auch intelligenter. Sie konnte warten und den richtigen Zeitpunkt abpassen.

Wieder ließ sie den Blick über die schäbige Pracht des luxuriösen Raums wandern. Ihr war übel; Lucillas Bereitschaft, ihren eigenen Sohn zu ermorden, weil er eine politische Unbequemlichkeit darstellte, widerte sie an.

Lucillas Stimme durchbrach ihren Gedanken. »Wo ist er?«, fragte sie noch einmal.

»Warum willst du ihn töten?«, fragte Regeane zurück.

Lucilla streckte die Hand über den Tisch aus und packte Regeane an den Haaren, um sie unbarmherzig zu schütteln. »Warum quälst du mich mit diesem Unsinn?«, schrie sie. »Was bedeutet Antonius dir? Warum sollte es dich kümmern, ob er lebt oder stirbt? Sag mir, wo er ist, und die Sache ist für dich erledigt.«

Regeane musste all ihre Kraft aufbieten, um die Wölfin daran zu hindern, in Erscheinung zu treten, aber das Tier sprach, und die Stimme hallte in Regeanes Kehle wider. Gleichzeitig schnellte der Arm der Frau vor. Ihre offene Hand landete geräuschvoll auf Lucillas Wange.

Das Knurren und der Schlag ließen Lucilla innehalten. Sie zog sich mit einem Schaudern zurück und flüsterte: »Allmächtiger, was war das für ein Geräusch? Mein Gott, was bist du?«

»Lass die Hände von mir«, zischte Regeane. »Ich... werde... Antonius... kein... Gift... bringen.«

»Du hast gesagt...«, begann Lucilla.

»Nein«, rief Regeane und sprang von ihrem Sofa auf.

»Du hast es versprochen.« Lucillas Stimme war schrill und mörderisch wie die eines Raubvogels.

»Ich habe gelogen!«, kreischte Regeane. »Ich musste raus aus diesem Zimmer mit der verriegelten Tür. Ich musste... Ich weiß nicht, ob ich Antonius helfen kann, aber ich werde es versuchen.« Regeane riss den Kopf hoch, als die Wölfin abermals versuchte, die Kontrolle über sie zu gewinnen. Dann entfloh das Geschöpf der Nacht, fauchte laut, als die Frau es mit einem harten Schlag wegscheuchte. Regeane hielt inne. Sie war außer Atem, zum Teil von der Anstrengung, die Wölfin zu bezähmen, zum Teil wegen durch und durch menschlicher Wut.

Lucilla starrte sie an, so erschrocken, dass sie schwieg. »Regeane, Regeane. Glaubst du, ich will meinen eigenen Sohn töten?«

»Nein«, antwortete sie. »Ich glaube, du hast das Gefühl, es tun zu müssen.«

Lucilla nickte. »So ist es. Du hast diesen Pöbel heute gesehen, hast gesehen, wie schnell sie meine Sänfte umringt hatten; du hast die Beleidigungen gehört, die sie mir an den Kopf geworfen haben?«

»Ja.«

»Nun«, sagte Lucilla, »wenn dieser Pöbel tatsächlich zu der Ansicht kommt, dass Hadrians Familie genauso verseucht ist wie Antonius, dann werden sie ihn vernichten. Parteipolitik, meine Liebe, ist nicht nur eins von vielen Problemen in dieser Stadt, sie ist eine Krankheit.

Alles, was Basil bisher zurückgehalten hat, ist der Umstand, dass Hadrian höchsten Respekt bei den alten Senatorenfamilien genießt und das Volk ihm in großer Liebe zugetan ist. Aber wenn man Antonius findet und öffentlich nachweist, dass er unter Lepra leidet, ist das vielleicht alles, was Basil braucht, um Hadrian zu stürzen.«

Lucilla wandte sich ab, schwang die Beine über die Sofalehne und erhob sich. Dann drehte sie sich mit ausgestreckten Armen zu Regeane um. »Seit die Krankheit sich vor drei Jahren gezeigt hat, haben wir ihn versteckt. Jetzt... jetzt kann ich ihn nicht retten. Und selbst wenn ich könnte, barmherziger, gütiger Gott, wofür?

Wofür, frage ich dich, Mädchen? Bis die Fäulnis ein lebenswichtiges Organ erreicht und er langsam und unter Qualen stirbt?«

Lucilla ließ die Arme sinken. Dann hob sie eine Hand, um sich die Haare zu raufen, und riss an den langen, hennagefärbten Strähnen, als wolle sie sie sich aus dem Schädel reißen. »Oder bis Antonius die Dinge selbst in die Hand nimmt und tut, was er tun muss, um nicht zum Werkzeug für Hadrians Vernichtung zu werden.«

Regeane antwortete nicht. Sie hatte auch keine Antwort für Lucilla. Sie spürte, wie die Nacht an ihrem Fleisch, an ihren Knochen zerrte. Die Wölfin wollte fort von diesem Ort, wollte den sauberen Wind riechen, wollte unter freiem Himmel über die Felder laufen. Wollte weit fort sein von Menschen wie Lucilla, die sie so viele Jahre in engen Räumen mit vergitterten Fenstern eingekerkert hatten. Weit fort von den Menschen, die so quälende, unverständliche Rätsel wie Politik und Krieg schufen.

Der Raum um sie herum verschwamm. Die Wölfin bäumte sich in der hereinbrechenden Dunkelheit auf. Wölfin und Frau rochen die auffrischenden Nachtwinde, die vom Atrium hereinwehten.

Regeane blickte zu der dicken Lampe auf, die mit Alabastertauben geschmückt war. Sie würden langsam verlöschen, eine nach der anderen.

Lucilla taumelte gegen das Sofa. »O Gott«, wimmerte sie. »Allmächtiger, ich bin alles, was die Leute von mir sagen – Hure, Hündin, eine Sau, die ihre Jungen frisst, und mein Sohn … O Gott, Antonius!«

Ihr Gesicht erbleichte, bis es die Farbe von schmutzigem Weiß angenommen hatte. Auf ihrer Haut bildeten sich feine Schweißtröpfchen.

Regeane schob sich vorsichtig auf die Tür zu. Als das Öl in der Lampe aufgebraucht war, wurde es im Raum dunkler. Die Wölfin kam näher.

Lucilla torkelte und fiel auf die Knie. Dann blickte sie verständnislos zu Regeane auf. »Wohin gehst du?«, fragte sie. »Was hast du jetzt vor?«

Regeane schob sich rückwärts durch die tintenschwarze Finsternis des Atriums. Die Verwandlung ergriff sie mit aller Macht, lähmte ihre Kehle und ihre Zunge. Sie konnte kaum noch die Worte für ihre Antwort formen. »Ich werde herausfinden, was die Nacht bringt.«

9

Der päpstliche Gesandte hielt die Finger fest um einen von Maeniels silbernen Weinbechern geschlungen. In tiefem Schlaf lag er der Länge nach auf dem Tisch – auf den Überresten des Festmahls vom vergangenen Abend.

Maeniel kratzte sich am Kopf und versuchte, sich auf den Namen des Mannes zu besinnen.

Matrona beäugte ihn von der anderen Seite des Tisches.

»Wie hat er sich noch gleich genannt?«, fragte Maeniel.

»Harek«, antwortete Matrona.

»Harek«, wiederholte Maeniel. »Komisch. Ich hätte schwören können, dass er Römer ist.«

Matrona kicherte kalt. Ein Kichern ist immer kalt, aber Matronas Kichern war unfreundlicher als das der meisten anderen Menschen. »Viele von ihnen nennen sich nach uns Barbaren. Sie glauben, mit diesen Namen die Illusion von Stärke zu schaffen.« Sie lächelte, aber das Lächeln war gegenüber dem Kichern keine besondere Verbesserung. »Ich kann nicht behaupten, dass es ihm viel geholfen hätte.«

Maeniel nickte. Der päpstliche Gesandte war keine eins fünfzig groß. Matrona überragte ihn.

»Er war zuerst ein wenig steif«, meinte Gorgo, »aber nach einer Weile wurde er dann lockerer.«

»Zu locker«, sagte Matrona.

»Hm, ich weiß nicht«, sagte Gorgo. Gorgo war ein Baum von einem Mann, dessen langes braunes Haar mit seinem dicken braunen Bart verschmolz. Er saß noch immer aufrecht, eine beträchtliche Leistung nach einer durchzechten Nacht.

»Wie war das, als er Silvia durch die Halle gejagt hat?«, fragte Matrona.

»Silvia?«, sagte Maeniel. »Sie hatte Angst vor ihm?«

»Nein«, meinte Matrona, »das war nicht Angst, sondern Koketterie.«

»Vielleicht wollten sie ein bisschen unter sich sein«, bemerkte Gorgo taktvoll.

»Ich kann mir nicht vorstellen, warum«, sagte Matrona. »Sie hat sich noch nie was daraus gemacht.«

»Das stimmt«, meinte Gorgo.

»Silvia.« Maeniel ließ sich den Gedanken durch den Kopf gehen und fragte dann: »Hat er sie zu fassen bekommen?«

»In der Küche«, antwortete Matrona.

»Und hat er sein Ziel erreicht?«, erkundigte sich Gorgo.

»Das kann ich nicht sagen«, erwiderte Matrona, »aber er ist mit wahrem Heldenmut hineingestürmt und hat alle möglichen Dinge mit den Händen beiseite gestoßen. Es sah so aus, als versuche er zu schwimmen.«

»Silvia hat keinen Grund, einen Fallwind zu fürchten«, meinte Maeniel.

»Silvia«, sagte Gorgo, »hat keinen Grund, eine Lawine zu fürchten.«

»Stimmt«, sagte Maeniel und betrachtete den kleinen Mann auf dem Tisch mit echtem Interesse. »Er ist sehr mutig für einen Römer.«

»Wie dem auch sei«, setzte Matrona ihren Bericht fort, »sie haben sich beide so benommen, als glaubten sie, er hätte…«

»Beschreib es uns lieber nicht«, sagte Maeniel.

»Nur gut, dass die Küche einen Steinfußboden hat«, sagte Matrona.

»Nur gut, dass er sich zu Silvia hingezogen fühlte«, sagte Gorgo. »Ich wollte gerade feststellen, ob er fliegen kann.«

»Lass das sein«, sagte Maeniel.

»Nicht von den Zinnen«, meinte Gorgo, »bloß hier in der Halle. Er hat mich einen Barbaren geschimpft, einen rüden, dummen Barbaren.«

»Der Wein«, sagte Matrona, »bringt das Schlimmste in ihm zum Vorschein.«

»Ich habe kein Loch in die Decke gehackt«, jammerte Gorgo. »Außerdem ist es so, wie ich es ihm gesagt habe: Wenn es kein Loch in der Decke gäbe, wie sollte dann der Rauch nach draußen kommen? Wenn der Rauch nicht entweichen könnte, würden wir alle ersticken, sobald wir das Feuer anzünden.«

Maeniel blinzelte zu dem Loch in der Decke empor und kratzte sich abermals am Kopf.

»Ich kann mir sowieso nicht vorstellen, wofür die so viel Platz brauchten«, murrte Gorgo.

Die Speisehalle war alles, was von einer kleinen römischen Basilika übrig geblieben war. Es handelte sich um einen langen, T-förmigen Raum mit einer gewölbten Decke und einem hohen Kuppeldach über der langen Tafel am Ende des Saals. Irgendwann in der Vergangenheit hatte jemand das Kuppelgewölbe, das den langen Teil des Ts bedeckte, mit einer Spitzhacke bearbeitet. Mit einem ähnlichen Instrument hatte jemand auch in den Marmorfußboden ein großes Loch gemeißelt. In der Grube unter dem Loch in der Decke schwelten die Überreste eines üppigen Feuers.

Viele von Maeniels Leuten hatten sich zum Schlafen um die primitive Feuerstelle versammelt. Unter dem Tisch am anderen Ende des Raums ragten etliche Beine hervor.

»Wo ist Gavin?«, fragte Maeniel.

»Keine Ahnung.« Matrona war vollauf damit beschäftigt, dem bewusstlosen Harek den silbernen Becher zu entwinden.

»Dass er ein Kirchenmann ist, sieht man schon an dem festen Griff, mit dem er das Silber in der Hand hält«, sagte Gorgo.

Maeniel sah zu der Feuerstelle hinüber. Gavin war nicht bei den Leuten, die dort schliefen. Wo steckte er?

Maeniel ging am Tisch entlang und betrachtete die verschiedenen Füße. Bei einigen ragten die Zehen in die Höhe, bei anderen die Fersen, aber weder Fersen noch Zehen gehörten Gavin.

Schließlich fand er ihn, die Fersen nach oben gerichtet, zwischen Silvias größeren Füßen am anderen Ende des Tisches liegend.

»Gavin und der päpstliche Gesandte in einer Nacht?«

»Nein.« Sie war immer noch mit dem Silberbecher beschäftigt. »Ich glaube, er ist einfach nur über sie gekrochen, um einen warmen, bequemen Platz zum Schlafen zu haben. Er hat mich gefragt, und ich habe Ja gesagt.«

»Aber er war doch schon vollkommen betrunken«, meinte Maeniel.

Matrona bekam den Becher endlich frei und schlenderte davon, um ihn mit den anderen unter Verschluss zu nehmen. »Ich weiß«, erwiderte sie. »Das ist der Grund, warum ich Ja gesagt habe.«

Armer Gavin. Andererseits: Arm oder nicht, sie mussten heute aufbrechen, und wenn man ihn sich selbst überlassen hätte, hätte Gavin bis spät in den Nachmittag hinein geschlafen. Maeniel packte ihn an den Knöcheln und zog ihn unter dem Tisch hervor.

Gavin schrie: »Heee! Tageslicht!« Er kroch wieder in sein Versteck zurück und versuchte, sich abermals auf Silvia fallen zu lassen.

Maeniel hatte Verständnis für ihn. Die Frau sah weich und behaglich aus und war beinahe so groß wie ein Bett. Aber auch Silvia erwachte nun langsam und wollte nichts von Gavin wissen. Sie wehrte ihn mit ausgestreckten Armen ab, traf ihn unterm Kinn und schob ihn zur Seite.

Gavin stöhnte. Die Kälte des eisigen Steinfußbodens drang durch seine Kleider. Er rollte sich wie eine verletzte Raupe auf der Seite zusammen und wimmerte leise.

Maeniel packte Gavin erneut an den Knöcheln und zerrte ihn wieder hervor. Dann hielt er Gavin wie eine Schubkarre in die Höhe, sodass die Beine in die Luft ragten, die Arme auf dem Boden auflagen und der Oberkörper frei schwebte.

»O Gott!«, kreischte Gavin, der sich mit beiden Hände an den Schädel griff.

»Muss ich dich erst in den Brunnen werfen?«, fragte Maeniel.

Der Brunnen im Hof wurde von dem schmelzenden Schnee der Gletscher gespeist, die den Pass überragten. Selbst bei wärmstem Wetter war das Wasser bitterkalt.

Gavin schauderte heftig und kam unverzüglich zu dem Schluss, dass in diesem Falle Nüchternheit der bessere Teil der Tapferkeit sei. »Ich bin hellwach, Maeniel.«

»Gut.« Maeniel ließ seine Knöchel los.

Gavin brachte es fertig, sich taumelnd zu erheben. Er war blass und kniff die Augen zu, um sie vor dem Licht zu schützen.

»Wir gehen nach Rom«, sagte Maeniel. »Wir brechen heute auf.«

»Nein«, stöhnte Gavin. »Irgendetwas stimmt nicht mit ihr, ich sage es dir, irgendetwas stimmt da ganz und gar nicht. Einen Teil der Wahrheit kennst du bereits. Du hast den Brief gelesen. Ihre nächsten Verwandten sind solch viehische Schurken, dass sie sogar den Papst selbst schockiert haben. Und wenn man bedenkt, dass er mitten zwischen diesen zügellosen und verkommenen Römern lebt, muss es schwierig sein, ihn zu schockieren!«

Maeniel suchte unterdessen mit Blicken die Halle ab. Silvia, die noch immer unter dem Tisch lag, räusperte sich, schnaubte und rollte sich auf die Seite. »Zügellose Römer«, murmelte er in Gavins Richtung. »Und was sind wir?«

Gavin taumelte am Tisch entlang auf der Suche nach einem Krug, in dem noch etwas Wein oder Bier war. Schließlich fand er einen und setzte ihn an die Lippen. Sein Adamsapfel hüpfte etwa eine halbe Minute lang auf und ab. Als er den Krug wieder absetzte, sagte er: »Edle, keusche Barbaren mit reinen Herzen. Das weiß ich, weil dieser päpstliche Gesandte es mir gestern Nacht erzählt hat. Irgendein Schreiberling namens Tacitus hat es gesagt.«

Matrona stemmte die Fäuste in ihre üppigen Hüften, warf den Kopf in den Nacken und rief: »Du und keusch, Gavin, dass ich nicht lache! Außerdem habe ich schon Misthaufen gesehen, die reiner waren als dein Herz. Und was die edle Herkunft betrifft, mein Freund, möchte ich dich daran erinnern, dass du der uneheliche Balg einer Spülmagd bist, die wahrscheinlich nicht schnell genug laufen konnte.«

»Es ist dir vielleicht aufgefallen«, schaltete Gorgo sich ein, »dass er schon klug genug war, den Punkt ›Nüchternheit‹ unerwähnt zu lassen.«

Gavins Gesicht nahm eine ungesunde und beinahe unmögliche Färbung an, eine Art grünliches Purpur. »Mein Vater«, stieß er mit erstickter Stimme hervor, »ist...«

Matrona begann sich die Ärmel hochzukrempeln. »Komm, Gorgo«, sagte sie. »Er fängt an, über seinen Vater zu reden. Man muss ihn doch in den Brunnen werfen.«

Gavin versteckte sich hinter Maeniel.

Maeniel bemerkte, dass Gavin ein blaues Auge hatte und dass seine Lippe auf der einen Seite aufgerissen war. »Wer hatte die Kühnheit, meinen Hauptmann zu schlagen?«, fragte er halb im Scherz. »Matrona?«

Matrona stieß ein boshaftes Kichern aus. »Nein, diesmal war ich es nicht.«

Josef meldete sich zu Wort. Er war ein hoch gewachsener Mann mit kummervollem Gesicht. Sein Schnurrbart hing ihm traurig über die Oberlippe. »Er hat mich mit Matrona verwechselt.«

»Hab ich nicht«, wurde Gavins entsetzter Protest hinter Maeniel laut.

»Hast du doch«, entgegnete Josef kopfschüttelnd.

»Und ich habe befürchtet, du könntest vielleicht bei einem weniger geduldigen Menschen einen ähnlichen Fehler begehen, deshalb habe ich dich schlafen geschickt.«

Gavin taumelte davon und murmelte etwas über Respektlosigkeit und falsche Freundschaft.

»Gorgo, Josef«, sagte Maeniel, »holt mir etwas Geld.«

Längs des Tisches wachten nun allenthalben die Schläfer auf und suchten nach den letzten Resten Wein, um ihren Kater zu vertreiben.

Gorgo und Josef kamen mit einer großen Truhe zurück. »Himmel, ist die schwer«, ächzte Josef.

»Nun, dann stellt sie doch auf den Boden«, sagte Maeniel.

Sie taten wie geheißen. Gold und Silber ergossen sich aus der Truhe. Es waren antike Münzen, mit kostbaren Juwelen und Halbedelsteinen besetzter Schmuck und gelegentlich auffallende Stücke aus Glas, Besteck, Becher, Teller, Schüsseln und Schalen.

Matrona kam mit zwei Paar Satteltaschen, die sie sogleich auszupacken begann. In einem Paar steckte Schmuck, das andere war mit Gold- und Silbermünzen gefüllt.

Maeniels Haushalt versammelte sich. Sowohl Männer als auch Frauen wählten Schmuckstücke aus, für sich selbst und manchmal auch für andere.

Gavin setzte sich ein verbeultes Diadem auf den Kopf. Es war zum größten Teil aus Kupfer, hatte aber einen Ring mit goldenen und silbernen Vögeln darauf, die gerade die Flügel ausbreiteten. »Hat das mal einem König gehört?«, fragte er.

»Nein«, antwortete Maeniel. »Einem Priester.«

»Einem christlichen Priester?«, fragte Gavin erstaunt.

»Nein«, sagte Maeniel. »Einem heidnischen. Einem …« Er

suchte nach dem richtigen Wort. »Einem Druiden. Und jetzt nimm das verdammte Ding wieder ab. Denn es ist in der Tat ein verdammtes Ding, und das wirst du schnell genug herausfinden, wenn du es trägst.«

Gavin riss sich das Diadem vom Kopf und warf es wieder auf den Haufen.

Maeniel klatschte in die Hände. »Alles herhören! Wir brechen noch heute nach Rom auf. Diejenigen von euch, die mitkommen wollen, raffen ein paar Münzen zusammen. Wir werden von Zeit zu Zeit unter einem Dach Quartier suchen müssen. Und wie ich höre, ist das Leben in der heiligen Stadt teuer. Matrona, wer wird hier bleiben und das Vieh versorgen?«

Sie hatte sich den allgemeinen Tumult zu Nutze gemacht, um ihr Kleid abzustreifen und ein Kostüm anzuziehen, das sie in der Truhe gefunden hatte. Es bestand aus ineinander geschobenen Goldkettchen, die ihre Brüste bedeckten, und einer Ansammlung kleinerer Ketten, die von ihren Hüften herabhingen und die Schamgegend verbargen. Matrona war eine große Frau mit schlanker Taille und üppigen Hüften und Brüsten. Ihre Haut war dunkel, und sie hatte große braune Augen – die unter schweren Lidern stets ein wenig verschlafen dreinschauten – und schön geschwungene sinnliche Lippen.

Gavin starrte sie an. Seine Augen waren glasig und sein Mund stand offen.

»Matrona, das Vieh! Rinder, Schafe, Ziegen, Pferde«, sagte Maeniel und schnippte mit den Fingern. »Erinnere dich.«

»In drei Familien gibt es schwangere Frauen«, sagte Matrona. »Ich habe mit ihnen gesprochen. Sie scheuen das Risiko der Reise. Sie werden hier bleiben.«

Josef sah Gavin bekümmert an. »Sie soll ihn in die Küche mitnehmen, Herr. Sein Gehirn ist nur noch Brei.«

Maeniel fiel auf, dass die Ketten nicht annähernd genug von Matrona bedeckten. »Bitte«, sagte er mit einer huldvollen Geste. »Kümmere dich um Gavin, bevor wir abreisen.«

»Ich weiß nicht, warum ich mir die Mühe mache«, entgegnete Matrona. »Sein Gehirn ist noch nie mehr gewesen als Brei.« Sie schnippte mit den Fingern in Gavins Richtung und stolzierte davon. Gavin folgte ihr mit einem Gesichtsausdruck, als würde er an einem Nasenring hinter ihr hergezogen.

»Was ist mit dem päpstlichen Gesandten?«, fragte Josef.

»Ihr braucht ihn nicht zu wecken«, sagte Maeniel, während er bereits davonschlenderte. »Setzt ihn auf Audovald. Er wird ihn sicher den Berg hinunterbringen.«

Der päpstliche Gesandte erwachte dann doch, als sie gut die halbe Strecke den Berg hinuntergeritten waren. Gavin war auf seinem Pferd eingeschlafen. Matrona schob ihm eine Hand voll Schnee in den Nacken und Gavin schrie laut auf. Sein Schrei weckte den päpstlichen Gesandten, der seinerseits aufschrie, als ihm klar wurde, wo er war.

Maeniel, der hinter ihm ritt, sagte: »Sei still. Du erschrickst Audovald. Seine Arbeit erfordert einige Konzentration; dieser Pfad ist ziemlich steil.«

»Oh ja«, murmelte der päpstliche Gesandte. »Das Pferd.« In Wahrheit hatte er kein Verlangen, Audovald abzulenken. Der Pfad war nicht nur steil und an manchen Stellen vereist, sondern fiel auf der einen Seite direkt in ein Tal voller Felsen ab. Ungefähr fünftausend Fichten klammerten sich an einen Hang, der so steil war, dass nicht einmal der Schnee dort liegen blieb. Wenn er fiel, so viel stand fest, würden die dornigen Äste ihn auf dem Weg nach unten in Stücke reißen. Nach einem Aufprall auf den Felsen im Tal würde sein Körper die Beschaffenheit von weichem Fruchtfleisch haben, und darüber hinaus schien es dort unten einen Fluss zu geben, der seine Überreste fortspülen würde.

»Wohin reiten wir?«, fragte er mit zittriger Stimme.

»Nach Rom«, erwiderte Maeniel sorglos.

»Mit deinem ganzen Haushalt?«

»Sie alle begleiten mich normalerweise, wenn ich reise«, sagte Maeniel.

Der päpstliche Gesandte machte Anstalten, die Zügel zu ergreifen.

»Du solltest Audovald nicht verärgern, indem du versuchst, ihm Anweisungen zu geben«, erklärte Maeniel. »Er kennt den Weg.«

10

Die Wölfin raste in die Nacht hinaus; das Tier hatte uneingeschränkt die Oberhand. Sie wollte Lucilla und ihrer schrecklichen Trauer entkommen. Wollte der erdrückenden Stadt entfliehen, dem Gestank ihrer Abwassergräben, den engen Mauern. Den vielfachen Schrecken einer Welt, die von Männern wie Gundabald und Hadrian beherrscht wurde. Einer Welt, die eine Frau zwingen würde, ihren eigenen Sohn zu töten.

Sie lief und lief, eine dahingleitende, graue Gestalt, die jenseits des Stadtbereichs dicht über dem Boden durch das lange Gras der Campagna strich. *Dank sei Gott,* dachte sie. *Dank sei Gott für die Wölfin.* Die Wölfin hatte ihr immer Freiheit geschenkt, selbst wenn sie eingekerkert gewesen war. Die Wölfin hatte ihr stets gestattet zu entfliehen, hatte ihr ihren eigenen Raum gegeben. Die Wölfin drängte die Trauer um ihre Mutter in den Hintergrund, tröstete sie über das Gefühl der Einsamkeit hinweg, seit ihr das erste Mal bewusst geworden war, dass sie nicht nur in dieser Welt, sondern auch in einer anderen lebte.

Regeane dachte nach. Regeane wog ab. Regeane fürchtete sich. Regeane kämpfte. Aber die Silberwölfin konnte einfach *sein.*

In dem hohen, vom Nachtwind durchwehten Gras blieb sie schließlich stehen. Das gewellte Land lag im schwachen Schimmer des trägen, endlosen Tanzes der Sterne.

In den Augen der Wölfin war es ein glitzerndes, dunkles Meer aus Gras, ein sich wiegender, seidiger Teppich des Lebens.

Die Rhythmen der Nacht waren zeitlos, geformt von den Bedürfnissen der Erde. Der Wind frischte auf, als die ausgedörrte, herbstliche Erde ihre Wärme an die kühle Nachtluft abgab; die langen Grashalme begannen leise zu rascheln und zu wispern.

Regeane hörte die Jagdschreie der Fledermäuse, die auf der Suche nach Insekten über ihr durch die Luft schossen.

Die Menschen mochten die Campagna verlassen haben, aber überall um Regeane herum pulsierte das Leben. Das Knistern sich wiegender Gräser, die sich auf und ab neigten. Die Schreie der Insekten, die einander in ihrer schnelllebigen Miniaturwelt zum Kampf aufforderten, die sich umwarben und paarten, die sich fortpflanzten und starben. Frösche quakten, sangen ihre alten Lieder in den tief gelegenen Sümpfen, die die Erde in den Falten ihres grasigen Gewandes barg.

In den Ohren der Wölfin war sogar das samtige Schlagen von Eulenschwingen ein Geräusch von beträchtlicher Lautstärke. Sie hörte klar und deutlich das nervöse Quieken der Mäuse, die – immer auf der Hut vor ihren Feinden – zwischen den Grasstängeln nach Nahrung suchten.

Sie nahm die Witterung eines Hirschs ganz in ihrer Nähe auf; sein Moschus war so unmissverständlich wie ein gesprochenes Wort.

Der Duft von trocknendem Blut, der bereits verblasste, der sich über der Stelle erhob, wo ein Wiesel ein Kaninchen überrascht hatte.

Regeane begriff, dass die Wölfin vieles wusste… die Wölfin wusste Dinge, von denen sie nichts ahnte.

Sie hatte keinen Plan gehabt, als sie in fliegender Hast Lucillas Villa verließ. Sie hatte die Kette mit der vagen Absicht genommen, sie Antonius zu bringen, in der Hoffnung, dass er sie benutzen konnte, um sich zu versorgen, bis sie eine Möglichkeit gefunden hatte, ihn zu retten. Aber welche Rettung konnte es für Antonius geben und, was das betraf, welche Rettung gab es für sie?

Sie hatte nur die Wölfin und ihr verschwommenes Wissen, dass die Welt mehr war als die Pläne von Männern wie Gundabald, mehr als die Torheiten von Krieg und Politik. Aber die Frau konnte nur schwach erahnen, was die Wölfin wusste.

Die Wölfin stand vollkommen still da, reglos, wie es nur ein wildes Geschöpf auf der Jagd sein konnte. Sie suchte die Campagna mit Augen, Ohren und Nase ab. Ihr Körper bebte wie eine Harfe, gespannt von der Tiefe ihres Verlangens, ihrer Begierde. Sie lauschte und sah, aber vor allem fühlte sie, fühlte mit ihrem ganzen Körper, bis sie in weiter Ferne Musik hörte, zarte Melodien, die der Nachtwind an ihre Ohren trug.

Die Wölfin lief los.

Regeane rannte, den Nachtwind im Gesicht, die Sterne ein hohes, kaltes Feuer über ihr. Das Laufen als solches erfüllte sie mit tiefer Freude. Sie genoss das Spiel der kräftigen Schultermuskulatur der Wölfin, die fließenden Bewegungen der eisernen Sehnen, die ihre Hüften und Schenkel antrieben.

Sie floh aus der Welt der Menschen hinein in das gewaltige dunkle Universum, das voller Gleichgültigkeit auf die Torheiten der Menschen herabblickte und das, dessen war sie gewiss, den Untergang dieser Welt mit derselben Gleichgültigkeit betrachten würde.

Der Geist der Wölfin verschmolz mit ihren Ahnen auf anderen Jagden unter dem Sternenhimmel. Manchmal getrieben von Angst und Hunger, wenn sie unfruchtbare Wüsten durchquerte und ihr Magen sich vor Hunger zusammenkrampfte. Manchmal voller Glück, wenn die Beute in Sicht kam und sie sie mit dem Rest des Rudels umzingelte, das warme, salzige Blut schmeckte.

Und dann waren da die Nächte der Liebe. Einige Augenblicke lang schien es ihr, als sei sie nicht allein. Eine dunkle Gestalt rannte neben ihr her. Liebe, kurze, quälend glückselige Liebe, ganz anders als menschliche Liebe, ohne deren Schuldgefühle, deren Angst und Bedauern.

Liebe, eine Lanze aus Feuer in ihren Lenden; ihre Wonne hallte durch ihr ganzes Wesen.

Liebe, der warme Milchgeruch der Höhle, das Leben, das von ihren Zitzen in kleine Münder floss. Die weichen jungen Leiber, die sich auf der Suche nach Trost und Sicherheit an sie schmiegten.

Liebe, ein Kreis, der sich aus sich selbst speiste, um seiner selbst willen.

Liebe, die voller Innigkeit ist, die nicht genommen und nicht aufgezwungen wird.

Sie schwelgte in diesen Erinnerungen, Erinnerungen ohne Worte oder Bilder, nur traumartige Bruchstücke außerhalb der Zeit. Bilder dessen, was die Welt einst gewesen war, was sie sein sollte und was sie nie wieder sein würde. Nicht für sie. Nicht für die Frau, denn die würde mit einem Mann verheiratet werden, der ihre

Jungfräulichkeit mit Gewalt nehmen würde und ihr vielleicht noch andere Gräuel antat, es sei denn, sie tötete ihn zuerst.

So tief war sie in die Erinnerungen der Wölfin verstrickt, dass es beinah ein Schock für sie war, als sie feststellte, dass sie ihr Ziel erreicht hatte. Sie sah die Prozession vor sich.

Die Wölfin blieb so jäh stehen, dass sie sich auf den Hinterläufen wieder fand. Und als die Frau gewahrte, was sie da vor Augen hatte, stieß sie einen leisen, heulenden Ton der Furcht aus.

Aber die Wölfin ignorierte sie. Und tief im Bann der Gleichgültigkeit der Wölfin gefangen, musste die Frau ihr beipflichten. Die Musik war die schönste, die sie je gehört hatte. Auch wenn sie von Händen und Lippen gespielt wurde, die nur noch Staub waren. Auch wenn die Instrumente von Männern und Frauen getragen wurden, die nur noch Knochen im Haus der Erde waren.

An der Spitze der Prozession tanzten die Priester und Priesterinnen voller Freude zum Klang von Leier, Kithara und Doppelflöte. Der tiefe, endlose Puls der Trommel war das Band, das die Musik zusammenhielt.

Die Opfer führten die Prozession an: weiße Ochsen mit vergoldeten Hörnern und Girlanden aus Blumen und Grünpflanzen. Sie trotteten ruhig dahin, gingen gelassen ihrem Schicksal entgegen.

Hinter ihnen marschierten immer vier nebeneinander, die Anhänger der Götter. Sie trugen vergoldete Lorbeerzweige auf dem Kopf und waren mit langen Girlanden frühlingsgrüner Zweige verbunden, in die man Gänseblümchen, Kleelilien und Rosen geflochten hatte.

Die Fackelträger, die neben ihnen her liefen, führten die schweigsame Menge an der Wölfin vorbei.

Die Gewänder, die sie trugen, stammten aus einer fernen Vergangenheit und erinnerten Regeane an die wenigen, halb zerstörten Denkmäler in Rom, die die herrschenden Familien bei der Anbetung ihrer Götter darstellten. Die Männer trugen über die Schulter drapierte Togen und hatten sich einen Teil des Gewandes über den Kopf gezogen. In ihrer Begleitung waren ihre Frauen, die die langen Stolen ehrenwerten Ehestandes trugen und sich ein Diadem auf ihr ungeschnittenes Haar gesetzt hatten. Männer wie Frauen hielten kleine Kinder an der Hand oder im Arm. Die älteren Kinder und die jungen Leute gingen vor ihnen her und versuchten die Würde der Älteren nachzuahmen.

Während Regeane diese prächtige Gesellschaft beobachtete, fiel ihr ein Regentag wieder ein, an dem sie neben dem Flachrelief eines unbekannten Kaisers gestanden hatte, der seine Familie in schweigsamer Feierlichkeit der Stadt entgegenführte. Ein alter Bauer, der seine Erzeugnisse verkaufte, trat neben sie. Er setzte seinen Handkarren auf den Boden, betrachtete das Fries mit ehrlichem Kummer und fragte: »Haben wir je so... vor unseren Göttern gestanden?«

Der erste Impuls der Wölfin war Flucht. Sie waren tot. Die Toten hatten ein Recht auf den Frieden und das Glück liebevoller Erinnerung. Es war nicht nötig, ihnen die Qualen und Kämpfe der Lebenden ins Gedächtnis zu rufen.

Im Gegensatz zu so vielen der Schatten, die die Wölfin sah, hatten diese Toten die Bande, die sie an die Erde ketteten, durchschnitten. An die Erde und an die Schmerzen und den Hader derer, die atmen und bluten, leiden und lieben. Sie hatten die nutzlose Trauer über die gewaltsame Beendung des Lebens überwunden.

Welches Recht hatte sie, ein Geschöpf des Mondlichts und der Dunkelheit, mit ihrer Not zu ihnen zu gehen?

Aber sie war in Not. Und hatte Hunger nach Gerechtigkeit.

Und unter den Menschen würde es weder für sie noch für Antonius jemals Gerechtigkeit geben.

Vielleicht würde sie ja jemanden unter den Toten finden. Zumindest wenn Antonius' Kampf ein Ende gefunden hatte, würde sie ihn vielleicht willkommen heißen und ihm gestatten, sich ihnen anzuschließen.

Die funkelnde Prozession glitt an ihr vorüber. Die Luft der späten Nacht war erfüllt von der schneidenden Kühle des Winters. Die Sterne glitzerten in dichter, strahlender Einsamkeit.

Aber die kalte Brise, die den Pelz des Wolfs durchfuhr, bewegte nicht eine einzige Falte ihrer Gewänder. Die Blumen eines vergessenen Frühlings erblühten in den Kronen, die die übermütigen Tänzer trugen. Die Prozession marschierte durch die warme, stille Luft eines Sommerabends. Die Wölfin folgte ihnen durch die kalte Winternacht.

Der heilige Weg, den sie nahmen, führte zu einem hohen Felsen, der das umliegende Land überragte. Ein knochenweißer Tempel krönte den Felsen. Seine bleichen Säulen erhoben sich vor dem mitternächtlichen Himmel.

Selbst von ihrem Platz aus konnte die Wölfin erkennen, dass es sich um eine Ruine handelte. Das Dach fehlte, die Säulen waren eingestürzt und voller Löcher, aus den Giebeln hatten Räuber die mit Kristallaugen geschmückten Elfenbeinstatuen gestohlen, die einst einer Nation und ihren Göttern zur Ehre gereicht hatten.

Aber der Tempel sah noch immer majestätisch aus, in Roben aus Sternenlicht gehüllt, ein Spielzeug von Wind und Regen, blickte er mit Gelassenheit auf die braune Ebene herab und zu der unvergänglichen Pracht des dunkelblauen Meeres dahinter.

Die Wölfin hielt am Fuß des Felsens inne und blickte nach oben.

Der steile Pfad zum Gipfel, der einst mit Marmor gepflastert und von Statuen von Königen und Kaisern, Göttern und Göttinnen gesäumt gewesen war, war jetzt nur noch eine kahle, von Gräsern überwucherte Schneise.

Den Marmor hatte man vor langer Zeit herausgerissen, um die Kalköfen in Rom und Neapel damit in Gang zu halten. Die wenigen noch existierenden Statuen waren verstümmelt, ohne Hände oder Köpfe. Viele waren umgestürzt und nur noch als von Reben umgebene Höcker zu erkennen, die auf den grasbewachsenen Hängen verstreut waren.

Die Frau in der Wölfin fragte sich, was die toten Augen der Geister wohl sahen. Nahmen sie den Tempel in seiner vergangenen Pracht wahr, oder sahen sie, was auch sie, Regeane, sah – eine leer stehende Ruine? Spielte es eine Rolle für sie, was sie sahen? War es ihnen wichtig?

Die Wölfin hielt die Nase in den Wind und roch die saubere, süße Brise, die vom Meer her kam, und sie wusste, es spielte keine Rolle. Diese Toten lebten jenseits der Zeit, ohne weltliche Nichtigkeiten, die ihrer Inbrunst Abbruch taten oder ihre Liebe schmälerten. Für sie war heute so wie gestern oder morgen. Das Leben war ein ewiger Augenblick.

Ich werde, dachte sie, *als Bittstellerin kommen. Und um Hilfe für Antonius flehen und … für mich selbst.*

Entlang des ganzen Weges, der zu dem hohen Felsen führte, wuchsen Lorbeerbüsche. Die Wölfin brach mit dem Maul einen Zweig ab. Ein Bittsteller musste ein Geschenk mitbringen. Die Wölfin begann den steilen Aufstieg zu dem Tempel, den Sternen entgegen.

Der heilige Weg lief im Kreis um den Felsen herum, und er ging immer höher, dem Himmel entgegen, bis er schließlich den Gipfel erreichte, von dem aus man einen Blick auf das Meer hatte. Die Luft war klar, und es wehte eine beständige Brise.

Als die Wölfin oben ankam, fand sie den Tempel leer und dunkel vor. Der Wind heulte leise zwischen den kahlen, verfallenen Säulen. Vor den Türen des geheiligten Bezirks war das unsterbliche Feuer der Götter ein spitz zulaufender Hügel bleicher, toter Asche. Der ewige Seewind zog die Asche in einen Schleier aus Staub hinein und ließ sie vor ihr in der kalten Nachtluft tanzen.

Die Wölfin hielt inne, den Lorbeerzweig noch immer fest zwischen den Zähnen. Ein ironisches Lachen tanzte durch ihren Verstand, so leise, dass die Wölfin sich nicht sicher war, ob es ihr gehörte oder jemand anderem.

»Du bist davor zurückgeschreckt, mit deinen Sorgen zu den Toten zu kommen. Jetzt beweisen sich all deine Befürchtungen als nichtig. Siehst du, wie leicht sie dir entkommen können, wenn sie es wünschen?« Irgendwie formten sich die Worte in Regeanes Gedanken. Sie hatte nur die eingeschränkten Möglichkeiten der Wölfin, derer sie sich bedienen konnte. Und obwohl die Wölfin klugen Denkens fähig war, dachte sie doch in Bildern und Mustern, nicht mit Worten, wie die Menschen es taten.

Aber irgendwo in den Tiefen des Wolfsgehirns fand sie die Symbole, die sie benötigte. Sie verschmolzen zu Worten, die Regeane dann lautlos ausrief. *Ich komme als Bittstellerin. Hört mich an. Antwortet mir. Helft mir.*

Der Nachtwind wurde für einen Augenblick kräftiger. Er fegte um den Feuerkreis, ließ eine Wolke uralter Asche in die Luft aufstieben und schluchzte durch die verwüsteten Säulen des Tempels.

Stimmen. Stimmen sangen im Wind. Stimmen außerhalb der Zeit. Stimmen, deren Lippen Staub waren.

Einige der Stimmen verdammten. Andere höhnten. Manche

lachten gar, als kämen sie aus einer gewaltigen Entfernung den langen, gewundenen Korridor der Ewigkeit hinab, einer Ewigkeit, in der sie vergessen hatten, dass sie jemals menschlich gewesen waren.

Stimmen. Wortlose, wispernde Stimmen. Sie verblassten erst und wurden schließlich stumm.

Regeane sammelte ihre Kräfte im Gehirn der Wölfin und rief abermals lautlos aus: *Hört denn niemand den Bittsteller?*

Die Antwort war der Schemen eines Geräuschs. Wie ein launischer Atemzug der rastlosen Luft, der den zerstörten Sockel umwehte, auf dem einst die hohe Statue des Gottes gestanden hatte.

Sei still, befahl die Stimme, *denn da, wo ich bin, wird der Bittsteller immer gehört.*

Der süße Duft des Lorbeers in der Nase der Wölfin schien stärker zu werden.

Sie glitt vom anderen Ende des Tempels auf Regeane zu, ganz in Weiß gekleidet, angetan mit dem langen, anmutig drapierten Chiton und dem Peplos einer Frau. Der Peplos bedeckte ihren Kopf und ihre Arme. Nicht einmal ihre Hände waren zu sehen.

Das Wesen hatte die Gestalt und das Benehmen einer Frau. Ihr Gesicht jedoch war eine Schöpfung des Grauens. Das Sternenlicht glitzerte auf dem nackten Knochen eines Schädels.

Die Wölfin, eingehüllt in die Gleichgültigkeit des Tieres, heulte leise, ein Geräusch, das tief aus ihrer Kehle kam.

Die Stimme der Erscheinung hallte im Kopf der Wölfin wider. »Wer bist du? Warum kommst du nach Cumae, um die edlen, die heiligen Toten zu stören?«

Die Stimmen im Wind schwollen zu einem Crescendo an, stöhnten, weinten, fluchten, heulten. Die Bö zerrte am Fell der Wölfin und ließ die Blätter des Zweiges in ihrem Maul rascheln.

Der Geist kam näher und näher.

Ich bin ein Wolf, dachte Regeane, während ihr Bewusstsein sich noch mühte, sich von dem der Wölfin zu trennen. Die Welt schien zu verschwinden, als die Gedanken der Frau sich verzerrten, sich überschlugen und versuchten, die Muskeln des Wolfs dazu zu zwingen, vor dieser Kreatur zu fliehen.

Roter Zorn explodierte in dem zweifachen Bewusstsein, als die

Wölfin sich mit aller Macht gegen das Wesen zur Wehr setzte, das sie zu beherrschen, das sie von ihrem Ziel abzuhalten suchte.

Regeane wurde in blinde Dunkelheit geschleudert. Sie konnte nichts mehr sehen, nichts mehr hören. Geschmack und Geruchssinn waren ihr verwehrt, während sie lautlos schreiend in eine lichtlose Leere stürzte.

Im einen Augenblick war nur Dunkelheit um sie herum, im nächsten stand sie als Wolfsfrau nackt auf den Steinen vor dem zerstörten Tempel und seinem toten Feuer, den Lorbeerzweig in der Hand.

Sie war Frau und Wolf in einem, und sie hatte noch nie solche Kraft in sich gespürt. Sie konnte die bebende Anspannung in sich fühlen. Sie war gestrafft wie ein Draht, festgemacht zwischen den beiden verschiedenen Polen ihres Wesens, straff wie die Saite einer Harfe, die bis zum Zerreißen festgezogen wurde, bevor sie entweder ihre süßeste Melodie singt … oder zerreißt.

Sie stellte sich dem unnatürlichen Gräuel vor ihr.

Die Gestalt hielt inne.

Der Nachtwind floss wie kaltes Wasser über Regeanes nacktes Fleisch. Wind wehte vom Meer her, ein Bad aus leuchtendem Licht. Regeane streckte den Arm aus, um der Gestalt den Lorbeerzweig zu reichen, dessen Duft ihr noch immer in der Nase hing.

»Ich komme als Bittstellerin zu dir«, sagte sie, »und du zeigst mir das Grauen.«

»Du hast mich gerufen«, antwortete die Stimme. »Was schert es mich, was du siehst?« Die gespaltene Zunge schnellte durch die lippenlosen Zähne des Schädels. Hinter den leeren Augen der Knochenmaske bewegte sich im Hohlraum der Hirnschale eine lange Schlange. »Wer bist du, hierher zu kommen, bekleidet nur mit deinem Fleisch, nackt wie die Göttin selbst und angetan mit ihrem Halsband.«

»Ich bin aus Dunkelheit geboren«, sagte Regeane. »Die Augen meines Vaters schlossen sich, bevor meine sich öffneten. Ich bin nicht von dieser Welt und auch nicht von der anderen, und ich habe das Recht zu sein, was ich bin.«

Die Totenkopffrau verschwand in einer gewundenen, spiraligen

Schwärze, und die Schlange bäumte sich vor Regeane auf. Ihr dunkler, dreieckiger Kopf war ein Schatten zwischen ihr und den Sternen, die durch das zerstörte Dach schienen.

Aber die Frau, die nicht Regeane und nicht die Wölfin war, wich keinen Schritt zurück. Mit offenen Augen und ohne einen Wimpernschlag beobachtete sie, wie die Schlange sich in Schattenfetzen zurückzog, bis nur noch die Sterne übrig waren. Regeane stand einem verwachsenen, runzligen alten Weib gegenüber.

Das Aufflackern des Lichts war Feuer in ihren Augen. Der Tempel wurde vor ihr aufgerissen, so atemberaubend schön, wie er es am Tag seiner Weihung gewesen war. In grellen Fackelschein getaucht, erleuchtet von blinkenden Feuern, von tausend mit grünen Girlanden gezierten Lampen. Die von Festtagsstimmung beflügelten Huldiger der Gottheit waren weiß gekleidet, trugen vergoldete Lorbeerzweige auf den Köpfen und einen Regenbogen aus Frühlingsblumen in den Armen.

Sie waren vollkommen reglos, als hätte dieser Eindringling, der nicht aus ihrer Welt kam, sie bei ihrer Feier gestört; sie betrachteten Regeane mit dem steinernen, teilnahmslosen Blick der Toten.

Über ihnen ragte die Statue des Gottes auf, der so gekleidet war wie Regeane, in urtümliche Nacktheit und erstrahlend in der Schönheit der Jugend. Er lächelte auf die Menschen herab, die einst und nun für alle Zeit seine Anhänger waren.

Regeane ging um das Feuer herum auf den Eingang zu.

»Die Bittstellerin wird gehört werden«, flüsterte das alte Weib, »aber geh nicht weiter, denn jenseits dieser Schwelle liegt das Land der Toten.«

Oh, wie viel Schönheit dort war, dachte Regeane, während sie dem teilnahmslosen Blick der Menge begegnete. Denn hier lauert das Chaos, und Schönheit kann eine Maske des Grauens sein und Grauen eine Pforte zum Unvorstellbaren.

Regeane wandte sich wieder der alten Frau im Eingang zu. Aber war sie wirklich alt? Selbst dem machtvollen Geschöpf, zu dem Regeane geworden war, schien die Erscheinung überaus wandelbar zu sein.

Jugend und Alter huschten schattengleich über ihre Züge. Glatte Haut zerbrach zu Runzeln. Ein gewinnendes Lächeln verwandelte sich in ein zahnlückiges, böses Grinsen. Leuchtendes Haar schwand zu einigen wenigen schlaffen Strähnen auf einem schuppigen, erkahlenden Kopf.

Und dann begann alles von neuem, wieder und wieder, endlos.

»Ich scheine dich nicht richtig sehen zu können«, sagte Regeane.

»Nein«, antwortete die Stimme. »Das ist noch nie jemandem gelungen. Sprich jetzt. Was ist dein Begehren? Denn du hast nicht viel Zeit. Du sagtest, du seist als Bittstellerin gekommen. Ich werde dich anhören. Sprich.«

»Ich bitte um das Leben eines Mannes«, sagte Regeane. »Ich bitte darum, sein Fleisch neu zu schaffen, ihn zu heilen.«

Alle, die im Tempel versammelt waren, begannen zu lachen. *Das Weinen der Toten ist so schrecklich*, dachte Regeane, denn sie war diesem Geräusch so oft entflohen. *Es zerreißt einem das Herz. Aber ihr Lachen ist noch schlimmer; es ist unvorstellbar grässlich, denn es hat nichts Menschliches mehr. Es ist nur ein kaltes, schallendes Höhnen.*

Regeane wäre beinahe davor geflohen, aber der Stolz und die Kraft, die sie in sich spürte, ließen es nicht zu.

Die Gestalt, die im Eingang stand, lachte nicht. Ihr Gesicht blieb, abgesehen von den langsamen Verwandlungen, immer dasselbe, und Regeane beobachtete, dass jedes Gesicht, das die verwachsene Alte trug, ein anderes war und doch dasselbe in seiner Zerstörung durch die Zeit. Die Gesichter verschmolzen miteinander in ungebrochener Abfolge, wie sie es vielleicht seit Anbeginn der Welt getan hatten. Und wie sie es vielleicht weiter tun würden, bis die Welt endete. Das Wesen lachte nicht, es nickte.

»Was du begehrst, ist sehr einfach«, sagte die Stimme. »Das Feuer hinter dir, das durch seine Flamme noch immer brennt, ist nicht länger ein irdisches. Bring ihn her, lass ihn sich auf der Feuerstelle ausstrecken, und dann tritt über diese Schwelle. Vielleicht wirst du wieder heraufkommen, vielleicht nicht, aber was du dir wünschst, wird geschehen.«

Tritt über die Schwelle, dachte Regeane. *Reise in das Land der Toten.* Mit einem Schaudern brach die triumphale Willenskraft, die sie aufrecht hielt, zusammen, und sie rannte los.

Sie konnte sich später nicht mehr daran erinnern, wann sie aufgehört hatte, auf zwei Beinen zu laufen, und sich auf alle viere heruntergelassen hatte, aber an irgendeiner Stelle ihrer halsbrecherischen Flucht hatte sie es getan, und die Wölfin fand den Weg, der vom Felsen hinunterführte, jagte über die Campagna und sog in tiefen Atemzügen den sauberen Wind ein.

Sie lief zu Antonius.

Der Tod. Sie hatte gewusst, dass der Tod nicht das Ende von allem war, aber bisher hatte sie die wahre Bedeutung ihres Wissens nicht erfasst.

Das Grauen endloser Möglichkeiten.

Das war der Punkt, in dem sie sich gegen das menschliche Denken versündigte, wie die Toten es taten.

Zu den wichtigsten Dingen, die die Menschen vom Leben, von der Welt verlangen, gehört die Berechenbarkeit. Die Sonne geht auf. Die Sonne geht unter. Lakaien verneigen sich vor ihren Herren, die Herren vor Königen und Kaisern.

Die Römer waren Unterdrücker gewesen, hatten ganze Völker in tiefste Sklaverei gestürzt. Andererseits hatte ihre wohl geordnete Herrschaft dem Leben zumindest etwas Berechenbares gegeben. Die Völker, die unter ihrer Knute lebten, hatten gewusst, woran sie waren.

Aber in diesem Zusammenstoß der Nationen, in dem die Lombarden mit dem Papst rangen, in dem Franken und Sachsen sich mit den Galliern alter Zeiten vereinigten und alle um Vorherrschaft und Macht Kriege führten – wer wusste da schon, woran er war?

Für sie, die Menschen, war Regeane etwas Eigenes, ein Geschöpf von rastloser Substanz... eins mit der unkörperlichen Nacht und dem Universum, eine Unmöglichkeit. Unbekannt und daher unkontrollierbar, und das war auch der Grund, warum die Menschen sie vernichten wollten. Sie vernichten würden, wenn sie sie zu fassen bekamen.

Eine Frau konnten sie verstehen und einen Wolf auch, aber die beiden als ein Wesen? Niemals.

In der Nähe der Glasbläserei blieb sie stehen. Sie konnte Antonius riechen, seine Furcht und das schreckliche Wirken der Krankheit, die langsam sein Fleisch zerstörte.

Die Wölfin hielt inne und spürte, wie der Tau durch ihr Fell sickerte. Ihre Flanken hoben und senkten sich nach dem langen Lauf durch die Nacht und sie hatte Durst.

Sie trank aus dem Bach, der einst die Glasbläser versorgt hatte, leckte mit der Zunge das kristallene Wasser auf.

Der Tod. Ja, sie würden sie töten, wenn sie sie einfangen konnten. Sie schauderte und dachte an die Foltern, denen jene ausgesetzt wurden, die schwarzer Zauberei für schuldig befunden wurden – ertränken, verbrennen.

Aber wie qualvoll die Schmerzen auch sein mochten, der Tod würde ihnen ein Ende bereiten, und der Tod war Teil des berechenbaren Universums.

Davon abgesehen ... wer weiß?

Vielleicht war das schlimmste Grauen, dem die Toten gegenüberstanden, der Umstand, dass sie nicht sterben konnten. Dass man sie auf dem endlosen Ozean jenseits des Lebens ausgesetzt hatte. Dass sie für immer auf dem Meer der Ewigkeit dahintrieben.

11

Antonius lag in seinen dicken Mantel eingehüllt da. Einige Sekunden lang blieb sie zitternd neben ihm stehen.

»Lupa«, seufzte er, als er ihren Körper so dicht neben sich spürte. »Du bist also zurückgekommen. Ich weiß nicht, ob ich froh darüber sein soll oder traurig. Ich dachte, dieser kleine Ofen könnte vielleicht mein Grab werden. Zuerst hat der Gedanke mich erschreckt, aber nach einer Weile fand ich ihn tröstlich.

Ich könnte hier liegen, mein Fleisch würde mit der Erde verschmelzen, meine Knochen würden sich auflösen, während ich tagsüber das Spiel der Schwalben verfolge«, überlegte er. »Es gibt hier nämlich Schwalben. Sie bauen ihre Nester im Schornstein und ziehen hier eine Generation von Jungen nach der anderen groß.«

Ja, dachten Regeane und die Wölfin, *und wenn Basils Männer keine blinden, menschlichen Narren wären, hätten sie die Anwesenheit dieser Schwalben bemerkt und daraus den Schluss gezogen, dass es in der Nähe Ruinen geben muss. Und dann hätten sie dich im Nu gefunden.*

»Und die Sterne. Wenn man so lange in der Stadt eingesperrt war wie ich, vergisst man die Sterne, wie schön sie sind, wenn die Milchstraße eine Brücke über den nächtlichen Himmel schlägt. Wie konnte je ein Künstler aufrichtig hoffen, ihre Pracht einzufangen?

Vielleicht würde ich, wenn ich ein paar Jahrhunderte hier vor mich hin moderte, etwas über sie lernen.«

Antonius lachte leise, als erheiterten ihn seine eigenen Gedanken, die Vorstellung seines unmittelbar bevorstehenden Todes und seiner Auflösung.

Die Wölfin war nicht erheitert. Für sie waren diese Gedanken einfach nur Schwarzseherei. Fauchend sprang sie auf die Füße.

Antonius' wunderschöne Augen blickten aus dem Schatten seines Kapuzenmantels zu ihr auf. »Warum, Lupa? Warum hast du das getan? War das ein Befehl oder eine Warnung?«

Beides, dachte Regeane, die zu seinen Füßen hinübertrottete. Sie schnappte nach ihnen, und ihre Zähne schlossen sich mit einem Unheil verkündenden Klacken in der Luft.

Antonius richtete sich auf. Im fahlen Sternenlicht betrachtete er den Wolf. »Lupa«, sagte er leise, »verstehst du denn nicht, dass es keinen Ausweg für mich gibt? Ich bin hier nicht schlechter dran als irgendwo sonst. Basil kann mich nicht finden. Er kann mich nicht gegen meinen Bruder benutzen.

Es gibt Wasser hier. Ich kann mich rausschleichen und trinken, wenn ich Durst habe. Hunger habe ich ohnehin nur noch selten. In einigen Tagen würde ich die wenigen Klagen, die mein Bauch erhebt, nicht mehr spüren. Und noch ein paar Tage und ein wenig Schmerz wird kaum noch einen Unterschied machen.«

Mehr Wölfin als Frau, war Regeane jetzt wütend. Sie war bereit, es um seinetwillen mit den Pforten der Ewigkeit aufzunehmen, und da redete er in aller Seelenruhe über das Sterben, als wolle er der nächstbesten Weinschänke einen Besuch abstatten.

Sie ließ sich auf die Hinterläufe sinken und stürzte sich mit einem zornigen Brüllen auf ihn, das wie ein Donnerschlag von den Wänden des Ofens zurückgeworfen wurde. Kurz bevor sie gegen seine Brust prallte, ließ sie sich auf den Boden fallen.

Antonius mühte sich auf die Füße. Die Wölfin trat besänftigt zurück.

Antonius betrachtete sie kurz. »Lupa?«, fragte er ängstlich. Die Wölfin trottete zu dem kleinen Tunnel hinüber, der den Eingang des Ofens darstellte. »Ich sehe schon, es ist mir nicht vergönnt, in Frieden zu sterben.«

Seltsamerweise schien er diese Aussicht mit derselben heiteren Gelassenheit zu begrüßen, mit der er sich zuvor dem Gedanken gestellt hatte, für alle Zeit in diesem kleinen Heiligtum zu verweilen. Er hatte sich wie immer den dunklen Umhang um seine verstümmelten Lippen und seine Nase gezogen, aber er lächelte. Die Wölfin spürte das Lächeln – ein friedvolles Strahlen – mehr, als dass sie es sah.

»Also schön. Ich überlasse mich dir. Führe mich.«

Regeane fand den Schafhirten einige Stunden später. Sie hatte Angst gehabt, dass seine Hunde Schwierigkeiten machen würden, aber als sie den struppigen Mischlingen schließlich gegenüberstand, erwiesen sich ihre Befürchtungen als vollkommen unbegründet.

Sie waren schon früher Wölfen begegnet, aber nicht solchen Wölfen. Die Silberwölfin war anders als die grauen Tiere der Campagna, ein Geschöpf von blendender Kraft. Sie war eine geballte Masse aus Muskeln und Knochen, gekleidet in den Schimmer des Mondlichts. Sie war zweimal so groß wie alle Wölfe, die sie je zuvor gesehen hatten.

Die Hunde hielten inne, das Knurren erstarb ihnen in der Kehle, sie legten die Ohren an und schoben die Schwänze fest zwischen die Beine. Dann suchten sie das Weite, um sich schützend zwischen sie und die weiße Masse der Schafe zu begeben.

Die Schafe lagen dicht an dicht, einerseits um Gefahren zu entgehen, andererseits um sich vor der Kälte der Nacht zu schützen. Und wenn die Silberwölfin versuchen sollte, sie anzugreifen, würden die Hunde – getrieben von der Verzweiflung, dass ihre Schutzbefohlenen bedroht wurden – den Kampf aufnehmen. Ansonsten würden sie nichts tun. Sie würden nicht einmal den jungen Hirten warnen, den die Silberwölfin hinter der Herde entdeckte. Er schlief, hatte sich vor einer primitiven Hütte neben einem kleinen Feuer auf dem Gipfel zusammengerollt.

Die Wölfin beäugte die Hunde voller Verachtung. Einer von ihnen bleckte die Zähne zu einem lautlosen, angsterfüllten Knurren.

Die Silberwölfin erschrak über das plötzliche Bewusstsein ihrer eigenen Macht. Sie konnte das zuversichtliche, stetige Hämmern ihres Herzens hören, spürte, wie sich die geschmeidigen Muskeln in ihrer Brust und in ihren Schenkeln anspannten, bereit, die stählernen Sehnen ins Spiel zu bringen, die ihre Beine antrieben.

Sie war nicht eine Wölfin, sondern *die* Wölfin. Ein Geschöpf von beispielloser Stärke auf dem Höhepunkt seiner Kraft. Sie wusste – und die Hunde wussten es –, dass sie sie töten und dann so vielen Schafen, wie sie wollte, die Kehle herausreißen konnte. Der Hirte hätte leicht ihre erste Beute sein können, ein hilfloses Opfer für ihre neu entdeckte Kraft. Und warum auch nicht?

Seine Hütte, die Kleidung, die er trug, das Essen, das er bei sich hatte, würden ihr helfen, Antonius zu schützen und zu versorgen. Wenn das Essen nicht genügte, konnte sie noch einige der Schafe töten.

Die Silberwölfin bewegte sich mit federnden Sprüngen auf die schlafende Gestalt auf dem Gipfel zu. Der Hirte war nicht mehr als ein Junge, ein Bürschchen von vielleicht dreizehn Jahren. In Ruhestellung zeigte sein Gesicht die friedliche Unschuld aller Schläfer. Die einnehmende und gleichzeitig erschreckende Verletzlichkeit der ruhenden Menschheit. Eine zeitlose Hilflosigkeit vor den Augen von Mutter Nacht und den ewigen Sternen.

Die Wölfin, diese gnadenlose Aristokratin unter den Mördern, war nicht geneigt, das Prinzip der Nützlichkeit infrage zu stellen. Der Junge würde tot sein, bevor er vollends erwacht war. Regeane hielt die Wölfin mitten im Lauf zurück. Die Silberne schüttelte verärgert den Kopf. Die Frau wusste, was der Junge war, wahrscheinlich der jüngste Sohn eines der kleinen Bauern, deren winzige Höfe sich um einen der riesigen Landsitze der Reichen scharten.

Diese Menschen lebten in so absoluter Armut, dass es Regeane krank machte. Sie fragte sich, wie irgendjemand ein Leben führen konnte, dem es so gänzlich an Vergnügen, Glück oder auch nur Hoffnung gebrach. Viele von ihnen hatten selbst den Versuch aufgegeben, ihre Kinder großzuziehen, und verkauften die, die nicht als Säuglinge gestorben waren, als Sklaven an die Mächtigen, sobald sie alt genug waren, um zu arbeiten. Jung wie er war, hatte er wahrscheinlich nicht einmal in den Augen seines Herrn einen besonderen Wert. Wenn der Junge die gnadenlose Plackerei und die Gefahren der Campagna überlebte und in der Lage war, zu jagen und seine mageren Sklavenrationen aufzubessern, damit er das Mannesalter erreichte, würde man ihn vielleicht besser behandeln und besser ernähren.

Im Augenblick standen seine Überlebenschancen nicht besser als die des kleinsten Tieres in einem Wurf von Hunden oder Kätzchen. Er mochte in der Lage sein, verbissen genug zu kämpfen, um der großen Weltmutter genügend Nahrung abzuringen. Aber vielleicht war er es auch nicht. In diesem Falle würde er schweigend und spurlos zusammen mit den anderen, die die Welt vergessen hatte, zu Staub werden. Aber was auch geschah, Regeane würde nicht zulassen, dass die Wölfin das Instrument seines Verhängnisses war.

Die Silberwölfin trat an den Rand des Feuers und senkte den Kopf. Holz war rar in der Campagna, und das kleine Feuer des Hirten bezeugte seine Armut. Ein Ring dürrer Zweige lag um einen einzigen großen Scheit Olivenholz herum.

Die Schafe stampften mit den Füßen und blökten leise vor sich hin, gestört von der Witterung des Wolfs. Mit einiger Verspätung stimmte plötzlich einer der Hunde ein scharfes Gebell an.

Der Hirte erwachte und sah durch einen Schleier von Flammen den Wolf. Er packte seinen Stab und versuchte, den letzten brennenden Zweig aus dem Feuer zu ziehen. Das halb verbrannte Holz zerfiel in seiner Hand und verbrannte ihm die Finger. Er versuchte sich aufzurappeln, rutschte weg und schaffte es gerade bis auf die Knie.

Die abgebrochenen Enden des Zweiges fingen Feuer. Und durch die Flammen sah er an der Stelle, an der nur einen Augenblick zuvor ein Wolf gestanden hatte … eine Frau.

Eine wunderschöne Frau, bekleidet nur mit prachtvoller Nacktheit und einer Halskette aus Silber und Perlen.

Der junge Hirte verneigte sich und drückte die Stirn in die Erde. Halb erstickt kamen die Worte über seine Lippen: »O Königin der Nacht, warum kommst du zu mir?«

Obwohl sie den Körper der Frau trug, wurde Regeanes Denken noch immer von der Wölfin beherrscht, und sie war erfüllt von der Kühnheit des Tieres. Der Plan war ein recht grober gewesen und nur halb durchdacht. Sie hatte vorgehabt, den jungen Mann mit der Kette zu bestechen. Und falls das misslang, sich wieder in den Wolf zu verwandeln und ihn derart in Angst zu versetzen, dass er ihrem Ansinnen nachgab. Seine Verehrung brachte sie aus dem Gleichgewicht.

Aber, ging es ihr durch den Kopf, Verehrung war nicht das Schlechteste. Sie hatte Angst vor dem gehabt, was sie vielleicht würde tun müssen, um ihn ihrem Willen zu unterwerfen. Jetzt schien ihre Aufgabe weitaus einfacher zu sein.

Sie trat auf ihn zu, wobei sie dafür sorgte, dass das niedrige Feuer zwischen ihnen war. Er blickte durch die Finger zu ihr auf.

Die Wolfsfrau machte etwas, worauf die Wölfin nicht gekommen wäre und das die Frau nicht zu tun gewagt hätte. »Hast du keine Angst, dass die Nacktheit der Göttin dich blenden wird, wenn du sie so anstarrst?«

Zu ihrer Überraschung hob der Junge den Kopf und warf ihr einen bewundernden Blick zu. »Die Leute sagen, dass der, der die Herrin der Nacht schauen darf, von allen Frauen begehrt sein wird und für den Rest seiner Tage ein hübsches Antlitz behält. Und der sie berührt…«

Etwas in Regeanes Miene musste sich verändert haben, denn den Jungen verließ plötzlich der Mut, und er warf sich der Länge nach auf die Erde und rief: »Sei gnädig! Töte mich nicht!«

Regeane fror. Die Bitterkeit der Nachtluft war ihrem nackten Fleisch übel gesonnen, da sie mit jeder Sekunde mehr zur Frau wurde. Sie kämpfte gegen den Drang, dieser gefährlichen Situation auszuweichen, wieder Wölfin zu werden und zu fliehen. Sie knirschte mit den Zähnen, versuchte, ein Schaudern zu unterdrücken und dachte: *Du bist jetzt die Göttin. Nutze deine Macht!*

»Fürchte dich nicht«, sagte sie und öffnete Lucillas Halskette. »Ich trachte dir nicht nach dem Leben. Ich möchte, dass du einen, den ich liebe, beschützt und ihm Zuflucht gewährst.«

Der Junge blickte verwundert vom Boden auf und nahm dann die Kette aus ihrer Hand entgegen. Er hatte nicht den Mut, ihr noch einmal ins Gesicht zu sehen. Stattdessen blickte er auf die kleine, weiche Frauenhand, die das Schmuckstück hielt. Eine Hand, die die Hand irgendeines jungen Mädchens hätte sein können.

Regeane machte einen Schritt zurück.

»Warte«, stieß der Junge heiser hervor. »So etwas wie diese Nacht wird mir niemals mehr widerfahren.«

Regeane zögerte. Sie war unmittelbar am Rand der Verwandlung angelangt. Beinahe konnte sie schon die Flut der Mondstrahlen in ihrem Fleisch spüren. »Warum?«, flüsterte sie leise. Das Feuer brannte sehr niedrig. Sie konnte das Gesicht des Jungen kaum sehen.

»Oh, Herrin der Nacht, berühre mich nur einmal, auf dass ich in der Liebe niemals versagen möge.«

»Schließe deine Augen und wende mir dein Gesicht zu«, sagte Regeane.

Der Junge schloss die Augen. Er zitterte. Ihr langes Haar fiel ihm übers Gesicht, und ihre Lippen streiften seine zu einem einzigen, sanften, süßen Kuss.

Regeane trat zurück und wurde sich bewusst, dass Antonius neben ihr stand. Sein Gesicht war unter dem groben schwarzen Umhang verborgen, aber seine Augen waren weit aufgerissen und voller Staunen und Angst. Dann durchströmte sie das Monddunkel und sie war wieder Wölfin.

Der junge Hirte verneigte sich und hielt die Augen fest geschlossen, aber Antonius sah ihr fragend ins Gesicht.

»Warum, Lupa?«, fragte er leise. »Warum?«

Aber Regeane war bereits fort. Ein silberner Schatten, der über die Campagna nach Hause jagte.

Fest entschlossen, sich nicht wieder wie in der vergangenen Nacht einfangen zu lassen, behielt sie ein unerbittliches Tempo bei, bis sie die Lichter der Stadt sah und das gewohnte Gemisch aus Holz, Rauch und Abfall wahrnahm, das sie mit menschlichen Behausungen in Zusammenhang brachte. Sie verlangsamte ihren Schritt und strebte Lucillas Villa entgegen.

Als sie über die Mauer des Obstgartens sprang, sah sie einen dünnen, weißen Streifen am östlichen Horizont. Sie trottete zum Atrium und senkte, unfähig, noch länger zu warten, ihre Schnauze in das Becken.

Im langsam heller werdenden Licht sah sie das Spiegelbild ihres Gesichts im Wasser – die tief liegenden gelben Augen in dem an den Spitzen silbrig schimmernden Fell, dem dicken Pelz, der ihr Gesicht umrahmte. Dann schlug plötzlich eine bebende Woge der Dunkelheit über ihr zusammen, und sie lag auf den Knien vor dem Becken und blickte auf ihr menschliches Gesicht hinab, auf das dunkle Haar, das ihr über die Schultern floss, und ihre eigenen fremden, traurigen Augen.

Regeane blieb auf den Knien – inmitten der Iris und der Kaskaden von Herbstmargeriten, wie gebannt von ihrer eigenen Müdigkeit und der Schönheit des stillen Gartens im ersten Licht.

Das Wasser im Becken warf die Farben des Sonnenaufgangs zurück, ein durchscheinendes Blau zuerst, das sich schließlich rosa färbte. Die Blumen, noch schwer vom Tau der Nacht, gaben nach und nach ihren Duft an die kühle Morgenluft ab. Die Gerüche von Minze und Kamille, die sie mit ihren Knien zerdrückt hatte, umwehten sie.

Regeane schloss die Augen und holte tief Luft.

»O mein Gott«, stieß eine Stimme hervor. »O mein lieber, barmherziger, gütiger Gott. Kein Wunder, dass du Angst hattest zu heiraten.« Lucilla saß auf einer der Bänke am Beckenrand.

»Du hast es gesehen«, wisperte Regeane. »Du weißt es.«

»Ich habe gesehen...« Lucilla riss eine Hand an die Wange und wandte das Gesicht von Regeane ab. »O Gott, ich habe gesehen... Ich glaube nicht, was ich gesehen habe.« Dann drehte sie sich wieder zu der jüngeren Frau um.

Regeane erhob sich langsam und ging über den gepflasterten Weg auf Lucilla zu. »Würdest du mir deinen Umhang leihen?«, fragte sie. »Es ist noch kalt und vielleicht kommen auch die Diener bald heraus. Ich bin nackt.«

»Das bist du in der Tat«, sagte Lucilla und starrte sie mit ungläubigen Augen an. »Das bist du. Nackt wie eine Nymphe. Einen Augenblick lang dachte ich, meine Augen würden mich betrügen. So etwas passiert nämlich, wenn man älter wird«, plapperte sie drauflos. »Ich dachte: ›Ein Wolf. Wie kommt ein Wolf hierher? Ich muss meine Diener rufen, damit sie ihn vertreiben.‹ Und einen Augenblick später schoss es mir durch den Kopf: ›Altes Weib, das ist kein Wolf, sondern nur eine Statue, die zwischen den Blumen steht.‹ Und dann...« Lucilla zog sich vor Regeane zurück, das Gesicht starr vor Entsetzen. »Und dann... Und dann... hast du dich bewegt.«

Regeane stand nur wenige Schritte von Lucilla entfernt. Jetzt streckte sie die Hand aus. »Den Umhang, bitte. Ich friere.«

Geistesabwesend und noch immer mit offenem Mund zog sich Lucilla den Umhang von den Schultern und reichte ihn Regeane.

Diese wickelte sich in das schwere Tuch ein. »Ich danke dir.«

»Starr mich nicht so an«, sagte Lucilla. »Nicht mit diesen Augen. Ich weiß, ich sehe aus wie eine zerlumpte alte Vettel, aber auch ich habe meinen Stolz und ... ich habe eine schlaflose Nacht hinter mir.«

»Wirst du mich verraten?«, fragte Regeane.

»Dich verraten?«, wiederholte Lucilla und klappte erstaunt den Mund zu. »Was soll ich verraten?«

»Dass ich eine Hexe bin, eine Zauberin.«

Lucilla lachte. Es war ein kurzes Lachen, schrill und eine Spur hysterisch. »Natürlich nicht«, entgegnete die ältere Frau. »Ich verrate nie jemanden, außer diejenigen, die gegen Hadrian intrigieren. Jeder weiß, dass ich zu lange außerhalb des Gesetzes gelebt habe, um mich mit diesen gnadenlosen Richtern zu verbünden, diesen Soldaten mit den eisernen Fäusten, die ...«

Regeane ließ sich auf die Bank sinken.

Lucilla nahm sie in die Arme. »Ach, mein liebes Kind. Mein liebes, armes Kind.« Plötzlich blickte sie voller Entsetzen auf Regeane hinab. »Du warst die ganze Nacht draußen in der Campagna?«

Regeane richtete sich auf. »Ja, bei Antonius. Er ist in Sicherheit. Ich habe ihn in der Obhut eines Hirten gelassen.«

Lucilla vergrub das Gesicht in den Händen. Sie stieß einen Seufzer aus, ließ dann die Hände in den Schoß sinken und blickte auf das glitzernde Schwimmbecken. Dann kicherte sie zu Regeanes Überraschung plötzlich leise. »Du glaubst, du seist eine Hexe, wie?«, fragte sie.

Regeane sagte: »Ich weiß nicht, was ich bin.«

»Kannst du das ... kannst du das, was ich dich habe tun sehen ... tun, wann immer du willst?«, fragte Lucilla.

»Nein«, antwortete Regeane. »Ich meine, ich weiß es nicht.« Sie geriet ins Stocken. »Ich habe nie darüber nachgedacht. Meine Mutter und ich haben nie davon gesprochen.«

»Nein, aber das ist auch kein Wunder, oder?«, sagte Lucilla. »Es erkärt allerdings die Macht, die dein Onkel über euch hatte. Warum sie zugelassen hat, dass er und sein verkommener Sohn sie in Lumpen kleideten, während sie selbst loszogen, um ihr Geld auszugeben.«

»Nein«, stieß Regeane hervor.

»O doch«, sagte Lucilla. »Und es erklärt auch die Macht, die sie über dich haben.« Einen Augenblick saß sie ganz still da und schaute auf ihren Schoß hinunter. Versonnen zupfte sie an ihrem Gewand.

»Ich kann deine idiotische Mutter geradezu vor mir sehen«, sagte Lucilla schließlich. »Eine fromme Frau, nicht von dieser Welt. Hast du mir nicht genau das erzählt? Sie hat dich eingesperrt, nicht wahr? Dich versteckt, wie ein schmutziges, kleines Geheimnis. Und zwischen Riegeln, Gitterstäben und engen, kleinen Zellen hast du nur die Wachskerzen der Kirchen und Schreine gesehen, die mit dem verwesenden, vergoldeten Fleisch angeblicher Heiliger geschmückt waren.«

Regeane würgte und wisperte: »Hör auf.« Sie holte tief Luft. »Hör auf. Erinnere mich nicht dran. Manchmal hat sie Stücke von totem Fleisch bekommen, kleine Knochensplitter. Sie hat sie zu Pulver zerstampft und versucht, mich dazu zu bringen, sie zu trinken.«

»Bah«, sagte Lucilla. »Genau wie dieser schwachsinnige Arzt mit seinem Nilpferddung.«

Regeane ächzte. »Ich habe versucht, ihre Mixturen zu trinken.« Sie begann zu weinen und Tränen rannen ihr über die Wangen. »Sie hat so schrecklich gelitten. Ich wollte ihren Schmerz lindern.«

Lucilla sprang auf. »Mir scheint, dass du diejenige warst, die gelitten hat«, fauchte sie. »Und das alles, weil sie die Situation nicht akzeptieren konnte und wollte, weil sie nicht versucht hat, dich zu schützen.«

»Ja«, gab Regeane unsicher zu. »Aber wer hätte so etwas tun können – wer würde so etwas tun wollen?«

»Ich kann es«, sagte Lucilla. »Ich will es. Ich habe es gerade getan. Und sie hätte es ebenfalls tun können, wenn sie auch nur einen Hauch von Rückgrat gehabt hätte.«

»Lucilla«, weinte Regeane. »Bitte hör auf. Ich habe meine Mutter geliebt.«

»Kind, Kind«, sagte Lucilla. Sie ging vor der Bank auf und ab. »Wir alle haben unsere Mütter geliebt. Auch ich habe meine Mutter geliebt, aber sie war wie deine. Hat vor Christus und seinen

Heiligen auf den Knien gelegen und gejammert und die ganze Zeit Todesangst vor der Faust und dem Stiefel meines Vaters ausgestanden. Hat Kind um Kind geboren. Ich erinnere mich nicht daran, wie viele es waren. So oft starben sie, meistens noch bevor die armen kleinen Würmer auch nur die Chance bekamen zu wissen, was Leben ist. Vielleicht war das ihr Glück.«

Ihr Gesicht war eine Maske der Verbitterung. »Das Leben eines Bauern in den Abruzzen ist grausam genug, um den härtesten Geist abzutöten. Ich weiß, dass es in meinem Fall beinahe gelungen wäre. Aber das ist jetzt unwichtig. Es ist dein Leben und dein Geist, von denen wir hier sprechen. Dein Leben und deine Zukunft. Zunächst einmal, wie ist diese… Verwandlung über dich gekommen?«

»Ich…«, sagte Regeane, »ich… ich weiß nicht…«

Lucilla hielt in ihrem unruhigen Auf und Ab inne und tippte mit einem Fuß auf den Boden. »Komm schon«, drängte sie. »Wann ist es das erste Mal passiert?«

»Als ich zur Frau wurde, bei meiner ersten Blutung. Ich…« Regeane seufzte. »Ich habe mich verwandelt.«

»Also.« Lucillas Augen wurden schmal. »Also«, wiederholte sie, »ist dieses besondere Talent von dir genau wie dein wunderschönes Haar nichts Künstliches, sondern ein Teil der Natur selbst.«

»Ich glaube, ich bin damit geboren worden«, sagte Regeane. »Mein Vater war mit demselben Leiden geschlagen.«

Lucillas wohlgelauntes Kichern überraschte Regeane erneut. »Meine Schöne, ich habe in meinem Leben eine oder zwei Hexen kennen gelernt. Mehr als zwei, wenn wir bei der Wahrheit bleiben wollen. Eine Frau in meinem Gewerbe hat mit allen möglichen zwielichtigen Geschäften zu tun. Und lass dir von mir gesagt sein, deine Fähigkeiten würden jede Einzelne von diesen Frauen halb wahnsinnig vor Neid machen. Stinkende, alte Weiber, die mit Drogen herumpfuschen, die mit dem abscheulichsten Aberglauben und den widerlichsten Tricks arbeiten. Aber du! Nein, du besitzt wahre Macht, mein Mädchen.«

»Macht?«, fragte Regeane. »Ist es Macht oder ein Fluch?«

»Macht, wenn du es zulässt, und Fluch, wenn du es leugnest«, sagte Lucilla. »Komm. Komm. Ich habe gesehen, wie du in einem

Stück Tuch die Vergangenheit gelesen hast, als wir uns das erste Mal begegneten. Du kannst deine Gestalt verändern und dich in ein Geschöpf der Nacht verwandeln. Sag mir, was kannst du sonst noch alles?«

Regeane stand auf und schlang den Umhang fester um sich. Ihre Gedanken waren in Aufruhr. »Macht«, murmelte sie.

Plötzlich taumelte sie und Lucillas Gesicht schien in gewaltige Ferne zu rücken. Die Galle stieg in ihr hoch und füllte ihre Kehle. Ihr brach der Schweiß aus.

Als sie wieder zu sich kam, saß sie, den Kopf zwischen den Knien, auf der Bank. Lucilla hatte den Arm um sie gelegt. Jetzt richtete sie sich auf und lehnte den Kopf an Lucillas Schulter. »Ich brauche etwas zu essen«, sagte sie. »Etwas zu essen und Schlaf. Die Verwandlung… Das Monddunkel zehrt meine Kräfte auf.«

»Das Monddunkel«, sagte Lucilla. »So nennst du das also? Das Monddunkel?«

»Ja, weil der Drang bei Vollmond am stärksten ist. Dann kann ich der Verwandlung nur selten widerstehen, und obwohl meine Mutter mit Fasten und Gebeten dagegen angekämpft hat, ist es immer passiert.«

»Ich nehme an, dass du diejenige warst, die das Fasten besorgt hat«, sagte Lucilla trocken, »während sie das Beten erledigte.«

»Ja, aber es hat nicht funktioniert.«

Lucilla nickte und zog Regeane fester an sich. Sie drückte den Kopf der jungen Frau an ihre Schulter und blickte über sie hinweg in den Garten.

Die blaurote Dämmerung nahm einen warmen Goldton an, während das Licht der jungen Sonne das Atrium erreichte. Die Luft war erfüllt von Vogelgezwitscher, und Kolibris schwirrten wie fliegende Juwelen umher und nippten an dem sonnengewärmten Nektar in den Blütenkelchen.

»Einkerkerung, Prügel, Hunger, widerliche Gebräue, die man dir eingeflößt hat, und das alles im Namen der Läuterung«, dachte Lucilla laut. »Alles nutzlos. Keine besondere Vorbereitung auf das Leben. Aber komm, ich denke, ich kann etwas gegen deinen Hunger und deinen Durst unternehmen. Am Abend stellt Susanna immer ein Tablett mit Speisen in mein Arbeitszimmer.«

Regeane hielt inne und wollte das Kleid und die Sandalen aufheben, die sie in der vergangenen Nacht abgestreift hatte.

»Nein«, sagte Lucilla scharf. »Lass dieses Hurenkleid, wo es ist. Folge mir.«

Lucilla führte sie durch einen anderen Garten. Dieser war mit einem kunstvollen Gehweg aus Marmorfliesen und sorgfältig beschnittenen Buchsbaumhecken versehen. Etliche Sockel verteilten sich über das Grundstück. Keine Statuen, nur die Sockel.

Regeane starrte sie mit offenem Mund an.

»Ja«, sagte Lucilla. »Früher einmal war dieser Garten voller herrlicher Bronzestatuen. Der vorherige Bewohner, ein gewisser Bischof Maxtentus, fand sie geradezu schockierend heidnisch und ließ sie einschmelzen.«

»Oh«, flüsterte Regeane. »Wie schade.«

»Verschwende keine Tränen für die Statuen, Liebes. Hadrian glaubt – und ich schließe mich ihm da an –, dass Maxtentus die Statuen vor allem schockierend wertvoll fand und sie allesamt zu hohen Preisen an einen griechischen Händler verkauft hat, der mit ihnen nach Konstantinopel gesegelt ist.

Er hat Hadrian die ziemlich dürftige Geschichte von wegen heidnischer Sitten aufgetischt, aber als Hadrian sich nach dem Verbleib der Bronze erkundigte, geriet Maxtentus schrecklich ins Stottern. Als Hadrian sich dann eingehender mit seinen anderen Angelegenheiten beschäftigte, stellte er fest, dass die meisten wertvollen Dinge, die der Bischof berührte, irgendwie die Neigung hatten, ihm an den Fingern kleben zu bleiben – zumindest lange genug, dass er sie mit Gewinn verkaufen konnte.«

»Was hat er getan?«, fragte Regeane.

»Maxtentus?«, fragte Lucilla zurück.

»Nein, Hadrian«, sagte Regeane.

Lucilla kicherte. »Maxtentus hat jetzt seinen Bischofssitz in irgendeiner namenlosen Stadt bei den Sachsen. Er steckt bis zum Hintern in großen behaarten, bierseligen Kriegern und dickbusigen, blonden Frauen, die niemals baden und ihr Haar mit Butter schmücken. Er spricht nur Latein. Seine Herde scheint in ihm einen sehr zufrieden stellenden Hirten zu sehen. Er kann sie nicht wegen ihrer schlechten Gewohnheiten tadeln. Sie huldigen nach wie vor Bäumen, Brunnen und Flüssen. Er predigt ihnen nach wie vor die Abkehr von ihren überkommenen Sitten, und das in einer Sprache, von der sie nicht ein einziges Wort verstehen. Und er glaubt immer noch, dass sie ihn verstehen könnten, wenn sie es … nur … versuchen … würden.«

Regeane begann zu lachen.

»Was hältst du von diesem Garten?« Lucilla blieb in der Nähe einer Tür stehen, damit Regeane sich umsehen konnte.

»Nicht viel«, sagte Regeane, »er wirkt ziemlich kalt. Ich hoffe, dieser Bischof kommt nicht auf den Gedanken, den Sachsen etwas zu stehlen. Sie würden ihm die Hände abhacken.«

»Keine schlechte Idee«, erwiderte Lucilla. »Die Bronzestatuen gehörten der Kirche und sie waren sehr schön. Aber wenigstens ist der Teich noch da.« Sie zeigte auf einen riesigen, glitzernden Teich im Garten. »Ich züchte dort Karpfen.«

Regeane blickte nach unten. Zwei große Karpfen schwebten über dem Grund des Teichs und bewegten im stillen Wasser nur sacht die Flossen. »Hmmm.« Regeane beäugte die Fische mit hungrigem Blick. »Frühstück?«, fragte sie hoffnungsvoll.

»Meine Güte!« Lucilla schien ein wenig von ihr abzurücken. »Roh oder gekocht?«

»Im Augenblick«, erwiderte Regeane ungeduldig, »ist es mir egal.«

»Ah ja«, sagte Lucilla, die sich daranmachte, die Tür aufzuschließen. »Ich habe vergessen, dass du ja die ganze Nacht auf allen vieren herumgelaufen bist.«

Sie öffnete die Tür. Der Raum dahinter war klein, düster und roch nach Zedernholz und Möbelpolitur. Er führte in einen abgeschiedenen, umfriedeten Garten.

Das Erste, was Regeane auffiel, war ein mit einer Serviette bedecktes Tablett auf einem runden Tisch in der Mitte des Raums. Sie stürmte darauf zu.

»Halt!«, sagte Lucilla. »Es wird sich nicht zur Wehr setzen und weglaufen. Arme hoch.«

Der Umhang, den Regeane trug, glitt zu Boden. Lucilla streifte ihr ein schweres Leinengewand über den Kopf.

Regeane trat an den Tisch. Sie fand reife Birnen, Sahnekäse mit

Kräutern, Brot und einen Krug Weißwein. Den Wein ignorierte sie. Er war das Einzige auf dem Tisch, was sie ignorierte.

Lucilla schenkte sich selbst etwas Wein ein und gab Wasser hinzu. »Wie geht es Antonius?«

Regeane hörte einen Augenblick auf zu essen. Sie musste tief Luft holen, um sprechen zu können. »Es geht ihm ... gut. Du weißt schon, nicht wirklich gut, aber ...«

»Aber er ist so gesund, wie er nur sein kann«, ergänzte Lucilla.

»Ja. Nicht einmal Basils Entführung konnte ihn aus der Fassung bringen.«

Lucilla schüttelte seufzend den Kopf. Sie nahm ihren Wein, trat auf die Terrasse hinaus und blickte in den Garten. »Nein, natürlich nicht. Auch eine Hinrichtung würde ihn nicht aus der Fassung bringen ... wie du es ausdrückst. Kannst du ihm helfen?«

Die Frage kam so leise, dass Regeane sie beinahe nicht gehört hätte. Aber als sie ihr Bewusstsein durchdrang, hörte sie auf zu essen. »Ja«, antwortete sie.

Lucilla drehte sich wieder zu ihr um. »Wie?«

Regeane sagte: »Hmmmmm.«

»Regeane, besteht etwa die Gefahr, dass du dieselbe Art von Stottern entwickelst wie Maxtentus, als er mit Hadrian sprach?«

»Es wird viel Zeit in Anspruch nehmen, wenn ich dir zu erklären versuche, was ich tue«, sagte Regeane.

»Der Punkt geht an dich«, sagte Lucilla. Sie verneigte sich leicht vor Regeane und wandte sich dann wieder dem Garten zu.

Regeane aß. Mit jedem Bissen fühlte sie sich besser. Zu guter Letzt lehnte sie sich gesättigt zurück und hatte endlich die Muße, sich in dem Raum umzusehen.

Lucillas Arbeitszimmer verströmte eine sanfte Würde, wie sie dem übertrieben prunkvollen Speisesaal abging. Bücherregale säumten die Wände. In diamantförmigen, in die Wände eingelassenen Fächern lagen Schriftrollen, auf flachen Regalen standen Bücher, und in vielen Kästen stapelten sich ungebundene Papiere. Eine Glasscheibe im Dach ließ das klare Morgenlicht auf den Tisch fallen, an dem Regeane aß. Sie blickte in den Garten.

Aus einem Springbrunnen in der Wand sprudelte Wasser in ein Becken. Der Kopf des Springbrunnens zeigte eine Ansammlung von bronzenen Bärenklaublättern; sie deuteten das Gesicht eines Gottes an, der durch die Blätter in einen Wald spähte. Die Bronze erstrahlte in dem zarten, goldenen Schimmer der jungen Sonne, und das Wasser funkelte.

Der Rest des Gartens lag in kühlem, morgendlichem Schatten. Kamille, Baldrian und Mohn wuchsen in dichten Büscheln in Beeten entlang der Gartenmauern.

»Was ist das hier für ein Raum?«, wollte Regeane wissen.

»Ein Raum, in dem ich nur selten bin und in den ich nie irgendjemand einlade, nicht einmal meine Freunde«, sagte Lucilla. Sie trat an ein Bücherregal und nahm eine Schriftrolle heraus, um sie Regeane zu reichen.

Regeane rollte sie auf. »Das ist ja Griechisch«, sagte sie enttäuscht. »Ich kann kein Griechisch lesen.« Sie sah sich den Papyrus sehr genau an. Er war in neues Pergament eingefasst worden, um ihn vor Schaden zu bewahren, denn er war sehr alt und zerfiel an den Rändern bereits zu Staub.

»Ich auch nicht«, sagte Lucilla, »aber ich habe eine lateinische Übersetzung hier auf dem Regal liegen.«

Regeane schob die Schriftrolle mit großer Behutsamkeit wieder zusammen. »Sie ist sehr alt und gewiss kostbar.«

Lucilla nickte und legte sie wieder auf das Regal. »Es ist ein Brief von Königin Cleopatra von Ägypten an Julius Cäsar bezüglich des Kalenders. Sie schreibt ihm von den Auffassungen des ägyptischen Weisen Sosthumeus und gibt später auch ihre eigene Meinung ab. Dann macht sie einige Vorschläge. Es ist bemerkenswert, dass er diese Vorschläge aufgriff. Man nimmt an, dass dies der einzige noch existierende Brief ist, den die Königin persönlich geschrieben hat. Er konnte gerettet werden, als die Bibliothek von Alexandria niederbrannte.«

»Oh«, flüsterte Regeane, die den Blick nicht von Lucillas Blick abwandte, »was gibt es hier sonst noch?«

»Auf diesem Regal«, sagte sie und deutete nach oben, »Arete, eine der Ersten, die eine Studie des Naturgesetzes, so weit es sich auf die Frauen bezieht, geschrieben hat. Ihre Mitbürger von Cyrene haben auf ihren Vorschlag hin angeblich ihre Ehegesetze geändert. Man nennt sie ›Lycergia‹, die Gesetzgeberin.

Hier drüben findest du Poeten wie Hyrtis, Erinna und Anyte. Das sind griechische Dichter, während die hier Römer sind: Sulpicia ...«

Regeane brach in Tränen aus. »Das sind ja alles Frauen.« Die Tränen waren keine Tränen der Heilung. Sie versengten ihr Gesicht, brannten in ihren Augen und ließen ihre Nase anschwellen. Als Lucilla versuchte, sie zu trösten, rückte sie von ihr weg und wusch sich schließlich im Gartenbrunnen das Gesicht. »Alles Frauen«, wiederholte sie, als sie zu Lucilla zurückkehrte.

»Nun, ich habe nichts gegen männliche Autoren und besitze sogar einige ihrer Bücher, aber ich bewahre sie nicht hier in diesem Raum auf. Und du kannst zum Lesen oder zum Studieren hierher kommen, wie es dir gefällt. Nur nimm keine Bücher aus diesem Raum mit. Nicht weil ich dir nicht vertraue, sondern weil ich kein Zutrauen in andere habe. Ich habe Männer erlebt, die, sobald sie entdeckten, dass ein Buch von einer Frau geschrieben worden war, es in aller Eile den Flammen überantworteten. Ich beschütze die Schriften, die ich hier aufbewahre, obwohl ich mir nicht vorstellen kann, dass sie mich überleben werden.«

Regeane nickte. »Ich fühle mich geehrt ... Du hast heute Nacht nicht geschlafen.«

»Nein«, sagte Lucilla. Ihre Augen waren rot, und sie hatte sich das lange, blonde Haar so zur Seite gekämmt, dass Regeane in dem heller werdenden Licht sehen konnte, wie viele graue Strähnen es bereits enthielt.

»Ich verfüge über gewisse Kräfte«, sagte Regeane. »Ich werde versuchen, Antonius zu retten.«

»Ja, ich weiß«, sagte Lucilla. »Es gibt eine Dichterin, die hier nicht vertreten ist. Ich kann einfach keine Sammlung von ihren Gedichten mehr finden. Die Priester haben ihre Arbeit wirklich gründlich gemacht. Trotzdem kann ich mir nicht vorstellen, dass man sich ihrer nicht entsinnen wird, denn sie hat die wichtigste Seite der Einsamkeit und Sehnsucht in einer jeden Menschenseele berührt. Heute Nacht habe ich oft an sie gedacht.

Untergegangen ist der Mond
Und die Plejaden:
Es ist die Mitte der Nacht,
Und die Zeit vergeht
ja, sie vergeht,
Und ich – liege allein.«

Regeanes Augen brannten, aber die Tränen wollten nicht kommen. Ihr Kopf schmerzte. »Sie hat ihn getötet. Gundabald hat ihr geholfen. Sie hat Gundabald geholfen... Ich weiß nicht, ob es wichtig ist, welcher von beiden... Er war mein Vater. Ich habe diese Kräfte von ihm. Nur dass sie sie als einen Fluch bezeichnete und überzeugt davon war, selbst verflucht zu sein... durch mich.«

»Ja«, entgegnete Lucilla. »Das war der ›Unfug‹, den du unter dem Einfluss von Pappolus' Drogen geredet hast. Etwas von Rosenblättern, die in Blut getränkt waren. Wie dumm von uns beiden, dass wir es nicht verstanden haben.«

»Ich kann dir nichts Konkretes versprechen«, sagte Regeane, »weil ich nicht weiß, wohin meine Kräfte mich führen.«

»Ja«, sagte Lucilla und griff nach ihrem Arm. »Und nun komm ins Bett. Heute Abend beginnt deine eigentliche Ausbildung. Du wirst mit dem Papst speisen.«

Regeane schlief in Lucillas großem Bett. Lucilla, die neben ihr lag, versank in tiefe Bewusstlosigkeit, kaum dass ihr Kopf das Kissen berührt hatte. Regeane jedoch blieb noch für einen kurzen, wunderbaren Augenblick wach. Die Wölfin kam zu ihr.

Sie und andere ihrer Art gingen einen schmalen Strand unterhalb hoher Klippen entlang. Der Stein war von einem tiefen, blutigen Schwarz, das an manchen Stellen nur schwach erkennbare, rote und purpurne Flecken hatte. Der Himmel war von Sturmwolken erfüllt, dunkelgrau zuunterst, kristallen weiß oben in den großen Gewitterwolken, zwischen denen immer wieder Blau in zerrissenen Fetzen aufleuchtete. Draußen auf See lag Nebel.

Gleichmäßig rollten die Wellen heran, weit draußen noch grau, dann blau in der Nähe der Küste, um sich schließlich in tiefem Grün zu brechen und die Pfoten der Wölfe mit weiß schäumender Gischt zu benetzen.

Ab und zu mussten sie einen Bogen um große Haufen von knochenweißem und silbernem Treibholz machen. Aber schließlich erreichten sie eine Landzunge, die sich weit hinaus in die See erstreckte.

Die Luft, die vom Meer her kam, war klar und kalt; jeder Atemzug enthielt die Essenz der Ewigkeit. Die ersten Lichtstrahlen durchbrachen den Nebel. Wie einer standen die Wölfe da und sahen die Sonne in ihrer ganzen Pracht aufgehen… über den Rand der Welt.

12

Sie war eine der schönsten Frauen, die Regeane je gesehen hatte. Sie musterte Regeane mit aristokratischer Herablassung. »Ist das das Mädchen, Mutter?«

»Regeane«, sagte Lucilla, »darf ich dir meine Tochter Augusta vorstellen?«

Regeane knickste so tief, wie sie es in ihrer Robe aus steifem, weißgoldenem Brokat vermochte.

Augusta hob einen lackierten Finger an die Lippen und strich sich erst die eine modisch gewölbte Braue glatt und widmete sich dann der anderen, während sie ihre herrlichen, violetten Augen auf Regeane geheftet hielt. »Zu benehmen weiß sie sich offensichtlich, Mutter«, bemerkte Augusta und fuhr dann fort: »Bitte sage mir, Regeane, aus welchem Geschlecht du stammst.«

Wie man es sie gelehrt hatte, sagte Regeane ihren Stammbaum auf, beginnend mit einem gewissen Luprand, dem Sohn von Karl Martell und einer Konkubine, der trotz seines Amtes als Abt sieben Kinder zu zeugen vermocht hatte.

Augusta unterbrach ihre Aufzählung, noch bevor sie mit der ersten Generation fertig war. »Exzellent, mein liebes Mädchen. Ich sehe, du kennst deine Ahnen. So sollte es auch sein – eine illustre Familie, wenn auch … recht jung.«

»Jung?« Regeane erstickte fast.

»Die Familie meines Gemahls«, fuhr Augusta mit hochmütiger Herablassung fort, »führt ihre Ahnenreihe bis auf den göttlichen Julius selbst zurück.«

»Ja, meine Liebe«, sagte Lucilla mit gutmütiger Bosheit, »das wissen wir. Du erzählst es nämlich früher oder später jedem, meistens eher früher.«

»Sei nicht so schwierig, Mutter«, sagte Augusta.

»Nein, meine Liebe«, entgegnete Lucilla, »aber wenn du uns

einen Augenblick entschuldigen würdest, ich habe noch ein paar letzte Anweisungen für Regeane.«

Augusta brachte es fertig, gleichzeitig höflich, gelangweilt und gereizt zu wirken; dann wandte sie sich ab und entschwebte – den Pfad hinunter, wobei sie alle paar Schritte stehen blieb, um sich in dem dunkler werdenden Wasser des Atriumbeckens zu bewundern.

Regeane fand, dass es da viel zu bewundern gab. Augustas schlanker, kurvenreicher Körper war in ein Übergewand aus hellrosafarbener Seide gehüllt, die kunstvoll mit Goldfaden und orientalischen Perlen bestickt war. Das kastanienbraune Haar trug sie hoch aufgetürmt; Smaragde und ein Netz aus goldenen Kettchen hielten die Frisur in Form.

Das Gesicht, das von all dem Schmuck umrahmt wurde, war ebenfalls keine Enttäuschung. Augusta war mit schmalen, hohen Wangenknochen gesegnet, mit der typischen, schmalen, hohen Aristokratennase und großen Augen mit schweren Lidern, die auf wunderbare, unterschwellige Weise beherrschte Leidenschaft andeuteten.

»Ach herrje«, sagte Regeane. »Der göttliche Julius. Ist sie wirklich eine Nachfahrin von ihm?«

»Sei nicht dumm, Kind«, sagte Lucilla. »Sie ist meine Tochter. Sie prahlt mit der Familie ihres Mannes. Ich muss allerdings zugeben, wenn man sie sich heute so ansieht, käme man niemals auf den Gedanken, dass ihre Großmutter eine Bäuerin aus den Abruzzen war, die jede Nacht auf einer Strohmatratze schlief und ihre Läusebisse kratzte.«

Regeane kicherte.

»Mutter«, rief Augusta ihnen über die Schulter hinweg zu. »Erzählst du diesem Mädchen irgendwelche empörenden Dinge?«

Lucilla seufzte tief. »Nein, meine Liebe«, antwortete sie mit honigsüßer Stimme. »Hab einfach ein wenig Geduld. Wir sind gleich fertig.«

»Nun, dann beeile dich bitte. Wenn ihr zu lange plaudert, kommen wir zu spät zu dem Festmahl. Das ist undenkbar, Mutter.«

Lucilla schien sich einen Augenblick gegen den töchterlichen Befehl auflehnen zu wollen; dann entlud sich ihr Ärger in einem weiteren tiefen Seufzer. »Ja, meine Liebe«, sagte sie pflichtschuldigst und knirschte mit den Zähnen. »Verdammt, aber es lässt sich nun mal nicht ändern. Ich brauche Augusta, damit sie dich mit dem römischen Adel bekannt macht. Kind, du musst die Edelleute der Stadt in Gesellschaft einer Frau kennen lernen, die unbedingt respektabel ist. Diese Beschreibung passt geradezu perfekt auf meine Tochter.«

Lucilla stieß ein erzürntes Schnauben aus. »Ich habe nicht die leiseste Ahnung, wie ich das fertig gebracht habe. Ein Stammbaum, den eine Bäuerin und eine Hure zieren, gipfelt in diesem Ausbund altrömischer Tugend in Gestalt meiner lieben Tochter Augusta. Sie hat nicht nur eine durch und durch illustre Ehe geschlossen, sondern es auch geschafft, dass nicht einmal der Hauch eines Skandals jemals ihren Namen besudelt hätte.«

»Eine Familie, die mit dem göttlichen Julius Caesar verwandt ist… «, begann Regeane.

»Ich glaube«, sagte Lucilla, »dass die Verbindung zwischen der Familie ihres Mannes und dem ersten Caesar eher mythologischer als beweisbarer Natur sind. Aber man kann nie wissen – die Julier waren eine gewaltige Sippe –, und ich nehme an, es wäre durchaus möglich, dass sie Abkömmlinge eines entfernten Verwandten des großen Mannes selbst sind.

Aber«, fügte sie gehässig hinzu, »das sind viele andere auch. Jedenfalls waren sie ziemlich heruntergekommen, lebten in Armut und Abgeschiedenheit auf dem Land in einer baufälligen Villa in den Sabinischen Hügeln und kleideten sich in grobe Wolle. Sie waren nur ein klein wenig besser dran als ihre Knechte, bis sie vor etwa fünfzig Jahren durch die rechtzeitige Ankunft einer lombardischen Prinzessin gerettet wurden. Sie hatte hohe gesellschaftliche Ambitionen, einen eisernen Willen und zwei Wagenladungen Gold.«

Zu ihrem Entsetzen entfuhr Regeane ein neuerliches Kichern. »Lucilla«, bemerkte sie sich tadelnd, »wenn du willst, dass ich mich respektvoll benehme, solltest du mir nicht erzählen…«

»Ja. Ja, natürlich will ich, dass du respektvoll bist – nach außen hin zumindest. Ich habe es mir zur Aufgabe gemacht, dich etwas über die Welt zu lehren, und es ist unabdingbar, dass du auch ein wenig von der Heuchelei lernst, die heutzutage so in Mode ist.

Außerdem, meine Kleine, ist es wichtig, die Wurzeln gesellschaftlicher und politischer Größen zu kennen; wichtig zu wissen, dass sie aus demselben Misthaufen der Armut gekrochen sind wie wir anderen auch. Damit du dich nicht übermäßig beeindrucken lässt von erhabenen Stammbäumen, schönen Kleidern und blendenden Manieren. Du musst lernen, diese Dinge zu durchschauen und die Männer und Frauen darunter zu sehen.«

Regeane nickte ernsthaft. »Die lombardische Prinzessin?«

»Hatte einen eisernen Willen und saß mit derselben Festigkeit auf dem Geldsack. Die ganze Familie hat schnell gelernt, nach ihrer Pfeife zu tanzen, wenn sie auch nur mit den Fingern schnippte. Sie hat brillante Partien für die Geschwister ihres frisch angetrauten Gemahls arrangiert, ganz zu schweigen von seinen zahlreichen Vettern und Cousinen. Ich habe mir sagen lassen, dass sie einige von ihnen aus Konventen und Klöstern aufgegriffen hat, und gleich zählten sie zu den ersten Familien Roms.«

»Mutter«, rief Augusta, die nun langsam zu ihnen zurückkam, »ich muss darauf bestehen …«

»Ich hasse es, wenn man mich hetzt«, flüsterte Lucilla Regeane mit einer Stimme zu, aus der der verhaltene Zorn nur so troff, »aber wenn wir müssen, müssen wir. Ich werde dich mit dem Papst bekannt machen, aber ich selbst werde mich im Hintergrund halten und es Augusta überlassen, dich vorzustellen. Sie wird deine Gönnerin sein, nicht ich. Versuche mit ihr auszukommen. Glücklicherweise ist das nicht weiter schwierig. Sie findet alles langweilig, aber sprich von Kleidern, Schmuck, dem Dienstbotenproblem«, meinte Lucilla und verdrehte die Augen, »den hohen Preisen für Sklaven. Ermutige sie in dieser Hinsicht, und du wirst äußerst erfolgreich sein.

Wenn du in die Villa des Papstes kommst, überlass Augusta das Reden. Halt den Blick gesenkt und den Mund geschlossen, aber halte Augen und Ohren offen. Bevor das Festmahl beginnt, wird man sich eine Zeit lang im Garten unterhalten. Einige der Männer werden vielleicht versuchen, dich unter dem Vorwand wegzulocken, dir die Villa zeigen zu wollen. Pass auf, dass keiner von ihnen dich allein zu fassen bekommt. Bleib in Augustas Nähe und folge ihrem Beispiel.«

Augusta war mittlerweile in Hörweite, und Regeane vermutete, dass der letzte Satz wahrscheinlich auf sie zielte.

»Natürlich, Mutter», sagte Augusta.

Elfgifa betrat das Atrium. Das Haar der Kleinen war noch immer feucht, nachdem man sie gründlich geschrubbt hatte, und sie trug wie Regeane ein Leinenhemd unter einem Übergewand aus schwerer, bestickter Seide und ein langärmliges Kleid aus steifem Brokat.

Sie wand sich hin und her und blickte trotzig zu Regeane. »Mein Kleid kratzt.«

»Sei nicht so undankbar«, sagte Regeane. »Benimmt man sich so seinen Freunden gegenüber, die einem große Wohltaten erweisen? Was würde dein Vater dazu sagen? Lucilla hat dich für das Fest auf eigene Kosten einkleiden lassen. Sie hat dir ein schönes neues Kleid geschenkt, und alles, was du dazu zu sagen hast, ist, dass es kratzt. Mach einen Knicks und bedanke dich.«

Elfgifa knickste, das heißt, genau genommen beugte sie die Knie ein wenig und sagte dann: »Danke. Ich wollte nicht undankbar sein. Mein Vater sagt, wir sollen unsere Freunde und die, die uns Gutes tun, immer lieben. Aber«, fuhr sie fort, während sie über das schwere Satinkleid strich, »warum muss die raue Seite des Kleides innen sein und die weiche Seite außen? Die Enden des Goldfadens schürfen mir die Haut auf.«

»Die glatte Seite wird nach außen gedreht, weil es so besser aussieht«, erklärte Lucilla.

»Hm, warum kann ich das Kleid dann vor dem Fest nicht verkehrt herum tragen, es an Ort und Stelle ausziehen und wieder umdrehen?«, fragte sie.

»Weil das nicht geht«, sagte Lucilla, »darum. Denk doch nur, wie töricht du auf der Straße vor der päpstlichen Villa aussehen würdest, wenn du dir das Kleid ausziehst und dann wieder überstreifst.«

»Ich möchte lieber töricht aussehen, als mich mit dieser Juckerei abzufinden«, sagte Elfgifa. »Außerdem …« Sie brach plötzlich ab und beschnupperte Augustas Kleid. »Sie riecht.«

»Du hast vergessen zu sagen, dass sie gut riecht«, entgegnete Lucilla schneidend.

»In Ordnung. Sie riecht gut«, sagte Elfgifa, »aber es ist trotzdem ein starker Geruch. Wie von Veilchen.«

Regeane war bereits aufgefallen, dass der Veilchenduft in Augustas Nähe beinahe überwältigend war.

Augusta blickte hochmütig auf Elfgifa herab. »Das Parfum ist beinahe so etwas wie meine persönliche Signatur. Meine Zofe bereitet es nach einer eigenen Formel zu, aus den Blättern von Blumen, die jedes Frühjahr frisch gepflückt werden. Ich habe schon viele Komplimente dafür erhalten...« Sie brach mit einem gereizten Schnauben ab. »Aber warum stehe ich eigentlich hier und rechtfertige mich vor einem Kind? Mutter, ist es denn wirklich notwendig, dass sie uns begleitet?«

»Ja, das ist es«, sagte Lucilla. »Ich habe möglicherweise unter den Sachsen hier in Rom eine Tante von ihr ausfindig gemacht. Die Frau, die Äbtissin eines Konvents im Sachsenviertel, wird bei dem Fest zugegen sein.«

Elfgifa sah erschrocken aus. Sie riss sich von Regeane los. »Ich will nicht nach Hause«, rief sie. »Ich will hier bleiben und mit Postumous spielen.«

»Sie ist doch nicht etwa weggelaufen?«, fragte Regeane.

»O doch, das ist sie«, sagte Lucilla. »Während du geschlafen hast, ist sie wieder über die Mauer geklettert. Meine Diener haben sie ein paar Stunden später gefunden, wie sie sich mit dem schmutzigen kleinen Gossenbalg im Dreck gewälzt hat.«

»Er hat mir beigebracht, wie man kämpft«, sagte Elfgifa stolz. »Es gibt einen Trick, mit dem man einen Mann blind machen kann, und eine Stelle, wo man hinfassen und zudrücken muss.« Elfgifa schickte sich an zu demonstrieren, was sie meinte, indem sie sich zwischen die Beine griff.

»Mutter«, stöhnte Augusta.

Lucilla riss Elfgifas Hand weg. »Junge Dame«, sagte sie, »ich glaube nicht, dass wir gerade jetzt etwas über die Perlen der Weisheit wissen wollen, die Postumous dir offenbart hat.«

»Warum nicht?«, fragte Elfgifa. »Er hat mir auch Wörter beigebracht, die...«

»Sprich sie nicht aus!«, sagte Lucilla mit einer Stimme so hart wie Stein.

»Warum nicht?«, fragte Elfgifa überrascht.

»Lass es einfach sein«, antwortete sie und scheuchte Elfgifa zum Eingang der Villa. »Regeane, du wirst in Augustas Sänfte fahren. Elfgifa, du kommst mit mir. Wir haben ein Wörtchen miteinander zu reden.«

Augustas Sänfte war wie Lucillas ein luxuriöses Gefährt, das von einem Gespann weißer Maultiere gezogen wurde. Da sie sich weit weg von den belebteren Bezirken der Armen befanden, fuhren sie mit offenen Vorhängen. Regeane stellte fest, dass das gemächlichere Tempo, das Augusta bevorzugte, zu einer weit bequemeren Fahrt führte, als sie sie zuvor mit Lucilla erlebt hatte.

Die Maultiere nahmen eine schmale, gewundene Straße, die zu beiden Seiten von den umfriedeten Gärten der üppigen Villen der Reichen gesäumt war.

Regeane hatte neben Augusta eine halb liegende Stellung eingenommen.

»Ein überaus schlecht erzogenes und undiszipliniertes Kind«, sagte Augusta. Sie blickte in einen Spiegel und machte sich das letzte Abendlicht zu Nutze, um sich davon zu überzeugen, dass ihr Puder und die Schminke nicht verschmiert waren und nicht ein einziges Haar ihrer komplizierten Frisur sich gelöst hatte.

In Regeanes Gehirn erhob sich die Wölfin aus der Dunkelheit, sah sich Augusta genau an und schnaubte vor Abscheu. Der überwältigende Geruch der Veilchen war in der Tat fast zu viel für sie.

Augusta hörte das Schnauben und sagte: »Was?«

Regeane scheuchte die Wölfin mit einem energischen Schlag weg. Erkühnt vom abnehmenden Licht wollte die Wölfin ihre Freiheit. Sie wollte aus der Sänfte auf die Straße springen, wollte sich mit einem Satz über die hohen Mauern der Villen schwingen und mit Augen und Nase die grünen Gärten dahinter erkunden. Sie wollte sich an den Veränderungen des langsam verblassenden Abends erfreuen. Sie wollte zwischen Springbrunnen und Blumen stöbern, die von Pinien und Zypressen geschwängerte Luft atmen.

Die Wölfin wollte nicht denken. Sie wollte leben und die Freuden einer Welt kosten, die so lange Zeit sowohl der Wölfin als auch der Frau verwehrt gewesen waren.

»Was?«, wiederholte Augusta und drang in Regeanes Sehnsüchte ein.

»Nichts«, versicherte Regeane hastig.

Augusta streifte Regeane mit einem kritischen Blick. »Du bist hübsch, andererseits ist der höchste Reiz der Jugend die Jugend. Erzähle mir, neigte deine Mutter mit den Jahren zum Dickwerden?«

Regeane erinnerte sich an ihre blasse, stille Mutter. Sie war nur ein kleines Bündel unter den Decken gewesen, als Regeane sie an jenem letzten Morgen wecken wollte. Abgesehen von dem Gesicht auf dem Kissen und den unter ihrer Wange gefalteten Händen schien es, als sei das Bett leer gewesen.

Regeane brauchte Gisela nicht zu berühren, um zu wissen, dass ihr langer Kampf mit einer endlosen Abfolge von Kümmernissen zu Ende war. Sie hatte sie trotzdem berührt, hatte ihr über die Wange gestrichen, und das Fleisch hatte sie auf grausame und zusammenhanglose Weise an das Fleisch eines frisch geschlachteten Huhns erinnert: kalt und ein wenig feucht vom Nachttau. Tau, wie er sich auf warmer, lebendiger Haut niemals niedergelassen hätte. Sie hatte lange einfach so dagestanden und nach Schreien oder wenigstens Tränen in sich gesucht, aber nichts dergleichen gefunden.

Sie hatte nur gewusst, dass etwas Wichtiges, von dem sie nicht einmal genau sagen konnte, was es war, nun ein Ende gefunden hatte.

Sie hatte still im Zimmer gestanden und versucht, sich daran zu erinnern, wie sehr sie die Hülle auf dem Bett vor ihr einst geliebt hatte. Diese Liebe konnte sie nun ebenso wenig wieder finden, wie sie zuvor Schreie oder Tränen hatte finden können. Und dann war sie zu Gundabald gegangen und hatte Hugo nach dem Priester geschickt.

»Was ist los mit dir?«, fragte Augusta.

Regeane wurde klar, dass ihre Gedanken sich auf ihrem Gesicht gezeigt haben mussten. »Meine Mutter ist erst vor kurzem gestorben«, antwortete sie leise. »Und was deine Frage betrifft, nein, meine Mutter war ihr Leben lang sehr schlank.«

»Es tut mir Leid, dass ich dir mit meinen Bemerkungen unwissentlich wehgetan habe«, sagte Augusta.

Sie klang allerdings keineswegs bekümmert, dachte Regeane. Vielmehr griff sie wieder nach ihrem Spiegel und betrachtete ihr Gesicht darin.

»Aber du findest zweifellos Trost in deinem glücklichen Verlöbnis.«

Regeane hätte beinahe laut aufgelacht, konnte sich aber im letzten Augenblick noch bezähmen.

»Es wäre unklug von einem jungen Mädchen wie dir, wenn es allzu lange seiner Trauer nachhinge, eine Jammermiene aufsetzte und mit schwarzen Schleiern herumliefe. Du würdest deine besten Chancen verpassen.«

»Ja«, antwortete Regeane mechanisch.

Die Sänfte schob sich knarrend um eine Ecke. Für einen Augenblick konnte Regeane ganz Rom vor sich sehen. Der Tiber war ein Band aus Feuer, und die Gebäude wurden von dem glühenden, goldenen Flirren der untergehenden Sonne verschlungen.

»Es war klug von deiner Familie, dich aus deiner Trauer herauszureißen«, sagte Augusta. »Dieser Bergfürst Maeniel ist, wie ich mir habe sagen lassen, ein sehr wohlhabender Mann.«

Die Wölfin war plötzlich hellwach und lauschte mit allen Sinnen, die ihr zu Gebote standen. Regeane wusste, dass etwas nicht stimmte. Aber was? »Das habe ich auch gehört«, antwortete sie vorsichtig.

Die Maultiere zogen die Sänfte um die Ecke, und die Stadt, die in ihrem See aus Licht lag, verschwand aus ihrem Blickfeld. Blaue Abenddämmerung lag zwischen den hohen Mauern der Straße. Die Fackeln von Augustas Soldaten beleuchteten die Steine.

Regeane versuchte verzweifelt, sich auf eine Fluchtmöglichkeit zu besinnen, fragte sich, wie sie an den Soldaten vorbeikäme, die die Kutsche vorne und hinten bewachten.

Plötzlich wurde ihr bewusst, dass sie stocksteif dasaß, den Rücken in die Kissen gedrückt, die Fäuste geballt. Sie versuchte sich zu entspannen und streckte langsam die Finger aus. Glücklicherweise war Augusta noch immer mit dem Spiegel beschäftigt und hatte nicht gesehen, wie Regeane erschrak.

Regeane wusste, dass sie in Gefahr war. Sie verstand nicht, warum, und auch nicht, welcher Natur diese Gefahr war. Aber an der Gefahr als solcher bestand für sie kein Zweifel, denn sie erinnerte sich an den Text des Briefs, in dem Lucilla Augusta um ihre Hilfe für Regeane gebeten hatte. Und sie war bei dem Gespräch zwischen Mutter und Tochter dabei gewesen. Auch wenn Lucilla erwähnt hatte, dass Regeane ein respektables Verlöbnis eingegangen war, so hatte sie Augusta gegenüber Maeniels Namen nicht ein einziges Mal erwähnt. So weit Regeane wusste, gab es nur noch einen Menschen, von dem Augusta diesen Namen hätte erfahren können …

Von Gundabald.

13

Regeane verbrachte den Rest der Fahrt zum Lateranpalast damit, sich zur Ordnung zu rufen. Immer wieder sagte sie sich, dass es mindestens ein Dutzend Wege gab, über die Augusta Maeniels Namen hätte erfahren können, ohne dass sie mit Gundabald geredet haben musste.

Vielleicht machten Gerüchte über die bevorstehende Eheschließung beim römischen Adel die Runde. Vielleicht hatte Lucilla bei einer anderen Gelegenheit mit Augusta gesprochen. Vielleicht...

Aber eines tat Regeane nicht, nämlich Augusta fragen, woher sie Maeniels Namen kannte. Und sie verriet mit keinem Wort und keiner Miene, dass in ihren Augen an dem Gespräch etwas merkwürdig gewesen war.

Schließlich, so überlegte sie, konnte die Erklärung durchaus die sein, die sie befürchtete, und in diesem Falle wäre es besser, wenn Augusta arglos blieb.

Es war bereits dunkel, als sie im Lateranpalast ankamen, und für eine Weile vergaß Regeane alle Befürchtungen. Nichts in ihrem Leben hatte sie auf solche Pracht vorbereitet. Sie war gefangen in einem Aufruhr verwirrender Eindrücke.

Der Lateranpalast zeigte wie so viele andere römische Häuser der Straße eine leere, abstoßende Fassade, aber hinter dem Säulengang herrschte unvorstellbarer Luxus.

Durch ein Vestibül, in dem Fresken der drei Grazien und der neun Musen zu sehen waren, traten sie in einen prächtigen, von Säulen umrahmten Garten voller Lichter. Alles, was die ersten Familien Roms an glänzendem Schmuck und Zierrat aufzubieten hatten, war hier versammelt.

Die prächtige Kleidung der Männer, Frauen und Kinder schien mit den Fackeln selbst rivalisieren zu wollen, die unter den hohen

Zypressen standen und ihr Licht auf Pfade und Blumenbeete ergossen.

Überall waren Teiche und Springbrunnen. Die Wasserfontänen spritzten und funkelten und spiegelten die Juwelen der Gäste und die Flammen der Fackeln wider.

Augusta nahm Regeane an der Hand und führte sie wie ein strahlender, königlicher Schmetterling zwischen den einzelnen Grüppchen hindurch, die sich im Garten zusammengefunden hatten.

Zuerst war Regeane zutiefst verlegen. Sie wusste, dass es so viele Dinge geben musste, von denen sie keine Ahnung hatte – gewiss wurde von denen, die in dieser betörenden Welt zu Hause waren, eine Palette von Verhaltensnuancen erwartet. Es musste Fragen des Protokolls und der Etikette geben, die sie sich nicht einmal vorstellen konnte.

Aber man erwartete nur sehr wenig von ihr und das lernte sie schnell. Sie brauchte nicht viel mehr zu tun, als eine bescheidene Miene aufzusetzen und sich bewundern zu lassen.

Und bewundert wurde sie in der Tat. Binnen weniger Minuten, nachdem sie den Garten betreten hatten, bekam Regeane mehr Komplimente, als sie ihr in ihrem ganzen bisherigen Leben zuteil geworden waren. Augusta machte großes Aufhebens um ihre königlichen Verbindungen und achtete sorgsam darauf, jede Erwähnung ihrer gegenwärtigen Armut zu vermeiden. Außerdem blieb sie bei jeder Gruppe nur gerade so lange, dass Regeane sich beifällig mustern lassen konnte, ohne dass sich jedoch lange Gespräche entspannen, in denen Regeane eine peinliche Unkenntnis römischer Angelegenheiten hätte verraten können.

Darüber hinaus, so befand Regeane, erwarteten die Leute wahrscheinlich nur sehr wenig Raffinesse von einem Mädchen ihres Alters, das zum ersten Mal in Gesellschaft präsentiert wurde.

Schließlich verweilte Augusta mit ihr für ein paar Minuten an einem moosbewachsenen Springbrunnen am Rand des erleuchteten Gartens.

»Schwirrt dir schon der Kopf von alledem?«

Regeane erkannte Lucillas Stimme. Sie kam aus der Dunkelheit in der Nähe des Springbrunnens.

»Nein, so schlimm ist es nicht«, sagte Regeane. »Ich bin ein wenig durcheinander, das ist alles. Es scheint Spaß zu machen.«

Lucilla lachte leise. »Das tut es, obwohl ich im Grunde nicht wirklich hierher gehöre, nicht so wie Augusta. Die meisten Leute sind höflich zu mir. Sie wissen nie, wann sie vielleicht meinen Einfluss auf Hadrian brauchen werden. Andere tun so, als sei ich Luft. Aber ich habe ein paar echte Freunde hier, und ich freue mich immer auf diese Feste, allein um des Vergnügens willen, sie zu treffen.«

»Mutter, also wirklich. Du bist unmöglich«, sagte Augusta. »Fast jeder hier ist dir gegenüber zumindest höflich.«

»Ja«, sagte Lucilla. »Ich nehme an, das stimmt. Die Zeit hat auch von den Widerspenstigen ihren Tribut gefordert. Allerdings bin ich auch fast eine Institution, so wie der hübsche Springbrunnen hinter dir – sieh ihn dir genau an, mein Mädchen.«

»Tu's nicht!«, warnte Augusta sie. »Dieser Springbrunnen ist nichts für die Augen einer Jungfrau.«

Aber Regeane sah sich den Brunnen bereits an, und ihre Wangen brannten.

Der Springbrunnenrand war ein Fries mit Nymphen und Satyrn. Einer der gehörnten und mit Hufen versehenen Männer urinierte begeistert in das Becken. Das Wasser sprudelte aus seinem geschwollenen Glied. Ein anderer umarmte mit einer Hand eine Nymphe, während er den Krug, den er in der anderen Hand hielt, in das Becken zu seinen Füßen entleerte. Die übrigen paarten sich in wollüstigem Entzücken, wobei ihre nackten Leiber jede nur denkbare Position geschlechtlicher Vereinigung einnahmen.

»Oh«, sagte Regeane und dann: »Ohahaha!«

Lucilla lachte.

Augusta stieß Regeanes Hand weg und stolzierte zu den Festgästen hinüber, die sich im Garten versammelten.

»Sie ist wütend«, sagte Regeane. »Das tut mir Leid. Ich hätte wahrscheinlich nicht hinsehen sollen.«

»Unfug!«, brauste Lucilla auf. »Du musst dir alles ansehen, was dich interessiert. Außerdem habe ich mir fest vorgenommen, Augusta zumindest einmal bei jeder Begegnung zu erzürnen. Außerdem hat sie ihre Aufgabe erfüllt. Ich wollte, dass man dich in ihrer Gesellschaft bei den Adligen der Stadt sieht, nicht in meiner. Es ist geschehen, und damit ist die Sache erledigt. Bei dem Festmahl heute Abend werdet ihr beide, du und Elfgifa, neben ihr liegen. Ihr Ärger und ihr Wohlwollen ist vollkommen unerheblich. Die Sitzarrangements unterliegen nicht ihrer Kontrolle, sondern der des Papstes. Immerhin bist du von königlichem Geblüt. Sie wird wahrscheinlich ganz zufrieden sein, einen Platz in der Nähe seines Sofas zu bekommen, neben dir.«

Regeane warf erneut einen Blick auf den Springbrunnen und bemerkte zu ihrer eigenen Überraschung, dass ihre Augen brannten, während sie sich langsam mit Tränen füllten. »Sie scheinen so glücklich zu sein«, sagte sie leise.

»Die Liebe ist eine glückliche Angelegenheit«, bestätigte Lucilla. »Mir ist es so erschienen und ich hoffe, eines Tages wirst du es auch so erleben. Aber komm jetzt, wir haben nicht viel Zeit, und ich möchte, dass du Hadrian kennen lernst, bevor das Festmahl beginnt.«

»Lucilla, woher wusste Augusta Maeniels Namen?«, fragte Regeane. »Hast du ihn ihr gesagt? Sie hat ihn auf dem Weg hierher in der Sänfte erwähnt.«

Lucilla hielt inne. Ihre Augen wurden schmal. »Nein, von mir weiß sie ihn nicht. Ich gehe nach dem Grundsatz vor: Je weniger Augusta von meinen Angelegenheiten weiß, umso besser. Sie ist eine Opportunistin und hat eine Heidenangst davor, sie könnte auch nur den kleinsten gesellschaftlichen Fehler begehen. Sie erzittert bei dem Gedanken, bei der unglaublich eingebildeten Familie ihres Mannes auch nur das leiseste Missfallen zu erregen. Sie ist mein Fleisch und Blut, und ich liebe sie, aber sie ist weder sehr stark noch sehr klug.

Ich kann mir nicht vorstellen, dass sie irgendetwas im Schilde führt. Sie möchte nämlich auch mein Missfallen nicht erregen. Aber ich werde sie im Auge behalten, nur für den Fall der Fälle. Sie könnte Maeniels Namen von jemand anderem erfahren haben. Es wimmelt nur so von Gerüchten in Rom. Was im Lateranpalast gesagt wird, wird binnen einer Stunde im Vatikan wiederholt. Niemand kann den Mund halten – am wenigsten Augusta.«

Lucilla führte Regeane aus dem hell erleuchteten Garten heraus. Sie überquerten einige kleine Innenhöfe, die alle dunkel und schweigend unter dem Funkeln der Sterne dalagen, abseits der prächtigen Empfangsräume, tief im privaten Herzen der Villa.

Sie fanden ihn auf einer Bank in einem stillen kleinen Garten. Neben der Bank brannte eine Lampe. Er fütterte die Karpfen in einem Teich zu seinen Füßen mit Brot.

Angelockt von dem Brot und dem Licht bewegten sich die Fische schattengleich durch das Wasser und verrieten sich nur hier und da mit dem Aufblitzen eines Auges oder dem Funkeln glänzender Schuppen, die das Licht zurückwarfen.

»Mein Lieber«, sagte Lucilla leise.

Hadrian hob den Kopf, warf den Rest Brot ins Wasser und sagte: »Lucilla.«

Und Regeane hörte sein Herz in diesem einen Wort in der Art, wie es gesprochen wurde.

Lucilla ging mit ausgestreckten Händen auf ihn zu. Er ergriff ihre Hände und sie sahen einander lange an, bevor sie sich in die Arme fielen. Sie stand, den Kopf an seiner Schulter verborgen, völlig reglos da.

»Mein Lieber«, sagte Lucilla. »Was versteckst du dich hier so allein?«

»Ich habe alte Freunde besucht«, sagte er und zeigte mit dem Kopf auf die Fische im Teich, »und darauf gewartet, eine andere Freundin begrüßen zu dürfen.« Er ließ sie los. Hand in Hand standen sie nebeneinander und sahen den Fischen zu, wie sie durchs Wasser glitten.

»Nun, und ich habe noch eine Freundin mitgebracht, die du begrüßen solltest«, sagte sie und winkte Regeane heran.

Regeane trat in den Lichtkreis. Als sie näher kam, raffte sie das steife Brokatkleid und versuchte niederzuknien und den Ring des Papstes zu küssen.

Stattdessen hielt Hadrian – Stephan – sie an den Ellbogen fest, zog sie wieder hoch und küsste sie sachte auf die Stirn. »So«, sagte er zu Lucilla, die neben ihm stand. »Das gefällt mir viel besser, als meinen Ring küssen zu lassen und«, fuhr er mit einem schnellen Augenzwinkern in Lucillas Richtung fort, »es macht viel mehr Spaß.«

Er fasste Regeane an den Schultern und schob sie ein Stück von sich weg, um sie besser sehen zu können. »Lucilla erzählt, es sei dir gelungen, Antonius an einen sicheren Ort zu bringen, wo er sich vor Basil verstecken kann.«

»Ja«, antwortete sie mit unsicherer Stimme, während ihre Gedanken sich überschlugen: *Wie viel hat Lucilla ihm verraten? Wird er eine Erklärung verlangen?*

Aber er tat nichts dergleichen. Stattdessen unterzog Hadrian Regeane einer genauen Musterung, sah sie von Kopf bis Fuß an und nickte zustimmend. Dann tätschelte er Regeanes Wange und sagte zu Lucilla: »Du hast wahre Wunder bei ihr bewirkt, meine Liebe.«

Lucilla zog abwehrend die Schultern hoch und lächelte. »Sie ist von Natur aus schön. Ein paar hübsche Kleider, eine neue Frisur. Sie hat eine angeborene, natürliche Anmut, die sich sogar in fremder Umgebung zeigt. Ich frage mich, ob der fränkische König weiß, dass er ein solches Juwel unter seinen Verwandten hat. Wenn er es wüsste, würde er vielleicht die Möglichkeit finden, eine bessere Verbindung …«

»Nein, nein«, widersprach Hadrian. »Diese Heirat ist sehr wichtig. Kommt mit in meine Bibliothek, dann werde ich es euch erklären.«

Die Bibliothek war durch einen einfachen, mit Vorhängen abgeteilten Säulengang vom Garten getrennt. An den Wänden standen dicht an dicht gebundene Bücher zwischen Nischen, in denen Schriftrollen aufbewahrt wurden.

Regeanes entzückter Seufzer ließ sowohl Hadrian als auch Lucilla jäh stehen bleiben.

»Meine Bibliothek hat ihr auch gefallen«, bemerkte Lucilla.

»Die besondere Bibliothek?«, fragte Hadrian.

Lucilla nickte. »Meine Güte, nicht einmal unseren kleinen Springbrunnen hat sie so angesehen.«

»Ach nein?«, sagte Hadrian mit hochgezogenen Augenbrauen. Dann klang er plötzlich wie ein Echo Augustas. »Du hast ihr unseren Springbrunnen gezeigt? Kaum der richtige Anblick für ein junges Mädchen.«

»Ein junges Mädchen, das in Bälde eine verheiratete Frau sein wird. Sie muss wissen, was ihr bevorsteht«, sagte Lucilla gereizt.

»Lucilla«, meldete sich Regeane mit nüchterner Stimme zu Wort, »ich glaube nicht, dass das, was mir bevorsteht, viel mit der Freude und dem Entzücken der Liebe zu tun hat.«

»Das kann man niemals wissen«, meinte Lucilla.

»Nein, das kann man nicht«, unterbrach Hadrian sie, »aber alles in allem denke ich, das Mädchen hat Recht, wenn sie lernt, die gesetzteren und unabhängigeren Freuden des Intellekts anderen Dingen vorzuziehen. Sie vermögen oft einen aufgewühlten Geist zu trösten, wenn die Ereignisse der Welt nicht den rechten Gang nehmen. Du liest also gern?«, fragte er Regeane.

»Ja«, antwortete sie. »Als ich jünger war …«, Regeane warf Lucilla einen schnellen, warnenden Blick zu, »… war ich oft über längere Zeit allein. Mein Stiefvater hatte eine große Bibliothek – mehr als sechzig Bücher. Sie waren mir ein großer Trost in meiner … Einsamkeit.«

Hadrian zeigte mit einer weit ausholenden Gebärde auf die Regale, die die Wände säumten. »Bücher sind zum Lesen da, und meine liegen leider häufig nur herum und verstauben, da mir die Staatsangelegenheiten zu wenig Zeit für sie lassen. Wenn es also hier irgendwelche Bücher gibt, die dich besonders interessieren, wäre ich froh …«

»Hast du eine Biografie des Alexander?«, fragte Regeane. »Ich habe oft von den Taten des edelsten aller Griechen gelesen. Ich würde gerne mehr über ihn wissen.«

»Ich habe drei gute Lebensbeschreibungen Alexanders«, sagte Hadrian. »Ich werde dir eine schicken. Dein Stiefvater hatte sechzig Bücher. Das ist für einen Laien eine recht schöne Bibliothek. Was ist aus den Büchern geworden?«

Regeane senkte den Blick. »Gundabald hat sie zusammen mit allem anderen verkauft«, sagte sie.

»Schon wieder Gundabald …«, überlegte der Papst und kratzte sich am Kinn. »Aber lassen wir das jetzt. Setz dich hin. Wir haben nicht viel Zeit. Ich muss mich schon bald zu meinen Gästen gesellen.«

Lucilla und Hadrian setzten sich Seite an Seite auf eine gepolsterte Bank, und Regeane entschied sich für den hohen Stuhl ihnen gegenüber.

»Regeane«, sagte Hadrian, »Regeane, dir ist sicher aufgefallen, dass ich dich als Freundin bezeichne und dich wie eine meiner Vertrauten behandle. Weißt du, warum?«

Regeane schüttelte den Kopf.

»Weil«, fuhr er fort, »Lucilla in dir eine Freundin sieht. Und sie zeichnet nur sehr wenige Leute mit dieser Ehre aus, Leute, die ihr einen großen Dienst erwiesen haben. Oder solche, die ihr absolut treu ergeben sind. Verstehst du, was ich meine?«

Regeane nickte.

Die beiden auf der Bank hielten einander an den Händen. Sie sahen sich in die Augen und lächelten. Dann wandte Hadrian sich wieder Regeane zu.

»Da Lucilla dich als Freundin bezeichnet, werde auch ich dir vertrauen. Aber was ich zu sagen habe, darf diesen Raum niemals verlassen. Verstehst du mich?«

»Ja«, sagte Regeane.

»Also gut, dann werde ich es dir erzählen. Im Frühling wird Karl, der König der Franken, die Alpen überqueren und um meinetwillen einen Krieg mit dem Lombarden beginnen. Das ist der Grund, warum deine Ehe so wichtig ist, Regeane. Maeniels Fürstentum liegt mitten auf seiner Marschroute. Das Gebiet muss durch die Gewähr seiner Botmäßigkeit gesichert sein, bevor Karl seinen Frühlingsfeldzug beginnt.«

Lucilla sprang auf und ging mit schnellen Schritten auf die Kolonnade zu, die den Raum vom Garten abteilte. Sie blickte zu den Sternen hinauf.

»Wir haben es geschafft«, sagte sie leise und beinahe zu sich selbst. Dann wiederholte sie lauter: »Wir haben es geschafft«, hob die geballten Fäuste und rief erneut: »Wir haben es geschafft!«

»Ja«, sagte Hadrian schlicht. »Das haben wir.«

Regeane spürte, wie alles Blut aus ihrem Gesicht wich, bis es taub wurde. Sie vermeinte ein hörbares Klicken wahrzunehmen, als die Kiefer der Falle zuschnappten. »Dann lässt sich also nichts machen«, murmelte sie mit zusammengebissenen Zähnen. »Ich muss ihn heiraten.«

»Ja.« Lucilla warf Regeane einen Blick voll wilder Freude zu. »Aber wie lange eine solche Ehe halten wird, wenn Karl erst einmal Herr der Lombardei ist, das ist eine Frage, über die man nur Vermutungen anstellen kann.«

Lucilla trat wieder neben Hadrian. Sie strahlte Stärke und Macht aus und hatte den Gang einer Königin. »Wir haben es geschafft«, sagte sie noch einmal, »und ein Bauernmädchen aus den Abruzzen hält das Schicksal von Nationen in Händen. Ich kann es nicht glauben. Aber warum muss mein Antonius der Preis dafür sein?«

Hadrian griff abermals nach ihrer Hand, zog sie neben sich auf die Bank und küsste sie auf die Lippen.

»Warum ist es so wichtig, dass der fränkische König siegt?«, fragte Regeane.

»Um es mit einem Wort zu sagen«, antwortete Hadrian, »Frieden.«

»Frieden?«

»Sieh dich doch um, Mädchen. Hast du keine Augen im Kopf? Mehr als die Hälfte dieser Stadt, der einst bevölkerungsreichsten der Welt, liegt in Trümmern. Jeden Tag marschieren die Armen in Scharen zu den Kirchen und Armenhäusern der Stadt und betteln mit ausgestreckten Händen um Brot.

Unsere Springbrunnen, in denen einst ein klares, reines Bergwasser sprudelte, sind vermoost und ausgetrocknet, und nur noch der Regen füllt sie. Die Aquädukte, die sie einst speisten, werden vernachlässigt oder befinden sich in Feindeshand. Barbarenkönige kämpfen um die päpstliche Tiara wie Hunde um einen Knochen. Ein jeder hofft, seinen eigenen Kandidaten auf den Thron des ersten Apostels zu setzen und die Kirche als Werkzeug für seinen eigenen Ehrgeiz benutzen zu können.«

»Ich verstehe noch immer nicht, warum Karl dem Desiderius oder dem Herzog von Spoleto oder einem der anderen Könige vorzuziehen sein soll«, sagte Regeane.

»Regeane, willst du es dir anmaßen, Fragen zu stellen?«, tadelte Lucilla sie.

»Nein. Nein. Nein«, sagte Hadrian und jede einzelne Silbe klang wie ein Fingerschnippen. »Ich bin froh, dass sie kein hirnloser kleiner Dummkopf ist. Tatsächlich erinnert mich ihre Frage daran, wie du in ihrem Alter warst – es ist genau der Punkt, den auch du damals angesprochen hättest.«

Lucilla lächelte. »Ja, das ist wohl wahr. Ich habe dir am Anfang auch oft Fragen gestellt.«

Hadrian erwiderte ihr Lächeln. Er legte ihr die Hand aufs Haar, zog sie dicht an sich heran und küsste sie auf die Stirn. »Nein, ihre Frage ist durchaus berechtigt.« Er legte Lucilla den Arm um die Schultern und drehte sich wieder zu Regeane um.

»Karl ist wie die anderen auch – ein überaus ehrgeiziger Mann, und auch er hat klare Vorstellungen von der Rolle der Kirche als Eckpfeiler der Staatspolitik. Aber«, sagte Hadrian und hob die Hand, »er hat mir bereits meine Unabhängigkeit als Herrscher des Herzogtums von Rom garantiert, und er hat die Rückgabe der Ländereien versprochen, die Desiderius und die anderen Lombardenkönige uns gestohlen haben. Und«, fügte er triumphierend hinzu, »er ist sehr weit weg. Kurzum, Rom kann nicht vom Frankenreich aus regiert werden, genauso wenig, wie das Frankenreich von Rom aus regiert werden kann.«

»Ich verstehe«, sagte Regeane langsam. Hadrian spielte einen weit entfernt gelegenen Staat gegen einen anderen, näher gelegenen aus. »Ein sehr gefährliches Spiel, auf das ihr euch da eingelassen habt«, sagte sie. »Und wenn der Lombardenkönig von deiner Übereinkunft mit den Franken erfährt – und das wird er sicher, denn man kann die Sache nicht für alle Zeit geheim halten –, wird er außer sich sein. Er wird alles in seiner Macht Stehende tun, um euch zu vernichten.«

Lucilla lachte. »Ach, Kind. Das hat er doch schon immer getan.«

»Ja«, bekräftigte Hadrian. »Was glaubst du, warum er Antonius entführt und damit gedroht hat, ihn zu kreuzigen?«

Regeane schüttelte den Kopf. »Ich habe keine Ahnung.«

Hadrian beugte sich zu ihr vor. »Er wollte mich um den Preis von Antonius' Leben zwingen, die Söhne von Karlomann eigenhändig zu Königen zu salben. Die beiden sind noch kleine Jungen, die Söhne seines verstorbenen Bruders, und sie wären Anwärter auf den Thron, auf dem jetzt Karl sitzt. Sie wären der Brennpunkt für jede Art von Rebellion und Unzufriedenheit. Jeder Unruhestifter und Nörgler würde versuchen, sich ihrer Sache anzuschließen.

Karl ist noch jung, und obwohl es so aussieht, als würde ein großer König aus ihm werden, zweifeln noch immer viele an ihm. Andere dagegen werden versuchen, ihn auf die Probe zu stellen. Einige aus Habgier, andere aus Lust an der Macht. Kurz und gut, mein Eingreifen, wenn ich mich von Desiderius kaufen oder beschwatzen ließe, könnte Karls Thron zu einem überaus wackligen Stuhl machen.

Archimedes soll gesagt haben: ›Wenn ich einen Hebel hätte, könnte ich die Welt bewegen.‹ Nun, diese beiden kleinen Jungen sind der Hebel, den ich benutzt habe, um Karl über die Alpen zu holen, damit er mir in meiner Schlacht gegen die Lombarden beisteht. Würde ich Desiderius' Verlangen nachgeben und die Knaben salben, würde ich damit all meine sorgfältig geschmiedeten Pläne zerstören, und wahrscheinlich würde es mich auch das Leben kosten.«

Lucilla löste sich von Hadrian und lehnte sich gegen die Kissen in der Ecke der Bank. »Verstehst du jetzt, warum Antonius sterben muss?«

»Ist das der Grund, warum du mich hierher gebracht hast«, erwiderte Regeane aufgebracht, »damit ich mich an einem Mord beteilige?« Aus den Augenwinkeln sah Regeane das Glühen eines fernen Blitzes. Er war zu weit weg, als dass man den Donner hätte hören können, aber ein Windstoß fuhr in die Vorhänge, die die Bibliothek vom Garten trennten. Ein leises Rascheln war die Folge.

»Ssscht, Mädchen«, erwiderte Hadrian streng. »Niemand spricht davon, dass du oder irgendjemand anders Antonius töten soll.« Dann beugte er sich über Lucilla und legte ihr die Hand aufs Gesicht. »Nein, meine Liebe, ich würde diesen Befehl nicht geben, und du wirst es auch nicht tun.«

»Aber du musst«, rief Lucilla in hysterischer Verzweiflung, »du musst. Mein Gott, gestern ...« Sie packte ihn an den Schultern und schüttelte ihn. »Gestern hat sich der Pöbel um meine Sänfte geschart und mich mit Steinen beworfen. Sie haben mich die Hure des Papstes genannt und dich bezichtigt, vom Fluch des Teufels verseucht zu sein, von dieser grässlichen Krankheit. Hadrian, glaubst du nicht, dass ich Antonius liebe?«

Er zog sie an sich, und sie entwand sich seinen Armen, schob ihn von sich weg, als wolle sie sich selbst jeden Trost verwehren. »Es gab eine Zeit, da war er mein Leben. Ich habe nur für ihn gelebt. Aber ich kann und werde nicht zulassen, dass du in den Abgrund gerissen wirst, vernichtet von der Leiche eines Mannes, der schon verwest, noch bevor er in seinem Leichentuch liegt.«

Regeane erschauderte. Der Grund dafür war nicht nur der kalte Luftschwall, den der Sturm vor sich her wehte, sondern auch die Erinnerung an die Geister, die in ihrem Tempel hoch über dem Meer auf sie warteten.

»Nein«, sagte Hadrian unerbittlich. »Nein, ich werde nicht den Befehl dazu geben und du auch nicht. Nicht nur, weil ich euch beide liebe, sondern weil ich mich selbst kenne und ich weiß, womit ich leben kann und womit nicht. Nein. Dafür habe ich ihn zu lange Bruder genannt. Außerdem würde vielleicht nicht einmal sein Tod mich retten. Man redet bereits von einer Bischofssynode – eine Idee, die zweifellos auf meine lieben Freunde Desiderius und Basil den Lombarden zurückgeht –, die meine Tauglichkeit für das Amt des obersten Pontifex überprüfen soll. Falls die Synode zu dem Schluss kommt, ich sei mit Antonius' Krankheit verseucht, nun, dann ...«

Er zog Lucilla wieder an sich und sie legte den Kopf auf seine Schulter wie ein müdes Kind. Tränen strömten ihr über die Wangen.

»Das heißt«, fragte sie, »dass wir so weit gekommen sind, nur um am Ende zu scheitern?«

»Vielleicht«, antwortete Hadrian, seine Lippen in ihrem Haar. »Vielleicht, aber wir werden genauso scheitern, wie wir begonnen haben, ehrenwert und aufrichtig. Denn wie ... ungebührlich ... unsere Liebe in den Augen der Welt auch gewesen sein mag, ich kann nicht glauben, dass sie jemals etwas anderes war als aufrichtig und ehrenhaft.«

Lucilla rückte ein klein wenig von ihm ab und lächelte unter Tränen zu ihm empor. »Ja, das ist die Wahrheit, oder? Wir haben beide nur das Beste für diese gequälte, kriegsmüde Stadt und ihre Bevölkerung gewollt, nicht wahr?«

Hadrian nickte. »Ja, meine Freundin. Das haben wir, und das ist der Grund, warum ich mich weder deinen Forderungen noch denen von Desiderius beugen werde. Vor wenigen Minuten hast du davon gesprochen, das Schicksal von Menschen und Nationen in Händen zu halten.«

»Und muss ich in Antonius' Schicksal dann einen Tadel für meinen Stolz sehen?«, fragte sie.

»Nein«, antwortete Hadrian, »aber einen Preis, den Preis der Verantwortung. Wenn es zum Schlimmsten kommt, werde ich abdanken. Und ehe ich zusehe, wie dir oder Antonius etwas zustößt, würde ich ebenfalls abdanken. Schließlich können andere meine Politik genauso gut fortsetzen wie ich – vielleicht sogar besser. Es geht nicht an für einen Mann in meiner Position, sich einzureden, er sei unentbehrlich.«

Er lachte leise. »Schließlich haben schon zahllose Männer auf dem Stuhl Petri gesessen, und zweifellos werden noch viele weitere dort sitzen, wo ich jetzt sitze, und versuchen, sich einzureden, dass sie und nur sie allein Gottes Erwählte und unersetzbar seien. Aber ich bin nicht so naiv, Lucilla. Ich verstehe sehr wohl, dass ich nur ein Glied in einer menschlichen Kette bin, die über die Jahrhunderte in die Vergangenheit zurückreicht und sich in die Zukunft erstreckt, hin zu Generationen, die noch nicht geboren sind. Ich werde mich nicht um den Preis der Niedertracht retten.«

»Niedertracht nein«, sagte Regeane, »aber…«

Sowohl Hadrian als auch Lucilla fuhren erschrocken auf, und Regeane wurde klar, dass sie ihre Anwesenheit beinahe vergessen hatten.

»Ich glaube«, fuhr sie langsam fort, »dass ich Antonius helfen kann, dass ich ihn vielleicht sogar retten kann. Nur ihr dürft…« Sie geriet ins Stocken und begriff plötzlich, dass sie mit ihrem Leben spielte. Sie hatte furchtbare Angst. Schließlich nahm sie sich zusammen und sprach weiter. »Du darfst mir nicht zu viele Fragen stellen darüber, wie…«

Hadrian lächelte, und Regeane sah selbst in dem halb verdunkelten Raum das Aufflackern von Autorität in seinen Augen, das ihr bereits bei ihrer ersten Begegnung aufgefallen war.

»Wir dürfen nicht zu viele Fragen stellen, hm?«

»Bitte«, sagte sie mit bebender Stimme.

Hadrian grinste. »Keine Bange«, erwiderte er. »Wie ich dir bereits erklärt habe: Ich habe im Laufe der Jahre gelernt, dass die Leute, die Lucilla als Freunde bezeichnet, diskret und verlässlich sind. Ich habe außerdem gelernt, mich nicht allzu genau nach ihrem Tun zu erkundigen.«

Regeane stieß einen tiefen Seufzer der Erleichterung aus. »Danke.«

»Ein höfliches Mädchen«, bemerkte Hadrian ironisch.

»Ein ungewöhnliches Mädchen«, sagte Lucilla. »Ein sehr ungewöhnliches Mädchen.«

Hadrian wandte sich Lucilla zu und zog eine Augenbraue hoch.

»Ich bitte dich, mein Liebster, hör dir genau an, was sie zu sagen hat«, fügte Lucilla hinzu.

Regeane holte tief Luft. »Ich möchte um etwas für mich selbst bitten.«

»Was ist es?«, fragte Hadrian.

»Ich möchte«, sagte Regeane, »dass du den Ehekontrakt aufsetzt, nicht mein Onkel Gundabald. Und ich möchte, dass mir in diesem Ehekontrakt mein eigenes Domizil, meine eigenen Dienstboten und eine Leibwache zugestanden werden.«

Der Papst sah Regeane mit schmalen Augen an. »Du hast wirklich Angst vor diesem Mann, nicht wahr? Solche Angst, dass du von ihm getrennt leben möchtest.«

»Ja«, antwortete Regeane. »So ist es.«

Hadrian zog die Brauen zusammen, während er erst Lucilla und dann wieder Regeane ansah. »Es gibt keine Hilfe für Antonius.«

Lucilla schwieg. Sie stand auf. Sie war genauso erlesen gekleidet wie die übrigen Gäste des Papsts, mit einem langen, mit weißen Rosen besticken Überwurf aus grüner Seide, der ihr prächtiges rotblondes Haar und ihren hellen Teint zur Geltung brachte. Nun schien sie von Hadrian weg auf die andere Ecke des Raumes zuzuschweben. »Ich habe geweint«, sagte sie, »und muss mein Gesicht wieder in Ordnung bringen. Ich brauche einen Spiegel.«

»Du bist so schön wie immer«, sagte Hadrian galant, »aber wenn du meinen Beteuerungen nicht glaubst, da liegt ein Spiegel auf dem Tisch neben der Tür.« Dann wandte er sich um und musterte Regeane. »Ich sehe«, sagte er, »dass ihr beide nicht die Absicht habt, mir mehr von euren Plänen zu erzählen.«

Regeane hatte die Hände auf dem Schoß zu Fäusten geballt. Die Knöchel waren weiß. Auch sie schwieg.

»Nein«, sagte Lucilla, die am Tisch stand. Er war übersät mit Büchern, einzelnen Bögen Pergament, Wachstafeln, Schreibfedern, Tinte und anderen Utensilien dieser Art. »Ich sehe keinen Spiegel.«

»In diesem Raum werden viele Kanzleiarbeiten verrichtet«, erklärte Hadrian. »Hier landen alle möglichen Dinge.«

»Aber kein Spiegel«, bemerkte Lucilla, während sie die verschiedenen Gegenstände auf dem Tisch untersuchte.

Draußen sah Regeane, wie sich der Blitz einen leuchtenden, gezackten Weg über den Himmel bahnte. In der Ferne hörte sie das leise Rumoren des Donnerschlags.

Ein neuerlicher Lufthauch, nicht stark genug, um als Brise bezeichnet zu werden, wehte in den schwülen Raum und brachte ein wenig Frische mit sich. Regeane war sich der schweigenden, mürrischen Rebellion der Wölfin bewusst.

Was hatte sie mit Politik zu tun, mit Festbanketten oder kostbarer Kleidung?

Draußen peitschte der Regen über die Campagna. Die Wölfin wollte mit dem Regen laufen, die Feuer des Sturms über den Himmel schießen sehen, die Erregung des durch die Wolken grollenden Donners spüren. Sie wollte mit dem Sturm verschmelzen, der sich durch die winterliche Landschaft bewegte.

Aber die Frau stieß sie beiseite; Hadrian hatte ihr noch nicht geantwortet. »Der Ehekontrakt«, wiederholte sie.

»Ja«, sagte er wissend, »der Ehekontrakt. Erzähl mir, wie viel vom Reichtum dieses Mannes willst du für dich beanspruchen? Ein Drittel? Ein Viertel? So viel, wie er für das Privileg, mit einer Frau aus königlichem Haus verheiratet zu werden, zu zahlen bereit ist?«

Hadrian heftete seinen Blick auf Regeane und seine Augen hatten im Kerzenlicht einen kalten, unnachgiebigen Schimmer.

Regeane war erstaunt über die Wildheit in ihrer Stimme, als sie antwortete. »Sein Reichtum? An sein *Geld*...«, sie stieß das Wort voller Verachtung hervor, »... hatte ich noch keinen einzigen Gedanken verschwendet, bis du das Thema aufbrachtest. Ich möchte lediglich meine eigene Sicherheit gewährleisten. Ich habe *Angst*.«

Das Wort schien das ganze Ausmaß ihrer Furcht aus den schwarzen Tiefen ihrer Seele hervorzuziehen und bloßzulegen. »Ich habe Angst«, weinte sie. »Siehst du nicht, wie sehr ich diesen Mann fürchte?«

Hadrian zog sich zurück. »Ja, das sehe ich. Deine Angst ist gewaltig. Ich verstehe nicht ganz den Grund dafür, aber ja, ich sehe, dass es so ist.«

»Vielleicht«, meldete sich Lucilla zu Wort, »liegt es daran, dass du nie eine Frau warst.«

»Ja«, antwortete Hadrian, »und vielleicht liegt es daran, dass ihr beide, du und dieses Mädchen mit dem hübschen, unschuldigen Gesicht, etwas so Ruchloses im Schilde führt, dass ihr es nicht wagt, mich mit den Einzelheiten vertraut zu machen.«

Lucilla hatte den Spiegel gefunden und kehrte, die silberne Scheibe fest an ihr Gewand gedrückt, zu Hadrian zurück.

»Ich meine mich daran zu erinnern, dass du dich der Angelegenheit Paul Afartha persönlich angenommen und sein Todesurteil unterzeichnet hast«, fuhr Hadrian sie an.

»Ich habe nichts unterzeichnet«, sagte Lucilla. »Ich habe lediglich den Erzbischof von Ravenna wissen lassen, dass du nicht außer dir vor Gram wärst, falls Paul plötzlich sterben sollte. Und er starb – plötzlich«, sagte sie mit kalter Befriedigung.

»So plötzlich«, erwiderte Hadrian, »dass er keine Zeit hatte zu bereuen.«

Seine Worte schienen Lucilla vor Wut schier den Atem zu rauben. »Im Namen Gottes, Hadrian. Wie viel Zeit hat Paul Sergus gegeben, um zu bereuen? Er wurde geblendet, geschlagen, halb erwürgt und in sein Grab gestoßen, während er sich noch zur Wehr setzte, um in Qualen und Verzweiflung zu ersticken. Ich möchte dich daran erinnern, dass Sergus dein Freund und auch meiner war.«

Plötzlich sah Hadrian alt und müde aus. »Also gut«, sagte er leise. »Der Handel gilt. Die Bedingungen des Ehekontrakts werden so sein, wie du sie wünschst.«

Regeane holte tief Luft und stieß einen langen bebenden Seufzer aus.

Lucilla blickte in den Spiegel in ihrer Hand. Ihr Schrei hallte durch den Raum. Eine Sekunde später fiel das Silber mit einem vernehmlichen Klirren auf den Steinfußboden; Lucilla hatte den Spiegel von sich geschleudert, als sei er eine lebendige Schlange.

Der Spiegel rutschte über den Marmor und blieb vor Regeanes Füßen liegen. Sie beugte sich auf ihrem Stuhl vor und blickte in die silberne, spiegelnde Oberfläche.

Das Gesicht, das sie sah, war nicht ihr eigenes. Regeane prallte zurück und riss sich von dem Anblick los. Ein Blitz zuckte auf, diesmal nahe genug, um den Raum eine Sekunde lang in strahlendes Licht zu tauchen. Die Vorhänge blähten sich im Wind.

»Adrastes Spiegel!«, schrie Lucilla gellend. »Adrastes Spiegel – hier!« Ihr Gesicht hatte die Farbe von Asche mit bläulichen Flecken um Mund und Augen. Regeane wusste, dass auch sie die Anwesenheit des Geistes gespürt hatte.

»Unfug«, fuhr Hadrian ungeduldig auf. »Beruhige dich, Lucilla. Wie sollte denn Adrastes Spiegel hierher gelangt sein?«

Lucilla stand einen Augenblick, eine Hand an die Brust gedrückt, ganz still da, bevor sie mit unübersehbarer Anstrengung ihre Fassung wiedergewann. In der Ferne hörte Regeane Musik.

Im Garten fielen die ersten dicken Regentropfen auf die Pflastersteine und klatschten in den Fischteich.

Hadrian erhob sich von der Bank. »Wir müssen jetzt gehen«, sagte er. »Meine Gäste versammeln sich gewiss bereits im Triclinium und warten darauf, dass ich sie begrüße.«

Regeane hob den Spiegel zu ihren Füßen auf. Sie hatte dasselbe Gefühl wie in Cumae. Dasselbe benommene, unwirkliche Gefühl, das sich ihrer bemächtigt hatte, als die geisterhafte Prozession an ihr vorüberzog. Sie wusste, dass der Spiegel für sie bestimmt war, dass man ihn irgendwie zu ihr gesandt hatte, aber warum, das hätte sie nicht zu sagen vermocht. Trotzdem hob sie ihn auf und ließ ihn zwischen das Seidenfutter und den schweren Brokat ihres Überwurfs fallen.

Hadrian blieb neben Lucilla stehen, küsste sie schnell und sagte dann traurig: »Heute Nacht, nach dem Fest, können wir allein sein.«

So wie sie einander ansahen, erinnerten ihre Gesichter Regeane stark an ein altes Ehepaar, das viele Schicksalsschläge und Kämpfe erlebt hatte, das aber immer noch zusammenhielt, aneinander gekettet von Banden, die im Laufe eines ganzen Lebens geschmiedet worden waren. Liebe, Lachen und Tränen hatten sie zu einer Art friedvoller Übereinkunft geführt, die keine weltliche Krise brechen konnte.

»Mein Liebster«, sagte Lucilla und berührte sein Gesicht. Dann war Hadrian fort und die beiden Frauen waren allein.

»Komm«, sagte Lucilla. »Hadrian hat Recht. Wir müssen uns beeilen.« Sie nahm eine Lampe vom Tisch und führte Regeane durch das dunkle Labyrinth von Räumen zurück in das Triclinium, wo das Festmahl abgehalten wurde.

Sie hatten einen langen Säulengang erreicht, als Lucilla stehen blieb, die Flamme in der Lampe mit der Hand beschirmte und darauf wartete, dass der Wind sich legte. Eine Bö trieb den Regen in wogenden Vorhängen durch den Säulengang, und das Wasser strömte in silbernen Schwaden von dem überhängenden Dach.

Regeane und Lucilla sahen zu, wie der Wind Büsche und Bäume im Garten niederdrückte und der Regen sich einem Sturzbach gleich auf die Erde ergoss.

»Ich weiß nicht, was du vorhast«, sagte Lucilla leise. »Aber ich rate dir, Antonius versteckt zu halten.« Sie griff nach Regeanes Arm, und Regeane spürte, wie sich die Fingernägel der anderen Frau in ihr Fleisch bohrten. »Und wenn du glaubst, du könntest mich mit deiner anderen Gestalt in Angst und Schrecken versetzen, dann irrst du dich. Ich habe keine Angst vor Wölfen. Ich habe sie oft zu sehen bekommen, wenn ich in den Bergen die Herden meines Vaters hütete. Es sind feige Tiere, die man mit Steinen und Flüchen vertreiben kann.«

Regeane entwand Lucilla ihren Arm mit einer einzigen schnellen Bewegung und erwiderte: »Ich lasse mich nicht mit Steinen und Flüchen vertreiben.«

Draußen erstarb langsam der Wind. Der Regen fiel jetzt geradewegs zu Boden, eine dichte, tosende Flut. Der Sturm hatte seinen Höhepunkt erreicht. Ein feuchter Nebel wehte durch den Portikus und ließ sich auf Regeanes Haar und Gesicht nieder.

Lucilla machte einen Schritt nach vorn. »Komm da weg. Du wirst dir noch dein Kleid ruinieren.«

Regeane blieb, wo sie war, spürte, wie die Wölfin sich machtvoll und beklommen in ihr erhob. »Irgendetwas stimmt hier nicht. Es liegt Gefahr in der Luft. Die Wölfin spürt es. Ich spüre es«, wisperte sie.

»Natürlich bist du in Gefahr. Ich bin es, von der dir Gefahr droht, wenn du nur den Verstand hättest, das zu begreifen. Ich bin nicht Hadrian. Hadrian ist ein Mann und kann es sich leisten, entgegenkommend zu sein. Der Pöbel würde weinen wenn er abdankte, aber derselbe Pöbel würde mir die Schuld geben, meine Villa plündern und mich durch die Straßen zerren, vor ein lombardisches Tribunal, das mir nur allzu gern das Leben rauben würde. All das könnte geschehen, wenn Antonius gefunden wird. Mein Leben hängt von dir ab, und ich bin mir nicht einmal sicher, was du eigentlich bist.«

»Es wird dich zwar nicht trösten, das zu wissen«, sagte Regeane, »aber ich bin mir da selbst nicht sicher. Ich hatte nie die Chance, es herauszufinden.«

Regeane drehte sich zu Lucilla um und Lucilla schrak mit einem heiseren Aufschrei von ihr zurück. »Nein … sieh mich nicht so an«, stammelte sie. »Deine Augen werfen das Lampenlicht zurück wie die … eines Tieres.«

»Wie die eines Wolfs«, sagte Regeane. Sie konnte Lucillas fliegenden Atem hören. »Lucilla«, flehte sie. »Bitte …« Sie streckte die Hand aus, aber Lucilla zog sich nur noch weiter von ihr zurück. »Lucilla, wirst du jetzt die Nerven verlieren? Sag mir, was passiert ist? Was ist wirklich passiert?«

»Regeane, warum hast du Adrastes Spiegel mitgenommen? Ich weiß, dass er Adraste gehörte. Das Muster ist unverwechselbar, von ihr selbst entworfen. Sie hat es für den Silberschmied gezeichnet, der den Spiegel angefertigt hat. Alles, was sie besaß, trug dieses Muster.«

»Ich habe den Spiegel mitgenommen, weil er mir geschickt wurde, weil er für mich bestimmt war«, erklärte Regeane. Wieder trat sie einen Schritt auf Lucilla zu.

»Bleib, wo du bist. Komm mir nicht zu nah«, wisperte Lucilla. »Als ich diesen Spiegel das letzte Mal sah, habe ich ihn in Adrastes Sarg gelegt. Dann haben sie den Steindeckel ihres Sarkophags für immer über dem Spiegel geschlossen, über Adrastes liebreizendem, bösem, habgierigem Gesicht. Ich weiß, woher dieser Spiegel gekommen ist... weil ich ihn in ihre Hand gelegt habe.«

14

Regeane ging im Triclinium über einen Teppich aus Blumen zu ihrem Liegesofa.

Der Raum war so schön wie nur je eine Kirche, die Regeane in der Vergangenheit gesehen hatte. Blüten übersäten den mit grünem und weißem Marmor ausgelegten Fußboden. Rings um zwei riesige, halbmondförmige Tische standen mit purpurnem Samt bezogene Sofas. Das des Papstes befand sich auf einem hohen Podest an der hinteren Wand, in der Öffnung zwischen den beiden Enden der Tische.

In der Mitte zwischen den beiden Tischen hatten sich die Musikanten versammelt, und die weichen Klänge von Harfe und Kithara vermischten sich mit dem klagenden Ruf der Flöten. An den gewölbten Wänden blickten von überlebensgroßen Fresken die zwölf Apostel auf die in Samt und Seide gewandeten Gäste hinab.

Hinter dem Sofa des Papstes war auf einem hohen Mosaikpaneel ein byzantinischer Christus zu sehen, der die Hand hob, um den Pontifex beim Mahl zu segnen.

Die Apostel auf den Fresken wirkten weder steif noch förmlich. Sie schlenderten in Gruppen durch die üppige Schönheit eines römischen Sommers. Alles in allem ähnelten sie einer Schar Bauern, die zur Mittagszeit ein Schläfchen unter von Früchten und Blättern gebogenen Bäumen hielten. Die Wiesen, auf die sie schauten, waren übersät von scharlachrotem Mohn, und auf den Feldern reifte goldener Weizen. Markus' Löwe spielte wie ein Kätzchen zwischen den langen, grünen Gräsern. Matthäus' Adler schwebte durch die Luft wie ein Falke auf der Jagd. Petrus, der seine Schlüssel in seinem Gürtel stecken und die Netze neben sich liegen hatte, machte es sich unter einem Baum bequem.

»Antonius!«, sagte Regeane traurig.

»Ja«, antwortete Lucilla. »Zuerst dachte ich, er müsse den Verstand verloren haben, in diesen dummen Malerwerkstätten herumzulungern, Farben zu mischen und mit Gips und Stuck herumzuspielen, obwohl Hadrian ihn hätte fördern können. Er hätte ihm eine strahlende Karriere in der Kirche verschaffen können. Aber als ich dann sah, was er hervorbrachte .... Leider können wir armen Römer, die wir durch ein Meer der Barbarei waten, uns noch immer mit Schönheit trösten. Als wäre das wichtig«, fügte sie verbittert hinzu.

Regeane, die noch immer das prachtvolle Gemälde betrachtete, sagte: »Es ist wichtig.«

»Ja«, meinte Lucilla nachdenklich. »Ja, du hast Recht. Vielleicht sind diese Dinge unsere Unsterblichkeit. Vielleicht wird man sich durch sie an uns erinnern, wenn alles andere schon zu Staub zerfallen ist.«

Elfgifa stand neben Regeanes Sofa. Augustas Freunde machten großes Aufhebens um sie. Tatsächlich sah sie, gekleidet wie die Erwachsenen und mit Perlen in ihren geflochtenen Haaren, genau wie eine kleine Puppe aus.

Eine hoch gewachsene, mit dem nüchternen Gewand einer Nonne angetane Frau drängte sich durch die Menge und stellte sich vor. »Ich bin Äbtissin Emilia und das ist, wenn ich mich nicht sehr irre«, sie zeigte auf das Kind, »Elfgifa.«

Die Damen, die um das Kind herumstanden, traten beiseite, um Äbtissin Emilia durchzulassen. Emilia baute sich, die Hände in die Hüften gestemmt, vor Elfgifa auf, und ihr Gesicht verriet unverhohlene Missbilligung.

»Tante Emilia«, sagte Elfgifa.

»Komm mir nicht mit ›Tante Emilia‹, du unartiges Kind. Dein Vater war außer sich vor Sorge um dich.«

Elfgifas Unterlippe schob sich langsam vor und Regeane wusste, dass dies ein Zeichen von Missbilligung war.

»Es ist nicht meine Schuld, dass ich von Piraten eingefangen worden bin.«

»Doch, das ist es«, erklärte Emilia mit Donnerstimme. »Du weißt sehr gut, dass man dir verboten hat, wegzulaufen und mit den Söhnen der Fischer zu spielen. Unsere Küste ist zu unsicher«, erklärte sie den übrigen Gästen. »Überall streifen Nordmänner umher, die nach Beute Ausschau halten und versuchen, unsere Leute zu versklaven und an die Griechen zu verkaufen. Dein Vater hatte Angst, dich für immer verloren zu haben. Tatsächlich«, sagte sie und drohte Elfgifa mit erhobenem Zeigefinger, »bist du so groß geworden, dass ich dich, wenn wir uns auf der Straße begegnet wären, vielleicht nicht einmal wiedererkannt hätte.«

Elfgifa wandte sich mit flehentlichem Blick an Regeane. »Warum sagen die Leute bloß immer, man sei gewachsen? Was erwarten sie denn von einem Kind meines Alters? Dass es kleiner wird? Du bist auch gewachsen«, sagte sie dann zu Emilia. »In dieser Richtung.« Das kleine Mädchen beschrieb mit den Armen einen weiten Kreis. »Beleibt.«

Eine Woge leisen Kicherns lief durch die Frauen, die sich um Emilia scharten.

»Empörend!«, sagte Lucilla. »Junge Dame, kein Wort mehr. Begrüße deine Tante, wie es sich gehört, mit einem Kuss auf die Wange. Ich glaube, wir hatten auf dem Weg hierher ein Gespräch über die Unterschiede zwischen privatem und öffentlichem Benehmen.«

»Ich erinnere mich«, sagte Elfgifa mit schuldbewusstem Blick.

Emilia verschränkte die Arme vor der Brust und blickte auf das Kind hinab. »Das ist tatsächlich Elfgifa.« Sie grinste, zwickte ihr in die Wange und sagte dann: »Fett ist das Wort, das du gesucht hast.«

Elfgifa schien verärgert zu sein. »Mein Vater sagt, ›fett‹ sei kein netter Ausdruck«, beharrte sie. »Beleibt.«

Emilia lachte schallend. »Die Tochter meines Bruders in allen Dingen. Der muss mich auch immer mit meiner Leibesfülle aufziehen. Jedes Mal, wenn ich ihn sehe, obwohl das jetzt schon einige Jahre nicht mehr passiert ist. Gott segne ihn. Ich bin kein Mensch, der Frömmigkeit mit Trübsinn verwechselt. Meine Damen im Kloster verbringen ihre Zeit mit barmherzigen Taten. Wir kümmern uns um Waisen, besuchen die Kranken und geben den Pilgern, die an unsere Tür kommen, zu essen und ein Dach überm Kopf. Glaube mir, ein Mädchen, das die Nacht in schlafloser Wache am Bett eines Sterbenden gewesen ist oder einen langen Tag mit der Erziehung einer Horde lebhafter Kinder zugebracht hat, braucht nicht an den Tisch zu kommen, um dort eine Schale dünnen Haferbrei und einige Scheiben Schwarzbrot vorzufinden. Wir Arbeiter in Christi Weingärten müssen bei Kräften bleiben.«

»So wird es sein«, murmelte Augusta. »Und nun, was das Kind betrifft...«

Elfgifa wirbelte herum und sah Regeane anklagend an. »Du wirst mich wegschicken, nicht wahr?« Mit diesen Worten rannte sie auf Regeane zu und warf sich in ihre Arme.

Regeane zog sie an sich, hob sie hoch und setzte sie auf ihre Hüfte. Elfgifa schlang die Arme um Regeanes Hals und legte die Wange an ihre.

Einen Augenblick wurde Regeane von einem überwältigenden Gefühl der Liebe ergriffen. Sie erzitterte unter der Heftigkeit dieser Regung. »Möchtest du denn nicht nach Hause? Deine Tante Emilia wird gut auf dich Acht geben, bis dein Vater dich holen kommt. Sie ist eine freundliche Frau, nicht wahr?«

»Ja«, sagte Elfgifa, »aber sie zwingt mich, Buchstaben zu lernen. Und sie belehrt mich die ganze Zeit darüber was recht ist und was unrecht. Wenn ich mich davonstehle, um zu spielen, tut sie so, als hätte ich eine schwere Sünde begangen, und sie findet, ich solle in der Küche arbeiten und die Töpfe schrubben. Sie wird mir nicht erlauben, auf Bäume zu klettern, und ich muss drinbleiben, wenn es regnet. Immer nörgelt sie: ›Steh gerade, oder du bekommst einen Buckel.‹ ›Mach dir dein Kleid nicht schmutzig.‹ Mein Vater sagt, wenn man Kleider trägt, dann *sollen* sie schmutzig werden, und...«

Lucilla klatschte in die Hände und brachte Elfgifas Tirade zu einem jähen Ende. »Fräulein Halsstarrig hätte dein Name sein sollen, nicht Elfgifa. Regeane liebt dich. Versuch ihr nicht noch mehr wehzutun als unbedingt nötig. Außerdem würden dir ein wenig Arbeit und Disziplin wahrhaftig gut tun. Du wirst schnell genug zu deinem Vater zurückkehren, der dir deine Wildheit genau wie früher durchgehen lassen wird.«

»O Himmel«, sagte Emilia und warf die Arme hoch. »Wie wahr. Er behandelt das Kind mehr wie einen seiner verwahrlosten Männer. Er behandelt sie, als seien ihre Gedanken und Ansichten irgendwie wichtig.«

»Das sind sie auch«, fuhr Lucilla auf. »Sie ist die Tochter eines Gefolgsmanns des Königs, nicht wahr? Sie wird eines Tages zumindest die Herrin eines großen Haushalts sein.«

Emilia schien für einen Augenblick verunsichert zu sein, schenkte Lucilla dann jedoch ein kurzes Lächeln. »So habe ich es noch nie betrachtet, aber ja, ich nehme an, du hast Recht.«

Dann wandte sich Lucilla an Elfgifa. »Regeane schickt dich mit Emilia weg, weil das... im Augenblick sehr viel sicherer für dich ist. Sie liebt dich und möchte das Beste für dich.«

Die kleine Sächsin warf den Kopf in den Nacken und sah Regeane mit ihren großen blauen Augen traurig an.

Regeane strich Elfgifa mit der freien Hand über die weichen Locken. »Ich möchte, dass du glücklich bist, und ich möchte dich vor Schaden bewahren, Kleine«, sagte Regeane mit leiser Stimme, »und bei mir wärst du weder glücklich noch in Sicherheit. Ich möchte dich bei Menschen wissen, die dich lieben und die gut für dich sorgen können.« Sie schüttelte den Kopf. »Die Umstände...« Einen Augenblick fehlten ihr die Worte, und ihre Augen füllten sich mit Tränen. »Die Umstände sind im Augenblick nicht so, dass ich das tun könnte.«

Elfgifa sah Regeane einen Moment ernst an und schlang die Arme dann noch fester um ihren Hals. Ihr zarter Kuss auf Regeanes Wange war ein Wispern der Liebe und des Vertrauens. »Ich werde brav sein«, versprach sie, »und ich werde versuchen zu tun, was Tante Emilia von mir verlangt.«

»Mutter«, sagte Augusta. »Der Papst geht zu seinem Sofa hinüber. Das Festmahl beginnt. Wir müssen uns niederlassen.«

Regeane stellte Elfgifa wieder auf den Boden, woraufhin ihr eine schnelle, unerwartete Umarmung von Seiten Emilias zuteil wurde. »Vielen Dank für deine Güte. Du wirst niemals wissen wie glücklich es uns gemacht hat, das Kind zurückzubekommen. Mein Bruder himmelt sie an. Du hast unsere ewige Dankbarkeit.« Dann eilte sie davon, um sich zu den anderen Nonnen auf der gegenüberliegenden Seite des Raums zu gesellen.

Lucilla nickte Regeane zu, als sei sie nicht mehr als eine flüchtige Bekannte, dann ging auch sie zu ihrem Platz am unteren Ende der Tafel.

Regeane sah ihr einen Moment lang nach, während sie Elfgifa noch an der Hand hatte und Augusta an ihrer anderen Seite stand. »Wie seltsam«, murmelte sie. »Sie muss eine der einflussreichsten Persönlichkeiten in Rom sein, und doch zwingen die Anstandsregeln sie …«

»Sei still«, unterbrach Augusta sie schroff. Bevor sie fortfuhr, sah sie sich hastig um. »Es könnte dich jemand hören. Meine Mutter ist eine ständige Schande und eine einzige Peinlichkeit für mich«, fügte sie mit der Miene einer Märtyrerin hinzu. »Sie verfügt über ein ausreichendes Vermögen, um ein bescheidenes Leben führen zu können – wie es sich für eine ordentliche römische Matrone geziemen würde – und sich der Kirche zu widmen, um den Armen Linderung zu verschaffen. Aber stattdessen verkehrt sie offen mit den niedrigsten Elementen der Stadt. Sie steckt ihre Nase in die Politik und andere Angelegenheiten, die einer Frau von Rang nicht gut zu Gesicht stehen. Und vor allem trifft sie sich nach wie vor mit einem Mann, dessen Gesellschaft sie als anständige Frau meiden sollte, weil sie eine Gelegenheit zur Sünde darstellt.«

Regeane schluckte die Erwiderung, die ihr bereits auf der Zunge gelegen hatte, herunter. Elfgifa unterbrach ihre wütenden Gedanken, um zu fragen: »Werden wir wieder im Liegen essen?«

»Ja«, sagte Regeane streng. »So ist es hier Sitte, und als Gäste müssen wir unseren Gastgebern Respekt erweisen.«

»Ich habe ja auch keine Einwände erhoben«, erwiderte Elfgifa gekränkt. »Ich habe bloß gefragt.«

15

Die Musik war beruhigend und schön, das Gespräch zwischen den Gästen kultiviert und gedämpft, und das Essen und die vielen Weine waren ein raffiniertes Gewebe aus Farben und Aromen, eine Flut von Köstlichkeiten.

Regeane war verwirrt, aber auch entzückt von den ersten Gängen des Banketts. Sie und Elfgifa kosteten Drosseln in Weißweinsoße, deren Fleisch vom süßen Geschmack der Feigen durchdrungen war, mit denen man die Tiere zuvor gemästet hatte.

Augusta streifte sie beide mit einem missbilligenden Blick und begnügte sich mit Endiviensalat, mit Öl angemachter Wasserkresse, ein wenig Honig und Wein und bemerkte dazu: »In meinem Alter muss ich auf mein Gewicht achten. Ihr zwei solltet vorsichtiger sein«, warnte sie sie düster. »Die Essgewohnheiten, die ihr jetzt entwickelt, werden euch ein Leben lang folgen.«

Elfgifa probierte pflichtschuldig etwas von dem Salat und schnitt angesichts des bitteren Geschmacks eine Grimasse.

Sie saßen in der Nähe des Papstes, und Regeane sah, wie er über Elfgifas Reaktion auf die grünen Blätter lächelte. Dann ließ er ihr eine Schale von seiner eigenen Tafel bringen.

»Für das Kind«, sagte der lächelnde Diener, als er die Schale vor Elfgifa hinstellte.

Augusta versteifte sich vor Abscheu, als sie den Inhalt der Schüssel sah – in Zimthonig und Wein gekochte Birnen mit einer leichten Soße, die nur mit Eigelb angedickt worden war.

Elfgifa ignorierte Augustas Ermahnung, dass sie sich den Appetit auf das eigentliche Mahl verderben werde, und schwelgte in der Süßspeise: »Das interessiert mich nicht. Mir schmeckt das hier sehr gut.«

Später räumten die Dienstboten die schweren, verschnörkelten Silberschalen weg, und die Gäste wuschen sich die Finger. Einer der Lakaien goss ihnen Rosenwasser über die Hände. Elfgifa bekam etwas davon in die Nase, weil sie gleichzeitig versuchte, an dem duftenden Wasser zu schnuppern und sich die Hände darin zu waschen. Sie begann heftig zu niesen.

Starr vor Zorn lag Augusta auf den rechten Ellbogen gestützt da und tat so, als sei Elfgifa gar nicht vorhanden, während Regeane vor Verlegenheit rot anlief. Sie versuchte den Schaden zu beheben und dem Nieskrampf Einhalt zu gebieten, indem sie Elfgifas Gesicht mit einer in Rosenwasser getauchten Serviette abrieb.

»Ach du lieber Himmel«, flüsterte Regeane verärgert. »Kannst du dich nicht mal eine Sekunde lang benehmen?«

Elfgifas kleines Gesicht legte sich in tiefe Falten, und es sah so aus, als werde sie gleich in Tränen ausbrechen. Regeane hatte sofort ein schlechtes Gewissen.

»Es tut mir Leid«, sagte Elfgifa. »Ich hab's nicht böse gemeint. Aber das Wasser roch so gut und ich wollte…«

»Ssscht«, sagte Regeane, nahm das Gesicht des kleinen Mädchens zwischen beide Hände und küsste es auf die Stirn. »Sei ein braves Kind. Weine nicht.«

Elfgifa gab sich jedoch untröstlich und ließ den Kopf hängen. »Ist das der Grund, warum du mich los sein willst? Weil ich kein braves Kind bin? Ich muss ungehorsam sein, weil die Leute mir dauernd sagen, was ich tun soll und was nicht und – oooh! Sieh mal, wie hübsch!«, rief sie. Ihr Kummer war bereits vergessen.

Einer der Diener hielt den Gästen Becher hin. Sie waren aus Glas und ein jeder wies die Form einer anderen Blume auf.

»Kann ich mir einen aussuchen?«, fragte Elfgifa, als der Diener vor ihnen stehen blieb und ihnen das mit den zierlichen Glasgefäßen beladene Tablett hinhielt. Elfgifa konnte vor Begeisterung nicht still sitzen bleiben. »Ich möchte die Sonnenblume. Nein, die Hyazinthe. Ach, ich weiß nicht. Die Lilie ist auch so hübsch.«

»Hör auf zu zappeln«, sagte Augusta mit drohender Stimme. »Entscheide dich und mach den Becher nicht kaputt.«

Elfgifa ließ sich sofort auf ihr Sofa zurücksinken, und ihre beiden großen blauen Augen verwandelten sich in Tränenteiche.

»Sei nicht so grausam, Augusta«, fuhr Regeane die andere Frau an. »Sie ist doch noch ein Kind.«

»Das ist mir aufgefallen«, zischte Augusta. »Ein abscheuliches, schlampiges, hassenswertes kleines …«

Elfgifa drückte sich mit erschrockener Miene fest an Regeane.

Regeane spürte, wie ihr eigener leidenschaftlicher Zorn das Blut aus ihrem Gesicht weichen ließ, und schlang einen Arm um Elfgifas Schultern. »Ja«, sagte sie leise. »Du kannst dir jeden Becher nehmen, der dir gefällt.«

»Ich glaube, ich mag die blaue Hyazinthe am liebsten«, flüsterte eine niedergeschlagene Elfgifa Regeane zu, während sie furchtsam zu Augusta hinüberspähte.

Regeane nickte dem Diener unauffällig zu. Der gut aussehende junge Mann musterte Augusta mit unverhohlener Abneigung.

»Gut«, sagte Regeane. »Ich nehme die Lilie und«, fügte sie boshaft hinzu, »da sie dir so gefällt, bekommt Augusta die Sonnenblume.«

Regeanes Lilie war aus einem seltenen klaren Kristall mit an den Spitzen weiß bemalten Blütenblättern, während Elfgifas Hyazinthe von einer hellblauen Färbung war und dunklere, saphirblaue Zeichnungen aufwies, die die zarte Farbe der Frühlingsblumen andeuten sollten.

Das Getränk, das in den Bechern serviert wurde, war ein Dessertwein. Regeane wählte einen süßen Traubenwein, Elfgifa einen mit roten Rosen versetzten, und Augusta entschied sich, wie vorherzusehen war, für das Getränk, dessen Duft an Veilchen erinnerte.

Ein junges Mädchen trat gemächlich in die Öffnung zwischen den beiden Tischen und nahm ihren Platz bei den Musikanten ein.

Die Gespräche der Gäste kamen zum Erliegen, während sie nun gespannt darauf warteten, dass sie zu singen begann.

»Sieht nicht nach was Besonderem aus, die Kleine, wie?«, bemerkte Augusta.

Tatsächlich war das schlicht gekleidete Mädchen in Regeanes Augen reizlos, beinahe hässlich. Sie hatte dunkles Haar und hohe Wangenknochen, und die einzige Besonderheit ihres Gesichts war eine Hakennase, aber als sie zu singen begann, vergaß Regeane den hoch aufgeschossenen, dünnen Körper und das fast hässliche Gesicht. Die Stimme des Mädchens war ein goldener Faden flüssiger

Schönheit, der sich zwischen den Tönen hindurchwand. Die Flöte begleitete sie mit einer traurigen, aber auch beschwingten Melodie.

Sie sang ein schlichtes Lied über einen Dichter, der die Götter bittet, das Leben seiner Geliebten zu schonen. Die Stimme des Mädchens und die lyrischen Verse des Dichters zeichneten das herzzerreißende Porträt eines hilflosen, liebreizenden jungen Mädchens, das von einer gefährlichen und furchtbaren Krankheit befallen war, und den Gram des Mannes, der sie liebte.

Regeanes Augen füllten sich mit Tränen, aber Augusta tat so, als könne die Musik sie nicht im Mindesten berühren. Als das Lied endete und die Sängerin sich verneigte und davonschlüpfte, rümpfte Augusta die Nase und sagte: »Dulcina, einer von Mutters Wohltätigkeitsfällen. Sie hat sie in einer Taverne aufgelesen, wo sie die Böden wischte. Sie war eine Sklavin und ihr Herr hat ihr nicht besonders viel zu essen gegeben. Also hat sie gesungen, um sich von den paar Kupfermünzen, die die Gäste ihr vor die Füße warfen, zusätzlich etwas zu essen zu kaufen. Heute ist sie dank Mutters Fürsprache die beliebteste Sängerin von Rom. Aber, meine Güte, ausgerechnet hier Propertius vorzutragen!«

»Propertius?«, fragte Regeane.

»Der Verfasser des Gedichts, das Dulcina gesungen hat. Solch leidenschaftliche Verse über seine Cynthia – wie beklagenswert. Viele Kirchenmänner missbilligen sie. Aber das ist wieder typisch für meine Mutter und ihre Gefühlsduselei. Trotz all ihres zynischen Geredes glaubt sie an die Liebe.«

Regeane dachte an Hadrian und Lucilla, an ihre Einigkeit selbst in ihrer Trauer um Antonius und im Angesicht einer möglichen Niederlage. »Vielleicht liegt das daran, dass sie selbst die Liebe kennen gelernt hat«, sagte Regeane.

»Ha«, entgegnete Augusta. »Unsinn. Diese abstoßende, aber, wie ich zugeben muss, einträgliche Verbindung hätte schon vor Jahren abgebrochen werden müssen. Sie ist heute nur noch ein Quell der Sorgen für beide. Was sie betrifft, ist es weniger Liebe, sondern, wie ich schon sagte, Gefühlsduselei. Mir ist aufgefallen, dass sie niemals von Gefühlen aufgehalten wird, wenn es darum geht, ihre Feinde zu vernichten.«

Regeane antwortete nicht, sondern dachte insgeheim, dass Augusta, so ungern sie es zugab, in dieser Hinsicht nicht ganz Unrecht hatte. Sie hatte selbst eine gewisse Skrupellosigkeit bei Lucilla wahrgenommen, und sie fragte sich kühl, ob Lucilla sie dafür bezahlen lassen würde, falls es ihr nicht gelang, eine Heilung für Antonius zu finden oder ihn wenigstens versteckt zu halten.

Elfgifa wurde langsam unruhig. »Mir gefällt die hübsche Musik«, sagte sie. »Und der Becher ist auch sehr schön, aber bekommen wir denn nicht mehr zu essen?«

Augustas Lippen verzogen sich zu einer dünnen, grausamen Linie, als sie auf Elfgifa hinabstarrte. »Man sollte meinen, dass du, nachdem du dich wie ein Schwein mit den Birnen voll gestopft hast...«

»Ein Schwein!«, rief Elfgifa, und für einen Augenblick sah Regeane den wilden Barbarenhäuptling, der ihr Vater war, ganz deutlich in ihre Züge eingemeißelt. Ihr Mund war hart. Die kleinen blauen Augen waren von einem stählernen Glitzern erfüllt.

Regeane rollte sich auf die Seite und drückte Elfgifa mit dem ganzen Gewicht ihres Körpers in das Sofa. »Hör auf«, zischte sie dem kleinen Mädchen, das sich heftig zur Wehr setzte, ins Ohr. »Hör sofort auf damit. Wage es nicht, hier eine Szene zu machen.«

Elfgifa versteifte sich und gab nach. »Sie hat mich ein Schwein genannt...«

»Es kümmert mich nicht, wie sie dich nennt«, sagte Regeane mit heiserer Stimme, »und sie hat auch nicht gesagt, du seist ein Schwein. Sie meinte, du hast viele Birnen gegessen, und das stimmt auch.«

»Schockierend«, sagte Augusta. »Einfach unvorstellbar, wie ihr beide, du und meine übergeschnappte Mutter, dieses Kind verwöhnt habt. Was sie braucht...«

Regeane blickte auf und bemerkte, dass Hadrian sie mit einem hinterhältigen Grinsen beobachtete. Anscheinend fand er die Vorgänge auf ihrem Sofa genauso interessant – wenn nicht gar interessanter – als die Darbietungen der Musikanten. Eine heiße Röte schoss ihr in die Wangen.

»Um Himmels willen, hört endlich auf, euch zu zanken, ihr

beide«, bat Regeane. »Der Papst sieht zu uns her. Ihr fallt unangenehm auf.«

Augusta bedachte sowohl Regeane als auch Elfgifa mit einem Blick voll eisiger Verachtung und sagte: »Ich falle *niemals* unangenehm auf.«

»Also gut«, sagte Elfgifa und erwiderte Augustas Blick mit derselben Unfreundlichkeit, »dir zuliebe werde ich mich mit ihr abfinden.«

»Vielen Dank«, sagte Regeane sarkastisch und vermerkte mit weitaus aufrichtigerem Dank, dass die Diener soeben mit dem Hauptgang hereinkamen.

Als der nüchtern gewandete junge Diener an den Tischen die Runde machte, um die zierlichen Blumenbecher einzusammeln, blieb er neben Regeane stehen und richtete leise das Wort an sie. »Da die junge Dame«, er zeigte mit dem Kopf auf Elfgifa, »den Becher, den sie gewählt hat, so gern mag, bittet Seine Heiligkeit sie, ihn als Geschenk anzunehmen.«

Elfgifa warf Augusta einen selbstgefälligen, triumphierenden Blick zu und drückte den Becher an ihre Brust.

Es sah so aus, als würden aus Augustas Augen kleine spitze Dolche in Elfgifas Richtung abgefeuert.

Regeane, die der beiden langsam müde wurde, konzentrierte sich grimmig auf die Auswahl einiger Speisen unter den vielen, die angeboten wurden. Sie entschied sich für die Lende eines jungen Wildschweins, die in einer köstlichen Pflaumensoße gegart worden war, und nahm dazu eine Schale Seeigel in Pfefferkruste.

Augusta begnügte sich mit einer gebackenen Forelle in einer Soße aus Honig und Mandeln.

Elfgifa teilte sich das Wildschwein mit Regeane, rümpfte aber die Nase angesichts des Fisches und der Seeigel.

Beim ersten Bissen von der Wildschweinlende schloss Regeane vor Entzücken die Augen und brachte es vorübergehend fertig, Elfgifa und Augusta zu vergessen. Sie verlor sich in der Wonne, eine wirklich vollkommene Speise zu genießen, und sie stieß einen bedauernden Seufzer aus, als sie und Elfgifa die Schale gemeinsam geleert hatten.

Augustas Vorhersage erwies sich als falsch. Die Birnen beeinträchtigten Elfgifas Appetit nur wenig, wenn überhaupt, und Regeane richtete ihre Aufmerksamkeit auf die Seeigel.

Die würzigen kleinen Häppchen erwiesen sich als perfekter Abschluss einer Erfahrung, die in Regeanes Augen sowohl raffinierter als auch spektakulärer war als ein bloßes Abendessen, und sie suchte noch in Gedanken nach den richtigen Worten für dieses Gefühl innerer Zufriedenheit, als Augusta mit einer neuerlichen Bemerkung in ihre Gedanken einfiel.

»Eine junge, unverheiratete Frau sollte sich nicht in der Öffentlichkeit dabei sehen lassen, wie sie ein derartiges Gericht zu sich nimmt, meine Liebe«, erklärte Augusta herablassend. »Seeigel sind angeblich ein noch wirksameres Aphrodisiakum als Austern.«

»Was ist ein Frodisiack?«, fragte Elfgifa.

Die Muskeln in Regeanes Schläfen zuckten, als die Wölfin versuchte, die Ohren anzulegen, und keinen Erfolg damit hatte. »Das braucht dich nicht zu interessieren«, sagte sie ungeduldig und wollte gerade die Hand nach der Schale mit den Oliven ausstrecken, als sie Gundabald sah.

Der Raum verschwamm vor ihren Augen, und ein Beben der Angst durchlief ihren Körper.

Er saß am Ende des Tisches ihr gegenüber, mit Hugo an seiner Seite. Da sie bisher sowohl mit dem Essen als auch mit den Mätzchen von Augusta und Elfgifa beschäftigt gewesen war, hatte sie die beiden zuvor nicht entdeckt.

Gundabald fing ihren Blick auf und prostete ihr mit einem selbstzufriedenen Grinsen zu.

Regeanes Finger strichen über den Samtbezug des Sofas, als sie versuchte, sich zu erheben. Und hätte sie die Kraft dazu gehabt, hätte das blinde Entsetzen über seinen Anblick sie aufspringen lassen. Die Erkenntnis, welch grausame Bedeutung hinter seinem zufriedenen Lächeln steckte, hätte sie Hals über Kopf die Flucht ergreifen lassen.

Aber sie stellte fest, dass sie nichts zu tun vermochte. Der Raum drehte sich vor ihren Augen. Die Übelkeit verzerrte ihre Bauchmuskeln. Der Angstschweiß kroch über ihren ganzen Körper.

Die Wölfin versuchte ihr zu Hilfe zu kommen, wurde aber von dem hellen Licht in ihrem Körper gefangen gehalten. An den Wänden loderten Fackeln. In den Deckenhalterungen über ihr brannten Kerzen. Die Wandleuchter des Säulengangs, die den Speiseraum von dem dunklen Garten trennten, flackerten. So viele Kerzen … Die Säulen schienen plötzlich mit Feuer verhüllt zu sein.

Alle Geräusche waren überwältigend laut, das Stimmengewirr, die einzelnen Töne der Musik, die die Gespräche durchdrangen.

Regeane spürte, dass die Wölfin in ihren Augen und Ohren war, und für das Tier musste der strahlend helle Speiseraum ein Ort des Entsetzens sein. Die Lichter blendeten sie. Die dicht an dicht sitzenden Menschen, der Gestank süßer, stark gewürzter Speisen und dazu Parfüm, das auf erhitztem, feuchtem Fleisch langsam einen säuerlichen Geruch annahm. Die Stimmen dröhnten in ihren Ohren wie ein Wasserfall.

Regeane ließ den Kopf auf die Kissen unter ihrem Gesicht sinken. Augustas Stimme donnerte in ihren Ohren wie die Meeresbrandung bei Sturm.

Sie sah Regeane an und schnalzte scheinbar mitleidig mit der Zunge. »Armes Ding, hast du zu viel Wein getrunken?«

Zu viel Wein? Regeane wusste, dass sie nicht zu viel getrunken hatte; die paar Schlucke von den Getränken, die beim Essen serviert worden waren, und der Traubenwein in dem Blütenbecher waren nicht annähernd genug gewesen, um sie betrunken zu machen. Es sei denn, es wäre noch etwas anderes in diesem Becher gewesen.

Dunkelheit überflutete ihr Gehirn, ließ die Wirklichkeit an den Rändern verschwimmen. Bittere Galle erstickte sie beinahe, während sie in ihrem Innern mit aller Kraft gegen die verängstigte Wölfin kämpfte. Um Kontrolle über ihren Körper kämpfte.

Überall um sie herum waren Stimmen, und sie stellte fest, dass sie durch den Sturzbach an Geräuschen in einiger Entfernung Gundabald und Hugo sprechen hören konnte. Sie konnte ihre Worte inmitten all der anderen Gespräche um sie herum deutlich wahrnehmen. Und die Wölfin lauschte, lauschte mit der ganzen Aufmerksamkeit eines Geschöpfs, das das Rascheln eines Mottenflügels hören konnte oder eine Maus, die durchs Gras strich, oder den leisen Schritt einer Katze auf der Pirsch.

»Sie sieht schon ziemlich blass aus«, sagte Gundabald gerade. »Unsere Gönnerin hat uns gute Dienste geleistet. In der allgemeinen Verwirrung werden wir sie mühelos ergreifen können…«

Dann verlor sie die beiden, als die Kräfte der Wölfin verebbten. Der ganze Raum schien sich zu bewegen, und die Lichter waren ein leuchtender Nebel, aber wenigstens legte sich für einen Augenblick die Übelkeit.

Regeane wappnete sich gegen die Schläfrigkeit, die sich ihrer bemächtigen wollte, um Zeit zum Nachdenken zu gewinnen.

Elfgifa, die neben ihr lag, blickte verwirrt zu ihr auf.

Auf Augustas Gesicht entdeckte Regeane einen Ausdruck selbstgefälliger Befriedigung.

Regeane beugte sich vor und flüsterte Elfgifa ins Ohr: »Lauf zum Papst. Sag ihm, er soll seine Wache rufen. Man wird uns angreifen.«

Elfgifa starrte Regeane einen Moment bestürzt an, dann reagierte sie. Sie ließ sich rückwäts von dem Sofa gleiten.

Augusta stieß einen empörten kleinen Schrei aus und wollte sie festhalten, aber das kleine Mädchen war von der Couch herunter und unter dem Tisch, bevor die Frau es aufhalten konnte.

Drei Sofas weiter hinten kam Elfgifa wieder zum Vorschein und ging auf die Musikanten zu, die sich vor dem Podest des Papstes versammelt hatten.

Regeane bemerkte, dass Augusta sich hektisch umsah und nach einer Möglichkeit suchte, das Kind aufzuhalten. Regeane hätte laut gelacht, hätte sie nicht Todesängste ausgestanden. Es war unter Augustas Würde, selbst unter den Tisch zu kriechen und Elfgifa nachzujagen.

Stattdessen riss sie den heiß geliebten Hyazinthenbecher des Kindes hoch und hielt ihn über den harten Marmorfußboden. Sie fing Elfgifas Blick auf.

Die Machtprobe, die daraufhin entbrannte, war kurz, aber voller Feuer. Regeane sah, wie sich verschiedene Gefühle auf Elfgifas Gesicht abwechselten: Empörung, gefolgt von Angst um ihren Schatz, dann Kummer und zu guter Letzt Zorn. Der kleine Körper versteifte sich, und wieder sah Regeane in Elfgifas Zügen den sächsischen Kriegsherrn, der ihr Vater war.

Ihre Augen blitzten blaues Feuer, und sie drehte sich um, ignorierte sowohl Augusta als auch den Becher und setzte ihren Weg in Richtung des päpstlichen Sofas fort.

Regeane hörte den Becher auf dem Boden zerspringen, gerade als Elfgifa das Sofa erreichte. Das Kind zuckte zusammen, ließ sich ansonsten aber nichts anmerken.

Einer der Männer, die neben Hadrian saßen, wollte Elfgifa aufhalten, aber Hadrian begrüßte sie und zog sie neben sich auf das Polster. Eine Sekunde später flüsterte sie ihm etwas ins Ohr.

Regeane sah, wie Hadrian sich hastig an einen Mann in seiner Nähe wandte, der ein hartes, verschlossenes Gesicht hatte und offensichtlich kein Geistlicher war. Der Mann erhob sich und eilte davon.

Das Summen der Gespräche im Raum wurde für eine Sekunde leiser, bevor es sich mit vergrößerter Lautstärke fortsetzte, als eine Woge der Furcht durch die Menge floss. Hatte das Kind ihm irgendeine Nachricht überbracht?

Regeane versuchte abermals, sich zu erheben.

»Untersteh dich«, sagte Augusta und zog sie wieder zurück. »Es ist ungehörig, sich bei einem Festmahl zu erheben, bevor der Gastgeber es tut.«

Aber der Papst war bereits auf den Beinen und sprach seine Gäste an. »Meine Freunde ...«, sagte er.

Regeane wand sich und versuchte Augustas Hände abzuschütteln. Der Raum drehte sich vor ihren Augen.

Hufe donnerten über die gepflasterte Straße draußen auf dem Platz vor dem Lateranpalast.

Regeane hörte jemanden voller Entsetzen aufschreien. »Die Lombarden! Die Lombarden!«

Der Raum um sie herum schien zu explodieren, als die Gäste die Flucht ergriffen und dabei Sofas, Tische und selbst den hohen Kandelaber umstießen.

Regeane wurde von ihrem Sofa gezerrt, und jemand drehte ihr einen Arm auf den Rücken. Hugo hielt sie fest, während der große Saal um sie herum sich leerte. Die schreienden Gäste trampelten einander in ihrer Hast, zu entfliehen, beinahe nieder.

Gundabalds bärtiges, pockennarbiges Gesicht ragte vor ihr auf, nur wenige Zoll von ihrem eigenen Gesicht entfernt. Er tätschelte ihr sanft die Wange. »Ich habe einen Käfig für einen Wolf«, sagte er leise, »einen Käfig und ein eisernes Halsband. Diesmal wirst du nicht entkommen.«

Dann schlug er ihr mit dem Handrücken so fest ins Gesicht, dass ihr Kopf nach hinten gerissen wurde. Heißer Schmerz blitzte durch ihren Schädel. Für einen Augenblick war sie taub und blind. Dann füllte eine erstickende Woge warmen Blutes ihren Mund und ihre Kehle.

Hinter ihr hörte sie Hugos ängstliches Jammern: »Mach schnell, Vater, schnell, bevor sie sich verwandelt.«

»Sie kann sich nicht verwandeln«, erwiderte Gundabald mit einem boshaften Kichern. »Es ist viel zu hell hier.«

Regeane spürte die kalte Berührung eiserner Fesseln um ihren Hals. Wahnsinnig vor Angst wand sie sich in Hugos Griff hin und her, zog den Kopf zwischen die Schultern, um dem Halsband und der Kette zu entrinnen, und sah Gundabald die Hand erheben, um sie abermals zu schlagen.

Hugo, der hinter ihr stand, lockerte plötzlich seinen Griff, und sie hörte ihn sagen: »Ich brenne.« Er klang, als könne er seine eigenen Worte nicht glauben.

»Ich brenne«, wiederholte er erstaunt.

»Ich brenne!«, kreischte er, ließ Regeanes Arm los und rannte in Richtung der Springbrunnen vor dem Palast.

In Regeanes Gehirn schien die Wölfin irrsinnig zu werden. Sie sprang Gundabald an, wollte ihm mit den Fingernägeln die Augen auskratzen.

Er zuckte zurück und drosch mit der Kette in der Hand auf sie ein, verlor jedoch den Halt und stürzte schwer auf den Marmorboden.

Regeane drehte sich um. Ein dunkler Korridor, der in das Innere der Villa führte, lockte. Ganz in ihrer Nähe hüpfte Elfgifa auf und ab und rief triumphierend: »Ich habe ihn in Brand gesteckt. Ich habe das Lampenöl über ihm ausgekippt.«

Regeane zog das Kind am Arm mit sich und rannte taumelnd los. Es schien eine Ewigkeit zu vergehen, bis sie endlich die Dunkelheit erreichte. Sie konnte sich kaum mehr auf den Beinen halten und fragte sich, welche Droge Augusta in den Traubenwein gegeben haben mochte.

Sie versetzte Elfgifa einen harten Stoß in den Rücken und rief: »Lauf um dein Leben! Hugo wird dich töten.« Als Antwort hörte sie zu ihrer Erleichterung das Geräusch eilig davonhuschender Füße und Emilias Stimme, als die Äbtissin das Kind in Empfang nahm.

Dann bog sie um eine Ecke, und der Flur vor ihr lag in pechschwarzer Dunkelheit. Die Augen der Frau konnten nichts mehr erkennen.

Die Wölfin ergriff sie, schleuderte sie zu Boden. Die Verwandlung war ein einziger wilder Kampf. Nicht das wunderbare ätherische Monddunkel, das wie ein Schleier über sie hinwegwehte, sondern eine schreckliche silberne Woge, die sich über ihr brach und sie in eine schwarze Unterströmung des Wahnsinns katapultierte.

Ihr Körper krümmte sich und die Luft entwich als ein Ächzen ihren Lungen. Mit einem Auflodern jäher Helligkeit verbrannte die Droge in ihrem Körper.

Die Pfoten der Wölfin kratzten in den Seiden- und Brokatstoffen ihres Gewandes, dann brach sie sich endlich Bahn, um sich triumphierend zu erheben. Sie hatte nur wenige Sekunden Zeit, um sich zu sammeln, als Gundabald ihr eine Fackel in die Augen stieß.

Das Feuer blendete sie für einen Augenblick, aber sie konnte ihn riechen – den Duft von Essen und abgestandenem Parfüm. Und darunter den säuerlichen Gestank eines Körpers, mit dem sie so lange so vertraut gewesen war.

Sie begegnete ihm mit einem Brüllen von solch urtümlicher Wut, dass es selbst die Wände um sie herum zu erschüttern schien. Eine Sekunde lang wollte Regeane – mit einer absoluten Zielstrebigkeit, wie sie den Menschen unbekannt ist – nur noch ihre Zähne in das weiche Fleisch seiner Kehle graben.

Gundabald prallte zurück. Sein Gesicht wurde selbst im Schein der Fackeln furchtbar bleich. Er floh über denselben Weg, den er gekommen war, in die Sicherheit des Tricliniums.

16

Die Wölfin rannte auf die Lateranbasilika zu. Das Gebäude hatte einen saubereren Geruch als der Palast. Der primitive Zorn und der Schmerz in ihrem Herzen fegten die Frau beiseite, als habe sie nie existiert. Sie floh, um die reinen grünen Hügel jenseits der Stadt zu erreichen.

Binnen weniger Augenblicke trottete sie zwischen den hohen Säulen hindurch, die das Kirchendach trugen. Der Wölfin erschienen sie wie ein Wald aus Marmor.

Die gewaltige Kirche verströmte ein Gemisch mannigfacher Gerüche: Kerzenwachs und Weihrauch und dazu die kühle, leicht moschusartige Feuchtigkeit eines Gebäudes, das seit langer Zeit vor dem Sonnenlicht verborgen war. Alles in allem ein Ort der Unschuld, wie die Waldlichtungen, die durch die Träume der Frau geisterten. Und dann drang jäh das Licht von Fackeln an ihre Augen, die hinter den Portalen der Kirche aufflammten.

Noch immer brannte heißer Zorn im Herzen der Wölfin. Sie rannte auf die Fackeln zu, suchte etwas, wovon sie nicht wusste, was es war – einen Feind, gegen den sie kämpfen konnte, Freiheit, die es zu erringen galt?

Sie kam schlitternd neben Hadrian zum Stehen, im Schatten, wo er sich den Lombarden stellte. Er stand ihnen allein gegenüber. Die Frau, jetzt nur noch eine ferne Gestalt in den Gedanken der Wölfin, hatte ihn nicht rechtzeitig gewarnt.

Auf dem Platz drängten sich berittene lombardische Soldaten, die allesamt bis an die Zähne bewaffnet waren.

Hadrian hatte die Arme erhoben, um Schweigen zu gebieten. »Was wollt ihr hier?«, rief er. »Warum wagt ihr es, den Statthalter Christi auf Erden zu bedrohen?«

Die Soldaten schienen zurückzuschrecken und sich zusammenzudrängen – die Worte des Papstes waren nicht ohne Wirkung.

Aber Basil ritt nun näher heran. »Deine Zeit ist abgelaufen«, rief er Hadrian zu. »Wir haben die Festung von Nepi in Palestrea eingenommen und Piastem, und jetzt ist Rom unsere Beute. Ergib dich, bevor du das Schwert zu spüren bekommst.«

Aus der Dunkelheit konnte die Wölfin Hadrians Profil über sich sehen. Es war wie der Kopf Caesars auf einer Silbermünze, unnachgiebig und mit gespanntem Kiefer, der Mund fest unter der scharf gemeißelten Nase, die Augen wie Steine, die das Fackellicht zurückwarfen. Kirchenmann und Krieger in einem. Ob man ihm das Schwert androhte oder nicht, die Wölfin wusste, dass er niemals nachgeben würde.

Die Wölfin hörte ein Krachen, das Geräusch von Stein und berstendem Holz. Aus der tiefen, von Schatten bevölkerten Dunkelheit, die den Platz einhüllte, erklangen Schreie. In jedem Fenster und auf jedem Balkon erwachten Lichter zum Leben. Eine Menschenmenge, die aus allen Bezirken der Stadt herbeigeströmt war, versammelte sich. Die Römer machten sich bereit, den Papst zu schützen.

Die berittenen Männer hinter Basil beäugten sie mit unsicheren Blicken, aber Basil ritt auf die schlanke, weiß gekleidete Gestalt zu.

Die Wölfin hatte sich mit einem einzigen Satz vor Hadrian aufgebaut. Im Schein der Fackeln schien sie ein beinahe körperloses Geschöpf zu sein, ein silberner Schemen, der aus Mondlicht und schwarzen Schatten bestand. Aber sie hatte den Kopf gesenkt, und ihre elfenbeinfarbenen Fangzähne glitzerten golden in den flackernden Lichtern.

Die Wölfin hörte, wie ein Wispern durch die Menschenmenge lief. »Lupa, die Wölfin von Rom persönlich.«

Einen Augenblick herrschte unter Römern wie Soldaten absolutes Schweigen. Die Pferde bewegten sich unruhig, und das leise Klappern ihrer Hufe auf den Pflastersteinen war das einzige Geräusch.

Das falsche Geräusch, dachte die Wölfin. *Jemand müsste die Trommel schlagen.*

So war es gewesen, wenn sie früher gejagt hatte. Ah, die Ebenen waren ein Meer gewesen, und die langen, windgepeitschten Gräser sangen die Musik der Freiheit in einem grenzenlosen Land, wo weiche, weiße Wolken im Vorüberstreichen kühle, massige Schatten auf die grüne Ewigkeit warfen. Die Pferde waren in solch gewaltigen Herden über diese grasbewachsene Fläche gedonnert, dass sie es mit den Wolken am Himmel aufnehmen konnten. Braun, schwarz und rot schimmerten ihre Felle in der Sonne; sie waren Opfer und dennoch Gefährten in dieser schrankenlosen Freiheit. Die Jägerin und die Gejagten waren durch eine nie infrage gestellte Notwendigkeit aneinander gekettet und forderten sich stets aufs Neue heraus.

Der Hengst, den Basil ritt, bäumte sich auf und stieß einen schnaubenden Wutschrei aus. Die Wölfin wusste, dass er schon früher gegen ihresgleichen gekämpft hatte. Er war blind vor Zorn, blind vor Verlangen, sie zu vernichten. Die Wölfin schnellte nach vorn wie ein Pfeil. Der Hengst schlug mit den Hufen nach ihrem Schädel. Aber die Frau war fort. Die Wölfin war gegenwärtig, und sie war sich mit wilder Inbrunst dessen bewusst, was zu tun war.

In der letzten Sekunde, bevor die tödlichen Hufe ihren Schädel trafen, wich sie aus und sprang auf die Kniesehnen des Hengstes zu. Der Hengst schlug mit den Hinterbeinen aus.

Ein Huf traf die Wölfin an der Schulter. Sie flog für eine Sekunde durch die Luft, fiel dann zu Boden und rollte über die Pflastersteine.

Das Risiko war abscheulich, wirklich gefährlich. Auf sich selbst gestellt, hätte die Wölfin die Flucht ergriffen. Sie taumelte unter schrecklichen Schmerzen, die von dem Tritt in die Rippen herrührten. Einige fühlten sich an, als wären sie vielleicht gebrochen. Die Frau hatte wieder das Sagen. Wenn sie das Pferd in Wut oder Angst versetzen konnte, würde es Basil vielleicht abwerfen. Dann wäre der Mann auf Gedeih und Verderb ihren Fängen ausgesetzt. Sie wollte ihn töten. Sie konnte noch immer die eiserne Halsfessel auf ihrem Fleisch spüren. Mit kalter, berechnender Wildheit griff sie den Hengst an.

Das Pferd bäumte sich auf und prallte mit einem pfeifenden Kreischen mit ihr zusammen. Sie setzte zum Sprung an, zielte auf die weiche, empfindliche Nase.

Der wutschnaubende Hengst schlug mit einer für ein so großes Tier geradezu unglaublichen Geschicklichkeit mit den Vorderhufen nach ihr, bereit, seinen Vorteil auszunutzen und die Wölfin niederzutrampeln, bis nur noch blutige Fetzen übrig waren. Aber der Mann auf seinem Rücken behinderte ihn.

Der Hengst warf Basil mit einigen wohlberechneten, ruckartigen Bewegungen zu Boden. Mit einem Krachen seiner Rüstung und lautem Wutgeheul landete Basil am Fuß der Treppe, die zur Lateranbasilika hinaufführte. Der Hengst griff die Wölfin an, und seine Hufe schlugen Funken auf den Steinen, als er auf sie zugaloppierte.

Die Wölfin hatte kaum Zeit, sich zu wappnen, bevor das mächtige Streitross sie erreichte. Die Hufe prasselten auf die Pflastersteine hernieder wie Knüppelschläge, die auf ihr Gesicht zielten. Und sie trieben sie immer weiter von Basil und dem Papst weg.

Verflucht, dachte die Frau, *ich will diesen menschlichen Bastard haben, der gerade in diesem Augenblick versucht, sich von der Betäubung seines Sturzes zu erholen.*

Basil schrie aus Leibeskräften: »Tötet diese unnatürliche Kreatur … tötet sie … tötet sie!«

Aber die Lombarden hatten ihre eigenen Probleme. Furcht breitete sich unter den Pferden aus, wie ein Blitz über den Himmel fährt; die Tiere der Soldaten waren außer Kontrolle geraten.

Der Hengst war ein bis zum Irrsinn angestachelter Moloch. Nichts und niemand wollte sich ihm in den Weg stellen. Nur die Wölfin tat es. Frau und Wölfin verschmolzen zu einem Wesen. Gefangen in der Logik und Inbrunst der Schlacht. Jetzt gab es kein Zurück mehr. Es hieß töten oder getötet werden.

Die Wölfin sprang wieder und wieder auf die Hinterläufe des Pferdes zu, um seine Kniesehnen zu durchtrennen. Der Kampf dauerte an, ein wildes Durcheinander aus Pferd und Wolf, das sich dem leeren Feld in der Mitte des Platzes näherte, da Basils Männer und die Menschenmenge sich immer weiter von den wütenden Tieren zurückzogen.

Am Rande war sich die Wölfin der Zurufe des Pöbels bewusst: »Lupa! Lupa!«, feuerten die Menschen sie an.

Aber das Pferd war zu schnell, zu kräftig.

Jedes Mal, wenn sie auf den Hengst zusprang, begegnete sie wirbelnden Hufen und musste sich in Sicherheit bringen, um nicht unter ihnen den Tod zu finden.

Die Wölfin wusste, dass einer von ihnen beiden früher oder später einen Fehler machen würde.

Der Hengst glitt auf den nassen Steinen aus. Er verlor zwar nicht den Halt, aber er geriet ins Taumeln.

Schnell wie der Blitz ließ die Wölfin sich auf ihre Hinterläufe sinken. Eine Sekunde später flog sie durch die Luft. Sie landete auf dem Hals des Hengstes. Scharfe Zähne bohrten sich mit einem grauenvollen, berstenden Laut in das Rückgrat, wo es am dünnsten ist, direkt unterhalb des Kopfes.

Das Pferd bäumte sich auf und schlug aus, sodass die Wölfin zurückgeschleudert wurde und auf die Steine prallte.

Die Lichter der Fackeln wirbelten vor ihren Augen im Kreis. Die Wölfin wurde herumgeworfen, wild von einer Seite zur anderen geschleudert. Die Welt versank. Die Angst versank. Nichts existierte mehr, nichts als ihre Zähne, die sich erneut in den Pferdehals bohrten. Die Kiefer eines Wolfs können einem Mann den Oberschenkelknochen zerbrechen, den längsten, stärksten Knochen im Körper. Sie presste diese Kiefer zusammen. Das Rückgrat barst unter ihren Fängen. Der Todesschrei des Hengstes war grauenvoll.

Die Wölfin wurde abgeschüttelt und abermals auf den Boden geworfen, den Mund voller Blut, das diesmal nicht ihr eigenes war.

Sie landete, wie ein Wolf auf dem Boden landet, rollte sich herum und bemerkte noch während sie sich aufrappelte, dass Basils Männer sich am anderen Ende des Platzes hinter dem toten Pferd zusammengerottet hatten und noch immer versuchten, ihre verängstigten Reittiere unter Kontrolle zu bekommen.

Die Wölfin zögerte nicht. Sie senkte den Kopf. Aus ihrer Schnauze tropfte Blut, und ihr Fell glitzerte im Fackelschein, als sie sich wie ein Flammenstrahl Basils Kavallerie entgegenwarf. Welche Disziplin auch immer die Pferde bisher zurückgehalten hatte, sie war nicht mehr stark genug.

Der Wahnsinn erfasste die Tiere wie kleine Wellen, die sich vom Zentrum ausbreiten, wenn man einen Stein in einen Teich wirft. Binnen Sekunden hatten sie sich überall auf dem Platz verteilt, bockten, schlugen aus, bäumten sich auf und schrien ihre vernunftlose, tierische Furcht aus.

Im selben Augenblick flackerten in einem der Zugänge zu dem

Platz weitere Fackeln auf. Die Wölfin nahm am Rande ihres Bewusstseins wahr, dass die päpstliche Wache herbeiritt, und ihr war es zu verdanken, dass sie doch noch rechtzeitig kam.

Sie zerschlugen Basils demoralisierte Truppe, wie ein Rammbock ein baufälliges Tor zerschmettert, und der Pöbel folgte ihnen.

Überall um die Wölfin herum brachen Gewalttätigkeiten aus. Sie musste zur Seite rennen, ausweichen und wieder die Richtung wechseln, um dem Hagel fliegender Hufe zu entrinnen; in ihrem Herzen rangen zwischen Tier und Mensch schmerzgetränktes Entsetzen und Jubel.

Sie floh in die wohltuende Dunkelheit der Laterankirche. Später erinnerte sie sich nicht mehr daran, wie es der Wölfin gelungen war, in dem dunklen Korridor ihr Kleid wieder zu finden. Sie wusste nur, dass ihre Pfoten nach kurzer Zeit über Seide geraschelt waren, dass sie den Duft der Stoffe wahrnahm, die die Haut der Frau berührt hatten.

Die Wölfin kämpfte gegen sie, weil es sie nach der Nacht gelüstete, weil sie ihrem Traum von Freiheit folgen wollte. Ein süßer Hunger durchdrang ihr Denken. Ein Bild von endlosem Grasland, getränkt von frischem Regen, lockte sie. Die Wiesen flossen dahin wie ein gewaltiges Meer, als sie unter der sternenbesetzten Himmelskuppe, die kein menschliches Licht besudelte, durch die Nacht lief. Die Wölfin träumte, aber die Frau wusste. Diesmal gewann die Frau.

Regeane, in deren Adern noch der Herzenshunger der Wölfin widerhallte, fand sich auf den Knien inmitten ihres Kleides wieder. Sie fühlte sich grässlich nackt und verletzlich, während sie in die vorschriftsmäßigen drei Kleidungsschichten schlüpfte, wie eine respektable Römerin sie zu tragen hatte.

Der Schmerz überwältigte sie beinahe. Ihr Gesicht und ihr Mund waren mit Blut bedeckt. Sie stand zitternd in der Dunkelheit und fragte sich, wie viel davon auf ihr Kleid gespritzt sein mochte. Es schien, als sei die ganze Welt mit Blut getränkt. Der Geschmack war heiß und süß in ihrem Mund. Es war noch so viel von der Wölfin übrig geblieben, dass sie den Geschmack auskostete und in dem Gefühl der Macht schwelgte, das das Töten mit sich gebracht hatte, aber die Frau fühlte sich beschmutzt.

Sie hatte getötet. Sie hatte einem atmenden Wesen das Leben genommen. Das Blut des Pferdes stank und dampfte aus ihrem Gesicht und ihren Händen.

Selbst durch die schweren Steinmauern hindurch konnte sie noch schwach die Geräusche auf dem Platz hören, wo der Pöbel und die bewaffneten Soldaten des Papstes die Lombarden vertrieben.

Sie erhob sich taumelnd und lehnte sich gegen die Mauer. Dann schleppte sie sich durch die leeren, stillen Korridore, bis sie einen Innenhof fand, in dem ein Springbrunnen sprudelte.

Sie wusch sich den Mund aus und schrubbte sich Gesicht und Arme. Im schwachen Licht der Sterne konnte sie erkennen, dass das Wasser aus einem Gorgonenkopf in ein muschelförmiges Bassin lief. Die Gischt vom Springbrunnen befeuchtete ein Fenchelbeet, und Regeane fiel auf die Knie, drückte die Wangen gegen das kühle Marmorbecken und spürte die federleichte Berührung der farnähnlichen Blätter an ihrem Gesicht. Der schwache Lakritzduft der Kräuter wehte Angst und Verwirrung aus ihrem Gehirn und schenkte ihren bebenden Nerven ein wenig Ruhe.

Wieder erhob sich in ihrem Erinnern die Wölfin, ganz leise diesmal und ohne nach Verwandlung oder Kontrolle zu streben; sie war einfach nur da und genoss den Frieden des dunklen Gartens. Das Gefühl, abseits von den Kämpfen und Verwicklungen der Menschheit zu stehen. Die Nase der Wölfin sagte ihr, dass hier noch andere Kräuter waren, denn ihr Duft trieb durch die feuchte, dunkle Luft. Die üppige Süße der Pfefferminze und der scharfe Geruch des Thymians zu ihren Füßen.

Die Frau wollte ihrer dunklen Gefährtin Fragen stellen, aber die Wölfin beantwortete keine Fragen. Sie existierte einfach nur und konzentrierte sich wie immer mit ihrem ganzen Wesen auf die Probleme des Augenblicks. Sie spürte die Qualen der Frau und wollte ihr Frieden schenken.

Hier in diesem kleinen Splitter Wildnis, in dem sie endlich zusammenkamen, gefangen inmitten des gewaltigen Netzes menschlicher Werke, unbedroht und allein, verschmolzen sie zu einem einzigen Wesen.

Für die Wölfin gab es kein Recht oder Unrecht, kein Gut und

kein Böse. Diese Dinge waren nur das Muster und sie selbst war ein Teil des Musters. Zu richten, wie die Frau es tat, war ihrer Natur so fremd wie Hoffnung und Verzweiflung.

Für die Wölfin war die Welt ein Gewebe gegebener Dinge – Sonnenaufgänge, scharlachrot und goldfarben; Sonnenuntergänge, eingekleidet in purpurne Schatten und blutrotes Licht; weite Ebenen voller hoher Gräser und Berge, die zwischen Wolken und Himmel aufragten; graue Gewitterstürme, die aus dem Nichts zu kommen schienen, die dann willkürlich wüteten und die Erde mit Regen durchtränkten. Die ihren Zorn in wilden Blitzen und Donnerschlägen austobten.

Das Leben war Teil des Musters, genauso wie der Tod, genauso wie Blut und Schmerz. Sie selbst hatte sich unzählige Male, niedergedrückt von Qualen, den langen, dunklen Pfad in die sternenlose Nacht hinabgekämpft. Aber auch das war ein Teil des Musters, Teil des nahtlosen Gewebes aus Licht und Dunkel, dessen einzige Gewissheit in seiner eigenen endlosen, stets wandelbaren Wiederholung lag, immer wieder neu, aber auch gleich für alle Zeit.

Das Muster war Schönheit als solche, Schönheit, die irgendwie in ewiger Harmonie mit sich selbst stand. Die Schönheit existierte einfach! Hässlichkeit, Traurigkeit und Verzweiflung waren menschliche Einschätzungen, wie sie geringere, angstvolle Geister dem ganzen leuchtenden Spektrum der Wirklichkeit aufprägten, deren Schranken die Wölfin nicht einmal vage zu erfassen vermochte.

Sie wusste nur, dass das Muster existierte und dass sie ein Teil davon war und zufrieden damit, sie selbst zu sein, und erfüllt von endloser unverbrüchlicher Liebe zu ihrer Wirklichkeit und ihrer Welt.

Die Denkweise der Wölfin wurde langsam blasser, als sie in Schweigen hinüberglitt und die Frau hellwach zurückließ, immer noch voller Fragen, aber in Frieden mit sich selbst.

Sie hockte neben dem Becken auf den Fersen, lauschte dem melodischen Geräusch sprudelnden Wassers und sog die süße Luft ein, die das Unwetter vor einigen Stunden gereinigt hatte. *Ich bin ein Mensch,* dachte Regeane halsstarrig, *und damit mehr als die*

Wölfin. Oder bin ich weniger? Sie konnte ihre eigene Frage nicht beantworten und wollte es auch nicht versuchen.

Die stets wachsamen Ohren der Wölfin sagten ihr, dass sich jemand näherte. Die Frau erkannte den Schritt.

Lucilla.

17

Lucilla hob die Fackel und beleuchtete die neben dem Brunnen kniende Regeane. »Meine Güte, du gehst nicht gerade pfleglich mit deinen Kleidern um«, sagte sie und ließ einen missbilligenden Blick über Regeanes Gewand gleiten.

Regeane erhob sich und blickte auf den schmutzigen, blutbefleckten Brokat hinab. Ihr langes Haar hing ihr ins Gesicht. »Es tut mir Leid. Nächstes Mal ziehe ich etwas Dunkles an. Da sieht man die Flecken nicht so sehr.«

»Wessen Blut ist das?«, fragte Lucilla. »Deins oder das des Pferdes?«

»Größtenteils meins«, antwortete Regeane. »Gundabald hat mich geschlagen und ich habe aus Mund und Nase geblutet. Er hat die Absicht, mich in Ketten zu legen und für alle Zeit einzusperren.«

»Das wird ihm nicht gelingen«, sagte Lucilla. »Dafür ist es jetzt viel zu spät. Er weiß es nur noch nicht. Sobald du dich befreien würdest, würdest du ihn töten.«

»Ja«, sagte Regeane verbittert. »Das würde ich.«

»Mach nicht so ein niedergeschlagenes Gesicht«, meinte Lucilla. »Warum solltest du ihn auch nicht töten?«

Lucillas von der Fackel erhelltes Gesicht war hart. Um die Lippen konnte man tiefe Falten der Anspannung erkennen.

»Ich wollte das Pferd nicht töten«, sagte Regeane. »Ich habe bisher noch nicht einmal ein Huhn getötet.«

»Dann wird es Zeit, dass du es lernst«, erwiderte Lucilla. »Manchmal lässt es sich nicht vermeiden. Hier.« Sie drückte Regeane einen Kamm und ein Haarnetz in die Hand. »Bring deine Frisur in Ordnung. Ich brauche etwas Präsentables, wenn ich dich zum Papst führe. Außerdem hast du ein Tier getötet, keinen Menschen.«

»Wir sind alle Tiere«, sagte Regeane. »Nicht mehr, nicht weniger.« Sie zog den Kamm durch ihre verfilzten Locken und schlang sich das Netz um ihr Haar.

»Vielleicht«, meinte Lucilla. »Das kann ich nicht sagen. Ich glaube, Menschen sterben schwerer, treten länger um sich, wenn sie in der Schlinge hängen, die ihnen das Leben nimmt. Ob die Schlinge nun in den Händen eines Menschen oder in den Händen der Zeit liegt, sie zieht sich alle Mal immer enger zu. Am Ende stehen wir alle vor demselben Tor. Das Pferd ist zumindest schnell und ohne Schmerz gestorben. Ich wette, wenn man dich einfängt, wird man dir keinen so schnellen und sauberen Tod bescheren, wie das Pferd ihn hatte.«

Regeane zuckte bei Lucillas Worten zusammen.

»Hör auf damit!«, fuhr Lucilla sie an. Sie holte ein paar Mal zitternd Luft, bevor Regeane begriff, dass Lucilla sie anschrie, weil sie selbst Mühe hatte, die Fassung zu bewahren. Regeanes Angst war ansteckend. »Sei still«, fuhr Lucilla fort. »Die ganze Stadt steht mittlerweile in Flammen. Die Unruhen breiten sich überall aus. Ich muss irgendwo ein Quartier für dich finden. Mein Haus ist nicht mehr sicher.«

»Ich verstehe nicht«, sagte Regeane. »Was ist denn passiert? Hat die Miliz des Papstes Basil und seine Männer nicht vertrieben?«

Lucilla lachte leise. Es war ein schreckliches Lachen, ein Lachen, das die Stelle von Tränen und Schreien einnahm. Sie hob die Fackel, streckte die Hand aus und griff nach Regeanes Kinn. Dann kniff sie Regeane mit Finger und Daumen in die Wangen. »Du verstehst es wirklich nicht, wie?«

Regeane versuchte, den Kopf zu schütteln, stellte aber fest, dass es ihr nicht möglich war. Lucilla hielt ihr Gesicht so fest, dass sie sich nicht bewegen konnte. »Nein«, wisperte sie mit Lippen, die durch Angst taub geworden waren.

»Nun gut«, sagte Lucilla. Sie hielt inne, und Regeane spürte, wie ein Beben durch ihre Finger und ihren Körper lief, als sie mit eisernem Willen ihre Angst unter Kontrolle brachte. »Wir schwimmen auf einer Flutwelle, und niemand kann sagen, ob sie uns sicher ans Ufer tragen oder ertränken wird. Seit ewigen Zeiten hat diese Stadt sich selbst regiert. Und ihre Bürger erinnern sich recht gut, dass sie Päpste gestürzt und Kaiser entthront haben. Selbst Desiderius und Basil fürchten sie.

Heute Nacht haben sie den Streitkräften des Papstes geholfen, Basil zu vertreiben«, fuhr sie fort, »aber wenn Hadrian verleumdet werden kann, werden sie vielleicht schon morgen die Tore öffnen und Basil und den König der Lombarden als ihre Retter willkommen heißen. Wenn... wenn.... falls Hadrian verleumdet werden kann. In der Zwischenzeit herrscht in Rom das Volk. Ich habe keinen Zweifel daran, dass die Leute heute Nacht – gerade in diesem Augenblick – Basils Villa plündern und diejenigen von seinen Dienern, die nicht fliehen konnten, mit dem Schwert töten werden.

Morgen werden sie vielleicht meine Villa plündern oder sogar den Lateranpalast selbst, falls man beweisen kann, dass Hadrian mit Antonius' Krankheit verseucht ist. Dazu brauchen sie lediglich Antonius in seinem gegenwärtigen Zustand herbeizuschaffen, ganz gleich, ob lebendig oder tot! Du...« Sie schüttelte Regeanes Gesicht sachte hin und her, um ihren Worten Nachdruck zu verleihen. »Du wirst dafür sorgen, dass das nicht passiert, oder ich verspreche dir, ich werde dich bei meinem Sturz mitreißen.«

Regeane zuckte zurück und Lucilla gab ihr Gesicht frei. »Du brauchst mir nicht zu drohen, Lucilla«, erklärte Regeane. »Ich habe genauso wenig eine Wahl wie du. Nur das Versprechen des Papstes schützt mich. Ob Sieg oder Niederlage, Erfolg oder Scheitern, wir stecken beide gleichermaßen in dieser Sache.

Aber«, fuhr Regeane fort, »ich kann niemandem helfen, wenn Gundabald mich in die Hände bekommt. Er sagte, er habe einen Käfig für einen Wolf. Und du weißt, dass er nicht lügt. Wenn er Hadrian auf seine Seite ziehen kann, werde ich niemals mehr in der Lage sein, irgendjemandem zu helfen.

Verstehst du denn nicht?«, rief sie verzweifelt. »Er wird mich foltern, bis ich nicht mehr die Kraft habe, mich ihm zu widersetzen. Bis mein Herz, mein Geist und mein Wille gebrochen sind. Für immer. Ich werde so enden wie meine Mutter und alles tun, was er mir befiehlt.«

»Gundabald!« Lucilla spie einige ausgewählte Worte aus, für

die sie sich des Gossenlateins bediente. »Wie ist er heute Abend hierher gekommen?«

»Augusta«, antwortete Regeane. »Wusstest du nicht, dass Augusta mich verraten hat?«

Lucilla biss die Zähne zusammen. »Miststück, Hure«, flüsterte sie. »Tochter hin oder her, dafür werde ich ihr das Herz aus dem Leib reißen lassen. Wie kann sie es wagen, meine Pläne zu durchkreuzen…«

Lucilla hielt inne. Ihr Gesicht wurde bleich, und die Haut schien sich über ihren Knochen zu spannen, als hätte sie eine schreckliche Erkenntnis getroffen. »Barmherziger«, stieß sie hervor, »gerade in diesem Augenblick wird Gundabald dem Papst wahrscheinlich sein Anliegen vortragen. Wir müssen dich von hier wegschaffen. Dich verstecken. Der Allmächtige allein weiß, was dieser Mann Hadrian erzählt hat, und nach allem, was heute Abend auf dem Platz passiert ist, wird Hadrian ihm mit Sicherheit zuhören.«

In dem Augenblick, in dem Lucilla die furchtbare Erkenntnis dämmerte, hörte die Wölfin Schritte.

»Schnell«, wisperte Regeane. »Da kommt jemand.«

Lucilla hob die Fackel. Mit fiebrigen Blicken suchte sie den Innenhof ab. Regeane begriff, dass sie in der Falle saß. Es gab nur einen einzigen Ausgang.

Einen Moment später waren Lucilla und Regeane von Soldaten mit Fackeln umringt. Ein hoch gewachsener Mann mit einer kunstvollen Rüstung verbeugte sich vor Lucilla und sagte: »Ich sehe, du hast sie gefunden, Herrin. Seine Heiligkeit wünscht, dass du augenblicklich ins Triclinium zurückkehrst. Ihr Onkel ist dort, und man hat einige…«, er hielt inne, bevor er fortfuhr, »…einige… sehr… schwer wiegende Anklagen erhoben.«

Regeane hatte nicht gewusst, dass die Wölfin noch anwesend war, bis sie bemerkte, dass die Fackeln unnatürlich hell zu sein schienen. Das wilde Geschöpf ertrug den Schmerz nur einige Herzschläge lang und stahl sich dann davon in die Tiefen von Regeanes Wesen, in Resignation und Niederlage. Sie ließ die Frau allein, die mit einem eisigen Knoten der Angst im Magen dem Schlimmsten entgegensah.

Die Wölfin mochte träumen, aber die Frau musste weiterleben, wenn die Wölfin sich wehren sollte. Alles, was Regeane empfand, war eine stählerne Entschlossenheit zu überleben, ganz gleich, was sie dafür tun musste.

Sie blickte voller Angst auf ihre verwüstete Kleidung hinab, Angst wegen des Eindrucks, den sie damit machen würde. Sie würde jeden nur denkbaren Vorteil brauchen, wenn sie Hadrian davon überzeugen wollte, dass er sie auf keinen Fall Gundabald überlassen durfte.

»Ich fürchte, ich bin nicht in der Verfassung, vor Seine Heiligkeit zu treten«, sagte sie leise. »Dürfte ich wohl…«

Sie sah, wie die Lippen des Soldaten schmaler wurden – sah die Ablehnung ihres Ansinnens bereits in seinem Gesicht, und so lautete ihre Bitte dann anders, als sie ursprünglich vorgehabt hatte. »Würde mir wohl einer von euch seinen Umhang borgen, damit ich mich schicklich bedecken kann?«

Einer der Soldaten reichte ihr einen dunklen Umhang aus schwerem Wolltuch.

Regeane warf ihn sich über die Schultern und schlang ihn um ihren Leib, um so viel wie möglich von ihren Kleidern zu bedecken. Dann begleitete sie die Männer in die Villa. Lucilla folgte ihnen.

In dem großen Raum war es dunkler als zuvor. Viele der Lampen waren ausgebrannt, und die Kerzen flackerten in ihren Haltern. Umgeworfene Tische und Sofas lagen noch immer mitten zwischen Weinlachen und Speiseresten. Gesplittertes Geschirr und eine ganze Flut von heruntergefallenen Silbergefäßen übersäten den Fußboden.

Die Wände und die Ecken des Raums lagen im Dunkeln. Die wenigen noch verbliebenen Lampen und Kerzen beleuchteten den Papst und die rot gewandeten Kardinäle, die sich unter dem glitzernden Mosaik des byzantinischen Christus versammelt hatten.

Das Chaos in dem einst so eleganten Raum schien für Regeane die Unordnung auf dem Platz draußen widerzuspiegeln. Sie konnte ganz deutlich die Rufe und Schreie des Pöbels hören, als die Leute ihren Sieg bejubelten und die toten Lombarden ausraubten.

Dann begegnete sie quer durch den Raum dem Blick des Papstes. Die Kühle der Angst in Regeanes Magen schien bis zu ihrem Herzen hinauf auszustrahlen, sodass ihr ganzer Körper kalt war.

Die dunklen Augen ertasteten mit solcher Unbarmherzigkeit ihr Gesicht, als versuchten sie, in ihre Seele einzudringen und die dort verborgenen Geheimnisse ans Licht zu zerren.

Er weiß es, dachte sie. *Vielleicht will er es nicht wissen oder will nicht glauben, was er weiß, aber er weiß es.*

Regeane hob das Kinn und begegnete dem Blick des Papstes ohne einen Wimpernschlag. *Ich bin unschuldig,* dachte sie. *Unschuldig und doch schuldig. Ich wollte die Wölfin nicht, aber sie ist da, und ich muss sie verteidigen. Sie und mich selbst. Wir sind eins und was ich auch sein mag, ich hatte keine Wahl. Ich werde mich weder von ihr abwenden noch von dir oder von Antonius.* Sie versuchte, all diese Gedanken in ihren Blick zu legen, sie in Hadrians Gehirn einzupflanzen. *Bitte beschütze mich, beschütze mich vor diesem Mann, der mich vernichten will.*

Hadrian senkte als Erster den Blick und wandte sich dann an Gundabald.

Regeane spürte, wie etwas über ihren Umhang strich, und bemerkte, dass Lucilla neben ihr stand. »Er ist gefährlich«, sagte sie voller Angst.

»Ja, mein Kind«, entgegnete Lucilla. »So gefährlich, wie es nur ein Mann mit Prinzipien sein kann. Gefährlich für ihn selbst.«

Regeane sah sich um und bemerkte, dass die meisten Festgäste noch immer anwesend waren, obwohl sie, genau wie sie selbst, ihre von den Ereignissen stark mitgenommene Kleidung mit dunklen Umhängen verhüllt hatten. Sie scharten sich wie schwarz geflügelte Motten um das spärliche, noch verbliebene Licht und die tröstliche Gegenwart des Papstes.

»Deine Nichte, wenn ich mich nicht irre, mein Herr«, sagte Hadrian zu Gundabald.

Regeane spürte, wie ihr Herz in ihrer Brust hämmerte.

»Meine liebe Nichte«, sagte er und ging mit ausgestreckten Händen auf sie zu.

Regeane war für einen Augenblick verwirrt, bis sie das Spiel durchschaute, das er spielte, und zu dem Schluss kam, dass sie es mitspielen musste.

Er griff nach ihren Händen und sie sah ihm in die Augen. Augen, die voller Bosheit waren, nicht einmal voller Zorn, Augen so kalt und dunkel wie der Eingang zu einem Grab. Seine Finger schlossen sich enger und enger um ihre Hände, als wollte er die feinen Knochen darin zerdrücken. Sie bog die Finger nach oben, und ihre Nägel, die länger und schärfer waren als die der meisten Frauen, bohrten sich in das weiche Fleisch seiner Handflächen.

Nichts in seinem Gesicht oder in seinen Augen veränderte sich, aber der Schmerz in ihren Händen ließ nach, und er bleckte seine großen, stumpfen, gelben Zähne zu einem Lächeln, von dem er hoffte, dass es nach Zuneigung aussah.

Auch Regeane zeigte ihm die Zähne. »Ich fürchte, mein lieber Oheim«, sagte sie, »dass wir in der allgemeinen Verwirrung getrennt wurden.«

»Keine Angst, liebste Nichte«, antwortete er herzlich. »Wir sind hier, um dich nach Hause zu bringen.«

Regeane entriss Gundabald ihre Hände, drängte sich an ihm vorbei und fiel vor Hadrian auf die Knie. »Eure Heiligkeit, bitte!«, wimmerte sie. »Hört mein Flehen!«

Hadrian blickte mit schmalen Augen auf sie herab. Er hatte die Brauen über der Nase zusammengezogen und blickte sie forschend an. »Aber gewiss«, sagte er, obwohl ihr Verhalten ihn anscheinend ein wenig verwirrte.

»Oh bitte, ich weiß, dass meine Verwandten nur mein Bestes wollen, aber bitte – oh bitte –, ich habe solche Angst. Nein, Angst, ist ein zu schwaches Wort dafür.« Sie streckte dem Papst die Arme entgegen und hielt in anmutiger Demut die Handflächen nach oben. »Ich bin ganz wirr vor Entsetzen über die Rebellion und all das Chaos in dieser unglücklichen Stadt. Gibt es denn kein Kloster, keine Einrichtung heiliger Jungfrauen, die Christi Liebe dienen und mir Obhut gewähren würden, bis dieser schreckliche Wahnsinn ein Ende gefunden hat? Ich habe tiefstes Vertrauen und große Zuneigung für meine Verwandten, aber sie sind doch eben nur zwei Männer.«

Regeane rang die Hände und stellte zu ihrer Überraschung fest, dass echte Tränen über ihre Wangen liefen. »Was ist, wenn irgendein schrecklicher Zufall«, stieß sie hervor, »ein furchtbares

Ereignis dazu führen sollte, dass es nicht mehr in ihrer Macht steht, mich zu schützen? So wagemutig sie sind, zwei Männer allein könnten leicht überwältigt werden, und ich selbst würde einem schrecklichen Geschick zum Opfer fallen, noch dazu mit der schlimmen Gewissenslast, schuld an ihrem Tod zu sein. Oh bitte«, sagte sie mit gefalteten Händen, »sucht mir ein stilles Refugium zwischen den gesegneten Damen, einen sicheren Hafen, in dem ich Ruhe finden darf, bis diese Stunden der Unsicherheit vorbei sind.«

»Eure Heiligkeit«, rief Gundabald mit erschrockener Stimme, »ich dachte, wir hätten die Frage des Aufenthaltsorts meiner Nichte geklärt.«

Hadrian sah weiterhin mit undurchdringlicher Miene auf Regeane herab. »Ach, das dachtest du?«, fragte er. »Ich habe nichts dergleichen gesagt. Alles, was ich versprach, war, dass ich mir dein Anliegen anhören würde, und das habe ich getan. Sonst habe ich nichts versprochen.«

»Aber«, sprudelte Gundabald hervor, »es ist so, wie ich es dir sagte. Sie ist ... das Mädchen ist ein wildes Geschöpf, und seine Mutter hatte einen schändlichen Einfluss ...« Gundabald schien ins Stocken zu geraten.

Regeane, die ganz vergaß, Mitleid erregend dreinzuschauen, sprang auf. Der Gedanke, Gundabald könne ihre Mutter vor Hadrian verunglimpfen, war zu viel für sie. »Wie kannst du es wagen?«, zischte sie mit wütender Ungläubigkeit. »Du hast meine Mutter verachtet. Du hast sie missbraucht ...«

Eine neue Stimme mischte sich in das Gespräch. »Wahrhaftig! Was für eine dreiste Unverfrorenheit!«

Regeane erkannte Augustas Stimme. Sie stand neben Hadrian an der Seite von Lucilla.

»Wie kann sie es wagen, sich als verschrecktes Unschuldslamm darzustellen«, sagte Augusta schneidend. »Sie hatte keine Angst. Sie war ... Oh.« Augustas Augen schienen aus den Höhlen zu treten, und ihr Mund öffnete und schloss sich wie bei einem gestrandeten Fisch. Regeane ahnte, dass Lucillas Ellbogen sie mit einiger Wucht im Magen getroffen haben musste.

Äbtissin Emilia trat aus der Dunkelheit der Vorhalle des Tricliniums. Sie hatte Elfgifas Arm mit festem Griff umfasst und zog das kleine Mädchen hinter sich her.

Die Frau erinnerte Regeane an eine Kriegsgaleere, die unter vollen Segeln stand und ein winziges Fischerboot hinter sich her schleppte.

»Euer Heiligkeit, wenn ich so kühn sein darf? Ich habe allen Grund zu glauben, dass die Befürchtungen der jungen Dame...« Sie blieb vor dem Papst stehen und bedachte Gundabald und Hugo mit einem harten Blick, bevor sie fortfuhr. »...wohlbegründet sind.«

Regeane wurde wieder bewusst, dass Elfgifa ebenfalls über einige Zungenfertigkeit verfügte, und anscheinend hatte sie dieses Talent genutzt, um mit Emilia zu sprechen.

Emilia fuhr ziemlich atemlos fort. »Also, wenn die junge Dame wirklich den Schutz des Klosters sucht, wäre sie uns sehr willkommen...«

Ein wütendes Brüllen unterbrach Emilias Worte. Hugo hatte Elfgifa entdeckt und endlich begriffen, wer sie war. Mit Mordlust in den Augen sprang er auf sie zu.

Elfgifa versteckte sich hinter Emilia. Hugo wollte sie packen, aber Emilia versetzte ihm eine schallende Ohrfeige. Emilia war stämmig und muskulös, und wenn sie ein Ziel ins Auge fasste, traf sie.

Hugo landete mit glasigen Augen auf dem Boden.

Gundabald kam mit großen Schritten auf Regeane zu. Sein Gesicht war vor Zorn gerötet, und wie immer verströmte er diese Aura roher Gewalt, die sie stets in Angst und Schrecken versetzt hatte.

Regeane wäre am liebsten vor ihm davongelaufen, aber sie blieb stehen. Ihr war klar, dass sie ihm jetzt die Stirn bieten oder zu Grunde gehen musste. »Halt«, sagte sie leise. Ihr ganzer Körper zitterte. Sie konnte den Drang nach einer neuerlichen Verwandlung in sich spüren, wie sie das Schimmern des Mondlichts auf einer finsteren Lichtung spüren konnte.

Ihre Blicke trafen sich. Sein Gesicht war nur wenige Zoll von ihrem entfernt. Seine ausgestreckte Hand berührte beinahe ihr Haar. Trotz der Schar interessierter Zuschauer und des Papstes hätten sie geradeso gut allein sein können, so lange sie nur leise sprachen.

Daher war Regeans Stimme nicht mehr als ein kehliges Flüstern. »Lege eine Hand an mich und du stirbst. Ich weiß, dass sie mich töten werden, aber es könnte mir die Sache wert sein, dich auf dem Fußboden zu sehen, wie du dich krümmst und dein Blut aus deiner zerfetzten Kehle sprudelt. Lege eine Hand, einen Finger an mich, und du bist ein toter Mann. Ich schwöre es.«

Hass und Bosheit standen wie ein mit Händen greifbarer Nebel zwischen ihnen. Gundabald entblößte die Zähne, und Regeane wusste, dass er nur noch einen winzigen Schritt von blinder, mörderischer Rage entfernt war. »Du kleines Miststück«, flüsterte er. »Ich werde dich umbringen.«

Ja, dachte Regeane. *Er wird es nicht jetzt tun, aber sobald er kann, wird er dieses Versprechen wahrmachen.*

Ein scharfes Geräusch hinter ihr traf die Ohren der Wölfin beinahe so laut wie ein Donnerschlag. Sie fuhr zum Papst herum und begriff, dass er lediglich fest in die Hände geklatscht hatte.

»Ihr werdet dieses unschickliche Gezänk sofort unterlassen. Hier regiere ich, und solange ich nicht tot oder meines Amtes enthoben bin, treffe ich hier die Entscheidungen. Also, was im Namen Gottes ficht dich an?«, fragte er und zeigte dabei auf Hugo.

Hugo, der noch immer auf dem Boden saß, blinzelte heftig, während er langsam wieder zu sich kam. Mit einem zitternden Finger zeigte er auf Elfgifa. »Sie... sie...« Gundabald versetzte ihm einen Schlag und sagte: »Halts Maul, du Trottel.«

»Mir scheint, er hegt irgendeinen Groll gegen das Kind«, sagte Emilia. »Wenn das so ist, würde ich es gern hören.« Sie verschränkte die Arme vor der Brust und funkelte auf ihn herab.

Hugo rappelte sich hoch, warf einen benommenen, ängstlichen Blick auf Emilia und Gundabald und zog sich dann hastig zurück. »Nichts...«, murmelte er. »Nichts.«

»Er verfügt nicht gerade über einen großen Wortschatz, wie?«, bemerkte Lucilla. Hadrian warf Lucilla einen Blick zu, der ein Lagerfeuer von einiger Größe hätte entzünden können.

Beide Frauen zogen sich ihren Umhang vors Gesicht und traten einen Schritt zurück.

»Augusta«, sagte er. »Hier steht sowohl der gute Ruf als auch die Sicherheit der jungen Dame auf dem Spiel. Wenn du irgendetwas Vernünftiges in der Angelegenheit zu sagen hast, dann sprich jetzt. Und mit vernünftig meine ich, keine boshaften Gerüchte und gehässigen Anspielungen. Ich meine irgendeine Tatsache, die Licht in diese Angelegenheit bringt.«

Augusta schüttelte langsam den Kopf.

»Also gut«, sagte Hadrian. Dann wandte er sich wieder an Gundabald. »Uns beiden liegt die Sicherheit und Tugend der jungen Dame inmitten der Wirren und Versuchungen der Welt am Herzen, und ich glaube, ein Kloster würde sowohl deinen als auch meinen Zwecken gleichermaßen dienlich sein. Äbtissin Emilia, hast du eine Büßerzelle?«

Emilia sah ihn einen Augenblick sprachlos an. »Ich weiß nicht … Ich … Wir brauchen so etwas nur selten.«

Einige Sekunden lang sah es für die verängstigte Regeane so aus, als würde die Äbstissin nicht dulden, dass ihr Kloster in ein Gefängnis verwandelt werden sollte. Aber zu guter Letzt sagte sie: »Ja. Ich glaube doch, dass wir ein paar Türen haben, die von außen verriegelt werden statt von innen. Ist das wirklich die Art von Quartier, die du für die junge Dame im Sinn hast?«

»In der Tat«, sagte Hadrian. »Sie wird nicht ausgehen. Sie wird keine Besucher empfangen.« Er sah flüchtig zu Lucilla hinüber. »Niemanden. Sie wird hinter Schloss und Riegel gehalten, bis der Ehekontrakt unterzeichnet ist und sie dem Bräutigam übergeben wurde.«

18

Der Riegel war ein wenig verrostet, und man hörte ein lautes metallisches Quietschen, als Emilia ihn in die Öffnung schob.

Es war, wie Regeane dachte, *ein nur allzu vertrautes Geräusch.* Sie stand auf und lauschte Emilias leiser werdenden Schritten und der Stille, die sich anschließend herabsenkte.

Man hatte sie unter schwerer Bewachung zum Kloster gebracht. Die Miliz des Papstes ritt in Dreierreihen neben der Maultiersänfte, in der Regeane, die Äbtissin Emilia und Elfgifa saßen.

Ganz Rom schien auf den Beinen zu sein. Größtenteils waren die Leute gut gelaunt, tanzten, tranken und hurten. Sämtliche Tavernen und die meisten Bordelle hatten einen einträglichen Abend.

In allen Gebäuden brannten helle Lichter, und der feiernde Pöbel ergoss sich durch die Türen auf die Straßen hinaus. Die Leute jubelten den Soldaten der päpstlichen Miliz zu und machten bereitwillig Platz, um sie durchzulassen. Etliche Zuschauer auf den Balkons ließen Blumen auf sie herabregnen, und Frauen warfen ihnen Kusshände zu; manche von ihnen riefen den Männern auch Bemerkungen zu, in denen sie ihnen eine intimere Unterhaltung versprachen, falls sie von ihren Pferden absitzen und ein wenig verweilen würden.

Aber Regeane ließ sich keinen Augenblick lang täuschen; zweimal ritten sie durch den Rauch brennender Villen. Die Schreie, die aus den von Flammen verzehrten Häusern hinter den hohen Mauern kamen, ließen Regeanes Blut eiskalt vor Angst werden. Und sie wünschte, sie hätte sich der Wölfin entledigen können. Das Geschöpf, mit dem sie ihren Körper teilte, hörte allzugut.

In den bevölkerungsreicheren Teilen der Stadt holperte die Sänfte an den ausgeweideten Ruinen von Tavernen und Weinschänken vorbei, die den krakelenden Menschenmengen nicht rechtzeitig genug die Türen geöffnet hatten. Viele Privathäuser und Wohnblocks lagen hinter fest verschlossenen Fensterläden im Dunkeln. Die Menschen darin versteckten sich und wagten es nicht, ein Licht zu entzünden. Sie kauerten hinter ihren verriegelten Türen und fragten sich, gegen wen der Pöbel sich wohl als Nächstes wenden würde.

Äbtissin Emilia lehnte sich, die Arme schützend um Elfgifa gelegt, mit geschlossenen Augen zurück und murmelte ein lautloses Gebet vor sich hin.

Regeane dagegen spähte durch einen Schlitz in den Vorhängen hinaus, entsetzt und doch fasziniert von dem Spektakel und gleichzeitig außer Stande, die Gefühle von Mitleid und Furcht auszublenden, die sie mit Macht ergriffen. Und die ganze Zeit über spürte sie das schweigende Staunen der Wölfin über diesen unverständlichen menschlichen Wahnsinn.

Als sie die Tore des sächsischen Viertels erreichten, schlug Emilia die Augen auf, bekreuzigte sich und flüsterte: »Gott sei Dank.« Auf den Straßen hier herrschte Stille; und sie wurden von Mitgliedern der sächsischen Adelsfamilien bewacht, die in der Nähe des Vatikans residierten.

»Diese Römer haben alle zusammen nicht einen einzigen Funken gesunden Menschenverstand. Meiner bescheidenen Meinung nach werden sie, nur um den Lombarden zu zeigen, dass sie keine Angst vor ihnen haben, ihre eigene Stadt ausrauben und bis auf die Grundfesten niederbrennen, bevor ihre Feinde die Zeit dazu finden«, bemerkte Emilia.

Die Sänfte kam vor den Klostertoren zum Stehen. Regeane sprang heraus, und Emilia reichte ihr Elfgifa herunter, bevor sie ihr folgte.

»Gütiger Gott im Himmel«, sagte sie und schnaufte ein wenig, als sie Regeane und Elfgifa vor sich her schob. »Diese erbärmliche Stadt ist jetzt schon kaum mehr als ein Trümmerhaufen. Ich sehe keinen irdischen Grund dafür, warum sie auch noch den Rest davon zerstören müssen. Und Seine Heiligkeit, Gott schütze ihn, ist nicht besser als die anderen. Die Hälfte seiner Leute ist unterwegs, um ihr Zerstörungswerk zu vollenden, und die andere Hälfte, Gott stehe ihnen bei...« Sie ließ Elfgifas Hand los, um abermals das

Zeichen des Kreuzes zu schlagen. »Die verstecken sich unter ihren Betten.

Dieser nutzlose Kerl, dein Vetter, ist ein Wüstling ohne den leisesten Funken Mut. Und was deinen Onkel betrifft, Gundabald…« Sie bekreuzigte sich erneut. »Man braucht ihm nur in die Augen zu sehen, um zu wissen, dass er Christus noch schneller verkauft hätte als Judas und sich noch selbst auf die Schulter geschlagen hätte angesichts des einträglichen Geschäfts. In puncto Bösartigkeit könnte er Lucifer selbst noch Nachhilfestunden geben. Und… und…« Sie stieß Regeane und Elfgifa auf eine Bank am Tisch und stellte ihnen Brot, Käse und Wein hin.

»Und«, schimpfte sie weiter, »Seine Heiligkeit lässt sich nichts Besseres einfallen, als dich einzukerkern. Ein frommes, tugendhaftes Mädchen, wie ich nur je eines gesehen habe. Das ist mal wieder typisch Mann: Eine hilflose, unschuldige Frau in all dieser Verwirrung, und er muss sie sofort einsperren.«

Regeane sagte: »Ich…«

Aber Emilia wütete unaufhaltsam weiter vor sich hin. »Du darfst nicht den Mut verlieren, Mädchen. Es gibt schlimmere Dinge als die Ehe. Weißt du, dass ich selbst einmal eine verheiratete Frau war?«

Regeane brachte ein »Oh?« zu Stande.

»O ja«, sagte Emilia. »Mein Kind, ich habe mir die ganze Woche vor meiner Hochzeit die Augen aus dem Kopf geweint. Als ich ihn sah, wäre ich dann fast hysterisch geworden. Er war fett, kahl, alt und über und über mit Warzen bedeckt wie eine Kröte. Seine Gesundheit war nicht besser als sein Aussehen. Er war so lästig wie ein Fettfleck und so übel riechend wie ein ungereinigter Nachttopf.«

Regeane sagte: »Ah…«

»O nein, mein Herzchen«, warf Emilia frohgemut ein. »Du wirst schon sehen, am Ende wird sich alles schon zum Besten fügen. Eine Woche, nachdem wir heirateten – es war noch während der Hochzeitsfeierlichkeiten –, stopfte er den größten Teil eines Ochsen in sich hinein und dazu zweieinhalb Fässer von meines Vaters hervorragendem Bier. Dann bekam er Krämpfe und erstickte an seinem eigenen Erbrochenen, sodass ich als wohlhabende und unabhängige Witwe zurückblieb. Ich würde dir ein ähnlich glückliches Geschick wünschen.

Männer«, schnaubte Äbtissin Emilia. »Ich verstehe wahrhaftig nicht, warum Gott sie geschaffen hat«, seufzte sie. »Wahrscheinlich aus demselben Grund, warum er Ratten, Mücken und Flöhe erschaffen hat. Ein weiteres Kreuz, das die Frauen tragen müssen, damit ihre Erlösung umso süßer sein kann. Ich weiß, dass Männer auch für irgendetwas gut sind, obwohl – wenn ich sagen müsste, was das sein soll, müsste ich die Antwort schuldig bleiben. Ich denke, ohne sie wären wir weitaus besser dran. Es heißt, im Himmel gäbe es keine Ehen und keine Verpflichtungen, und ich denke, das bedeutet, dass wir dort oben alle in Frieden unsere eigenen Wege gehen können. Ich für meinen Teil sehe diesem angenehmen Zustand mit Wonne und Vorfreude entgegen.

Und nun zerbrich dir nicht weiter den Kopf, mein liebes Kind. Ganz gleich, was Seine Heiligkeit sagt, du bist uns hier willkommen, und ich werde mein Bestes tun, um es dir behaglich zu machen.«

Und als Regeane nun in dem engen Raum stand, der den Anforderungen des Papstes entsprach, sah sie, dass Emilia Wort gehalten hatte.

Zum Schlafen hatte sie nur ein Feldbett, aber es war bequem und ausgestattet mit einem Federbett, Leinenlaken und Decken. In einer Ecke stand ein Kohleofen, in dem ein dicker Haufen roter Kohle glühte. Sie wärmten den Raum trotz der zunehmenden Kühle draußen. Hinter ihr befand sich ein Tisch mit einem Buchständer, einem Buch und einer hohen Kerze, die den winzigen Raum in ein unstetes Licht tauchte.

Die Müdigkeit lag wie ein Joch auf ihren Schultern und drückte sie nieder. Als sie sich daranmachte, ihr verschmutztes Kleid auszuziehen, stießen ihre Finger auf einen harten Gegenstand im Futter, und Adrastes Spiegel fiel ihr wieder ein. Sie zog ihn vorsichtig aus seinem Versteck zwischen den Seidenstoffen heraus. Sie wollte nicht noch einmal in die polierte, silberne Oberfläche blicken, nicht hier. Nicht allein und bei Kerzenlicht.

Das Silber fühlte sich eiskalt an. Es schien, als hätten ihre Finger nicht die Macht, es zu wärmen.

Sie betrachtete für eine Sekunde das Blumenmuster auf der Rückseite. Roter Baldrian. Die Blume von Rom. Man konnte sie überall wild wachsen sehen; sie wuchs selbst zwischen den Ziegeln bewohnter Gebäude.

Die Blumen auf dem Spiegel waren Intarsienarbeiten aus Koralle. Das vorzüglich gearbeitete Kunstwerk stellte einen üppigen Blumenreigen dar.

Ein hübsches Spielzeug, dachte Regeane, *ein teures Zierstück, das einst den Ankleidetisch einer modischen Dame geschmückt haben musste.* Sie strich mit den Fingern über die Rückseite des Spiegels. *Wer war sie, diese Adraste, und warum hat sie mir ihren Spiegel geschickt?*, fragte sich Regeane in dem stillen Raum.

Sofort spürte sie die Berührung eines Geistwesens, das sich nach und nach zusammenfügte wie die Schatten, die die flackernde Kerze warf. Einzig ihre Willenskraft schien den Geist zurückzuhalten.

Regeane legte den Spiegel auf den Tisch neben die Kerze, und das Gefühl verflog, als verblasse der Geist wie ein Schatten, wenn eine Wolke sich vor die Sonne schiebt.

In dem Raum gab es nur ein einziges schmales Fenster am Fußende des Bettes. Es war einfach ein länglicher Spalt, nicht groß genug, um einen menschlichen Körper hindurchzuzwängen. Man konnte von dort einen Blick auf den Garten und auf die Dächer des sächsischen Viertels unterhalb des Klosters werfen. Dahinter konnte Regeane den Tiber sehen und die Stadt, die auf den gewellten Hügeln thronte.

Die Wölfin nahm die fernen Laute des Aufruhrs und der Gewalt wahr. Zahlreiche Feuer loderten in den Nachthimmel empor. Die Bewohner der uralten Stadt töteten mit derselben Sprachlosigkeit, mit der sie sich Gelächter und Liedern überließen.

Zwei streitende Könige, Desiderius und Karl, und jeder von ihnen wollte diese Stadt, jeder wollte die päpstliche Politik lenken.

Urbi et orbi, der Stadt und dem Erdkreis, dachte Regeane. *Ich bin Petrus und auf diesen Felsen… will ich bauen meine Gemeinde, und die Pforten der Hölle sollen sie nicht überwältigen.*

Der Papst, das Papsttum – alles Dinge, die nicht von dieser Welt waren, sondern darin. Und was war sie selbst, wenn nicht ein Ding, das nicht ganz von dieser Welt war.

Ein kräftiger Windstoß wehte eisige Kälte in den Raum. Er brachte auch den Geruch des Rauchs aus der Stadt mit. Der Brandgeruch biss ihr in den Augen, dann verflog er wieder, als die Luft sich selbst reinigte. Irgendwo außerhalb der Stadt, herbeigetragen auf den Flügeln ferner Winde, konnte die Wölfin Schnee und Frost riechen. Luft aus den Bergen, wo Millionen von Sternen wie kristallene Lichter glühten, füllten den Raum. Sie sah hohe Gipfel, die rein und unzugänglich in den Wolken trieben wie ein göttlicher Traum. Hohe Granitfelsen, ummantelt von funkelnden Gletschern und weiten Flächen jungfräulichen Schnees. Die Sonne warf auf ihrem bewegten Lauf Regenbögen in die geblendeten Augen der Wanderer. Zu anderen Zeiten brodelten Sturmwolken um die Gipfel herum, die sich sonst in morgendlichen Nebel tauchten. Gipfel, die sich verschleierten wie östliche Königinnen, bis die Luft sich klärte, der Nebel von reinem Licht weggebrannt wurde.

Täler, die im Frühling wie Blumenschalen im Schnee waren, gemächlich schweigend dem langen Sommer entgegengrünten und dann braun wurden unter dickem, fruchtbarem Heu im Herbst, bevor der ewige Winter der Berghöhen seine Hand ausstreckte und sie wieder für sich forderte.

Eine Woge beinahe unerträglicher Sehnsucht schwoll im Herzen der Wölfin an und trieb Regeane einen harten, schmerzhaften Kloß in die Kehle und Tränen in die Augen. Ein Gefühl, dass sie der Welt der Menschen auf immer entsagen könnte, um frei durch die Campagna zu laufen.

Es wurde langsam kälter dort, jetzt, da der Wind wehte. In diesen kältesten Stunden vor Sonnenaufgang legte sich der Bodennebel über das Gras, und die langen Halme waren bedeckt von sanften Frostkristallen. Sie würden unter ihren Pfoten knistern, wenn sie darüber hinwegeilte. Sie würde einen Platz finden, wo sie sich niederlegen und schlafen konnte. Eine Höhle, in der ein weicher Frauenkörper warm bleiben würde, während die langen Tagesstunden verstrichen. Sobald es wieder Nacht wurde, konnte sie weiter und weiterlaufen, bis sie sich in der grünen Einsamkeit jener tiefen Täler verlor und das gewaltige Schweigen der Gipfel dahinter fand.

Regeane öffnete die Augen und der Traum verblasste.

Riegel und Gitterstäbe. Enge Räume wie dieser hier waren ihr Leben, nicht die Freiheit der Berge und Wälder. Anstandsregeln, die sie fesselten und die ihr vorschrieben, was eine Frau zu tun und zu sein hatte. Kristallglitzernde Bäche und Stürme, die den Nachthimmel in Flammen setzten. Es konnte sein, dass alles, was die Welt für sie bereithielt, eine eiserne Halsfessel und die Kette waren. Das war vielleicht das Beste, was die Welt ihr zu bieten hatte. Eines Tages würde sie dann möglicherweise auf dem Scheiterhaufen stehen und um trockenes Holz, eine sanfte Brise und ein heißes Feuer beten.

Sie war so müde, dass sie zum Bett taumelte. O Schlaf. Gesegneter Schlaf. Ihre Kleider fielen wie von selbst zu Boden, und sie kroch zwischen die weichen, sauberen Leinenlaken, die süße Linderung gewährten. Trotz des Kohleofens wurde die Luft im Raum immer kälter. Regeane zog sich die Decken bis zum Kinn hinauf. Ihr Kopf berührte die Kissen, und der Schlaf flutete über sie hinweg. Die Wölfin träumte von Bergen. Sie jagte in dunklen Wäldern inmitten von schneebedeckten Fichten, unter eisverkrusteten Kiefern, deren lange Nadeln wie Dolche aus weißem Frost glitzerten … unter einem schläfrigen Mond.

Es war traurig, so traurig. Der nackte Schmerz in der wortlosen Stimme war so furchtbar, dass Regeane jäh aus dem Schlaf auffuhr. Sie erwachte mit dem Gedanken an Elfgifa. Sie wusste, dass man Elfgifa in dem Schlafsaal zusammen mit den Waisen untergebracht hatte, unter der Obhut der Nonnen. Hatte sie vielleicht ein Albtraum geweckt? Sehnte sie sich vielleicht gerade in diesem Augenblick nach Regeanes tröstender Umarmung?

Regeane drehte sich auf dem Feldbett zur Seite und starrte in die Dunkelheit. Der Raum wurde jetzt nur noch vom Sternenlicht erhellt, das durch den Fensterspalt schimmerte. Die Kerze war heruntergebrannt, die Flamme erloschen.

Aber die Wölfin wusste, welche Stunde es war; so wie sie die Stunden des Tages an der wechselnden Neigung der Sonne erkannte, so erkannte sie die Stunden der Nacht an ihrem Duft und Klang, an der Position der wandernden Sterne. Es war kurz vor Sonnenaufgang, die dunkelste Stunde, in der sogar die vier Winde das Gewicht der Nacht zu spüren schienen und eine atemlose Stille dem Nahen der Dämmerung vorangeht. Im Zimmer herrschte Eiseskälte, und Regeane konnte die feine Nebelwolke sehen, die ihr Atem in der Luft erschuf.

Sie lauschte und stellte fest, dass nicht einmal die Wölfin etwas zu hören vermochte. *Nur ein Traum,* dachte sie. *Ich hatte selbst einen Albtraum.*

In der tiefen Stille der absoluten Dunkelheit seufzte jemand. *Nein,* dachte Regeane und erinnerte sich wieder an das Gesicht im Spiegel. *Nein.* Aber so gern sie es auch geleugnet hätte, sie wusste, dass die Toten von einem Ort jenseits der Welt nach ihr riefen.

Ein neuerliches Seufzen – diesmal lauter und gefolgt von einem heiseren Lachen, das brüchig und grausam klang und ihre Furcht zu verhöhnen schien. Die Schatten begannen sich zusammenzuziehen und wurden in der Nähe des Tisches und des Spiegels unausweichlich dunkler.

Es kommt, dachte sie voller Entsetzen, *es kommt, mich zu besuchen.* Plötzlich wurde die Luft um sie herum kälter. Die Schatten waren ein hässlicher, leuchtender Nebel. Ein Nebel von der Farbe einer Leichenkerze.

Sie schnappte nach Luft, würgte und versuchte, nicht zu atmen, als ein beinahe unerträglicher Gestank von Verwesung den Raum durchdrang. Regeane warf die Decken zur Seite und sprang aus dem Bett.

Die Kälte war mehr als Kälte, eine eisige Schockwelle, die ihr bis durch die Knochen zu dringen schien – und dann fiel ihr wieder ein, dass sie nicht weglaufen konnte. Sie war mit dem Ding eingesperrt. Sie zog sich an die Tür zurück. Der abscheuliche Gestank zwang sie beinahe, sich zu übergeben. Sie würde schreien, beschloss sie. Auf die Holzvertäfelung hämmern. Irgendjemand würde gewiss kommen.

Bei diesem Gedanken befiel sie eine neue Art von Angst. Was würden die freundlichen alten Damen von ihr halten? Aber das Ding nahm jetzt Gestalt an, und was sie sehen konnte, war die grässliche Blasphemie einer menschlichen Gestalt.

Regeane presste sich mit Schultern und Rücken an die Tür. Sie hatte Angst, der Erscheinung den Rücken zuzukehren, Angst, sie könne sich vergeblich gegen die eisernen Riegel werfen und würde binnen weniger Sekunden eine Hand auf ihrer Schulter spüren. Sie würde sich umdrehen, das wusste sie – sie würde sich umdrehen und in das Gesicht eines Gräuels blicken, den Gott allein kannte.

Nein, besser, sie stellte sich diesem Etwas, ganz gleich, welch schauerliche Gestalt es annehmen mochte.

Das Ding war beinahe körperlich. Sie hörte, wie es sich bewegte. Es gluckste und platschte, wenn es einen Schritt machte. Es schien feucht zu sein, bedeckt mit kleinen Strömen der Verwesung wie ein Stück verotteten Fleisches. Urplötzlich wurde ihr klar, dass die Schritte sich von ihr entfernten. Das Ding zog sich zurück, floh.

Der plötzliche Hauch von Parfüm war beinahe so Schwindel erregend wie zuvor der Gestank. Ein Duft, scharf, aber süß und frisch wie zerdrückte wilde Minze, verhalten mit etwas anderem gemischt, das noch süßer war. Es erinnerte an den berauschenden Geruch eines blühenden Obstgartens im Sonnenlicht oder einer Wiese im Frühling, wenn das Gras in den kühlen Morgenstunden noch feucht von Tau ist.

Selbst die Luft um Regeane herum hatte sich verändert und schien so voller Versprechungen zu sein wie zu der Zeit, als Gott das erste Mal die üppige, fruchtbare Erde mit Seiner Hand berührt und zum Leben erweckt hatte.

Plötzlich wurde ihr bewusst, dass sie den Raum klar und deutlich sehen konnte. Licht strömte unter der Tür und durch die Ritzen hindurch.

Irgendjemand, dachte Regeane unzusammenhängend, *irgendjemand ist draußen im Flur mit einer Fackel oder einer Laterne.* Aber das konnte nicht sein. Keine Fackel oder Laterne, die sie je gesehen hatte, verströmte solch kraftvolles, weißes Licht. Ein so strahlendes Licht, dass sie im Schein der wenigen Strahlen, die sich durch die schwere Tür stahlen, den ganzen Raum sehen konnte.

Das hässliche Ding war jetzt nur noch ein Schatten. Es stieß einen neuerlichen Schrei voller Einsamkeit und Trauer aus, bevor es endgültig verblasste und ins Nichts entfloh.

Der Raum um Regeane herum wurde wieder kalt und dunkel. Aber sie wusste, dass die Kälte nicht mehr war als die Kälte eines Wintermorgens und die Dunkelheit nur leere Nacht.

Regeane stolperte zitternd und mit klappernden Zähnen zum Bett und tauchte unter die Decken. Jetzt streckte die andere Welt die Hände nach ihr aus. Sie war überzeugt davon, dass sie nicht würde schlafen können. Sie war nicht einmal sicher, ob sie jemals wieder schlafen würde. Aber als sie das nächste Mal die Augen öffnete, sandte die Sonne einen Strahl durchscheinenden, gelben Lichts durch den Fensterspalt. Und der Raum war erfüllt vom leisen Gurren der Tauben, die den Morgen willkommen hießen.

19

Emilia schickte Brot, Käse, mit Wasser versetzten Wein, eingemachte wilde Erdbeeren und Feigen nach oben. Das Brot war frisch gebacken und das Eingemachte so honigsüß, dass Regeane alles bis auf den letzten Krümel verzehrte und noch die Schüssel auskratzte. Auf dem Tisch fand Regeane ein zusammengefaltetes weißes Leinenhemd und ein Gewand aus feinem, braunem Wollstoff.

Eine Nonne, die denselben Braunton trug, brachte einen Krug mit Waschwasser.

Es war eine Frau von ernstem Gebaren und mit Augen, die wie die eines Adlers glitzerten. Trotz des Netzes feiner Runzeln hatte ihr Gesicht das gleiche Profil wie der bedrohliche Raubvogel auf den Monumenten der Vergangenheit, die in der ganzen Stadt zu sehen waren.

Die Nonne betrachtete Regeanes Seidenhemd und den satinglänzenden Pelos mit einem strengen, missbilligenden Blick. »Mein Name ist Barbara«, erklärte sie Regeane, »und trotz des Namens bin ich in Rom geboren und aufgewachsen. Außerdem bin ich die Köchin hier, und dich hat man der Küche zugeteilt. Wasch dich und zieh dich an. Ich hinke mit meiner Arbeit bereits hinterher und rechne deshalb mit deinem prompten Erscheinen. Bitte beeil dich.« Mit diesen Worten stolzierte sie hinaus.

Regeane beeilte sich. Schwester Barbara gab ihr eine Schürze und wies sie an, über einer Feuergrube direkt hinter der Tür ein Bratenstück zu garen.

Regeane hatte den größten Teil ihres Lebens hinter verschlossenen Türen oder mit ihrer Mutter auf deren endlosen Pilgerreisen zugebracht. Ihre Mahlzeiten hatte sie in Tavernen am Wegesrand und in frommen Herbergen eingenommen. Vom Kochen verstand sie nur sehr wenig.

Das Fleisch begann zu verkohlen. Beim ersten Anflug von Gestank kam Barbara wie der Blitz herbeigeeilt. Sie bedachte Regeane mit einem Blick, der sie beinahe auf der Stelle tot hätte umfallen lassen, und befestigte den Spieß dann sechs Kerben weiter oben in der Haltevorrichtung.

»Weißt du denn überhaupt nichts?«, fragte sie schneidend.

Regeane protestierte mit äußerster Demut. »Aber so hoch oben wird das Fleisch doch bestimmt nicht gar?«

»Du meinst, es wird nicht verbrennen«, fuhr Barbara sie an. »Fleisch muss langsam garen. Der heiße Rauch versiegelt es von außen. Das Innere siedet dann in seinen eigenen Säften. Und nun hör auf mit deinen Fragen. Ich bin«, sagte sie mit großartiger Gebärde, »die größte Köchin Roms. Vielleicht die beste Köchin auf der ganzen Welt.

Ich habe die kulinarischen Künste der Franken studiert, die wenigen primitiven, aber köstlichen Neuerungen der Sachsen und die meisterliche Tradition unserer eigenen römischen Apicitis. Ich brauche Kräuter. Sofort! Ich werde Salbei, Basilikum, Thymian und Rosmarin brauchen, um den Schweinebraten für das Abendessen zu füllen. Du wirst mir unverzüglich eine hinlängliche Menge von allem besorgen, was ich benötige!«

Barbara klatschte in die Hände. »Beeil dich. Wir haben keine Zeit zu verlieren. Dies ist die beste Stunde des Tages, um Kräuter zu pflücken, nachdem der Tau getrocknet ist und bevor sie ihr Aroma an die Sonne verlieren.«

Regeane hatte nicht die leiseste Vorstellung davon, was eine hinlängliche Menge war. Sie brachte es fertig, eine Basilikumpflanze und eine Salbeipflanze an den Wurzeln herauszuziehen, und stellte eine ernsthafte Bedrohung für einen Rosmarinbusch dar, als Barbara hinter ihr erschien wie ein Habicht, der auf seine Beute herabstößt.

Diesmal trieb der Ausbruch heißer Wut Regeane mehrere Schritte zurück, und die unglücklichen Pflanzen in ihrer Hand wurden beinahe zerdrückt. Aber ihre Gefühle mussten sich auf ihrem Gesicht widergespiegelt haben, denn Schwester Barbara brach mitten im Satz ab und sah sie voller Interesse an.

»Was?«, fragte sie. »Keine Tränen? Für gewöhnlich brechen sie mir zu diesem Zeitpunkt in Tränen aus oder laufen vor Wut rot an. Keine hat mich je mit diesem milden Ärger angesehen oder gar«, sie spähte in Regeanes Gesicht, »mit Verachtung. Ich sehe, du hast Rückgrat.«

Regeane war in der Tat wütend. Sie konnte die Hitze des Zorns in ihren Wangen brennen spüren, aber dann beriet sie sich mit der Wölfin und stellte fest, dass das Geschöpf die ganze Sache komisch fand. Die Bilder, die in den Gedanken ihrer dunklen Gefährtin aufstiegen, zeigten einen Muttervogel, der gerissen einen gebrochenen Flügel zur Schau stellte, um einen Räuber von seinem Nest wegzulocken. Ein zweites Bild hatte eine Kröte zum Gegenstand, die eine Flüssigkeit absonderte und Gestank verbreitete, die sich aufblähte und die Warzen überall auf ihrem Leib herausragen ließ, um den Besitzer eines starken Kiefers mit langen Zähnen davon zu überzeugen, dass sie ebenso wild wie ungenießbar war. Mit einem Wort, ein Täuschungsmanöver.

»Ich sehe«, sagte Barbara, »dass du eine absolute Anfängerin bist und Unterweisung benötigst.«

Binnen weniger Augenblicke hatte sie die Kräuterpflanzen wieder im Boden und trat die Erde um ihre Wurzeln herum fest.

»Meinst du, sie wachsen wieder nach?«, erkundigte sich Regeane ängstlich.

»Pah... wer weiß?«, sagte Barbara mit einer wegwerfenden Handbewegung. »Ich denke schon. Wir sind hier nicht allzu weit entfernt von ihren wilden Verwandten, die auf offenen Flächen in der Campagna wachsen oder auf Hügeln in der Nähe des Meeres. Wenn sie nicht wieder wachsen, nehme ich eben andere.«

Und sie hatte in der Tat viele andere Pflanzen, die allesamt in erhöhten Beeten zwischen säuberlich gefegten, gepflasterten Gehwegen wuchsen.

Jedem einzelnen kulinarischen Wunder war sein eigener Platz bestimmt. Die Pflanzen schienen in der Morgensonne Habtachtstellung anzunehmen, und Regeane entnahm den kahlen Flecken Erde zwischen den Beeten, dass kein Unkraut es wagte, in diesem wohl geordneten Gärtchen seinen Kopf zu heben.

Barbara warf einen schnellen Blick auf das Fleisch, das langsam über dem Feuer in der Nähe der Küchentür garte, dann führte sie

Regeane zu einer einfachen Sitzbank unter einem Laubengang, wo sich beide niederlassen und die Schönheit und die zarten Düfte des morgendlichen Gartens genießen konnten.

»Sieh nur«, sagte Barbara und zeigte auf die Küche und den Garten dahinter. »Sieh mein Königreich. Ich bin die Herrin hier und die absolute Monarchin von allem, worauf mein Auge fällt. Und wenn du dich von mir unterweisen lässt, wirst auch du eines Tages über dein eigenes Königreich herrschen, und sei es nur ein umfriedeter Garten.«

Zwei Bäume, tief über das eiserne Gitterwerk gebeugt, bewachten den kleinen Laubengang. Regeane streckte zaghaft die Hand nach einem der Blätter aus.

»Nur zu, Kind«, forderte Barbara sie auf. »Pflück dir eins und erfreue dich an seinem Duft.«

Regeane tat wie geheißen. »Lorbeer«, sagte sie. Die Wölfin erinnerte es an die Nacht, in der irgendetwas sie unausweichlich auf den geisterhaften Tempel hoch über dem Meer zugetrieben hatte.

»Ja«, riss Barbara Regeane aus ihren Gedanken. »Der Busch, der uns mit Kronen für unsere Eroberer und schmackhaftem Schmorfleisch versorgt.«

Regeane lachte. »Und welches von beidem ist dir lieber?«

»Nun, natürlich das Schmorfleisch, aber nicht aus dem Grund, den du jetzt im Sinn hast. Nicht weil ich Köchin bin.«

»Warum denn dann?«, fragte sie.

»Weil Eroberer kommen und gehen, das Schmorfleisch aber bis in alle Ewigkeit überdauert.«

»Wohl kaum«, bemerkte Regeane. »Es wird bei der nächsten Mahlzeit aufgegessen.«

»Ganz im Gegenteil. Der große Caesar selbst schwelgte im Aroma von mit Pilzen und Wein gegartem Fleisch, und noch in tausend Jahren werden Männer und Frauen Pilgerreisen zu einem Ort unternehmen, an dem sie ein Essen genießen können, das auf dieselbe Weise zubereitet wurde.

Nein, meine Liebe, der Eroberer ist vergänglich und das Schmorfleisch ewig. Das ist der Grund, warum Jesus Christus in seiner Weisheit seine größten Sakramente in Form eines simplen

Mahls darbietet. Weil die Menschen nicht nur Nahrung brauchen, sondern weil gutes Essen sie alle miteinander verbindet. Gemeinsam setzen sie sich dreimal am Tag nieder, um die Reichtümer der Erde und die Früchte ihrer Arbeit zu teilen.

Der Papst mag sein Mahl mit Kardinälen an seiner Seite aus einer Silberschale essen, und der Arbeiter sitzt auf einer Steinplatte mit einem Stück Brot und einem einzigen Krug Wein in Gesellschaft einiger Freunde, aber sie beide danken Gott für dieselbe Sache. Und wer weiß?« Ihre Augen blitzten. »Vielleicht genießt der Arbeiter sein Brot und seinen Wein mehr als der Papst seine üppigen Speisen. Es heißt, Appetit sei die beste Soße. Aber wie dem auch sei, Emilia hat mich dazu auserkoren, in dieser größten und ältesten aller Künste deine Lehrerin zu sein.«

Regeane betrachtete nachdenklich ein Dillpflänzchen. Die doldenförmigen Köpfe waren beinahe reif und bereit, ihre harten, braunen Samen fallen zu lassen. »Ich bin mir nicht sicher, wie viel Zeit mir bleibt, zu lernen. Ich soll bald heiraten.«

»Ja«, sagte Barbara, »das habe ich gehört – einen wohlhabenden Bergfürsten. Zweifellos einen versoffenen Grobian, der jede Nacht in seinen Stiefeln schläft.«

Regeane seufzte erst tief, aber dann breitete sich ein Lächeln auf ihren Zügen aus, und schließlich lachte sie schallend. »Doch nicht etwa du auch?«

»Also hat Emilia dir ihre Geschichte erzählt, ja?«, fragte Barbara zurück.

»Ja, gestern Abend, als wir aus dem Lateranpalast zurückkehrten.«

»Ich hoffe, du hast die Kurzfassung bekommen«, meinte Barbara. »Manchmal schmückt sie die Geschichte aus, indem sie beschreibt, wie er erst blass, dann grau wurde, anschließend blau und schließlich …« Barbara warf die Hände hoch. »Schwarz!«, rief sie. »Wie er seine Kehle umklammerte.« Sie umklammerte mit dramatischer Gebärde ihre eigene Kehle. »Wie er den Rücken wölbte.« Sie wölbte den Rücken.

»Oh, hör auf!«, stieß Regeane hervor. Sie hielt sich die Seite, und Tränen liefen ihr über die Wangen. »Hör auf. Das ist nicht komisch. Der arme Mann ist gestorben!«

»Ganz recht, das ist er«, sagte Barbara und lehnte sich auf ihrem Platz zurück. »Gott gebe seiner Seele die ewige Ruhe. Obwohl ich bezweifle, dass er das getan hat, wenn auch nur die Hälfte der Dinge stimmt, die Emilia von diesem Mann erzählt.«

Sie tätschelte Regeane begütigend auf das Knie. »Mach dir nichts draus, mein Kind. Was kannst du auch anderes von einer Hand voll Frauen erwarten, die sich aus der Welt zurückgezogen haben. Wir ..., die meisten von uns haben ihre Gründe. Außerdem, meinst du nicht, es sei vernünftig, auf das Schlimmste gefasst zu sein? In dieser Welt werden unsere Hoffnungen auf das Beste so oft enttäuscht.« Sie lächelte Regeane freundlich zu.

Aber Regeane blickte traurig an ihr vorbei, zu einer Sonnenblume hinüber, die in der Mitte des Gartens in einem Ringelblumenbeet stand. Jede Blume war ein kleiner Sonnenaufgang, eine Spielwiese für die Bienen, die in ihrem unermüdlichen Fleiß zwischen Blüten und dem Schatten der Sonnenuhr schwirrten.

Hoffnung auf das Beste, wiederholte Regeane in Gedanken. *Was war das Beste, worauf sie hoffen konnte? Ein Mann, der so brutal und gefährlich war, dass sie ihm in der Dunkelheit mit reinem Gewissen begegnen konnte? Falls ihr Gewissen nach einer solchen Sünde jemals wieder rein sein konnte.*

Aber Barbara ergriff ihre Hand. »Ach komm, wir wollen nicht zulassen, dass meine müßigen Überlegungen einen Schatten auf einen so strahlenden Morgen wie diesen werfen. Außerdem wirst du ihn, falls er so ist, wie ich gesagt habe, zweifellos mit deiner Schönheit und deiner Anmut entwaffnen. Und wenn er ein wohlhabender Mann ist, brauchst du, was das Kochen betrifft, lediglich zu lernen, wie du mit dem Koch fertig wirst. Das wiederum kann ich dich mit einem einzigen Wort lehren.«

»Mit einem Wort?«, fragte Regeane.

»Ja«, sagte Barbara, »und dieses Wort lautet: Schmeichelei. Koste das Essen des Mannes, und wenn er dir auch nur halbwegs tüchtig erscheint, mach ein großes Trara um das Mahl. Denn wenn das Kochen die größte und älteste aller Künste ist, so ist es auch die Kunst, die am wenigsten Anerkennung findet. Ein Lob für den Koch ist rarer als Gold und kostbarer als Rubine – selbst für die bescheidensten Vertreter dieser Zunft.

Schmeichle ihm nur, und er wird all seine Fähigkeiten in die Waagschale werfen, um dir und deinem Gemahl zu gefallen. Was diese andere Sache betrifft, auf die die Männer so versessen sind, halte dich an Lucilla und folge getreulich ihren Rezepten, dann wirst du mit Sicherheit tiefe Zuneigung ernten. Schließlich sollte ein Rüpel wie er überglücklich sein, dass man ihm eine Frau aus königlichem Haus anbietet. Und wenn ihm seine Haut teuer ist, wird er dich auf Händen tragen. Du könntest ihm gegenüber sachte – oh, wirklich ganz sachte – andeuten, dass der fränkische König sein Verhalten im anderen Falle als persönliche Kränkung auffassen würde. Dieses Risiko wird er gewiss nicht eingehen wollen.« Barbara lächelte ein süßes, durch und durch offenherziges Lächeln.

Regeane drehte sich um und sah Schwester Barbara eine Sekunde lang forschend an. »Lucilla?«, fragte sie. »Wie kommt es, dass du über Lucilla Bescheid weißt?«

»Mittlerweile weiß jeder über Lucilla Bescheid, mein liebes Kind. Ängstige dich nicht. Die Verbindung mit Lucilla wird deinem Ruf keinen Abbruch tun. Lucilla hat viele Freundinnen unter den Frauen dieser Stadt. Unter den Mächtigen wie auch unter den Niedrigen und Schwachen. Sie wird allenthalben aufrichtig geschätzt – manchmal sogar an Stellen, an denen sie es wohl selbst nicht vermutet.«

»Der Papst hat ihr verboten, mich zu besuchen«, sagte Regeane.

»Das ist mir zu Ohren gekommen«, erwiderte Barbara und holte eine Schere aus ihrer Tasche hervor. »Emilia hat wirklich ein loses Mundwerk.« Sie drückte Regeane die Schere in die Hand. »Jetzt hol mir die Kräuter, um die ich dich gebeten habe, und lass dir Zeit. Schließ Bekanntschaft mit meinen Freunden, den schönen, harmlosen Pflanzen, die hier wachsen. Denn indem du sie und ihre richtige Verwendung kennen lernst, kannst du selbst ein einfaches Bauernmahl in eine Gaumenfreude verwandeln, die Prinzen und Könige entzücken würde. Und habe keine Angst, irgendetwas abzuschneiden, denn in meinem Garten wächst nichts Giftiges und nichts Schädliches.«

Regeane nahm die Schere und schlenderte davon. Barbaras Kräuter und Blüten versetzten nicht nur Regeane in Entzücken, sondern auch die Wölfin. Der Schatten auf der Sonnenuhr war um einiges kürzer geworden, als sie in die Küche zurückkehrte und Barbara bis zu den Ellbogen im Brotteig vorfand.

Regeane legte die Kräuter auf einen Hackblock und wandte sich einer Aufgabe zu, der sie sich absolut gewachsen fühlte – dem Schrubben von Töpfen und Pfannen.

Die Küche war luftig und angenehm. Regeane nahm die Töpfe mit Macht in Angriff, während Barbara das Brot zu Laiben formte und mit einem geschwungenen, mit zwei Griffen versehenen Messer die Kräuter bearbeitete. Gleichzeitig machte sie sich daran, Regeane in die kulinarischen Künste einzuführen.

»Basilikum«, sagte sie und hob ein Zweiglein an die Nase. »Die gewöhnliche Art. Daneben Zimt und Klee. Ich hoffe, du hast den Unterschied bemerkt.«

»Das habe ich«, antwortete Regeane. »Es tut mir Leid, wenn ich zu viel gebracht habe. Ich hoffe, die Kräuter sind dadurch nicht verschwendet.«

»Aber keineswegs«, sagte Barbara und legte einige davon beiseite. »Der Zimt und der Klee eignen sich wunderbar, um damit die gebackenen Äpfel zu würzen, die ich zum Mittagessen plane. Hier«, sagte sie und streifte die Blätter von einem anderen Stängel ab. »Muskatellersalbei, eine interessante Wahl, meine Liebe. Langstieliger Thymian. Ah, eines weißt du zumindest: Eine Prise Gartenraute, ein Hauch von Bitterkeit nur, nimmt einer Weinsoße das Zuviel an Süße. Rosmarin – stets unverzichtbar für den Koch –, und ich füge noch eine Spur Knoblauch hinzu und die Brotkrumen, dann haben wir gleich unsere Bratenfüllung. Heute Abend darfst du kosten und feststellen, ob eine deiner Entscheidungen eine Fehlentscheidung war.«

Regeane reagierte mit Bestürzung. »Du wirst meiner Auswahl folgen?«

»Nicht in allen Punkten«, sagte Barbara, die das Wiegemesser mit größter Geschicklichkeit hin und her bewegte. »Aber wie ich dir bereits erklärt habe, ist das Kochen eine Kunst, und selbst dem Anfänger muss ein gewisses Maß an Experimentierfreude zugestanden werden, wenn er jemals all seine Möglichkeiten entfalten soll. Und wenn du mit den Töpfen fertig bist, meine Liebe, darfst du den Fußboden einmal ordentlich schrubben«, erklärte Barbara gnädig.

»Vielen Dank«, murmelte Regeane.

Regeane schrubbte den Boden, während Barbara sie über das Fleisch sämtlicher Mitglieder des tierischen Königreichs belehrte, von denen Regeane je gehört hatte, einschließlich derer, die die konservativen Franken nicht als essbar erachteten, wie zum Beispiel Schnecken und Singvögel. Als sie damit fertig war, ging sie an die Beschreibung weniger belebter Teile der Schöpfung, beginnend mit Früchten und Nüssen bis hinunter zum schäbigen Kohlkopf. Woraufhin sie innehielt, nicht um Atem zu schöpfen, sondern um Regeane darüber in Kenntnis zu setzen, dass es an der Zeit sei, den Brotofen auszufegen.

»Ich habe das Feuer selbst angezündet«, sagte sie, »als ich bei Sonnenaufgang herunterkam, und es müsste mittlerweile bis auf die Asche heruntergebrannt sein. Die Steine sind bestimmt glühend heiß und warten nur darauf, den Teig zu goldener Fülle anschwellen zu lassen.« Sie gab Regeane einen Eimer und einen langstieligen Schürhaken. »Aber sei vorsichtig. Die Tür ist heiß, und die Steine sind es ebenfalls. Geh nicht zu nah ran. Ich mache dir die Tür auf.«

Barbara hielt die Ofentür auf, und Regeane kratzte wie verrückt, um die noch immer glühenden Kohlen in den Eimer zu befördern, bevor der Steinofen zu sehr abkühlte. Gerade in dem Augenblick betrat Emilia die Küche.

»Barbara, was um alles in der Welt tust du da?«

»Wir arbeiten«, erwiderte Barbara. »Wonach sieht es denn aus? Du hast mir gesagt, ich soll ihr das Kochen beibringen.«

»Ihr das Kochen beibringen, ja«, rief Emilia entsetzt. »Nicht sie in eine Spülmagd verwandeln. Sie ist eine Dame von königlichem Geblüt. Ich wollte, dass du sie ein paar Kräuter sammeln oder vielleicht ein, zwei Rüben schälen lässt.«

Barbara warf die Ofentür zu. Regeane hatte gerade noch Zeit, den Schürhaken herauszuziehen, bevor er zerbrochen worden wäre.

»Was!«, empörte sich Barbara. »Ich soll ihr deiner Meinung nach also nicht beibringen, dass Kochen Arbeit ist?« Sie richtete sich stolz auf. »Ich… ich, die Tochter einer der ersten Familien

Roms. Ich zaudere nicht, mir die Hände im Dienst an unserer Gemeinschaft schmutzig zu machen. Warum also sie?«

Emilia warf die Hände hoch. »Barbara, die Leute reden …«

»Was ich nur allzu gut weiß«, entgegnete Barbara grimmig.

»Egal. Ganz egal«, fuhr Emilia dazwischen. »Ich bin mir bewusst, dass ich nicht ohne Fehler bin, aber was ist, wenn ihre königlichen Verwandten Wind davon bekommen, dass sie hier die Öfen schrubbt? Und was hast du sie heute Morgen noch alles tun lassen?«

»Sie hat ein paar Kräuter gesammelt.«

Emilia nickte beifällig.

»Und die Töpfe gespült und den Boden geschrubbt.«

»Den Boden geschrubbt!«, stöhnte Emilia. Zuerst drückte sie beide Hände gegen ihre Brust, dann strich sie sich mit dem Handrücken über die Stirn. Schließlich zog sie Regeane am Arm hinter sich her aus der Küche, wobei sie ihr kaum Zeit ließ, Eimer und Schürhaken fallen zu lassen.

Sie liefen den Flur hinunter, und Emilia zerrte Regeane hinter sich her, ohne ihr Selbstgespräch zu beenden. »Was soll nur Seine Heiligkeit denken?«

»Ich werde nicht …«, begann Regeane, aber Emilia fiel ihr ins Wort.

»Was wird der König denken?«

»Bitte …«, sagte Regeane.

»Was«, rief Emilia mit vor Erregung erhobener Stimme, »wird Lucilla denken?«

Am Ende des kurzen Gangs, der zur Küche führte, bogen sie um eine Ecke und gingen die Treppe hinauf.

Regeane klammerte sich am Treppenpfosten fest, schlang den Ellbogen entschlossen um das Holz und zwang die andere Frau zum Stehenbleiben.

»Hm? Was?«, fragte Emilia.

»Bitte. Emilia«, sagte Regeane flehentlich. »Bitte, ich möchte mir die Hände und das Gesicht waschen.«

»Die Hände und das Gesicht?«, wiederholte Emilia, als hätte sie vorübergehend die Bedeutung dieser Worte vergessen. »Oh ja. Unbedingt. Die Hände und das Gesicht. Unbedingt.«

»Danke«, sagte Regeane, »und ich würde mir an deiner Stelle keine allzu großen Sorgen wegen meiner königlichen Verwandten machen. Ich kenne keinen Einzigen von ihnen.«

»Aber verstehst du denn nicht?«, erwiderte Emilia bekümmert. »Ob du sie kennst oder nicht, ist unwichtig. Sie müssen dich kennen und das ist es, was zählt. Komm, wir wollen mal sehen, wie du Schwester Angelika gefällst. Sie beschäftigt sich mit einer damenhafteren Berufung – Stickerei.«

»Ach du liebe Güte«, sagte Regeane.

Schwester Angelika hatte absolut nichts übrig für Regeane. Aus dieser Tatsache machte sie von Anfang an keinen Hehl. Sie war es offensichtlich gewohnt, die jüngeren und mit geschickteren Fingern gesegneten Töchter der Armen zu unterrichten; mit einer Edelfrau von Regeanes Alter konnte sie nicht viel anfangen.

Sie bedachte Regeane mit einem Blick, der von einer dünnen Eisschicht überzogen war, und verlor keine Zeit, ihre Fähigkeiten im Umgang mit der Nadel zu ermitteln. Diese Fähigkeiten waren, zumindest nach Meinung von Schwester Angelika, gleich null – sie beschränkten sich auf Weben, Flicken und Stopfen. Mit anderen Worten, jene Fähigkeiten, die ein Mädchen aus verarmter, aber vornehmer Familie beherrschen musste, wenn es schicklich gekleidet sein wollte. Im Umgang mit Gold- und Silberfaden hatte Regeane noch nie die leiseste Begabung gezeigt.

Also wies man ihr die Aufgabe zu, das eine Ende eines schlichten Altartuchs aus Leinen mit Kreuzstichen zu besticken.

Regeane war fügsam, aber durch und durch angewidert von dieser Beschäftigung. Viel lieber hätte sie in Barbaras Gesellschaft den Küchenfußboden geschrubbt. Sie behandelte Regeane zumindest wie eine willige Schülerin und sprach mit ihr von Frau zu Frau, während Schwester Angelika mit einigem Erfolg versuchte, so zu tun, als sei sie gar nicht da.

Daher saß Regeane zusammen mit den anderen still am Tisch, den Kopf über ihre Kreuzstiche gesenkt, und erduldete ihr Schicksal. Schon bald entdeckte sie, dass es viel zu erdulden gab.

Schwester Angelika erklärte ihr in einem Tonfall, als mache sie eine wichtige Enthüllung, dass müßige Hände und müßige Gedanken Teufelswerk seien und ihren Schülerinnen keine Gespräche gestattet waren. Statt miteinander zu plaudern, lauschten sie Lesungen, die ihrer Erziehung und Erbauung dienen sollten. Heute, so teilte sie Regeane mit, war ein Bericht über die Verfolgung durch Diokletian vorgesehen.

Zuerst hörte Regeane nur mit halbem Ohr zu. Aber nach und nach fesselte sie die Alltäglichkeit der Menschen, von denen sie hörte. Sie hatten nicht die leiseste Ähnlichkeit mit den erhabenen und oft tragischen Charakteren, wie sie in den Geschichten vorkamen, die sie manchmal las. In dieser Erzählung ging es um die einfachen Leute, die im großen Gang der menschlichen Angelegenheiten niemals besondere Aufmerksamkeit finden.

Sie waren Diener, Sklaven, Handwerker, kleine Krämer und hier und da gab es auch einen armen Priester oder Prälaten – Schattengestalten, die sich leise durch ihre Herde bewegten und durch ihr Vorbild Mut predigten.

Und ihre einzige Sünde bestand darin, dass sie das Missgeschick hatten, ein Reich zu durchqueren, das nur so strotzte vor Eigendünkel. So groß war seine Selbstgefälligkeit, dass es keinen passenderen Gegenstand der Verehrung fand als sich selbst, personifiziert durch die Göttin Roma.

Wer diesem Schrein nackter Macht nicht huldigte, war nach Auffassung der Reichsregierung eines schrecklichen Verbrechens schuldig und verdiente die grausamsten Strafen. Die verschiedenen Arten, wie diese Menschen zu Tode kamen, waren furchtbar und wurden in allen Einzelheiten festgehalten.

Während die Geschichte immer weiterging, hauchte Regeane den Darstellern in ihrer Phantasie Leben ein.

Wenn von Männern die Rede war, sah Regeane Hadrian vor sich, einen Mann, der sich lieber selbst opfern wollte, als eine Tat zu begehen, die er für schändlich hielt. Oder Antonius, der selbst in der Dunkelheit seiner verzehrenden Krankheit den Mut aufgebracht hatte, ihr bei ihrer ersten Begegnung Güte zu zeigen.

Wenn Frauen in das grauenvolle Licht der Folter und des Todes eintraten, sah sie Lucilla vor sich, stolz und skrupellos, aber auch freundlich und mutig. Oder ihre eigene Mutter, die ihr vom Kummer gebrochenes Herz einem Gott darbot, den sie verraten zu haben glaubte und dessen Liebe sie ihrer Meinung nach nicht verdiente.

Die Kinder jedoch waren das Schlimmste, weil sie sie an Elfgifa denken ließen. An den sächsischen Stolz des kleinen Mädchens und seine kühne Unschuld.

Die Geschichte einer Mutter, die Seite an Seite mit ihrem Kind kämpfte und die kleine Hand zum Schluss in ihre nahm, zerriss ihr schier das Herz. Gewiss würde auch sie lieber für tausend Götter Weihrauch verbrennen, als Elfgifa umkommen zu sehen.

Prinzipientreue war schön und gut und Regeane konnte sie durchaus verstehen. Aber die Liebe einer Mutter, die so tief im Gewebe des Lebens verwurzelte, war eine Gewalt, die sogar die Macht des Gesetzes und des Staates überwinden konnte und die nichts auf Prinzipien gab.

Während Regeanes Nadel durch den Stoff flog, drückte die Unausweichlichkeit dieser Geschichten sie mehr und mehr nieder. Sie hatte bisher nicht gewusst, dass es so viele einfallsreiche und grausame Methoden gab, um Menschen des Lebens zu berauben. Der halsstarrige Widerstand der Christen musste in ihren Henkern bisweilen das Schlimmste zu Tage gefördert haben.

Schließlich hatte Regeane das Gefühl, es nicht mehr ertragen zu können. Wenn sie sich auch nur einen einzigen weiteren Bericht über Menschen anhören musste, die gebrandmarkt, ausgepeitscht, bei lebendigem Leib verbrannt oder gehäutet wurden, würde sie aufspringen, Schwester Angelika das Altartuch an den Kopf werfen und aus dem Zimmer stürmen. Aber dann fand sich eine andere Lösung für ihr Problem.

Während der frohgemuten Beschreibung der Prozedur, wie man jemandem geschmolzenes Blei in seine offenen Wunden goss, verfehlte Regeane in ihrer Erschütterung den Stoff und stach sich mit der Nadel in die Hand.

Der Schnitt war nicht tief, aber er tat weh und blutete reichlich. Regeane ließ Nadel und Tuch auf ihren Schoß fallen und umklammerte ihr Handgelenk. Das Blut sickerte zwischen ihren Fingern hindurch und tropfte auf den Leinenstoff auf ihren Knien.

Schwester Angelika bekam einen hysterischen Anfall. Sie tat dies mit großer Entschlossenheit und echter Begabung.

Äbtissin Emilia erschien. Sie schnalzte missbilligend mit der Zunge und setzte kalte Umschläge und Riechfläschchen ein... nicht um Regeanes Blutung zu stillen, sondern um Schwester Angelika zum Schweigen zu bringen.

Wenige Minuten später fand sich Regeane bei Schwester Barbara in der Küche wieder. Diese wusch Regeanes Hand mit Wein ab.

»Nichts Besonderes«, sagte sie. »Kaum mehr als ein Kratzer. Das wird in ein paar Tagen verheilt sein. Aber erzähle mir, mein Kind, was hat dich so weit gebracht? Die duldsame Griseldis, die Leiden der heiligen Kirche unter Kaiser Nero oder die Verfolgung durch Diokletian?«

»Diokletian«, sagte Regeane.

»Ah, gut«, erwiderte Barbara, »dann wurde dir das Schlimmste also erspart.«

»Ich kann mir nichts Schlimmeres vorstellen«, sagte Regeane.

»Aber ich«, sagte Barbara. »Die duldsame Griseldis. Mir erscheinen die Leiden der würdigen Dame ebenso langweilig wie ärgerlich. Schwester Cecilia, eine recht gebildete Frau, die du noch nicht kennen gelernt hast, erzählte mir einmal, die Geschichte sei als eine moralische Lektion für junge Mädchen verfasst worden, auf dass sie lernten, ihre Männer zu respektieren und ihnen zu gehorchen. Aber ich bin fest davon überzeugt, dass Schwester Angelika diese Geschichte als Anreiz für Tugendhaftigkeit und neue Berufungen vorlesen lässt.

Die duldsame Griseldis, in wöchentlichen Dosen verabreicht, und am Ende sind selbst ihre hartgesottensten Schülerinnen bekennende Männerhasser – das Mindeste, was sie erreicht, ist wohl, dass die Mädchen in Zukunft dem gesamten männlichen Geschlecht mit fest verwurzeltem Misstrauen und Angst begegnen werden. Sie glaubt, sie würde es ihnen auf diese Weise leichter machen, den vergänglicheren Freuden der Welt zu entsagen und«, fügte sie fromm hinzu, »ihren Blick auf den ewiglichen Geliebten zu richten.« Barbara strafte die Frömmigkeit dieser Worte unverzüglich Lügen, indem sie in schallendes Gelächter ausbrach.

»Das ist nicht komisch.« Regeane, die noch immer im Bann Diokletians stand, hatte Tränen in den Augen. »Es war schrecklich, und all die armen Menschen wollten nicht mehr, als in Frieden zu leben und ihre Religion auszuüben... und ich begreife einfach nicht, wie du darüber lachen kannst.«

Barbaras Miene wurde wieder nüchtern, und sie streckte ihre harte, schwielige Hand aus, um Regeane über die Wange zu streichen. »Ach, mein liebes Kind, wie jung du noch bist. Manchmal vergesse ich meine Jahre und die Entfernung, die mich von Kindern wie dir trennt.

Ich lache, meine Liebe, weil die Zeit mir ein unausrottbares Laster mitgegeben hat, das man Perspektive nennt. Die Toten sind tot, und nichts, was wir tun können, wird ihnen helfen. Außerdem hofft man, dass sie in der ewigen Glückseligkeit die Kümmernisse des Staubs vergessen haben. Und weil ich weiß, dass viele aus dem Volk Gottes ihr Leben und zweifellos auch das ihrer Familie gerettet haben, indem sie ihrem Glauben abschworen, was mich erleichtert. Das mag nicht recht sein, aber so ist es nun mal.«

Barbara täschelte Regeanes Wange und schenkte ihr ein so ansteckendes Lächeln, dass Regeane unwillkürlich zurücklächelte.

»So«, sagte Barbara, »das ist schon besser.« Dann trat sie einen Schritt zurück und tupfte noch einmal mit dem weingetränkten Tuch Regeanes Wunde ab. »Siehst du«, meinte sie. »Es hat aufgehört zu bluten.«

Regeane schüttelte den Kopf. »Ich begreife nicht, wie sie sich Tag für Tag diese grauenvollen Dinge anhören kann und sich dann über ein bisschen Blut derart aufregt.«

»Sag mir«, fragte Barbara, »ist dein Blut auf den Stoff getropft, den du besticken solltest?«

»Ja«, antwortete Regeane.

»Dann war es das, worüber sie sich aufgeregt hat. Du hättest dir besser die Kehle aufschlitzen und das Blut auf den Boden tropfen lassen sollen, als eine ihrer Handarbeiten zu verderben. Außerdem sind diese Dinge für sie nicht so grauenvoll.«

»Nein?«, fragte Regeane. »Wie ist das möglich?«

»Für sie sind es nur Worte, mein Kind. Verstehst du, sie hat keine Phantasie – im Gegensatz zu dir. Und nun hilf mir, den Tisch für das Nachmittagsmahl zu decken.«

Barbara führte Regeane ins Refektorium. Es war ein lang gestreckter Raum mit einer niedrigen, eichenvertäfelten Decke. Es gab keine Fenster, aber man hatte einen Blick auf die Terrasse. Die Büsche dort standen im Kreis um einen Springbrunnen herum, dessen Wasser durch ein Rohr über moosbewachsene Steine tröpfelte.

Regeane trat sofort auf die Terrasse hinaus und blickte sehnsüchtig in den sonnenbeschienenen Garten. »Oh, wie wunderschön die Blumen sind«, sagte sie. »Ich wusste gar nicht, dass so spät im Jahr noch so viele von ihnen blühen.«

»O doch«, erklärte Barbara. »Deshalb nennt man sie auch die ›Rosen des doppelten Frühlings‹. Das war Äbtissin Hildegards Lieblingsgarten. Als sie hierher kam, um ihr Kloster zu gründen, brachte sie aus dem kühlen Nebel ihres nördlichen Heimatlandes einige exquisite, weißblühende Rosen mit. Alle sagten, sie würden in unserem warmen, südlichen Klima eingehen, aber das ist nicht passiert. Sie sind gut gediehen und haben sich sogar mit unseren einheimischen Sorten vermählt, sodass wir jetzt einige Blumen haben, wie man sie noch nie zuvor gesehen hat. Aus ganz Rom kommen die Leute herbei, um sich Triebe abzuschneiden und in ihrem eigenen Garten anzupflanzen.«

»Sie haben sich vermählt?«, fragte Regeane.

»Das Wort ist so gut wie jedes andere auch«, erwiderte Barbara. »Obwohl Blumen es in aller Unschuld mit der Hilfe von Bienen tun. Aber nun komm, wir müssen den Tisch decken. Es ist schon fast Zeit, die Essensglocke zu läuten.«

Im Refektorium stand ein einziger langer Holztisch mit Bänken zu beiden Seiten. An der Wand gegenüber dem Garten befand sich eine große Anrichte mit Tellern, Tassen, Löffeln und Servierschalen.

Der Tisch selbst war sehr schlicht – lange Bretter, die nebeneinander aufgereiht, aber auf Hochglanz poliert worden waren.

Regeane zuckte zusammen, als sie an einem Ende der Tafel ein Lesepult entdeckte. »O nein«, rief sie.

»Keine Bange«, lachte Barbara. »Bei den Mahlzeiten wählt Äbtissin Emilia die Lesungen aus, und sie hört nicht gern Geschichten, die ihre Verdauung stören. Sie lässt gern ein wenig Boethius lesen oder einige Psalmen – die heitereren unter ihnen. Und gelegentlich hören wir auch eine Geschichte über die östlichen Kirchenväter, glückliche Asketen, die in der Wüste lebten und sich vom himmlischen Manna ernährten. Du musst für vierzehn Personen decken. Jeder braucht einen Teller, eine Schale, einen Löffel, einen Becher und eine Serviette.«

Als Regeane fertig war, betrachtete Barbara ihr Werk und nickte zufrieden. Zusammen brachten sie die Speisen herein.

Barbara läutete die Glocke und die Nonnen eilten zum Essen herbei. Zu Regeanes großer Erleichterung wurde überhaupt nichts vorgelesen.

Als Regeane mit dem Essen fertig war, war sie davon überzeugt, dass Barbaras Behauptung, die beste Köchin auf der Welt zu sein, der Wahrheit entsprach.

Der erste Gang war eine dicke, mit Kräutern und gehacktem Schinken angereicherte Linsensuppe. Der zweite bestand aus geröstetem Fleisch in einer mit dem Bratensaft angereicherten Soße sowie sorgfältig ausgewählten Beilagen: Kastanien, Pilzen und Wein. Zum Dessert bekamen sie mit Honig glasierte Äpfel, die ganz leicht mit Zimt und Klee gewürzt waren und mit einer feinen Creme gereicht wurden.

Regeane aß, bis sie keinen Bissen mehr hätte herunterbringen können. Dann stand sie auf und half Barbara, den Tisch abzuräumen.

Die Nonnen schwebten langsam aus dem Zimmer, um ihr Nachmittagsschläfchen zu halten; zum Schluss waren nur noch Emilia, Barbara und Regeane im Refektorium.

»Nun, wie war's?«, fragte Barbara Emilia voller Ungeduld.

»Unvergleichlich wie immer, Barbara«, sagte Emilia. Sie sprach mit dem Tonfall eines Menschen, der einem vorzüglichen Mahl den gewohnten Tribut zollte, aber Regeane bemerkte, dass sie besorgt dreinschaute und mit den Gedanken anderswo zu sein schien.

»Ist irgendetwas nicht in Ordnung?«, fragte Barbara scharf.

»Es ist nichts«, versicherte ihr Emilia hastig. »Ich habe nur darüber nachgedacht, was ich mit dem Mädchen anfangen soll.«

»Das ist nicht schwierig. Schick sie nach oben zu Cecilia. Sie kann einen ruhigen Nachmittag mit ihr verbringen.«

»Ich weiß nicht recht«, meinte Emilia zögernd. »Cecilia ist so flatterhaft. Ihre Rechnungsbücher stimmen nie, ihre Briefe gehen erst nach draußen, nachdem ich monatelang immer wieder nachgehakt und gedrängt habe, und …«

»Und«, sagte Barbara, »alle Schülerinnen lieben sie.«

»Ja«, sagte Emilia, »weil sie ihnen den Kopf mit Träumen voll stopft.«

»Ich finde nicht, dass an ein paar Träumen etwas auszusetzen ist, Emilia«, entgegnete Barbara mit einem Seitenblick auf Regeane, »vor allem in ihrem Alter. Besser Träume als Albträume.«

»Oh, na gut. Wahrscheinlich hast du Recht, und es ist der beste Platz für sie im Augenblick. Erkläre ihr, was es mit Schwester Cecilia auf sich hat, und schick sie nach oben ins Skriptorium. Wenn du fertig bist, komm bitte zurück. Ich muss etwas Wichtiges mit dir besprechen.«

»Ganz wie du wünschst«, sagte Barbara. »Regeane, komm mit in die Küche. Ich mache ein Tablett für Cecilia zurecht.«

Regeane folgte Barbara und wartete, während diese den Braten aufschnitt.

»Also«, sagte Barbara, während sie die Scheiben auf einen silbernen Teller legte, »wenn du eintrittst, wirst du bemerken, dass Cecilia über der unteren Hälfte ihres Gesichts einen schweren Schleier trägt.«

Regeane löffelte ein wenig Creme auf die gebackenen Äpfel. »Warum?«, fragte sie.

»Weil«, sagte Barbara, »sie keine Nase hat.«

20

Mit einem Gefühl der Beklommenheit trat Regeane, die das Tablett trug, ins Skriptorium. Wie Barbara gesagt hatte, saß eine dicht verschleierte Frau neben einem Bücherständer in der Ecke. »Ah, meine liebe Regeane«, begrüßte die verschleierte Frau sie. »Barbara sagte, sie würde eine Möglichkeit finden, dich zu mir zu schicken, bevor der Tag sich neigt. Stell das Tablett auf den Tisch und nimm doch bitte Platz. Ich hoffe, Barbara hat dir genug für zwei mitgegeben. Wie du siehst, habe ich einen Gast.«

Regeane runzelte verwirrt die Stirn, bevor sie Dulcina erkannte, die Sängerin beim Festmahl des Papstes.

»Wenn ich Barbara richtig kenne«, sagte Dulcina lächelnd, »hat sie genug für drei nach oben geschickt.« Sie erhob sich, nahm Regeane das Tablett ab und stellte es auf den Tisch. Dann schlang sie die Arme um Regeane.

Einen Augenblick lang wusste Regeane nicht, was sie von diesem Benehmen halten sollte. Sie versteifte sich und hätte sich beinahe zurückgezogen, aber tief in ihrem Inneren stieß die Wölfin einen sanften, unhörbaren Ruf aus, und Regeane entspannte sich in Dulcinas liebevoller Umarmung.

Die Wölfin war jetzt hellwach und ihre Erinnerungen erfüllten Regeanes Denken. Erinnerungen an Sänger vor langer, langer Zeit. Sänger, die so freundlich waren, so sehr Teil der lebendigen Welt, dass ihre Stimmen die Macht hatten, selbst die wilden Wolfsrudel der Berge aus ihren Höhlen hinab auf die kühlen, grünen, hohen Wiesen zu rufen, wo sie, Regeane, zusammen mit den anderen Wölfen den Sängern zu Füßen lag. Selbst die grimmigsten unter ihnen waren mit Gott und den Menschen in Frieden, verzückt von der Herrlichkeit des Gesangs.

»Tochter des Orpheus«, begrüßte Regeane sie mit unverhohlener Bewunderung.

Cecilia klatschte leise Beifall. »Exzellent«, sagte sie. »Wären wir nicht heute alle Christen, wäre Orpheus tatsächlich dein Schutzherr, Dulcina.«

Regeane betrachtete Dulcinas Gesicht. Sie erinnerte sich an Augustas grausame Geschichte darüber, wie ihr Leben begonnen hatte – als von den Eltern verlassenes Kind, das in Tavernen sang, um sich mit ein paar Kupfermünzen etwas zu essen zu kaufen. Die Traurigkeit eines solchen Anfangs haftete noch immer an ihr. Dulcina hatte ein schmales Gesicht mit hohen Wangenknochen, auffälligen, smaragdgrünen Augen und dunkles, feines, mausfarbenes Haar. Irgendwie brachte sie es fertig, noch aristokratischer auszusehen als Augusta. Aber ein Schatten des Kummers lauerte in den strahlenden, juwelengleichen Augen und dem weichen Schwung ihrer Lippen. Das Lob, das ihr gezollt worden war, schien sie zu verwirren und sogar ein wenig verlegen zu machen.

»Aber wir sind ja jetzt alle Christen, und eine Tochter des Orpheus ist eine Ausgestoßene inmitten der Frommen«, sagte sie.

»Was für eine Narretei«, erwiderte Cecilia mit einem fröhlichen Lachen, dem Lachen eines glücklichen Kindes.

Als Regeane näher kam, bemerkte sie, dass Cecilias Augen, der einzige Teil des Gesichts, der über dem Schleier zu sehen war, die Augen eines Kindes waren. Sie waren von sanftem Blau, klar, groß und unschuldig, und betrachteten die Welt mit der gleichen offenen Freude, wie Elfgifa es tat. Es war, als sei sie stets bereit, sich von jeder neuen Erfahrung, die des Weges kam, in Entzücken versetzen zu lassen.

Als Regeane Cecilias Hand ergriff, stand sie ihr nahe genug, um in den dunklen Flächen ihrer Wangen und den Umrissen ihrer Lippen den lebendigen Glanz dessen zu sehen, was einst große Schönheit gewesen sein musste.

Cecilia umfasste Regeanes Hand und tätschelte sie. »Mein liebes Kind, ich gebe Lucilla absolut Recht. Du bist alles, was sie von dir behauptet, und noch mehr: intelligent, empfindsam und schön. Komm, setz dich her und geselle dich zu uns. Dulcina möchte dir eine Nachricht von Lucilla überbringen.«

»Ja«, sagte Dulcina, während sie ihren Platz am Tisch einnahm. »Sie hat mich gebeten, dir auszurichten, dass ihr Haus wieder sicher ist, weil es von einem Trupp fränkischer Söldner bewacht wird. Du kannst dort Zuflucht suchen, wann immer du es wünschst.«

»Ich danke dir«, sagte Regeane.

»Eine kluge Frau, unsere Lucilla, obwohl gerissen bisweilen das passendere Wort wäre«, meinte Cecilia. »Aber wenn man ihre ziemlich zweischneidige gesellschaftliche Position in Rom bedenkt, bleibt ihr wahrscheinlich gar nichts anderes übrig.«

Gerissen, ja, dachte Regeane, während sie dem Blick aus Dulcinas traurigen und seltsam weisen Augen begegnete. *Lucilla hatte es fertig gebracht, den Buchstaben von Hadrians Befehl zu gehorchen, während sie gleichzeitig in jeder Hinsicht dagegen verstieß.*

Es war ihr gelungen, Regeane eine Botschaft zu überbringen, ohne sie zu besuchen und ohne auch nur einen Boten auszusenden. Regeane tauschte einen Blick voller echten Verständnisses mit den beiden Frauen. Cecilia begriff die Zuammenhänge trotz ihrer kindlichen Unschuld genauso gut wie Dulcina und Regeane. Heiterkeit blitzte in Cecilias Augen auf, und der Hauch ihres leisen Lachens blähte den schweren Leinenschleier über ihren Lippen sanft auf.

»Liebste Dulcina, ich hoffe, du hast es nicht allzu eilig, uns zu verlassen, jetzt, da du erledigt hast, was dich wirklich zu mir geführt hat. Herbst hin, Herbst her, die Straßen von Rom sind überfüllt und staubig, und eine lange, stickige Fahrt in einer verhängten Sänfte wäre ermüdend und unangenehm.«

Dulcinas hellhäutige Wangen röteten sich leicht und sie senkte den Blick. »Ich würde alles tun, worum Lucilla mich bittet«, sagte sie. »Noble Dame, wenn ich den Anschein erweckt habe, dich zu benutzen, kann ich nur sagen, dass es mir Leid tut.«

»Ich habe mich in der Tat gefragt, was da vor geht«, sagte Cecilia, »wenn die bedeutendste Sängerin Roms an meine Tür klopft und mir ein kostbares und lange begehrtes Geschenk macht. Sobald du darum batest, Regeane sehen zu können, war mir alles klar. Und wage es nicht, dich für deine ungebrochene Loyalität gegenüber deiner ehrenwerten Gönnerin zu entschuldigen. Hätten wir nur alle solch treue Herzen. Ich habe keine Bedenken, mich in einem so noblen Unterfangen benutzen zu lassen, nicht, wenn es darum geht, Hadrian auf dem Papststuhl zu halten.«

Regeane fuhr überrascht auf. »Woher wusstest du …«, begann sie.

Cecilia bedeutete ihr mit einer knappen Geste, still zu sein. »Seit Jahren«, sagte sie, »weiß jeder, dass Lucilla Hadrian in allen erdenklichen Dingen unterstützt. Ihre Intrigen waren einer der Gründe für seine Wahl zum Papst. Bitte grüße sie von mir und frage sie, ob sie mich nicht besuchen möchte, wenn es ihr genehm ist, denn ich habe ihren Werdegang seit Jahren aus der Ferne beobachtet und mir oft gewünscht, sie kennen zu lernen.«

Dulcinas Antwort war genau so förmlich. »Auch sie hat, glaube ich, den Wunsch, dich zu sehen, aber ich denke, sie fürchtete die Demütigung, abgewiesen zu werden. Denn es sind schon viele an deiner Tür abgewiesen worden. Du bist für die Armen leichter zu erreichen als für deine alten Freunde. Mittellose Mädchen finden ein Zuhause in deinen Literatur- und Musikstunden, während die ersten Familien Roms sich mit einem Nein abfinden müssen.«

Cecilia seufzte. »Ich muss mir wohl wirklich den Vorwurf gefallen lassen, dass ich einige meiner früheren Bekannten zurückgewiesen habe. Aber ich fürchte, dass viele von denen, die mich besuchen wollten, nur den Kitzel suchten, die Gelegenheit zu Klatsch und Tratsch über mein …« Sie seufzte. »Mein großes Missgeschick. Ich kann sie direkt hören: ›Ach herrje‹«, ihr Tonfall wurde schrill, »›wie erträgt sie das nur? Ist es wahr, dass sie jetzt genau so hässlich ist, wie sie einst schön war? Sag mir doch, hast du einen Blick auf ihr Gesicht werfen können? Oder ist sie wirklich immer verschleiert, wie die Leute sagen? Und hat sie alle Spiegel aus ihren Gemächern verbannt?‹ Was diese Leute mir anzubieten hatten, war nicht echte Freundschaft, sondern nur eine Art morbider Neugier. Selbst zum Gegenstand solcher Aufmerksamkeit zu werden, ist bestenfalls unangenehm, schlimmstenfalls bringt es einen in Rage.«

Dulcina lächelte kläglich. »Liebe Dame«, sagte sie, »ich glaube, die Zeit morbider Neugier, wie du es nennst, hast du inzwischen überstanden. In den Tagen, da du der römischen Gesellschaft angehörtest, warst du als Inbegriff von Schönheit und gutem Geschmack bekannt. Jetzt streben alle ehrgeizigen Dichter und Künstler nach deiner Anerkennung – oft vergeblich.«

»Das ist wahr«, sagte Cecilia. »Aber andererseits ist es doch ›das Unerreichbare‹, das alle Dichter und Maler suchen.« Sie seufzte. »Ich nehme an, meine Anerkennung ist einfach ebenfalls zu etwas Unerreichbarem geworden.«

»Ich weiß nicht«, meinte Dulcina. »Ich kann nur sagen, dass man deine Meinung gleichzeitig sucht und fürchtet. Ein freundliches Wort aus deinem Mund öffnet viele Türen. Ein hartes Urteil dagegen schließt sie, denn du bist nah und fern als die größte Gelehrte Roms bekannt. ›Zu weitschweifig‹, kritisierst du einen Dichter, und aus lauter Angst vor dir verkürzt er seine Verse. ›Bombastisch‹, sagst du von einem anderen, und er mäßigt seine Hexameter. Lob und Tadel aus deinem Mund werden hoch geschätzt. Das ist der Grund, warum ich einerseits hoffte und andererseits fürchtete, dass du mich nicht wegschicken würdest, nachdem ich Regeane meine Botschaft ausgerichtet habe, denn was du auch von meinen unbedeutenden Liedchen halten magst, das Schlimmste wäre es für mich, ohne ein Wort von dir entlassen zu werden. Ob dein Urteil über mich nun zum Guten oder zum Schlechten ausfällt, ich könnte den Gedanken nicht ertragen, nur Gleichgültigkeit bei dir zu wecken.«

Cecilia applaudierte. »Wunderbar. Noch nie bin ich mit so viel Anmut und Charme angesprochen worden. Natürlich bin ich geradeso eitel, wie alle Frauen es sind. Noch eitler als die meisten, denke ich. Aber noch etwas, mein liebes Kind«, sagte sie und legte eine Hand auf Regeanes Arm. »In diesem Gespräch zwischen Hera und Athene vergessen wir ganz unsere Aphrodite.«

Regeane lief bis zu den Haarwurzeln rot an. »Ach du meine Güte. Aphrodite! Das wohl gewiss nicht.«

»Wer wärst du denn dann?«, fragte Cecilia. »Dulcinas Worte machen mich zu Hera, der allmächtigen Göttin. Sie selbst muss Athene sein, die Weisheit in Person. Also nur für unser kleines Symposium hier, wer bist du?«

»Diana«, sagte Regeane. »Die jungfräuliche Göttin, die Liebhaberin wilder Geschöpfe, die Waldbewohnerin, die Gönnerin und Beschützerin junger Mädchen, die Herrin des Mondlichts.«

»Diana, die Jägerin?«, fragte Cecilia nach. »Was könnte denn die jungfräuliche Göttin von der Liebe wissen?«

»Sie wäre«, sagte Regeane, »eine scharfe und unbestechliche Beobachterin.«

Cecilia begann zu lachen. »Das kann ich mir vorstellen.«

Regeane nahm ihren Platz auf einer langen Büchertruhe unter einem Fenster ein, von dem aus man einen Blick auf den Rosengarten hatte. Schräg gestellte, hölzerne Läden bedeckten das Fenster. Die staubigen Strahlen der Nachmittagssonne schufen auf dem Boden ein goldenes Muster.

Dulcina trat in dieses Gewebe aus Licht und Schatten; sie hatte eine Leier in der Hand.

»Kennst du Propertius, meine Liebe?«, fragte Cecilia.

»Nur dem Namen nach, mehr nicht«, antwortete Regeane. »Augusta – das ist Lucillas Tochter – hat von ihm gesprochen.«

»Ich weiß, wer Augusta ist«, sagte Cecilia. »Ich weiß auch, dass sie mit Freuden leugnen würde, dass diese Furcht einflößende Frau ihre Mutter ist.«

»Ja«, pflichtete Regeane ihr bei. »Sie schämt sich für sie. Aber wie dem auch sei, als Dulcina beim Bankett des Papstes sang, erwähnte Augusta, dass Propertius den Text geschrieben habe.«

»Ich habe viele seiner Worte vertont«, sagte Dulcina. »Ich würde sie dir gern vortragen.« Ohne länger zu zögern, schlug sie die Leier an und begann zu singen.

Allmählich und beinahe unmerklich spürte Regeane, wie sie in der Zeit rückwärts wanderte. In eine Welt, in der Rom die glänzende Königin der Städte war, eine Zeit, in der es der Gipfel eines günstigen Geschicks war, ein wohlhabender Bürger dieser alles beherrschenden Stadt zu sein.

Dulcina sang von einem jungen Dichter, der gerade aus den Provinzen gekommen war, und erzählte mit dessen eigenen Worten, wie er in den Augen und dem Antlitz der liebreizendsten aller Frauen, seiner Cynthia, sein Schicksal fand. Die Qual und das Ausmaß seiner Leidenschaft ergossen sich aus den Versen, die Dulcina sang, und vibrierten in der staubigen Luft des Raumes.

Die Musik seiner Verse war für Regeane so lebendig, so real wie der Tag, an dem der Dichter sie niederschrieb. Regeane fühlte sich von dieser Welt genauso hingerissen wie seinerzeit der Dichter selbst.

Es war eine Welt, in der Eroberer sorglos inmitten der Beute aus ganzen Kontinenten ihre Feste feierten. Eine Welt, in der Männer und Frauen die herrlichsten Weine tranken und inmitten der Pracht bunten Marmors auf seidenbespannten Sofas die Gemälde der besten Maler betrachteten und Köstlichkeiten aßen, die mit Aromen aus so fernen Ländern gewürzt waren, dass nur die Legenden sie kannten.

Eine Welt, in der verheiratete Frauen wie Cynthia sich in Seide und weichstes Leinen kleideten. Über und über mit funkelnden Juwelen bedeckt, ignorierten sie ihre gefügigen Ehemänner und verschenkten ihre Gunst, an wen, wann und wo es ihnen gefiel.

Eine Welt, in der die ganze Nacht über Lampen brannten und ein Mann und seine Geliebte bis in den Morgen hinein miteinander trinken und sich dann auf den Sofas mitten in der Festhalle zu einem wilden Liebesakt zusammenfinden konnten.

Regeane lauschte dem Dichter, der von Betörung zu Verehrung schritt. Sein Entzücken über seine göttliche Geliebte schien ihn weit über die Sterblichen hinaus bis zu den unsterblichen Göttern zu erheben, wo er in ihren Armen gleichzeitig Ekstase und Frieden fand... bis die Dunkelheit hereinbrach.

Die Liebe, dachte Regeane, scheint Ewigkeit zu verlangen und den Besitz ihres Gegenstandes zu gebieten. Der Dichter begriff, dass ihm keines von beidem vergönnt war.

Ob Cynthia wirklich ein lockeres Frauenzimmer war oder lediglich ein zu zerbrechliches Gefäß für das unsterbliche Feuer des Dichters, fragte sie sich. Im Laufe ihrer Liebesbeziehung veränderten sich die Gedichte langsam. Sie wurden noch strahlender. Die Verse sangen immer schöner, während der Poet sich in die Niederungen wilder Eifersucht und morbider Selbstverachtung herabließ; seine Besessenheit von der Frau begann ihn zu zerstören. Am Ende schien sein Hass auf Cynthia genauso groß zu sein wie zuvor seine Liebe. Er träumte von ihrem Tod, und vielleicht sehnte er ihn herbei.

Ob sie tatsächlich gestorben ist?, fragte sich Regeane. Oder wollte der Dichter nur, dass sie für ihn tot sein sollte? Aber das spielte keine Rolle, denn der Dichter stellte fest, dass es keine Befreiung von der Liebe gab, nicht einmal im Tod.

Cynthias Geist suchte ihn im Schlaf heim. Selbst als ihre Stimme schon aus der Welt jenseits des Todes nach ihm rief, war sie voller Leidenschaft und Begehren. Sie versprach ihm eine rastlose Ewigkeit. Die Schlange, die das Grab bewacht, würde sich zwischen ihren und seinen sterblichen Überresten hindurchschlängeln. Seine Knochen würden sich mit ihren vermischen. Drohung oder Versprechen? Wer konnte es sagen? Vielleicht weder das eine noch das andere, sondern nur die Feststellung, dass die Liebe, wenn sie erst einmal verschenkt wurde, stärker ist als der Tod und dass sie, Cynthia, bis ans Ende seiner Tage und darüber hinaus seine einzige wahre Liebe sein würde.

Aber Propertius' Lieder enden mit einem seltsam hohen Ton. Das letzte Gedicht, das der Melodie nach einen Heldengesang nachäfft, erzählt von einer überaus lebendigen und zornigen Cynthia, die etliche Huren aus seinem Bett und deren Zuhälter aus dem Triclinium trieb. Sie reinigte das Haus und empfing ihn mit offenen Armen. Und der Dichter entlässt uns mit einem Bild seiner selbst, wie er mit seiner Geliebten in wonnevoller Zufriedenheit das Lager teilt. Der erste Mann, der zugibt, dass Liebe besser als Macht und Eroberungen ist, liegt endlich und für immer in den Armen seiner Cynthia.

Regeane kehrte ruckartig auf die Erde zurück. Sie seufzte und reckte sich.

»Ich glaube, ein bisschen unverdünnter Wein wäre jetzt nett«, meinte Cecilia. »Für uns alle.««

Regeane füllte drei Becher. Cecilia wollte es nicht selbst tun und nahm auch ihren Schleier nicht ab, um zu trinken. Es war ein langes Gebilde, das sie lediglich ein wenig anhob.

»Nun?«, fragte Dulcina, während sie die Leier in ihren Kasten zurücklegte.

»Du brauchst kein Lob von mir«, sagte Cecilia. »Du weißt selbst, wie gut du bist, aber du sollst dein Lob dennoch bekommen. Ich werde dich den ersten Häusern Roms empfehlen. Und ich werde nie wieder mit jemandem sprechen, der dich nicht empfängt. Aber kommt, wir wollen uns Barbaras Großzügigkeit nicht undankbar erweisen.«

Sie sammelten sich um den Tisch. Das Essen war noch warm.

Regeane war ein wenig verlegen, so bald nach der letzten Mahlzeit erneut etwas zu essen. Die Wölfin indes teilte ihre Verlegenheit nicht. Regeane bekam nur ein Hohnlachen von ihrem Alter Ego. Und sowohl sie als auch Dulcina sprachen den Köstlichkeiten herzhaft zu.

»Wie es aussieht«, sagte Regeane, während sie ein besonders üppig bemessenes Bratenstück an die Lippen hob, »macht die Liebe gehörig Appetit.«

»Davon weiß ich nichts«, erwiderte Dulcina. »Ich war noch nie verliebt.«

»Ah«, sagte Cecilia, die sich der komplizierten Prozedur widmete, Bratapfel unter ihren Schleier zu löffeln, ohne sich oder das Tuch zu beschmutzen. »Aber du hast einen Geliebten.«

»Albinus?«, fragte Dulcina. »Meine Dame, der Mann geht auf die Siebzig zu. Er macht sich nicht einmal die Mühe, seine kahle Stelle auf dem Schädel zu verbergen oder seinen Schmerbauch zu kaschieren. Wenn ich mich seinetwegen in Entzücken erginge, würde der Schreck ihn vielleicht töten. Ich bin Künstlerin. Ich mag von der Liebe singen, und solange ich singe, glaube ich vielleicht daran, aber die Liebe ist nicht Dreh- und Angelpunkt meines Lebens. Dafür bin ich viel zu praktisch veranlagt.«

»Und wie steht es mit dir, Regeane?«, fragte sie.

»Ich soll einen Mann heiraten, der einen Pass in den Alpen kontrolliert«, antwortete sie.

»Ach, du armes Kind«, sagte Cecilia. »Das wird gewiss ein Barbar sein, ein Wilder. Andererseits sind viele von diesen Fürsten aus dem Norden große, gut aussehende Männer, die ihren Frauen mit Zuneigung und Respekt begegnen. Und«, fügte sie hinzu, als wolle sie ihrer Bemerkung die Schärfe nehmen, »vielleicht wirst du ihn eines Tages doch noch lieben lernen.«

»Das hoffe ich nicht«, erwiderte Regeane. Die Worte kamen ihr über die Lippen, bevor sie recht darüber nachdachte. »Ich habe nicht die Absicht, ihn zu lieben. Ich habe die Absicht, ihn zu überleben.«

»Wie überaus klug von dir«, sagte Cecilia.

Dulcina nickte bekräftigend. »Sieh dir nur Propertius' Liebe an, ein Thema für Poeten, eine Krankheit der Seele, ein Fluch.«

»Aber meine Liebe«, sagte Cecilia, »leben wir Frauen denn nicht für die Liebe, auf die wir unser Leben bauen?«

»Ein König und ein Krieger werden einen Vertrag über meinen Körper schließen«, sagte Regeane. »Ich sehe darin nichts, worauf ich ein Leben aufbauen könnte.«

»Und ich sehe, dass du eine vernünftige Frau bist, geradeso wie ich«, bemerkte Dulcina. »Lucilla hat Albinus für mich gefunden. Er sei ein sehr angenehmer Vertreter seines Geschlechts, erzählte sie mir. ›Natürlich wirst du in seiner Wertschätzung irgendwo zwischen seiner Wasserorgel und der antiken Kithara stehen, die er letztes Jahr in Griechenland gekauft hat. Also lass dir seine Aufmerksamkeiten nicht zu Kopf steigen. Aber er ist ein großzügiger Mann, und wenn du umsichtig und sparsam bist, wirst du gewiss recht gut bei dem Handel abschneiden.‹ Sie hatte Recht. Er ist, wie sie gesagt hat, und ich habe getan, was sie mir riet. Abgesehen davon hat sie mir nicht erzählt, wie freundlich und rücksichtsvoll er ist, und glaube mir, ein wenig Freundlichkeit und Rücksicht bedeuten eine Menge für einen Menschen, der mit Schändung und Missachtung auf so vertrautem Fuße steht wie ich.«

»Du sprichst gewiss von deiner unglücklichen Kindheit«, bemerkte Cecilia.

»Unglücklich ist nicht der richtige Ausdruck, meine Dame«, sagte Dulcina. »Alle Beschreibungen, die mir dafür einfallen, sind zu unhöflich, um sie in deiner Anwesenheit zu benutzen. Ich erinnere mich an den Tag, an dem Lucilla in mein Leben trat, als wäre es erst gestern gewesen.«

Regeane bemerkte mit Erschrecken, dass in Dulcinas Augen Tränen standen.

»Sie bot mir eine Silbermünze, damit ich für sie singe. Ich erinnere mich, dass ich ihr das Ding sofort entriss und es fest in meiner Faust hielt – hinterm Rücken. Denn ich hatte Angst, dass sie mir die Münze wieder wegnehmen würde, wenn meine Stimme ihr nicht gefiel, und ein wenig Geld bedeutete, dass ich mehrere Nächte hintereinander mit vollem Bauch in dem Hundezwinger liegen würde, in dem ich damals schlief. Und du kannst dir nicht vorstellen, wie wichtig das damals für mich war.

Ich sang ihr das hübscheste Stück vor, das ich kannte. Ein zotiges, schmutziges Liedchen, das die Maultiertreiber mich gelehrt hatten, die Männer, die in der Taverne tranken. Es machte ihnen Spaß, mir die schmutzigsten Lieder beizubringen, die sie kannten. Derart abscheuliche Worte aus dem unschuldigen Mund eines Kindes zu hören, erschien ihnen immer besonders komisch.

Aber Lucilla lachte nicht und sie errötete auch nicht. Als ich fertig war, drückte sie mir noch eine Silbermünze in die Hand und stattete meinem Herrn einen Besuch ab. Dann führte sie mich ins Paradies davon. Oder zumindest in etwas, das mir damals wie ein Paradies erschien. Saubere Bettwäsche, gutes, reichliches Essen und ein Leben unter Menschen, die mich nicht aus Jux und Tollerei ohrfeigten, wie der Tavernenbesitzer es tat.«

»Und sich vorzustellen, dass du vielleicht ein Kind aus einer der ersten Familien Roms bist«, sagte Cecilia.

»Was?«, fragte Regeane. »Wie ist das möglich?«

»Weißt du das denn nicht?«, fragte Cecilia.

»Nein«, sagte Dulcina. »Ihre Angehörigen sind Barbaren. Zweifellos bedienen sich diese Leute ähnlicher Tricks, aber sie sind nicht so weit verbreitet, und man schätzt sie auch im Allgemeinen nicht so sehr.

Viele Familien, Regeane«, erklärte Dulcina, »machen sich nicht die Mühe, alle Kinder, die sie haben, auch großzuziehen.«

»Die Reichen sind da noch schlimmer als die Armen«, fiel Cecilia ein. »Oft wollen sie ein Erbe nicht aufteilen oder schrecken vor dem Gedanken zurück, eine Mitgift zahlen zu müssen. Also wird das Kind auf irgendeinem öffentlichen Platz ausgesetzt. Diese Kinder werden häufig von Sklavenhändlern aufgegriffen, die sie aufziehen, um sie später zu verkaufen.«

»Man sollte sie lieber gleich nach der Geburt erwürgen«, meinte Dulcina, »als sie solche Leiden erdulden zu lassen, wie sie mir widerfahren sind. Glaube mir, unter solchen Umständen ist das Leben bestenfalls ein höchst zweifelhaftes Geschenk.«

»Aber«, sagte Cecilia, »angenommen, du seist von Natur aus schön gewesen?«

»Dann wäre alles nur noch schlimmer für mich gekommen«, sagte Dulcina. »Dann hätte die Bordellbesitzerin mich nicht an die Taverne verkauft, in der ich singen lernte und eines Tages Lucilla auffiel. Trotzdem ist es mir nicht gelungen, den Aufmerksamkeiten seiner... Kunden gänzlich zu entrinnen, und es hat Jahre gedauert, bis ich die Berührung eines Mannes ertragen konnte, ohne dass mich ein kaltes Schaudern befiel.«

»Wie seltsam«, sagte Regeane. »Trotzdem lebst du mit Albinus, einem alten Mann, zusammen.«

»Ich habe keine Angst vor Albinus und ich bin sicher bei ihm, Regeane. Er kann mir niemals wirklich wehtun oder mich enttäuschen. Ich kann ihn nämlich nicht lieben.«

»Also steht es dir frei, ihn zu mögen«, sagte Cecilia.

»Genau.« Dulcina blickte in ihren Weinbecher hinab. »Wenn ich noch viel davon trinke, wird man mich in meine Sänfte tragen müssen, und ich komme bewusstlos zu Hause an.«

Cecilia schob ihr das Tablett hin. »Iss noch etwas, meine Liebe. Was ist mit dir, Regeane? Was hält die jungfräuliche Göttin von der Liebe?«

Regeane hob schnell den Weinbecher, um ihr Gesicht dahinter zu verbergen, denn sie musste daran denken, dass sie ihren ersten Kuss einem namenlosen Schafhirten in der Campagna geschenkt hatte. Sie hatte damals nur Mitleid mit ihm gehabt, und doch erinnerte sie sich lebhaft an die seidengleiche Berührung dieser weichen Lippen. Danach hatte sie von weit intimeren Liebkosungen geträumt.

Sie dachte an die langen Nächte, die sie allein zugebracht hatte. In dem trägen Dämmerzustand zwischen Schlafen und Wachen war sie mit der Wölfin durch eine Welt der Schönheit, des Entzückens und der Freiheit gereist. Sie war zusammen mit anderen durch arktische Wüsten und Bergtäler gelaufen, hatte im Mondlicht in den Untiefen von Flüssen gespielt und... sie erinnerte sich vage, dass... sie immer bei ihr gewesen waren. Brüder, Schwestern, und Freunde. Aber hatte die wilde, silberne Schönheit auch geliebt? Die Wölfin wusste es nicht und konnte oder wollte sich nicht daran erinnern. Hatte die warme, bebende, ungeduldige Leere weiblichen Begehrens die heiße, pulsierende Kraft des männlichen Tieres gespürt?

Und dann überflutete das Wissen ihr Denken wie eine Flutwelle. Natürlich hatte die Wölfin die Dinge gekannt und würde sie eines

Tages wieder kennen, nur noch nicht sofort. Nein, nicht heute, aber bald – sehr, sehr bald – würde sie es wollen... was wollen?

Regeane sprang auf, wandte sich ab und ging hastig auf das abgedunkelte Fenster zu. Oh Gott, das war eine Komplikation, mit der sie nicht im Mindesten gerechnet hatte.

Sie schob die Holzblenden beiseite und blickte in den Garten hinunter. Der kräftige, berauschende Duft der Rosen umfing sie.

Die Wölfin bäumte sich in der Dunkelheit ihres Wesens auf und betrachtete die Welt mit Regeanes Augen. Das Tier, das die Wölfin gewann, würde mehr tun müssen, als seinen Rivalen die Fänge zeigen. Es würde sie alle im Nahkampf niederzwingen müssen, denn mit weniger würde die Wölfin sich nicht zufrieden geben. Die Frau konnte genommen werden, hin und her geschoben werden wie eine Figur auf dem Schachbrett männlicher Machtspiele, aber die Wölfin war frei. Eine geballte silberne Masse des Zorns, die sich nur dem Besten unterwerfen würde, dem Stärksten, dem Wildesten ihrer Bewerber.

Plötzlich drang Cecilias Stimme in ihre Gedanken ein. »Entschuldige mich, mein Kind. Bin ich indiskret gewesen? Habe ich eine Frage gestellt, die ich nicht hätte stellen dürfen? Vielleicht hattest du schon einen Geliebten?«

Regeane schüttelte den Kopf, die geballte Faust an ihr Mieder gedrückt. »Nein«, sagte sie. »Es wäre sehr gefährlich für mich, einen Geliebten zu haben. Mein zukünftiger Gemahl würde vielleicht nicht um meiner selbst willen eifersüchtig sein, aber er wird gewiss auf seine Ehre pochen. Nein, ich habe nur nachgedacht. Ich träume oft von der Liebe, aber wenn ich erwache, ist mein Kissen nass von Tränen. Denn wenn schon ein Geliebter eine Gefahr für mich darstellen würde, so wäre es noch gefährlicher für mich, wenn ich meinen Ehemann lieben lernte. Die Länge meiner Ehe hängt vom Erfolg meines illustren Verwandten Charlemagne ab. Sollte er scheitern, so wird sich mein Gemahl, dessen bin ich mir gewiss, nach einer anderen Ehefrau umsehen. Die Scheidung ist etwas ganz Alltägliches bei den Franken, ebenso alltäglich wie... etwas, das noch billiger ist als eine Scheidung... nämlich Mord.«

Dulcina begann zu lachen. »Gütiger Himmel«, sagte sie, »du bist ja noch realistischer als ich.«

»Und doch ist dein Kissen nass von Tränen«, bemerkte Cecilia.

Regeane wandte sich vom Fenster ab und sah Cecilia an. Sie saß am Kopfende des Tisches, und die schräg in den Raum fallenden Strahlen der untergehenden Sonne beleuchteten ihr Gesicht und ihren Körper, bedeckten sie mit einem Gitterwerk aus goldenem Licht und schwarzen Schatten.

Einer der Lichtstrahlen fiel direkt auf den Schleier und machte ihn für einen Augenblick durchsichtig, sodass Regeane unter dem feinen Gewebe deutlich die sanften Umrisse eines Gesichts erkennen konnte, dessen Schönheit ihr den Atem raubte. Ein liebreizender, sinnlicher Mund und über den Grübchen Wangenknochen, die die Gesichter anderer Frauen groß und flächig erscheinen ließen. Darüber die weit auseinander liegenden, blumenblauen Augen. Und dann die nackte, schwarze, dreieckige Höhle, wo die Nase gewesen war.

Regeane versuchte, sich nichts anmerken zu lassen, als sie den Blick abwandte. Sie fühlte sich nicht abgestoßen, sondern war nur voller Trauer angesichts der Zerstörung von so großer Schönheit. »Ich wüsst gern, was die Alten wohl von unserem kleinen Symposium gehalten hätten?«, sagte sie.

»Wenn du Plato meinst«, erwiderte Dulcina und schnalzte voller Abscheu mit der Zunge. »Pah! Ich kann diese Horde männlicher Narren direkt vor mir sehen, wie sie um meinen Tisch herumsitzen und über die Existenz der Liebe diskutieren, die für sie etwas vollkommen Abstraktes ist. Als hätte es Liebe im abstrakten Sinn je gegeben. Die Liebe ist immer speziell, nie allgemein.«

»Außerdem«, fügte Regeane hinzu, »glaube ich, dass der Philosoph einst gesagt hat, Frauen würden niemals über das Wesen der Liebe diskutieren, sondern nur über die Liebenden.«

»In der Tat«, pflichtete Cecilia ihr bei. »Vielleicht hat Dulcina Recht. Die Philosophen haben nicht den leisesten Schimmer von der Liebe.«

»Natürlich nicht«, sagte Dulcina. »Jede Frau, die jemals ein Kind geboren, es an ihrer Brust genährt, sauber gehalten und es all die Jahre hindurch beschützt hat, versteht mehr von der Liebe als der intelligenteste dieser Narren. Aber warum reden wir eigentlich die ganze Zeit von Liebe? Sieh dir nur deinen kostbaren Propertius an. Er wurde von der Liebe getötet, so heißt es jedenfalls. Mich stößt das alles nur ab.« Sie zeigte auf Regeane. »Sie hat Angst davor, und dein Leben wurde dadurch zerstört.«

Cecilia zuckte zusammen und Dulcina schlug sich auf den Mund. »O Gott«, rief sie, »es tut mir Leid. Ich habe zu viel Wein getrunken. Er hat meine Zunge gelöst.«

»Du brauchst dich nicht zu entschuldigen«, sagte Cecilia, »dafür besteht gar kein Grund. Ich ermutige meine Schülerinnen stets, mir gegenüber offen zu sprechen. Ich weiß immer gern, was sie wirklich denken, wenn sie Livius oder Cicero lesen. Ich möchte immer mehr über ihr Leben, ihre Hoffnungen, ihre Träume, ihre Ziele erfahren. Sie kommen oft mit ihren Sorgen und Kümmernissen zu mir. Manchmal fragen sie mich um Rat. Nichts, was sie sagen, dringt jemals durch die Mauern dieses Raums. Ich meinerseits vertraue mich ihnen ebenfalls oft an. Ich habe meine Geschichte mehr als einmal erzählt. Wenn ihr sie noch nicht gehört habt, dann müssen diese jungen Mädchen diskreter gewesen sein, als ich es vermutet hätte.

Ihr müsst wissen, dass meine Familie sehr alt ist. Ich habe sogar ein paar Cäsaren in meinem Stammbaum. Es heißt, wir entstammten dem reinsten Blut Roms. Wir führen unsere Vorfahren auf das Imperium zurück. Aber heute sind wir arm, und unsere großen Ländereien in Gallien und Britannien sind lange dahin, und die Lombarden haben unsere römischen Besitztümer beschlagnahmt. Alles, was von unserem einstmals so gewaltigen Reichtum übrig geblieben ist, sind eine Villa an der Via Latia und einige Weingärten und Kastelle in der Nähe von Nepi.

Trotzdem waren wir angesichts unserer hohen Position in der Gesellschaft nicht überrascht, als einer der wohlhabendsten Männer Roms um meine Hand anhielt. Er war gut dreißig Jahre älter als ich, aber ich kannte meine Pflicht. Er hat sich erboten, das Vermögen meiner Familie wiederherzustellen.«

»Ja«, sagte Dulcina, »ehrenwerte Vorfahren können ein undichtes Dach nicht reparieren, genauso wenig wie sie fadenscheinige Kleidung ersetzen oder Brot auf den Tisch bringen können.«

»Wie wahr«, sagte Cecilia. »Ich wurde im Hochzeitskleid meiner Urgroßmutter verheiratet, dem einzig wirklich prachtvollen

Gewand, das unsere Familie noch besaß, einem Kleid aus altmodischer Seide und Goldfaden, das mit Zitrinen und Zuchtperlen bestickt war. Dass es noch nicht verkauft war, lag nur daran, dass Zitrine und Zuchtperlen nicht genug einbringen. Ihr wisst schon, Halbedelsteine.

Nach der Hochzeit hatte ich keinen Mangel an prächtigen Gewändern oder schönen Juwelen. Tatsächlich überraschte mich die Großzügigkeit meines Mannes mir gegenüber, denn er war für seinen Geiz berüchtigt.

Bis er mir eines Tages eine große, schwarze Perle schenkte. Beim Festmahl an jenem Abend versäumte ich es, die Perle zu tragen. Und als die Tische abgeräumt wurden und die Gäste fort waren, bekam ich die Kraft seiner Hand zu spüren. Da begriff ich. Ich war keine Ehefrau für ihn und nicht einmal ein menschliches Wesen, sondern nur eines seiner Besitztümer wie seine große Villa, seine Pferde und seine Hunde. Ich sollte die Krone seines Erfolgs darstellen. Sollte der geziemende Hintergrund für seine Größe sein.

Als ich mich vom Boden aufraffte, sprach ich ihm mein Bedauern darüber aus, dass ich meinen Teil des Handels nicht erfüllt hatte. Ich erklärte ihm, dass ich die Perle keineswegs absichtlich missachtet hätte. Sie passte einfach nicht zu dem Kleid, das ich tragen wollte. Er schlug mich abermals und sagte: ›Dann trage ein anderes Kleid.‹ In diesem Augenblick begriff ich, welchen Wert ich für ihn hatte.

›Also gut‹, sagte ich zu ihm. ›Ich werde dafür sorgen, dass ganz Rom dich beneidet. Dein Haus wird ein Schmuckstück sein, ausgestattet mit den feinsten Marmorfußböden. Die Wandgemälde und Möbelstücke werden atemlose Bewunderung erregen. Ich selbst werde zu jeder Zeit der lebendige Beweis für deinen Wohlstand sein. Meine Aufmachung wird stets untadelig sein, und mein Benehmen deinen bisweilen zweifelhaften Geschäftspartnern gegenüber wird so sein, wie du es haben willst, ob kühl oder höflich. Aber du wirst mich nie, niemals wieder anfassen … in keiner Weise … weder in Liebe noch in Hass, oder ich werde dich am selben Tag verlassen, und ganz gleich, was du sagst oder tust, ich werde niemals zurückkehren.‹

Nun, es soll genügen, wenn ich sage, dass ich meinen Teil des

Handels genauso eingehalten habe wie er seinen, obwohl ich mir nicht vorstellen kann, dass es ihn besonders belastet hat, auf meine Gegenwart verzichten zu müssen. Ich war eine erwachsene Frau, was in seinen Augen ein Nachteil war. Bei den seltenen Gelegenheiten, da er sich amüsieren wollte, suchte er sich stets etwas Jüngeres aus, sei es ein Knabe oder ein Mädchen.«

Regeane sah, dass Dulcina einen Augenblick erstarrte. Ihr Gesicht war hart vor Abscheu; dann presste sie die Arme um ihren schlanken Leib und grub die Zähne in ihre Unterlippe.

»Was mich betrifft«, fuhr Cecilia fort, »war mein Leben fortan eine einzige lange Einsamkeit. Ich verbarg mein Elend hinter einer Maske geistreicher Höflichkeit und penibler Wohlerzogenheit. Aber die meiste Zeit über war ich so allein, wie diese unkeusche Vestalin es gewesen sein muss, als die Erde über ihrem Kopf versiegelt wurde und man sie dazu verdammte, in ihrem einsamen Grab ihr Leben auszuhauchen. So zumindest war es, bis Rufus an unserem Tisch erschien.

Er war kein besonders gut aussehender Mann, aber er war stark, gut gebaut und hatte ein ansteckendes Grinsen. Er war witzig, stets zu Späßen aufgelegt und immer wohlgelaunt. Wenn ich in seine grünen Augen blickte, vergaß ich meinen Kummer und meine Einsamkeit. Von unserer ersten Begegnung an schenkte er mir höchste Aufmerksamkeit. Zuerst war alles ganz unschuldig. Kleine Geschenke, Blumen, ein Gedichtbändchen, kurze Besuche, wenn mein Mann zufällig gerade geschäftlich unterwegs war. Die Vielzahl meiner Diener sorgte stets dafür, dass wir uns im Rahmen des Schicklichen bewegten.

Ich hatte nicht die Absicht, mich wegen eines Barbaren zu kompromittieren. Genau das war Rufus nämlich – ein lombardischer Fürst –, ganz gleich, wie wohlhabend oder mächtig er gewesen sein mochte.

Aber im Laufe der Zeit wurden die Besuche immer länger und länger. Wir verbrachten ganze Nachmittage miteinander, verloren in der Faszination der Gegenwart des anderen. Rufus war ganz anders als mein Mann – der sich nur dafür interessierte, seinen Reichtum zu mehren. Er kannte sich in allen Dingen der Welt aus. Bei ihm konnte ich ich selbst sein. Ihn erheiterten selbst die kleinen Nichtigkeiten, die die Führung eines großen Haushalts mit sich bringt. Ich hatte mit meinem oft alle Hände voll zu tun. Wir konnten stundenlang über die komplizierte Politik dieser großen Stadt schwatzen und über die allzu menschlichen Persönlichkeiten, die hinter der Politik standen.

Er bekam viel Korrespondenz aus fernen Ländern und erschien niemals ohne eine neue und faszinierende Geschichte von den Königen in Gallien oder Britannien und den Intrigen ihrer Barbarenhöfe; er erzählte von Männern, die ihr Glück machten und wieder verloren, von Schlachten, denen Sieg oder Niederlage beschieden war. Denn ihr müsst wissen, wenn ich mit meinem Mann über diese Dinge sprach, erregte ich entweder seinen Spott oder seinen Ärger. Aber Rufus war niemals ärgerlich auf mich. Und er verspottete mich auch nicht, auch wenn ich wahrscheinlich manches Mal etwas Derartiges verdient gehabt hätte.

Auch seine Geschenke wurden mit der Zeit immer kunstvoller und teurer. Unbezahlbar, um genau zu sein. Viele Meter herrlichster Spitze aus Byzanz, wie man sie in Rom normalerweise niemals bekommen konnte; ein Päckchen mit einem kostbaren, duftenden Gewürz aus dem Fernen Osten, das man bei keinem Gewürzhändler auf den hiesigen Märkten erstehen konnte; einen kunstvollen Psalter, wie ihn die keltischen Mönche machen, die sich am sturmgepeitschten Nordmeer in Bienenstockzellen einschließen. Er hat mir die Welt in meine Gemächer gebracht. Meine ausgetrocknete, furchterfüllte Seele begann sich zu öffnen, wie eine Blume sich am Morgen öffnet. Kurzum, ich verliebte mich in ihn.

In meiner Verzweiflung fragte ich schließlich meinen Gemahl, ob die Verbindung zwischen mir und Rufus ihm vollends gleichgültig sei. Er antwortete mir mit einem einzigen Wort: ›Vollends.‹

Eine Woche später lud Rufus uns beide zu einem Besuch in seiner Villa auf dem Land ein. Am Tag nach unserer Ankunft ritten wir alle zur Jagd aus. Mein Pferd lahmte plötzlich. Rufus blieb mit mir zurück.«

Cecilia hielt inne, drehte sich um und betrachtete einen Rosenstrauß, der neben ihr in einer Glasvase stand.

Regeane, der die Blumen jetzt erst auffielen, dachte, dass sie wohl aus dem Garten unter dem Fenster stammen mussten. Die

Rosen, die im Klostergarten blühten, hatten größtenteils einfache, entweder rosafarbene oder weiße Blüten. Diese waren gefüllt und so rot, dass sie in dem dunklen Zimmer beinahe schwarz wirkten. Sie zeigten ihre wahren Farben nur dann, wenn einzelne Strahlen gebrochenen Sonnenlichts sich einen Weg zwischen den schweren Fensterläden hindurchbahnten und über die weichen Blütenblätter strichen. In ihrem Licht glühten sie wie die scharlachroten Kohlen eines ersterbenden Feuers, strahlten, als würden sie von einem inneren Licht erhellt.

Cecilia streckte die Hand aus und strich mit den Fingern über ein samtig weiches Blütenblatt. »Ich habe oft darüber nachgedacht, was eine Rose wohl begreifen würde, wenn man ihr von den Taten der Menschen erzählen könnte. Sie würde wahrscheinlich nur eines verstehen, nämlich den süßen, in die Länge gezogenen Akt der Liebe an einem schläfrigen Nachmittag. Das hohe Gras ist ein Bett, das eigens für die Liebenden in smaragdfarbenen Samt gehüllt wurde. Bienen tanzen trunken durch einen Pfirsichgarten. Die einzige Uhr ist die Sonne, die sich lautlos über den Himmel bewegt... während sie den kühlen blauen Schatten eines Sommerzwielichts entgegensinkt.

Als mein Mann von der Jagd zurückkehrte, war ich eine Ehebrecherin. Rufus und ich waren ein Liebespaar. Mein Gemahl jagte weiterhin gnadenlos dem Reichtum nach. Rufus und ich jagten einander nach. Wir liebten uns am Tag, in der Nacht, unter dem Mond und den Sternen, hielten uns bei Sonnenaufgang in den Armen und bei Sonnenuntergang. Wann immer wir entfliehen und einen Augenblick allein sein konnten, ergötzten wir uns an der Verschmelzung unserer Leiber und unserer Gedanken. Denn wir waren genauso sehr Freunde, wie wir Liebende waren. Der Anblick seines Gesichts und die Berührung seiner Hand genügten, um mich mit einer beinahe unvorstellbaren Glückseligkeit zu erfüllen.

Die Jahre glitten dahin, eines nach dem anderen; die Zeit schien damals so schnell zu vergehen. Bis ich irgendwann an einem regnerischen Nachmittag nach Hause zurückkehrte und einen Mann wartend an meiner Tür vorfand. Einen Bittsteller. Er flehte mich an, ihn zu empfangen und mir anzuhören, was er zu sagen hatte. Ich lauschte zuerst bereitwillig und dann nur noch deshalb, weil er ein Messer aus dem Ärmel zog und mir drohte, sich in meiner Gegenwart das Herz aus dem Leib zu schneiden, wenn ich ihn nicht zu Ende sprechen ließe. Also hörte ich ihn an, zu meiner Verzweiflung und meinem nimmer endenden Gram.

Ich kann nicht wiedergeben, was er zu mir sagte. Es war eine wirre, bisweilen unzusammenhängende Rede, aber der Kern dessen, was er mir eröffnete, war Folgendes: Viele wohlhabende Familien beziehen ihr Einkommen aus Ländereien, die sie in der Gegend um Rom von der Kirche pachten. Sie bezahlen der Kirche ihre Pacht in Naturalien. Die Diözese von Rom speist mit diesen Erträgen des Landes die Pilger und die Armen. Wenn nun die Lombarden während der Erntezeit die Ländereien in Grenznähe plündern, können die Pächter nicht in Naturalien zahlen und müssen sich deshalb Geld borgen, um ihren Vertrag zu erfüllen. Sollte es zu weiteren Plünderungen kommen, sind die Landbesitzer ruiniert und verlieren alles.

Nun, mein Ehemann war ein großer Geldverleiher. Viele wichtige Familien hatten Schulden bei ihm. Mein Geliebter war ein lombardischer Graf. Muss ich mehr sagen?«

»Dein Ehemann hat deinen Geliebten benutzt, um seine Gläubiger einen nach dem anderen systematisch ins Verderben zu treiben«, sagte Dulcina.

»Genau«, erwiderte Cecilia, »und ich bin gekauft und verkauft worden wie die niedrigste Hure in der Christenheit, und mein Glück gründete sich auf einen Morast aus Elend und Verrat.

Ich weiß nicht mehr viel von dem, was in den Stunden direkt nach dieser Enthüllung geschah, aber die Diener haben am Ende alle Messer und alle scharfen Gegenstände vor mir versteckt. Als ich versuchte, mich an den Deckenbalken meines Schlafzimmers zu erhängen, haben sie das Seil durchgeschnitten und mich runtergezogen. Als ich wieder ruhig genug war, um nachzudenken, wusste ich, was ich zu tun hatte.

Ich rief alle Gläubiger meines Mannes, die ich finden konnte, ins Haus und verteilte unter ihnen den Inhalt seiner Geldtruhen. Wir hatten wunderschöne Dinge in unserer Villa. Ich besaß das Urteilsvermögen und den guten Geschmack, um nur das Allerbeste auszuwählen. Mein Mann hatte das Geld, um alles zu erwerben, wonach es mich verlangte. Ich häufte alles im Atrium auf. Wandteppiche, seltene und kostbare Gläser, antike Plastiken, bebilderte Manuskripte, luxuriöse Gewänder, kurz und gut, alles, was da war. Ich habe die Leute mitnehmen lassen, was sie wollten. Als mein Mann nach Hause zurückkehrte, nun … viel mehr gibt es da wirklich nicht zu sagen.«

Die Sonne stand mittlerweile schon sehr tief. Lange Strahlen goldenen Lichtes fielen durch die Fensterläden. Die Möbel im Raum warfen wuchtige Schatten, die dunkel inmitten orangefarbener Helligkeit aufragten.

Regeane starrte Cecilia voller Entsetzen an. Ein schrecklicher Verdacht stieg in ihr auf. »Du hast es selbst getan«, beschuldigte sie die andere Frau und sah, wie sich die wunderschönen Lippen unter dem Schleier zu einem Lächeln formten.

Cecilia leugnete die Anklage nicht. »Aber ja«, sagte sie. »Du bist recht scharfsinnig, mein Kind. Nur wenige erraten es. Darf ich dich fragen, wie du darauf gekommen bist?«

»Dein Mann hätte es nicht getan. Und Rufus hat dich wirklich geliebt. Er hätte eher deinen Mann getötet. Und der war zu alt und zu gerissen, um dich zu verstümmeln.«

»Ja«, antwortete Cecilia, »das war er. Was ich getan hatte, war kaum mehr als ein Kratzer für ihn. Den größten Teil seines Reichtums hatte er in seine vielen Unternehmungen auf seinen Ländereien investiert. Sein Geld steckte in seinen Weingärten und Obstgärten.

Nein, er lachte mich aus und sagte: ›Was! Kindisches Theater! Und das ausgerechnet von dir. Sei keine Närrin. Morgen früh kehrst du zu ihm zurück.‹ Aber ich habe es nicht getan. Ich konnte es nicht und ich werde es niemals können. Wenn ich zu ihm zurückgegangen wäre, hätte ich mich zu ihrer Komplizin gemacht, und das konnte ich nicht ertragen.«

»Also hast du dich gerächt«, meinte Dulcina. »Wer wollte sagen, dass du falsch gehandelt hast?«

»Seltsam, dass du das sagst«, bemerkte Cecilia. »Äbtissin Hildegard hat genau dieselben Worte benutzt, als ich hier Zuflucht vor einer Welt suchte, die binnen eines einzigen schrecklichen Tages so furchtbar düster geworden war. Sie sprach: ›Du wirst lange Zeit haben, um über deine Rache nachzusinnen.‹ Und so ist es gewesen.«

»Was ist aus deinem Mann geworden?«, fragte Regeane.

»Darum hat Rufus sich gekümmert. Die Ländereien meines Mannes waren genauso leicht zu plündern, wie die seiner Gläubiger. Er starb als Bettler. Man fand ihn eines Morgens an der Treppe des Lateranpalastes, wo die Armen ihren Anteil Fleisch und Brot für den Tag zugewiesen bekommen. Er war in Lumpen gekleidet und der Regen fiel ihm in seine offenen Augen.«

»Und Rufus?«, fragte Regeane.

Cecilia drehte sich zu den Rosen um, die neben ihr standen. »Wie seltsam«, bemerkte sie. »Sobald sie im Frühling überall in Rom zu blühen beginnen, kommen sie hier an, fast jeden Tag, bis der kalte Herbstwind schließlich ihre zerrissenen braunen Blütenblätter zur Erde flattern lässt. Sträuße über Sträuße werden an die Klostertür gebracht. Zuerst kamen mit den Blumen auch Briefe. Die habe ich natürlich stets ungeöffnet verbrannt.«

»Natürlich?«, rief Regeane aus, der mittlerweile Tränen die Wange hinunterströmten.

»Natürlich«, wiederholte Cecilia fest, »aber die Briefe haben dann vor einigen Jahren aufgehört. Jetzt kommen nur noch die Rosen. Und ich erinnere mich, geradeso, wie er sich gewiss daran erinnert, dass ich sechs wunderschöne Jahre lang die glücklichste Frau auf Erden war.«

»Ich hoffe inständig«, flüsterte Regeane und drückte sich beide Hände auf die Augen, »dass ich niemals irgendetwas so sehr liebe oder so sehr hasse, wie du es getan hast.«

»Du wirst es tun, genauso wie ich es getan habe«, sagte Dulcina mit belegter Stimme. Sie führte das Weinglas an die Lippen. »Nur dass ich nicht Cecilias Mut habe. Oder vielleicht bin ich mir auch nicht sicher genug, dass ich ihnen mit meiner Zerstörungswut wirklich Schaden zufügen würde: dem Hurenmeister, der mich großgezogen hat, damit ich mich auf der Straße verkaufe, oder dem Tavernenbesitzer, der mich hungern ließ. Meine beste und einzige Rache ist mein Erfolg.«

»Und meine«, seufzte Regeane, »ein Sieg über den Tod.«

Cecilia wandte sich abermals den Rosen auf dem Tisch zu.

»Ohne die Liebe«, sagte sie, »sind wir, was die gemalten Bilder auf den Glasfenstern einer Kirche ohne die Sonne sind – nur Schatten. Die Liebe erfüllt unser Leben mit Licht. Wenn ihre Strahlen nicht mehr auf uns fallen, sind wir nichts.

Hört mich an, ihr beiden … Verachten wir die Rose, weil ihre Schönheit vergänglich ist? Manch einer tut das und sucht Trost in Glas oder Marmor. Aber wahre Liebe ist dem Göttlichen so nah, und wie alle Schöpfungen Gottes entfaltet sie ihre Schönheit aus dem Inneren heraus. Glas zerspringt, Marmor wird von den Strömen der Zeit zerfressen. Aber die Rose hat ihr Banner jeden Frühling vor der Sonne entfaltet und wird das über Gott weiß wie viele ungezählte Ewigkeiten hinweg weiter tun.

Dulcina, du hast deine Lucilla und deine Lieder. Regeane hat etwas, über das sie nicht sprechen will, und ich … ich habe meine Rosen.«

Sie klopfte sachte mit dem Finger gegen einen der Blütenkelche. Die scharlachroten Blätter schwebten auf den Tisch herab und legten sich wie ein Teich aus Blut um ihre Finger.

21

Gerade in dem Augenblick, als Regeane Dulcina an die Tür brachte, läutete die Essensglocke.

Dulcina umarmte sie noch einmal, dann trat sie einen Schritt zurück, ohne dabei jedoch die Hände von Regeanes Schultern zu nehmen. Ihr mageres Gesicht war ernst und ihre Lippen waren nur noch eine harte Linie. »Gib auf dich Acht«, sagte sie. »Nein, keine Sorge. Lucilla hat mir nichts von dir erzählt. Gott weiß, dass ein Geheimnis bei ihr gut aufgehoben ist. Sie muss wahrhaftig verschwiegen sein. Wahrscheinlich weiß sie genug, um halb Rom zu ruinieren. Aber ich habe manches aus der Art und Weise entnommen, wie sie mich bat, dir ihre Botschaft auszurichten. Zaudere nicht, bei ihr Zuflucht zu suchen, wenn es sein muss.«

»Ich danke dir«, erwiderte Regeane.

»Dazu besteht kein Grund. Ein Nachmittag mit Cecilia ist kostbarer als Rubine. Ich habe mein Glück gemacht. Jetzt wird kein Festbankett in der Gesellschaft ohne mich vollkommen sein. Binnen eines Monats werde ich mein Honorar verdoppeln können.« Sie presste Regeane so fest an sich, als wolle sie sie zerdrücken, dann eilte sie davon.

Regeane gesellte sich zu Barbara, um ihr dabei zu helfen, den Tisch zu decken.

»Wie hat dir Cecilia gefallen?«, fragte Barbara hinterhältig.

»O Gott!«, sagte Regeane und hätte beinahe eine Servierschüssel fallen lassen.

»Verschwende kein Mitleid an sie«, fuhr Barbara sie an. »Auf ihre Art ist sie wahrscheinlich absolut glücklich. Sie hat dafür gesorgt, dass ihr elender Ehemann den Tod fand, und was den armen Rufus betrifft, so ist er, wie ich vielleicht hinzufügen sollte, einer der wenigen Menschen, die lebenslänglicher Hingabe fähig sind. Und sie hat ihn nun seit über zehn Jahren mit Erfolg gequält. Diese verdammten Rosen kommen nicht allein hier an. Jedes Jahr fragt er von neuem, und jedes Jahr geben wir ihm dieselbe Antwort. Sag mir, hat sie dir ihre berühmte Rede über die Liebe gehalten?«

»Ähm, ja«, antwortete Regeane langsam.

»Grrmpf«, sagte Barbara. »Wenn das Liebe ist, möchte ich lieber eine Gossenkatze sein.«

Regeane musste sich in den Korridor hinter der Küche zurückziehen, da ihr Lachtränen über die Wangen strömten. »O Barbara, hör auf«, flehte sie, während sie ihre Heiterkeit mit der Schürze zu ersticken suchte.

»Ganz im Gegenteil«, rief Barbara. »Genau das brauchst du jetzt nach Cecilia, eine kräftige Dosis gesunden Menschenverstand.«

Die Nonnen traten nun eine nach der anderen in den Speisesaal und nahmen ihre Plätze ein. Regeane ging in die Küche und kam mit einem Brotkorb zurück. Zu ihrem unvermittelten Entsetzen wurde ihr klar, dass sie nicht genug Gedecke aufgelegt hatte, denn während die Nonnen sich noch niedersetzten, kam eine alte Frau in den Raum gehumpelt. Sie war gebeugt von den Jahrzehnten und stützte sich auf einen schweren, schwarzen Weißdornstock. Genau wie die anderen Frauen trug sie ein Kleid aus braunem Wollstoff. Sie ging auf den Platz neben dem Lesepult zu, gegenüber von Emilia.

Als sie an Regeane vorbeikam, drehte sie sich um. Regeane sah, dass ihr Gesicht so runzlig und gefurcht war wie ein verwelktes Blatt, aber das Lächeln, das sie Regeane schenkte, war ebenso wohlwollend wie liebevoll. Es war so schön, dass es ihre erschlafften Züge erleuchtete, wie ein Feuer in einer Alabasterlampe durch den durchscheinenden Stein fällt.

»Ach herrje«, sagte Regeane. Sie stellte das Brot auf den Tisch und eilte zur Anrichte, um einen zusätzlichen Teller und Besteck zu holen, während die Nonne am Tisch Platz nahm.

Regeane beeilte sich, das Gedeck vor ihr zu platzieren, und da sie überzeugt war, dass die alte Frau nicht sehr stark sein konnte, schenkte sie ihr etwas Wein in den Becher und stellte den Krug mit dem Wasser gleich neben sie.

Die alte Nonne belohnte ihre Höflichkeit mit einem neuerlichen, wunderschönen Lächeln und segnete sie, indem sie ein Kreuz in die Luft zeichnete.

Regeane knickste wohlerzogen, wie man es vor einer zweifellos angesehenen älteren Frau zu tun hat. Sie war gewiss, dass die alte Frau eine wichtige Person sein musste, wenn sie einen so hohen Platz an der Tafel verdiente.

Erst als sie sich wieder aufrichtete, bemerkte sie, dass sich ein tiefes Schweigen herabgesenkt hatte und Emilia sie mit einem Ausdruck anstarrte, der einem Entsetzen gleichkam.

»Stimmt etwas nicht?«, fragte Regeane.

Emilia antwortete nicht. Stattdessen sprang sie so hastig auf, dass die Bank hinter ihr zu Boden krachte und die anderen Nonnen auf dieser Seite des Tisches sich ebenfalls hastig erhoben und sich aneinander festklammerten, um nicht hinzufallen. Binnen einer Sekunde waren sämtliche Nonnen auf die andere Seite des Raums gestürzt, die Augen weit aufgerissen vor Angst, den Blick fest auf Regeane geheftet.

Regeane sah sich nach der alten Nonne um, aber es war niemand da, nur der Teller mit dem säuberlich zurechtgelegten Löffel und ein halber Becher Wein.

»Nein!«, rief Regeane. »Nein!« Sie wich zurück, die Fäuste in ihrer Schürze fest geballt. »Manchmal sehe ich sie tatsächlich«, stieß sie wirr hervor, »aber ich weiß dann fast immer sofort Bescheid. Sie war nicht wie die anderen – so ruhig, so höflich.«

»Wen siehst du, Regeane?«

Die Frage kam von der Küchentür, wo Barbara mit einem Teller Schweinebraten in der Hand dastand.

»Die Toten«, antwortete Regeane verzweifelt.

Barbara nickte. »Wie hat diese Tote denn ausgesehen?«

»Sie war alt und genauso gekleidet wie die anderen hier. Sie humpelte und stützte sich schwer auf einen schwarzen Weißdornstock.«

»Äbtissin Hildegard«, ächzte Emilia. Sie schloss die Augen und schlug das Kreuzzeichen.

»Ja«, sagte Barbara. »Dieser schwarze Weißdornstock war während der letzten zehn Jahre ihres Lebens ihr treuer Begleiter. Sie war zwar nicht einen einzigen Tag lang krank, aber alte Knochen wollen eben nicht mehr so recht mittun. Äh, hm, es ist schön zu wissen, dass sie noch immer an uns denkt und uns von Zeit zu Zeit besucht. Ein wenig beunruhigend natürlich, aber doch sehr nett. Und nun wollen wir uns hinsetzen und unser Abendbrot einnehmen.«

»Gütiger Himmel, Barbara«, rief Schwester Angelika. »Wie kannst du die Sache nur so ruhig abtun? Hildegard hat uns doch bestimmt nicht ohne Grund besucht.«

Regeane war klar, dass Schwester Angelika sich in einen beeindruckenden, hysterischen Anfall hineinsteigerte. Sie stürzte zu Boden wie ein gefällter Baum. Zwei der jüngeren Nonnen versuchten noch, sie aufzufangen, während eine dritte ihr heftig Luft zufächelte.

»Und was fangen wir mit diesem Mädchen an?«, kreischte Angelika und zeigte auf Regeane. »Sie kann nicht sticken, und sie deckt denTisch für die Toten!«

»Man kann ihr kaum einen Vorwurf daraus machen, dass sie höflich sein wollte«, erwiderte Barbara mit einer Art grimmiger Wonne. »Sie wusste nicht, dass Hildegard tot ist.«

»Ich wünschte, ihr würdet aufhören, dieses Wort zu benutzen«, jammerte Emilia.

»Welches Wort?«, fragte Barbara unschuldig, während sie mit dem Braten hereinkam. Als sie sich Regeane näherte, zuckte das Mädchen zurück. »Keine Angst«, sagte Barbara. »Ich bin absolut lebendig.«

»Nein«, sagte Regeane. Sie musste plötzlich würgen und wandte den Kopf ab. »Es ist der Braten. Riechst du es denn nicht?« Die Galle stieg in ihrer Kehle hoch, und sie griff sich an den Hals. »Das Ding stinkt. Der Gestank ist überwältigend.«

Barbara stand einen Augenblick lang wie vom Donner gerührt da und stieß dann einen leisen Fluch aus, der es wahrlich mit allem aufnehmen konnte, was Regeane je von Lucilla gehört hatte. »Und mir ist es noch merkwürdig vorgekommen, dass der Schlachter uns das Fleisch so billig überlassen hat.«

Sie stellte den Braten auf den Tisch und begann ihn vorsichtig aufzuschneiden, indem sie zuerst die dicke Kruste entfernte, die die Zubereitung über dem offenen Feuer auf dem Fleisch hinterlassen hatte. Der Braten wies tiefe, schmale Schlitze auf, in die grüne Blätter hineingeschoben worden waren.

Barbara zog eines der Blätter vorsichtig mit der Messerspitze heraus und schnitt es auf. Die Pflanze war dunkel und schlaff nach der Hitze des Kochfeuers, aber immer noch zu erkennen.

»Was ist das?«, fragte Emilia und streckte die Hand nach dem Blatt aus.

Barbara schlug ihr mit der flachen Seite des Messers auf den Handrücken. »Fass es nicht an. Es sind schon Menschen gestorben, nur weil sie die Pflanze berührt haben, und wenn Basil dahintersteckt, kann er sich die beste – oder sollte ich lieber sagen, die tödlichste – Ware leisten. Wenn wir diesen schönen Schweinebraten gegessen hätten, hätte er uns höchstwahrscheinlich alle getötet.«

Emilia trat einen Schritt zurück und bekreuzigte sich abermals. »Also hatte Hildegard tatsächlich einen Grund für ihr Erscheinen. Von welcher Pflanze stammt dieses Blatt?«

»Eisenhut«, sagte Barbara.

Wolfsgift, dachte Regeane, und zum ersten Mal in ihrem Leben wäre sie am liebsten ohnmächtig geworden. Sie fand, dass es ein unangenehmes Gefühl war. Als Erstes kamen Übelkeit und Schwindel, und dann wurde plötzlich alles schwarz.

Wie gewöhnlich war es die Wölfin, die sie rettete. Wölfe werden nicht ohnmächtig. Sie war voller Leben und wäre am liebsten auf allen vieren sofort den Korridor zur Küche hinuntergelaufen und über die Gartenmauer gesprungen, um sich auf die Suche nach Basil zu machen. Die Gedanken der Wölfin waren sehr direkt: aufgerissenes Fleisch, sprudelndes Blut und berstende Knochen. Die Tatsache, dass der Raum hell erleuchtet und voller Menschen war, sorgte dafür, dass sie sehr schnell die Fassung zurückgewann.

»Ich war das Ziel«, sagte sie.

Barbara sah sie von der anderen Seite des Tisches aus an. »Vielleicht tust du dir zu viel der Ehre an, Regeane.«

»Nein. Barbara, ich muss hier weg.«

Barbara schüttelte leicht den Kopf, als wollte sie sagen: nicht hier, nicht jetzt.

Ein lautes Kreischen von der anderen Seite des Raums unterbrach sie. »Vergiftet!«

»O nein«, seufzte Emilia.

»Ah, liebe Schwester Angelika«, sagte Barbara.

Jetzt wurde Schwester Angelika ernsthaft hysterisch.

Barbara klopfte der entgeisterten Regeane sachte mit dem Messer auf die Fingerknöchel. »Pass jetzt genau auf, meine Liebe. Jede Frau muss diese Kunst erlernen. Das hier solltest du tun, wann immer du eine bereits üble Situation noch schlimmer machen willst oder, was noch besser ist, wenn du die Dinge in ein komplettes Chaos stürzen und sämtliche männlichen Wesen in unmittelbarer Nähe zu ihren Weinkelchen greifen lassen willst.«

Schwester Angelika kreischte noch einmal. »Vergiftet!«

Das Einzige, was ihre Stimme übertönte, was das Klirren der Glocke am Tor.

Angelika lag auf den Knien, die Arme himmelwärts gestreckt. Emilia stützte sie und versuchte sie daran zu hindern, vollends zu Boden zu fallen.

Barbara sprach mit der jungen Nonne, die noch immer nutzlos Luft in die Richtung fächelte, wo zuvor Schwester Angelikas Gesicht gewesen war. »Hör auf, so einen Wind zu machen, Cornelia, und öffne die Tür.«

Wenige Sekunden später führte Cornelia zwei Soldaten in der purpur-goldenen Rüstung der päpstlichen Wache herein. Die Männer hatten zwei kleine Jungen im Schlepptau, einen blonden und einen dunkelhaarigen.

Der Blonde stürzte sich wie ein Wurfgeschoss auf Regeane.

Das Kind lag in ihren Armen, bevor ihr klar wurde, dass es Elfgifa war. Regeane starrte sie einen Augenblick verblüfft an und fragte dann: »Was ist mit deinem Haar passiert?«

»Postumous' Mutter hat es mir abgeschnitten«, erklärte Elfgifa. »Sie meinte, ich sei als Junge sicherer. Das war, nachdem der Aufruhr auf der Straße begonnen hatte und sie den Mann in zwei Teile geschnitten hatten und er überall blutete und die Lombarden nach uns suchten.«

»Halt«, sagte Regeane. »Was hattest du überhaupt in Postumous' Straße zu suchen? Ich dachte, du solltest mit den anderen Kindern Lesen lernen und…«

»Wir haben sie seit heute Morgen vermisst«, sagte Barbara.

»Und ihr habt mir nichts davon erzählt?«, fragte Regeane wütend.

Barbara zuckte mit den Achseln. »Was hättest du denn tun können, außer vor Sorgen zu vergehen? Wir haben die Soldaten des Papstes ausgesandt, um nach ihr zu suchen.«

»Und«, ergänzte Elfgifa nickend, »sie haben uns erst vor ein paar Minuten gefunden, als wir über die Brücke gingen und ich ihnen verraten habe, wer ich bin.« Sie zog Regeane fest an sich und flüsterte ihr ins Ohr: »Ich habe mich nur davongeschlichen, um mich mit Postumous zu treffen, weil er mein Freund ist, und mein Vater sagte, Freundschaft sei heilig, aber das ist es nicht, was ich dir erzählen wollte. Bitte hör mir zu. Es ist wichtig. Ich weiß es.«

Angelikas neuerliches Kreischen unterbrach sie. »Was brüllt sie denn so?«, fragte Elfgifa.

Regeane setzte Elfgifa ab, riss ihre Hand hoch und führte sie durch den kurzen Korridor in die Küche. Barbara folgte ihnen mit dem Schweinebraten und stellte ihn auf den Tisch.

»Also, was gibt es so Wichtiges?«, fragte Regeane.

»Du kennst doch die Straße, durch die wir liefen, als der Soldat uns jagte, die Stelle, an der wir Antonius getroffen haben? Lucilla hat mir verboten, darüber zu reden. Es ist ein Geheimnis, aber es kann kein Geheimnis vor dir sein.«

»Das ist es auch nicht«, erwiderte Regeane. »Worum geht es?«

»Ich habe Postumous davon erzählt«, erklärte Elfgifa atemlos, »und er wollte die Stelle sehen. Also sind wir zu dem Abflussrohr gegangen, wo wir das erste Mal durchgeklettert sind, aber irgendwas stimmte da nicht. Es war überall Blut, und auf dem Hof lagen Leichen. Dann haben die Soldaten uns entdeckt. Wir sind weggelaufen. Als wir zu Postumous' Haus kamen, versuchten die Soldaten, uns zu schnappen, aber es waren Lombarden, und die Leute auf der Straße haben es nicht zugelassen. Danach kam es zu dem Kampf, bei dem der Mann entzweigeschnitten wurde, und dann hat Postumous' Mutter mir das Haar gestutzt.« Elfgifa musste Luft holen und hörte auf zu sprechen.

Regeane stand auf. Die Küche lag im Dunkeln. Regeane blickte aus dem Fenster.

Die letzten Sonnenstrahlen umgaben ein Wolkenband mit einem

Feuerschein. Der Neumond war eine Alabastersichel an einem indigioblauen, mit Sternen übersäten Himmel. Die Nacht wartete auf sie.

Was konnten die Lombarden denn nur von den armen Leuten wollen, die Hadrian zusammen mit Antonius beschützt hat?, fragte sie sich. Dann fiel ihr voller Entsetzen ein, dass eine Synode von Kirchenmännern in Kürze hier in der Stadt zusammentreten wollte, um Hadrians Eignung zum Papst zu ermitteln. Wenn ihnen Berichte über Antonius zu Ohren kamen, konnte das Hadrians Verdammnis bedeuten.

»Barbara«, flüsterte Regeane, »ich muss gehen.«

Barbara erhob sich mit einer Lampe in der Hand. Das Licht war nur schwach und beleuchtete kaum mehr als ihre drei Gesichter. Aus dem Nebenraum konnte Regeane noch immer Angelikas lautstarkes Wehklagen hören.

»Das kann ich nicht zulassen, mein liebes Kind«, sagte Barbara.

»Du kannst mich nicht daran hindern«, erwiderte Regeane. »Das kann niemand.«

In der Nähe des Küchenfeuers stand ein Eimer mit Wasser, und Regeane riss ihn hoch und schleuderte seinen Inhalt in die Flammen. Eine übel riechende Mischung aus Rauch, Dampf und Asche brodelte im Feuer auf. Die stinkende Wolke erfüllte den Raum.

Die Wölfin bemächtigte sich Regeanes. Sie durchlief die Verwandlung mit ungeheurer Geschwindigkeit. Sie hörte Barbara aufkeuchen und dann husten. Elfgifa schrie vor Wonne.

Regeane flog mit tödlicher Zielsicherheit Richtung Tür. Mit gewaltigen Sätzen jagte sie binnen Sekunden durch den Garten. Mit einem einzigen übermenschlichen Sprung setzte sie über die Mauer. Und dann fand sie sich am Flussufer wieder und blickte über den Tiber auf Rom.

22

Die Wölfin stand wie erstarrt in der Dunkelheit und hielt für einen Augenblick die Nase in den Wind. Die abgestandenen Gerüche der Stadt und des Flusses erfüllten sie mit Ekel. Sie erinnerte sich an Lucillas Worte, und ihr wurde klar, dass in Rom jetzt der Pöbel herrschen musste. Selbst von der anderen Seite des Wassers aus konnte sie den Schimmer einiger Feuer am Himmel sehen und die Kampfgeräusche aus dieser Richtung hören.

Die offenen grünen Flächen der Campagna und die Berge dahinter zerrten an ihrer Seele. Eine Brise wehte vom Wasser her, und ein noch grauenhafterer Geruch drang an ihre Nase. Ihre Tieraugen machten die Umrisse aufgeblähter Leichen aus, die in den schlammigen Untiefen in Ufernähe gestrandet waren.

So furchtbar es war, sie kannte ihre Pflicht. Selbst die Wölfin beugte sich einem Gesetz, das so alt war, dass sie sich nicht an seinen Beginn erinnern konnte: Wir lassen die Unseren niemals im Stich. Antonius' und Lucillas Probleme waren jetzt ein Teil ihres Lebens. Sie hatte es selbst so gewollt, sowohl als Wölfin wie auch als Frau, und sie musste zu ihnen stehen. Sie strich an den stinkenden Leichen vorbei und stürzte sich ins Wasser.

Die Strömung trug sie dem bevölkerten Herzen der Stadt in der Nähe des Corso zu. Als sie aus dem Wasser stieg, schüttelte sie sich inmitten des Kaninchenbaus gewundener Straßen im Tiberviertel. In dieser Gegend waren Überschwemmungen so häufig, dass nur die Ärmsten der Armen hier lebten.

Die schmalen, gepflasterten Straßen waren nass und schleimig von Urin. Haushaltsabfälle und verfaulender Kohl verstopften die Abflüsse. Die Gerüche der baufälligen menschlichen Behausungen waren eine Beleidigung für die Sinne der Wölfin.

Die Kämpfe mussten heftig gewesen sein, da sie hier und da an einer Leiche vorbeikam. Bei einem Toten, der in einer der Gassen lag, sah sie einen unversehrten Unterleib, während Gesicht und Kopf zu einem blutigen Brei zerschlagen worden waren. Ein anderer baumelte kopfüber von einem Balkon herab – nur dass er keinen Kopf mehr hatte und seine Gedärme aus dem aufgeschlitzten Bauch herabhingen.

Die Silberwölfin trottete weiter, dankbar dafür, dass diese gefährlichen Straßen beinahe menschenleer waren. Vor sich sah sie die erleuchteten Fenster einer Weinschänke in der Nähe des Corso.

Sie verschmolz mit der Dunkelheit, sobald sie versucht hatte, sich lautlos an der Tür vorbei zu schieben... Bis sie ihn sah.

Zuerst hielt sie ihn für einen großen Hund, vielleicht einen Mastiff. Ihre Nackenhaare stellten sich auf, und sie machte sich auf einen Kampf gefasst, aber dann wurde ihr klar, dass sie einem Vertreter ihrer eigenen Art gegenüberstand.

Seine Farbe hatte sie zuerst in die Irre geführt. Er war braun, aber sein Fell spielte leicht ins Rötliche. Die schmale Schnauze, die Maske dunkleren Fells im Gesicht und die schräg stehenden Augen aber sprachen allesamt die gleiche Sprache: Er war ein Wolf. Und er interessierte sich nicht im Mindesten für sie. So weit sie sehen konnte, hatte er sie überhaupt nicht bemerkt.

Er saß neben der Tür der Weinschänke. Seine Ohren waren aufgerichtet, die Augen neugierig und erwartungsvoll. Er hatte das Maul geöffnet, und seine rote Zunge bog sich zu einem breiten, hündischen Grinsen nach oben.

Zwei Betrunkene kamen aus der Taverne und halfen einander die Straße hinunter. Der Wolf beachtete sie nicht.

Die nächsten beiden, die durch die Tür traten, waren ein junges Mädchen mit bemaltem Gesicht in einem zerlumpten Seidenkleid, das einen weitaus älteren Soldaten bei sich hatte – eine Prostituierte und ihr Kunde.

Der Soldat taumelte und stützte sich schwer auf den Arm des Mädchens.

Der Wolf zog mit einem Ausdruck unverfrorenen Entzückens den Kopf ein und tauchte unter ihrem Rock wieder auf.

Die Silberwölfin sah, wie sich Überraschung und Entrüstung auf der Miene des Mädchens abwechselten, als die kalte Nase und die feuchte Zunge ihr Ziel erreichten. Die Hure kreischte laut auf und brachte sich mit einem Satz außer Reichweite. Während sie ihr Heil in der Flucht suchte, ließ sie den Soldaten los. Der Mann stürzte mit einem dumpfen Aufprall auf die Pflastersteine.

Das Mädchen trat nach dem Wolf. Er floh in die Dunkelheit einer Gasse, die neben der Taverne lag.

Dann wandte sich die Hure wieder um, um ihrem am Boden liegenden Kunden aufzuhelfen. Sie beugte sich vor und versuchte, ihn hochzuziehen. Ein Fehler, wie die Silberwölfin bemerkte, da sie gleich darauf den Kopf des fremden Wolfs auf der anderen Seite des Gebäudes wieder auftauchen sah.

In dieser Position war die Hure offensichtlich unwiderstehlich. Binnen einer Sekunde war sein Kopf abermals unter ihrem Rock verschwunden. Mit einem Aufschrei der Empörung und des Zorns stürzte sie auf den Soldaten, und sie wälzten sich zusammen über die Pflastersteine.

Der Soldat erhob sich taumelnd auf die Knie und zog sein Schwert. Es wäre ein harter, machtvoller und schrecklicher Schlag gewesen, hätte er sein Ziel getroffen, was er aber nicht tat. Die Schneide des Schwerts ließ auf der steinigen Straße die Funken sprühen. Der Wolf war im Nu hinter ihm. Scharfe Zähne bohrten sich in sein Hinterteil.

Ein drohendes Knurren ließ jeden Muskel in Regeanes Körper für einen Augenblick erbeben, bis ihr klar wurde, dass es nicht ihr galt, sondern dem roten Wolf. Der Soldat stieß einen leisen Aufschrei aus, ließ das Schwert fallen und hielt sich den Hintern. Der rote Wolf eilte davon, zurück in die Gasse, wo er sich niederließ. Er versuchte, ein harmloses Gesicht aufzusetzen, und kratzte sich mit dem Hinterlauf am Ohr.

Zwei andere Wölfe erschienen neben ihm. Einer war grau und nur ein Schatten in der Düsternis, und der andere war so schwarz, dass man zuerst den Eindruck hatte, lediglich zwei Augen vor sich zu haben, die das Licht zurück warfen.

Der Graue fauchte den roten Wolf erneut an. Diesmal schwang in seiner Stimme weniger Drohung als Tadel mit.

Der Soldat und das Mädchen rappelten sich hoch. Beide blickten sich ein paar Sekunden nervös um und stürmten dann durch die Tür eines Gästehauses neben der Weinschänke.

Die drei Wölfe glitten lautlos auf das Licht zu, das durch die Taverntür fiel. Dann blieben alle drei wie angewurzelt stehen, als sie sie erblickten.

Der rote Wolf grinste, und seine Zunge hing ihm aus dem Maul wie zuvor, als er auf seine Opfer gewartet hatte. Er machte einen Schritt auf die Silberwölfin zu. Sie brachte ihn mit einem so bösartigen Knurren zum Stehen, dass es sie selbst überraschte. Sie würde diesen roten Wolf in Stücke reißen, wenn er ihr zu nahe kam.

Er klappte das Maul zu und stieß ein leises Wimmern aus, das man als Entschuldigung deuten konnte, dann trat er zu den beiden anderen zurück.

Der graue Wolf stand nun im vollen Lichtschein der Tavernenlampen. Für Regeane war er das schönste Geschöpf, das sie je gesehen hatte. Da es im Leben eines Wolfs keine Spiegel gab und auch keine Maßstäbe, an denen sie selbst sich hätte messen können, hatte Regeane ganz vergessen, was für prachtvolle Geschöpfe Wölfe waren – wie schön sie selbst war.

Sein Fell hatte das tiefe, mattsilberne Grau eines Schattens auf Schnee. Sein Bauch und die Hinterseiten seiner Beine waren von so reinem Weiß wie eine Schneewehe in der Nähe eines Gletschers. Seine Schultern und seine Brust waren massig und stark. Die schlanken, eleganten Beine darunter schienen die Erde mit der Leichtigkeit eines Tänzers zu berühren. Der Kopf und die weichen, aufrechten Ohren wurden von einem Pelzkragen umrahmt, der genauso dick und mächtig war wie die Muskulatur darunter. Die dunklere Zeichnung seines Gesichts betonte ein Augenpaar von solch wundervoller Ausdruckskraft, dass man hätte meinen können, sie gehörten einem Liebenden, der auf seine Geliebte herabblickte.

Ein Beben durchlief die Muskeln der Silberwölfin, die sich unbewusst für den Kampf versteift hatten. Sie entspannte sich und hob den Kopf.

Waren sie von ihrer Art? fragte sie sich. *Sie mussten es sein. Dies hier waren nicht die kleinen Wölfe, wie man sie in der Campagna fand, sondern arktische Riesen, Bergjäger.*

Dem großen Grauen schien noch der Geruch des hohen Landes

anzuhaften. Eine Erinnerung an Wiesen voller Blumen, an Hänge, übersät von den anmutigen Gestalten schneebemäntelter Fichten und Kiefern wehte durch seine Sinne. An eine so tiefe Kälte, dass sie die Luft von allen anderen Gerüchen reinigte und jeden einzelnen Atemzug mit purer Leichtigkeit durchdrang.

Wenn er sich auf die Hinterbeine stellte, würde er die meisten Männer um dreißig Zentimeter oder mehr überragen. Und er wäre ein Ehrfurcht gebietender Gegner, selbst für ein so großes Geschöpf wie einen Bären.

Und doch wusste die Silberwölfin, dass sie ihn nicht zu fürchten brauchte. Stattdessen erfüllte sie zum ersten Mal in ihrem Leben als Wölfin ein tiefes Gefühl für ihre eigene Weiblichkeit. Weiblichkeit nicht im Sinne, dass sie sich kleiner oder schwächer fühlte, sondern als das tiefe Bewusstsein ihrer eigenen wilden Schönheit. Obwohl ein Wettbewerb zwischen ihnen überhaupt nicht infrage stand, war sie ihm mehr als ebenbürtig, so weit es um Schnelligkeit ging, und ihre Kiefer waren genauso mächtig wie seine. Die Silberwölfin begegnete ihm als ebenbürtiges Geschöpf. Sie stand einem männlichen Tier gegenüber, und jeder von ihnen wusste, dass er bei einer Paarung im Fleisch des anderen ein kurzes, exquisites Feuer entfachen konnte.

Die Silberwölfin spürte ein jähes Aufwallen von Hitze in ihren Lenden. Einen Druck, der einen Schauder der Wonne über ihre Haut sandte. Jedes einzelne Haar an ihrem Leib stand für eine Sekunde lang aufrecht.

Der Graue stieß ein leises, kehliges Geräusch aus. Es war kein Knurren, sondern etwas, das dem Schnurren einer großen Katze ähnelte. Der Fellkragen um seinen Hals kräuselte sich, als wollte er sagen: »Sieh mich an. Bin ich nicht alles, was du dir wünschen kannst?«

Die Silberwölfin war wie betäubt. Sie war zu jung, um diese erste Paarungsgeste zu erwidern, aber insgeheim frohlockte sie. Die Frau hingegen war entsetzt. Die Bilder, die durch die Gedanken der Wölfin fluteten, waren von solch köstlicher Sinnlichkeit... Das Necken, das Spiel einer langen Zunge an gewissen Stellen... Die Fänge in dieser prächtigen Schnauze konnten wahrscheinlich eine Vielzahl quälend empfindlicher Körperteile mit süßer Zärtlichkeit umhegen … Und wie behaglich es sein musste, eine eiskalte Nacht zusammengekauert in der Wölbung eines großen, warmen, starken Leibes verbringen zu dürfen. Die Frau wollte vor sich selbst Abscheu empfinden, wollte wütend sein – und hatte Angst. Wäre da nur nicht diese beinahe schmerzhafte Wonne gewesen, die sich in ihrem Herzen mit der Furcht vermischte.

Plötzlich blitzte grelles Licht auf, und lautes Stimmengewirr drang an ihre Ohren, als die Tavernentür sich erneut öffnete. Ein weiterer Zecher taumelte auf die Straße hinaus.

Die Silberwölfin war auf den Beinen, beinahe bevor sie denken konnte, und kauerte sich in den tintenschwarzen Schutz einer anderen dunklen Straße, während ihre Gedanken sich in einem Aufruhr widerstreitender Gefühle überschlugen.

Die drei, die zuvor Wölfe gewesen waren, streiften inmitten der verkohlten Überreste eines ausgebrannten Hauses ihre Kleider über.

»Ich verstehe nicht, was so schlimm daran sein soll, wenn man ein bisschen Spaß haben will«, sagte derjenige, der der rote Wolf gewesen war. »Welchen Sinn hat es, so stark zu sein, wenn man sich nicht amüsieren kann?«

»Wasch dir das Gesicht«, sagte die Frau, die die schwarze Wölfin gewesen war. »Du stinkst nach diesen Weibern.«

»Oh, ich liebe den Duft«, stöhnte der rote Wolf begeistert.

»Und da reden die Männer von läufigen Hündinnen«, entgegnete die schwarze Wölfin.

Der Mann, der der große Graue gewesen war, gürtete sein Schwert.

»War sie nicht wunderschön?«, fragte er.

»Prachtvoll«, pflichtete der rote Wolf ihm bei.

»Offensichtlich eine Dame«, bemerkte die Schwarze.

»Sie mochte mich nicht«, sagte der rote Wolf.

»Das beweist, dass ich Recht habe«, konterte die Schwarze. »Noch einen Schritt weiter, und sie hätte dich von Kopf bis Fuß aufgeschlitzt.«

»Sie ist ganz sicher eine von uns«, sagte der Graue mit träumerischem Tonfall, »obwohl sie noch nicht weiß, wie sie sich uns mitteilen kann. Sie hat mich nicht verstanden.«

»O doch, das hat sie«, widersprach die schwarze Wölfin. »Diese eine kleine Geste, als sie ihren ganzen Körper in eine silberne Flamme zu verwandeln schien, sagt dem erfahrenen Auge mehr als ganze Bände voller Erklärungen.«

»Ich muss sie haben«, sagte der Graue und blickte durch das Gitterwerk zerbrochener Holzbretter in den bleichen Schein des Mondes hinauf.

»So leidenschaftlich«, sagte die schwarze Wölfin. »Ich fasse es nicht. So habe ich dich ja noch nie erlebt.«

»Mein Blut wird heiß in der Nacht«, sagte der Graue. »Alles, woran ich mich in der Nacht erinnere, ist die Tatsache, dass ich ein Rudelführer bin. Der Anschein von Menschlichkeit in mir ist dann nur noch eben das: nur ein Schein, und es gelüstet mich nach Feinden, die ich einschüchtern, zähmen und dann beherrschen kann; nach einem Weibchen, bei dem ich mit meiner Kraft und meiner Stärke prahlen kann, eins, das meine Glut mit der gleichen Leidenschaft beantwortet.«

»Dann hast du dir wahrscheinlich das falsche Weibchen ausgesucht«, meinte die schwarze Wölfin. »Sie betrachtet sich vermutlich die meiste Zeit als Menschenfrau. Und menschliche Frauen sind jämmerlichere Sklaven als selbst unsere Vettern, die Hunde.« Sie spie in die Trümmer der Holzasche zu ihren Füßen. »Ich wette, sie ist mit irgendeinem Rüpel verheiratet, der sie tagsüber schlägt und jede Nacht vergewaltigt.«

»Das will ich nicht hoffen«, sagte der Graue Unheil verkündend, »um seinetwillen. Ansonsten wird er engere Bekanntschaft mit meinen Zähnen schließen. Vielleicht ist das alles, was ich für sie tun kann. Aber wenn ihr Mann ein brutaler Rohling ist, werde ich sie mit Sicherheit von ihm befreien, das verspreche ich. Ich finde, diese Römer sind recht leicht zu töten.«

Die Frau, die der schwarze Wolf gewesen war, stieß ein böses Kichern aus.

»Dann darf ich wohl davon ausgehen, dass du keinen Hunger hast«, sagte der Rote.

»Wir haben heute Abend gespeist«, entgegnete sie, »und unser Mahl war ein unvorsichtiger Wegelagerer, der töricht genug war, den Versuch zu unternehmen, ihm einen Dolch zwischen die Rippen zu stoßen.« Sie zeigte auf den Grauen. »Der Dummkopf war sehr zart. Ein wenig fett für meinen Geschmack, aber zart.«

»Hmmm«, sagte der Rote hoffnungsvoll, »meint ihr, wir finden vielleicht noch einen? Ich bin halb verhungert.«

»Lass es uns versuchen«, sagte der Graue. »Ich hoffe, wir sehen diese silberne Schönheit einmal wieder. Vielleicht können wir ihr nach Hause folgen, und wenn ihr Ehemann so wie die meisten Menschen ist, breche ich ihm die Knochen und lecke das Mark aus.«

Die Silberwölfin überquerte den Corso und hielt inne, um die Witterung des Windes aufzunehmen. Das Gewirr von Gerüchen betäubte ihre Nase, verwirrte die Wölfin und erschreckte die Frau. Mindestens ein Dutzend Feuer brannten in der Stadt. Über dem überwältigenden Geruch von Holzrauch hingen die Miasmen von Tod und Verwesung. In diesem Augenblick wurde ihr klar, dass die Stadt weder dem Papst noch den Lombarden gehörte, sondern nur sich selbst.

Eine Flut von Cäsaren, barbarischen Eroberern und Königen war über sie hinweggeschwappt, aber am Ende waren ihre wirklichen Herrscher immer ihre quirligen und halsstarrigen Bewohner gewesen. Sie hielten auch jetzt wieder die Stadt. Die Flut, von der Lucilla gesprochen hatte, hatte ihren Höhepunkt erreicht. Die Ländereien, die die Stadt und ihr aufgebrachtes, nach Unabhängigkeit strebendes Volk ernährten, wurden von einflussreichen Männern kontrolliert, und diese Männer würden die Angelegenheit zwischen den Lombarden und dem Papst entscheiden.

Sie dachte an die anderen Wölfe, die sie gesehen hatte. *Waren sie wirklich ihresgleichen?* Einen Augenblick wurde sie von einem totgeglaubten Traum ergriffen, dem Traum der Liebe. *Wer war der Graue gewesen? Was für eine Art Mann mochte er tagsüber wohl sein? Priester, Krieger, Dieb oder Wahnsinniger?*

Die Silberwölfin wäre am liebsten umgekehrt, um seine Fährte aufzunehmen. Ihm zu folgen. Ihn zu finden und das lange ausgelassene Spiel zu beginnen, das am Ende … Ja, wozu würde es am Ende führen? Liebten Geschöpfe ihrer Art, die ihrer Natur nach sowohl Tier als auch Mensch waren, einander in Gestalt von Wölfen oder begegneten sie sich als Mann und Frau? Oder war ihre Paarung ein herrliches Geheimnis, das sowohl Tieren als auch Menschen verwehrt blieb? Etwas Einzigartiges, das nur ihnen allein gehörte?

Sie vermutete, dass es so war. Das freie Herz der Wölfin schrie nach dem Grauen, drängte sie herauszufinden, wer und was er war. Bilder flossen ungehindert durch ihr Gehirn. Sie konnten ihren Liebestanz in einer Welt vollführen, die für sie ein einziger Garten war. Sie konnten ihr Verlangen hoch oben auf einem Berggipfel stillen, an einem Ort, den keines Menschen Fuß je betreten hatte. Dort, wo der Schnee so tief ist und die Oberfläche so hart gefroren, dass ihre breiten Pfoten darüber hinwegfliegen konnten, wie ein Kieselstein über das Wasser zu hüpfen vermag. Sie würden Behaglichkeit finden, wo allein die Kälte des Windes einen Menschen binnen Minuten töten würde. Wenn die dunklen Wälder sie lockten, konnten die beiden wölfischen Liebenden ohne weiteres an Stellen gelangen, die für die Menschen zu unwegsam waren. Verborgen inmitten hoher Bäume, deren Stämme so dick waren, dass sie über einen Axthieb nur lachen würden. Sie konnten die endlosen Möglichkeiten des Begehrens auf mondbeschienenen Lichtungen erforschen und gemeinsam der Hüterin der Nacht huldigen.

O Gott, der Traum war echt. Er war ein nagender Hunger im Herzen der Wölfin, ein Schmerz in ihrer Kehle.

Die Frau krümmte sich vor Entsetzen. Wer immer er bei Tag sein mochte, wie hätte er die Macht haben können, sie vor dem Zorn von König und Papst zu schützen? In der Sekunde, in der ihre Blicke sich trafen, hatte er sie genauso begehrt wie sie ihn. Sie saß in der Falle, und sie durfte ihn nicht mit sich reißen, weil er sonst mit ihr gemeinsam zu Grunde ging.

Nein, sie würde die Zähne zusammenbeißen und einen Mann umarmen. Und versuchen, die Mysterien des Mondlichts zu vergessen.

Der Gestank eines Schlachthauses riss die Wölfin jäh aus ihren Gedanken.

Sie lief am Corso entlang, bewegte sich verstohlen von Schatten zu Schatten. Als sie es roch, wurde ihr klar, dass der grauenvolle

Gestank von dem Mietshaus kam, in dem Antonius zusammen mit den anderen verstümmelten Ausgestoßenen der Stadt gelebt hatte. Zwei lombardische Soldaten bewachten die Tür. Sie hatten Fackeln in die Halter über ihren Köpfen gesteckt, und die Straße um sie herum war hell erleuchtet.

Die grimmige Helligkeit brannte in den Augen der Wölfin. Sie zog sich in die Dunkelheit zurück und rief sich ins Gedächtnis, dass es noch einen anderen Weg gab, der in das Mietshaus führte: durch das Abwasserrohr.

Sie verschwendete einige Minuten im Gewirr der engen Gassen, bis sie das Rohr wiederfand.

Die Wölfin zögerte, jaulte und fauchte leise, um sich gegen den Willen der Frau zu wehren, der sie so unerbittlich weitertrieb. Zu guter Letzt warf sie sich in die schmale Öffnung.

Sie lagen überall auf dem Hof verstreut. Blut und sogar noch üblere Substanzen hatten um sie herum bereits zu gerinnen begonnen. Selbst in dem schwachen Licht konnte die Wölfin mit ihrer überlegenen Sehkraft einige von ihnen erkennen.

Der Mann, der nur noch Stummel als Beine gehabt hatte, war enthauptet worden. Bevor sie ihn enthauptet hatten, hatten sie ihn kastriert. Die größere Blutpfütze hatte sich zwischen seinen Beinen gebildet. *Warum hatten sie das getan?* Sie konnte keine Antwort auf diese Frage finden. Vielleicht nur zum Spaß.

Das Mädchen mit dem Loch in der Wange war zu Tode gefoltert worden. Sie baumelte von einem Balkon herab, den Kopf zwischen ihre ausgerenkten Arme gezogen. Ihre Peiniger hatten ihr die Haut abgezogen und sie dann ausgepeitscht. Was von ihrem zerlumpten Kleid und ihrem Fleisch noch übrig war, hing ihr in Fetzen vom Leib. Sie bewegte sich nicht mehr, aber das Blut tropfte noch immer aus ihrem aufgerissenen Kadaver auf die Steine herunter.

Der bucklige, schwachsinnige Junge war ausgeweidet worden; dann hatten sie ihn zum Sterben liegen gelassen. Die Wölfin konnte die übel riechende Spur sehen und riechen, die er auf den Steinen hinterlassen hatte, als er sich im Kreis herum über den Hof geschleppt hatte, bis die Qualen und der Blutverlust sein Leben beendeten.

Zwischen den Toten lagen auch einige Soldaten, die die Uniform der päpstlichen Wache trugen. Sie zumindest waren in der Lage gewesen, kämpfend zu sterben. Hadrian hatte also versucht, das Haus zu verteidigen.

Die Frau verschmolz gänzlich mit der Wölfin, und sie wurden eins. Wurden zum personifizierten Tod, dem Tod auf vier Beinen, der sich auf den Eingang der Kirche zubewegte. Ein Stück entfernt konnte sie durch die Dunkelheit hindurch jemanden schreien hören. Es war ein grauenvoller Schrei, mehr tierisch als menschlich, ein Schrei unerträglichen Schmerzes, der in ersticktem Schluchzen endete. Die Wölfin jagte wie ein lautloser silberner Donnerschlag durch die Kirche und blieb am Eingang der Räume stehen, die einmal Hadrians Wohnung gewesen waren.

Sie brauchte eine Sekunde, bis ihre Augen das Bild gänzlich in sich aufgenommen hatten.

Der einst so schöne Raum war fast kahl, nachdem man alles fortgeschafft hatte, was auch nur den mindesten Wert haben konnte, bis auf den Tisch. An den Tisch hatten sie den jungen Schafhirten gefesselt, in dessen Obhut sie Antonius zurückgelassen hatte.

Sie hatten ihn mit Seilen auf der Tischoberfläche festgebunden und nur einen Arm freigelassen. Ein Soldat mit schwarzem Bart hielt den Arm fest. Zwei der Finger waren verstümmelt und blutig. Der Mann machte Anstalten, sich mit einer Eisenzange dem dritten Finger zuzuwenden.

»Bitte«, flehte der Junge ihn mit vor Schmerz verdrehten Augen an. »Bitte, liebe Herren. Ich weiß doch nichts.«

Die Wölfin erkannte den Soldaten mit dem schwarzen Bart. Er war einer von Basils Männern – derjenige, der sie in die Gasse verfolgt hatte. Sie war ihm durch das Abflussrohr entkommen. Elfgifa hatte Recht gehabt. Das Kind hatte ihm die Kehle durchschneiden wollen. Hadrian hätte es tun sollen.

Ein Mann, der neben ihm stand, sagte nervös: »Sirus, vielleicht hätten wir doch ein paar mehr von ihnen am Leben lassen sollen.«

»Am Leben? Damit sie was tun?«, fauchte der mit dem schwarzen Bart. »Selbst wenn sie bereit gewesen wären, gegen ihren Herrn, ihren Beschützer, auszusagen, glaubst du, die Männer in der Synode würden auf das Gefasel solcher Kreaturen hören? Eine

Weile dachte ich ja, das Mädchen wüsste etwas, aber sie ist zu schnell gestorben.« Er lächelte auf den jungen Mann, der auf den Tisch gefesselt war, herab. »Ich habe die Absicht, mir mit diesem hier mehr Zeit zu lassen.

Also«, sagte er und klopfte auf eine silberne Kette, die von seinem Gürtel baumelte. Es war Lucillas Halskette. »Erzähl mir, wie jemand wie du in den Besitz solch kostbarer Juwelen gekommen ist.« Die Wölfin konnte die animalische Angst in den Augen des Jungen sehen, als er den Kopf hob. Er antwortete nicht, sondern starrte nur mit einer Mischung aus Grauen und Faszination die Zange in der anderen Hand des Soldaten an.

»Also schön«, sagte er. »Breche ich dir noch ein paar Finger. Dann wirst du vielleicht redseliger. Halt die Lampe mal etwas höher«, sagte der Mann, der Sirus genannt wurde. Er bog den Arm des Jungen über die Tischkante und griff mit seiner Zange nach den Fingern.

Der Junge presste die Augen fest zu. Sein Körper wölbte sich gegen die Seile, mit denen er an den Tisch gefesselt war.

Die Wölfin spürte, wie sich jeder Muskel in ihrem Körper anspannte. Ihr selbst schien es, als bewege sie sich sehr langsam. Sie biss zuerst dem mit der Lampe die Kehle durch.

Er taumelte gurgelnd vom Tisch zurück. Ein Gurgeln war das einzige Geräusch, das er hervorbringen konnte. Während er starb, bedachte er das Blut, das aus seiner zerfetzten Kehle hervorsprudelte, mit einem zutiefst überraschten Blick.

Die bronzene Lampe fiel mit einem Klirren auf den Boden. Das Öl spritzte, und unheimliche blaue Flammen züngelten aus der Öffnung und tanzten über das Metall. Das Licht im Raum verwandelte sich in purpurnes Zwielicht.

Eine Sekunde später stürzte Sirus hintenüber zu Boden. Die Wölfin hatte ihm beide Kniesehnen mit den Zähnen durchtrennt. Sein Hals fiel ihr wie eine reife Frucht in das wartende Maul. Sie biss ihm das Rückgrat ziemlich weit unten entzwei, sodass er nicht sofort starb.

Die Wölfin dachte an das Mädchen. Sie erinnerte sich sogar an ihren Namen – Crysta –, während sie beide Kiefer um seine Kehle schloss und ihn langsam erstickte.

Dem Jungen, der noch immer an den Tisch gefesselt war, erschien es, als hielten die würgenden und ächzenden Laute lange Zeit an. Schließlich verstummten sie, und alles, was er hören konnte, war das Trommeln von Absätzen auf dem Boden. Dann hörte auch dieses Geräusch auf, und es blieb nur Stille zurück.

Einige wenige Streiche mit dem Messer befreiten ihn. Er rollte sich von dem Tisch herunter und fiel auf die Knie, umklammerte seine verstümmelte Hand und hielt sie sich vors Gesicht, den Blick von Regeanes nacktem Körper abgewandt. Sie hatte Lucillas Kette von Sirus' Gürtel abgenommen und sich um den Hals gelegt.

Die zu Boden gefallene Lampe hatte sich von neuem entzündet, und die Flammen schnellten in die Höhe. Zuckende Schatten tanzten über die Mauern.

»Ich habe ihnen nichts verraten, Herrin«, wisperte der Junge, der sie durch seine Finger hindurch vorsichtig ansah.

In seinen Augen war Regeane wahrhaft eine Göttin. Ihr langes Haar mit den silbernen Spitzen fiel ihr wie ein Kleid über den Leib und bedeckte ihre Nacktheit. Die Wölbung ihrer Brüste und ihres Bauches formte ein Muster aus Licht und Schatten, das die aufzüngelnden Flammen aus der Lampe an die Mauer warfen. Ihre Augen hielten ihn in ihrem Bann. Wie sie da in ihrem in der Dunkelheit unkenntlichen Gesicht glühten, schienen sie bis in die tiefsten Tiefen seiner Seele hineinzublicken.

»Ich habe ihnen nichts verraten, Herrin«, schluchzte er abermals. »Ich kann nicht behaupten, ich hätte es aus Treue zu dir oder dem armen leprakranken Antonius getan; aber ich wusste, dass sie mich töten würden, sobald ich geredet hatte. Dass sie mich auf dieselbe Art und Weise töten würden, wie sie die anderen getötet hatten. Sie brauchten es nicht«, stieß er hervor, und Tränen rannen ihm über die Wangen. »Sie brauchten nicht so grausam zu sein.«

Nein, das brauchten sie nicht, dachte Regeane, während ihr menschlicher Verstand versuchte, mit dem simplen Erstaunen der Wölfin fertig zu werden. *Wozu all dieser Wahnsinn?*

»Wie bist du hierher gekommen?«, fragte sie.

»Der leprakranke Antonius hat mich hergeschickt«, antwortete er. »Ich sollte den Priester warnen. Ich sollte ihm sagen, wo er versteckt war.«

Natürlich, schoss es Regeane durch den Kopf. *Antonius würde gewollt haben, dass Hadrian weiß, wo er sich versteckt.*

»Aber als ich hier ankam«, fuhr der Junge fort, »war hier kein Priester. Nur die Soldaten waren hier, und dann kamen die Lombarden…« Der Junge begann hysterisch zu kichern. Seine Nase lief und er wischte sie sich mit dem Rücken seiner unversehrten Hand ab. Die verletzte Hand hielt er sich noch immer wie eine Klaue vors Gesicht, und noch immer blickte er Regeane nur aus dem Schutz seiner Finger an.

»Der einzige Grund, warum ich so leicht davon gekommen bin, ist der, dass sie mit dem Mädchen beschäftigt waren – dem Mädchen, das sie zu Tode gepeitscht haben.«

»Wo ist Antonius?«, fragte Regeane.

»In Cumae. Es gibt dort viele Felsenhöhlen und niemand geht in der Nacht dahin. Es heißt, dort oben gingen Geister um.«

»Das tun sie auch«, erwiderte Regeane. »Hier.« Sie nahm die Kette vom Hals und warf sie dem Jungen über den Kopf. »Du hast dir deinen Lohn und noch mehr als das verdient. Und nun sage mir, könntest du die Villa einer Frau namens Lucilla finden?«

»Des Papstes…« Seine Stimme verlor sich. Er wollte das Wort nicht vor einer Frau benutzen, die vielleicht auch ihre Beschützerin war.

»Ja. Sie wird dir helfen.«

»Ich habe keine Angst um mich, sobald ich erst von hier weg bin«, sagte der Junge. »Die Römer haben nicht viel übrig für die Lombarden.«

»Haben die beiden da draußen hier ebenfalls mitgemacht?«, fragte Regeane.

Der Junge nickte. »Sie sind in großer Zahl hier erschienen, haben die Wachen des Papstes getötet und dann diese vier zurückgelassen, damit sie die Gefangenen verhören. Sie haben geholfen, das Mädchen auszupeitschen. Sie haben sich abgewechselt.«

»Blas die Lampe aus«, befahl Regeane. »Entriegle die Tür und ruf sie herein.«

Der Junge sah voller Angst zu ihr auf. »Sie sind bewaffnet.«

»Die beiden da waren auch bewaffnet. Es hat ihnen nicht geholfen.«

Der Junge griff mit zitternder Hand nach der Lampe. Kurz bevor er die letzte Flamme ausblies, blickte er auf. Die Frau war fort, und die Wölfin sah ihn mit blitzenden Zähnen an, die Augen rot glühend im Schein der winzigen Flamme.

23

Die Obstbäume schimmerten grau im Mondlicht, als Regeane über die Mauer von Lucillas Grundstück sprang.

Es ging ihr durch den Kopf, dass es nicht weiter schwierig war zu töten, wenn man nur wusste, was man zu tun hatte, und seine Opfer überraschen konnte. Hunde und echte Wölfe warnten ihre Opfer, bevor sie zubissen. Sie selbst brauchte das nicht zu tun und hatte es auch nicht getan.

Sie bewegte sich lautlos durch den dunklen Garten und dachte an Lucillas Nachricht, dass die Villa von einem Trupp fränkischer Söldner bewacht wurde. Sie wollte nicht, dass irgendjemand sie sah und Alarm schlug.

Ein Blick in das Atrium zeigte ihr, dass Lucilla dort allein neben dem Schwimmbecken auf und ab ging.

Das Atrium lag im Dunkeln, und das einzige Licht kam von der Sichel des Neumonds, die das Wasser wie auch den Himmel beleuchtete.

Die Verwandlung stellte jetzt für sie kein Problem mehr dar. Eine Sekunde später erhob sich Regeane als Frau und trat auf Lucilla zu.

Diese blinzelte kurz und sah die bleiche Gestalt vor sich überrascht an. »Regeane? Oder bist du nur ein Geist?«

»Ich bin gekommen«, erwiderte Regeane. »Du wusstest, dass ich irgendwie herkommen würde, nicht wahr?«

»Ja.« Das Wort war ein Seufzer. Lucilla streckte die Hand aus, um Regeane zu berühren, als wolle sie sich davon überzeugen, dass sie nicht doch ein Gespenst war. Dann zog sie die Hand zurück, als hätte sie sich verbrannt. Erschrocken starrte sie ihre mit Blut bedeckten Finger an und rief: »Allmächtiger!«

»Es ist nicht meins«, sagte Regeane gleichgültig.

»Wessen Blut ist es dann?«

»Ich kenne ihre Namen nicht. Sie standen in Basils Dienst. Basil hat Soldaten zu dem Mietshaus geschickt, in dem Antonius lebte. Sie haben jeden dort getötet. Einige der Menschen haben sie verstümmelt, bevor sie sie ermordeten.« Ohne die Gleichgültigkeit, die die Wölfin gegenüber Gewalttaten empfand, war ihr plötzlich übel vor Entsetzen. »Ich habe sie dabei überrascht, wie sie jemanden folterten – einen Jungen ... den Schafhirten, den ich dafür bezahlt habe, Antonius zu verstecken. Ich ... die Wölfin ... nein, ich und die Wölfin, wir haben sie getötet. Den jungen Schafhirten habe ich in die Nacht geschickt. Er wird vielleicht hier auftauchen. Du erkennst ihn an seinen gebrochenen Fingern. Bitte nimm ihn freundlich bei dir auf und versuche nicht, ihm irgendwelche Informationen zu entlocken. Nachdem ich bei Antonius war, wird nicht einmal der Schafhirte wissen, wo er sich befindet.«

Mit diesen Worten verwandelte sich Regeane wieder in eine Wölfin und sprang in das Becken, um sich zu säubern.

Lucilla stieß ein halb ersticktes Geräusch aus und wandte das Gesicht ab, bedeckte es mit ihrem Umhang.

Die Wölfin schüttelte sich, und eine Sekunde später stand wieder Regeane vor Lucilla.

»Gütiger Gott!«, hauchte Lucilla. Ihr war die Luft knapp geworden, und sie drückte eine Hand auf ihre Brust. Ihr Gesicht wirkte sehr bleich in dem schwachen Mondlicht.

»Entschuldige bitte«, sagte Regeane. »Habe ich dich erschreckt?«

»Mich erschreckt? Und ob!«, sagte Lucilla gereizt. »Erschrecken ist wohl noch gelinde ausgedrückt, wenn ich bedenke, was ich gerade durchgemacht habe.«

»Was siehst du?«, fragte Regeane. »Ich kann die Verwandlung nicht sehen. Ich bin mitten darin.«

»Nichts«, antwortete Lucilla. »Aber schließlich sieht man auch die Flügel des Kolibris nicht, wenn er fliegt. Man nimmt nur einen Schimmer wahr, ein vages Glitzern wie das Spiegelbild des Mondes auf fließendem Wasser.«

»Mir ist kalt«, sagte Regeane. »Doppelt so kalt, wenn die Wölfin nicht bei mir ist, denn ich habe getötet, und das ist etwas, das ich niemals tun wollte.«

»Auf der Bank dort findest du noch einen Umhang und etwas Wein.« Lucilla zeigte auf die Bank direkt neben der Tür zum Triclinium.

Regeane hüllte sich in das Kleidungsstück und schenkte sich einen Becher Wein ein. Es war derselbe Krug, den sie in ihrer ersten Nacht bei Lucilla gesehen hatte. Die Tülle des Gefäßes stellte den Kopf eines fauchenden Wolfs dar.

»Du hast den Krug bemerkt, nicht wahr?«, fragte Lucilla. »Er hat dich erschreckt, als du das erste Mal hier warst.«

»Ja. Eine Weile ist es mir gelungen, mir Illusionen über mein wahres Wesen zu machen, aber der Anblick des Krugs hat alles wieder zurückgebracht.«

»Und du versuchst noch immer, dir Illusionen zu machen, nicht wahr?«, sagte Lucilla. »Ich kann die Tränen sehen, die dir über die Wangen laufen. Warum all dieser Kummer? Geht es um die Männer, die du getötet hast?«

Regeane zitterte. Sie umfasste den Weinbecher mit beiden Händen und nahm einen tiefen Schluck. »Ich weiß es nicht.«

»Denk darüber nach«, sagte Lucilla tonlos. »Welche andere Wahl hättest du denn gehabt?«

Regeane schüttelte den Kopf. »Keine. Ich konnte nicht zulassen, dass sie den Jungen so lange folterten, bis er die Wahrheit sagte. Genau genommen konnte ich es überhaupt nicht ertragen zuzusehen, wie sie ihn folterten ... Und einige der anderen Dinge, die sie dort getan hatten ... waren unaussprechlich. Sie müssen einige dieser armen Geschöpfe sehr langsam getötet haben, nur um sie leiden zu sehen. Basils Männer hatten den Tod verdient. Die Wölfin wusste es. Ich wusste es. Aber die Wölfin erinnert sich nicht an ihre Augen in der Sekunde, als das Licht in ihnen erlosch, so wie ich mich erinnere. Die Wölfin kümmert es nicht. Für sie ist alles ganz einfach. Du tust, was du tun musst. Solange ich bei ihr bin, beschützt sie mich.«

Regeanes Gesicht verzog sich vor Schmerz. »Aber ich bin nicht ganz und gar bei ihr. Ich bin auch ich selbst und daher leide ich.«

»Ich kann dir nicht helfen«, sagte Lucilla. »Wenn du solche Dinge tust, musst du eine Möglichkeit finden, mit ihnen zu leben. Ich habe es getan.«

»Wirklich?«

Lucilla lachte. »Erinnerst du dich daran, was Hadrian über Paul Afartha sagte? Dass ich ihn ermordet habe?«

»Du hast es nicht geleugnet.«

»Was hätte das auch genutzt? Halb Rom weiß, dass ich es getan habe, und er war nicht der Erste. Paul war ein Anhänger des lombardischen Königs, und eine Zeit lang kontrollierte er den Heiligen Stuhl geradeso, als hätte er selbst darauf gesessen. Als die römischen Adligen sich zusammentaten, sich gegen ihn auflehnten und Hadrian wählten, gelobte Paul, ein Halfter um Hadrians Hals zu binden und ihn als Gefangenen vor Desiderius zu schleifen. Aber zu dem Zeitpunkt hatte ich die Franken bereits zu einer Allianz mit dem Heiligen Stuhl beschwatzt. Antonius war mein Gesandter beim fränkischen König.

Das ist einer der Gründe, warum Hadrian ihn liebt. Angesichts eines möglichen Kriegs mit den Franken schickte Desiderius dann doch keine Truppen, um Paul zu helfen, und er musste fliehen. Dumm, wie er war, ging er nach Ravenna, wo der Erzbischof ihm – sofern das möglich ist – noch weniger Zuneigung entgegenbrachte, als selbst ich es tat. Er nahm Paul gefangen.

Hadrian sprach sich für eine öffentliche Verhandlung und anschließende Verbannung aus. Ich bin daraufhin im Geheimen nach Ravenna gereist und habe Erzbischof Comus mitgeteilt, dass ich keineswegs gramgebeugt wäre, falls Paul irgendein Unheil zustoßen sollte. Dieser Narr war genauso ein Hasenfuß wie Hadrian. Männer! Mit all ihrem Gerede über Gesetze – und korrekte Verfahrensweisen!«, zischte Lucilla. »Was für ein Unfug. Als hätte sich Paul Afartha jemals Gedanken über das Gesetz gemacht. Als hätte er sich Gedanken über Gesetze gemacht, falls unsere fränkische Allianz scheitern sollte oder ich oder Hadrian jemals in seine Hände gefallen wären.«

Regeane hatte sich inzwischen ein wenig aufgewärmt, und der Wein, der heiß durch ihre Adern floss, schenkte ihr Mut. Sie nahm einen weiteren Schluck. »Und?«

Lucilla kicherte, als amüsiere sie sich über ihren eigenen Scharfsinn. »Ich habe ein großes Haus gemietet und ein Fest für den Erzbischof und für Paul und seine Männer gegeben. Ich habe beinahe jede Hure von Ravenna zu ihrer Unterhaltung herbeikommen lassen. Sie hatten gewiss nichts anderes von mir erwartet. Wo ich doch die zügellose, leichtlebige Lucilla bin.

Als sie alle vollkommen betrunken waren und im Rausch der Fleischeslust – es kamen dort drei schöne Frauen auf jeden Mann –, brachten meine Männer und ich Paul in den Keller des Bischofspalastes und richteten ihn mit der Garotte hin.«

Lucilla blickte auf ihre Hände hinab. »Ich habe den Stock gedreht, der ihm das Genick brach. Er hat es mir nicht leicht gemacht.« Ihre Stimme zitterte. »Er flehte, er bettelte, er leistete Schwüre, die nicht den Atem wert waren, den sie ihn kosteten. Alles in allem starb er einen ausgesprochen unmännlichen Tod. Erzbischof Comus heimste das Lob für Pauls vorzeitiges Dahinscheiden ein – es hätte ihm zutiefst missfallen zuzugeben, dass eine Frau ihn hinters Licht geführt hatte.«

»Das Töten stößt dich genauso ab, wie es mich abstößt«, sagte Regeane.

»Ja«, erwiderte Lucilla und sah sie hilflos an. »Das tut es. Ich glaube nicht, dass ich es dir beichten würde, wenn es nicht so wäre.«

»Ich kann dir aber keine Absolution erteilen.«

»Ich dir auch nicht.«

Regeane führte abermals den Becher an die Lippen. »Wie soll ich meinen Ehemann töten? Denn das ist es, was Gundabald von mir wollte.«

»Tu es auf solche Art und Weise, dass man dich nicht erwischt, und«, ermahnte Lucilla sie, »nur wenn es absolut unabdingbar ist. Das ist der beste und einzige Rat, den ich dir geben kann. Und du darfst niemals anfangen, den Tod zu glorifizieren, wie manche Männer es tun. Frauen haben die Macht des Lebens und des Todes. Wir sind es schließlich, die Kinder gebären und das Schicksal der Menschheit in unseren Händen halten. Das ist der Grund, warum die Männer sich so sehr darum bemühen, uns zu beherrschen.

Sie wissen, dass wir uns nur einmal genau anzusehen bräuchten, was sie aus der menschlichen Existenz gemacht haben – dann würden wir vielleicht die Beine zusammenpressen und mit unseren leeren Bäuchen die Komödie zu einem Ende bringen.«

»Würdest du das wirklich tun, Lucilla? Könntest du es tun?«

Lucilla warf den Kopf in den Nacken, und ein Ausdruck beinahe unerträglichen Schmerzes huschte über ihr Gesicht. »Nein. Ich kann mich noch daran erinnern, wie es war, als Antonius sich das erste Mal in meinem Schoß bewegt hat. Damals glaubte ich, nichts sei unmöglich. Ah, lieber Gott im Himmel, er war mein Leben. Mein Leben war in ihm. Ich hoffe noch immer, obwohl alles Hoffen vergeblich ist. Wir Frauen sind zum Leben verflucht. Das Leben fesselt uns an Händen und Füßen, und wir glauben weiterhin, dass die Welt mit jedem Kind, das wir gebären, ein Stückchen besser sein wird als in der Vergangenheit, dass die Welt unsere Kinder mit Liebe empfangen wird.«

»Nicht immer«, sagte Regeane.

»Niemals«, sagte Lucilla. »Ein Kind, meine Liebe, ist oft nicht mehr als ein weiterer Esser. Vielleicht haben wir das Glück, dass irgendein Mann so etwas wie Ehre in der Tatsache erblickt, dass sein kleiner Spritzer Samen unseren Bauch hat anschwellen lassen. Und vielleicht sieht er sich in der Lage, das Ergebnis dieses Aktes zu beschützen.«

Der Wind frischte auf. Hohe Wolken flogen am Mond vorbei.

»Der Nordwind weht«, sagte Lucilla. »Morgen wird Frost auf den Wiesen liegen, und selbst die Blumen in meinem Garten werden die Kälte spüren.«

»Wer ist Adraste, und warum habe ich ihren Spiegel bekommen?«, fragte Regeane.

»Adraste ist eine Tote, eine tote Hure. Was bedeutet sie dir?«

»Das weiß ich nicht«, erklärte Regeane, »aber irgendwie glaube ich, dass die Toten in dieser Angelegenheit genauso wichtig sind wie die Lebenden. Sag mir, wer sie war.«

Lucilla zuckte mit den Achseln. »Da du schon fragst, werde ich mehr tun, als dir nur von ihr zu erzählen, ich werde sie dir zeigen.«

Neben dem Weinkrug stand eine Lampe auf der Bank. Lucilla schlug einen Feuerstein gegen einen Stahlring, den sie bei sich trug, und entzündete die Lampe.

»Ich habe noch ein Speisezimmer.« Sie beschirmte die Flamme mit der Hand, um sie vor dem Wind zu schützen. »Eines, das ich nicht mehr benutze«, sagte sie lachend. Es lag ein grausamer Unterton in ihrem Lachen.

Sie führte Regeane um das Atriumbecken herum zu einer dunklen, mit einem Vorhang verhängten Tür auf der anderen Seite und trat hindurch. Als die Vorhänge sich wieder senkten, herrschte in dem Raum vor ihnen beinahe pechschwarze Finsternis. Die winzige Flamme schuf nur einen kleinen Lichtkreis um die beiden Frauen herum. Lucilla ging auf eine der Wände zu, hob die Lampe und erklärte: »Siehe, dies ist Adraste.« Dann wandte sie den Kopf ab und bedeckte das Gesicht mit ihrem Umhang.

Adraste saß als Venus gemalt auf einem gepolsterten Stuhl an ihrem Toilettentisch; sie war nackt, und ihre Zofen scharten sich um sie. Eine stand hinter ihr und legte ihr langes, blondes Haar in Locken. Eine andere anmutige Schöne bot ihr Schmuckstücke zur Begutachtung dar. Wieder eine andere schnürte ihr, den Kopf beinahe bewundernd geneigt, Sandalen an ihre kleinen weißen Füße, während ihre Herrin in einem silbernen Spiegel ihr herrliches Haar in Augenschein nahm.

So detailgetreu war das Bild, dass Regeane den Spiegel mit seinen rosafarbenen Blüten sofort erkannte. Ihr Blick wanderte zu Adrastes Gesicht, und sie wusste, dass sie nicht eine idealisierte Version des Malers vor sich hatte, sondern das Gesicht einer lebendigen Frau. Die großen, grünen Augen waren von einem schelmischen Funkeln beseelt, und auf der wunderschön geformten Nase entdeckte sie einen Reigen winziger Sommersprossen. Die um eine Spur zu vollen Lippen lächelten einladend. Die nackten Brüste waren üppig und standen leicht vor, sodass die rosafarbenen Brustwarzen in die Höhe zeigten. Die Taille war schlank und der Bauch eine wonnevolle Wölbung des Begehrens, mit einem Geschlecht voller gelocktem, rotblondem Haar.

»Wie Antonius sie geliebt haben muss«, sagte Regeane.

»Ja«, antwortete Lucilla. »Ich kann es nicht ertragen, mir die Gemälde in diesem Raum anzusehen, und ich bringe es doch nicht über mich, sie zu zerstören. Dies waren einige seiner letzten Werke, bevor er sich die Krankheit zuzog, die sein Verderben war.

Sie kam aus dem Osten, angeblich, so erzählte sie, auf der Flucht vor einem grausamen und gefährlichen Geliebten, der ein hohes Regierungsamt bekleidete. Ich hätte es besser wissen müssen, dass niemals etwas Gutes aus Konstantinopel zu uns gekommen ist.

Diese verfluchten Griechen machen doch immer nur Ärger. Meinetwegen hätte sie jeden anderen Mann in Rom bestricken können – ja, sogar meinen Hadrian –, alles wäre mir lieber gewesen, als dass sie meinen Sohn nahm. Verstehst du, sie wusste es. Selbst als sie das erste Mal mit meinem Sohn das Lager teilte, wusste das verfluchte Weib, dass sie die Krankheit hatte, die sowohl ihrer Schönheit als auch ihrem Leben ein Ende setzen würde.

Als mein Sohn erkrankte, begann ich nach den Ursachen seiner Krankheit zu forschen. Ich wandte mich an einen Bekannten am kaiserlichen Hof von Konstantinopel. Ihn fragte ich nach Adraste. Es sieht so aus, als sei ihr letzter Geliebter nicht nur kein hoher Beamter gewesen, sondern vielmehr bereits ganz in Schwarz gewandet mit einer Klapper in der Hand durch die Straßen gelaufen.

Ich habe sie aus dem Haus zerren lassen, dem schönen Haus, das mit meinem Geld für sie gekauft worden war. Ich habe Antonius in jeder Hinsicht verwöhnt. Ich habe sie hierher bringen lassen. Meine Dienerinnen haben ihr die Farbe vom Gesicht und vom Körper gewaschen. Die Male, diese bleichen, tauben Flecken, die langsam das Fleisch des Leprakranken zerstören, waren überall.«

Lucilla hörte auf zu sprechen. Ihr Zorn raubte ihr den Atem. Im Lampenschein wirkte ihr Gesicht wie aus Stein gemeißelt. Ihre Augen glitzerten wie Dolchspitzen.

»Eins muss man ihr lassen. Am Ende hielt sie sich besser als dieser greinende Paul Afartha. Sie hatte zu viel Würde, sich reuig zu zeigen. Sie flehte auch nicht um ihr Leben. Die einzige Entschuldigung, die sie zu bieten hatte, war die, dass Antonius ihre letzte Hoffnung gewesen sei, das letzte Aufflackern einer ersterbenden Lampe, bevor das Öl erschöpft ist und die Nacht hereinbricht. Ich kann nicht sagen, dass ihre Worte mich berührt hätten. Ich wollte sie schreiend sterben sehen. Aber ich wollte auch nicht, dass Antonius mich hasst. Daher habe ich ihr dieselbe Wahl geboten, wie die Caesaren sie ihren Feinden ließen – den Dolch oder den öffentlichen Henker. Sie hat sich für weißes Arsen entschieden. Ich habe ihr eine prachtvolle Beerdigung zuteil werden lassen. Antonius hätte es so gewünscht.«

»Weiß er Bescheid?«, fragte Regeane.

»Das kann ich nicht sagen«, antwortete Lucilla. »Wir haben nie über ihr Schicksal gesprochen.«

Lucilla ging in die Mitte des Raums und schleuderte die Lampe auf den Boden. Sie zerbrach in tausend Stücke, und die Flammen schossen wie ein großes Lagerfeuer durch das Öl, tosten beinahe bis zur Decke hinauf.

Die beiden Frauen sahen einander an. Die Frau auf dem Gemälde, zeitlos geworden, eingefangen in jenen letzten Augenblicken, bevor die Schönheit von Krankheit und Tod erstickt wird. Lucilla, die lebendige Frau auf der anderen Seite der Flammen, ihr Gesicht eine nackte Maske des Schmerzes.

»Mein Sohn, mein Sohn«, weinte sie. »Die verfluchte Hure hat mir meinen Sohn genommen. Sind es meine Sünden, Regeane? Muss Antonius für das bezahlen, was ich getan habe? Muss er das?«

Regeane drehte sich wieder zu den Vorhängen um, die den Eingang zum Triclinium verhüllten, und schob sie beiseite. Der Wind zerrte an ihrem Umhang. Sie spürte die Verwandlung nahen, so wie man den Schatten einer Wolke über die Ebene gleiten sieht.

»Ich weiß nicht viel über die Sünde, Lucilla. Ich habe das alles nie verstanden. Es ist eine Sache der Kirche. Soll ich an eine Kirche glauben, die mich als Hexe brandmarken und verbrennen würde? Das kann ich nicht. All die Jahre, die ich auf den Knien gelegen habe, und all die Bußen, die meine Mutter auf sich genommen hat, konnten mich nicht dazu bringen, und daran hat sich bis heute nichts geändert. Ich habe nur eine Hoffnung: dass ich dir deinen Sohn irgendwie zurückgeben kann.«

Lucilla sah etwas wie einen Sommerblitz Regeane umschimmern, dann flog die Wölfin wie ein silbernes Flirren durch den Raum, so schwer fassbar wie die hohen, dünnen Wolken, die eine nach der anderen mit dem Mond tanzten.

24

»Was willst du, Silberne?«, fragte die Frau die Wölfin. Als ein einziges Wesen flogen sie über die Campagna. »Willst du jetzt versuchen, das Unmögliche zu tun?«

Die Wölfin konnte nicht mit Worten antworten, aber die Frau verstand ihre freudige Erwiderung dennoch. »Warum nicht? Ich bin doch ebenfalls eine Unmöglichkeit.«

Die Lichter Roms hinter ihr, blieb die Wölfin auf dem Gipfel eines Hügels stehen, um ihr Königreich zu betrachten. Der wolkenumspielte Mond spendete für die Augen der Wölfin strahlend helles Licht. Unter ihr erstreckte sich ein Meer aus Gräsern, das nur von den Umrissen kleiner Büsche und niedriger Bäume durchbrochen wurde. Diese kennzeichneten Bäche und Wasserläufe, in denen die Wölfin, wenn sie wollte, Erfrischung und Beute finden konnte. Tief in ihrem wilden Herzen erinnerte sich die Wölfin daran und jubilierte.

Die Erinnerungen, die das Gehirn der Frau überfluteten, waren beinahe unerträglich in ihrer Deutlichkeit. Die Wölfin erinnerte sich nicht nur an Freude, sondern auch an Schmerz und an das unausweichliche Ende des Schmerzes, den Tod. Es war oft ein schneller Tod unter den scharfen, zermalmenden Hufen des ersehnten Opfers gewesen. Oder ein nicht langsamerer Tod im Angesicht der Waffen ihrer eigenen Rasse, den langen, weißen Fängen und den knochenbrechenden Kiefern. Und an jene Art von Tod, die sie am meisten fürchtete, die lange, qualvolle Folter der Krankheit.

Sie erinnerte sich jedoch auch an Leben, ein Leben nicht wie die Menschen es manchmal führten – eine Erfahrung ständiger Angst und Furcht vor den Missgeschicken des nächsten Tages, immer darauf bedacht, nur ja nicht das Missfallen der Großen und Mächtigen ihrer eigenen Spezies zu erregen. Das Leben, an das sie sich erinnerte, war ein Leben der Fülle inmitten der Liebe anderer Artgenossen, ein Leben, erfüllt vom jubilierenden Triumph und den manchmal bitteren Enttäuschungen der Jagd.

Ein Leben, das bisweilen auch vom Hunger bestimmt wurde. Hunger und Überfluss im Wechsel. Es hatte auch Begehren gegeben, das machtvoll und leidenschaftlich seine Erfüllung in einer Liebe fand, die weder von Bedauern noch von Gewissensbissen getrübt war. Ein Leben, geformt von der Freiheit, nach der die Frau sich sehnte, dem Gefühl der Macht über sich selbst und ihrer eigenen Welt, einer wilden Kraft, die sich niemals versklaven ließ.

Die Frau oder die Wölfin konnten getötet werden. Vielleicht würde sie noch in dieser Nacht als die eine oder die andere sterben. Aber sie würde nicht die Straße zum Tod hinunterstolpern, voller Hass auf das Leben und die Welt um sie herum. Sie würde keine gehetzte Sklavin sein, nur dafür geboren, ihre Last von der Geburt bis zum Tod zu tragen. Sie würde frei sein, frei, wie die Wölfin frei war, die sich weder von Tyrannei noch von Grausamkeit beugen ließ. Sie würde das Leben als solches umarmen, selbst seinen Schmerz. Sie würde eins sein mit dem windgepeitschten Gras, dem hohen Gewölbe des dunklen Himmels, vorwärts getrieben vom Wehklagen des Windes, der sie auf ihrem Weg weiterdrängte.

Einen letzten Augenblick sahen Wolf und Frau gemeinsam zum Mond auf, dann unterwarf sich Regeane mit einem beinahe lautlosen Seufzen der Wölfin und stürmte frei und glücklich weiter über die Campagna Richtung Cumae.

Die Wolken wurden dichter und ein eisiger Nebel kroch über die Campagna, als die Wölfin am Fuß des Felsens ankam. Der Tempel erhob seine leere Hülse gen Himmel, wo die Wolken seine einzigen Gefährten waren.

Die Wölfin nahm den heiligen Weg zum Gipfel. Kurz bevor sie dort ankam, sah sie zwei schwarz verhüllte Gestalten, die sie zu erwarten schienen. Sie hatten weder Fackel noch Laterne bei sich. Die Mondstrahlen fanden ihren Weg zwischen der dicken Wolkenschicht hindurch und sahen in dem sanft strahlenden Licht selbst wie geschwärzte Schatten aus.

Einer der beiden Fremden sah sie und meinte: »Er sagte, ein Wolf würde kommen, Bruder.«

»Ja«, antwortete der andere. »Ein Wolf, der größer und kräftiger ist als die, die sonst die Campagna durchstreifen. Ein Wolf, der sich nicht benähme wie ein Wolf.«

»Wir grüßen dich, Lupa«, sagte eine der Gestalten und hob die Hand.

Die Silberwölfin richtete sich stolz auf und sah sie an.

»Nicht alle haben vergessen, dass einst Gott von hier aus gesprochen hat«, erklärte einer der beiden. »Einige wenige erinnern sich noch immer daran. Komm, er erwartet dich an der Feuerstelle.«

Antonius saß neben dem hohen Kegel des heiligen Feuers. Er hob die Hand, um Regeane zu begrüßen.

»Lupa«, sagte er. »Was hast du mit mir vor? Was kannst du mit mir vorhaben?«

Regeane stand vor ihm, eine Frau. Der Wind ließ sie bis auf die Knochen frösteln und fegte ihr Haar wie einen dunklen Schleier um ihren Körper. Die beiden dick vermummten Hierophanten verbargen die Gesichter in ihren Umhängen und gingen neben ihm in die Knie.

»Ich bin gekommen«, sagte sie, »um dir Heilung zu bringen, wenn ich kann.«

»Die einzige Heilung für mich ist der Tod«, antwortete Antonius und erhob sich, um sie anzusehen. Auch er verbarg seine Züge in der Kapuze seines Umhangs. »Aber sei es, wie es sei«, sagte er. »Verstecke ich meine Hässlichkeit vor einem Geschöpf von solcher Schönheit, wie du es bist, Regeane?«

Regeane blickte von dem Felsen hinab. Der Nebel unter ihr war ein immer dichter werdendes Leichentuch im ständigen Wandel des Mondscheins. Er bedeckte die Landschaft mit seiner feuchten Liebkosung, verhüllte die Umrisse der Küste, machte die riesige Ebene der Campagna beinahe unsichtbar. Die Wolken über ihnen waren wie ein Dach für den hohen Felsen, und das silberne Mondlicht kam und ging, während sie immer dichter wurden, um sich dann während ihres ungestümen Rennens über den Himmel langsam wieder aufzulösen.

Wie der Felsen und der Tempel schien auch Regeane selbst zwischen Himmel und Erde zu schweben. Weder ganz das eine noch das andere, sondern etwas von beidem. Verschiedenes und vielleicht Machtvolleres.

»Für die Wölfin existieren Begriffe wie Hässlichkeit und Schönheit nicht, Antonius«, sagte sie. »Zumindest nicht auf die Art und Weise, wie du sie als Maler siehst.«

Ein Windstoß peitschte ihr Haar auf und ließ es ihr wie eine Flamme ums Gesicht flattern. Der Staub von dem Kegel toter Asche fiel auf Antonius' Robe herab und er zog den Kopf zwischen die Schultern, um seinem Zorn zu entgehen.

»Du warst«, fuhr Regeane fort, »mein erster Freund. Der Erste, der mir half. Weder die Frau noch die Wölfin können das vergessen. Überlasse dich mir. Ich werde versuchen, dich gesund zu machen.«

»Wie?«, fragte er.

»Indem ich dorthin gehe, wo die Toten wandeln.«

Sie wandte sich von ihm ab, dem Eingang des Tempels zu. Die beiden schwarz gewandeten Hierophanten nahmen ihre Positionen zu beiden Seiten des Tempelportals ein, einer Tür, die jetzt nur noch in die Dunkelheit führte.

»Meine Rache«, Regeane erinnerte sich an ihre eigenen Worte Cecilia gegenüber, »ist der Sieg über den Tod.« Eine Sekunde vergaß sie Antonius und zögerte. Aber die Frau wehrte sich nicht länger gegen die Wölfin. Sie waren eins.

Im Tempel brannte ein Licht. Sein Leuchten zeigte den Tempel so, wie er wirklich war. Die großen Löcher in den Mauern der Cella, die zerbrochenen Steine des Fußbodens, der eingestürzte Sockel. Nur noch Leere dort, wo einst die Statue des Gottes gestanden hatte. Das Glühen ging von einer gebeugten Gestalt aus, die sich auf einen schweren Stab stützte. Und als die Gestalt näher kam, erkannte Regeane Äbtissin Hildegard.

Regeane hob die Hand zum Gruß, denn sie erinnerte sich an das Licht, das ihr in der Nacht zu Hilfe gekommen war, als das Böse alles andere zu überwältigen schien, als die Geschöpfe der Dunkelheit nach ihr gegriffen hatten.

Die gebeugte alte Frau hielt an der Tempeltür vor Regeane inne und sprach. »Ich möchte nicht, dass du den Mächten der Nacht ohne ein Wort von mir gegenübertrittst. Glaube nicht, dass wir aus den Welten jenseits des Todes alle gleich seien. Weil du meine Schwestern liebtest, solange du unter ihnen warst, nimm meinen Segen mit dir, meinen Segen und den Gottes.« Sie hob die Hand.

Regeane ließ sich auf den Tempelstufen auf die Knie nieder. Sie spürte die Schärfe des kalten Marmors auf ihrem Fleisch. Der Wind wurde kräftiger. Der Nebel schien sich jetzt schneller zu heben. Lange Dunstschwaden schwebten zwischen den hohen weißen Säulen hindurch.

»Möge Gott dich auf deiner Reise schützen«, sagte Hildegard, während sie mit den Fingern ein Kreuz aus Licht in die Luft zeichnete.

Dann war sie fort.

Regeane stand der zeitlosen Frau gegenüber. Alter und Jugend flackerten über ihr Gesicht wie der Wandel der Jahreszeiten durch den Geist Gottes.

»Bist du ein Geschöpf der Zeit?«, fragte Regeane, während sie sich erhob.

»Ich bin«, sagte die Frau, »so, wie die Zeit der Ewigkeit erscheint. Jedes Ding birgt in sich den Samen seiner eigenen Zerstörung. Sein Versagen wird stets durch den Augenblick der Wiedergeburt ausgeglichen.«

»Ich verstehe dich nicht«, sagte Regeane.

»Nein«, kam die Antwort. »Und da du eine Sterbliche bist, wirst du mich auch nie verstehen. Bist du bereit für deine Reise?«

Regeane streckte dem Wesen die Arme entgegen, eine Geste, die beinahe von Verzweiflung zeugte. »Das bin ich. Kannst du mir sagen, ob ich je zurückkehren werde?«

Ein zitterndes Lachen kam aus den Schatten, die sich hinter Regeane zusammen zogen, von den zerlumpten Geistern. Es klang wie das Quieken von Fledermäusen. Aber das Gesicht des Dings vor Regeane veränderte sich nicht, nur dass es alterte und dann wieder jung wurde.

»Manche kommen zurück«, sagte sie. »Manche nicht. Und manchen ist es egal. So groß ist ihr Leid. Reise mit uns oder lass es bleiben; uns kümmert es nicht.«

Regeane zögerte einen Augenblick. Selbst die Wölfin fürchtete sich, wie Regeane bemerkte, als sie den Schutz ihres wölfischen

Ichs suchte. Einen Augenblick verlor sie sich in den Erinnerungen der Wölfin. Sie sah ein Bild der Zerstörung, nachdem ein von einem Blitz entzündetes Feuer über eine Ebene gerast war, um alles zu töten, was nicht schnell genug hatte fliehen können. Sie sah eine Lawine, die sich einer Wolke gleich einen Berg hinabwälzte, um Menschen und Tiere in ihrer weißen Gewalt mit sich zu reißen und sie, zu Brüdern geworden im Tod, talwärts zu tragen. Die Erde zitterte. Abgründe taten sich zu ihren Füßen auf und Flammen schossen aus dem Gipfel eines Berges empor. Glühende, mörderische Asche hagelte auf sie herab.

So zahlreich waren die Wege des Todes. Das Universum war tot, und der Tod beherrschte es. Alles Leben wählte tausend Straßen, die der Zerstörung entgegenführten. Und doch lebte das Leben weiter, flackerte, leuchtete, brannte wie eine Kerze in einem Grab. Ein Stern, der bei Hereinbrechen der Abenddämmerung am Rand des Horizonts aufflackerte, der immer wiederkam, der Ewigkeit hatte wie Cecilias Rosen.

Regeane war noch nie so sehr Frau gewesen, so sehr Wölfin.

Die Wölfin trottete die Stufen zu dem endlosen Kichern der Geister empor und trat durch die Tür.

Jahre zuvor hatte Regeane – noch ein Kind damals – auf dem Besitz ihres Stiefvaters in Austrasia gelebt. Selbst zu jener Zeit war sie bereits ein einsames Kind gewesen. Ihre noch immer wunderschöne Mutter hatte stets am Arm ihres Stiefvaters, Firminius, gehangen. Der korpulente Schurke mit dem großen gesellschaftlichen Ehrgeiz hatte ihre zierliche Mutter wie ein Schmuckstück getragen.

Regeane war oft allein gewesen. Abends, bevor eine der Dienerinnen ihrer Mutter sie zu Bett brachte, spähte sie durch das schmale Fenster ihrer Kammer in den Sonnenuntergang. Das letzte Aufflackern des Tagessterns warf einen goldenen Nebel auf die Straße, die zu ihrer Villa führte. Sie träumte dann davon, dieser Straße in den Schimmer flirrender Pracht zu folgen. Als Frau verstand sie, dass ein Kind das Reich absoluter Möglichkeiten nicht mit Furcht oder Begehren betrachtet, nicht mit Liebe oder Abscheu, sondern einfach mit klarsichtiger Hinnahme.

Das Kind wartet darauf, dass die Zeit es in jenes seltsame Reich hineinwirft, ein Reich, das es noch nicht zur Gänze verstehen kann. Und so begann Regeane ihre schwierige Reise, flog wie ein Pfeil in ein Lodern goldenen Lichts.

Jetzt stand sie als Frau und nackt in einem Tempel aus Dunkelheit. Die Säulen der Halle ragten in den Himmel hinauf. Auf den Säulen befanden sich Trichter, aus denen sich tosende Flammen und schwarzer Rauch ergossen. Der Rauch war ein tintenschwarzer Umhang, der den Blick auf die Sterne versperrte. Der Fußboden aus poliertem, schwarzem Glas spiegelte den blutroten Schein der Feuer wider, die auf den Säulen über ihr loderten.

»Willkommen«, sagte eine Stimme, »im zerstörten Land.«

Regeane wusste, dass sie sich an einem Hof befand. Dies war die Umgebung eines Herrschers, und die Untertanen dieses Herrschers waren Gräuel. Sie waren deutlich zu sehen in dem Licht der schrecklichen Feuer, die von oben den langen Gang zwischen den flammenden Säulen der Halle beleuchteten. Der Gang führte zu einem Thron und darauf saß die Frau mit dem Schädelgesicht, die Regeane bei ihrem ersten Besuch im Tempel begrüßt hatte. Nur dass die Vision diesmal noch schlimmer war. Damals hatte Herophile einen Mantel getragen, der alles verhüllte bis auf das elfenbeinerne Gesicht. Jetzt war ihr üppiger Frauenkörper mit einem Gazekleid bedeckt. Die dunklen Warzen der weichen Brüste drückten sich gegen das dünne Gewebe. Am Hals hörte das Fleisch dann auf und auf der Knochensäule schwankte ein nackter, geschwärzter Schädel. Eine Schlange hatte sich mehrmals um ihren Leib gewunden, umschlang Hals, Brust und Taille. Ihr Kopf steckte tief in den Lenden der Frau.

Die Stimme hallte abermals in Regeanes Gedanken wider. *Ich, die Königin der Toten, heiße dich willkommen. Denn wisse eines, Wolfsfrau, die Straße zum Paradies führt durch die Pforten der Hölle.*

Das Gefolge, das sich um sie scharte, war nicht minder schrecklich als die Königin selbst. Einige der Leute schienen tot zu sein, denn gewiss konnte nichts Lebendiges so aussehen. Gräuel ohne Augen, geschwärzt vom Feuer. Fleischlappen, die von leuchtend roten Knochen herabhingen. Sie sahen aus wie Kadaver, die von Geiern abgenagt worden waren.

Andere verströmten das böse, blaue Licht der Fäulnis. Sie waren aufgebläht von Verwesung, schmierig von den Säften des Verfalls. Und doch bewegten sie sich alle mit einer grauenhaften Lebendigkeit. Lachend, heulend und weinend umstanden sie den Thron der Königin. Außerhalb des Tempels der toten Königin konnte Regeane zwischen den Säulen eine gefurchte, pockennarbige Ödnis erkennen. In der Ferne loderten Bodenfeuer in der tintenschwarzen Finsternis.

Regeane bemerkte, dass sie einige von ihnen wiedererkannte. Da waren die Menschen, die mit Antonius in dem Mietshaus gelebt hatten. Drusis, blind und ohne Beine; seine Eingeweide quollen aus seinem aufgeschlitzten Bauch. Sirus, einer seiner Mörder, derjenige, den sie langsam hatte sterben lassen; sein Gesicht war schwarz und die Augen traten aus den Höhlen. Die grässliche Kreatur bahnte sich mit ausgestreckten Händen einen Weg auf sie zu. Das Mädchen, Crysta, das zu Tode gepeitscht worden war, kroch in ihre Richtung und auch sie hinterließ eine Spur blutigen Schleims.

Ein Albtraum. Das muss ein Albtraum sein. Tief in ihrem Innern bäumte sich Regeanes Geist gegen diese Bilder auf.

»Da ist nichts«, dröhnte ihr die Stimme von dem schwarzen Steinthron entgegen, »nichts zwischen dir und dem, was du fürchtest.«

Binnen weniger Augenblicke würde die Meute der Geister sie erreicht haben. Ihre widerwärtigen, verwesenden Hände würden nach ihrem nackten Fleisch greifen. Regeane keuchte und versuchte in die Verwandlung zu entkommen, aber diesmal ließ die Wölfin sie im Stich. Sie wollte Regeane nicht zu Hilfe kommen. Sie war allein.

Regeane spürte, wie ihr Körper langsam in sich zusammensank, als sie auf die Knie fiel. In Träumen fällt man nicht. Aber hier waren ihre Sinne hellwach. Ihre Hände schienen sich wie Fangarme durch eine zähe Flüssigkeit zu bewegen, als sie nach ihren eigenen Augen tastete, nicht um sie zu bedecken, sondern um sie sich aus den Höhlen zu bohren. Ihre Knie berührten den steinernen Fußboden und der eiskalte Felsen ließ eine Welle des Schmerzes durch ihr nacktes Fleisch laufen.

Ewigkeit. Regeanes Gedanken gerieten ins Stocken. Sie glaubte eine endlose Schleife vor sich zu sehen, in deren Mitte sie selbst stand, irrsinnig geworden vor Angst. Und währenddessen bemühten sich die Toten, sie zu erreichen, ein Wahnsinn, der in endloser Wiederholung stets aufs Neue beginnen würde. Ein Albtraum, aus dem es kein Entrinnen gab, aus dem sie sich niemals würde befreien können. Sie würde in niemals endender Qual dort stehen, während die Toten bis in alle Ewigkeit vergeblich nach ihr zu greifen versuchten.

Plötzlich spürte Regeane die Wölfin und wusste, dass sie nicht fortgegangen war. Das Tier blieb immer bei ihr, und während sie mit seinen Augen die dämonische Versammlung vor sich betrachtete, wollte das Herz der Frau beinahe bersten – nicht vor Grauen, sondern vor Mitleid.

Sie war mehr als Wölfin und Frau, sie war Wolfsfrau. Weder das eine noch das andere, sondern ein Wesen, das beide Geschöpfe gleichzeitig umfasste, unaussprechlich mächtiger als jedes für sich allein, unaussprechlich stärker.

Die Wölfin sah, wie sie zu Antonius gesagt hatte, weder Hässlichkeit noch Schönheit, wie die Frau sie sehen konnte. Sie sah nur Menschen, die in den Fesseln der Zeit gefangen waren. Die Zeit lässt die Toten zu Staub zerfallen, die Zeit verstümmelt. Die Zeit tötet. Die Zeit verdirbt. Hier an den Pforten zur Ewigkeit tragen die Toten noch immer die Narben ihrer Reise durch die Zeit, aber es sind nicht nur diese Narben, sondern auch die Wunden, die wir Menschen in unserem Hochmut einander zufügen.

Dann verblasste die Vision von Grausamkeit und die Menge um sie herum wuchs mehr und mehr in die Höhe. Sie sah, dass die Geschöpfe immer durchsichtiger wurden. Gleichzeitig schienen sie auch trauriger und harmloser zu werden. Dann verschwanden sie wie ein Fetzen Rauch, den der Wind wegreißt. Sie hinterließen nur das Tosen und den Gestank der Feuer, die hoch oben auf den Säulen brannten und das endlose Klagen des Luftstroms, der wie der Atem eines furchtbaren Fluchs über das Ödland wehte. Alle waren fort bis auf den augenlosen Geist des Mädchens, das vor dem Mietshaus zu Tode gepeitscht worden war. Des Mädchens, das Regeane einst verflucht hatte, da sie jung und schön war. Des Mädchens, das Regeane gerächt hatte. Crysta.

Sie war jetzt kein Gräuel mehr. Regeane sah sie, wie sie in ihrer Jugend gewesen war, in dem Augenblick, in dem das Leben für sie begann. Sie trug ein weißes Gewand und hatte eine Blumengirlande im Haar und ein Schwert in der Hand.

Noch eine Gestalt war geblieben. Herophile saß nach wie vor auf ihrem Stuhl. Auch sie hatte eine Verwandlung durchgemacht. Sie war nicht länger die Obszönität aus Lust und Tod, die Regeane noch vor wenigen Augenblicken gesehen hatte, sondern die weiß gewandete Priesterin mit der Lorbeerkrone, die an der Pforte zur Unterwelt stand. Sie hob die Hand und winkte Regeane zu sich heran.

»Tritt vor meinen Thron, Mädchen«, sagte sie. »Denn du hast wahrhaft gesehen. Du hast die Toten geschaut, aber nicht mit dem Auge der Furcht, sondern mit dem Auge der Wahrheit und so bist du der ersten Gefahr unseres gegenwärtigen Zustands entronnen.«

Regeane ging durch den langen Gang zwischen den schwarzen Säulen hindurch auf ihren Thron zu. Die Steine fühlten sich eiskalt unter ihren Füßen an und der grobkörnige Sand, den der Wind aus der Wüste hinter dem Tempel mitbrachte, brannte sich schmerzhaft in ihr nacktes Fleisch. Der Geist Crystas wehte, noch immer das Schwert in der Hand haltend, hinter ihr her.

Der Wind heulte jetzt lauter und Staubteufel wirbelten an den Rändern des Tempels entlang und peitschten über den Boden. Regeane rannen Tränen über die Wangen und sie hob die Hand, um sie wegzuwischen.

»Weine nicht«, wisperte Crysta, »um die Qualen des jämmerlichen menschlichen Fleisches. Denn du hast einen Ort betreten, an den zu gehen keinem lebendigen Fleisch bestimmt war.«

Regeane blieb vor dem Thron stehen und blickte auf. Sie konnte das Gesicht der Frau sehen. Es war nicht alt und auch nicht jung; es war alterslos.

»Was ist dein Wunsch?«, fragte sie.

»Ich bitte darum, Antonius zu heilen«, sagte Regeane.

»Dann«, antwortete Herophile, »musst du dir jemanden suchen, der ihn heilen kann.«

Sie blickte den Gang des Tempels hinunter durch die hohen Pylonen, die wie mit Flammen belaubte, todbringende Bäume in der fernen Ödnis aufragten. Wieder schwoll der heiße, trockene Wind an und Regeane hörte den wimmernden Schrei, denselben Schrei, der sie des Nachts im Kloster geweckt hatte. In diesem Aufschrei lag ein so tiefer, so bitterer Gram, dass er jenseits von Hoffnung, jenseits sogar von Liebe zu stehen schien. Es war ein verzweifeltes, einsames Geräusch, das Weinen eines Geschöpfs, das dazu verflucht war, auf ewig ohne Trost oder Rast umherzuirren.

»Diejenige, die dich dorthin geleiten wird – zu ihm, auf den du hoffst –, ruft nach dir.«

Regeane sah sich um. Nur eine verwüstete Fläche aus zerbrochenem Gestein und Sand lag im Licht der Tempelfeuer vor ihr.

»Ich sehe niemanden«, sagte sie.

»Sie ist dort«, sagte Crysta, »und wartet. Du hast ihr den Spiegel und Hoffnung gegeben.« Sie richtete das Schwert auf Regeane.

Regeane drehte sich um und sah ihr in die Augen. Zuvor hatte sie nur einen schattengleichen, wenn auch wunderschönen Geist gesehen. Jetzt erschien das Wesen ihr als eine echte Frau mit kastanienbraunem Haar, haselnussfarbenen Augen und einem bleichen, milchweißen Teint. Sie lächelte Regeane einen Moment beinahe spitzbübisch zu, dann wurde ihre Miene wieder nüchtern und hart.

»Was ich tun muss, ist nicht leicht für mich«, sagte Crysta. »Denn ich muss dein Blut nehmen, auf dass der Geist es trinken und zu einem von uns werden möge und dann noch einmal, damit du blutest und auf diese Weise den Weg zurückfindest. Du wirst als Wölfin zu dem Garten wandern und jedes Mal, wenn deine Vorderpfote den Boden berührt, wird das Blut eine Opfergabe sein. Außerdem wird es dir helfen zurückzufinden. Aber bevor ich tue, was ich zu tun habe, hätte ich gern Frieden zwischen uns. Als wir uns das erste Mal begegneten, hasste ich dich. Deine Schönheit erinnerte mich an alles, was ich einst war und an alles, was ich nie wieder werden konnte. Wirst du mir meine Gehässigkeit vergeben? Als ich starb, schwebte mein gequälter Geist dicht über mir und glaubte, die ganze Welt wäre Grausamkeit und Schmerz und die Ewigkeit müsse ebenso sein, wie das Leben gewesen war. Aber dann kamst du.«

»Ich habe dich gerächt«, sagte Regeane.

»Nein«, widersprach Crysta. »Du hast mir Gerechtigkeit gebracht.«

Gerechtigkeit? Regeane dachte über dieses Wort nach, während sie die Hand nach Crystas Schwert ausstreckte; sie dachte an das blutige Chaos, in dem sie die Wachen in dem Mietshaus getötet hatte. Sie fragte sich, ob vielleicht selbst die Toten bisweilen in die Irre gingen. War das Gerechtigkeit gewesen? Wer weiß. Gewiss hatte sie keine Gnade gezeigt.

Herophile beantwortete ihre Gedanken. Sie beugte sich vor und stützte das Kinn auf die Faust. »Auch wir haben unsere Debatten und unsere verschiedenen Meinungen, selbst hier. Die arme Seele, die dich ruft, erbittet Erlösung, betrachtet dich als ihre Retterin. Denn unsere Sünden spüren uns nicht immer gleich auf, Regeane. Manchmal werden wir zu der Sünde, die wir begehen, und das ist schon Strafe genug. Ihr Wille kann sich vom Bild eines irdischen Menschenlebens nicht lösen. Du bist, wie ich schon sagte, ihre Erlösung. Sag, dass du ihr geben wirst, was sie begehrt.«

»Das werde ich«, erklärte Regeane und streckte die Hand aus.

Das Schwert grub sich tief in ihr Fleisch und schnitt eine Furche in die Innenfläche ihrer Hand. Das Blut tropfte von ihren Fingern. Ein Schatten flatterte in das rote Licht, das die drei Frauen umgab, und begann gierig an dem Blut zu saugen. Eine Sekunde später umklammerten kalte, knochige Hände ihren Unterarm.

Regeane ließ sich nicht dazu hinreißen, vor dem Wesen zurückzuweichen und hielt die Hand ganz still, während der Geist vor ihren Augen Fleisch wurde. Als Erstes verwandelte es sich in ein Skelett, dann überzogen sich die Knochen langsam mit Fleisch – mit dem bleichen, teigigen Fleisch einer Leiche; ihr Gesicht, ein eingefallenes Schreckensbild, wies verweste Lippen über den Zähnen auf und die Augen waren lieblose Löcher. Aber während das Ding trank, saugte und wieder trank, nahm es die Züge des Lebens an. Das bleiche Fleisch bekam den rosigen Schimmer eines lebendigen Wesens. Die Lippen kehrten zurück, die Augen leuchteten in den schwarzen Höhlen und bedeckten sich dann mit weichen, blau geäderten Lidern, bis eine Frau dort kniete, unversehrt und liebreizend, wie sie es zu Lebzeiten gewesen war. Sie ließ Regeanes Hand los.

Sie trug ihren Schmuck, war geschminkt und in Seide gekleidet.

So schön, wie sie gewesen sein musste, als Lucilla sie für ihre Reise ins Grab angezogen hatte.

Sie stand auf, wirbelte vor Freude herum und blickte in ihren Spiegel. »Ich bin wieder ich selbst.«

Herophile, die auf ihrem Thron saß, seufzte tief. »Komm, Adraste«, sagte sie. »Ist es so, wie du es dir seit langem gewünscht hast?«

»Ja«, flüsterte Adraste, die anscheinend den Blick nicht von dem Spiegel in ihren Händen losreißen konnte. »All meine Schönheit ist mir wiedergegeben. Jetzt gehört sie mir für alle Ewigkeit.«

Regeane schloss die Finger ihrer verletzten Hand und presste sie auf die Brust. Eine Welle des Schmerzes schoss ihren Arm hinauf und trieb sie bis an den Rand des Bewusstseins.

»Sage mir, Adraste«, wisperte sie mit trockenen Lippen, »wie kann ich Antonius retten?«

»Du musst Daedalus' Garten finden«, sagte sie beinahe geistesabwesend. Ihr Blick war nach wie vor fest auf den Spiegel gerichtet. »Durchquere die Wüste, bis du an einen Fluss aus Feuer gelangst. Viele Geister huschen über seine Ufer und können ihn nicht überqueren. Einige der Geister werden dich nicht sehen. Vielen wird es gleichgültig sein, selbst wenn sie dich sehen. Aber du musst dort suchen, bis du einen findest, der dich auf die andere Seite hinüberträgt. Doch gib gut Acht, wenn du es tust. Wenn du auch nur ein einziges Wort mit diesem wandernden Völkchen wechselst oder antwortest, wenn sie zu dir sprechen oder wenn sie dir Antwort geben, dann bist du verdammt, auf alle Zeit mit ihnen umherzustreifen. Hinter dem Fluss liegt Daedalus' Garten.«

»Antonius hat dich so gesehen, wie du warst, nicht wahr?«, fragte Regeane. »Ich meine, als er dich mit dem Spiegel in der Hand malte. Er war für dich nicht mehr als ein weiterer Spiegel.«

Zum ersten Mal riss Adraste jetzt den Blick von ihrem Spiegel los und starrte Regeane bösartig an.

»Das ist alles, was die Liebe für dich bedeutet, nicht wahr?«, fragte Regeane weiter. »Deinen Liebreiz in der Freude eines anderen Gesichts widergespiegelt zu sehen. Deswegen und nur deswegen hast du ihn zu deinem Geliebten und zu deinem Opfer gemacht.«

»Du unnatürliche Kreatur«, kreischte Adraste schrill. »Nicht Tier und doch kein Mensch – wer bist du, mich zu verurteilen? Du, der es bestimmt ist, niemals Liebe kennen zu lernen, es sei denn, sie führt zum Tod.«

Mit diesen Worten wandte sie sich wieder dem Spiegel in ihrer Hand zu, lächelte und schwatzte, als wollte sie sich trösten, leise mit sich selbst. »Ich habe meine Schönheit. Das ist alles, worum ich bitte, und wenn ich zweifle, kann ich immer in meinen Spiegel schauen und meine Schönheit dort erblicken.«

Langsam schwebte sie davon, und noch bevor sie ganz verschwunden war, sah Regeane, dass ihr Körper wieder in die Verwüstung des Grabes überging, aber das Bild im Spiegel blieb unverändert – ein Gesicht, das für alle Ewigkeit jung und schön sein würde.

Dann ergriff sie ein Zephir, den der zeitlose Luftstrom durch die Wüste sandte und sie trieb davon wie ein vom Baum gefallenes Blatt, das der Wind den unendlichen Weiten der Ewigkeit zuführt.

»Sie ist in der Hölle und weiß es nicht«, sagte Regeane zu Herophile und Crysta.

»Das kann ich nicht sagen«, erwiderte Herophile. »Mit der Zeit wird sie sich vielleicht besser kennen lernen.«

»Aber es gibt keine Zeit hier«, entgegnete Regeane.

»Das ist wahr«, erwiderte Herophile. »Keine Zeit, aber viele Mysterien. Daher besteht die Hoffnung, dass sie eines Tages ihre Selbstliebe um der Barmherzigkeit und des Bedauerns willen aufgibt. Aber wenn sie das täte, würde es Schmerz mit sich bringen, daher bleibt sie lieber, wo sie jetzt ist. Denn wisse, Regeane, der Preis des Paradieses ist Schmerz. Aber wenn *du* den Willen dazu hast, gehe es suchen und heile Antonius.«

Als sie zu sprechen aufhörte, schien sie auch aufzuhören zu sein. Wo immer Herophile hinging, sie nahm Crysta mit sich und Regeane war wieder allein. Sie hörte nur das endlose Stöhnen des Windes und das Tosen der Feuer oben auf den Pylonen.

Der seltsame Zwang, der Regeane nicht aus ihrer Frauengestalt entlassen hatte, fiel jetzt von ihr ab und sie wurde wieder Wölfin. Sie machte sich daran, das zu durchqueren, was Herophile als das zerstörte Land bezeichnet hatte. Jedes Mal wenn ihre Vorderpfote den Boden berührte, war der Schmerz wie ein rot glühendes Eisen, das sich in die empfindliche Sohle ihres Fußes bohrte, aber die Wölfin, die vom Willen der Frau beherrscht wurde, hielt an ihrer Aufgabe fest und lief weiter.

Das zerstörte Land bestand aus Fels und Sand und der Himmel war ein dunkles, sternenloses Leichentuch. Regeane orientierte sich am Licht der brennenden Städte. Wann immer sie sich einer dieser Städte näherte, stellte sie fest, dass sie bewohnt waren, erfüllt von der sinnlosen Grausamkeit und der blinden Tragödie, mit denen die Menschheit seit Anbeginn der Zeit geschlagen ist.

In den Straßen, die vom grellen Schein brennender Dächer erhellt wurden, weinten Frauen um ihre gefallenen Ehemänner und Männer schrien in den Himmel hinauf, nachdem sie ihre geschändeten und ermordeten Mütter und Töchter gefunden hatten.

An manchen Stellen waren die Abwasserrinnen rot vom Blut der Getöteten und die Sieger lärmten trunken inmitten des Gemetzels, noch während auch sie von Krankheiten gefällt wurden. Oder sie rammten einander Schwerter in den Leib, weil der Schmerz, den ihnen die unförmigen Anschwellungen in den Achseln und Leisten bereiteten, sie in den Wahnsinn trieb. Andere lagen unter der Folter, wurden ausgepeitscht, gebrandmarkt, geblendet und verbrannt und sie krümmten sich vor Schmerzen, noch während sie sich gegen ihre Folterer wandten und ihnen Gleiches mit Gleichem vergalten.

All diese Visionen peinigten die Wölfin, während sie sich weiterschleppte. Ihr Leiden bestand in der Frage, ob sie richtige Geister sah, die gefangen waren in einer endlosen Wiederholung von Grausamkeit, Schmerz und Verzweiflung. Das wenige, was sie an Trost finden konnte, lag in dem Glauben, dass diese Kreaturen nur Schatten dessen sein konnten, was sie einst gewesen waren und dass die Seelen derer, die solche Qualen ausstehen mussten, irgendwo in Freiheit waren.

Die letzte Stadt war nur Schutt voller aufgeblähter Leichen, an denen sich Hunde und Fliegen gütlich taten. Vor sich sah sie einen Wald und auf der anderen Seite des Waldes verlief ein Fluss aus Feuer.

Die Wölfin verfiel in einen taumelnden, gequälten Galopp, denn ihr Herz hungerte nach den Bäumen, nach der Kühle unter den schweren Zweigen. Die Asche war eine beinahe ebenso schlimme Folter wie ihre verwundete Pfote. Vielleicht würde sie im Wald sauberes Wasser zum Trinken finden und etwas anderes riechen als Rauch und verbranntes Fleisch.

Aber als sie sich dem Wald näherte, sah sie, dass auch er nur mehr eine Ruine war. Verkohlte tote Bäume hoben dem bleiernen Himmel entlaubte Äste entgegen. Der Himmel selbst spiegelte das blutfarbene Licht brennender Städte wider. Binnen weniger Augenblicke hatte sie das skeletthafte Unterholz am Rand des Waldes erreicht. Sie spürte, wie die toten Zweige unter ihrem Körper zerbrachen. Sie waren brüchig und vermodert.

Sie mühte sich durch das Dickicht auf den Fluss aus Feuer zu. Viele Bäume waren umgefallen und nur noch eine Masse aus geborstenem Holz und unheimlichen dornigen Zweigen: böse Fallen für ihre müden Füße.

Das einzige Wasser, das sie fand, stank nach Schimmel und war erfüllt von der Gerbsäure, die das verfaulende Holz freigab. Borke hing in Streifen von den Baumstämmen, die noch stehen geblieben waren, so wie das Fleisch von den Knochen eines Leichnams abfällt. Der Wald bot keine Zuflucht. Immer weiter mühte sie sich hinab auf den Fluss zu. Sein Feuer glimmte durch die Bäume.

Auf dem steinigen Ufer fand Regeane die Geister, von denen Adraste gesprochen hatte. Einige von ihnen konnte sie sehen, aber selbst die Wölfin wandte den Blick von ihnen ab. Andere wandelten einher, ohne zu sehen, und bewegten nur in schweigendem Selbstgespräch die Lippen. Wieder andere weinten oder tobten, hatten die Zähne zusammengebissen oder spien all die Galle und Wut eines ganzen Lebens in die leere Dunkelheit. Schließlich gab es auch solche, die nur traurig waren, einsame Stimmen, die im Wind wehten. Ihre Worte waren eine Qual für Regeanes Ohren und schienen sie aufzufordern, irgendetwas zu sagen, um ihnen ein klein wenig Trost zu spenden.

Sie schrien die herzzerreißende Tragödie des Menschseins heraus. Und Regeane, deren Seele im Körper der Wölfin eingeschlossen war, weinte lautlos, weil ihr wölfisches Ich nicht mit ihnen weinen konnte.

»Ich bin im Kindbett gestorben …«, stöhnte einer der Geister. »Oh, die Schmerzen – die Schmerzen.«

»Mich hat man gefangen und zum Sklaven gemacht«, rief eine Männerstimme voller Pein. »Mein Leben war unmöglich ohne Freiheit. Ich starb nach meinem dritten Fluchtversuch unter der Folter.«

Eine Kinderstimme jammerte: »Ich bin an Hunger gestorben. Meine Mutter hat mir nichts zu essen gegeben, nachdem mein Vater sie verlassen hatte.«

Nein, dachte die Wölfin. *Nein.* Und trotz der Wunde in ihrer Pfote rannte sie über das felsige Flussufer, nur weg von diesem siedenden Kessel menschlichen Schmerzes. Die Feuer flammten vom Wasser auf und versengten ihre Flanke.

Die Stimmen folgten ihr wie ein Furienschwarm, um ihr Elend in ihre Ohren zu blasen.

»Ich habe meine Söhne angebetet …«, wimmerte eine Stimme, »aber sie haben mich vergiftet, um an mein Gold zu kommen.«

»Ich wurde erwürgt«, kreischte ein anderer Geist. »Mein Mann hat mich des Ehebruchs bezichtigt. Ich war schuldlos, aber er hat mich dennoch erwürgen lassen, weil er eine wollte, die reicher war als ich.«

Nein, dachte die Wölfin und versuchte, in den erbärmlichen Schutz der toten Bäume zurückzukehren. Ein gewaltiges Dickicht aus Dornensträuchern trieb sie zurück.

Dann war sie plötzlich wieder eine Frau. Die heißen Felsen in der Nähe des Flusses versengten ihre Füße. Und eine gesegnete Stille umfing sie.

Vor ihr stand die Gestalt eines Mannes. Er war nur ein Schatten, den die Flammen von hinten beleuchteten. Seltsamerweise schien er allein von all den umherstreifenden Gestalten sie zu sehen.

»Ich bin Wolfstan, der Wolfstein«, sagte er.

Vater, hätte Regeane gern gesagt, aber sie tat es nicht. Sie wagte es nicht, das Wort auszusprechen.

»Still«, sagte er. »Schweige, so wie Adraste es dir geraten hat. Nur einer von uns darf seine Stimme hier hören lassen.«

Er drehte sich ein Stück weiter zur Seite. Das Feuer beleuchtete ihn und Regeane sah die große Wunde, die der Armbrustbolzen hinterlassen hatte, der Bolzen, der ihm das Leben gekostet hatte.

»Wie viele Sonnenaufgänge und Sonnenuntergänge sind ins Land gegangen, Regeane, seit du im Schoß deiner Mutter lagst? Ich bin dir von dem Tag an gefolgt, an dem du das erste Mal die Augen geöffnet hast. Ich habe mich deiner erinnert und dich geliebt und ich habe hier auf dich gewartet.«

Regeane war jetzt eine Frau und sie konnte weinen. Sie ging auf ihn zu und die Tränen strömten ihr über die Wangen.

»Leg die Hände zusammen«, sagte er, »damit ich trinken und noch einmal meine Sterblichkeit fühlen kann.«

Regeane formte aus ihren Fingern einen Becher. Seine Lippen berührten ihre blutigen Handflächen. Vor ihren Augen verwandelte sich der Geist in einen Mann.

Seine erste Tat bestand darin, seinen Umhang zu öffnen und ihn um ihren Leib zu schlingen, um ihre Nacktheit zu bedecken. Adrastes Warnung war vergessen. Viele Worte drängten aus Regeanes Kehle. Ihre Einsamkeit war ein bitterer Schmerz, der sie an ihr Schweigen kettete.

»Schscht. Sei still.« Er drückte einen Finger auf Regeanes Lippen. »Du darfst nicht sprechen.

Ich habe dich durch alle Tage deines Lebens verfolgt. Nicht nur bei Sonnenaufgang und bei Sonnenuntergang, sondern auch während der Stunden der Nacht, wenn die Sterne in schweigendem Reigen um die Welt tanzen. Ich bin dir durch die Tage gefolgt, wenn die Sonne heiß auf deinen Rücken schien und die Felder im goldenen Schimmer ihrer Pracht beinahe verdorrten.

Ich habe deine Stimme im Sommerwind gehört und durch die einsamen Nächte des Winters, wenn die hohen Bäume vor Kälte knarren und der Schnee die Erde mit Schweigen bedeckt.

Ich kannte deine Träume und deine Ängste. Ich habe mit dir in die Bücher geblickt und mir den Kopf über die Worte zerbrochen. Und ich habe auch mit dir in deiner Einsamkeit und deinem Schmerz gerungen. Meine Tochter, meine geliebte Tochter, du bist nie allein gewesen.

Ich habe im Frühling durch deine Augen geblickt, wenn das neue Leben der Pflanzen ein grüner Nebel auf Bäumen und Wiesen war, und im Herbst, wenn die bunten Blätter ein fröhlicher Chor der Farben vor dem braunen Land waren.

Durch alle Tage deines Lebens bin ich dir gefolgt und habe dich geliebt. Und ich habe gewartet, bin hier gewandelt und habe mir einen eigenen Frieden versagt in der Hoffnung, dich vielleicht irgendwann wissen lassen zu können, wie sehr ich dich liebe.«

Regeane spürte, wie er sie hochhob. Er trug sie in die Flammen, die von dem brennenden Fluss aufloderten. Sie spürte, wie die Hitze um sie herum anschwoll, eine erstickende, zornige, bösartige Hitze, beinahe ein lebendiges Wesen, das mit Tentakeln aus Feuer nach ihr griff, um sie den Armen ihres Vaters zu entreißen. Dann waren sie auf der anderen Seite und gingen über eine Wiese, die im jungen Licht der aufgehenden Sonne vor ihnen lag.

Wolfstan setzte sie im Gras ab und nahm ihr Gesicht zwischen beide Hände. Sie blickte zu ihm auf. Er war ein großer Mann mit einer dichten Mähne sandfarbenen Haars. Sie staunte darüber, dass sein Gesicht so alltäglich war. Er hatte das Gesicht eines gütigen, starken Mannes mit einer wuchtigen Nase, die im Kampf mehr als einmal gebrochen worden war, und Narben von den vielen Schlachten, die er ausgefochten hatte.

»Deine Mutter«, sagte er, »hat meine zweifache Natur nie verstanden. Sie hasste und fürchtete sie. Gott vergebe ihr! Für deine Mutter trug der Allmächtige immer nur Gundabalds Gesicht.

Aber hier am Flussufer, in dieser Kluft zwischen Selbstbetrug und Ewigkeit, muss man nicht nur die Kümmernisse des Staubs hinter sich lassen, sondern auch seine Ungerechtigkeiten, bevor man das Licht der Ewigkeit suchen darf.

So lasse ich nun hier meine verratene Liebe zurück, meine Trauer und meinen bitteren Gram.«

Regeane versuchte zu sprechen und spürte abermals seine Finger auf ihren Lippen.

»Still, denn ich habe deine Tränen gesehen und sie sind Sterne, die mir auf all meinen Reisen den Weg beleuchten werden... für alle Zeit.«

Damit war er fort und ein riesiger grauer Wolf stand an der Stelle, wo er noch kurz zuvor gewesen war. Der Wolf drehte sich um und lief zum Rand der Wiese, wo der grüne Wald begann.

Dann drehte er sich noch einmal um, sah zu Regeane zurück und war verschwunden. Seine unverbrüchliche ewige Liebe schloss sich über ihr wie eine Welle.

Regeane stand still am Rand eines Waldes von lebendigem Grün und atmete die klare, reine Luft des Morgens ein.

Lange Zeit zitterte sie vor Kummer wie vor Glück. Wolfstans Umhang war aus grauem, schwerem Wollstoff gemacht und eingefasst mit einem schmalen, mit Goldfaden bestickten Band. Er hätte zur Jagdmontur eines Königs gehören können. Sie wickelte sich in das Tuch und ging los, ohne zurückzublicken.

Das Gras war weich und kühl unter ihren Füßen und noch leicht feucht vom Morgentau. Auf dem Gipfel des Hügels glühte der Sonnenaufgang inmitten einer Schar Schäfchenwolken. Ihre Hand blutete. Ihr Blut glitzerte wie rubinfarbene Tröpfchen auf dem grünen Gras.

Auf dem selben Weg, den der Wolf genommen hatte, erreichte sie schließlich den Wald. Das Licht dort war grau. Das weiche Moos auf der Borke der Bäume erstrahlte in einem tiefen Smaragdgrün. In der morgendlichen Stille sang nicht ein einziger Vogel.

Der Waldboden war mit einem Teppich aus Farn bedeckt. Die frischen, dunklen Blätter bogen sich unter ihrem sachten Schritt und sprangen wieder auf, ohne eine Spur ihrer Wanderung zurückzulassen. Der Waldgürtel war schmal und Regeane trat auf einem hohen Hügel aus dem Schatten der Bäume heraus und blickte auf einen Garten hinab. Er lag zwischen den gewellten, bewaldeten Hügeln, wie ein Kind zwischen den Brüsten seiner Mutter ruhte. Ihr war klar, dass sie ihr Ziel endlich erreicht hatte.

Sie hielt für einen Augenblick inne und schaute in die Ferne. Die Sonne hatte sich über den Rand des Horizonts geschoben und in ihren ersten Strahlen blitzte ein noch helleres Licht auf. War es eine schöne weiße Stadt, die alles Licht in sich selbst vereinigte? Sie wusste es nicht und konnte sich auch nicht sicher sein, weil der Sonnenaufgang zu hell für ihre Augen war.

Sie ging in den Garten hinunter und hätte vor Schmerz beinahe aufgeschrien, als sie das Grundstück erreichte. Es war mit einer Dornenhecke eingezäunt – die weichen, vierblättrigen, weißen

Blüten überall inmitten der harten, schwarzen, dornigen Stängel verteilt.

Regeane hielt einen Moment lang inne. Sie war so müde. In ihrer Hand pochte ein kalter, dumpfer Schmerz. Sie wusste nicht, ob sie die Kraft hatte, noch mehr Leiden zu ertragen, aber sie streckte ihre aufgerissene Hand nach den steifen, dunkelgrünen Stängeln aus – und ohne zu zögern, teilten sie sich bei ihrer Berührung.

Sie fand sich auf einem gepflasterten Pfad wieder, der zu einem Springbrunnen führte. Der Weg war mit Blumen gesäumt. Sie blühten überall verschwenderisch und ohne sich um die Jahreszeit zu kümmern. Einige von ihnen kannte Regeane und konnte sie beim Namen nennen. Reihe um Reihe samtigen purpurfarbenen Lavendel sah sie, dicht an dicht wachsenden Salbei und weiß, gelb und purpurrot blühenden Klee, der den Wegesrand säumte.

Hinter den niedrigeren Pflanzen standen hoher Fingerhut und üppig blühende Lilien. Ah, solche Lilien hatte sie noch nie gesehen. Weiß mit lavendelfarbenen Streifen, die Köpfe unter der Last des Taus geneigt. Andere, höhere, die hinter ihnen standen, zeigten pralle, nach oben gebogene Blütenblätter in Orange und Scharlachrot, als warteten sie atemlos auf die Sonne.

Hinter ihnen rankten sich zwischen den hohen Zypressen die Rosen. Rote, rosafarbene und weiße Rosen, und auf ihren Blütenblättern, verteilt wie Sterne an einem nächtlichen Himmel, glitzerten Tautröpfchen, die das Licht der aufgehenden Sonne einfingen und es in tausend winzige Regenbogen verwandelten.

Ich bin schon einmal hier gewesen, dachte Regeane. *In den Träumen, die ich im tiefsten Schlaf habe. Den Träumen, an die ich mich nur schwach erinnere. Ich bin hier spazieren gegangen und mein bekümmertes Herz hat sich nach diesem Ort gesehnt. Nach seinem kühlen, heilenden Frieden. Ich werde ihn am Springbrunnen finden.*

Und da fand sie ihn tatsächlich.

Sein Haar war weiß und sein kurzer Bart grau, aber sein Gesicht hatte dieselbe alterslose Schönheit wie Herophiles Züge. Sie musste irgendein Geräusch gemacht haben, als sie sich ihm näherte, oder vielleicht hatte er ihre Gedanken aufgefangen, denn er hob den Blick von dem Buch, das er las, und betrachtete ihr Gesicht.

»Du bist Daedalus?«, fragte Regeane.

»Ja, der bin ich. Und was kann ein Geschöpf von solcher Schönheit, wie du sie besitzt, wohl von mir wollen?«

»Ich erbitte«, sagte sie, »Heilung für einen Mann. Liegt das in deiner Macht?«

»Obwohl ich hier nur zu den geringeren Geschöpfen zähle, kann ich deine Frage bejahen.«

Wenn er eines der geringeren Geschöpfe an diesem Ort war, hätte Regeane gern gewusst, wie die mächtigeren wohl sein mochten, aber sie fragte nicht. Sie war damit zufrieden, sich auf eine der Steinbänke zu setzen und das Spiel des Wassers im jungen Morgenlicht zu beobachten. Sie hatte großen Durst, wie zuvor, als sie den Fluss gesucht hatte.

»Darf ich trinken?«, fragte sie.

»Ja«, sagte Daedalus. »Aber«, warnte er sie, »tauche auf keinen Fall deine verwundete Hand in dieses Wasser, denn es ist das Wasser des Lebens und die Wunde ist das Einzige, was dich mit der Erde verbindet. Wenn sie heilt, wirst du vielleicht nicht zurückkehren.«

»Ich bin mir nicht sicher«, sagte Regeane, »ob ich überhaupt zurückkehren will.«

Daedalus lächelte. »Ich stelle fest, dass du ein sehr junges Geschöpf bist und dass dein Leben hart gewesen ist, aber fürchte dich nicht, die Dinge werden sich vielleicht schon bald bessern. Wenn du jedoch hier bleibst, wird sich niemals etwas für dich ändern. Weder zum Besseren noch zum Schlechteren. Ich war alt, als ich hierher kam, eine ausgetrocknete Hülse von einem Mann. Ich hatte allen Grund zu glauben, alles erfahren zu haben, was das Leben zu bieten hatte.

Mein Augenlicht war getrübt und meine Ohren konnten selbst den Klang des Donners kaum mehr hören. Mein Geist war so trocken und verwelkt wie der Rest. Ich war der Welt nicht länger von Nutzen und die Welt mir nicht. Meine Jugend und ihre Kämpfe hatte ich längst vergessen. Accidea hatte von meinem Geist Besitz ergriffen. Ich hatte den Lebensbecher bis zur Neige geleert. Ich wollte nur noch hier in der Sonne liegen.«

Regeane kniete am Brunnen nieder und begann zu trinken. Sofort spürte sie, wie Müdigkeit und Schwäche von ihr abfielen. Ein Gefühl stillen Siegesbewusstseins erfüllte ihr Herz, als ihr klar wurde, dass sie gewonnen hatte. Antonius würde so sein, wie er es gewesen war, und die Poesie seiner Finger und die Magie seiner geschmeidigen Pinselstriche würden erneuert werden, um die Schönheit der Welt zu vergrößern. Sie hatte ihr Blut und ihren Schmerz nicht umsonst gegeben.

»Wo ist er?«, fragte Daedalus und legte sein Buch beiseite. »Der, den ich für dich heilen soll?«

»In Cumae«, sagte Regeane.

»Ah, Cumae«, erwiderte Daedalus. »Ich habe lange dort geweilt und die Priesterin geliebt. Ich erinnere mich an die Akropolis, das Sanktuarium hoch oben auf dem Felsen neben Homers weindunklem Meer.«

Regeane, die noch immer am Brunnen kniete, blickte voller Kummer auf. »Es ist nur noch eine Ruine übrig geblieben«, sagte sie.

Daedalus runzelte die Stirn. »Das habe ich schon von Ikarus gehört.«

»Ikarus?«, fragte Regeane.

»Meinem Sohn. Sage mir, was erzählen sich die Menschen von ihm?«

»Dass...« Regeanes Zunge geriet ins Stocken, als ihr klar wurde, wie seltsam es war, mit einer Legende über eine Legende zu plaudern, aber sie fuhr fort. »Dass er zu hoch geflogen sei und die Sonne das Wachs auf seinen Flügeln geschmolzen habe, sodass er ins Meer stürzte.«

Daedalus lachte. »Was für eine Narretei. Flügel gab es zwar, aber kein Wachs. Nein, Ikarus war jemand, der aller Dinge Grenzen erforschen musste. Ich klebte am Himmel wie die Schiffe an der breiten Brust des Meeres. Ikarus erprobte die Grenzen meines Gefährts und kam auf den Felsen darunter zu Schaden. Aber das war nur eines seiner Leben. Er hat seither viele Leben gelebt.«

»Während du hier geblieben bist?«

»Ja«, antwortete Daedalus. »Es ist nämlich so, mein liebes Kind, dass für einige Menschen ein einziges Leben genug ist, während anderen tausend Leben nicht ausreichen würden. Ikarus ist einer von ihnen. Also kommt er immer wieder her und bringt mir Nachrichten aus der Welt, die ich vor so langer Zeit hinter mir gelassen habe. Einer Welt, wie ich hinzufügen könnte, die mich in Erstaunen setzt.

Aber das verlockt mich nicht, meinen Garten sehr oft zu verlassen. Und einem Geschöpf wie dir begegne ich nur selten und noch nie ist jemand in mein Refugium eingedrungen.«

Regeane fragte zögernd: »Du siehst mich so, wie ich bin?«

»Allerdings. Ich sehe die anmutige Frau voller Empfindsamkeit und Verstand und ich sehe auch deine flinke Gefährtin der Nacht. Sie, die in der Freiheit des Mondlichts schwelgt.

Zu meinen Lebzeiten habe ich deinesgleichen als den Stoff von Träumen und Illusionen betrachtet. Aber als ich hierher kam, begegneten mir einige Wanderer im Wald, Kinder der innigsten Schönheit des Lebens, und da verstand ich. Die Menschen sehen die Welt durch die Scheuklappen der Vernunft. Nie gab es einen Herrscher, einen Tyrannen, der schlimmer war als die Vernunft. Denn jene, die von ihr geblendet sind, können nicht erforschen, was halb unsichtbar am Rand ihrer Wahrnehmung liegt.«

»Vernünftige Menschen«, sagte Regeane, »würden mich an einen Pfahl ketten und verbrennen.«

»In der Tat. Wie könnten sie auch jemals solche Macht bei einer Frau dulden? Das riecht nach Hexe.«

»Ist es denn so schrecklich, eine Hexe zu sein?«, fragte Regeane.

»Nein.« Daedalus lächelte. »Denn die Erde ist eine schöne, sanfte Frau und die Hexe ist ihre Stimme.«

Daedalus blickte mit Augen, die Regeane nicht länger sehen konnten, in die Ferne.

»Ich erinnere mich, dass ich vor vielen Jahren auf Kreta geboren wurde, jener liebreizenden Insel inmitten eines lapislazulifarbenen Meeres. Ah, das waren damals die Morgenstunden der Erde und wir waren die Ersten, ihre überreichen Früchte zu kosten. Wir zähmten die wilden Trauben, die auf den Berghängen wuchsen. Weiche, kleine, purpurfarbene Kugeln, so schön und rund wie die Lippen einer Frau. Unsere Felder waren golden vom Weizen, der sich unter der Meeresbrise neigte. So lange ich auch tot sein mag, ich schmecke noch heute das weiche, weiße Brot, das man aus diesem Weizen buk. Ich rieche noch die Blume des Weins, den wir dazu tranken. Der Olivenbaum, die graue Königinmutter aller Bäume, schenkte uns duftendes Öl, um unsere Gaumen zu kitzeln, wenn wir uns an fetten Rebhühnern und Tauben gütlich taten oder uns der Garnelen und Fische erfreuten, dem allgegenwärtigen Überfluss des Meeres.

Die Tage verschmolzen einer mit dem anderen, zusammengewoben wie die Fäden eines Teppichs oder wie die Töne einer wundervollen Melodie. Einer Melodie, wie sie ein Hirte spielt, wenn er an einem Sommernachmittag inmitten seiner Schar döst. Ein Klagelied, das man nicht niederschreiben kann. Ich vermag diese Tage nicht voneinander zu unterscheiden, denn sie waren alle eine einzige Wonne.

Ich baute Ariadnes Tanzsaal, auf dass wir der Erde, der uralten, Segen spendenden Mutter des Menschen, für all ihre Geschenke danken konnten. Denn damals, Regeane, dachten wir nicht an Vergewaltigung oder Eroberung. Wir wussten, wie man um die Erde freite und wir gingen voller Sanftheit zu ihr, so wie ein Liebender sich einer Jungfrau nähert. Wir waren ihrer unendlichen Freuden und Erfüllung teilhaftig. Und die Hexe war eine Priesterin, die die überreiche, freudige Fülle des Lebens auf ihrem Tanzboden durchmaß.«

Regeane legte den Kopf auf das Porphyritbecken des Springbrunnens und schloss die Augen. »Was ist geschehen?«, fragte sie.

Daedalus lachte rau. »Ein Traum von Macht, Mädchen. Die Ägypter kamen auf unsere Insel. Es gelüstete sie nach unserem Wein und unserem Öl. Vor ihrer Ankunft war Minos nur ein Mann, der manchmal von einem Gott besessen war. Sie redeten ihm ein, er sei tatsächlich ein Gott und könne sich deshalb nehmen, was er wolle.

Das kostbare Öl und der Wein kamen in die Lagerkrüge in seinem Palast. Die fetten Rebhühner und Tauben kamen auf seinen Tisch, und einzig die Pracht seines aus der Ferne geschauten Hauses war noch übrig, um die Herzen und die Mägen seiner Untertanen zu füllen. Er wurde immer gieriger und gieriger, verlangte mehr und mehr – und ich, der ich einst nur wunderschöne Dinge für ihn hatte, konnte nicht genug tun.

Als ich gegen ihn die Stimme erhob, kerkerte er mich in einer Villa hoch oben auf einem Kliff ein. Ich entkam, indem ich auf dem Wind davon segelte. Minos' Ende habe ich selbst nicht mehr miterlebt, aber von meinem Sohn weiß ich, dass es in einer Wolke aus Feuer kam.«

»Und die Hexe?«, fragte Regeane.

»Nun, die Menschen hassen und verfluchen sie«, sagte Daedalus, »weil sie der Inbegriff ihrer Scham ist. Sie erinnert sie an ihre schöne Herrin, die Erde. Sie haben vergessen, wie man sie lieben muss. Jetzt fürchten sie ihre Stürme und ihre reißenden Ströme. Ihre winterliche Grausamkeit, ihre sommerliche Hitze und den Staub. Ihre glutvollen Stunden, wenn ihr Gipfel erbebt und Feuer aus den Bergen brodelt.

Sie sagen, dies sei ihr Gesicht, und tun so, als wüssten sie nicht, dass es nur eines ihrer Gesichter ist; sie vergessen die Stunden, da sie auf sie herablächelt und in Liebe die Arme nach ihnen ausstreckt. Wenn sie ihre Dunkelheit und Grausamkeit sehen, vergessen sie, dass sie nur sich selbst in ihren Augen widergespiegelt sehen. Nachdem sie sie verurteilt haben, glauben sie, sie plündern und ausrauben zu dürfen. Auch wenn es die Hexe ist, die sie plündern und ausrauben.«

Regeane, noch immer in den Umhang ihres Vaters gehüllt, erhob sich. Sie warf den Kopf in den Nacken und sog tief die Morgenluft ein. »Ich verstehe, warum ich dich hier im Garten finde.«

Daedalus schüttelte den Kopf. »Ich habe den Garten nicht geschaffen. Er war ein Geschenk, das mir die Liebe machte.«

Regeane blickte auf ihre Hand hinab. Sie blutete noch immer. Die roten Tröpfchen befleckten die Pflastersteine zu ihren Füßen.

»Wir müssen gehen«, sagte sie. »Ich glaube, ich habe nicht viel Zeit. Ich blute noch immer.«

Daedalus griff nach ihrer aufgerissenen Hand. Sie zog sie zurück und blickte über den Garten, um ihn noch einmal im Morgenlicht zu sehen und seine Schönheit in sich aufzunehmen.

»Ich möchte mich daran erinnern«, sagte sie. »An alles hier.«

»Damit du es eines Tages wiederfinden kannst?«, wollte Daedalus wissen.

»Ja«, antwortete Regeane. »... wiederfinden kann.«

Dann nahm er ihre Hand.

Regeane spürte einen gewaltigen Sog, einen Schmerz. Sie wusste nicht, wie es war, zu gebären, aber ungefähr so stellte sie es sich vor. Eine Sekunde später standen sie zusammen auf dem Felsen von Cumae vor dem heiligen Feuer. Der Nebel hatte sich aufgelöst, die Sterne über ihr waren eine Kaskade aus Licht, und der Wind riss an dem Umhang ihres Vaters. Der Garten war nur noch eine Erinnerung.

Antonius lag vor ihnen, sein nackter Leib ausgestreckt über dem kalten Feuer. Er schien tot zu sein. Seine Augen waren geschlossen und seine Haut hatte sich auf Grund der Kälte bläulich verfärbt. Die Folgen seiner Krankheit waren deutlich zu sehen, zerstörte Finger und Zehen, eine weiße, halb zerfallene Nase, der Mund weggefault. Aber über ihm hing noch immer der Schatten einstiger Schönheit.

Der Mond stand tief am Himmel und das Land unter dem Felsen lag im Dunkeln. Die Geister waren nicht mehr zu sehen. Der Tempel mit seiner leeren Cella ragte hinter Regeane auf.

Die beiden schwarz gewandeten Hierophanten warteten auf den Tempelstufen neben der Cella und sahen aus wie Statuen, die an der Tür zu einem Grab schwebten.

Dann flaute der Wind ab und die Nacht wurde still. Regeane hatte das Gefühl, das Schweigen hören zu können.

Daedalus ließ die Arme sinken und Regeane beobachtete, wie er sie langsam wieder hob. Als er das tat, flackerte ein Feuer in dem Steinkreis der uralten heiligen Herdstelle auf. Die Flammen sahen echt aus und Regeane zuckte vor Überraschung und Schreck zusammen.

Aber dann bemerkte sie, dass die Flammen keine Hitze verströmten. Sie schienen Antonius keinen Schaden zuzufügen, im Gegenteil: Es sah so aus, als schwimme er in diesem Feuer wie der Salamander, der zwischen den Flammen lebt. Aber während Daedalus die Arme weiter anhob, wurde das Feuer weiß und zu einem Stern funkelnder Helligkeit, der Regeane einen Augenblick lang blind machte und dann plötzlich erloschen war.

Sie sah noch einmal hin. Antonius lag vor ihr in der ganzen Fülle seiner Jugend und Kraft. Sein Fleisch zeichnete sich leuchtend und lebendig vor der grauen Asche ab. Sie sah, wie er in der kühlen Nachtluft zitterte, sich auf die Seite drehte und die Knie hochzog, um sich vor der Kälte zu schützen.

Regeane nahm den Umhang von ihren Schultern und breitete ihn über ihm aus. Daedalus kam um das Feuer herum und ergriff ihre noch immer blutende Hand.

»Mein Garten?«, fragte er. »Wirst du mit mir zurückkommen?«

Regeane stand vor ihm und war sich jetzt auch der Tatsache bewusst, dass sie nur mehr mit Schatten und ihrem eigenen Haar bekleidet war.

»Nein«, antwortete sie. »Ich will die Welt erproben und sehen, was sie für mich bereithält, bevor ich mich zum Schlafen niederlege.«

»Ah.« Daedalus trat einen Schritt zurück. »Dann heißt es jetzt also Abschied nehmen, liebreizende Herrin des Mondlichts. Wenn ich dich so ansehe, verstehe ich gut, warum unsterbliche Götter in den Armen sterblicher Frauen Linderung ihrer Begierden finden. Und wonach es meinen törichten Sohn so sehr dürstet, dass er wieder und wieder vom Quell des Lebens trinkt.«

Dann war er fort. Regeane drehte sich zu den beiden Hierophanten um, die an der Tempeltreppe warteten und zeigte auf Antonius.

»Wenn er erwacht«, sagte sie, »bringt ihn zu seiner Mutter zurück.«

Eine Sekunde später war sie wieder Wölfin. Darauf bedacht, ihre immer noch blutende Pfote zu schonen, humpelte sie den Prozessionsweg hinab auf Rom zu.

25

Als Regeane den Bach überquerte, durchbrachen ihre Pfoten die Eisschicht nahe des Ufers. Die Nacht war bitterkalt. Ihr war klar, dass ihre Kräfte nicht mehr weit reichen würden. Sie wusste nicht, ob sie es heute Nacht noch bis nach Rom und in die Sicherheit von Lucillas Villa schaffen würde.

Sie hielt inne und blickte über die verlassene Campagna. Der Nebel, der zuvor über dem weiten Grasland gebrodelt hatte, hatte sich auf den Boden herabgesenkt und war auf den Grashalmen gefroren. Sie knisterten unter ihren Füßen. Der Mond war untergegangen und die unzählbare Schar der Sterne warf ein kaltes Licht auf sie herab.

Der Geist der Frau war beinahe so erschöpft wie der des Tieres. *Früher oder später,* dachte sie, *wird der Tod zu mir kommen. Warum nicht hier? Warum nicht jetzt? Und dann … Was? Daedalus' Garten? Wer weiß?* In der Welt jenseits der Tempelschwelle hatte es genauso viel Hässlichkeit wie Schönheit gegeben, aber wie viel von beidem war echt gewesen und wie viel Illusion? Der Geist der Frau, gefangen im schmalen Schädel der Wölfin, schreckte vor dem Problem zurück.

Ein scharfer Schmerz zuckte durch ihre verwundete Pfote, als sie den Boden berührte. *Das hier ist die Wirklichkeit,* dachte sie. Die Müdigkeit zerrte an jedem einzelnen Muskel ihres Leibes und verlockte sie, sich auf dem frostbedeckten Gras zum Schlaf niederzulegen. Die Erinnerungen der Wölfin waren wie Musik, ein steter Fluss von Bildern, die den Geist und die Willenskraft der Frau zu überwältigen drohten.

Die Frau war zu verwirrt und zu entmutigt, um sich dagegen zur Wehr zu setzen. Sie war fast am Ende ihrer Kräfte. Die Kälte, die ihr noch nie zuvor zu schaffen gemacht hatte, bohrte sich jetzt durch ihr schweres Fell und ließ sie bis auf die Knochen frieren.

Rom, dachte sie und versuchte sich weiterzutreiben. Aber die Frau wusste, dass es bis Rom noch sehr weit war. Die Bilder, die ihr Bewusstsein umschatteten, sagten ihr, dass der Tod dagegen sehr nahe war. Dass er gewiss war, falls man sie am helllichten Tage fand, nackt und allein. Sie hatte zu viel von ihrer Kraft und ihrem Blut gegeben, um Antonius zu retten. Nun war ihr vielleicht selbst der Untergang bestimmt.

Sehr zum Unwillen der Frau konnte die stets zuversichtliche Wölfin dies durchaus akzeptieren. Wenn es so war, warum dann bis zum Letzten kämpfen? Warum sich nicht einfach am Bach niederlegen? Es wären ein paar Schmerzen auszuhalten, dann würde die Dunkelheit kommen. Eine Dunkelheit, die nicht viel anders war als Schlaf, und wäre es ihr dann nicht vielleicht gestattet, auf ewig neben ihrem Vater zu laufen und die gewaltigen Weiten der Ewigkeit zu durchmessen?

Sie senkte ihre Schnauze in den Bach zu ihren Füßen. Trink jetzt, und dann roll dich zusammen und ruh dich aus. Sollte ihr Blut doch langsam in das gefrorene Gras sickern. Wie betäubt leckte sie das eisige Wasser auf.

Der Schock der Kälte brachte sie wieder voll zu Bewusstsein. Zu viel von dem frostklaren Wasser zu trinken, noch dazu in ihrem jetzigen Zustand, war gefährlich. Ihr Kopf schnellte in die Höhe und sie taumelte fauchend, die Ohren fest an den Schädel gelegt, von dem Wasser zurück. Nein, dieses Wasser wäre buchstäblich ein Todesurteil für ihren bereits unterkühlten Körper.

Heißer Zorn überwältigte sie. Sie hob den Kopf, und zum ersten Mal in ihrem Leben erhob sie auch die Stimme gegen eine monströs ungerechte Welt, ein grausames Universum und die fernen, gleichgültigen Sterne.

Das Geräusch aus ihrer Kehle begann als ein Brüllen der Wut und endete mit einem Wimmern der Qual. Ihr Schrei hallte durch die leere Nacht wie der Weckruf einer Trompete. Dann ließ sie den Kopf sinken, taumelte und sah endlich als Frau wie als Wölfin ein, was ihr müder Körper ihr sagen wollte. Sie konnte nicht mehr weiter.

Eine Sekunde später stand sie wie gelähmt vor Entsetzen da. Man antwortete ihr! Die Rufe kamen zwar aus weiter Ferne und waren kaum mehr als der schwache Widerhall von Stimmen, aber doch deutlich zu hören in der stillen Nachtluft.

Ihr ganzer Körper zitterte. Zuerst wollte sie einfach davonlaufen, aber sobald ihre verletzte Pfote den Boden berührte, lähmte sie der Schmerz. Sie hatte nicht mehr die Kraft wegzulaufen.

Ein kurzes, ironisches Lachen flackerte im Bewusstsein der Frau auf. Sie hatte die Stimme gegen den Tod erhoben und damit nur bewirkt, dass er sich ihr nun erst recht nähern würde. Dann flutete rot glühender Zorn durch die Gedanken der Wölfin und fegte die Frau und ihre Zivilisation beiseite. Die Wölfin fauchte vor Verachtung über das jämmerliche Geschöpf, das den Anblick von Blut scheute und im Angesicht des Todes erzitterte.

Sie war sich ihrer eigenen Kräfte vollauf bewusst – eine einzige verwundete Pfote machte sie nicht vollkommen wehrlos. Sie bestand aus hundertzwanzig Pfund harter Muskeln und biegsamer Sehnen und mit ihren Fängen konnte sie einem Bullen die Kehle herausreißen und einem Mann den Oberschenkelknochen zermalmen, als sei er nur ein Zweig. Sie konnte es mit jedem natürlichen Wolf aufnehmen, der jemals das Licht der Welt erblickt hatte.

Da war es wieder, dieses Heulen, diesmal näher, und sie verspürte ein flüchtiges Gefühl der Erschütterung, als sie ein Flehen in diesen Rufen ausmachte. Als bäten sie sie, ihnen zu antworten und ihnen zu sagen, wo sie war.

So sei es, dachte sie. *Es konnte so oder so ausgehen.* Wenn ihre Gegner zu zahlreich waren, konnte sie verlieren. Besser ein Kampf als der langsame Tod durch die Nacht und die Kälte. Die Bilder im Gehirn der Wölfin sprachen von warmem Blut und rotem Fleisch, das in der frostkalten Luft dampfte. Wenn sie siegte, würde sie fressen und ihre Kräfte wieder finden.

Sie legte den Kopf in den Nacken und erhob abermals die Stimme, diesmal zu einem unirdischen Heulen, das Herausforderung und Einladung in einem war. Wenige Augenblicke später konnte sie sie kommen hören. Ein leises Knistern erklang, als sie über die vom Eis brüchig gewordenen Grashalme liefen.

Die Wölfin humpelte hastig zum Bach zurück. Das Wasser war wahrlich keine große Hilfe, aber es würde sie vielleicht schützen, falls die anderen versuchten, sie zu umzingeln. Eine Sekunde, nachdem sie ihre Position eingenommen hatte, erklommen sie den Hügel vor ihr, schwarze, gelbäugige Gestalten in der Finsternis. Sie verlangsamten ihren Lauf und kamen den Hügel herunter auf sie zu, um am Fuß der Anhöhe stehen zu bleiben.

Es waren dieselben drei, die sie in der Stadt getroffen hatte. Der Rote, der Graue und der Schwarze. Ihre erste Reaktion war ein tiefes Schaudern der Erleichterung, der jedoch sofort Verwirrung und Angst folgten. Sie waren bei der ersten Begegnung tatsächlich nicht unfreundlich gewesen, und der große Graue hatte ihr Avancen gemacht, aber was würden sie jetzt tun, wenn sie sahen, dass ihre Verletzung sie behinderte? Dennoch trat sie ihnen stolz entgegen, den Kopf erhoben, die Ohren aufgestellt, ihre verwundete Pfote unter die Brust geklemmt.

Lange Sekunden standen sie einfach nur da und sahen einander an. Dann wandte sich der große Graue dem Schwarzen zu, als wolle er ihn etwas fragen. Er strich mit der Nase über die Nase des schwarzen Wolfs – ein Weibchen, wie Regeane jetzt erkannte. Die schwarze Wölfin nickte wie zur Bestätigung. Der rote Wolf, der sich wahrscheinlich noch an Regeanes Feindseligkeit erinnern konnte, hielt sich im Hintergrund. Er kauerte sich mit einem breiten Hundelächeln auf den Boden und kratzte sich mit der Hinterpfote energisch das Ohr.

Flöhe, ging es der Wölfin voller Abscheu und Erstaunen durch den Sinn. *Wie konnte sie nur so tief sinken!*

Die schwarze Wölfin kam langsam, mit vorgereckter Schnauze und ohne die geringste Bedrohung auszustrahlen auf sie zu. Ihre Absicht war unmissverständlich. *Wollen wir Freunde sein?*

Die Wölfin wollte es. Sie wusste nicht, ob die anderen ihr helfen konnten; sie wusste nicht, ob überhaupt jemand ihr helfen konnte. Aber ihre Kameradschaft war unendlich viel besser, als allein mit ihrem Leiden zu sein. Also hielt sie der anderen Wölfin mit einer sanften Gebärde die Schnauze hin.

Sie berührten einander an der Nase. Die Silberwölfin wusste nicht, was sie zu riechen erwartete, aber was sie dann roch, überraschte sie. Es war ein Hauch von rotem Fleisch, der Geruch der kalten Nachtluft, der sich im Pelz der anderen verfing, und dazu ein süßer Atemhauch wie der Geruch von warmem Brot.

Die schwarze Wölfin stieß ein weiches, kehliges Geräusch aus, das wie ein leises Wimmern klang. Es war, als sage sie: »Willkommen.« Dann glitt ihr Kopf mit unendlicher Sanftheit über die Kieferpartie der Silberwölfin, bis ihre Schnauze hinten auf ihrer Schulter ruhte.

Einen Augenblick wusste die Silberwölfin nicht, wie sie darauf reagieren sollte, aber dann verstand sie. In dieser Position war die Kehle der anderen ihren Zähnen genauso preisgegeben, wie sie selbst ihre verletzlichste Stelle preisgab. Die Geste sagte einfach nur: Ich vertraue dir.

Die Silberwölfin legte den Kopf auf die Schultern der anderen. Ihre Körper waren einander sehr nahe, Brust an Brust, und die Wärme des anderen Weibchens war wie ein gewaltiges Feuer für die halb erfrorene Silberwölfin. Sie zitterte vor Kälte, vor Erregung und vor Angst. Sie konnte den warmen, sauberen Pelz der schwarzen Wölfin riechen und der schwache Duft von Weiblichkeit schwebte über ihr wie ein exotisches Parfüm.

Die andere beendete die Zeremonie, indem sie als Erste zurücktrat. Ihre Zunge huschte so schnell über das Gesicht der Silberwölfin, dass diese nicht einmal Zeit hatte, gegen etwas, das in Regeanes Augen eine Demütigung war, zu protestieren. Dann senkte sich die schwarze Schnauze auf ihre verletzte Pfote herab.

Die Nackenhaare der Silberwölfin stellten sich auf und sie fauchte leise, mehr aus Angst als aus Wut. Angst vor dem Schmerz. Die große schwarze Wölfin sah ihr fest in die Augen. Die Silberwölfin las Mitleid und auch ein wenig Erheiterung in den Augen der anderen, als diese ihre lange rote Zunge über die Innenseite der Pfote gleiten ließ. Die Berührung der Wolfszunge löste die schmerzhaften Krämpfe, die seit Cumae stets im Hintergrund ihrer Gedanken gelauert hatten.

Sie entspannte ihre Pfote und hielt sie der schwarzen Wölfin hin, damit die sanfte Liebkosung ihr heilendes Werk tun konnte.

In der Zwischenzeit verlagerte sie ihre Aufmerksamkeit auf den großen Grauen. Er hatte sie eingehend beobachtet, während sie mit der schwarzen Wölfin Bekanntschaft schloss. Jetzt brach er seine Musterung ab und kam vorsichtig und mit federndem Gang durch das hohe Gras und die niedrigen Büsche am Flussufer auf sie zu. Sein Hals war gewölbt und mit gesenkter Schnauze und aufgestellten Ohren erforschte er aufmerksam den Boden unter sich.

Dann erhob er sich mit einem jähen Sprung in die Luft; als er wieder landete, hielt er etwas zwischen den Vorderpfoten fest. Die großen Kiefer klappten mit einem hörbaren Laut zusammen. Eine Sekunde später und mit einer so schnellen Bewegung, dass selbst die scharfen Augen der Silberwölfin ihr kaum folgen konnten, warf er ihr etwas Kleines vor die Füße. Es landete mit einem leisen Aufprall vor ihr auf der Erde.

Die Silberwölfin blickte zu Boden und sah eine Maus, deren Hals gebrochen war und deren kleiner Körper noch immer in Todeszuckungen erbebte. Die Silberwölfin trat hastig einen Schritt zurück, wodurch sie mit einem ihrer Hinterläufe in den eisigen Bach hinter sich geriet. Mit einem schrillen Aufheulen sprang sie wieder zurück ans Ufer.

Die schwarze Wölfin grunzte leise und wandte das Gesicht ab. Der rote Wolf machte sich nicht die Mühe, seine Erheiterung zu verbergen. Er sprang in die Höhe und rollte sich dann auf den Rücken, sodass alle vier Pfoten in die Luft ragten und er den Eindruck eines Menschen vermittelte, der vor Lachen wie gelähmt war.

In schneller Folge flogen eine zweite und dann eine dritte Maus zu der ersten. Die schwarze Wölfin sah die Silberwölfin geduldig an, dann schob sie mit der Nase eine der Mäuse zu ihr hin. Ihre Absicht war unverkennbar.

Der Graue sah den noch immer lachenden roten Wolf an und knurrte. Dann wandte er sich wieder der Silberwölfin zu und bedachte sie mit einem herrischen Blick.

Seltsamerweise traf die Frau die Entscheidung, nicht die Wölfin. Die Wölfin war auf ihre eigene Art sehr konventionell, aber die Frau wusste, dass sie in Gefahr stand, unter anderem vor Hunger zu sterben. Wenn es also nur Mäuse gab, dann mussten es eben Mäuse sein. Außerdem waren sie auch nicht merkwürdiger als manch anderes, was sie als Frau gegessen hatte.

Sie schlang die erste herunter, sodass sie kaum ihre Zunge berührte. Der Geschmack war nicht schlecht – nussig, knusprig, ein wenig mehr nach Pilz als nach Säugetier. Die zweite fraß sie etwas langsamer. Die dritte ließ sie sich schmecken. *Nicht schlecht,* dachte sie. *Eine neue Delikatesse. Gar nicht schlecht.* Sie fragte sich, was Barbara, die Köchin im Kloster, wohl davon halten würde.

Fünf Mäuse später war sie beinahe wieder sie selbst. Als sie ihre Pfote auf den Boden niederließ, fragte sie sich, welchen Zauber die Zunge der schwarzen Wölfin bewirkt haben mochte. Die Sohle war noch immer wund, aber sie konnte wieder gehen – und noch dazu, ohne große Schmerzen auszustehen. Auch das Humpeln war verschwunden.

Der große Graue sah sie anerkennend an und führte dann das ganze Rudel langsam das Flussufer entlang, um nach weiteren Mäusen Ausschau zu halten. Die nächste fraß er selbst und bedachte dabei die Silberwölfin mit einem langen, bedeutungsvollen Blick.

Eine wilde Erregung bemächtigte sich ihrer. Er wollte ihr beibringen, wie man jagte. Seine nächste Pirsch war eine langsame, wohl erwogene Demonstration dieser Kunst.

Man geht langsam und leise durchs Gras, Augen und Ohren auf die kleinste Regung ausgerichtet, das flinke Huschen, das schwache Rascheln, wie Nagetiere es machen, wenn sie zwischen den Grasstängeln nach Nahrung suchen. Dann der hohe Sprung und das blitzschnelle Zufassen.

Die Silberwölfin begann, seine Bewegungen nachzuahmen. Mit gesenktem Kopf erkundete sie mit Augen und Ohren das Dickicht und die getrockneten, von der Winterkälte getöteten Gräser. Sie erstarrte unwillkürlich, als sie ihre erste Beute erblickte, einen dicken braunen Burschen, der sich an den Überresten einer vertrockneten Sonnenblume gütlich tat. Sie sprang. Ihre Pfoten schlossen sich um leere Luft.

Die Maus schoss davon, direkt in die wartenden Kiefer des roten Wolfs hinein. Er schmatzte fröhlich drauflos und grinste sie breit an.

Bei ihrer nächsten Maus war ihr nicht mehr Erfolg beschieden. Die Maus flitzte auf die schwarze Wölfin zu, die sie genüsslich verspeiste.

Die Silberwölfin knirschte mit den Zähnen und fuhr grimmig

fort, den großen Grauen nachzuahmen. Als sie das nächste Mal eine Bewegung sah, sprang sie sofort los und stürzte sich auf einen Hasen. Er entschlüpfte ihr durch die Vorderpfoten, stieß sich von ihrem Gesicht ab und hoppelte dann davon, während sie blinzelnd den Kopf schüttelte und sich von den Nachwirkungen eines harten Schlags auf die Schnauze erholte.

Der rote Wolf fand das offensichtlich unglaublich komisch. Er sprang in die Luft und wälzte sich über den Boden. Der Graue schlug einen Haken und versetzte dem roten Wolf einen scharfen Stoß. Als er diesmal in die Luft sprang, geschah es nicht aus Erheiterung. Er jaulte auf, ließ sich auf den Boden sinken und leckte sich wütend die Hinterseite.

Der Graue wandte sich wieder der Silberwölfin zu und sah sie an, als wolle er fragen: »Sollen wir weitermachen?« Ihre nächste Bemühung trug der Silberwölfin mehr Erfolg ein. Etwas Weiches, Pelziges zappelte unter ihren Pfoten. Ihre Kiefer schnappten zu. Maus und köstlich.

Danach schien ihr das Jagen leichter zu fallen. Sie besaß die angeborene Fähigkeit des Raubtiers zu absoluter Konzentration. Jetzt brauchte sie sich nur noch auf ihre Sinne zu verlassen. Sehr zum Verdruss des roten Wolfs und zur Freude des großen Grauen stellte sich heraus, dass sie zu den Besten in diesem Spiel zählte.

Als sie sich schließlich an Mäusen satt gegessen hatten, führte der graue Wolf sie in die Ebene hinaus. Sie begannen zu laufen. Jetzt, da sie gut gesättigt und ausgeruht war, konnte die Silberwölfin mit ihnen Schritt halten.

Die ganze Welt um die vier Wölfe herum schien zu schlafen und sie flossen wie Schatten über die gefrorenen Hügel. *Das,* dachte die Silberwölfin, *ist die Nacht meiner Nächte.* So muss es gewesen sein, bevor der Mensch mit seinen Städten kam, mit seiner Grausamkeit und seinen Kriegen ... Eine urtümliche Unschuld. Nur die Sterne waren ihre Gefährten.

Einmal schreckten sie in einem Wäldchen in der Nähe eines verlassenen Bauernhofes eine schlafende Hirschkuh auf. Die Wölfe verfolgten sie mehr zum Spaß als aus der Absicht heraus, sie zu erlegen. Die Silberwölfin reckte ihren Körper in der Luft, stürmte mit weit ausholenden Bewegungen über den Boden und staunte über ihre eigene Schnelligkeit, während sie dem zu Tode erschrockenen Geschöpf nachsetzte.

Dann blickte sie auf und sah den braunen Kopf, die vor Furcht geweiteten dunklen Augen, die Kehle, in der Blut und Leben pulsierten. Sie roch den scharfen Moschus des Entsetzens und begriff, dass das, was für sie ein Spaß war, eine Qual für dieses Geschöpf darstellte. Sie sah, dass es sich um eine trächtige Hirschkuh handelte.

Und die Frau hielt die Wölfin mit fester Hand im Zaum.

Sie brach die Jagd ab und gesellte sich wieder zu den anderen.

In diesem Augenblick roch sie die Stadt. *Rom,* dachte sie *und Lucillas Villa.* Ein scharfer Stich des Bedauerns durchzuckte sie, als die Frau begriff, dass die Nacht zu Ende war.

Die Wölfe verlangsamten ihr Tempo zu einer gemächlicheren Gangart. Sie wandten sich einem verlassenen Dorf zu, das sich an einen der Hügel in unmittelbarer Nähe der Stadt kauerte. Die Silberwölfin folgte ihnen. Ihre Nase fing den Geruch von Holzrauch auf, der aus einem der dunklen, verfallenen Häuser kam. Dies war also vermutlich eine ihrer Höhlen. Dasselbe hätte auch sie selbst getan, hätte sie die Macht dazu gehabt. Auch sie hätte sich einen Stützpunkt gesucht, wo Kleider und ein Feuer sie erwarteten, bevor sie in die Stadt zurückkehrte. Eine sichere Zuflucht zwischen der Welt der Menschen und der der Wölfe.

Die Silberwölfin blieb stehen, kurz bevor sie das Dorf erreichten. Auch die anderen hielten in ihrem Lauf inne. Sie drehten sich um und sahen sie an. Und die Silberwölfin begriff, dass sie sie einluden, sich zu ihnen zu gesellen. Der große Graue machte einen Schritt auf sie zu.

Verlangen schoss durch den Geist der Frau wie ein Feuer durch trockene Zweige. Die Wölfin war noch nicht bereit für ihre Einführung in die Künste des Begehrens, aber die Frau war es. Mehr als bereit.

Wenn sie Mondlicht war, war er Sternenlicht. Das graue Fell funkelte wie das feurige Himmelsgewölbe über ihr. Sie sah die Breite seiner Schultern und spürte die überwältigende Gegenwart seiner Männlichkeit und gleichzeitig das gewaltige Mysterium der Nacht.

Sobald sie in der Hütte waren, würde der große Graue ein Mann werden und sie eine Frau. Die beiden anderen konnten sich schnell anziehen und gehen. Sie würden allein sein. Sie würden nicht sprechen müssen.

Sie konnten einander, wie sie es jetzt taten, in die Augen sehen, einander ohne Worte jedes Geheimnis aus ihrem privaten Universum mitteilen. Er würde stark sein, sehr groß und stark. In ihrer Phantasie konnte sie seine Liebkosungen spüren.

Und sie wusste, dass sie ihm, wenn er sie erst einmal in seinen Armen hielt, nichts verweigern würde. Stattdessen würde sie ihm ihr innerstes Wesen überlassen, ungeduldig und ohne Scham.

Wenn sie nur das Wissen hätte ausblenden können, die Voraussicht, die sie zum Menschen machte. Diese drei hier waren sicher aufgehoben, sorglos und sorgenfrei in ihrem zweifachen Zustand. Alles Dinge, die sie nie sein konnte. Was würde aus dem Leben ihrer neuen Freunde werden, wenn sie plötzlich von einem König oder einem Papst gejagt wurden?

Die schwarze Wölfin glitt auf sie zu. Wieder beantwortete sie ihre Geste: die Berührung der Nase, den Kopf auf der Schulter der anderen. Das Gefühl von Liebe und Vertrauen. Ein Segen. Ein Lebewohl.

Dann drehte die silberne Wölfin sich um und rannte ohne zurückzublicken los. Sie überquerte den ersten Hügel und schaute auf die Stadt hinab. Am östlichen Horizont schimmerte ein erster Lichtstreifen, in dessen Schein die Sterne starben.

Lucilla kam der Wölfin entgegen, als sie über die Mauer der Villa sprang. Sie stand mit einer Lampe in der Hand neben einem der Pfirsichbäume. Als sie die Wölfin auf sich zugleiten sah, löschte sie die Flamme.

»Gott sei gedankt«, hauchte Lucilla.

Regeane stand als Frau vor ihr.

Lucilla legte ihren Umhang um Regeanes Schultern.

Regeane hüllte sich fest in das Tuch ein, während Lucilla sie in die Villa führte.

»Antonius?«, fragte Lucilla rau.

»Es geht ihm gut«, erwiderte Regeane. »Du wirst es sehen,

wenn er zurückkommt. Ich bin furchtbar erschöpft.« Als sie die Worte aussprach, wurde ihr erst klar, wie groß diese Erschöpfung war. Der Zorn, der sie am Bach vor dem Tod gerettet hatte, und der Jubel, der sie anschließend zusammen mit den anderen Wölfen über die Campagna getragen hatte, waren vollends erloschen.

»Ich habe seit anderthalb Tagen nicht mehr geschlafen«, erklärte sie Lucilla, während sie durch den Vorbau der Villa auf eins der Schlafzimmer zugingen.

Regeane setzte sich auf die Bettkante. Lucilla reichte ihr einen Becher mit Wein.

»Du sagst, es geht ihm gut?«, fragte Lucilla aufgebracht. »Wie kann das sein?«

»Lucilla, bitte«, sagte sie flehentlich. »Ich habe keine Kraft mehr. Ich kann dir nur versichern, dass ich heute Nacht alles fertig gebracht habe, worum du mich gebeten hast, und noch mehr. Und jetzt lass mich im Namen Gottes ausruhen.«

»Ja, ja. Natürlich«, sagte Lucilla.

Während Regeane den Wein hinunterstürzte, fragte Lucilla: »Essen? Brauchst du etwas zu essen?«

Regeane schüttelte den Kopf und lächelte. »Ich habe gegessen«, sagte sie.

Lucilla erschauderte. »Wahrscheinlich frage ich dich besser nicht, wo oder was.«

Regeane kicherte, als sie zwischen die Decken und Laken rutschte.

»Nur Mäuse«, sagte sie gähnend.

»Mäuse!«, rief Lucilla voller Abscheu.

»Mäuse«, flüsterte Regeane fasziniert.

»Mäuse.« Dann die verwirrte Frage: »Fressen Wölfe Mäuse?«

»Manchmal«, antwortete Regeane und war einen Augenblick später fest eingeschlafen.

26

Die drei Wölfe kleideten sich im Schutz der Bauernhütte neben einem kleinen Feuer an.

»Mein Gott. Bei allen Göttern, habt ihr sie laufen sehen?«, fragte der große Graue im Flüsterton. »Was für eine Jägerin sie sein wird. Sie hätte die Hirschkuh gehabt, wenn sie gewollt hätte.«

»Schön«, pflichtete der Rote ihm bei, »aber hochmütig. Sie interessiert sich für dich. Das habe ich gemerkt. Warum wollte sie sich denn nicht auf ein kleines … hm, sagen wir, ein kleines Abenteuer mit dir einlassen? Ein kleines Geplänkel hätte euch beiden Vergnügen bereitet.«

»Ich will mehr als Vergnügen von ihr«, sagte der Graue. »Obwohl sie das bei Gott auch sein wird.«

»Ich könnte mir vorstellen«, meldete sich die schwarze Wölfin zu Wort, während sie ihr Kleid überstreifte, »dass die Silberne keine Ahnung davon hat, wie frei sie in Wirklichkeit ist. Sie ist voller Furcht. Das konnte ich spüren – und sie weiß nichts von ihren eigenen Kräften. Eine simple Mausjagd war eine Offenbarung für sie.«

»Die Verletzung«, sagte der Graue, »macht mir Sorgen. Nur wenige Dinge verletzen uns auf eine Art und Weise, die die Verwandlung überlebt.«

»Das war keine normale Wunde«, sagte die Schwarze. »Das wusste ich, sobald ich die Stelle mit der Zunge berührt hatte. Der Himmel allein weiß, welche Qualen sie ausgestanden hat, bevor wir sie retten konnten. Als wir sie fanden, hat sie keine Geschöpfe ihrer eigenen Art erwartet, sondern unsere wilden Vettern. Du hast übrigens vorgeschlagen, heute Nacht durch die Campagna zu streifen«, sagte sie zu dem Grauen.

»Ich hatte Hintergedanken«, antwortete der Graue. »Ich hoffte, dass wir uns begegnen würden. Die Campagna ist der Ort, an den ich mich wenden würde, wenn ich in dieser stinkenden Stadt leben müsste.«

»Oh, ich finde nicht, dass die Stadt so schlecht ist«, sagte der Rote. »Ich lerne sie so langsam richtig zu schätzen.«

»Soso«, bemerkte die schwarze Wölfin trocken. »Ich weiß, was dir gefällt. Hast du dir dabei auch die Flöhe eingefangen?«

»Ich habe keine Flöhe«, erwiderte der Rote und strafte gleich darauf seine Worte Lügen, indem er sich heftig an den Rippen kratzte, bevor er sein Hemd überstreifte.

»Ganz wie du meinst«, antwortete die Schwarze boshaft. »Aber halt dich von mir fern, solange du nicht gebadet und deine Flöhe ausgeräuchert hast.«

»Sogar für einen Gestaltwandler«, fügte der Graue hinzu, »bist du eine ausgesprochen zwielichtige Existenz, Gavin.«

»Man soll die Feste feiern, wie sie fallen, Maeniel«, erwiderte Gavin, »und wenn ich sonst nichts anderes zu tun habe, fällt bei mir eine ganze Menge.«

»Und was da fällt, hat unter anderem Flöhe«, bemerkte Matrona trocken.

»Es gibt mehr als ein scharfes Weibchen im Wald«, sagte Gavin. »Ich habe gleich in unserer ersten Nacht hier ein ganz süßes kleines Ding kennen gelernt, das unten am Forum lebt.«

»Hund oder Frau?«, fragte Maeniel.

»Wie sich herausstellte, beides«, sagte Gavin. »Wir haben es erst auf die eine Art getrieben, dann auf die andere, und dann beides. Sie war ziemlich beeindruckt, wie ich mit meinen Rivalen verfahren bin. Sie war nicht allzu heikel, was ihre Person betrifft, aber was sind schon ein paar Flöhe zwischen Liebenden?«

»Pervers«, sagte Matrona.

Regeane wachte während ihres langen Schlafs mehrmals auf. Einmal sah sie Antonius, der auf sie herabblickte, mit Lucilla an seiner Seite. Sie bemerkte keine Spur von seiner früheren Krankheit mehr an ihm.

Er küsste sie ein einziges Mal und sehr keusch auf die Stirn, dann schlief sie wieder ein.

Das nächste Mal weckte sie eine Umarmung von Elfgifa. Sie

hörte Lucillas tadelnde Stimme im Hintergrund, dann bemächtigte sich der Schlummer wieder ihrer Gedanken.

Schließlich fuhr sie ganz von selbst aus dem Schlaf und stellte fest, dass sie hellwach war. Durch ein schmales Fenster drang ein Strahl des Morgenlichts in den Raum. Sie setzte sich hin und sah, dass Lucilla ihr etwas zum Anziehen bereitgelegt hatte. Ein weißes Untergewand und ein Kleid hingen über einem Stuhl neben dem Bett.

Sie gähnte und stand auf und war gerade dabei, sich anzukleiden, als Lucilla das Zimmer betrat.

»Endlich«, rief sie. »Komm heraus, wenn du fertig bist. Ich wollte gerade mein Frühstück zu mir nehmen. Du kannst dich zu mir gesellen. Wir haben viel zu besprechen.«

Regeane folgte Lucilla in einen kleinen Garten abseits des eigentlichen Atriums. Er lag ruhig und abgeschieden. Süßer Waldmeister blühte in den Blumenbeeten um den Fischteich und vor den weiß getünchten Mauern der Lagerräume dahinter.

»Ich bin morgens ungenießbar«, erklärte Lucilla, »und hier stören die Diener mich selten.«

Auf der rechten Seite des Teichs stand ein Marmortisch mit zwei bequem gepolsterten Stühlen. Regeane setzte sich auf einen von ihnen und Lucilla auf den anderen.

»Ich denke«, sagte Lucilla, »dass du dies hier ein wenig nahrhafter finden wirst als das übliche römische Frühstück. Ich halte nichts von der Sitte, den Tag mit einem trockenen, knusprigen Brötchen und saurem Wein zu beginnen und vielleicht, wenn man sich ein wenig Luxus gönnen möchte, noch ein paar Feigen dazu zu essen. Man weiß nie, welche Schwierigkeiten der Tag mit sich bringen wird, und ich ziehe es vor, gut gerüstet zu sein.«

Nach einem Blick auf den Tisch kam Regeane zu dem Schluss, dass Lucillas Vorstellung von einem Frühstück mehr als angemessen war. Auf dem Tisch fanden sich kaltes Fleisch – in Scheiben geschnittene Brust vom Kapaun in einer Rosinenweinsoße –, warmes, frisch gebackenes Brot, Honig, Butter und weißer Käse. Dazu wurde ein milder Weißwein serviert, der einen ganz leichten Basilikumduft hatte.

»Wie lange habe ich geschlafen?«, fragte Regeane zwischen zwei Bissen der köstlichen Mahlzeit.

»Den gestrigen Tag hast du vollkommen verschlafen«, antwortete Lucilla, »und die Nacht auch noch.«

Regeane seufzte. »Ich war müde.«

Mehr wurde nicht gesprochen, bis sie sich beide an dem Essen gütlich getan hatten und sich schließlich entspannt über ihren Wein beugten.

Lucilla runzelte die Stirn. »Ich habe eine schlechte Neuigkeit für dich. Ich wollte damit warten, bis du mit dem Frühstück fertig bist, um dir nicht den Appetit zu verderben. Aber jetzt musst du es wissen, Regeane. Dein zukünftiger Gemahl ist hier in Rom.«

Eine Welle des Schreckens durchlief Regeane. Sie blickte in den Weinbecher in ihren Händen, ein wunderschönes Gefäß aus opalisierendem Glas, das eine gewisse Ähnlichkeit mit Perlmutt hatte. Sie stellte den Becher vorsichtig auf den Marmortisch. Ihre Hände zitterten.

»Und?«, fragte sie.

»Meine Güte, wie gelassen du das aufnimmst!«, sagte Lucilla.

»Vergiss nicht«, erwiderte Regeane, »dass ich ihn schon seit einiger Zeit erwarte. Was sollte ich deiner Meinung nach jetzt tun? Kreischen? Weinen? Auf und ab laufen, mir das Gesicht zerkratzen oder mir das Haar in Büscheln ausreißen? Nein, Lucilla, was ich auch sein mag, so bin ich nicht. Also, hast du ihn schon kennen gelernt? Sag mir, wie er ist.«

»Von deinem Standpunkt aus betrachtet könnte die Nachricht gar nicht schlimmer sein. Ich selbst habe ihn nicht gesehen, aber ich habe Augusta nach Ostia geschickt, um ihn dort zu begrüßen.«

»Augusta?«, fragte Regeane.

Lucilla bejahte. »Sie hat furchtbar gejammert, aber sie schuldet mir etwas, nachdem sie deinem verabscheuenswerten Onkel geholfen hat. Aber wie dem auch sei, sie berichtete mir, dass der Mann keineswegs alt ist. Ich hatte gehofft, dass er es vielleicht sein würde. Wenn die Männer erst das Greisenalter erreicht haben, schlafen sie des Nachts tief und fest und machen sich viele Gedanken über ihren Bauch und ihre Gedärme.

Es ist für eine hübsche junge Frau ein Kinderspiel, sie an der Nase herumzuführen. Aber es kommt noch schlimmer. Er hat auch nichts Weibisches an sich. Denn auch mit dieser Sorte von Männern kann man in der Regel mühelos fertig werden. Man braucht nur ihre kleinen Verfehlungen zu ignorieren und ihnen die ehrliche Freundschaft anzubieten, die man einer sympathischen Frau entgegenbringt.

Aber so viel Glück hast du nicht. Er ist ein gut gebauter Mann auf dem Höhepunkt seiner Kraft. Augusta fand ihn wohlerzogen und redegewandt. Ihrer Meinung nach kannst du dich glücklich schätzen. Sie sagte auch, dass seine Intelligenz für einen Barbaren recht beeindruckend sei.«

Regeane legte für einen Moment den Kopf in den Nacken und blickte in die leuchtende Herbstsonne hinauf. Dann schloss sie die Augen und presste sich zwei Finger auf die Lider. Eine Stimme in ihrem Kopf sprach klar und deutlich die Worte, die sie nicht hören wollte: *Du wirst ihn töten müssen.*

»Nein«, flüsterte sie. »Nein. Ich will es nicht.«

Dann senkte sie den Kopf und öffnete die Augen. Es schien, als sei eine lange Zeit verstrichen, als sie wieder in Lucillas Gesicht blickte.

Lucillas Augen waren dunkel und verschlossen. Sie lächelte, aber dieses Lächeln war nur ein flüchtiges Zucken der Lippen.

»Ja«, sagte Lucilla als Antwort auf Regeanes Gedanken. »Ich weiß, dass du es nicht willst, aber je weniger Worte darüber verloren werden, umso besser. Selbst die Mauern haben Ohren.«

»Hat er keine Einwände gegen den Ehekontrakt erhoben?«, fragte Regeane.

»Nein«, antwortete Lucilla. »Hadrian hat den Vertrag von der Kanzlei des Lateranpalastes aufsetzen lassen. Maeniel hat ihn gesehen.«

»Kann er denn lesen?«, fragte Regeane.

»Das muss er wohl«, entgegnete Lucilla, »denn Hadrian sagte, er habe einige Fragen zu den einzelnen Bestimmungen des Vertrags gestellt, aber keine ernsthaften Einwände erhoben.«

Regeane nickte. »Dem Himmel sei Dank.«

»Dein Dank ist ein wenig verfrüht, meine Liebe«, mahnte Lucilla. »Sobald ihr Rom verlassen habt, ist dieser Kontrakt nicht mehr als ein Stück Papier. Weder der Papst noch der König haben in den Bergen die Möglichkeit, die Erfüllung des Vertrags zu erzwingen.«

»Ich weiß nicht«, sagte Regeane und biss sich auf die Unterlippe. »Er wünscht sich gewiss irgendwelche Privilegien. Der König ist sehr auf seine Ehre bedacht. Wenn mein Gemahl mich schlecht behandelt, könnte ihm das den Ärger des Königs eintragen.«

»Ja«, sagte Lucilla. »Und du musst ihm klarmachen, dass der Weg zu königlicher Gunst nur über dich führt. Ich habe schon einen Plan geschmiedet, wie du das erreichen kannst. Und damit kommen wir jetzt zu deinem Verlobungsfest. Es wird heute Abend in einer von Augustas Villen stattfinden.«

Lucilla holte eine Wachstafel zwischen den Röcken ihres Gewandes hervor und stellte sie auf den Tisch.

»Du wirst Weiß tragen. Einen Seidenstoff, der ganz zart mit goldenen Margeriten bestickt ist. Im Augenblick weilt ein fränkischer Graf in Rom. Zufällig hat er die fränkischen Söldner, die derzeit meine Villa bewachen, mit Vorräten ausgestattet. Sein Name ist Otho. Er ist dick und hat Augen, die Ähnlichkeit mit etwas haben, das man findet, wenn man an einem nassen Tag durch ein Blumenbeet läuft. Aber mach ihm trotzdem schöne Augen und tu dein Bestes, diese Kröte von einem Mann zu bezaubern. Ich will nicht sagen, dass der fränkische König ihm vertraut, aber er benutzt ihn ziemlich oft. Er wird Karl mit Sicherheit Bericht erstatten, was für eine prachtvolle Frau das ist, mit der er diesen Maeniel verheiratet hat. Mit ein wenig Glück wird man dich an den Hof rufen, und diese unglückselige Ehe dauert vielleicht gar nicht so lange.«

»Ich weiß nicht, Lucilla«, sagte Regeane. »Angenommen, nur mal angenommen, ich komme mit diesem Maeniel zu einer Übereinkunft, was dann?«

»Da lässt sich nichts machen«, sagte Lucilla. »Otho muss auf jeden Fall zu deinem Hochzeitsfest eingeladen werden. Und wenn du ihn beeindrucken kannst, wird dir das bei deinem Mann gewiss weiterhelfen. Aber das ist nicht der eigentlich wichtige Teil meines Plans, sondern nur eine Nebensächlichkeit, die man jedoch nicht aus dem Auge verlieren sollte.

Denk doch, Kind«, sagte sie und klopfte Regeane sachte mit dem Zeigefinger auf die Stirn. »Ganz gleich, was geschieht, du wirst mehrere Jahre lang allein mit diesem Mann sein.«

Regeane nickte abermals.

»Was ich vorhabe, ist Folgendes«, fuhr Lucilla fort, »ich will denselben Söldnertrupp, der meine Villa bewacht, mit dir in die Berge schicken. Ich glaube nicht, dass ich auch nur die geringsten Schwierigkeiten haben werde, Otho von dieser Idee zu überzeugen. Betrachten wir es einfach als zusätzliche Absicherung für die fortgesetzte Loyalität dieses Maeniels.«

»Verstehe«, sagte Regeane. »Sie würden die Einhaltung des Ehevertrags erzwingen.«

»Genau das«, antwortete Lucilla. »Was uns zu einer weiteren Schwierigkeit führt.«

»Gundabald«, sagte Regeane unglücklich.

Lucillas sorgfältig gezupfte Augenbrauen fuhren in die Höhe und sie lächelte Regeane zufrieden an. »Kluges Mädchen«, sagte sie. »Wie hast du das erraten?«

»Weil«, sagte Regeane, »ich Gundabald kenne. Er würde offiziell das Kommando über die Söldner haben und sich sofort daran machen, sie zu bestechen. Wenn er damit fertig ist, werden sie niemandem mehr gehorchen außer ihm.«

Lucilla lachte kurz auf, dann lehnte sie sich auf ihrem Stuhl zurück und blickte, ein schwaches Lächeln auf den Lippen, in die Ferne.

Eine böse Vorahnung ließ Regeane erschaudern. »Was hast du mit Gundabald vor?«

Lucilla beugte sich über den Tisch und goss sich noch einen Becher von dem duftenden Wein ein. Ihr Gesicht war dem Regeanes ganz nah. »Ich habe die Absicht«, sagte sie sehr leise, »ihn erwürgen zu lassen.«

Regeane sprang auf. »Nein«, rief sie.

»So ist es recht«, zischte Lucilla böse. »Lass es nur die ganze Welt wissen.«

Regeane setzte sich hastig wieder hin. »Nein«, wiederholte sie leiser.

»Was?«, fuhr Lucilla sie mit mühsam zurückgehaltenem Ärger an. »Liebst du ihn so sehr?«

Regeane ballte die Fäuste. Sie senkte den Blick auf die marmorne Tischfläche. »Das wäre Mord. Mord.«

»Hast du eine andere Lösung?«, fragte Lucilla.

Regeane antwortete nicht. Sie dachte an den Geist am Ufer des feurigen Flusses, an die Wunde in seiner Brust. »Wolfstan hat ihm vergeben«, sagte sie.

»Wer?«, fragte Lucilla.

»Mein Vater. Ich habe ihn in der Welt jenseits des Todes getroffen. Er hat Gundabald vergeben.«

Lucilla machte eine ausladende Handbewegung, als wolle sie Regeane aus dem Garten scheuchen. Dann stützte sie das Kinn auf die Faust und beugte sich zu Regeane vor. »Lass mich das ganz klarstellen. Du hast deinen Vater in der Welt jenseits des Todes getroffen. Wann? Wie?«

»In der Nacht, in der ich Antonius gerettet habe«, sagte Regeane. »Ich bin in die andere Welt gegangen. Dort habe ich meinen Vater getroffen. Er trug noch immer die Wunde, die Gundabald ihm zugefügt hatte.«

»Du kannst mit den Toten sprechen?«, fragte Lucilla atemlos.

»Ja. Ich habe im Kloster auch die Äbtissin Hildegard gesehen. Sie war tot. Die Nonnen waren sehr erschrocken.«

Lucilla warf den Kopf zurück und heulte auf.

Regeane sprang entsetzt von ihrem Stuhl, weil sie fürchtete, Lucilla habe eine Art Anfall erlitten. Erst dann wurde ihr klar, dass Lucilla lachte.

»Die Nonnen waren erschrocken. O mein Gott«, kicherte sie. »O Mutter Gottes. O Sohn Gottes. Das kann ich mir vorstellen. Kein Wunder, dass Emilia so begierig darauf war, dich loszuwerden.« Lucilla hielt sich die Seiten. »In der Nacht, als du weggelaufen bist, habe ich ihnen eine Nachricht geschickt, dass du bei mir seist. Am nächsten Tag sind sie dann zu Hadrian gegangen und haben ihm alle nur möglichen Gründe dafür genannt, warum er dich in meiner Obhut lassen sollte. Sie haben den Giftanschlag angeführt, Schwester Angelikas hysterische Anfälle, jeden erdenklichen Vorwand, nur nicht den wahren Grund.«

»Oh, oh, oh.« Jedes »Oh« war wie ein glucksender Schluckauf. »Mädchen, man fühlt sich in deiner Gesellschaft wirklich unbehaglich.«

Plötzlich ließ Lucillas Heiterkeit nach. Sie hörte auf zu lachen und wischte sich über die Augen. Mit einem Mal schien ihr ein ganz neuer Gedanke zu kommen. Sie sah sich hektisch in dem kleinen Garten um.

»Hier siehst du keine Toten, oder etwa doch?«, fragte sie.

»Nein.«

»Man soll auch für kleine Dinge dankbar sein«, sagte Lucilla kopfschüttelnd.

»Obwohl ich es nicht immer weiß, wenn ich einen Toten sehe«, bemerkte Regeane stockend. »Manchmal wirken sie so sterblich.«

Diese Feststellung löste bei Lucilla einen neuen Heiterkeitsanfall aus, und es dauerte eine Weile, bis sie sich wieder unter Kontrolle hatte. Dann trat ein harter, kalter Ausdruck in ihre Augen.

»Hast du Adraste gesehen?«, fragte sie.

»Ja«, antwortete Regeane. Sie wandte den Blick von Lucilla ab und betrachtete ein Beet mit süßem Fingerhut. Die junge Sonne hüllte die weißen Blumen in einen goldenen Schein. »Sie ist in der Hölle.«

»Und möge sie dort verrotten«, erwiderte Lucilla wütend. Sie streckte die Hand aus und griff nach Regeanes Arm. »Sieh mich an, Mädchen.«

Lucillas Gesicht war starr und ohne Reue. »Ob dein Vater Gundabald verziehen hat oder nicht, spielt keine Rolle. Ich gehe davon aus, dass du die Wahrheit sagst und ihn tatsächlich in irgendeiner Welt getroffen hast, zu der wir gewöhnlichen Sterblichen keinen Zutritt haben. Aber du kannst dir den Luxus der Großzügigkeit, wie dein Vater sie an den Tag legt, nicht leisten. Dein Vater ist tot, und nichts kann ihn verletzen. Es ist schön und gut, vergangene Kränkungen zu verzeihen, aber du musst daran denken, welchen Schaden Gundabald dir in der Zukunft zufügen kann.«

Es wurde wärmer in dem kleinen Patio, und die ersten Bienen umschwirrten die Blumen am Rand des Beckens. Regeane schloss die Augen und atmete tief ein. Süße Düfte umgaben sie. Der zarte Hauch der Blumen und der schwerere Geruch von Lucillas sauberem Körper verliehen der klaren Luft einen warmen, menschlichen Duft. Vor allem jedoch war die Luft selbst wie ein frischer, weißer Wein, sodass jeder Atemzug das reinste Vergnügen war.

Wie seltsam, inmitten solcher Schönheit zu sitzen und den Tod eines Menschen zu planen.

»Was ist denn los?«, fragte Lucilla.

»Die Wölfin«, sagte Regeane. »Manchmal kommt sie und möchte einfach nur die Welt um sich herum genießen.«

»Du weichst dem eigentlichen Thema aus«, entgegnete Lucilla. »Und schick die Wölfin weg. Kein Tier kann die Kunst der Verstellung begreifen, zumindest nicht von der Art, wie wir sie jetzt planen.«

Die Wölfin schlenderte zurück in ihr Tagesdunkel. Und Regeane wandte sich jäh wieder der Gegenwart zu.

»Was für eine Art von Verstellung planen wir denn?«, erkundigte sie sich mit fragend hochgezogenen Brauen.

»Dein Onkel sucht regelmäßig die Gesellschaft niederer Kreaturen, nicht wahr? In Bordellen, Tavernen, Weinschänken und dergleichen mehr.«

»Ja.«

»Gut«, sagte Lucilla. »Ein Mord lässt sich immer am besten und am einfachsten durchführen, wenn er die natürliche Folge der Lebensart eines Menschen zu sein scheint. Nun, dein Onkel hat zweifellos festgestellt, dass du großen Erfolg hast, andere Freunde zu gewinnen. Freunde, wie ich hinzufügen könnte, in einer Position, die dir von größerem Nutzen sein können, als er es je gewesen ist. Ich denke, dein charmanter Onkel wird einsehen, dass er sich im Umgang mit dir bisher der falschen Methode bedient hat. Er wird glauben, dass du klüger und listiger bist, als es ihm bisher bewusst war. Er wird in meiner Villa vorsprechen, ängstlich darauf bedacht – sagen wir – zerschlagenes Porzellan wieder zu kitten.« Lucilla hielt inne und lächelte boshaft.

»Meinst du wirklich?«, fragte Regeane. »Als ich ihn das letzte Mal sah, drohte er mir, mich zu töten.«

»Und das will er noch immer«, sagte Lucilla, »aber zuerst wird er dich auf seine Seite ziehen müssen. Denn wie könnte er sonst sein Ziel erreichen, sich seine Taschen mit Maeniels Gold zu füllen?«

»Ich will nichts mit ihm zu tun haben. Allein seine Nähe verursacht mir eine Gänsehaut«, sagte Regeane mit einem Schaudern.

»Natürlich«, meinte Lucilla. »Aber wenn er kommt, musst du so tun, als hätten seine süßen Worte dich bestrickt. Aber pass auf, lass dich nicht allzu schnell überreden, sonst könnte er Verdacht schöpfen.

Zeige dich anfangs zögerlich. Solche Dinge müssen mit großer Geschicklichkeit und Finesse angegangen werden. Du könntest sogar ein gewisses Maß an Misstrauen erkennen lassen, wenn euer Gespräch sich dem Ende nähert. Aber vor allem musst du ihn in dem Glauben lassen, dass er dich zu guter Letzt doch noch unter seinen Einfluss bringen könnte – dass du mit einem Wort doch noch seine Komplizin wirst, ob freiwillig oder unfreiwillig. Sieh zu, dass er bei eurem Abschied voller Zuversicht ist, dann hast du die Schlacht gewonnen. Danach werde ich natürlich einen Mann anheuern und er wird sich auf die Jagd begeben.

Wenn man Gundabald mit dem Gesicht nach unten im Tiber schwimmend findet, wirst du ihm an sein Grab folgen, diskret, verschleiert, in einem schwarzen Gewand und unter Tränen. Und nun zu Hugo. Soll ich auch für ihn entsprechende Anweisungen geben?«

Regeane, die über ihre eigene Ruhe nur staunen konnte, streckte die Hand aus und goss sich noch einen Becher Wein ein. »Ich glaube nicht«, sagte sie abwägend. »Wenn Gundabald tot ist, wird Hugo tun, was ich sage. Er hat Angst vor mir.«

»Wunderbar«, erwiderte Lucilla. »In solchen Dingen ist es immer das Beste, die Sache möglichst einfach zu halten. Ein wirtschaftliches Vorgehen ist einem Blutbad jederzeit vorzuziehen.«

»Hugo wird Bescheid wissen«, sagte Regeane, während sie zu dem wolkenlosen Himmel aufblickte. Dann nahm sie noch einen Schluck Wein.

»Aber sicher«, sagte Lucilla. »Nur er wird nicht reden, oder?«

»Nein«, pflichtete Regeane ihr bei. »Er hat kein Geld, und er wäre von mir abhängig, was seinen Unterhalt und seine kleinen Vergnügungen betrifft. Er hätte zu große Angst, dass man ihm nicht glauben würde und ich ihn auf dem Trockenen sitzen ließe.«

»Ganz recht«, bemerkte Lucilla. »Und er hätte nicht mehr einfach nur Angst vor dir. Er hätte Todesangst. Und bei den Männern ist Angst oft ein besserer Garant für ihre Loyalität als Liebe.«

27

Der Himmel über dem Forum war von einem klaren, wolkenlosen Blau, der Wind scharf und kühl. Maeniel hielt im Schutz eines gewaltigen Steinquaders inne. Neben ihm führte eine Flucht marmorner Treppenstufen ins Nichts hinauf. Und wenn es auch im Sonnenlicht recht warm war, so war die trockene Luft im Schatten doch eher kühl.

Gavin schauderte. »Lass uns weiterreiten«, sagte er. »Diese Ruinen bedrücken mich, und außerdem kann man nie wissen, wer da vielleicht herumlungert und nur darauf wartet …«

»Sei still, Gavin«, sagte Maeniel.

»Sei still, Gavin. Halt den Mund, Gavin. Hab dich nicht so, Gavin. Ich weiß, was ich tue, Gavin. Das ist alles, was ich je von dir zu hören bekomme, wenn du in dieser Stimmung bist«, beklagte sich Gavin. »Ich könnte vielleicht darauf hinweisen, dass wir genug Gold bei uns haben, um die Hälfte von dem, was von dieser erbärmlichen Stadt noch übrig ist, damit zu kaufen, und du möchtest dich an einsamen Orten herumtreiben, wo …«

»Gavin«, sagte Maeniel, während er absaß und die ersten Stufen der Marmortreppe hinaufstieg. »Hast du jemals jemanden kennen gelernt, der mir gegen meinen Willen etwas wegnehmen kann, irgendjemanden, irgendwo?«

»Nein, aber …«

»Da gibt es kein Aber, kein Wenn und auch kein Vielleicht«, sagte Maeniel. »Das hat noch nie jemand getan. Außerdem sind wir allein. Wenn wir's nicht wären, würde ich etwas sehen, etwas riechen oder etwas hören, und das ist nicht der Fall.«

Maeniel blieb stehen, um die Marmortreppe hinabzublicken. Die Stufen waren gesprungen und rissig und voller Flecken, die Farne und Moos seit Jahrhunderten dort zurückgelassen hatten. Kräuter, die goldene Blüten trugen, ragten aus den Spalten zwischen den Stufen hervor und hoben sich schnell gegen den beschatteten Stein ab.

Die eine Seite der Treppe war frei, die andere verschwand in einem samtenen Mantel grüner Pflanzen, in dem Reben und selbst kleine Bäume um ihre Existenz kämpften.

»Ob es hier war?«, überlegte Maeniel leise. »Es hat sich alles so sehr verändert. Augustus soll gesagt haben: ›Ich fand eine Stadt aus Holz und hinterließ eine Stadt aus Marmor.‹ In Wirklichkeit glaube ich, dass er etwas Lebendiges vorfand und nur ein Zenotaph zurückließ.«

»Maeniel, wovon zum Teufel sprichst du eigentlich?«, fragte Gavin.

»Caesar«, antwortete Maeniel.

»Von welchem Caesar?«, fragte Gavin mürrisch.

Maeniel erreichte die oberste Treppenstufe und blickte auf die Ruinen des Forums hinab. Aus dieser Höhe betrachtet, wirkte das Forum beinahe wie ein Park. Obwohl die kalte Nacht einem Teil der üppigen Pflanzenwelt Schaden zugefügt und sogar einige Bäume ihrer Blätter entkleidet hatte, herrschten die kräftigen Farben der zäheren Pflanzen noch immer hervor. Hier und da stellte ein Büschel herbstlicher Goldrute zwischen zerfallenen Steinquadern noch immer seine safranfarbenen Banner zur Schau. Zu seinen Füßen hießen auf einem moosbewachsenen Hügel zwischen zwei eingestürzten Säulen kleine blaue Blumen die Sonne willkommen.

»Ich meine den Ersten, Gavin«, sagte Maeniel.

»Den Ersten.« Gavin grinste. »Wer schert sich schon um den Ersten? Ich bezweifle, dass genug von seinem Staub übrig ist, um noch ein Niesen zu produzieren.« Dann ließ er seinen Worten die Taten folgen und nieste tatsächlich. »Maeniel, ich hole mir noch den Tod hier.«

»Das bezweifle ich«, sagte Maeniel kalt, während er die Augen schloss und sich zu erinnern versuchte. Die Sonne schien ihm um den Hals. Genauso warm war es an jenem Tag gewesen, der jetzt fast… was? … achthundert Jahre zurücklag. Und es war damals nicht Winter gewesen, so wie jetzt, sondern Frühling… die Iden des März.

Die Pflastersteine unter seinen Füßen waren schlüpfrig und nass gewesen nach dem nächtlichen Regen. Die Bilder, die Geräusche und Gerüche waren beinahe zu viel gewesen für seine wölfischen Sinne. Denn sie waren gegen seinen Willen stärker geworden als sonst, durch das tiefe, instinktive Wissen, dass dieser Tag vielleicht sein letzter auf Erden sein würde.

Straßenhändler boten ihre Waren feil, Würstchen, Wein, Käse, und ihre Stimmen waren ein gewaltsamer Angriff auf seine empfindlichen Ohren. Er war umringt von in Togen gekleideten Leibern, die gegen seinen stießen, jeder mit seinem eigenen besonderen Miasma aus Parfüm und Schweiß. Und über alledem hingen die Gerüche von abgestandenem Essen, saurem Wein und der Gestank brennender Knochen von den morgendlichen Opferungen in den Tempeln rings um den Senat.«

Maeniel hatte sich von der Menschenmenge auf dem alten Marktplatz entfernt und stand an dem Sockel, der die Statue einer östlichen Gottheit mit tausend Brüsten trug. Er hatte seine Wolfssinne energisch unter Kontrolle gebracht und darauf gewartet, dass Julius Caesar die lange Treppenflucht erreichen würde, die zum Senat führte. Ihre Blicke trafen sich für eine Sekunde, und Maeniel war trotz seiner Jugend verblüfft über den schrecklichen Ausdruck dieser Augen. Er sah vor sich ein gieriges, Not leidendes Gesicht. Das Gesicht und die Augen eines Menschen, der mit einer Heftigkeit, die sterbliches Fleisch überstieg, seit so langer Zeit etwas begehrte, dass er vergessen hatte, was es war. Ein Gesicht, dem nur die sinnlosen, unfruchtbaren Energien, die hinter ihm wirkten, Leben einhauchten.

Selbst heute noch, nachdem so viele Jahre vergangen waren, ließ die absolute Nutzlosigkeit in diesem Gesicht Maeniels Arm schwach werden und saugte die Willenskraft aus seiner Seele heraus. Seine Hand hatte auf dem Griff seines Schwertes gelegen, aber jetzt glitt sie schlaff herunter.

Gavin brach in seine Gedanken an die ferne Vergangenheit ein. »Maeniel, willst du all das Gold wirklich da unten auf dem Pferd lassen?« Er zeigte auf eine lederne Satteltasche auf Maeniels großem Hengst.

»Gavin«, sagte Maeniel leise. »Geh mir nicht wegen ein paar Kinkerlitzchen auf die Nerven.«

»Mir gefällt, was du ein paar Kinkerlitzchen nennst«, empörte sich Gavin. »Die größten aller Reichtümer, die wir je erstritten haben. Ich kann mich nicht daran erinnern, wie viele Jahre harter Kämpfe …«

»Ein paar Kinkerlitzchen«, erklärte Maeniel mit fester Stimme. »Was wir im Lauf der vielen Jahre unserer Kämpfe gewonnen haben, sind unser Tal, unsere Berge und vor allem unsere Freiheit. Verglichen damit, betrachte ich ein wenig Gold als eine Nichtigkeit.«

»Wir reiten zu einem Treffen mit deiner zukünftigen Braut, Maeniel«, sagte Gavin. »Ich würde die Sache gern hinter mich bringen. Außerdem möchte ich herausfinden, was mit ihr nicht stimmt, bevor wir die Sache weiterverfolgen. Hast du diesen Ehekontrakt gesehen? Sie hat wirklich alles verlangt, praktisch ihren eigenen Hof. Maeniel, diese Frau kann dich in den Ruin treiben. Sie wird ihre eigenen Soldaten haben. Was sollen wir tun, wenn sie beschließt …«

»Wenn sie was beschließt?« Maeniel sah Gavin fest in die Augen.

»Hm, ich weiß nicht.« Gavin runzelte die Stirn. »Aber wenn diese Ehe von Bestand ist, wird sie sich sicher irgendeine Form von Verrat ausdenken.

In Gottes Namen, manchmal zerbrichst du dir über wirklich alles den Kopf. Das verdammte Heu, die verdammte Ernte, das verdammte Feuerholz, bis hinunter zum Schimmel auf dem verdammten Käse. Aber hier, wo alles, was wir je errungen haben, in tödlicher Gefahr ist, stehst du auf einer Wiese und führst Selbstgespräche über Julius Caesar. Ich frage dich, was zur Hölle hat Julius Caesar mit alldem zu tun? Außerdem kannst du nicht viel über ihn wissen, denn so alt bist du nun auch wieder nicht. Du kannst nicht so alt sein. Niemand ist so alt.«

»So ist es richtig«, sagte Maeniel. »Versuch dir etwas einzureden. Aber ich sage dir die Wahrheit, Gavin, ich war ein Junge in deinem Alter, als ich auf Befehl meines Herrn hierher kam, um Julius Caesar zu töten.«

»Nein«, rief Gavin und wandte ihm den Rücken zu. »Das höre ich mir nicht an. So etwas ist unmöglich.«

Maeniel lachte rau.

Gavin fuhr herum und sah ihn an. »Ich habe gar nicht gewusst, dass du einen Herrn hattest. Wer war er, und wie hat er dich dazu gebracht …«

»Er musste mich nicht zu irgendetwas bringen«, erwiderte Maeniel. »Ich war nur allzu bereit, es zu tun; ich brannte förmlich darauf. Caesar hat mein Volk vernichtet.«

Die Brise frischte auf und peitschte mit ohrenbetäubendem Lärm um die beiden Männer herum. Gavin spürte ein Prickeln im Nacken.

»Was war er denn für ein Mensch, dieser Caesar? Mir bedeutet er gar nichts … nur ein Name in einem Geschichtsbuch, das die Priester mich vor langer Zeit lesen ließen.«

»Ich bin mir nicht sicher, ob ich deine Frage beantworten kann«, erklärte Maeniel. »Schließlich bin ich nur ein Wolf, der ein Mensch ist. Manchmal bin ich mir nicht sicher, ob ich überhaupt irgendeinen Menschen verstehe, wirklich verstehe.«

Gavin zog den Kopf ein und wandte den Blick von seinem Anführer ab, um sich den Ruinen des Kolosseums am Horizont zuzuwenden. »Aber«, fuhr Maeniel fort, »er vernichtete ein ganzes Volk und seine Lebensart, um seine Schulden bezahlen zu können. Zu diesem Zweck zerstörte er auch zahllose Menschenleben. Er tötete Hunderttausende und führte genauso viele in die Sklaverei. Ich weiß es«, sagte Maeniel, »ich habe sie hier gesehen. So viele mit verwundeten Augen, die die fremden Sitten der Römer ertragen mussten, die unter großen Mühen lernten, eine fremde Sprache zu sprechen. Einige wenige erkannten mich als das, was ich bin, als ich hierher kam. Manchmal sprachen sie mich an, nicht um meine Hilfe oder auch nur meinen Trost zu erbitten, sondern wahrscheinlich einfach nur, um ein letztes Mal die Musik einer Welt zu hören, die man ihnen zu vergessen befohlen hatte. Aber ich stammte nicht aus ihrer Welt, so wie ich nicht ganz aus deiner Welt stamme. Daher konnte ich nur wenig für sie tun. Der einzige Grund, warum ich heute hierher kam, ist der, dass ich diesen Ort zu erkennen meinte. Aber es hat sich alles verändert.«

»Wie ist es denn damit?«, fragte Gavin und zeigte auf das Kolosseum.

»Das war damals noch nicht einmal gebaut«, sagte Maeniel.

Mit einem Mal bekam Gavin ein Gefühl für Zeit und Ewigkeit, als ihm klar wurde, dass Maeniel hier gewesen war, noch bevor etwas, das inzwischen bereits zerfiel, überhaupt errichtet worden war.

»Wie lange lebst du denn schon?«, fragte Gavin.

»Keine Ahnung«, sagte Maeniel. »Solche wie Caesar sind es, die die Sandkörner der Zeit zählen. Ich bin ein Wolf und habe dieses Bedürfnis nie gehabt.«

»Wie bist du denn dann in die Stadt gekommen«, fragte Gavin weiter, »nahe genug, um ihn zu töten?«

»Mein Herr, Blaze…«, sagte Maeniel.

»Blaze war der Lehrer von Merlin«, rief Gavin. »Und Merlin ist nicht mehr als eine alte Geschichte.«

»Vielleicht… aber vielleicht auch nicht«, erwiderte Maeniel und schlenderte ein kleines Stück weiter. »Ich hab's vergessen. Du weißt ja nicht, wie seltsam es ist, alt zu sein, zu wissen, dass Dinge, die einst katastrophale Auswirkungen auf mein Leben hatten, für dich nicht mehr sind als die trockenen Knochen der Geschichte.«

»Na schön«, sagte Gavin. »Ich fresse deine Geschichte.«

»Das will ich doch nicht hoffen«, meinte Maeniel mit einem Grinsen.

»Ich meinte doch nur«, sagte Gavin mit einer Mischung aus Ärger und Geduld, »dass es deine Geschichte ist und du sie auf deine Art und Weise erzählen kannst.«

»Na schön«, erwiderte Maeniel. »Mein Herr, Blaze, verwandte ein ganzes Jahr darauf, mich darauf vorzubereiten, ein Römer zu sein. Schließlich, so sagte er, habe Caesars Freund Dacidicus es geschafft. Daher sollte es mir ebenfalls möglich sein. Ich habe alles gelernt, was ich nur konnte – über ihre Kleidung, ihre Sprache, ihre Sitten und Gebräuche. Am Ende des Jahres konnte ich unter den Römern als einer der ihren durchgehen. Als ich dann herkam, wurde mir schnell klar, dass ich mir diese Mühe gar nicht hätte machen müssen. Die Stadt war mittlerweile eine alternde Hure, allzeit bereit, sich für den richtigen Preis zu verkaufen.

Ich gab mich als wohlhabenden Landbesitzer aus Gallien aus und fand schnell alles heraus, was ich wissen musste, um mein Ziel zu erreichen. Den Standort von Caesars Residenz in der Stadt, die Stunden, da er den Senat aufsuchte, wer seine Freunde und seine Gefährten waren.

Aber ich hatte den Mann selbst nicht gesehen, bis ich mich durch die Menschenmenge auf dem Forum bis zur Treppe des Senats drängte und mit dem Schwert in der Hand auf ihn wartete.«

»Welchen Plan hattest du denn für deine Flucht, nachdem du ihn getötet hattest?«

»Ich hatte keinen Plan.« Er wandte sich um und sah Gavin mit einem schiefen Lächeln an.

Seine Augen verblüfften Gavin immer wieder. Sie waren von einer seltsamen Farbe und wirkten je nach Beleuchtung manchmal stahlblau und dann wieder dunkel wie ein aufgewühltes Meer, und jetzt, da die Sonne direkt auf sie herabschien, hatten sie die trübe Farbe eines Sturms, wenn der Tag in purpurrote Dämmerung übergeht.

»Seltsam«, bemerkte Gavin sarkastisch, »und ich habe dich für intelligent gehalten.«

»Ich war damals noch jung«, sagte Maeniel, »und ungestüme Verwegenheit war genau das, was man von einem Krieger erwartete.«

»Wenn du mich fragst ...«, begann Gavin.

»Aber dich fragt niemand«, erwiderte Maeniel.

Gavin brachte seinen Satz trotzdem zu Ende. »Die Gallier hatten zu viel ungestüme Verwegenheit und nicht genug gesunden Menschenverstand. Deshalb waren sie auch so eine leichte Beute für Caesar.«

»Mag sein«, räumte Maeniel ein. Er wandte abermals den Blick den Ruinen zu, die still im klaren Herbstlicht lagen. »Jedenfalls habe ich dort auf ihn gewartet. Und ich habe ihm in die Augen gesehen. Er war ein hagerer Mann mit eingefallenen Wangen, und in den Augen, in ihren tiefen Höhlen, brannte ein unstillbarer Hunger.«

»Und meine Aufgabe ist es jetzt«, sagte Gavin, »dich zu fragen, wonach es ihn denn hungerte?« Er versuchte seiner Stimme einen gelangweilten Klang zu verleihen.

Maeniel drehte sich zu ihm um, und wieder spielte ein leichtes

Lächeln um seine Lippen. Dann sah er einer Ringeltaube nach, die über sie hinwegflog und deren Flügel vor dem Hintergrund des blauen Himmels einem sonnenbeschienenen Fächer glichen.

»Ich weiß es nicht«, sagte Maeniel.

»Maeniel«, erklärte Gavin mit warnendem Tonfall. »Ich hab's nicht gern, wenn du in Rätseln sprichst.«

»Die Menschen«, sagte Maeniel, »nehmen den Dingen manchmal ihre Kraft, einfach indem sie sie beim Namen nennen. Gedankt sei allen Göttern, dass sie hierfür keinen Namen gefunden haben. Aber ich weiß, was es ist. Ich habe es, du hast es, selbst der Vogel hat es. Warum sonst würden sie ihre Flügel der unsichtbaren Luft anvertrauen? Warum sonst würden die Schwingen eines Habichts die Hitze reiten können, die von einem sonnenbeschienenen Berghang aufsteigt? Ein Wolf hat es, wenn er sich nach der Jagd in seiner Höhle zusammenrollt und sich nicht um den Morgen schert; er weiß, dass er wieder auf die Jagd gehen muss, aber er ist sich seiner kräftigen Beine und seiner scharfen Fänge gewiss. Auch ich hatte es selbst in Blazes Haus, obwohl er mich von der Welt der Tiere abschneiden wollte. Ich war erfüllt von jener übernatürlichen Zuversicht, wenn ich die Wiese überquerte und mir einen Weg durch den Bodennebel bahnte, um in der Morgendämmerung im Fluss zu baden. Ein Kind kennt dieses Gefühl, wenn es mit den Lippen die Brust seiner Mutter sucht und dort Glück und Wohlbehagen findet. Ich hatte diese Zuversicht selbst in meiner maßlosen Dummheit und zeigte sie, indem ich mich nicht darum scherte, was aus mir werden würde, wenn ich nur meine Klinge in seinen Leib senken konnte.

Aber dann konnte ich die Wahrheit sehen, sah sie in seinem rastlosen, hungrigen Blick. All seine Macht hatte ihm keine Ruhe gegeben, keine Hoffnung, keine Freude. Also beobachtete ich ihn nur voller Abscheu, wie er die Treppe hinaufstieg. Dann roch ich es. Einen Gestank, der die unzählbaren anderen Gerüche überlagerte und wie eine ekelhafte Wolke über mir hing. Es war der machtvolle Geruch von menschlichem Zorn, menschlicher Angst und Verzweiflung. Und mir wurde klar, dass er von den Männern um ihn herum kam. Es war der Geruch eines Rudels, das seine Beute umzingelt.

Verflucht, Gavin, wusste er, dass jene, die er für seine Brüder hielt, ihn töten würden? War das der Grund für diesen Heißhunger in seinem Blick? Heute glaube ich, dass es ihn vielleicht nicht kümmerte. Er war des Lebens müde. Vielleicht wäre es ihm lieber gewesen, ich hätte ihn ermordet. Ein schneller Todesstoß von einem eingeschworenen Feind. Ich weiß nicht. Ich weiß nur, dass sie oben auf der Treppe stehen blieben. Als wollten sie ihm eine Petition aufdrängen. Einen Augenblick später drang ihr Stahl in seinen Leib. Sogar die Klinge desjenigen, von dem sie sagten, er sei sein Sohn.

Die Menschen machen so viel Aufhebens um das Töten«, überlegte Maeniel laut. »Ein Wolf hätte ihn einfach für die Aasvögel liegen gelassen.

Ich bin dann schnell gegangen, weil sich ein Aufstand abzeichnete. Ich habe die Nachricht seiner Frau Calpurnia überbracht. Eine große Dame war das, sehr würdevoll und ganz wie die Römer aus alten Zeiten. Seltsam, die Frauen bewahren dieTugenden eines Volkes länger, als die Männer es tun.«

»Das liegt daran, dass man sie dazu zwingt«, meinte Gavin. »Wenn du ihnen auch nur die geringste Wahl lässt... na, ich bitte dich, du brauchst dir doch nur Matrona anzusehen.«

»Da liegt dein Problem, nicht wahr?«, fragte Maeniel hinterhältig. »Sie lässt sich nicht oft genug von dir anschauen.«

»Na ja«, jammerte Gavin, »ich suche mir ein kleines Abenteuer, und sie lässt mich monatelang auf dem Trockenen sitzen.«

»Wie dem auch sei«, fuhr Maeniel fort, »ich habe Calpurnia Bescheid gesagt und den Dienern Anweisung gegeben, über sie zu wachen. Ich hatte Angst, sie könnte vielleicht einen römischen Ausweg wählen. Dann bin ich eilig aus Rom davongelaufen, nein, vor den Menschen bin ich davongelaufen. Als es Nacht wurde, flog ich bereits den Bergen entgegen. Als Wolf.«

Maeniel drehte sich um und ging zurück zu den Pferden.

»Er war ein großer Mann«, sagte Gavin.

Maeniel hielt inne und ließ seinen Blick abermals über das Ruinenfeld gleiten. »Nein, das war er nicht. Große Männer lassen die Welt immer etwas besser zurück, als sie es bei ihrem Erscheinen war. Das hat Caesar nicht getan. Er zerstörte einen Staat, der ein

Puffer zwischen seinem Volk und dem auf der anderen Seite des Rheins hätte sein können, einem Volk, das seither wie eine Flutwelle über sie hereingebrochen ist. Und er hat seine eigene Regierung zerstört.«

»Vielleicht«, wandte Gavin ein, »sahen die Römer in seiner Machtergreifung eine Entscheidung zwischen Chaos und Tyrannei.«

Maeniel sah Gavin fest an. »Da gibt es keine Entscheidung, und das weißt du auch, da du bei einem Volk aufgewachsen bist, das seine eigenen Gesetze macht und sie befolgt. Nein, die römische Regierung war in sich zerstritten, chaotisch und allzu oft käuflich. Aber sie bot Platz für Wachstum und Wandel. Und vor allem wurde bei Beratungen mehr als nur eine Stimme gehört.

Nachdem er gekommen war, war die Regierung nie wieder etwas anderes als die Verlängerung des Willens eines einzigen Mannes. Deshalb sagte ich, Augustus habe etwas Lebendiges vorgefunden und ein Zenotaph hinterlassen. Geradeso, wie Caesar in Gallien etwas Lebendiges fand, ein Volk, das vielleicht mächtig und prachtvoll hätte werden und als Bollwerk gegen die Barbarei jenseits des Rheins hätte dienen können.

Nein, er war kein großer Mann, nur ein talentierter, kleiner Mann, den ein Übermaß an Habgier und Machtlust antrieb. Sei froh, dass wir keine Caesaren haben und keine gesichtslosen Legionen, die ihm als Werkzeug dienen.« Dann wandte er sich abrupt seinem Pferd zu.

Als Gavin hinter Maeniel herlief, glaubte er nur die Hälfte dessen, was sein Anführer ihm erzählt hatte. Trotzdem erschreckte ihn die große Stille, die den anderen Mann umgab. Er saß bereits im Sattel, und sie waren auf dem Weg zu Lucillas Haus, als er schließlich fragte: »Warum erzählst du mir das alles?«

Maeniel zügelte sein Pferd mit einer jähen Bewegung. »Weil ich nicht möchte, dass irgendein Caesar in mein Bergtal kommt, sei sein Name Karl oder anders, und meine Freunde vernichtet.

Diese Ehe ist von ungeheurer Bedeutung. Ich werde das Mädchen heiraten, ganz egal, was sie ist. Und sie wird in meinem Haus von euch allen nur größte Hochachtung erfahren. Und unsere Geheimnisse werden wir für uns behalten.

Also, ich hoffe, du hast die Freiheit der Campagna gestern Nacht genossen, denn diese Freiheit steht nun kurz vor ihrem Ende. Verstehst du, Gavin, es ist zu Ende. Solange sie bei uns ist, werden wir Männer sein, keine Wölfe. Und du wirst dich in Lucillas Villa benehmen. Ihr alle werdet euch benehmen.«

Gavin legte eine ganz untypische Sanftmut an den Tag, als sie Lucillas Haus erreichten. Maeniel nahm die schwere Satteltasche vom Pferd, und Gavin meldete sich beim Torhüter an. Der Torhüter war im Übrigen ein hübsches junges Mädchen, und Gavin machte ihr nicht einmal schöne Augen.

Er folgte Maeniel mit respektvollem Abstand in den Atriumgarten. Das Mädchen blieb stehen, sah sie einmal flüchtig an, kicherte und verschwand im Haus.

Gavin setzte sich auf die Marmorbank neben dem Becken. »Wir sollen uns wahrscheinlich ganz wie zu Hause fühlen«, sagte er.

»Verlass dich nicht allzu sehr darauf«, warnte ihn Maeniel.

»O nein«, sagte Gavin und versuchte seiner Stimme einen zuversichtlichen Klang zu geben.

Maeniel legte die Satteltasche auf die Bank neben Gavin und blieb erwartungsvoll stehen. Wenige Minuten später trat eine herausgeputzte Elfgifa durch die Tür des Tricliniums. Sie trug das seidene Untergewand mit dem weißgoldenen, steifen Brokatkleid, das sie auch beim Bankett des Papstes getragen hatte. In ihrem kurzen, goldenen Haar glänzte eine Perlenschnur.

Sie blickte fragend zu Maeniel auf und sagte: »Willst du mich nicht küssen?«

Sowohl Gavin als auch Maeniel starrten sie einen Moment lang in tiefster Verwirrung an. Dann brach Gavin in schallendes Gelächter aus.

Maeniel funkelte ihn wütend an.

»Stand in dem Brief…«, stieß Gavin halb erstickt vor Lachen hervor, »etwas über das Alter deiner zukünftigen Gemahlin?«

Maeniel drehte sich um und trat ihm ans Schienbein.

Elfgifas Unterlippe schob sich hervor.

»Ich wusste doch, dass da etwas nicht stimmt«, sagte Gavin. »Ich wusste, dass irgendetwas nicht stimmen konnte«, stöhnte er. »Jetzt wissen wir auch, was es ist.«

Elfgifas Unterlippe kam noch ein Stückchen weiter vor. »Es gibt nichts auszusetzen an mir«, sagte sie und stampfte mit ihrem kleinen Fuß auf. »Alle sagen, ich sei sehr hübsch. Was ist los mit ihm?«

»Gavin«, sagte Maeniel mit zusammengebissenen Zähnen. »Halt den Mund. Ja«, wandte er sich dann wieder mit erzwungener Heiterkeit an Elfgifa. »Du bist in der Tat sehr hübsch.« Dann beugte er sich vor und gab ihr einen sanften, sehr behutsamen Kuss auf die Stirn.

»Armer Maeniel«, sagte Gavin boshaft. »Du wirst sehr lange Zeit ohne auskommen müssen.«

»Ohne was?«, erkundigte sich Elfgifa unschuldig.

Diese Frage löste bei Gavin einen neuerlichen Heiterkeitsanfall aus. Hinter den Vorhängen vom Triclinium wurden schwache Geräusche laut, die auf einen unmittelbar bevorstehenden hysterischen Anfall schließen ließen. Maeniel wusste, dass sämtliche Dienstboten der Villa dort versammelt sein mussten, um zu lauschen.

»Meine Dame«, sagte Maeniel zu Elfgifa. »Wenn du nichts dagegen hast, könntest du mir vielleicht einen Becher Wein bringen, und wenn ich damit fertig bin, meinen Freund hier zu erwürgen«, bemerkte er mit einem eisigen Blick in Gavins Richtung, »werde ich mich zu dir gesellen, und wir können über die Zukunft reden.«

Elfgifa warf Maeniel einen düsteren Blick zu. »Wenn er dein Freund ist, warum willst du ihn dann erwürgen?«

Gavin war fast gelähmt vor Lachen, aber es gelang ihm dennoch, von der Bank aufzuspringen und sich ein gutes Stück von Maeniel zu entfernen.

»Ich dachte immer«, fuhr Elfgifa fort, »dass man nur Leute erwürgt, die man nicht leiden kann.«

Gavin taumelte gegen eine der Säulen, die das Dach der Vorhalle trugen. »Wir werden uns herrlich amüsieren«, sagte er, »während wir auf diesen Vollzug warten.«

»Was ist ein Vollzug?«, fragte Elfgifa. »Und warum benimmt er sich so komisch? Tut er das, weil du ihn erwürgen wirst? Und wenn du es tust, darf ich zusehen?«

»Ja«, stieß Maeniel zwischen den Zähnen hervor. »Nur, dass ich ihn vielleicht nicht erwürge, sondern ganz langsam ertränke.«

Plötzlich hörte Gavin auf zu lachen und starrte die beiden Frauen an, die aus dem Garten kamen.

»Sieh mal«, sagte Elfgifa zu Regeane und umklammerte dabei Maeniels braunen Umhang. »Das ist der Mann, den du heiraten sollst.«

Regeane blieb wie angewurzelt stehen. Alles Blut wich aus ihrem Gesicht, sodass sie beinahe so bleich und wächsern aussah wie die Lilien, die neben dem Becken blühten.

»O gütiger Himmel«, wisperte Lucilla.

Ein Sturm halb erstickten Kicherns brach hinter den Vorhängen los.

»Was geht hier vor?«, verlangte Lucilla zu erfahren.

»Das ist Fürst Maeniel«, erklärte Elfgifa aufgeregt. Sie hatte Maeniels Umhang noch immer nicht losgelassen. »Ihr wisst doch, der Bergfürst, der Regeane heiraten wird. Die Diener haben gesagt, wir müssen ihn anständig begrüßen und nett zu ihm sein. Und da ich eine von Regeanes Hofdamen sein werde, bin ich schon mal raus, um mit ihm zu reden. Und dieser rothaarige Mann da drüben«, sagte sie und zeigte auf Gavin, »hat angefangen zu lachen. Ich weiß nicht, warum. Ich finde nicht, dass ich komisch bin.« Dann deutete sie auf Maeniel. »Und er hat gesagt, er würde ihn erwürgen, und ich darf dabei zusehen.«

»Das wird er nicht tun«, sagte Lucilla, »und wenn doch, ganz bestimmt nicht in deiner Gegenwart. Ansonsten danke ich dir, dass du mich auf dem Laufenden hältst, du schreckliches Kind.«

Elfgifas Gesicht bewölkte sich und die Unterlippe schob sich erneut vor. »Ich bin nicht schrecklich. Ich bin sehr nett. Frag Regeane. Ich habe dir erzählt, wo sie hingegangen ist, als sie weglief. Ich habe Hugo in Brand gesteckt und dafür gesorgt, dass er sie loslässt…«

»Das reicht!«, schrie Lucilla sie an. »Außerdem musst du als Zofe…«

»Ich werde keine Zofe sein«, unterbrach Elfgifa sie mit heller Stimme. »Ich werde eine Hofdame sein. Postumous sagt, als Tochter eines Edelmanns wäre ich von zu hoher Geburt, um eine Zofe zu sein. Ich bin…«

»Und ich habe gesagt, es reicht«, befahl Lucilla mit einer

Stimme, die wie ein Felsbrocken klang, der auf die Erde fällt. Der mörderische Blick, mit dem sie die Vorhänge zum Triclinium bedachte, versprach den Verursachern dieses Streichs ernste Folgen.

»Wir machen uns einen kleinen Spaß mit dem Bräutigam, wie?«, fragte sie mit unnatürlich einschmeichelndem Tonfall.

Das Geräusch von sich entfernenden Füßen war die Antwort auf ihre Worte. Elfgifa indes wich keinen Schritt zurück. Sie zupfte zweimal an Maeniels Umhang und flüsterte: »Bück dich mal.« Gleichzeitig warf sie einen ängstlichen Blick auf Gavin.

Maeniel bückte sich gehorsam. Elfgifa flüsterte in sein Ohr: »Weißt du, was mein Vater über rothaarige Männer sagt?«

»Nein«, flüsterte Maeniel zurück.

»Er sagt, Judas hätte rotes Haar gehabt«, wisperte Elfgifa atemlos.

Maeniels Gesicht zuckte vor Erheiterung.

Gavin, der noch eine Sekunde zuvor mit offenem Mund dagestanden hatte, steigerte sich in einen Wutanfall hinein. »Also, jetzt hört sich aber alles auf…«

Maeniel richtete sich auf und strich Elfgifa über die goldenen Locken. »Gavin mag zwar rotes Haar haben«, sagte er, »aber ich glaube nicht, dass er mit dem Apostel verwandt ist.«

»Das will ich doch nicht hoffen«, erwiderte Elfgifa mit einem zweiten argwöhnischen Blick in Gavins Richtung. »Mein Vater sagt…«

»Das genügt vollkommen«, schaltete Lucilla sich ein. »Dein Vater hat dir den Kopf mit allem möglichen Unsinn voll gestopft. Du wirst jetzt hineingehen und uns nicht länger belästigen. Sofort.« Sie klatschte in die Hände.

Das junge Mädchen, das ihnen die Tür geöffnet hatte, tauchte mit geziemend beschämter Miene wieder auf. Sie nahm Elfgifa bei der Hand, als wolle sie sie wegführen, aber Maeniel ließ sich neben Elfgifa auf ein Knie nieder und blickte zu Regeane auf. Zu seiner Erleichterung hatte ihre wächserne Blässe einer gesünderen Gesichtsfarbe Platz gemacht.

»Du wirst Regeane ein guter Herr sein, nicht wahr?«, fragte Elfgifa. »Mein Vater meint, wenn ein Mann der Kopf des Hauses ist, so sei die Frau das Herz. Und ein Mann ohne Herz ist nicht mehr als ein Leichnam.« Elfgifa sprach hastig, aber deutlich, als wolle sie sichergehen, dass Maniel sie verstand.

»Ja«, erwiderte er. »Ich verspreche es dir. Ich würde niemals auf mein Herz verzichten, Kleine. Also kannst du ruhigen Gewissens wieder ins Haus gehen. Und ich werde dich als eine der Hofdamen meiner Gemahlin in meinem Haus willkommen heißen.«

Das Mädchen zog Elfgifa hinter sich her. Und Regeane stand Maeniel von Angesicht zu Angesicht gegenüber. Sie sah einen hoch gewachsenen Mann vor sich. Er war etwas über einsachtzig groß und breitschultrig. Auf seinen nackten Armen zeichneten sich kraftvolle Muskeln ab.

Er trug Hosen mit geschnürten Beinkleidern und darüber ein schweres, weißes Leinenhemd, das von der Länge her als Tunika hätte durchgehen können. Er hatte einen Kürass aus Kettenpanzer angelegt, und sein brauner Umhang war mit einer goldenen Brosche, einem Löwenkopf mit großen Rubinaugen, an seiner Schulter befestigt.

Das auffälligste von allem war sein Gesicht, ein kräftiges Gesicht mit einer markanten Nase und einem kantigen Kinn, das den Anschein von Strenge erweckte. Aber die tiefen Lachfältchen um den Mund und die Krähenfüße an den Augenwinkeln ließen darauf schließen, dass dieser Mann oft lächelte und das Lachen liebte. Insgesamt war es ein freundliches Gesicht, selbstsicher und stark.

Sein volles Haar war dunkel, borstig, und lockte sich am Hals und an der Stirn. Es war ohne große Achtsamkeit abgeschnitten worden; langes Haar wäre ein Hindernis für einen Krieger gewesen und hätte nicht richtig unter einen Helm gepasst. Es war unübersehbar, dass sie einen Kämpfer vor sich hatte. Er trug ein langes Schwert, sehr schlicht, ein nützliches Werkzeug, das von einem schweren Ochsenhautgürtel herabhing.

Maeniel trat fasziniert auf Regeane zu, als seien sie allein miteinander. Sie war mit Lucilla im Küchengarten gewesen und trug einen braunen Wollkittel über ihrem schlichten weißen Kleid. Sie hatte die Röcke des Kittels gerafft, um einige späte Pfirsiche von Lucillas Bäumen darin ins Haus zu tragen.

Ihr Haar fiel ihr aus einem Knoten auf dem Kopf lose über den

Rücken, und die silbernen Spitzen leuchteten in der Sonne. Der Wolf in Maeniel erwachte und roch das Parfüm der Pfirsiche, das sonnengewärmte Fleisch, den sauberen Wind.

Genauso, dachte Maeniel. *So wurde ich vor langer Zeit eingefangen. Ich war ein Wolf, aber Blaze machte mich zu einem Mann und einem Krieger. So wurde ich damals eingefangen, und so werde ich heute eingefangen, diesmal von einer schönen Frau.*

Maeniel kam noch einen Schritt näher. Regeane hatte die Hände um ihren Kittel geschlossen, und als Maeniel sie am Handgelenk berührte, ging ihr der absurde Gedanke durch den Kopf: *Ich darf nicht loslassen, sonst fallen die Pfirsiche herunter.*

Sein Kuss war keusch, geschlossene, weiche Lippen auf ihren eigenen, aber in der Kraft seiner Arme, die sie umschlossen, lag eine so gewaltige Selbstverständlichkeit, dass Regeane am ganzen Leib erbebte. Später hätte sie nicht mehr sagen können, ob sie vor Angst oder vor Begehren zitterte. Sie lehnte sich an einen Körper, der so stark war, als sei er aus sonnengewärmtem Stein gemacht.

Ihre Lippen öffneten sich leicht, aber Maeniel nutzte seinen Vorteil nicht aus. Der Kuss endete, und er machte einen Schritt zurück, um sie aus seinen Armen wie auch aus seinem Bann zu entlassen.

»Wie glücklich gewählt«, sagte er, »sind die Worte des Dichters. ›Sie ist‹«, zitierte er, »›ein herrliches Juwel aus dem Reich von Sonne und Wind, ein Becher voller Honig. Ein Mann könnte sich ertränken in solcher Süße.‹ Darf ich einen Pfirsich haben?«

»Einen was?«, fragte Regeane verwundert. Sie schüttelte sich und fand ihre Fassung wieder. Dann hielt sie Maeniel den Kittel hin. »Sie haben aber schon Frost abbekommen«, sagte sie.

»Wie dein Haar, meine Schöne«, antwortete er, während er eine der samtigen Früchte auswählte. Er verzehrte sie mit wenigen Bissen und hielt gleichzeitig Regeanes Blick mit seinem fest. Dann warf er den Kern in ein Blumenbeet.

»Köstlich und reif«, sagte er. »Wie die, die ihn mir gab.« Der Saft des Pfirsichs glänzte noch auf seinen Lippen.

Regeane gestattete sich ein kurzes Schütteln, um wieder zu sich zu kommen. Irgendwo, das wusste sie, lag die Wölfin in einem Blumenbeet auf dem Rücken, alle vier Pfoten von sich gestreckt, und zappelte vor Freude. Regeane schoss ihrer dunklen Gefährtin einen Gedanken zu: *Du benimmst dich empörend.* Die Wölfin scherte sich keinen Deut um ihre Meinung.

Lucilla sah die beiden beinahe entsetzt an. Auch Gavin bekam den Mund nicht mehr zu.

»Mach den Mund zu, Gavin, bevor dir das Gehirn herausfällt«, riet Maeniel. »Und hol die Geschenke, die wir für die Dame mitgebracht haben.«

Lucilla nahm eilig die Pfirsiche aus Regeanes Kittel und strich ihr einige ungebärdige Haarsträhnen aus dem Gesicht. »Wir haben nicht damit gerechnet, dich so bald begrüßen zu dürfen«, sagte sie.

»Ja«, bekräftigte Regeane. »Ich dachte, ich würde dich beim Fest heute Abend kennen lernen.« Sie blickte auf den braunen Kittel und das weiße Kleid hinab. »Ich fürchte, ich bin nicht angemessen gekleidet. Es tut mir Leid...«

»Bitte entschuldige dich nicht«, sagte Maeniel. »Ich bin es, der um Verzeihung bitten müsste – für mein unangemeldetes Erscheinen.«

»Ähem«, räusperte sich Gavin. Dann leerte er die Satteltaschen auf dem marmornen Tisch aus.

Selbst Lucilla, die an Reichtümer gewöhnt war, hielt den Atem an, als sie all das Gold sah, das sich aus den Beuteln ergoss. Da waren Halsketten, Ringe, Münzen, Anhänger, Halsringe aus gebogenem Gold und Silber und Broschen von jeder Art. Kostbare Edelsteine und Halbedelsteine blinkten inmitten des Goldes. Rubine von tiefstem Rot und Saphire, so blau wie der Himmel bei Zwielicht. Aquamarine von der Farbe klaren Wassers und sonnengelbe Topase verliehen all diesen Reichtümern zusätzliches Feuer.

»Ein Hochzeitsgeschenk für meine zukünftige Gemahlin«, erklärte Maeniel.

Lucilla warf ihm einen schnellen Seitenblick zu. »Du bist ein großzügiger Mann, dass du deine Frau mit solchem Wohlstand unabhängig machst, noch bevor euer Hochzeitstag gekommen ist.«

»Sie ist«, erwiderte Maeniel, »eine Dame von edelstem Geblüt und muss ihrem Stande entsprechend auftreten.«

Regeane konnte all den Reichtum, der sich vor ihr ausbreitete, nur mit offenem Mund anstarren. Sie biss sich auf die Lippen, weil sie nicht wusste, was sie tun sollte. Schließlich blickte sie zu Maeniel auf. Als sie in seinen Armen gelegen hatte, hatte sie das Gefühl gehabt, ihn seit tausend Jahren zu kennen, aber jetzt schien er ein Fremder zu sein. Ein freundlicher Fremder zwar, aber doch ein Fremder. Und dann wurde ihr plötzlich klar, dass dies der Mann war, den sie vielleicht eines Tages würde töten müssen.

Die Frau, das wusste sie, würde er in Gold hüllen. Und die Frau würde in seinen Armen die Erfüllung all ihres Begehrens finden. Aber was hatte dieser Mann für die Jägerin, die silberne Jägerin der Mitternacht? Nein, die Wölfin würde er niemals kennen lernen.

Sie blickte auf den Reichtum auf dem Tisch hinab, und die Wölfin dachte an den Schimmer von Sonnenlicht auf einem Bergsee in der Morgendämmerung oder an einen Wasserfall, über den sich Regenbögen spannten. Und die Juwelen erschienen ihr wie der billige Tand, den man auf dem Diebesmarkt den Dienstmädchen anbot. Nein, so leicht ließ sich die Wölfin weder kaufen noch verkaufen.

Maeniel sah sie nachdenklich und forschend an. Er rührte achtlos in dem Haufen Gold herum. »Bitte«, sagte er, »wähle etwas aus, das du heute Abend tragen wirst. Ich würde es als große Ehre betrachten.«

»Aber ja«, sagte Regeane mechanisch.

Er zog eine wunderschöne Kette aus reinem Gold aus dem Haufen. Sowohl Lucilla als auch Regeane war sofort klar, dass das Geschmeide sehr alt und so kunstvoll in seiner Machart war, dass es auch über den Wert des leuchtenden Metalls hinaus von großer Kostbarkeit sein musste. Es war ein Gebilde aus winzigen Krügen und Amethystblumen, die von einer dicken, flachen Goldkette herabhingen.

Regeane berührte das Schmuckstück, und als sich ihre Finger darum schlossen, verschwand der Tag, so wie es ihr passiert war, als sie auf dem Diebesmarkt das Brokatkleid berührt hatte. Sie befand sich in einer lang gestreckten Halle, die von Fackeln hell erleuchtet war. Um sie herum wurde gefeiert und gezecht. Die Gäste lagen auf Sofas, die sich durch die ganze Länge des Raums zogen.

In der Mitte führten Akrobaten ihre Kunststücke auf. Ein Junge spielte auf einer Doppelflöte. Deren Töne sandten ein Prickeln hemmungslosen Begehrens durch ihre Adern. Sie saß in der Nähe ihres Geliebten.

Er belegte das nach oben geschwungene Sofa ihr gegenüber. Wie seltsam das Herz doch ist, dachte das Mädchen, das Regeane war und doch nicht Regeane. Man konnte ihn kaum als beeindruckenden Mann bezeichnen. Er hatte einen kurzen, lockigen, dunklen Bart und genauso kurzes, dicht gelocktes Haar. Seine Haut hatte das wettergegerbte Aussehen eines Seemanns. Die Halskette aus Gold und Amethyst war ein Geschenk von ihm. Sie ließ die Finger über das Schmuckstück gleiten, während sie ihm tief in die Augen sah. Es lag ein stolzer, wissender Blick in diesen Augen, und sie war sich auf heitere Weise dessen bewusst, dass er dieses Wissen mit ihr teilen würde, wenn sie noch vor Sonnenaufgang auf seinem Sofa liegen würden.

Er hob einen Becher, ein wunderschönes Ding aus schwarz-roter Keramik; auf seinem Boden, der vom Wein halb verdeckt wurde, war ein Bild der Venus zu sehen, wie sie gefangen von Vulkans Netz neben Mars lag. Ihre Körper hielten einander in vernunftlosem Verlangen umfangen, ohne auf die Maschen zu achten, die sich um sie herum spannten.

Er beugte den Arm und hob den Becher an ihre Lippen. Sie ergriff ihren eigenen Becher und bot ihn ihm dar. Die Arme ineinander geschlungen, tranken sie. Das Bild löste sich auf. Regeane hätte beinahe aufgeschrien, als ein scharfkantiger Schmerz wie eine Sturmwoge durch ihren Verstand und ihren Körper fuhr.

Regeane war jetzt an einem anderen Ort. Sie lag auf einer Bahre. Sie war für ein Begräbnis zurechtgemacht. Sie war noch nicht tot. Sie trug ihr schönstes weißes Gewand, das mit goldenen Rosetten bestickt war, dazu die Halskette und ein Diadem. Das Diadem konnte sie nicht sehen, aber sie war davon überzeugt, dass sie es wiedererkennen würde. Eine Krone aus kunstvoll geschmiedeten goldenen Weiden. Sie bewegte sich nicht, weil sie instinktiv wusste, dass selbst die geringste Bewegung ihr unerträglichen Schmerz bereiten würde. Sie musste sich, als sie stürzte, beinahe jeden Knochen im Leib gebrochen haben.

Durch das Fenster konnte sie das Donnern und Krachen des Meeres gegen ein felsiges Ufer hören. Aber hier in dieser düsteren Kammer umgab sie nur Dunkelheit. Jemand sprach in der Dunkelheit. Die Worte klangen erstickt von Tränen.

»Sie ist aufgewacht. Ich hatte so gehofft, das würde nicht geschehen.«

Das Mädchen, das Regeane und doch nicht Regeane war, erkannte die Stimme ihrer Mutter.

Die Frau trat aus der Finsternis. Sie war schwarz verschleiert und ihr Gesicht nur ein bleicher Schimmer in der Dunkelheit. Hinter ihr stand eine Priesterin, die ebenfalls Schwarz trug und einen Stab in der Hand hielt. Die Priesterin hatte eine Gorgonenmaske mit wutverzerrtem Mund aufgesetzt, und Schlangen wanden sich aus ihrem Haar. Auf dem Stab, den sie bei sich trug, thronte die Mohngöttin. Ihre Augen waren geschlossen.

»Die Blume des Schlafs«, flüsterte Regeane.

»Du hättest nicht so nah an die Felsen gehen dürfen«, schluchzte ihre Mutter. »Nicht in deinem Zustand. Du bist gestürzt.«

»Ich bin nicht gestürzt«, hörte Regeane das Mädchen mit schwacher Stimme antworten.

»Nein«, sagte die Priesterin, deren Worte durch die Maske gedämpft wurden. »Das habe ich mir gedacht. Nun«, fuhr sie fort, »jetzt wird es so sein, wie du es gewünscht hast. Der Mann, den du liebtest, ist nicht mehr, das Kind, das du unterm Herzen trugst, ist nicht mehr, und schon bald wirst auch du nicht mehr sein.« Sie hielt Regeane einen Becher aus schwarz-roter Keramik hin. Das Bild, das darauf gemalt war, zeigte den Genius des Schlafs, einen schönen Jungen. Er hatte die Augen geschlossen und aus seinen Schultern wuchsen Flügel.

»So trinke nun«, sagte die Priesterin, »das Wasser von Lethe und finde Ruhe.«

Das Mädchen schloss die Augen und presste die Lippen zusammen. »Tragt mich zur Feuerstelle«, sagte sie. »Ich will nicht hier sterben, wo das Meer in meinen Ohren klingt. Das Meer hat ihn mir genommen. Seine Wellen haben ihn niedergeworfen, das Wasser hat ihn erstickt und nur einen Lumpen übrig gelassen, einen

Spielball für die Brandung. Ich will das Meer nicht seinen Triumph herausschreien hören, während ich der Nacht entgegensinke.«

Sie trugen sie auf ihrer Bahre in die Mitte der Halle mit den roten Säulen. Die Herdstelle war rund und etwas erhöht gelegen und mit bemalten Steinen umpflastert. Das Feuer züngelte zu einer Öffnung in der Decke empor. Die Flammen zeichneten die Gesichter der Männer und Frauen, die sich dort versammelten. Einige von ihnen weinten, andere starrten missbilligend und mit steinerner Miene vor sich hin, aber ein jeder hob die Hand zum letzten Gruß.

Dann berührte der Kelch ihre Lippen. Rauch aus dem Herdfeuer drang in ihre Nase und das Licht blendete sie.

Regeane beobachtete von ferne, wie der Beerdigungszug sich durch die Straßen schlängelte und durch das Flickenwerk der reifenden Kornfelder. Die Ähren waren von einem goldgelben Schimmer und raschelten leise wie das Wispern von Kummer unter einem sanftblauen Himmel.

Dunkelheit... eine lange Dunkelheit.

Die Fackel des Grabräubers durchbrach das Dach. Wo einst Schönheit gewesen war, gab es jetzt nur noch Knochen, die mit der Zeit unter der Erde schwarz geworden waren. Die Zähne jedoch waren noch immer weiß, und als der Dieb die Hand nach dem Purpur und Gold an ihrer Kehle ausstreckte, wusste er, dass sie sehr jung gewesen sein musste.

Er riss an der Kette, und der dunkle Schädel flog zur Seite, zersprang und hinterließ einen Regen aus Zähnen auf dem Boden. Dann war die Kette sein, aber er hatte ihr eine Hand auf die Brust gelegt, als er sich vorbeugte, um nach dem Schmuck zu greifen. Die Knochenhand fiel herab, und die langen Nägel trafen seinen Arm und schlitzten ihn bis zum Knochen auf. Sein Schrei hallte in Regeanes Ohren wider, als sie die Kette jäh losließ und ächzend einen Schritt zurücksprang. Gleichzeitig versuchte sie, weder Lucilla noch Maeniel das Entsetzen in ihrem Gesicht sehen zu lassen.

»Ich... ich... glaube nicht.«

»Nein«, sagte Maeniel. Er hatte die Halskette noch immer in der Hand, ließ sie nun aber mit einem Klirren wieder auf das Häufchen Gold fallen.

Regeane zitterte noch immer wegen der furchtbaren Angst, mit der ihre Vision sie erfüllt hatte. Sie warf einen Blick in Maeniels Gesicht und begriff, dass sie auf die Probe gestellt wurde.

Maeniel beugte sich vor und wählte ein Halsband aus, ein einfaches Geschmeide, das jedoch aus schwerem Gold gefertigt war. »Und was hältst du hiervon?«, fragte er.

Regeane wappnete sich gegen das Kommende, streckte die Hand aus und schloss die Finger um den Schmuck.

Wieder umfing sie Dunkelheit und sie hörte das Geräusch des Meeres. Auf einer Landzunge loderte ein Scheiterhaufen. Laute der Qual und der Trauer umfassten sie. Der Wind wehte die Flammen für eine Sekunde zur Seite und Regeane sah die dunkle Gestalt in dem Feuer. Und sie wusste, dass mit dem Untergang dieser Frau auch ihre ganze Welt unterging. In der Nachtwache derer, die um sie trauerten, verstand sie, dass Dunkelheit das Klagelied war und die gewalttätige See eine Elegie nicht nur für eine einzige Frau, sondern für ein ganzes Volk.

Regeane zog hastig die Hand zurück. »Nein«, flüsterte sie mit unbewegtem Gesicht. *Was tut er mir an?,* dachte sie.

»Vielleicht hast du Recht«, sagte er, als er das Halsband vorsichtig wieder zurücklegte. »Es hat angeblich einer mächtigen Königin gehört, die niemals in der Schlacht besiegt wurde.«

»Es wäre kein passender Schmuck für mich«, sagte Regeane.

Diesmal hängte Maeniel den kleinen Finger in eine Masse goldener Kettchen. Das Geschmeide erwies sich als eine weitere Kette mit einer Vielzahl feiner Ösen aus rotem, gelbem und weißem Gold; den Verschluss stellte eine blühende Weinrebe dar, und jede Traube war eine Perle.

Regeane nahm die Kette zaghaft entgegen und fragte sich, welchen Streich er ihr als Nächstes spielen würde. Diesmal zeigte ihre Vision ihr ein Bild des Morgens. Maeniel lag auf einem Stein in der Mitte eines Kreises von Menhiren. Er war nackt. Sein jugendliches Fleisch schimmerte in dem sanften Licht. Sein Gesicht gehörte einem erheblich jüngeren Mann, und die langen, muskulösen Glieder, die er entspannt von sich streckte, zeugten von einem heranwachsenden jungen Burschen.

Wieder wurde sich Regeane, so wie es ihr schon bei dem Schafhirten in der Campagne geschehen war, der absoluten Verletzlichkeit seines unschuldsvollen Schlafs bewusst. Eine Frau saß neben ihm. Sie trug die Kette, die Regeane nun in Händen hielt, und sonst nichts. Einen silbernen Kamm in der Hand, frisierte sie ihr langes, dunkles Haar. In ihrem Blick lagen unübersehbare Selbstgefälligkeit und Macht, als sie auf den schlafenden Maeniel hinabschaute.

Regeane zog die Hand von der Kette zurück. »Ich denke, ich werde diese nehmen«, sagte sie.

Maeniel legte sie ihr sanft um den Hals. Dann nahm er Regeanes Hand und küsste sie. »Ich werde mich nun von euch Damen hier verabschieden und Auf Wiedersehen sagen. Bis heute Abend dann«, sagte er zu Regeane und durchmaß mit langen Schritten den Garten. Gavin folgte ihm, und so blieben Regeane und Lucilla allein neben dem goldenen Haufen auf dem Tisch zurück.

28

Als sie sicher sein konnte, dass er gegangen war, und sie die Eingangstüren hinter ihm zufallen hörte, riss sich Regeane den Schmuck ab und warf ihn zu den übrigen Dingen auf dem Tisch. »Er ist mehr, als er zu sein scheint«, stieß sie hervor und taumelte zu einer Bank, um sich darauf fallen zu lassen.

»Was stimmte denn mit diesen Sachen nicht?«, fragte Lucilla. »Was hat er getan? Hast du Visionen gehabt?«

»Genug«, sagte Regeane, »um zu wissen, dass er kein gewöhnlicher Mann ist. Aber ich habe keine Ahnung, was er ist. Ein Magus ... ich weiß es nicht.«

»Mädchen«, sagte Lucilla und schob das Gold ordentlich zusammen, um es wieder in die Satteltaschen zu füllen. »Wenn du mit mir sprichst, drück dich bitte verständlich aus. Erklär mir, was los ist. Ich habe dein Gesicht gesehen, als du diese Kette berührt hast. Du hast dreingeschaut, als hättest du ein Dutzend Geister erblickt.«

»In gewisser Weise habe ich das auch«, erwiderte Regeane. »Einige Dinge, Lucilla, tragen in sich die Erinnerung an bestimmte Ereignisse, ob gut oder böse, die mit ihnen verbunden waren. Sie sind in gewisser Hinsicht lebendig. Erinnerst du dich an das Kleid auf dem Karren, als wir einander das erste Mal begegneten? Das, von dem ich gesagt habe, es sei grauenhaft?«

»Ja«, meinte Lucilla.

»Nun, all diese Schmuckstücke waren in gewisser Hinsicht auf dieselbe Weise lebendig. Ich bin davon überzeugt, dass er sie absichtlich ausgewählt hat.«

»Wenn das so ist, hast du dich zweifellos verraten. Betrug gehört nicht zu den Künsten, die dir angeboren sind.«

»Nein, nicht wahr?«, gab Regeane zu, während sie verzweifelt die Hände rang. Sie konnte spüren, wie ihr Tränen über die Wangen liefen.

»Lass das«, befahl Lucilla. »Dies ist nicht die Zeit für Tränen, sondern für klares Denken und Planen. Wir müssen beide entscheiden, was mit diesem Mann zu geschehen hat. Also zuerst zu der Frage, was wir tun wollen, solange er hier in Rom ist. Ich habe das Ohr des Grafen Otho. Wenn ich ihn davon überzeugen könnte, dass Maeniel vielleicht die Franken verraten würde …«

Etwas Warmes und Weiches fiel sachte auf Regeanes Schoß, und sie spürte, wie eine tröstende Hand ihre Schulter drückte. Sie blinzelte die Tränen weg, blickte hinab und sah den Umhang ihres Vaters. Sie drückte ihn an die Brust und trocknete sich mit dem weichen Wollstoff vorsichtig die Tränen. Liebe und ein Gefühl von fast unerträglichem Kummer durchfluteten sie und machten sie blind für die Welt um sich herum. Sie hatten einander im Stich gelassen, ihre unberechenbaren Eltern, und in gewisser Weise hatten sie auch sie, Regeane im Stich gelassen, überlegte sie und dachte wieder an die verwundete Liebe ihrer Mutter. Aber wie sehr sie auch von religiösen Lehren und der Bosheit der Welt verzerrt gewesen sein mochte, ihre Mutter hatte sie geliebt. Und die Arme ihres Vaters hatten ihr noch in den Schlünden der Hölle Kraft gegeben.

Sie hatte gesehen, wie er in den Wald lief. Hatte Gisela ihn dort erwartet, in dem sicheren Wissen, dass er und Gott ihr verziehen hatten? War der Tod nur ein Schlaf, aus dem wir in einem Garten aus Licht erwachen? Regeane blickte auf und sah Antonius lächelnd neben sich stehen.

Er war wieder schön. Ein wenig schwach noch, und blasse Narben verunzierten das feinknochige, aristokratische Gesicht, aber ansonsten musste er für alle Welt aussehen wie ein gesunder Mann auf dem Höhepunkt seiner Kräfte. Er war schlank und trug die lange, bestickte Tunika und die kunstvolle Toga eines römischen Adligen. Die Finger auf ihrer Schulter waren unversehrt und kräftig. Sein Griff war fest und entschieden. Sie hatte gewonnen. Und das Gefühl des Sieges über den Tod vertrieb die Dämonen des Zweifels, der Ungewissheit und der Verzweiflung, so wie die Sonne den Nebel zu zerstreuen vermag.

»Lass sie weinen, wenn sie es möchte, Mutter«, sagte er sanft. »Es gibt sehr wohl eine Zeit für Tränen, und glaube mir, ich weiß, dass sie dem Herzen Heilung schenken können.«

»Sei still, Antonius«, sagte Lucilla. »Ich brüte eine Idee aus. Wenn wir diesen Grafen Otho davon überzeugen können, dass ...«

»Du musst immer irgendwelche Intrigen spinnen, nicht wahr, Mutter?«, fragte Antonius.

»Ja«, antwortete Lucilla. »Du kennst mich doch. Du bist das beste all meiner Kinder und das klügste. Nun erzähl mir, wie du Otho davon überzeugen würdest, dass dieser Maeniel gefährlich ist.«

»Ich würde mir die Mühe erst gar nicht machen«, antwortete Antonius. »Zumindest nicht im Augenblick. Ich habe Otho nämlich heute Morgen einen Besuch abgestattet.«

»Ja«, sagte Lucilla. »Natürlich muss es dringende politische Gründe für seine Anwesenheit hier haben.«

Antonius nickte.

»Er möchte herausfinden, ob etwas Wahres an der Geschichte ist, die die Lombarden über Hadrians Familie verbreiten – dass sie nämlich von Lepra verseucht sei«, sagte Regeane.

»Ihr Verstand arbeitet nicht gerade langsam, nicht wahr, Mutter?«, bemerkte Antonius. »Jedenfalls habe ich ihn heute Morgen aufgesucht und all diese Gerüchte geleugnet. Ich habe mich in seiner Anwesenheit sogar nackt ausgezogen.«

»Hat er versucht, dich zu verführen?«, fragte Lucilla.

Antonius schüttelte verneinend den Kopf. »Ich glaube nicht, dass das eine seiner Schwächen ist.«

»Was für ein Jammer«, sagte Lucilla. »Das ist immer ein guter Hebel bei diesen Barbaren. Sie tun so, als verachteten sie alles Weibische.«

»Ja«, bekräftigte Antonius. »Es war eine Art Probe. Ich habe ihn zuerst davon überzeugt, dass diese Anspielungen auf eine Krankheit nur ein Trick der Lombarden seien, und dann habe ich ihm eingeredet, dass es eine gute Idee wäre, wenn man mich zum Hauptmann von Regeanes Wache ernennen würde.«

Regeane stieß einen leisen Seufzer der Erleichterung aus.

Lucilla klatschte in die Hände und verdrehte die Augen. »Ein Geniestreich«, rief sie und umarmte Antonius. »O mein Sohn, mein wunderschöner, vollkommener Sohn.« Tränen strömten über ihre Wangen. »Wie kann ich dir nur jemals danken, Regeane?«

Antonius entwand sich mit unendlicher Sanftheit der Umarmung seiner Mutter und küsste ihr die Hand.

»Ich bin sicher, dass dir etwas einfallen wird, Mutter«, sagte er mit beinahe zärtlicher Ironie.

»Du lieber Junge«, sagte Lucilla.

Aber Regeane sah, wie ein Funke in ihren Augen aufglomm und sich ein Hauch von ebenbürtiger Bosheit darin breit machte.

»Dein Vater wäre stolz auf dich gewesen«, bemerkte Lucilla.

»Welchen meinst du denn?«, fragte Antonius mit gespielter Unschuld. »Den schwarzbärtigen, thrakischen Piraten mit den Muskeln und den Narben? Wenn ich mich recht erinnere, fand er in einem schrecklichen Sturm den Tod. Oder meintest du den sizilianischen Dichter, der dein Herz mit Liedern gewonnen hat? Er soll ja dem Wein ein wenig zu begeistert zugesprochen haben. Sagtest du nicht, er sei bei einer Tavernenschlägerei ermordet worden?«

Lucilla sah ihn einen Augenblick mit säuerlicher Miene an. »Ich habe damals versucht, dich dazu zu bringen, Lesen und Schreiben zu lernen. Du hast ja keine Ahnung, wie schwierig es ist, einen heranwachsenden Knaben mit einer Vorliebe für das andere Geschlecht dazu zu bewegen, sich zu konzentrieren. Das heißt, du wirst es so lange nicht verstehen, bis du eigene Kinder hast.«

Antonius zwinkerte Regeane zu. »Diese geisterhafte Prozession von Vätern hat mich mein Leben lang vorangetrieben«, seufzte er. »Ich glaube, der Beste war der umbrische Maultiertreiber, der nach Knoblauch und Zwiebeln stank. Den hast du erfunden, als ich im Begriff stand, mich mit Adraste einzulassen.«

»Ich hatte etwas gegen Adraste, aber mir ist aufgefallen, dass dich das nicht abgehalten hat«, sagte Lucilla.

»Nein«, erwiderte Antonius, während er sich neben Regeane auf der Bank niederließ. »Danke, dass du nie gesagt hast: ›Ich hab es dir gesagt.‹ Aber erzähl mir, wäre mein Vater wirklich stolz auf mich gewesen?«

Etwas in Lucillas Gesicht veränderte sich. Ihre Augen nahmen einen gehetzten Ausdruck an. Einen Moment lang schien sie in sich zusammenzusinken und sah beinahe alt aus, aber in Windeseile hatte sie sich wieder gefangen. Sie richtete sich auf, und ihre Augen blitzten. »Mein lieber Junge«, sagte sie. »Ich bin mir sicher, dass er stolz auf dich gewesen wäre. Aber ich habe eine noch wichtigere Frage an dich. Bist du in Regeane verliebt?«

»Lucilla!«, rief Regeane empört.

Aber Antonius warf den Kopf in den Nacken und lachte. »Du meinst, ob ich meine verborgenen Fähigkeiten als Höfling, meinen brillanten persönlichen Charme und meine aristokratische Ausstrahlung einsetzen werde, um sowohl sie als auch mich in den Ruin zu treiben?«

»Mit einem Wort, ja«, entgegnete Lucilla.

»Nein«, meinte Antonius. Dann zählte er die verschiedenen Gründe an den Fingern ab. »Erstens verdanke ich ihr zu viel, um sie jemals einer derartigen Gefahr auszusetzen, wie sie eine Liebesaffäre mit sich bringen würde. Zweitens ist sie nicht mein Typ. Du weißt doch, welche Art Frau mir gefällt, ein wenig obszön, ein wenig dumm, schamlos und eine kleine Spur grausam.«

»Du hast vergessen, den Punkt ›Habgier‹ abzuhaken«, bemerkte Lucilla.

»Ja«, antwortete Antonius. »Auch das. Glaube mir, Mutter, mein Benehmen wird über jeden Tadel erhaben sein.«

»Das möchte ich dir auch geraten haben«, entgegnete Lucilla. »Du musst unbedingt Sorge dafür tragen, dass man nicht den leisesten Argwohn gegen dich haben kann. Und vergiss nicht, auch der äußere Schein kann trügen. Selbst unschuldige Taten lassen sich fehldeuten, und man kann Schuld auch dort wittern, wo keine vorhanden ist.«

»Mutter«, sagte Antonius. »Du hast die Neigung, Predigten zu halten.«

Lucilla fegte den Rest des Goldes in den Beutel. »Die Predigt ist vorbei«, sagte sie. »Ich hoffe, ihr beide habt sie euch zu Herzen genommen.«

Dann drehte sie sich um und verschwand mit dem Gold im Haus.

Regeane blieb sitzen, wo sie war. Antonius schwieg.

Ein wie Brokat gemusterter Schmetterling hielt auf seiner Suche nach Nektar inmitten der Blumen inne, hockte sich auf ihre Knie und faltete die Flügel säuberlich zu einem Segel zusammen. Regeane und die Wölfin machten die verhärteten Adern aus, die die hauchdünnen Flügel stützten. Dann öffnete der Schmetterling seine Schwingen zu einem Teppich aus Gelb und Schwarz und flatterte davon.

»Was hältst du von Maeniel?«, fragte Antonius.

»Er gefällt mir«, sagte Regeane. »Als er mich umarmte, wünschte ich mir, seine Frau zu sein.«

»Ist das möglich?«, fragte Antonius.

»Ich bin mir nicht sicher«, erwiderte Regeane.

»Ja, ich weiß«, sagte Antonius. »Als ich meine Mutter im Hinblick auf unsere zukünftige Beziehung beruhigte, gab es im tiefsten Winkel meines Herzens noch einen weiteren Grund, warum ich dich niemals als Geliebte sehen könnte – du bist kein Mensch.«

»Nein«, pflichtete Regeane ihm gelassen bei.

Eine Libelle huschte dicht an Regeanes Gesicht vorbei, und sie ließ eine Hand vorschnellen. Sie fing die Libelle und hielt sie am Brustpanzer fest. Das Tier zappelte und stieß ein lautes, entrüstetes Summen aus, bevor Regeane es in Frieden weiterfliegen ließ.

»Wie viele Menschen kennst du, die tun könnten, was ich gerade ebenso ohne jede Mühe getan habe?«, wollte sie wissen.

»Nur sehr wenige, vielleicht gar keinen«, erwiderte Antonius. »Sperr den Wolf in einen Käfig, Regeane.«

»Nein«, erwiderte sie. »In der Nacht, als Basil dich entführte, war er auch hier, um mich zu töten. In dieser Nacht fand die Wölfin ihre Freiheit. Ich werde frei oder ich werde tot sein. So einfach ist das. Ich kann ihr nicht abschwören. Wir sind eins.«

»Dann wirst du immer in Gefahr sein«, sagte Antonius.

»Ich weiß«, entgegnete Regeane. »Und dieser Maeniel ist ein beachtlicher Gegner.«

Antonius nickte. »Ich hatte ihn mir schon vorher angesehen. Was glaubst du, warum ich mich zum Hauptmann deiner Wache ernennen ließ? Ich habe es getan, um dich zu schützen und irgendwelchen tödlichen kleinen Plänen zuvorzukommen, die meine Mutter vielleicht ausheckt.«

»Irgendjemand«, meinte Regeane, »sollte deiner Mutter erklären, dass Mord in manchen Kreisen nicht gern gesehen wird.«

»Nicht in den Kreisen, in denen wir beide, du und ich, uns bewegen werden, Regeane. In diesen Kreisen ist Mord ein Werkzeug der Politik. Verstehst du das?«

»Ja«, erwiderte sie. »Oder zumindest beginne ich langsam es zu verstehen. In meinen Adern fließt das Blut eines Königs wie auch das Blut eines Wolfs. Und ich werde den Gefahren, die meine Geburt mit sich bringt, niemals entrinnen. Also muss ich lernen, mich zu verteidigen.«

»Was meine Mutter betrifft«, bemerkte Antonius, »werde ich weder Entschuldigungen noch Ausreden für sie suchen. Sie braucht sie nicht. Du weißt nicht, wie es hier in Rom zugegangen ist, als die Lombarden den Papststuhl beherrschten.«

Er neigte den Kopf. »Jeden Tag ein neuer Mord, und für gewöhnlich war es einer von Mutters oder Hadrians Freunden, die starben. Hadrian selbst war sowohl beim Volk als auch bei den Adligen zu beliebt, als dass man ihn offen hätte angreifen können, aber es gab viele heimliche Versuche, ihm das Leben zu nehmen. Ich erinnere mich noch sehr gut an den Abend, an dem er vergiftet wurde – während eines Essens in der Villa eines Mannes, den er für einen seiner besten Freunde hielt.

Meine Mutter flößte ihm ein Brechmittel ein, während ich die Schale hielt. Er erbrach ein vorzügliches Essen, das ihn getötet hätte, wäre es in seinem Magen geblieben. Viele Jahre lang wagte meine Mutter es kaum, sich offen bei Tag zu zeigen, und des Nachts ging sie erst recht nicht aus. Einmal hatte ihr nämlich ein Trupp lombardischer Soldaten aufgelauert. Ich glaube, sie hat nur aus dem einen Grund überlebt, weil sie ihren Männern einen fast übermenschlichen Mut einflößte, indem sie selbst ein Schwert ergriff und an ihrer Seite kämpfte. Ich selbst habe die Alpen überquert und bin an den fränkischen Hof gegangen, um für meine Mutter einen Einsatz zu wagen. Sie hat mich damit beauftragt.«

»Einen Einsatz zu wagen?«, hakte Regeane nach.

»Ja, es ging um die Frage, welcher fränkische König den Sieg davontragen würde. Karl oder Karloman.«

»Ich nehme an, du hast die richtige Wahl getroffen«, sagte Regeane.

»Karl«, nickte Antonius. »Ich hatte Briefe von ihm, in denen er sich für Hadrians Kandidatur für den Papststuhl aussprach. Sobald es mit der Gesundheit des lombardischen Papstes bergab ging…«

»Ich hoffe, deine Mutter hatte nicht auch damit etwas zu tun?«, rief Regeane aus.

Antonius hielt mit nachdenklicher Miene inne. Dann legte er langsam einen Finger an die Lippen. »Mutter«, flüsterte er, »ist ein durch und durch prinzipienloser Drachen, aber ich glaube nicht…« Er seufzte und ließ eine Reihe kräftiger, weißer Zähne sehen. »Jedenfalls machten diese Briefe bei Priestern und Patriziern hier in Rom die Runde, bei allen Leuten, die mit der Wahl des Papstes zu tun hatten. Auf diese Weise war Hadrians Sieg so gut wie sicher. Aber es war trotzdem eine knappe Sache, Regeane. Zweimal haben Freundinnen meiner Mutter, ihre Mädchen, Verschwörungen aufgedeckt, die Hadrians Ermordung zum Ziel hatten. Und einmal musste er aus der Stadt fliehen und sich auf dem Besitz eines Freundes verstecken.«

Regeane schauderte, obwohl die Luft warm war. Die Wölfin betrachtete voller Staunen durch ihre Augen den sonnenhellen Garten. Regeane spürte die Hilflosigkeit des Tieres im Angesicht von Intrigen, Verrat und Betrug. Ihr eigenes Herz sehnte sich nach primitiver Gradlinigkeit. Man hungerte, man jagte. War man herausgefordert worden, kämpfte man. Die Liebe war ein Schattenspiel im Mondlicht, beherrscht von Zufall und Vorlieben. Niemals von Gewalt und Politik. Und zu guter Letzt überließ man sich dem Begehren und der Lust. Das Weibchen wird respektiert. Sie schenkt Leben, sie ist Leben. Ihr Körper ist ein Tempel. Das Tier wendet keine Gewalt an. Das sehnige, machtvolle Geschöpf, das tötet, wo es notwendig ist. Der Herr der Stunden zwischen Mitternacht und Morgendämmerung, der dem Tempel der Liebe huldigt.

»Ja«, sagte Antonius. »Es hat einen gewissen Reiz, der Welt zu entsagen.«

Regeane zuckte leicht zusammen. »Woher wusstest du das?«

»Ich denke«, sagte Antonius, »wenn ich tun könnte, was du tun kannst, wäre ich auch in Versuchung.«

»Du scheinst das Spiel um seiner selbst willen zu lieben«, erwiderte Regeane.

»Ja«, sagte Antonius, »und wenn du klug bist, wirst du ebenfalls lernen, es zu genießen. Aber ich habe große Angst, Lupa, dass du es dein ganzes Leben spielen wirst.«

»Wie das?«

»Dieser König Karl«, erklärte Antonius. »Die Menschen nennen ihn bereits Karl den Großen, Charlemagne. Ich war bei ihm an dem Abend, an dem er die Briefe schrieb, die Hadrians Wahl zum Papst sicherstellten.

Diese Briefe wurden in aller Heimlichkeit verfasst, Regeane. Sein Bruder Karloman lebte damals noch. Charlemagne war mit einer lombardischen Prinzessin verheiratet, und seine Mutter sprach sich energisch für ein Bündnis mit den Lombarden aus. Aber Charlemagne legte bereits den Grundstein für das, was heute die fränkische Politik ausmacht.«

Antonius hob die Hand, und seine Worte ließen für Regeane ein Bild zum Leben erwachen.

»Wir waren, abgesehen von dem Schreiber, allein in seinen Gemächern. Du musst wissen, dass Karl eigentlich nicht schreiben kann, obwohl er drei oder vier Sprachen sehr gut zu lesen vermag. Wir hatten nur einige wenige Binsenlichter zur Verfügung, und der Schreiber arbeitete in ihrem Schein. Karl ging, die Hände hinterm Rücken verschränkt, im Zimmer auf und ab. Er war sich offensichtlich nicht nur schon seit langer Zeit der Bedeutung dieser Briefe bewusst gewesen, sondern hatte sich bereits jedes einzelne Wort genau zurechtgelegt. Denn der Schreiber brauchte nicht eine Zeile auf dem Pergament zu korrigieren oder auszulöschen. Und Karl sprach nicht nur mit der Zuversicht eines Königs, sondern hatte auch das Gebaren eines Kaisers.

Als er mit dem Diktat fertig war und der Schreiber die Briefe versiegelte, die ich nach Rom bringen sollte, fragte ich ihn, wie er sich so sicher sein könne, dass er seine Pläne jemals würde ausführen können. Er drückte sich sehr einfach aus: ›Karloman, mein königlicher Bruder‹, sagte er, ›ist leidend. Wie du zweifellos bereits bemerkt haben wirst.‹ Ich hatte es bemerkt. ›Es würde an ein Wunder grenzen, wenn er noch einen Winter überleben sollte. Die fränkischen Fürsten werden weder seine Frau noch deren Kinder gegen mich unterstützen. Nein, das werden sie nicht. Und was die Neigung betrifft, die meine Mutter für die Lombarden hegt, nun ja‹, sagte er mit einem schwachen Lächeln, ›das ist eine Familienangelegenheit, und mit der werde ich mich beschäftigen, wenn es so weit ist.‹ Und das hat er getan, Regeane. Dieser Karl – Charlemagne – wird einmal ein sehr mächtiger König sein. Deine Verbindung mit seiner Familie wird für dich immer wertvoller und gleichzeitig vielleicht auch riskanter werden. Du wirst die Wege weltlicher Macht erlernen müssen, oder du wirst zu Grunde gehen.«

Regeanes Herz hämmerte in ihrer Brust.

»Regeane, wenn du die Wölfin nicht zähmst, dann lerne zumindest die Verschwiegenheit.« Antonius beugte sich vor und schlug sich mit der Faust aufs Knie. »Zu viele Leute in Rom wissen bereits von deinem Geheimnis.«

Regeane sprang auf und blickte mit geballten Fäusten auf Antonius hinab. »Der Hirte«, stieß sie hervor. »Du hast doch nicht…«

Antonius hob die Hand, als wollte er sie zum Schweigen bringen. »Nein, Regeane, aber ich konnte es Mutter nur mit großer Mühe ausreden, ihn beiseite zu schaffen.«

Regeane wandte sich zitternd von ihm ab. »Was habe ich nur an mir, dass ich Tod verbreite, wo immer ich hinkomme?«

Antonius stieß ein schnaubendes Lachen aus. »Fasse dich, Mädchen. Der Tod ist ein Teil dieses Spiels. Und zwar Tod für die großen wie auch für die einfachen Menschen. Du wirst Versagen, Niederlage und, ja, auch den Tod um dich herum sehen, solange du lebst. Der Junge hat nicht nur für dich und für mich sein Leben riskiert, sondern auch für Perlen und Silber. Genug, um einen Bauernhof davon zu kaufen. Er wird sein Leben und seinen schönen Hof haben, dafür habe ich gesorgt. Also spare dir deine Tränen und Selbstvorwürfe für bessere Anlässe auf.«

Regeane ging zu einer der Säulen, die das Dach der Vorhalle trugen, und lehnte sich dagegen. »Wie sehr du deiner Mutter ähnelst.«

Antonius lachte. »Ja«, sagte er. »Ich bin meiner Mutter, wie du mit der Zeit herausfinden wirst, nicht nur ähnlich, ich bin sogar noch schlimmer als sie. Aber jetzt trockne deine Tränen, denn heute Nachmittag ist es deine Aufgabe, charmant zu sein.«

Regeane schloss für eine Sekunde die Augen. Ihre Gedanken gingen eigene Wege. Sie erinnerte sich an Maeniels Hände auf ihrem Körper. Das mochte nicht Liebe sein, aber es war immerhin etwas. Würde alles andere genauso gut werden? Die Wölfin stieß ein leises Winseln ungeteilter Wonne aus. Worauf sich ihr Begehren im Augenblick richtete, war Regeane vollkommen klar. Die Sonne schien warm auf das Gesicht der Frau und ihre Helligkeit durchdrang ihre Augenlider. Die Luft war kühl, aber die Steine in der Wildnis jenseits der Stadt würden die Wärme der Sonne noch eine Weile bewahren. Die Wölfin wollte sich auf einem dieser Steine ausstrecken und während der langen Nachmittagsstunden vor sich hindösen. Sie wollte vom Frühling träumen, von Berggipfeln, die den ganzen Winter hindurch gefroren waren und zur Schneeschmelze zu einer Flut anschwollen; sie wollte an Wiesen denken, auf denen der zarte Duft von frischem Gras und Frühlingsblumen die Sinne in einen Taumel der Ekstase trieb. Bilder von sonnengesprenkelten Tälern breiteten sich vor ihr aus, Tälern, in denen das einzige Geräusch Vogelgezwitscher ist, und selbst das verstummt, wenn die langen blauen Schatten des Zwielichts einer sternenerfüllten Nacht weichen.

Sie schlug die Augen auf und Antonius lächelte sie an.

Die Wölfin schob sich an der Frau vorbei und streckte sich tastend nach ihm aus. Sie spürte seinen kalten, aber traurigen Verstand. Dieser Mann wusste, was die Welt war, aber er hatte keine Freude an seinem Wissen. Doch hinter diesem scharfen Verstand brannte die Flamme einer beständigen sanften Liebe. Die Wölfin schenkte ihm ihr Vertrauen.

»Wen soll ich denn mit meinem Charme bestricken?«, fragte Regeane.

»Als Erstes wirst du die Männer begrüßen, die deine persönlichen Wachen sein werden. Ich möchte dich dringend bitten, in diesen Beutel voller Gold zu greifen, den Maeniel dir gegeben hat, um jedem von ihnen ein schönes Geschenk zu machen. Sie müssen wissen, wer sie bezahlt. Außerdem würde auch eine kleine Andeutung nicht schaden, zum Beispiel: ›Ich bin so froh, dass ihr starken, gut aussehenden, tapferen Männer zwischen meiner blumenreichen Schönheit und der Gefahr stehen werdet.‹«

Regeane lächelte.

»O ja«, meinte Antonius, während er dieses Lächeln bewunderte. »So ist es richtig. Sei großzügig mit dieser Art Liebreiz, und er wird dir mehr einbringen als Gold.«

Regeane nickte.

»Wenn du sie kennen gelernt hast, wirst du Rufus treffen.«

»Rufus?«, wiederholte Regeane mit gefurchter Stirn. »Wer ist…?« Dann fiel es ihr wieder ein. »Cecilias Rufus?«, rief sie aus.

»Ja«, bestätigte Antonius. »Du erinnerst dich also an Cecilia.«

»Ja«, flüsterte Regeane. »Wie könnte ich sie auch vergessen? Aber woher wusstest du über Cecilia Bescheid? Ich habe sie im Kloster kennen gelernt. Es heißt, sie würde es nie verlassen.«

»Was für ein Kind du doch bist, Regeane.« Antonius schüttelte den Kopf. »Es ist wahr, sie verlässt das Kloster niemals, aber sie empfängt einen nimmer endenden Strom von Besuchern. Und das sind oft überaus vornehme Besucher, wie ich vielleicht hinzufügen sollte. Sie hat sowohl dich als auch Dulcina über den grünen Klee gelobt. Sie sagt, du seist ein süßes, mitleidiges, leidenschaftliches, begabtes und charmantes Geschöpf. Nicht zu vergessen, ein attraktives.«

»Nur attraktiv?«, fragte Regeane. Sie war ein wenig enttäuscht.

Antonius hob die Hand zu einer anmutigen Geste und ahmte Cecilia nach. »Eine Schönheit, meine Liebe, die nicht blendet, sondern besticht. Eine Schönheit, die mit der Zeit nicht verblassen, sondern zu einer prächtigen Blume erblühen wird.«

Zarte Grübchen zeichneten sich auf Regeanes Wangen ab, und sie machte einen tiefen Knicks.

»Aber das mag sein, wie es will«, fuhr Antonius fort. »Ihr Lob ist Rufus zu Ohren gekommen. Er bittet dich um deine Fürsprache bei ihr.«

Regeane wandte sich von Antonius ab und betrachtete die moosbewachsene Statue eines Mädchens, das Wasser in den Teich goss. Eine leichte Brise kräuselte die Oberfläche und zerbrach das Spiegelbild der Sonne in zahllose Lichtsplitter. Ein Karpfen tauchte kurz auf und fing ein Insekt, das über die goldene Wasserfläche huschte, dann war er mit einem Klatschen seines muskulösen Leibs wieder in der Tiefe verschwunden.

»Das wird nichts nützen«, sagte Regeane.

»Ich weiß, Regeane, aber du brauchst nicht zu versprechen, dass Cecilia dir zuhört, sondern nur, dass du sie aufsuchen wirst.«

»Also gut«, antwortete sie tonlos. »Ich gehe zu ihr.«

»So ist es recht«, sagte Antonius. »Rufus' Ländereien liegen ganz in der Nähe von Rom. Bisher hält er widernatürlicher Weise dem lombardischen Herzog die Treue. Aber wenn Mutter und ich ihn auf unsere Seite ziehen können, wird Basil sich außer Stande sehen, Rom noch länger zu belagern. Tatsächlich wird er von der Stadt abgeschnitten sein und von feindlichem Territorium aus operieren müssen. Rufus hat seine eigenen Männer, und das sind erfahrene Kämpfer, die treu zu ihm stehen. Vergiss nicht, Regeane, dieser herrliche Garten mag friedvoll sein, aber draußen liegt die Stadt im Chaos. Im Augenblick schützt uns nur Basils Angst vor einem offenen Angriff. Also tue dein Bestes, um Rufus zu gefallen und ihn für unsere Sache zu gewinnen.«

Regeane nickte traurig.

»Und als Letztes wäre da natürlich noch Gundabald.«

Regeanes Lippen verzogen sich zu einer dünnen Linie. »Deine Mutter hat mir deutlich zu verstehen gegeben, was ich zu ihm sagen soll.«

»Nun...« Antonius musterte mit einem schiefen Lächeln seine Knie. Dem brennenden Blick, mit dem Regeane ihn durchbohrte, wich er beharrlich aus. »Nun denn«, wiederholte er. »Ich glaube, je weniger über die Sache gesprochen wird, desto besser.«

»Es ist alles in Ordnung mit dieser Frau«, sagte Gavin, als sie die Straße hinunterritten, die von Lucillas Haus wegführte. Er klang recht gedämpft.

»Es ist eine ganze Menge nicht in Ordnung mit ihr«, widersprach Maeniel. »Aber ich bin mir nicht sicher, was.«

»Maeniel«, sagte Gavin mit warnendem Tonfall. »Du fängst schon wieder an, mir auf die Nerven zu gehen.«

»Hast du sie denn nicht beobachtet, als sie die Schmuckstücke berührte?«

Gavin schüttelte sich verwirrt, dann fiel ihm wieder ein, dass er im Augenblick pelzlos war. Es war eine wölfische Geste.

»Ich will es einmal anders ausdrücken«, sagte Maeniel. »Das Mädchen ist arm, so viel wissen wir. Hat sie sich wie eine normale Frau benommen, wenn sie ein prachtvolles Geschenk bekommt?«

»Nein, das gewiss nicht«, sagte Gavin. »Sie schien mir eher argwöhnisch und ein wenig zurückhaltend zu sein.«

»Sie hatte ihre Gründe«, erwiderte Maeniel. »Die erste Kette, die ich ihr reichte, ist mit einem bösen Spuk belegt. Ich konnte das Ding noch nie länger als ein paar Sekunden in der Hand halten. Sie muss, genauso wie ich es getan habe, das schreckliche Schicksal der Frau gesehen haben, die es als Erste trug. Das zweite Geschmeide gehörte Guinevere.«

»Was?«, rief Gavin.

»Guinevere«, wiederholte Maeniel.

»*Der* Guinevere?«, fragte Gavin.

»Genau der«, erwiderte Maeniel.

»Sie war eine große Hure«, sagte Gavin.

Eine Sekunde später prallte er mit einem lauten Krachen auf dem Boden auf. Er brauchte eine volle Minute, um benommen festzustellen, dass Maeniel ihn von seinem Pferd gestoßen hatte. Dann war er wieder auf den Beinen und griff nach seinem Schwert.

Maeniel brachte sein Pferd vor ihm zum Stehen, sodass es ihm den Weg versperrte. Er lachte. »Möchtest du deine Zähne an mir erproben, Jungchen?«

Gavin schüttelte den Kopf, als versuche er, ihn wieder frei zu bekommen. »So habe ich dich noch nie zuvor erlebt«, sagte er verwirrt. »Was hat diese Stadt bloß aus dir gemacht? Wir waren doch glücklich in unseren Bergen. Was habe ich denn gesagt? Und erzähl mir nicht, dass jetzt eine große Tirade kommt, du hättest Guinevere persönlich gekannt.«

»Das habe ich«, erklärte Maeniel.

Gavin marschierte, ganz verletzte Würde, auf sein frei umherlaufendes Pferd zu. »Nein«, rief er. »Ich will nicht mit dir kämpfen, dafür bist du viel zu gut. Ich bin doch kein Selbstmörder. Außerdem«, sagte er, blieb stehen und blickte sich nach Maeniel um. »Ein Sieg würde mir fast genauso wehtun wie eine Niederlage. Ich bin dir getreulich gefolgt, seit wir uns in diesem irischen Wald begegnet sind.«

Jetzt bemerkte Maeniel, dass Tränen in Gavins Augen standen. Er tat einen tiefen Seufzer. Gavin jagte das Pferd im Kreis herum und versuchte, es zu besteigen. Das Tier verdrehte die Augen und trat immer gerade dann zur Seite, wenn Gavin nach ihm griff.

»Steh endlich still, Gott verdammt noch mal«, rief Gavin. Inzwischen hatte sich eine kleine Menschenmenge versammelt, und einige der Leute lachten über Gavins Bemühungen, das Pferd einzufangen. Maeniel hatte schließlich Mitleid mit ihm, griff nach dem Zaumzeug des Viehs und hielt es fest. Gavin zog sich in den Sattel.

»Also schön«, bemerkte er steif, kaum dass er saß und wieder das Kommando über das Pferd hatte. »Ich entnehme deiner Reaktion, dass ich die Dame deiner Meinung nach beleidigt habe.«

»So ist es«, erwiderte Maeniel. »Sie war, wie ich bereits erzählt habe, eine mächtige Königin, die in der Schlacht nie besiegt wurde. Wie soll ich dir eine Welt erklären, die schon lange untergegangen ist? Eine Welt, die zu Zeiten deines Ururgroßvaters schon nur mehr eine schwache Erinnerung war? Es tut mir Leid, Gavin, aber es gibt Momente, da ist es mir verhasst, ein Mensch zu sein. Das hier ist so ein Moment. Ich hätte meine Laune nicht an dir auslassen dürfen.«

Sie entfernten sich von den bevölkerten Straßen und kamen zu den leer stehenden Ruinen. Der Himmel war von einem klaren, winterlichen Blau, und der Wind wehte sanft über das grüne und braune Ödland.

»Ich hätte nie gedacht, dass eine Erinnerung mich so verfolgen könnte«, sagte Maeniel. »Du hast Recht, Gavin. Die Berge sind sauber. Dort streifen wir frei umher und können unsere wahre Natur ausleben. Hier inmitten dieser uralten Verderbtheit erscheint mir das Gesicht der Menschheit geradezu abstoßend real.«

»Ich war zuerst ein Mensch«, entgegnete Gavin, »aber du, so wie du mir die Geschichte erzählst und wenn du die Wahrheit sagst... du warst zuerst ein Wolf.« Er schien schockiert zu sein, nein, mehr als schockiert, beinahe niedergeschmettert von dieser Erkenntnis. »Ich wusste nicht, dass *so etwas* jemals geschehen ist.«

»In meinem Fall war es so«, meinte Maeniel. »Ich habe nie einen der anderen danach gefragt. Du vielleicht?«

»Nein«, erwiderte Gavin mit zitternder Stimme. »Ich bin mir auch gar nicht sicher, ob ich es wissen will.«

»Ich auch nicht«, sagte Maeniel. »Und ich bin mir nicht ganz sicher, ob ich es dir hätte erzählen sollen. Nur dass du der erste Freund bist, den ich im Laufe etlicher Jahrhunderte gewonnen habe. Und ich bin … einsam gewesen.«

Gavin schwieg eine Zeit lang. »Ganz Wolf und kein Mensch«, murmelte er dann. »Wolf durch Zufall und Mann durch freien Willen.«

»Nein, nein«, widersprach Maeniel. »Nicht durch freien Willen. Blaze hat diese Wahl für mich getroffen. Bei Gott, manchmal verachte ich dich, Gavin.«

»Maeniel«, sagte Gavin.

»Nein, ich meinte nicht dich persönlich.« Maeniel machte eine weit ausholende Handbewegung. »Deine ganze Art. Du sprichst von dem Wolf als einer mörderischen Bestie, und doch – welcher Wolf könnte es an Grausamkeit und Zügellosigkeit jemals mit euch aufnehmen? Als Feiglinge seid ihr ohnegleichen, als Mörder gibt es keinen, der perfekter wäre. Selbst du läufst auf vier Beinen herum, um eine Vielzahl von Liebschaften zu suchen. Weibchen, in die du verzückt deinen Schwanz schieben kannst. Die Gestaltwandlung ist für dich eine Straße zu hemmungsloser Ausschweifung.«

Gavin sprang vom Pferd und warf ein Stückchen abgebrochenen Marmor nach Maeniel. »Steig ab«, rief er, »und lass uns die Sache endlich austragen.«

Maeniel brachte sein Pferd mühelos außer Reichweite von Gavins Wurfgeschossen. Gavin gab es schließlich auf und blickte halb keuchend, halb lachend zu Maeniel hinüber.

»Das glaubst du wirklich, du armer Idiot, nicht wahr?«, sagte Gavin. »Jetzt werden mir so viele Dinge klar, was dich betrifft. Dinge, die ich früher gesehen habe, aber nicht richtig zu deuten vermochte.

Mein Gott, ich erinnere mich noch, wie du Riculf behandelt hast. Barmherziger, er war von diesem fränkischen König Martell ausgesandt worden, um den Pass zu halten. Er begriff nicht, was er da beherrschte.« Gavins Stimme schwoll zu einem Schrei an:

»Aber du und die anderen, ihr habt ihn wie einen Gott behandelt. Jetzt verstehe ich auch, warum. Ihr habt...«

»Wolltest du eine Bemerkung über Hunde machen?«, unterbrach ihn Maeniel, und seine Stimme klang bedrohlich.

»Ich habe mit dem Gedanken gespielt«, bestätigte Gavin.

»Kehre den Satz um«, sagte Maeniel. »Es muss heißen: ›Du hast die Moral eines Wolfs.‹«

Gavins Mund war plötzlich sehr trocken. Er schluckte hastig.

Maeniel warf den Kopf zurück und lachte. »Tiere. Wir Tiere brauchen keine Moral. Wir sind nicht bestechlich. Ihr Menschen braucht so etwas, denn ihr seid verdorben.«

Gavin griff nach den Zügeln seines Pferdes. »Es ist mir unbegreiflich, wieso du so lange gelebt hast«, meinte er, während er wieder aufsaß.

Maeniel ließ die Zügel des Pferdes über den Widerrist gleiten. Die Hände flach auf die Schenkel gedrückt, saß er im Sattel und ließ seinen Blick über die grün bemantelten Ruinen gleiten. »Das ist etwas, das ich selbst nicht wirklich verstehen kann«, erwiderte er. »Ich erinnere mich noch an eine Zeit, da diese Stadt sehr jung war. Das ewige Rom. Das Zentrum der Welt, überquellend von Menschen. Ich habe die Stadt gehasst, aber ich hielt sie für unbesiegbar. Jetzt finde ich dort, wo einst Cäsaren herrschten, wo die Patrizier einander verrieten und um Macht kämpften, nichts mehr. Nichts als Wind und Stille. Es ist ein Schock, mehr nicht.«

Gavin zuckte mit den Achseln. »Wölfe haben keine Geschichte.«

»Nein«, sagte Maeniel. »Ich glaube, Worte können wohl kaum die Art und Weise beschreiben, wie wir miteinander leben und uns in die Welt einfügen. Wir haben schon vor langer Zeit unsere Übereinkünfte getroffen. Wir Wölfe haben auch Worte – Worte für Liebe, Jagd, Töten und Kämpfen. Für Schnee, Berg, Gras, Feuer und Stern. Diese Worte kennen wir und viele andere, aber wir haben keine Ausdrücke für Sünde, Verderbtheit und Schlechtigkeit. Das sind menschliche Erfindungen. Als ich mich das erste Mal verwandelte, hatte ich Angst. Ich habe mich lange Zeit nicht mehr verwandelt. Ich habe mich erst wieder verwandelt, als ich einige Mädchen in einem Bach baden sah.«

Gavin pfiff durch die Zähne. »Wie schon die Priester sagten: Die Frauen sind unser Niedergang. Die Lust ist unser Verderben.«

»Wenn man bedenkt, wie sehr du diese Dinge schätzt«, erwiderte Maeniel trocken, »kann ich mir nicht vorstellen, dass du ihnen so ganz abhold bist. Ich kauerte mich also ins Gebüsch, und einen Augenblick später war ich ein Mann.«

»Lass mich raten«, sagte Gavin, »sie sind allesamt weggelaufen.«

»Alle, bis auf eine«, erwiderte Maeniel leise.

»Hast du dich wieder in einen Wolf verwandelt und sie gefressen?«, fragte Gavin mit lüsterner Miene.

»Ich hatte keinen Hunger«, erklärte Maeniel. »Und außerdem«, fügte er mit einem kalten Blick auf Gavin hinzu, »war ich ein Wolf, und Wölfe töten niemanden, mit dem sie ihren Körper teilen. Sie war in Sicherheit vor mir. Trotzdem war ich ein Tier. Ich hatte noch keine Ahnung von menschlicher Grausamkeit und menschlicher Widernatürlichkeit. Ich kannte auch die Gier des Menschen nach Besitz noch nicht. Unsere Paarung war sanft und doch von wilder Leidenschaft erfüllt. Als ich sie verließ, lag sie behaglich am Ufer des Baches und schlief. Ich habe sogar in meiner natürlichen Gestalt ganz in der Nähe Wache gestanden, bis ihre Leute bei Einbruch der Nacht mit Fackeln kamen und sie dort fanden.«

»Du bist also von menschlicher Liebe verführt worden?«, fragte Gavin.

»Ja«, sagte Maeniel. »Und so wurde ich aus der Unschuld der Tiere fort und in die tiefgründige Tragödie der Menschheit hineingezogen. Denn die Liebe spiegelt die Widersprüche eurer Art wider. Schlimmstenfalls ist sie eine Grausamkeit, die ohne eine Spur von Anstand vollzogen wird. Aber bestenfalls eine Leidenschaft von solcher Süße, wie kein Tier sie je ermessen kann. Als Wolf gehorchte ich den Gesetzen meiner Art. Als ich gegen sie verstieß – und ich weiß nicht, welcher Gott mir die Kraft zum Ungehorsam gab –, verlor ich meine Seele.

Im Laufe der Jahrhunderte, Gavin, habe ich versucht, den Menschen zu entkommen, in den Wolf zu entkommen. Ein- oder zweimal habe ich sogar versucht, dem Wolf um des Menschseins willen zu entfliehen. Ich kann weder das eine noch das andere. Jetzt stehe ich also wieder vor einer Entscheidung. Und mein ganzes Wissen greift erneut nach den Gesetzen, die mich beherrschen.«

»Maeniel«, sagte Gavin, »du denkst zu viel. Und von was für einer Entscheidung sprichst du?«

»Niemals in all den Jahrhunderten«, erwiderte Maeniel, »ist mir ein Geschenk wie die Silberne dargeboten worden. Das Mädchen in der Villa dort hinten spricht zu meinen Lenden, aber der Ruf der Silbernen dröhnt in meinem Blut. Welche Frevel ihr als Frau auch angetan worden sein mögen, als Wölfin ist sie noch jungfräulich. Ich weiß es. Sie ist Jungfrau und bereit für das Feuer, das in mir als Mann und als Wolf brennt. Ich allein kann ihr beides sein.«

»Gütiger Gott im Himmel«, rief Gavin, »du musst wahnsinnig sein. Du kennst nicht einmal ihren Namen. Sie könnte eine Schlampe sein, ein Flittchen. Sie könnte einen Ehemann haben.«

Maeniel lächelte. Es lag nichts Menschliches in diesem Lächeln, das viel mehr Ähnlichkeit mit einem zornigen Blecken scharfer Zähne hatte. »Was kümmert mich das? Glaubst du, er wird sich mir als Mann oder als Wolf entgegenstellen wollen?«

»Nein«, pflichtete Gavin ihm mit einem Blick in Maeniels grimmiges Gesicht bei. »Das glaube ich nicht. Nicht so, wie du jetzt bist. Aber zum Teufel! Mann, warum nimmst du dir nicht einfach alle beide? Viele Ehemänner – viele Männer – haben das getan.«

»Das ist ja gerade das Problem«, sagte Maeniel mit einem hässlichen Lachen. »Ich bin kein Mann. Ich kann es nicht.« Mit diesen Worten griff er nach den Zügeln, gab seinem Pferd die Sporen und galoppierte davon.

Regeane machte sich fügsam daran zu tun, was Antonius und Lucilla ihr aufgetragen hatten. Sie begrüßte ihre Soldaten, spielte die charmante Herrin und verlieh ihrer Rolle gerade das richtige Maß an zerbrechlicher Unschuld. Sie schenkte jedem der Männer ein liebreizendes, naives Lächeln, bot ihre Hand zum Kuss dar und schien wie aufs Stichwort zu erröten.

Sie erkundigte sich nach dem Namen jedes Mannes und war zu ihrer eigenen Überraschung in der Lage, sie sich alle einzuprägen. Am Ende ihrer Begegnung schenkte sie jedem der Soldaten einen

Ring oder eine Brosche aus dem Schatz, den Maeniel ihr mitgebracht hatte.

Als die Söldner dann einer nach dem anderen die Empfangshalle der Villa verließen und durch die Vorhänge traten, die auf die Straße hinausführten, drehte sich Regeane zu Antonius um und fragte: »Also? Wie hab ich das gemacht?«

»Wunderbar«, erwiderte Antonius. »Drei von ihnen sahen so aus, als hätte man ihnen eins mit der Axt übergezogen, und die anderen sind absolut hingerissen.«

Regeane senkte den Blick und glättete mit den Fingern den weichen Leinenstoff ihres Übergewands. Ihr Kleid war, wie Lucilla gesagt hatte, von geschmackvoller Schlichtheit. Der Stoff war ein feines ägyptisches Leinen, das am Hals und am Saum eine zarte Silberstickerei aufwies. Das Kleid hatte so lange, tief eingeschnittene Ärmel, dass sie beinahe über den Boden schleiften. Darunter trug Regeane ein dickes Seidenhemd mit langen, eng anliegenden Ärmeln und darunter wiederum ein ärmelloses Leinenhemd. Die Aufmachung ließ der Phantasie viel Raum.

Als Regeane die Kleidungsstücke zum ersten Mal gesehen hatte, rief sie: »Gütiger Himmel – was das gekostet haben muss!«

»Papperlapapp«, sagte Lucilla. »Deine Männer müssen wissen, dass du eine ebenso wohlhabende wie züchtige Jungfer bist. Außerdem kommt ja dieser Maeniel jetzt für deine Unkosten auf. Ich glaube, dass dir noch nicht recht bewusst ist, wie reich er dich gemacht hat. In diesem Sack da befindet sich das Lösegeld für einen König. In Rom leben ganze Familien jahrelang von dem, was nur eins dieser Stücke wert ist.«

Danach versuchte Lucilla ihr auch noch eine schwere Leibkette aus kunstvoll geschmiedetem Gold aufzudrängen, indem sie ihr erzählte, dass solch gewichtiger Schmuck derzeit in Byzanz der letzte Schrei sei. Aber Regeane zeigte sich stur. Die darauf folgende Unterhaltung fiel recht lebhaft aus, und auch Elfgifa tat ihre Meinung kund. »Das Ding ist hässlich.«

Lucilla war außer sich. »Ob es hässlich ist oder nicht, interessiert niemanden. Das ist jetzt Mode, und ich werde mich nicht von der Vertreterin eines Volkes kritisieren lassen, das glaubt, ein geziemendes höfisches Gewand bestehe aus einem Hemd mit einem

Rock darüber, einem langen für Frauen und einem kurzen für Männer, die mit einem ledernen Riemen gegürtet werden. Also behalte deine Meinung für dich, junge Dame.«

Antonius krümmte sich vor Lachen. Als er sich die Augen trocknete, sagte er: »Mutter, dir ist dieses elende Ding doch vollkommen egal. Du versuchst nur, deinen Kopf durchzusetzen. Vergiss einmal die verschiedenen Künste, und überlass auch ein wenig der Natur.«

Lucilla wandte sich mit einem unwilligen Schnauben ab, und Regeane marschierte siegreich an Antonius' Arm von dannen.

»Ich werde dich zu dem Treffen begleiten«, sagte er. »Ich bin schließlich dein Haushofmeister.«

»Was ist ein Haushofmeister?«, fragte Elfgifa.

»Keine Ahnung«, erwiderte Regeane trocken, »aber ich bin sicher, dass Antonius dieses Amt aufs Beste ausfüllen wird.«

Jetzt, da die Besprechung vorüber war, zitterte Regeane ein wenig. »Antonius«, sagte sie leise, während sie mit den Fingern vorsichtig über den kostbaren Stoff strich. »Weißt du, dass du der Erste warst, der mir sagte, ich sei schön?«

»Ach ja?«, fragte er. »Nun, Schönheit ist auch eine Waffe. Lerne sie zu gebrauchen.«

Regeane seufzte. »Ich hatte etwas anderes im Sinn.«

»Ich weiß«, erwiderte Antonius. »Vergiss es. Selbst ein verhaltenes Geplänkel wäre gefährlich für uns beide. Ich werde jetzt Rufus holen gehen.«

»Nein«, protestierte Regeane und erhob sich. »Wenigstens heute möchte ich hinaus ins Freie. Bring mich dorthin, wo er wartet.«

Antonius bot ihr grinsend seinen Arm dar. »Dann komm. Es ist ein ganzes Stück zu Fuß.«

Regeane schwitzte bereits, als sie Rufus fanden. Es war, wie Antonius versprochen hatte, ein langer Spaziergang gewesen: eine Treppe aus ungleichmäßigen Marmorstufen hinunter, dann im hellen Sonnenschein über ein gepflügtes Feld und schließlich eine weitere Treppe hinauf. Die letzte Treppe führte zu einem alten Zypressenhain. Der kühle Schatten der Bäume war ihr hochwillkommen. Endlich kamen sie zu einem Labyrinth aus Ruinen, das noch größer war als das Forum.

Rufus saß auf einer Bank vor einem Haufen Marmorsteine, die man zu einem kleinen Turm übereinander gestapelt hatte. Ein schwaches Rinnsal auf der Spitze dieses Steinturms fügte sich zu einem winzigen Wasserfall zusammen und ergoss sich in einen geborstenen Brunnen auf dem Boden.

Rufus war, wie sein Name bereits andeutete, rothaarig, aber die feurige Mähne war mit grauen Strähnen durchzogen und über seinen Ohren schienen sich graue Flügel dem Nacken entgegenzustrecken. Auf den ersten Blick fand Regeane den Mann einfach hässlich. Er hatte eine große Nase, die schief und knorpelig war, als hätte er sie sich mehrfach gebrochen. Die weiße, dünne Narbe einer Schwertwunde verunstaltete seine Stirn. Sein Mund war groß und breit, und er hatte hohe Wangenknochen und eingefallene Wangen und zu alledem die beinahe durchscheinende, blasse Haut der Rothaarigen.

Alles in allem sah er ihrer Meinung nach nicht wie der romantische Liebhaber aus, der Cecilias Hingabe hätte erringen können. Bis er lächelte. Das Lächeln hatte dieselbe Wirkung wie eine helle Lampe, die plötzlich in einem verdunkelten Raum entzündet wird. Als sie dieses Lächeln sah, dachte Regeane: *Wahrhaftig, diesen Mann würde jede Frau lieben.*

Er erhob sich schnell, legte das Schriftstück beiseite, das er gelesen hatte, und beugte sich tief über Regeanes Hand. »Meine Dame«, rief er, »du hättest nicht so weit gehen dürfen. Ich war absolut willens, zu dir zu kommen.«

»Ich weiß«, erwiderte Regeane, »aber ich wollte einen kleinen Ausflug machen.« Dann drehte sie sich langsam um und betrachtete die Reste alter Mauern um sie herum. Die Steine waren überwuchert von Kriechpflanzen und niedrigem Gebüsch, und hier und da rangen selbst ausgewachsene Kiefern um einen Platz im Boden und drängten mit ihren Kronen in die Höhe, vorbei an staubigen, verkrüppelten Eichen. »Wo sind wir hier?«, fragte sie voller Ehrfurcht.

»Beeindruckend, was?«, grinste Rufus. »Das, liebreizende Dame, ist angeblich alles, was von Neros goldenem Haus übrig geblieben ist. Es war einst der berühmteste und schönste Palast auf der ganzen Welt. Ich komme gern hierher, um ein wenig spazieren zu gehen. Ich denke dann über die römische Welt nach, über alte Zeiten und über unsere neuen Königreiche, die an ihre Stelle getreten sind.«

»›Und so geht sie dahin, die Pracht der Welt‹«, zitierte Antonius. »Meine Vorfahren haben den Purpur angelegt und wurden mit goldenen Lorbeerzweigen gekrönt. Sie beherrschten die Welt, aber wir, ihre Nachfahren, müssen bescheiden bei kühnen, tapferen Barbaren…« – er verneigte sich vor Rufus – »um Hilfe nachsuchen, auf dass sie uns in schwierigen Zeiten als Beschützer beistehen mögen.«

»Du machst Witze«, sagte Rufus und zeigte erneut sein ansteckendes Grinsen. »Deine persönlichen Vorfahren wussten wahrscheinlich mehr über selbst gesponnene Wolle als über Purpur und waren mit Stachelstöcken zum Ochsentreiben besser vertraut als mit goldenem Lorbeer. Und was die Herrschaft über die Welt betrifft, so haben sie ihr Leben wohl eher in bescheidenem Dienst bei den Legionen verbracht oder sind dem Pflug gefolgt. Die gegenwärtige Unordnung in der Welt hat uns, auch wenn wir sie noch so sehr beklagen, beiden unsere Möglichkeiten geboten. Also, lass uns jetzt zum Geschäftlichen kommen, ja?«

Antonius' Lippen zuckten vor Erheiterung. »Ich freue mich, dich wiederzusehen, Rufus.«

»Ja«, erwiderte Rufus, »ganz meinerseits. Ich weiß nicht, was geschehen ist oder warum es geschehen ist, mein Junge, aber ich bin sehr froh, dass es dir wieder gut geht.«

Die beiden Männer schüttelten einander herzlich die Hand, dann wandte Rufus sich an Regeane. »Erzähl mir, wie geht es meiner lieben Cecilia?«

»Oh!« Das Wort war kaum mehr als ein Keuchen. Regeane wusste nicht, was sie sagen sollte, und versuchte Zeit zu gewinnen. Sie zupfte am Ausschnitt ihres Kleides, um ein wenig Luft über ihre feuchte Haut streichen zu lassen. »Bitte«, sagte sie. »Wenn ich mich für ein paar Minuten in den Schatten setzen dürfte?«

»Aber natürlich, meine Liebe«, antwortete Rufus. Als er sie zu der Bank geleitete, fragte er: »Möchtest du einen Becher Wein? Ich habe immer einen reichlichen Mittagsimbiss bei mir, wenn ich herkomme.«

Regeane nahm den Becher mit Wein und sagte auch nicht Nein, als Rufus ihr etwas Brot mit einem vorzüglichen, sahneweißen Käse anbot. Der Wein war köstlich. Der Käse ließ sich wie weiche Butter auf das Brot streichen. Regeane aß und trank und fürchtete sich vor dem, was sie Rufus würde sagen müssen.

Bis er sich zu ihr hinüberbeugte und ihr sachte einen Finger unters Kinn legte. »Ist es denn wirklich so schwierig, mein liebes Kind?«

»Ja«, murmelte Regeane beschämt, den Mund noch voller Brot und Käse.

Rufus ließ die Hand sinken und schlang beide Arme um die Knie. »Ganz bezaubernd«, sagte er zu Antonius, der schweigend an einem nahen Zypressenbaum lehnte. »Ist sie immer so direkt?«

»Für gewöhnlich«, erwiderte Antonius. »Ich hatte noch keine Zeit, sie in der Kunst zu unterweisen, scheinbare Versprechungen zu machen, ohne dabei irgendwelche Verpflichtungen einzugehen.«

»Nun denn, Regeane«, fuhr Rufus fort. »Erzähl mir zumindest, ob meine liebste Cecilia ihren kleinen Koller wenigstens genießt?«

»Kleinen Koller?«, riefen Regeane und Antonius wie aus einem Mund.

»Jawohl, Koller«, bekräftigte Rufus. »Sie hatte schon immer eine starke Neigung zu Temperamentsausbrüchen. Cecilia ist sehr reizbar.«

»Mein Gott, Rufus«, entrüstete sich Antonius. »Bezeichnest du einen zehn Jahre währenden Rückzug ins Kloster als eine kleine Laune? Außerdem hat sie sich die Nase ...«

»Ich weiß, was sie getan hat«, fiel Rufus ihm ins Wort; sein Gesicht wurde plötzlich starr. »Daran braucht man mich nicht zu erinnern. Trotzdem habe ich immer geglaubt, dass Maximus, dieser Narr, ihr Ehemann, nur ein klein wenig Takt, ein klein wenig menschliches Gefühl hätte zeigen müssen, dann hätte sie binnen vierzehn Tagen wieder in meinen Armen gelegen. Aber Narr, der er war, konnte er der Versuchung nicht widerstehen, sie zu verspotten, sie wütend zu machen. Der Rest war reine Narretei.«

Regeane erschauderte und trank hastig noch einen Schluck Wein. Der Schweiß auf ihrer Haut war getrocknet, und in den länger werdenden Schatten des Abends herrschte in der Senke zwischen den Ruinen eine unangenehme Kälte. »Wenn er grausam war, so hat er den Preis dafür jedenfalls gezahlt«, sagte sie. »Ich werde nie Cecilias Beschreibung vergessen, wie er vollkommen verarmt auf der Straße starb, während der Regen ihm in die offenen Augen fiel.«

Zu ihrer Überraschung brüllte Rufus vor Lachen. »Das hat sie erzählt? Ach du liebe Güte. Die Version kannte ich noch gar nicht.«

»Ist es denn nicht wahr?«, fragte Regeane schockiert. »Du willst doch nicht sagen, sie hätte gelogen?«

»Nicht ganz«, erwiderte Rufus. »Es stimmt, Maximus war nie wieder so reich wie in der Zeit, bevor unsere kleine… hm, sagen wir… unsere kleine Partnerschaft endete, aber er starb zu Hause in seinem Bett. Ich glaube, es war die Leber, die ihn letztendlich im Stich gelassen hat. Kurz bevor er verschied, nahm er die Farbe einer reifen Zitrone an, oder zumindest behaupten die Leute das. Wir haben damals nicht miteinander gesprochen. Ja, ich glaube, es war ein übermäßiger Genuss der Rebenfrucht, der ihn getötet hat. Aber was ihn auch dahingerafft haben mag, Cecilia war es bestimmt nicht. Andererseits überrascht es mich nicht im Mindesten, dass sie selbst es glaubt. Sie hatte immer die Neigung, die Dinge ein wenig zu… dramatisieren.«

»Was ist mit den Rosen?«, fragte Regeane.

»Mit den Rosen?«, fragte Rufus. »Ach ja, die Rosen. Erzähl mir, machen sie sie glücklich? Freut sie sich über die Blumen?«

»Ha!«, sagte Regeane. »Ich glaube, wenn du aufhören würdest, welche zu schicken, würde sie vielleicht rauskommen.«

Rufus schüttelte den Kopf. »Nein, ich würde niemals aufhören, ihr Rosen zu schicken. Das brächte ich nicht über mich. Weißt du, ich könnte den Gedanken, sie öffentlich zu demütigen, einfach nicht ertragen; sie darf niemals glauben, ihr Geliebter hätte sie vergessen oder würde nicht länger um sie trauern. Zu viele römische Matronen haben schon Tränen über unser Unglück vergossen, haben über unser Elend nachgegrübelt, als dass ich jetzt aufhören könnte, ihr

Blumen zu schicken. Wie könnte sie denn eine Heldin bleiben, eine tragische Gestalt, ohne die Rosen? Ich verrate dir ein Geheimnis, Regeane. Selbst wenn ich sterbe, wird sie weiter Rosen bekommen. Ich habe in meinem Testament eine entsprechende Vorkehrung getroffen. Bis der letzte Atemzug über ihre Lippen streicht, wird der Duft von Rosen sie einhüllen … in meinem Namen.«

Regeane stellte den Weinbecher behutsam auf die Bank, erhob sich und drehte sich zu Rufus um. »Du bist genauso schlimm wie sie.«

»Regeane!«, rief Antonius tadelnd.

»Nein«, sagte Rufus. »Sie hat Recht, Gott helfe mir. Das Mädchen hat Recht. Es stimmt alles, ich lüge, ich schicke Rosen, ich bin ein Narr, es ist alles wahr, aber …« Er erhob sich und sah Regeane direkt in die Augen. »Regeane, ich bin ein glücklicher Mann. Für einen Menschen habe ich mehr als meinen Anteil guter Dinge im Leben bekommen. Wohlstand, Muße, Gesundheit und Vergnügen. Und ich kann nicht behaupten, dass Cecilia auch nur ein Einziges dieser Dinge in meinem Leben zerstört hätte.« Er hob den Zeigefinger. »Aber es gibt doch eins, was mich noch glücklicher machen würde.«

»Cecilia«, sagte Regeane.

»Wenn sie jetzt diesen Weg hinunterkäme.« Rufus wandte sich von Regeane ab und blickte den Gehweg hinauf, als könne er etwas sehen, das Regeane verborgen war. »Wir würden nebeneinander sitzen. Sie würde mir etwas von Suetonius und Tacitus vorlesen. Gemeinsam würden wir ein schillerndes Phantasiegebilde weben, über Rom zu einer Zeit, da die Legionen marschierten. Als Nero hier in seinem goldenen Haus lebte, mit der wunderschönen, zum Untergang verurteilten Kaiserin Poppäa an seiner Seite. Wir würden uns an Geschichten von düsteren, lange vergangenen Verbrechen weiden, an Folterungen, Intrigen und an der unausweichlichen Vergeltung, die am Ende über diese schillernden, faszinierenden Sünder kam. Und wenn unsere Reise durch die Zeit zu Ende wäre, würden wir davonschlendern, Hand in Hand, zu einer Lichtung, wo der Mond besonders hell strahlt und das Gras hoch und weich ist. Es gab Nächte, da ließ ich meine Leute auf einer Wiese ein Festmahl auftragen und die Luft mit Kohleöfen wärmen, sodass wir unter freiem Himmel eng umschlungen beieinander liegen konnten. Dasselbe würde ich auch heute Nacht für sie tun und in so vielen kommenden Nächten, wie sie es wünschte. Und nie wieder würden wir voneinander scheiden.«

»Ich hätte nicht gedacht, dass die Liebe ewig sein kann«, sagte Regeane. »Manchmal dachte ich sogar, dass es überhaupt keine Liebe geben kann.« Ihre eigenen Worte erfüllten sie mit Überraschung und sogar mit ein klein wenig Angst.

Rufus wandte sich von ihr ab und ging auf einige Büsche langsam braun werdender Goldrute zu, die im Licht der Nachmittagssonne badeten. »Natürlich«, sagte er. »Du bist noch sehr jung. Ich hatte ganz vergessen, wie jung du bist. Die Liebe ist ewig. Das ist ihr Fluch und ihre größte Schönheit. Die Liebe endet nie. Man mag die Freude daran verlieren, und mit der Zeit endet vielleicht sogar der Schmerz. Aber die Liebe selbst bleibt zurück wie ein lebendiges Wesen und folgt dir in jedem Augenblick deines Lebens. Kein Tag vergeht, ohne dass ich nicht irgendwann denke: ›Ich wünschte, Cecilia wäre hier, um diesen Moment mit mir zu teilen.‹ Erzähle mir einen Witz, bring mich zum Lachen, und ich werde mir wünschen, ich könnte ihr Lachen hören. Ich denke an sie in der atemlosen Stille des Morgens, bevor die Sonne mit ihrem goldenen Licht die Hügel berührt, und am Abend, wenn für einen vollkommenen Augenblick der Sonnenuntergang den Himmel mit den zahllosen Tönen von Purpur, Violett und Gold erfüllt.«

Rufus blieb im Sonnenlicht stehen und brach gedankenlos eine der staubigen Blüten nach der anderen ab. Die sterbende Sonne tauchte sein rotes Haar in einen Feuerschein. »Ich gehe im Frühling an ihrer Seite, wenn meine Obstgärten blühen. In kurzen, heißen Sommernächten träume ich, dass sie in meinen Armen liegt. Im Herbst steht sie inmitten des Staubs der Heuernte neben mir. Wenn meine Pächter die ersten Garben zum Altar tragen, geht sie mit einer Krone aus Weizen und Herbstblättern durch die schimmernden Stoppelfelder. Sie ist Demeter und Aphrodite in einem. In kalten Winternächten, wenn die Sterne harte Lichter an einem mitternachtsschwarzen Himmel sind und der Wind durch die Dachtraufen heult, erwache ich, strecke die Hand nach ihr aus und weiß, dass ich sie vielleicht für immer verloren habe. Denn,

Regeane, wenn die Liebe ewig ist, so weiß ich doch, dass auch Narrheit, Lügen und Rosen ewig sind. Und dass die, die ich liebe, vielleicht niemals mehr zurückkehrt.«

Regeane stand mit geballten Fäusten da und Tränen trübten ihr die Sicht. Rufus trat aus dem Sonnenlicht heraus in den Schatten der Zypresse.

»Ich kann nicht versprechen, dass sie mir zuhören wird«, sagte Regeane, »aber ich werde zu ihr gehen und deine Sache nach bestem Vermögen vertreten.«

Rufus grinste. Er umschlang ihre geballten Fäuste mit seinen Händen und löste dann sachte ihre verkrampften Finger. »Mach dir keine Sorgen über Erfolg oder Niederlage, meine Liebe. Ich bin ein vernünftiger Mann und ich kenne Cecilia gut. Ich möchte nur, dass du ihr einen Vorwand lieferst.«

»Natürlich«, rief Antonius. »Einen Vorwand. Etwas, damit sie ihr Gesicht wahren kann. Oder jedenfalls das, was davon noch übrig ist.«

Rufus zuckte zusammen.

»Um Himmels willen, Antonius«, rief Regeane.

Zu ihrer Überraschung fing Rufus sich sofort wieder und lachte. »Antonius, wie viele Männer verlieben sich wirklich in das Gesicht einer Frau? War das alles, was Adraste dir bedeutete?«

»In muss in Zukunft unbedingt darauf achten, nicht mit dir die Schwerter zu kreuzen«, meinte Antonius. »Du hast einen Treffer erzielt. Einen sehr fühlbaren Treffer.«

»Freut mich, dass du's gespürt hast«, erwiderte Rufus.

»Ich hoffe, Cecilia nutzt den Vorwand, den ich ihr liefern werde«, sagte Regeane. »Vielleicht will sie ja zurückkehren, ist sich aber nicht sicher, ob ... sie willkommen wäre.«

Rufus hob Regeanes Hand an die Lippen und küsste sie. »Beruhige sie in diesem Punkt«, sagte er.

»Komm, Regeane«, meinte Antonius. »Es ist schon spät, und die Schatten, die die Zypressen werfen, sind bereits sehr lang. Du wirst dich für das Fest heute Abend umkleiden müssen.«

»Meine Männer sind in Hörweite«, sagte Rufus. »In diesen Ruinen ist man abends nicht mehr sicher. Einige meiner Leute werden euch zu Lucillas Villa zurückgeleiten.«

29

Lucilla erwartete sie an einem Tor in der schwarzen Mauer der Villa. »Hugo und Gundabald sind hier. Wo willst du sie haben? Im Empfangsraum oder im Atriumgarten?«

Regeanes Mund war trocken, und sie spürte, wie ihr Herz zu hämmern begann. Sie strich ihr Kleid glatt und wandte sich mit flehentlicher Miene an Lucilla. »Wie sehe ich aus?«

Lucilla richtete ihr kurz das Haar. »Gar nicht schlecht«, meinte sie. »Deine Haut ist ein wenig gerötet von deinem langen Spaziergang, aber glücklicherweise trägst du keine Schminke und hast nicht allzu heftig geschwitzt. Mit den neuen Kleidern und dem Schmuck, finde ich, machst du einen zufrieden stellend einschüchternden Eindruck.«

»Gut«, sagte Regeane.

»Also, vergiss nicht: Du darfst nicht unterwürfig sein«, ermahnte Lucilla sie. »Das würde sie nur argwöhnisch machen. Lass keinen Zweifel daran, dass du die Absicht hast, die Herrin in deinem eigenen Haus zu sein, aber gib dich versöhnlich. Tu so, als glaubtest du, dass du bei deiner Rückkehr in dein eigenes Land ihre Hilfe benötigen würdest, um dich einzurichten.«

Regeane nickte geistesabwesend

»Soll ich mit dir gehen?«, fragte Antonius.

»Nein«, sagte Regeane. »Es würde ihn überraschen, wenn ich nicht allein käme. Außerdem würde er dann vielleicht nicht offen sprechen.« Mit diesen Worten rückte sie von Lucilla ab und trat auf den Vorhang zu, der den verdunkelten Raum vom Atrium trennte.

Gundabald und Hugo lungerten ein wenig verloren in der Nähe des Eingangs der Villa herum. Sie saßen auf einer Steinbank. Gundabald starrte düster auf das glitzernde Becken. Hugo sah sich nervös um, offensichtlich eingeschüchtert von der luxuriösen Umgebung. Er war der Erste, der Regeane herannahen sah. Er sprang auf. Gundabald erhob sich ein wenig gemessener. Beide Männer wandten sich zu ihr um.

Regeane blieb stehen, sodass etwa drei Meter zwischen ihr und den beiden Männern lagen. Sie hatte damit gerechnet, dass sie Angst haben würde, aber stattdessen war sie von ihrer eigenen Wahrnehmung überrascht.

Bei Gott, die beiden waren ein schäbiges Paar. Hugos Umhang und das Hemd waren fadenscheinig, und die Schweißflecken unter seinen Achseln waren nicht zu übersehen. Gundabalds goldbestickter Mantel, der ihr einst so prächtig erschienen war, war schmutzig, und seine Leinenstrümpfe waren an den Knien ausgebeult. Beide Männer trugen schlammbespritzte Stiefel, die Anzeichen längerer Benutzung aufwiesen. Und der Gestank, den sie verströmten! Regeane hatte sie oft genug gerochen, und ihre Wolfsnase hätte sie selbst im Dunkeln erkannt, aber zum ersten Mal wurde ihr bewusst, dass der abgestandene Geruch, den sie mit den beiden in Verbindung brachte, die Folge selten gewaschener Leiber und unsauberer Haare und Bärte war. Gundabald starrte sie mit verdrossenen, blutunterlaufenen Augen an, aus denen man Schlaflosigkeit und Trunksucht herauslesen konnte.

Einen flüchtigen Moment lang staunte sie nur darüber, dass Lucilla sich die Mühe machen wollte, einen dieser beiden Männer zu töten. Sie waren den Aufwand nicht wert. Dann lächelte Gundabald. Und beim Anblick seiner stumpfen gelben Zähne kehrte ein Schatten des alten Entsetzens zurück.

»Was?«, fragte er. »Kein Kuss auf die Wange für deinen Onkel?«

Die Wölfin zog die Lefzen zurück. Regeane hätte schwören können, dass es die Wölfin war, bis sie sah, wie Gundabalds Züge sich vor Wut verzerrten, während in Hugos Augen Angst aufschimmerte.

»Du wagst es, mich zu verhöhnen, du dämliche kleine Fotze?« Dann fuhr er mit leiserer Stimme fort: »Ich weiß, du glaubst, du hättest ein paar mächtige neue Freunde gefunden. Freunde, die dir beistehen werden – und das werden sie auch, bis du sicher verheiratet und zu der Bergfestung deines neuen Herrn gebracht worden bist. Aber was wirst du machen, wenn du allein mit ihm bist?«

»Versuch nicht, mir Angst einzujagen, Gundabald«, erwiderte Regeane.

Er machte einen Schritt auf sie zu.

»Komm mir nicht zu nahe«, sagte sie leise.

Gundabald zögerte und zog sich zurück. Hugo machte ein Gesicht, als wolle er am liebsten weglaufen. Ein schwaches Wimmern stieg in seiner Kehle auf.

»Mach dich nicht lächerlich«, fuhr Gundabald ihn an. »Wir haben helles Tageslicht.«

»Gundabald«, sagte Regeane, »du bist jetzt auch am Tage in meiner Nähe nicht mehr sicher.« Sie schüttelte langsam den Kopf. »Nicht mehr. Ich habe mich verändert.«

Hugo versteckte sich hinter Gundabald.

»Ja«, sagte Gundabald, »aber das hast du ja schon immer getan.«

»Das stimmt«, erwiderte sie, »aber jetzt verwandle ich mich häufiger, und es fällt mir sehr viel leichter. Also, ich warne euch, verlasst euch nicht auf die Sonne.« Tief in ihrem Innern erhob sich die Wölfin. Ihre Kiefer öffneten sich zu einem breiten, an einen Hund erinnernden Lächeln, und die lange rote Zunge fuhr über die mächtigen Fänge. Der Ausdruck, den ihr Gesicht zeigte, war ein Lachen. Das Lachen des Siegers in einem tödlichen Wettstreit der Kräfte. Und Regeane wusste, dass die Worte, mit denen sie Gundabald lediglich hatte erschrecken wollen, nicht mehr und nicht weniger waren als die simple Wahrheit.

Irgendwo in der Dunkelheit der Campagna, in der Welt zwischen Leben und Tod, während ihres Kampfes um Antonius' Leben, war die Wölfin zu ihrem eigenen Recht gekommen. Regeane konnte sie bei Tag und Nacht rufen, und das prachtvolle, mörderische Tier würde sich erheben, um sie zu beschützen. Sie hatte gesiegt.

»Vater...« Hugos Stimme klang fast wie ein Schluchzen.

»Halt den Mund, du Idiot«, sagte Gundabald.

»Ja«, meinte Regeane. »Bring ihn zum Schweigen. Ich habe keine Lust, mir sein Gewinsel anzuhören. Hunde winseln und er ist ein Hund. Also, was wollt ihr von mir? Das heißt, ich weiß wohl, was ihr wollt. Ich werde es euch zeigen.«

Regeane drehte sich um und zog mit einer schwungvollen Gebärde die Vorhänge zum Triclinium beiseite. Ein Teil von Maeniels Schatz lag noch auf dem Tisch, sorglos hingeworfen: goldene Münzen, Edelsteine, Ringe und Broschen.

»Nicht schlecht«, bemerkte Gundabald. »Du hast gut für dich gesorgt.«

»Das hier«, sagte Regeane, »ist nicht einmal ein Zehntel dessen, was er mir geschenkt hat. Die wertvolleren Stücke sind sicher verwahrt.«

Gundabald trat an den Tisch und griff nach einem kleinen Häufchen Goldmünzen. Sie klimperten in seiner Hand. »Ein Zehntel dessen, was er dir geschenkt hat?« Seine Augen blitzten vor Gier.

»Weniger als ein Zehntel«, erwiderte Regeane. Plötzlich war sie müde. Müde und wütend. Sie hatte gesiegt. Jetzt brauchte sie diese beiden Narren nur noch dazu zu bringen, ihr zu vertrauen, und Lucillas gedungene Mörder würden den Rest erledigen.

Sie beäugte das erbärmliche Paar, das wie gebannt Lucillas Köder anstarrte. Sie nahm einen Ring vom Tisch, einen prächtigen Rubin in einer lächerlich aufwändigen, gewundenen, keltischen Fassung und ließ ihn in Hugos ausgestreckte Hand fallen. »Mit diesem hübschen Kinkerlitzchen kannst du dir eine Menge Frauen und dazu noch reichlich Wein kaufen. Nicht wahr, Hugo?«, fragte sie.

Hugo wich vor ihr zurück und blickte wie gebannt auf den Edelstein in seiner Hand.

»Was willst du?», fragte Gundabald.

Regeane sah ihn mit gespielter Arglosigkeit an. »Was könnte ich denn von euch beiden wollen?«

Gundabald lachte. Das Lachen endete mit einem höhnischen Schnauben. »Du willst etwas. Ansonsten hätten deine feinen Freunde uns niemals hereingelassen. Mir ist klar«, sagte er mit einigem Verdruss, »dass du keine Angst mehr vor mir hast.«

Regeane spielte müßig mit dem kostbaren Flitter auf dem Tisch. Sie sonderte einige schöne indische Rubine von dem Rest ab, schob sie an die Tischkante und ließ sie in ihre Hand gleiten. Dann streckte sie Gundabald den Arm hin. Er breitete die Hände aus, um ihren Großmut in Empfang zu nehmen. Die Edelsteine rannen durch ihre Finger in seine. Er griff nach einem und hielt ihn ins Licht.

»Dieser Fürst watet in Gold«, sagte sie. »Er braucht nur im Schlaf von Gold zu träumen, und wenn er erwacht, fällt es ihm wie von selbst in seine Truhen. Ein Fluss von Reichtümern fließt durch die hohen Bergpässe. Karawanen, die Gewürze, Seide, Juwelen und Gold transportieren. Er will unbedingt Charlemagnes Gunst erringen, damit er noch reicher wird. Ich habe ihm klargemacht, dass der Weg zu dieser Gunst über mich führt.«

»Und was ist mit dem Mondlicht?«, fragte Gundabald.

Regeane lachte. »Ich habe keine Angst vor dem Mond. Ihr wart immer zu kurzsichtig, um das zu begreifen. Ich habe den Mond willkommen geheißen, ihn umarmt, ihn geliebt. Aber nein, Gundabald, ich habe ihn nie, nie gefürchtet. Und jetzt bin ich die Herrin der Nacht und all dessen, was sie enthält. Für diesen Fürsten, meinen Gemahl, werde ich ein entzückendes, in Seide gehülltes Spielzeug sein, bis er sein Heim erreicht. Jene hohe Festung, von der du sprachst. Ihr Narren, der Mann ist keine Taube, die man rupft, sondern ein Obstgarten, der bebaut sein will, der Jahr um Jahr größere Erträge abwirft, bis ich alles abgeerntet habe, was es da zu holen gibt. Er ist ein brauchbarer Mann, dieser Maeniel, und ich kann ihn zu einem der größten Fürsten des Frankenreichs machen. Ich werde seine Gemahlin sein, und ihr zwei werdet meine verlässlichen Gefährten sein, wenn ihr mich nur gewähren lasst. Ich werde keine Rivalinnen um seine Gunst haben. Dafür werde ich sorgen. Keiner von euch beiden hat auch nur die leiseste Vorstellung davon, was Gisela da geboren hat.«

Gundabald trat einen Schritt zurück und musterte sie eindringlich. »Glaubst du ernsthaft, du könntest ihn jahrelang über dein wahres Wesen täuschen?«

Regeane versuchte ihre Züge zu verhärten. »Mit eurer Hilfe kann ich ihn so lange täuschen, wie es mir gefällt.«

Gundabald bedachte sie mit einem langen, forschenden Blick. Dann ging er zur Tür und sah sich im Garten um. »An diese Entwicklung der Dinge muss ich mich erst gewöhnen«, bemerkte er. »Mein Plan war, wie du zugeben wirst, sehr einfach. Nimm, was du kriegen kannst, fädle einen Jagdunfall ein, und du würdest als trauernde Erbin und gottesfürchtige Witwe – ein Anschein von Frömmigkeit würde dir unendlichen Nutzen bringen, meine Liebe – den Rest deines Lebens unter der fürsorglichen Aufsicht deines Onkels und deines Vetters stehen.«

»Ja«, entgegnete Regeane, »in einer engen Steinzelle, mit dem Hals an die Mauer gekettet. War es das, was ihr im Sinn hattet?«

»O nein!«, stammelte Hugo. »Wir würden nicht einmal im Traum…«

»Den Teufel würdet ihr!« Regeanes Stimme war wie ein Peitschenklang und brachte ihn sofort zum Schweigen.

»So ist es schon besser«, sagte Gundabald. »Zumindest sind die Bestechungsgelder bezahlt.« Er warf die Rubine in seiner Hand in die Höhe. »Die hübschen Worte sind gesprochen worden. Jetzt lasst uns zum Geschäftlichen kommen.«

Regeane nickte. »Ihr beiden hört euch besser meine Bedingungen an, denn, mein lieber Gundabald, ich habe nicht die Absicht, auch nur einen Tag meines Lebens unter deiner so genannten ›Aufsicht‹ zu verbringen.«

Gundabald drehte sich in der Tür um und lehnte sich gegen die Wand. »Was du da vorhast, ist absoluter Wahnsinn.«

»Wahnsinn?« Regeane lachte. »Ihr habt meinen Vater ermordet, meine Mutter bis aufs letzte Hemd ausgeplündert und mir meine Jugend zu einer Hölle des Elends und der Verzweiflung gemacht. Nenne mir einen, *einen* Grund, warum ich euch in irgendeinem Punkt trauen sollte.«

Gundabald stürmte auf sie zu. »Wir kennen dein Geheimnis«, brüllte er sie an.

Er stand vor dem Tisch. Regeane stand dahinter, nur wenige Zoll von ihm entfernt. Ihre Stimme wurde zu einem leisen, heiseren Wispern. »Zurück, Gundabald! Ich will deinen widerlichen Atem nicht länger auf meinem Gesicht spüren, oder du wirst mehr von meinem Geheimnis erfahren, als dir lieb ist. Sofort!«

Gundabald gehorchte. Hass glomm in seinen Augen auf, ein dunkler, böser Schimmer. »Ich sage noch immer, dass dein Plan Wahnsinn ist. Früher oder später wird der Mann dein Geheimnis erfahren, und er wird dich töten.«

Regeane rang um Fassung. »Vielleicht nicht«, sagte sie, »oder vielleicht wird er mein Geheimnis erfahren und nicht in der Lage sein, mich zu töten. Aber eines sage ich dir und du solltest mir besser genau zuhören: Es wird keine bequemen Jagdunfälle geben! Diese Ehe hat eine Bedeutung, die keiner von euch beiden ermessen kann. Denn was wisst ihr schon von den Beschlüssen von Päpsten und Königen, zu deren Versammlungen ihr keinen Zutritt habt. Eure Intrigen würden mich ruinieren, und ich würde euch mit in den Abgrund reißen. Dafür werde ich sorgen. Lass dir einen guten Rat geben, Gundabald. Du hast keine Macht mehr über mich. Es ist jetzt genau andersherum. Ich gebe hier die Befehle, und du wirst meine Anweisungen befolgen oder auf der Stelle verschwinden. Ein lauter Ruf von mir, und ein Dutzend Männer erscheinen in diesem Raum. Und ich würde ihnen sagen, dass sie euch in die Gosse werfen sollen. Ohne mein Geld ist das nämlich genau der Platz, an dem ihr den Rest eures erbärmlichen Lebens zubringen würdet. Habe ich mich verständlich ausgedrückt?«

Mit einer schnellen Handbewegung fegte Regeane etwas von dem Gold und den Edelsteinen auf den Boden. Hugo stolperte hinter den klirrenden Kostbarkeiten her und stopfte sie hastig in seine Börse.

Gundabald wich nicht vor ihr zurück. Seine Brust bebte vor Zorn. »Ich glaube«, sagte er leise, »wir verstehen einander.«

»Ich weiß nicht, was mit dir ist, Gundabald, aber ich verstehe dich vollkommen. Die einzige Trumpfkarte, die du in der Hand hältst, ist die Enthüllung meines Geheimnisses. Und was würde dir das nützen? Sag es mir!«

Gundabald wandte den Blick von ihr ab und starrte in den Schatten des halb verdunkelten Raums. »Nichts«, murmelte er.

»Oh, da irrst du dich, Gundabald. Es könnte sein, dass es dir Schlimmeres einträgt als nichts. Mein neuer Fürst und Gemahl ist sehr zufrieden mit seiner Braut aus königlichem Haus. Er könnte auf den Gedanken kommen, dass du ein Wahnsinniger oder ein Lügner bist, und dich zum Schweigen bringen lassen. Oder der Papst, der diese Ehe mit großem Nachdruck befördert, könnte in dir einen gefährlichen Unruhestifter sehen. Du musst dich fragen, ob du bereit bist, ein solches Risiko einzugehen.«

Gundabald schnaubte; dann lächelte er, obwohl noch immer heißer Zorn in seinen Augen loderte. Schließlich meinte er mit zusammengebissenen Zähnen: »Meine liebe Nichte, du bist eine kluge Frau. Bei weitem klüger, als ich bisher geglaubt hatte. Ich sehe, wenn ich von unseren engen Blutsbanden profitieren will, dann muss es zu deinen Bedingungen geschehen.«

Hugo, dessen Börse aus allen Nähten platzte, rappelte sich vom Boden hoch. Sein Blick wanderte zwischen Regeane und Gundabald hin und her. »Vater«, meinte er zögernd, »ich glaube, wir tun besser, was sie sagt.«

Gundabald funkelte ihn wütend an, aber als er sich wieder Regeane zuwandte, lag in seinen Zügen nur wohl überlegte Ausdruckslosigkeit. »Also gut«, sagte er gelassen. »Was willst du? Was soll ich tun?«

Regeane entspannte sich. Sie war davon überzeugt, dass sie die beiden genau da hatte, wo sie sie haben wollte. Sie hatte sie gekauft. Aber nicht sie hatte ihre Unterwerfung erzwungen, sondern ihre eigene Habgier. Die beiden warteten förmlich darauf, in die Falle getrieben zu werden.

Die Wölfin hatte eine Erinnerung an diesen Augenblick. Viele Erinnerungen. Die Erinnerungen einer Jägerin. Ihr erfahrenes Auge suchte in einer Herde nach einem Opfer, suchte nach dem verräterischen Stolpern dort, wo der Boden keine Schwierigkeiten darstellte, nach dem schweren Atem, obwohl keine sichtbare Anstrengung vonnöten war, nach dem humpelnden Rehkitz, das nicht mit den übrigen Tieren mithalten konnte, nach dem Bullen oder der Kuh, die die Zeichen des Alters verriet. Einen Moment beäugte sie Hugo und Gundabald mit dem kalten, mechanischen Blick des Raubtiers.

Hugo wich einige Schritte zurück und in Gundabalds Wange zuckte ein Muskel.

»Was willst du von uns?«, erkundigte sich Hugo nervös.

»Zum einen, dass ihr ein Bad nehmt«, fuhr Regeane ihn an. »All das Geld da auf dem Tisch gehört euch.«

Hugo vergaß seine Angst und begann sofort, es zusammenzuraffen.

»Kauft euch neue Kleider, damit ihr in einem Zustand seid, der es erlaubt, dass ich euch meinem Fürsten vorstelle. Gundabald, du hast doch immer noch Verbindungen zu Charlemagnes Hof, nicht wahr?«

»Ja«, antwortete Gundabald langsam.

»Sehr gut«, erklärte Regeane. »Ich werde dich brauchen.« Sie holte tief Luft. »Ich brauche dich wirklich sehr dringend. Ich kann diesen Fürsten nicht ganz ohne Hilfe in einen großen Mann verwandeln. Ich brauche dazu die Unterstützung eines erfahrenen, weltgewandten Mannes, wie du es bist. Leider habe ich es in der Vergangenheit immer unterlassen, mich mit politischen Angelegenheiten zu beschäftigen.«

Gundabald bediente sich ebenfalls an dem Gold auf dem Tisch. Und er nickte dabei, als sei er zu einem Entschluss gekommen.

»Ich werde euch von Lucillas Dienern hinausgeleiten lassen«, sagte Regeane. »Kommt in ein paar Tagen wieder her, dann können wir in aller Ruhe zusammen speisen und über die Zukunft reden.«

»Aber ja doch«, sagte Gundabald. »Ein freundliches kleines Familienessen.«

»Ja«, erwiderte Regeane müde. Die Wölfin war bereit zu töten. Es gab kaum noch etwas zu sagen und sie wollte sie endlich los sein.

Am Tor drehte sich Gundabald um und sah sie noch einmal an. »Ich bin mir sicher«, sagte er glatt, »dass es jetzt, da wir deinen wahren Wert kennen gelernt haben, keine Streitigkeiten mehr zwischen uns geben wird.«

»Aber natürlich«, erwiderte Regeane. »Eine Partnerschaft wird so viel einträglicher sein als Zwietracht.«

Als sie fort waren, fand Regeane Lucilla und Antonius im Garten vor, wo sie auf sie warteten. Sie ließ sich auf eine Bank neben dem Becken sinken und sah nicht die beiden anderen an, sondern das dunkle Wasser. »Ihr habt gelauscht?«, fragte sie.

»Natürlich«, antwortete Lucilla. »Ich habe genau zugehört. Wofür hältst du mich? Für eine dumme Gans? Du bist mein Schützling.«

»Habe ich meine Sache gut gemacht?«, wollte Regeane wissen.

»Ich weiß nicht«, meinte Antonius. »Ich finde, du hättest vielleicht eine Spur weniger… aufrichtig sein können.«

»Ich konnte einfach nicht anders«, erwiderte Regeane. »Ich verabscheue sie alle beide.«

»Das hat man gemerkt«, sagte Antonius und bedachte den Portikus, durch den Gundabald und Hugo verschwunden waren, mit einem besorgten Blick.

»Was sie von der ganzen Sache halten, spielt keine Rolle«, sagte Lucilla. »Ich habe mein Ziel erreicht. Man hat gesehen, dass sie die beiden auf höfliche Art und Weise empfangen hat. Sie haben reiche Geschenke von ihr erhalten. Meiner Einschätzung nach werden die beiden, Schurken, die sie sind, zumindest einen Teil des Geldes für eine Tour durch die schäbigsten Tavernen und Bordelle Roms verwenden. Meine Männer werden sich heute Abend oder morgen um sie kümmern.«

Regeane blickte mit erschütterter Miene zu Lucilla auf. »Es ist dir wirklich vollkommen egal, was ich zu ihnen gesagt habe, nicht wahr?«

Antonius zuckte mit den Achseln und lächelte, dann schlenderte er am Becken entlang davon.

Regeane sprang auf und stampfte mit dem Fuß auf. »Du hast das alles geplant.«

»Ja«, sagte Lucilla mit aufreizender Selbstgefälligkeit.

»Es überrascht mich, dass du mich überhaupt um Rat gefragt hast«, sagte Regeane verbittert.

»Ich hätte es auch beinahe nicht getan«, fuhr Lucilla sie an. »Aber du musstest wissen, wie und warum man solche Dinge arrangiert. Eines solltest du jedoch nie vergessen, meine Liebe: Sobald ich dein Geheimnis kannte, hatte ich niemals die Absicht, diesen erbärmlichen Lumpen am Leben zu lassen.«

»Aber warum?«, fragte sie. »Du hattest ihn doch nicht einmal kennen gelernt.«

»Warum sollte ich ihn kennen lernen müssen?«, fragte Lucilla. »Ich habe dieses schauderhafte Gasthaus gesehen. Den stinkenden Schweinestall, in den sie dich eingepfercht hatten. Die Striemen auf deinem Rücken. Was hätte ich sonst noch wissen müssen? Bitte sage es mir.«

Antonius drehte sich um und kam zu ihnen zurück. »Regeane«, sagte er, »besprich dich mit der Wölfin. Was denkt sie von alledem?«

Regeane wandte sich verwirrt ab. »Ich habe sie bereits gefragt«, flüsterte sie. »Ich weiß, was sie denkt. Der Wölfin ist es... gleichgültig.«

»Deine bessere Hälfte, würde ich sagen«, bemerkte Antonius, »oder zumindest deine kühnere Hälfte. Hör mir zu, Mädchen, überall, wo es Menschen gibt, haben Ehemänner eine gewisse gesetzliche Autorität über ihre Frauen. Wir... wir drei... haben bereits Schritte eingeleitet, um dich von deinem Mann unabhängig zu machen.«

»Ja«, sagte Regeane.

»Schön.« Antonius sprach sehr langsam, als hätte er es mit einem Kind zu tun. »Also, die zweite Gruppe von Männern, denen es gestattet ist, Frauen zu beherrschen, sind ihre männlichen Blutsverwandten. Hab ich Recht?«

Regeane nickte.

»Wenn Hugo und Gundabald nicht mehr da sind, wie viele Blutsverwandten hättest du dann noch?«

»Keine oder jedenfalls keine, die mir nahe genug stehen, um eine Rolle zu spielen«, sagte sie. »Ich verstehe. Ich würde frei sein.«

Antonius sah seine Mutter an. Ihre Blicke trafen sich und eine unausgesprochene Übereinkunft war in ihren Augen zu erkennen.

»Da kommt noch mehr, nicht wahr?«, fragte Regeane.

»In gewisser Weise könnte man Gundabald wohl als mein Hochzeitsgeschenk an dich betrachten, Regeane«, erklärte Lucilla. »Und Hugo wahrscheinlich auch.«

»Ich war, was Hugo betrifft, nie deiner Meinung, Mutter«, meldete Antonius sich zu Wort. »Ich glaube, Hugo ist ein einfältiges, schafsköpfiges Plappermaul, der den Inhalt seines leeren Gehirns in jeder Taverne und jedem Hurenhaus von Rom und Umgebung vergießen würde. Und früher oder später würden seine trunkenen Mätzchen dem Falschen zu Ohren kommen. Lass ihn ebenfalls umbringen. Regeane hat Recht. Sie brauchen beide ein langes Bad. Gib ihnen eins... im Tiber.«

»Gütiger Gott im Himmel!«, entfuhr es Regeane.

»Sieh den Tatsachen ins Auge, Mädchen«, sagte Antonius. »Keiner der beiden kann dir in irgendeiner Weise nutzen, andererseits steht es durchaus in ihrer Macht, dir großen Schaden zuzufügen.«

»Ich soll den Tatsachen ins Auge sehen? Mein Gott, Antonius!«, explodierte Regeane. »Weißt du, was Gundabald einmal zu mir sagte? Er wollte meine Hilfe bei der Ermordung meines eigenen Ehemanns. Ich habe Gundabald erklärt, dass ich nicht einen einzigen Tag unter seiner Aufsicht leben wollte. Nun, ich werde auch nicht unter deiner Aufsicht stehen. Nicht unter deiner und nicht unter der deiner Mutter. Nein«, schluchzte sie. »Nein, ich möchte mit dieser abscheulichen Tat nichts zu tun haben. Habt ihr sie mit dem Gold gesehen? Man kann sie kaufen. Davon bin ich überzeugt.«

Antonius warf die Hände hoch und wandte sich ab.

Lucilla seufzte tief. »Du hast einen wunderbaren Sinn für Moral. Natürlich kann man sie kaufen ... für eine gewisse Zeit. Aber was passiert, wenn dir das Gold ausgeht?«, fragte sie sanft.

Regeane weinte weiter still vor sich hin, und die Tränen strömten ihr übers Gesicht. »Ich kann es nicht ertragen«, flüsterte sie mit belegter Stimme. »Lasst sie am Leben. Ich habe Gundabald einmal gehasst, aber den armen Hugo ... den habe ich nie gehasst.«

Lucilla umarmte Regeane und legte den Kopf auf die Schulter der jungen Frau, um sie behutsam zu streicheln.

»Lasst sie leben«, wiederholte Regeane.

Lucilla schob Regeane ein Stück von sich weg und betrachtete ihr tränenüberströmtes Gesicht. »O nein ...«, sagte Lucilla traurig.

»Lasst sie leben«, beharrte Regeane.

»Mutter«, sagte Antonius, »sie braucht ihre Freiheit. Sie muss die Entscheidung selbst treffen. Das können wir ihr nicht abnehmen.«

Lucilla blickte Antonius über Regeanes Kopf hinweg an und stieß dann einen tiefen, bebenden Seufzer aus. »Mein einziger Sohn, bester aller Söhne, ich glaube, du hast wahrscheinlich Recht. Also gut, Regeane, ich würde das für keinen anderen Menschen auf Erden tun, wahrscheinlich nicht einmal für Antonius, aber ich werde sie um deinetwillen verschonen, meine teure Tochter in der

Liebe. Aber ...« Lucilla hob den Finger. »Da ist noch etwas, das du wissen musst.«

Regeane wischte sich mit den Fingern die Tränen aus den Augen und blickte zu Lucilla auf.

»Regeane«, fuhr sie fort, »früher einmal, in dem wunderbaren Reich, das die Römer geschaffen haben, konnte sich ein Mann oder eine Frau wahrscheinlich in einer Nische einrichten und ein unabhängiges Leben führen. Das ist nicht länger möglich. In dieser chaotischen, zerstörten Welt gibt es nur noch solche, die herrschen, und solche, die beherrscht werden. Du musst selbst entscheiden, zu welcher der beiden Gruppen du gehören willst.«

Einige Stunden später war Regeane allein in einer Maultiersänfte unterwegs zu dem Fest ihres Bräutigams. Vor ihrem Abschied hatte sie sowohl von Lucilla als auch von Antonius Ratschläge bekommen, viele Ratschläge.

Während sie sich ankleidete, gab es mit Lucilla eine kurze Diskussion über das Durchstechen ihrer Ohrläppchen.

»Sie bleiben nicht durchgestochen«, erklärte Regeane.

»Wie meinst du das?«, fragte Lucilla.

»Die Löcher verschließen sich einfach wieder.«

Lucilla setzte sich mit schockierter Miene aufs Sofa. »Willst du mir erzählen, dass die Löcher einfach wieder verschwinden?«

»Ja«, erwiderte Regeane. »Was ist daran so schlimm?«

»Ich dachte nur gerade an dein Jungfernhäutchen, meine Liebe. Die Dinge könnten sehr unbehaglich für dich werden, wenn dein Jungfernhäutchen sich ständig, ähm ... erneuern würde.«

»Darüber mache ich mir keine Sorgen«, sagte Regeane. »Meine Mutter hat mir erzählt, dass sie nicht das leiseste Unbehagen erdulden musste. Ich glaube nicht, dass es bei mir anders sein wird.«

Lucilla seufzte. »In gewisser Weise ist das ein Jammer ... ein wirklicher Jammer.« Dann drehte sie sich um und begann den Inhalt ihrer Ankleidekommode zu durchsuchen.

»Was ist ein Jammer?«, wollte Regeane wissen. Sie mühte sich gerade in ein Seidenunterkleid. Das Kleid war am Ausschnitt, an den Ärmeln und am Saum mit Kristallen und Zuchtperlen bestickt.

»Sei vorsichtig damit. Es könnte zerreißen«, tadelte Lucilla sie.

»Was ist ein Jammer?«, wiederholte Regeane.

»Eine Frau, die ihre Jungfräulichkeit immer wieder herstellen könnte, würde die Männer zur Raserei treiben. Als Kurtisane wärst du in finanzieller Hinsicht ein unglaublicher Erfolg gewesen«, sagte Lucilla.

Antonius stand hinter einem Vorhang im Nebenzimmer. »Mutter!«, rief er tadelnd.

»Ich weiß, ich weiß. ›Setz dem Mädchen keine Flausen in den Kopf.‹ Aber wie dem auch sei, ich habe hier einen kleinen Krug mit Salbe für dich. Reib die Salbe direkt vorher ein, und sie verringert das Unbehagen. Hier«, sagte sie und hielt Regeane eine kleine Glasflasche hin. »Nimm das und behalt es bei dir.«

Regeane taumelte einige Schritte zurück und ließ sich auf Lucillas Bett fallen. »Heute Nacht?«, stieß sie hervor. »Wird es heute Nacht sein?«

»Mein liebes Mädchen«, sagte Lucilla, »du wirst nie verheirateter sein, als du es jetzt bist. Ja, ganz gewiss heute Nacht.«

Vor Regeane drehte sich alles.

»Wenn man bedenkt, wie er dich begrüßt hat«, sinnierte Lucilla, »wird er es wohl kaum mehr erwarten können.«

Regeane dachte an Maeniel, an den sanften, keuschen Kuss, den er ihr zur Begrüßung gegeben hatte. Tief in ihrem Gehirn fuhr die Wölfin aus dem Schlaf hoch und beäugte sie mit einem wissenden Blick. Die Sache könnte Spaß machen. Regeane sprang auf und presste die Hände gegen ihre brennenden Wangen. »Wir haben uns schon danach gesehnt, es auszuprobieren«, sagte sie.

»Ihr alle beide, wie?« Lucilla sah sie missbilligend an und tippte mit dem Fuß auf den Boden.

Hinter dem Vorhang brach Antonius in stürmisches Gelächter aus.

»Ruhe!«, rief Lucilla in Antonius' Richtung. »Regeane, du musst mir zuhören. Jungfräuliche Bräute sollten sich nicht zu eifrig zeigen. Du musst gleichgültig, scheu und ein wenig ängstlich sein.«

Von da an regneten die Ratschläge förmlich auf Regeane herab.

»Überlass ihm die Führung«, sagte Lucilla. »Wenn er es tut, musst du Schmerzen vortäuschen.«

»Aber was ist, wenn ich keine Schmerzen habe?«, erwiderte sie.

»Dann täusch trotzdem welche vor«, sagte Lucilla. »Die Männer erwarten das.«

»Mutter, hör auf, ihr Angst zu machen«, rief Antonius. »Ich bin sicher, sie wird gut zurechtkommen. Und du, Regeane, lass dir keine allzu große Angst einjagen. Ganz gleich, was geschieht, vergiss nicht, dass du nicht dauerhaft verletzt werden kannst.«

An dieser Stelle mündeten die wohl gemeinten Ratschläge in ein lautstarkes Rededuell zwischen Lucilla und Antonius. Regeane kleidete sich hastig an und floh.

Lucilla hatte vorgehabt, sie in der Sänfte zu begleiten, aber Antonius erstickte diese Idee im Keim. »Sei still, Mutter«, sagte er. »Das Letzte, was sie braucht, ist, dass du sie noch nervöser machst, als sie es ohnehin schon ist. Sie braucht vielmehr ein bisschen Ruhe, um sich zu fassen.«

Also war sie allein auf dem Weg.

Die Wölfin fing die Abendbrise auf, und Regeane fragte sich, ob es gestattet war, die Vorhänge der Sänfte zurückzuziehen. Da sie niemanden fragen konnte, tat sie es einfach.

Die Luft war kühl. Sie kamen gerade am Kolosseum vorbei, das sich als dunkle Ruine zu ihrer Rechten erhob. Sie sah auch einige Häuser und Läden, aber die Straßen waren in der heranbrechenden Abenddämmerung fast menschenleer. Irgendwo in der Ferne heulte ein Hund. Aber war es überhaupt ein Hund gewesen? Sie konnte sich nicht sicher sein, nicht einmal mit ihren überlegenen Sinnesorganen.

Die Wölfin hob den Kopf und schnupperte. Machtspiele. Antonius und Lucilla gaben ihr Anweisungen, wie sie sie zu spielen habe. Die meisten ihrer Ratschläge konzentrierten sich nicht auf die Frage, was sie zu tun hatte, sondern darauf, wie sie ihm gefallen konnte. Maeniel.

Regeane beriet sich mit der Wölfin. Ihre Mitternachtsschwester hatte keine Angst vor dem Mann. Geradeso, wie sie gewusst hatte, dass Lucilla eine Freundin war, wusste sie, dass Maeniel ihr niemals ein Leid antun würde. Aber wollte sie ihn wirklich? Sie dachte an den grauen Wolf. Wer war er? Was war er, wenn er auf zwei Beinen ging? Sie hatte keine Ahnung. Kein junger Mann, vermutete sie. Seine erste Jugend war vorüber. Aber er war gewiss auch noch nicht alt. Er war der unbestrittene Anführer des Rudels gewesen. Sie konnte sich kein Geschöpf vorstellen, das kühn genug wäre, ihn herauszufordern. Andererseits war er vielleicht ein ganz gewöhnlicher Mann, ein Tavernenbesitzer, ein Priester oder ein kleiner Händler.

Sie fragte sich, wie es wohl wäre, die Frau eines einfachen Mannes zu sein. In einer kleinen Wohnung über seinem Laden zu leben und sich um eine Brut von Kindern zu kümmern. Jeden Tag zu kochen und sauber zu machen. Kleider in einem Zuber draußen auf dem Hof zu waschen und sie auf einer Leine, die man quer über die Straße gespannt hatte, aufzuhängen.

Ein Leben von simpler Alltäglichkeit, der Kampf mit kleinen Krisen, zahnenden Kindern, unter Kolik leidenden Säuglingen… die Mahlzeiten pünktlich fertig haben zu müssen, Rechnungsbücher für das Geschäft und den Haushalt zu führen. Ja, es wäre auch ein Leben voller Lachen. Das Leben mit einem Mann, dem sie aus ganzer Seele vertrauen konnte. Vor dem sie nie Angst haben würde.

Die Wölfin wartete in der Dunkelheit, wachsam die Ohren aufgestellt. Bereit, ihr zu dienen. Verwandle dich, spring aus der Sänfte. Lauf weg. Geh ihn suchen, den Grauen, und ergib dich ihm. Zusammen konnten sie durch die ganze Welt fliehen. Nach Byzanz, ins Frankenreich, wo niemand sie jemals finden würde.

Aber sie wurde aufgehalten, bewegungsunfähig gemacht vom kalten Wissen der Frau, dass der Mann, der der graue Wolf tagsüber war, einer sein konnte, den die Frau niemals würde lieben können. Sie konnte raten. Sie konnte Vermutungen anstellen. Sie konnte hoffen, aber wissen konnte sie es nicht. Sich an einen solchen Mann zu ketten, ohne etwas über ihn zu wissen, wäre absoluter Wahnsinn gewesen.

Von draußen hörte sie das plötzliche scharfe Klappern von Pferdehufen, die sich der Sänfte näherten. Eine Sekunde später machten ihre Augen ihn im blauen Zwielicht aus. Ihr war klar, dass er der Hauptmann der Eskorte sein musste, der sie zu Maeniels Villa geleitete.

Er hatte einen angegrauten Spitzbart, und sein Haar fiel ihm lang auf die Schultern. »Meine Dame«, sagte er scharf.

Und die Wölfin blickte aus Regeanes Augen zu ihm auf. *So schnell,* dachte Regeane erschrocken. *Ich habe sie doch gar nicht gerufen.* Aber andererseits war die Wölfin vielleicht wütend, weil ihr ihre Freiheit verwehrt wurde. Regeane drängte sie mit aller Willenskraft in den Hintergrund, fort aus ihrer Welt.

Der Mann auf dem Pferd schien leicht zurückzuweichen. Als warne ihn irgendein Instinkt, dass da noch ein anderes Wesen zugegen war. »Meine Dame«, sagte er dann leiser, »bitte schließe die Vorhänge. Bei allem schuldigen Respekt... wenn jemand dich sehen sollte... nun, du wirst sicher nicht wünschen, dass wir unser Blut vergießen müssen, um dich zu schützen. Eine solch kostbare Trophäe wie du würde selbst den feigsten Dieb zu verwegenen Taten verleiten.«

Regeane zwang sich zu einem Lächeln. »Tut mir Leid«, sagte sie. »Ich hatte nicht richtig nachgedacht.« Sie zog die Vorhänge zu und lehnte sich wieder in die Kissen.

In der Sänfte war es dunkel und stickig. Das Parfüm ihres Körpers vermischte sich mit dem staubigen Geruch der dicken Seidenkissen und verursachte ihr eine leichte Übelkeit. Diese Übelkeit war es, an der sie erkannte, dass die Wölfin sie noch nicht verlassen hatte.

Sie und die Wölfin sahen einander in ihren Gedanken in die Augen. Die Wölfin hatte die Zähne gebleckt. Regeane glaubte in diesem Augenblick, dass sie die Macht des Tieres noch nie zuvor in ihrer ganzen Fülle erfahren hatte. Als sie den Hengst tötete, hatte sie aus einem primitiven Instinkt heraus gehandelt. In dem Mietshaus hatte sie die Wölfin ausgesandt und ihren tierischen Reflexen gestattet, sie vorwärts zu treiben. Ihr war klar, dass das Tier sich gegen dieses Spiel von Lügen und Verrat auflehnte. Die Wölfin erhob ihre Stimme und versuchte, sie in Richtung Freiheit zu drängen.

»Nein«, sagte Regeane leise. »Du hast deine Weisheit, aber ich, die Frau, habe meine. Wenn ich dir freie Hand gebe, würde ich uns vielleicht beide töten. Lass es gut sein! Störe mich nicht während des Banketts und auch nicht danach, im Ehebett. Sei still heute

Abend, auch wenn der Mond noch so hoch am Himmel steht. Warte! Und ich werde unterdessen tun, was ich tun muss, um uns beide zu befreien.«

30

Das Tier erschien ungerufen in Maeniels Träumen.

Seit Tag, Monat und Jahr war es von dem Mann an die Kette gelegt worden. Aber im Schlaf kehrte es zurück und wurde immer geliebt, nie vergessen.

Maeniel, der Wolf, hob den Kopf und las in dem Wind, der vom Gletscher über ihn herabwehte. Es lag Frühling in der Luft. Der Himmel war ein See aus azurfarbenem Kristall. Die Wolken erhoben ihre sauberen weißen Gipfel hoch in das Blau.

In der reinen Luft und dem klaren Licht kostete der Wolf die größte Freiheit von allen – die Freiheit, etwas zu *sein*, die Freiheit, einfach zu existieren ohne Gedanken, Voraussicht oder Erinnerung. Ohne all die Lasten, die die Menschen in jedem wachen Augenblick von der Geburt bis zum Tod niederzudrücken schienen. In dieser Welt konnte der Wolf einfach existieren, und jeder Augenblick des Lebens war eine Freude.

Er trank gierig einen Schluck aus einem Fluss, den die Schneeschmelze hatte über die Ufer treten lassen. Er schauderte, als das kalte Wasser ihm die Kehle hinunterrann, und wandte den Blick der Bergwiese vor sich zu.

Erkühnt von der warmen Luft und dem schmelzenden Schnee kamen die Bergschafe, die wilden Ziegen und die Auerochsen in ganzen Herden aus dem Tiefland zurück, um ihre Sommerweide wieder in Besitz zu nehmen.

Der Wolf sprang mühelos auf einen flachen Felsen. Dort legte er sich, den Kopf zwischen den Vorderpfoten, nieder und beobachtete eine kleine Gruppe wilder Rinder, die an ihm vorbeizogen. Es waren zottelige Geschöpfe, mager und sehnig, einige mit graubraunem Fell, andere rot-weiß gescheckt. Sie alle hatten Hörner, die beinahe so lang waren wie sein ganzer Körper.

Es waren Kühe, und die meisten hatten halbwüchsige Kälber bei sich. Als sie an ihm vorüberkamen, beäugten sie ihn nervös, aber ohne Angst. Keines der Tiere schien auch nur im Mindesten eingeschüchtert zu sein.

Auch hätte er sie niemals unterschätzt. Ein Schlag von einem ihrer Vorderhufe konnte ihm den Schädel spalten oder das Rückgrat brechen, sodass er sich nur noch in einem blutigen Schaum aus Schnee und Eis zu Tode strampeln konnte. Die riesenhaften Hörner konnten den stärksten Wolf in die Luft werfen und entleiben.

Diese Geschöpfe waren für niemanden eine leichte Beute. Eine unfruchtbare Kuh, die nicht von einem Kalb behindert wurde, hielt inne, stampfte kurz auf dem Boden auf und schnaubte. Das Schnauben klang beinahe abschätzig.

Der Wolf blieb still liegen und schien vor sich hinzudösen, aber seine Bauchmuskeln waren straff gespannt. Nein, er würde sie sich nicht als Gegnerin erwählen. Die Kuh zog weiter und schlug beiläufig mit dem Schwanz nach ein paar Fliegen.

Im Schlepptau der Kühe erschien ein alter Bulle. Er hatte einen dunklen Leib mit einer vollen Mähne helleren Haares auf Brust und Schultern. Er war noch immer kräftig, aber seine Schnauze war grau vom Alter. Als er den Wolf auf dem Felsen erblickte, zuckte sein Körper zur Seite.

Der Wolf legte die Ohren an und stellte sie dann eilig wieder auf.

Der Bulle ging weiter, schnaufend wegen der Anstrengung des Aufstiegs. An der Wasserstelle, aus der der Wolf zuvor getrunken hatte, blieb er stehen, senkte seine Schnauze in das kühle Nass und stillte seinen Durst. Dann wühlte er mit den Hufen das eisige Flussufer auf und legte das vom Winter getötete Gras bloß. Er begann zu fressen.

Der Wolf oben auf dem Felsen spürte die Frühlingssonne warm auf seinem Rücken. Träge richtete er sich auf und gähnte. Hinter sich konnte er leise Geräusche aus dem Geröll hören. Das Rudel hatte seine Bewegung gesehen und kam auf ihn zu.

Der graue Wolf ließ sich von dem Felsen fallen und sprang leichtfüßig auf den Bullen zu.

Ihre Blicke trafen sich.

Komm, sagten die Augen des Bullen. *Komm, wenn du willst.*

Wir sind uns schon früher begegnet. Ich habe immer den Sieg davongetragen. Wenn ich es auch diesmal tue, zertrample ich dich zu einem blutigen Brei. Wenn nicht, dann soll es so sein.

Der Wolf beschleunigte seinen geschmeidigen Lauf.

Die Auerochsen warfen mit einem Schnauben des Zorns die Köpfe hoch und flohen.

Das Rudel kam zwischen den Felsen hervorgeschossen und postierte sich in einem Halbkreis hinter dem alten Bullen.

Er war langsam, schien aber mit jedem Schritt an Geschwindigkeit zuzulegen, sodass er Maeniel mühelos hinter sich ließ.

Die Jagd vollzog sich vollkommen geräuschlos. Der alte Bulle hatte keinen Atem übrig, um zu brüllen. Keine Herde von Kühen, die er schützen musste. Der einzige Laut war das Dröhnen seiner stampfenden Hufe, das Wispern der Wolfspfoten im Schnee und der keuchende Atem von Jägern und Gejagten. Zu weit entfernt, um sich in den Kampf einzumischen, hoben die anderen Pflanzenfresser auf der Wiese lediglich den Kopf, um das Drama zu beobachten.

Die jungen Weibchen strichen ohne Schwierigkeit an Maeniel vorbei. Sie waren so schnell wie Rennhunde und kesselten den Bullen ein, um sich mit unbarmherziger Geschicklichkeit auf ihn zu stürzen. Binnen Sekunden war der bleiche Schnee voller scharlachroter Flecken; das Blut strömte förmlich aus dem Hinterleib und den Flanken des Bullen.

Maeniel ließ sich zurückfallen; dann begriff er, welche Strategie der Bulle verfolgte. Er rannte auf einige Felsen in der Mitte der Wiese zu. Sie waren noch immer schwarz von der Feuchtigkeit des geschmolzenen Schnees, und hier und da konnte man noch weiße Flecken entdecken.

Als der Bulle die Felsen erreichte, drehte er sich um und schwenkte seine Hörner mit unglaublicher Geschwindigkeit herum und auf seine Verfolger zu. Die Weibchen stoben auseinander, aber ein junges Männchen bekam die volle Wucht des Schlags zu spüren. Sein Rückgrat brach, und sein Körper, nur noch ein blutiger Fetzen, wurde mehrere Meter weit durch die Luft geschleudert.

Die anderen Wölfe zogen sich ein gutes Stück zurück, aber

Maeniel beschleunigte seinen Lauf, rannte immer schneller und schneller.

Der Bulle senkte den Kopf und stieß zum ersten Mal während der gesamten Auseinandersetzung ein herausforderndes Brüllen aus.

Maeniels Schwung trug ihn vorbei an den anderen, zögerlichen Wölfen und brachte ihn direkt vor die Hörner des Bullen. Aus den Augenwinkeln sah Maeniel die Hornsichel, deren stumpfe Spitze sich wie ein Blitz auf ihn zu bewegte, um ihn aufzuspießen. Aber im letzten Augenblick presste er sich flach auf den Boden. Er spürte, wie das Horn über seinen Rücken schoss, und drückte seinen Bauch fester in den Schnee. Dann war er wieder auf den Beinen und sprang mit der ganzen Kraft seiner machtvollen Hinterläufe auf die Kehle des Bullen zu.

Ein letztes Brüllen machte ihn taub gegen alle anderen Geräusche ... ein Brüllen, das mit einem Keuchen endete, als seine Kiefer die Luftröhre des Bullen zerquetschten. Er klammerte sich fest. Er wurde nach oben geschleudert, als sich der Bulle in seinen Todeskrämpfen wie ein Pferd aufbäumte. Dann ging es wieder abwärts, immer tiefer, bis er in den Schnee krachte, der sich in Wolken um die zuckenden Leiber von Jäger und Opfer erhob. Zwischen seinen grimmig festgebissenen Fängen blieb ihm kaum mehr Platz, Atem durch seine Lefzen zu saugen. In seinen Ohren dröhnte das abscheuliche Bersten von Knochen. Er wusste nicht, ob es seine Knochen oder die des Bullen waren. Das Gefühl, absolut im Recht zu sein, erfüllte den Wolf. Unverständlich nach menschlichen Begriffen. Nur dass dies der Grund war, warum sie lebten, und die Art und Weise, wie es ihnen zu sterben bestimmt war. Ein jähes Auflehnen der Lungen gegen seine Kiefer. Das Pulsieren in seiner Kehle, in Arterien, die des Wolfes Zähne von Muskelsträngen und Sehnen isoliert hatten, wurde schwächer und ... erstarb.

Maeniel, der Wolf, schüttelte sich. Er nahm die Huldigung seines Rudels entgegen. Die anderen Wölfe rotteten sich um ihn herum zusammen, drückten sich an ihn und gaben ihm Wolfsküsse auf Gesicht und Maul.

Sein Körper fühlte sich merkwürdig an. Und er kämpfte gegen

das unheimliche Gefühl, das sich seiner bemächtigte. Er wollte zurück, wollte bei seinen Gefährten bleiben, fressen, schlafen und dann mit den anderen im blauen Mondlicht singen.

Er wehrte sich dagegen, aber er wurde dennoch immer schneller und schneller von ihnen fortgezogen. *Das ist nicht die Wirklichkeit,* flüsterte eine Stimme in seinen Gedanken. *Es ist nur eine Erinnerung.*

Er erwachte als Mensch, und sein Körper fühlte sich bleiern an auf dem Sofa in der Villa, die er in Rom gemietet hatte. Durch die Tür konnte er die Diener sehen, wie sie in einem innerhalb eines Säulengangs gelegenen Garten die Lichter entzündeten. Er setzte sich aufrecht hin und fuhr sich mit den Fingern durch sein struppiges, dunkles Haar.

Matrona trat ins Zimmer. Sie brauchte weder Lampe noch Kerze. Sie konnte im Dunkeln genauso gut sehen wie er. Schließlich wandte sie ihm das Gesicht zu, und der opalisierende Schein ihrer Augen spiegelte das Fackellicht von draußen wider. »Es wird Zeit aufzustehen«, sagte sie. »Du musst baden und dich für das Fest ankleiden.«

Maeniel erhob sich. »Matrona, wer ist der stärkste von uns?«

»Das bist du«, sagte sie.

»Würde irgendjemand es wagen, mich herauszufordern?«

»Niemand«, erwiderte Matrona. »Gavin ist nach dir der Nächste, denke ich, aber er reicht dir nur bis zur Schulter. Du bist der Älteste, der Klügste, der Wildeste, der Beste.«

»Ich muss diese Frau heiraten«, sagte Maeniel.

»Du bist der Anführer«, erwiderte Matrona grimmig. »Manchmal zahlt ein Anführer für seine Tapferkeit, indem er als Erster stirbt.«

»Eine Eheschließung ist kaum ein Todesurteil«, meinte Maeniel.

»Sei kein Narr, o Führer«, sagte Matrona. »Das Mädchen stinkt förmlich nach Intrigen. Sieh dir nur ihre Freunde an. Erstens hat sie die Unterstützung des Papsts.«

»Wieso weißt du das alles?«, unterbrach Maeniel sie.

Matrona kicherte. »Augusta«, erklärte sie. »Das dürre Frauenzimmer war böse auf Lucilla und suchte nur ein freundliches Ohr, um ein wenig zu jammern. Sie würde natürlich nicht im Traum daran denken zu klatschen, war aber doch mehr als bereit, Informationen weiterzugeben. Sie war beinahe so begierig darauf zu reden, wie ich darauf brannte, ihr zuzuhören.«

Maeniel schlenderte langsam auf das Bad zu, wobei er im Gehen seine Kleider abstreifte. Matrona achtete nicht auf ihn. Sie hatte ihn schon oft genug nackt gesehen.

»Der Papst hat den Ehekontrakt niedergeschrieben«, bemerkte Maeniel, während er sich in das Becken gleiten ließ.

»Ja«, sagte Matrona, als er wieder an die Oberfläche kam. »Sie hat ihre eigenen Blutsverwandten brüskiert. Was Augusta überaus schockierend fand, während es mir eher als ein sicheres Zeichen von Verstand erscheint. Es klingt, als wären die beiden kaum besser als das, was man am Rande stehender Teiche findet.«

»Abschaum.« Er schrubbte sich Gesicht und Körper mit einem groben Schwamm ab.

»Ja. Und sie steht Lucilla sehr nahe, der Mätresse des Papstes. Überdies soll Lucillas Sohn Antonius Regeanes Haushofmeister sein. Du bist umzingelt.«

Maeniel stieg aus dem Becken und begann sich abzutrocknen. In Gedanken versunken runzelte er die Stirn. »Was ist mit diesem fränkischen Grafen Otho, der heute Abend hier sein soll?«

»Das ist vielleicht der Schlimmste von allen«, antwortete Matrona. »Er steht in dem Ruf, unbedingt Charlemagnes Interessen zu dienen, aber ansonsten gilt er als ein Mann ohne Skrupel und Prinzipien.«

»Aber warum sollte er solches Interesse an meiner Ehe haben?«

»Dieser Charlemagne«, überlegte Matrona. »Er wird einmal ein sehr starker König sein, und er zögert nicht lange, seine Edelmänner an die Kandare zu nehmen.«

»Und ich werde gehorchen«, sagte Maeniel.

»Ein bisschen zu schnell vielleicht«, sagte Matrona. »Die Festung, die wir bewohnen, ist einzigartig. Mit einer starken Verteidigung, würde ich sagen, uneinnehmbar.«

Maeniel begann sich anzukleiden. Weiße Leinenunterwäsche, bestickte Baumwollstrümpfe, Hosen, Hemd und darüber eine weiße Seidendalmatika mit einem Besatz aus Gold an den Ärmeln, dem Saum und dem Ausschnitt.

»Oh sehet, der Bräutigam kommt«, kicherte Matrona. »Mal abwarten, ob er die Braut dazu bringen kann, dasselbe zu tun.«

»Du«, sagte Maeniel bedachtsam, »bist eine abscheuliche geile Hündin.«

»Vielen Dank für das Kompliment«, erwiderte Matrona. »Glaubst du, sie ist noch Jungfrau?«

»Ich bin mir fast sicher«, sagte Maeniel. »Ich glaube nicht, dass sie eine so kostbare Trophäe wie ihre Unschuld für etwas Geringeres als einen hohen Reingewinn eintauschen würde.«

»Deine Festung«, sagte Matrona.

Maeniel kämmte sich das Haar.

»Ich glaube«, fuhr Matrona fort, »du könntest sie sogar gegen Charlemagne halten.«

»Du und Gavin«, bemerkte Maeniel. »Keiner von euch beiden weiß auch nur das Geringste über die Stärke einer Armee.«

»Du bist der Anführer«, sagte Matrona, »aber sei auf der Hut. Wölfe kennen keine Heimtücke... Menschen durchaus.«

Kurz darauf nahm Maeniel die Speisehalle in Augenschein. Sie war riesig, dazu ersonnen, einen Besucher mit dem Reichtum und der Bedeutung seines Gastgebers zu beeindrucken. Trotzdem hatte sie etwas leicht Schäbiges, Heruntergekommenes. Die kunstvollen Wandgemälde waren verblichen, und hier und da bröckelte Putz ab, sodass man den weißen Gips darunter erkennen konnte.

Die Bronzelampen, die von der Decke hingen, waren angelaufen und sahen so aus, als wären sie seit Jahren nicht mehr poliert worden. Der purpurne Samt der Liegesofas war fadenscheinig und abgenutzt und an einigen Stellen sogar bereits kahl. Trotzdem fand Maeniel, dass der Raum im Lampenlicht durchaus noch sehr prachtvoll wirkte.

Einige Diener huschten umher und bedeckten die abgestoßenen Tische mit kostbaren Damasttüchern.

Aus den Bädern kamen die lauten Rufe von Maeniels Leuten. Maeniel seufzte, denn an dem Gemisch von Stimmen erkannte er, dass Männer und Frauen zusammen badeten.

»Männer und Frauen«, tuschelte einer der Diener mit einem anderen. »Schmutzige Barbaren.«

»Lächle wenigstens, wenn du das sagst«, meinte Maeniel.

Das Bad war warm und voller Dunst. Maeniels Gefolgsleute schrien, johlten, spritzten und tauchten einander hemmungslos unter.

Matrona hatte Gavin zu fassen bekommen. Sie hielt ihn an den Haaren fest. Maeniel überlegte kurz, ob er ein Heulen ausstoßen sollte, wie er es für gewöhnlich tat, um ihre Aufmerksamkeit zu erregen, aber dann entschied er sich dagegen. Sie würden vielleicht auf ihre gewohnte Weise antworten und die Diener im Nebenzimmer erschrecken. Er klatschte in die Hände.

Matrona ließ Gavin auftauchen. Keuchend durchbrach er die Wasseroberfläche und lehnte sich an den Rand des Beckens. Die übrigen verharrten mitten in ihrer Bewegung.

»Ich habe euch etwas zu sagen.«

»Das haben wir uns gedacht«, erwiderte Matrona. Bekleidet war Matrona eine eher untersetzte Frau, nackt war sie wollüstige Üppigkeit.

Gavin sah sie sehnsüchtig an und schob sich vorsichtig in ihre Richtung.

»Diese Römer sind ein gesittetes Volk, gesitteter als die Franken, und ich möchte bei meinem Hochzeitsfest ein ordentliches Benehmen von euch erleben«, sagte Maeniel streng. »Die Diener, die euch zusammen baden sehen, finden, ihr hättet eine lockere Moral.«

Josef, der die Größe und auch die Gestalt eines Bären hatte und über und über mit weichem, nassem, braunem Haar bedeckt war, kratzte sich am Kopf und fragte: »Was ist eine lockere Moral?«

Matrona lachte lauthals auf, rutschte aus und ging unter. Prustend kam sie wieder hoch. Gavin stürzte sich auf sie. Er kostete die flüchtige Berührung nach besten Kräften aus, dann tauchte er sie unter.

Maeniel knurrte.

Gavin ließ von Matrona ab.

»Eine lockere Moral bedeutet jede Menge Sex«, erklärte Silvia selbstgefällig. Im Wasser schwamm Silvia wie ein kleiner Wal.

»Wir können so viel Sex haben, wie wir wollen«, rief Josef Silvia entrüstet zu. »Wir sind Menschen, oder nicht? Und die tun es doch dauernd, oder?« Er blickte erwartungsvoll zu Maeniel auf. »Sag du es ihr!«

Gavin rückte abermals verstohlen näher an Matrona heran.

Maeniel holte tief Luft. Er wurde langsam wütend. »Ich hatte bisher nicht den Wunsch nach einer Verwandlung«, sagte er laut, »weil ich bereits meinen Hochzeitsstaat trage, aber wenn ihr mich ärgert, werde ich es tun. Dann werden wir ja sehen, ob ihr wirklich so respektlos seid, wie ihr jetzt tut.«

Plötzlich herrschte tiefe Stille.

»Schön«, ergriff Maeniel von neuem das Wort. »Folgendes sind die Regeln: Am Essenstisch wird nicht in der Nase gebohrt und nicht an den Eiern gekratzt. Beide Angewohnheiten sind abscheulich.«

»Als Nächstes wirst du uns sagen, dass wir uns nicht betrinken dürfen«, protestierte Josef.

»So dumm bin ich nicht«, entgegnete Maeniel. »Aber es wird nicht unter den Tisch und auch nicht in die Zimmerecken gepinkelt. Die Nächte sind warm hier, also geht nach draußen. Und dasselbe tut ihr, wenn ihr euch übergeben wollt.

Falls ihr eine fragt und sie ›Ja‹ sagt, geht mit ihr in ein Schlafzimmer. Davon gibt es hier genug. Ich will niemanden sehen, der sich unter den Tischen auf dem Boden wälzt.«

»Was ist, wenn sie zu mehr als einem ›Ja‹ sagt«, schnurrte Matrona.

»Dann muss jeder warten, bis er an die Reihe kommt. Und dass mir niemand darüber Streit anfängt, wer als Erster drankommt«, antwortete Maeniel unerbittlich. »Und«, fügte er hinzu, »kein Heulen bitte. Und absolut keine Verwandlungen, unter gar keinen Umständen. Ich glaube, damit wären so ziemlich die meisten der Dinge, die heute Abend geschehen könnten, abgedeckt. Was den Rest betrifft, benutzt euren Verstand.«

Maeniel hatte Recht. Der große Speisesaal war im Lampenschein bei weitem reizvoller als bei Tageslicht. Die gelben Flammen warfen einen Schimmer von Eleganz über die mit Tüchern bedeckten Tische, die ausgefransten Vorhänge und die abblätternden Wandgemälde.

Graf Otho erschien als Erster. Er war ein wohlbeleibter Mann, stämmig und unerschütterlich wie ein Fels. Er hatte dünne, beinahe unsichtbare Lippen, und seine Nase sowie die Oberlippe standen leicht schräg. Seine Augen, die unter buschigen Brauen halb verborgen waren, wirkten hart. Insgesamt sah er so aus, als könne er, ohne auch nur mit der Wimper zu zucken, nicht nur einen Mann zum Tode verurteilen, sondern obendrein seine Frau und seine Kinder mit zum Teufel schicken.

Maeniel verbeugte sich tief. Graf Othos Augen durchmaßen den Raum mit einem einzigen Blick und hefteten sich dann auf das Wertvollste darin – die schweren, ziselierten Silberschalen auf den Tischen.

Maeniels Gefolgsleute lagen auf den Sofas um die Tische herum. Sie waren sauber gewaschen, herausgeputzt und nüchtern und zeigten sich von ihrer besten Seite.

Graf Otho ignorierte sie allesamt und konzentrierte sich mit allen Sinnen auf das Silber. »Deins?«, fragte er, »oder eigens für den Abend gemietet?«

»Die Villa?«, fragte Maeniel unschuldig zurück.

Graf Otho sah ihm in die Augen. »Bitte«, entgegnete er, »tu nicht so, als seist du ein Narr.«

»Ja, es ist meins«, sagte Maeniel. »Ich bin ein wohlhabender Mann. Und ich möchte mich bei dieser Gelegenheit auch seiner Majestät, Karl, dem König der Franken, empfehlen. Ich bin sein gehorsamster, demütigster und treuester Diener.«

Graf Otho räusperte sich. »Hmmm.«

Maeniel nahm einen schweren Silberkelch vom Tisch. Das Silber war so rein, dass man es mit einem Finger eindrücken konnte. Er reichte Otho den Kelch.

Otho biss vorsichtig in den Rand und wog das Gefäß dann in der Hand. Er betrachtete es mit unverhohlener Freude. »Du bist ein großzügiger Mann.«

»Und wenn du dem König meine Empfehlungen überbringst«, sagte Maeniel, »wirst du mich bald noch großzügiger finden.«

Otho warf den Becher in die Luft und erprobte abermals sein Gewicht. »Ich gehe sicher recht in der Annahme, dass deine Treue der Punkt ist, den ich besonders betonen soll.«

»Unbedingt«, erwiderte Maeniel mit leiser Missbilligung. »Ich habe keine Armee, und ich möchte nicht, dass eines Tages eine fränkische Armee an meine Tür klopft.«

»Ein Mann ganz nach meinem Geschmack«, bemerkte Otho. »Ich werde dich dem König gegenüber ganz gewiss lobend erwähnen.«

Die jähe Geschäftigkeit der Diener am Tor unterbrach ihr Gespräch.

Regeane stieg aus ihrer Sänfte. Umringt von ihrer Leibgarde ging sie über den breiten, gepflasterten Weg auf das Triclinium zu.

Wie berechnend sie auch sein mag, dachte Maeniel, *sie kann unmöglich wissen, was für ein Bild sie abgibt.*

Sie war wunderschön. Der Abendwind schmiegte ihr langes Seidengewand eng an ihren jungfräulichen Leib. Sie ging nicht mit gesenktem Blick, wie es sich vielleicht für ein junges Mädchen geziemt hätte, sondern mit stolz erhobenem Haupt. Ihr jugendliches Gesicht war eine liebreizende Blume auf der schlanken Säule ihres Halses. Ihre ebenmäßigen Züge wurden von einem duftigen Spitzenschleier umrahmt, und ihr mitternachtsschwarzes Haar war mit Blumen geschmückt. Jugend, die auf geradezu vollkommene Weise am Rand des Frauseins schwebte. Sie bewegte sich anmutig auf ihn zu, und ihr Gesicht war voller Rätsel im Schein der Fackeln. Als sie die Tür zum Triclinium erreichte, hielt sie ihm die Hand hin.

Maeniel hob die parfümierten, weichen Finger an die Lippen und küsste sie. »Sei mir gegrüßt, edle Dame. Wirst du mein Sofa mit mir teilen?«

Etwas in ihrem Blick veränderte sich und verriet, dass ihr die doppelte Bedeutung seiner Worte durchaus bewusst war.

Der Wolf in Maeniel bäumte sich auf. Seine Nackenhaare schnellten in die Höhe. *Sie ist gefährlich,* sagte er dem Mann so deutlich, als hätte er gesprochen. Dann war der Wolf fort, und Maeniel, der Mensch, ermahnte sich, kein Narr zu sein. Wie konnte ihm von diesem zerbrechlichen, blumenschönen Mädchen eine Gefahr drohen?

Regeane gestattete ihm, sie am Arm zu nehmen und zu einem Ehrenplatz auf einem erhöhten Sofa zu führen. Sie ließ sich neben Maeniel nieder.

Diese Geste war das Zeichen für die übrigen Gäste, ebenfalls ihre Plätze einzunehmen.

Regeanes und Maeniels Sofa stand auf einem Podium gegenüber der offenen Doppeltür und dem von Fackeln erleuchteten Garten der Villa. Die übrigen Teilnehmer des Festes saßen auf zwei großen, halbkreisförmigen Sofas links und rechts von ihnen.

Wie im Lateranpalast versammelte sich nun leise eine kleine Gruppe von Musikanten in der Mitte zwischen den beiden Tischen und begann zurückhaltend zu spielen. Graf Otho betrachtete mit unverhohlenem Interesse sein Gedeck. Wie der Weinkelch bestanden auch die Teller vor ihm aus schwerem Silber. Maeniel kam zu dem Schluss, dass Graf Otho wahrscheinlich ein sehr teurer Gast werden würde.

Eine Falte erschien zwischen Maeniels Brauen. Vor ihm auf dem Tisch glitzerten silberne Becher und Teller für jeden Gast und dazwischen Schalen mit spätherbstlichem Obst, Krüge mit gekühltem Weißwein und ungekühltem Rotwein. Aber die Speisen ließen noch immer auf sich warten.

Alle sahen Maeniel und Regeane erwartungsvoll an.

»Wie hast du das gemacht?«, fragte Regeane Maeniel.

»Das Essen wird gebracht«, flüsterte Maeniel. »Ich hoffe, die Mundschenke liegen nicht betrunken in der Küche.«

»Klatsch in die Hände«, flüsterte Matrona Maeniel vom Nebentisch zu. Maeniel klatschte.

Etliche Mundschenke kamen aus den Vorräumen des Tricliniums herbei und brachten die Vorspeise. Andere erschienen, um den Wein zu servieren.

Regeane betrachtete die Appetithäppchen. Sie ähnelten nichts, was sie je zuvor gesehen hatte, aber wenn sie Mäuse essen konnte, dann waren auch diese Dinge keine zu große Herausforderung für sie. Als sie davon kostete, waren die kleinen Leckerbissen beinahe geschmacklos mit nur einer Andeutung von Leberwurst in weiter Ferne.

Das Fest war stumpfsinnig. Maeniels Gefolgsleute auf der rechten Seite wirkten ordentlich, nüchtern und eingeschüchtert. Lucilla, Antonius und alle weiteren römischen Gäste auf der linken Seite sahen steif, nüchtern und gelangweilt aus. Einzig Otho machte einen entspannten Eindruck. Er schien den Wert von Maeniels Tafelsilber zusammenzurechnen. In Maeniels Augen sah er aus wie ein Mann, der glaubt, einer guten Sache auf der Spur zu sein.

Maeniel seufzte.

Regeane lag steif neben ihm. Was die Schicklichkeit ihres Benehmens betraf, hätte sie ebenso gut auf der anderen Seite des Raums liegen können.

Die Vorspeisen wurden abgetragen. Otho schien, was seine Schätzung des Werts der Silbergegenstände betraf, zufrieden gestellt zu sein. Jetzt wandte er sich Regeane zu, um ihren Wert zu ermitteln.

Lucilla und Antonius lagen neben Otho.

»Sie ist schön«, bemerkte Otho düster.

Ein Diener begann, einen teuren, aber beinahe Übelkeit erregenden süßen Weißwein auszuschenken.

Antonius lächelte. »Mir ist auch schon aufgefallen, dass sie einen angenehmen Anblick bietet.«

»Ich habe nicht viel übrig für schöne Frauen«, brummte Otho. »Sie sind für gewöhnlich zutiefst dumm, selbstsüchtig und unaussprechlich eitel. Einige Frauen mit diesen Charakterschwächen machen Ärger, wo sie gehen und stehen.«

»Ich glaube nicht, dass Dummheit, Eitelkeit oder Selbstsucht zu Regeanes Problemen zählen«, überlegte Antonius. »Keine dieser Eigenschaften ist bei ihr stark ausgeprägt.«

»Welche Fehler hat sie denn dann?«

»Keine«, sagte Lucilla entrüstet und vielleicht eine Spur schuldbewusst.

»Unfug«, erwiderte Otho. »Sie muss einfach einen Fehler haben. Ein hübsches Mädchen, das aus dem königlichen Haus stammt, hätte schon vor Jahren verheiratet werden müssen.«

»Ich glaube«, sagte Antonius, »dass ihre Familie sehr arm war, und ihre Mutter war eine fromme Frau, die nicht auf die Gesellschaft ihrer Tochter verzichten wollte.«

»Bei allen Teufeln!«, flüsterte Otho. »Ihre Schönheit wird Liebhaber anziehen wie eine Flamme die Motten. Diesem törichten Maeniel steht eine unangenehme Zeit ins Haus.«

»Sie wird solche Männer mit einem süßen Lächeln und einer höflichen Ablehnung zurückweisen. Außerdem sieht dieser Maeniel so aus, als könnte er durchaus in seinem eigenen Haus für Ordnung sorgen«, erwiderte Antonius leise.

»Bei seinem Wohlstand«, knurrte Otho, »wird sie ihn ruinieren. Wird sein ganzes Geld für Kleider und Juwelen ausgeben.«

»Unsinn«, brauste Lucilla auf. »Das liebe Mädchen zeigt niemals auch nur die leiseste Neigung zur Habgier, eher im Gegenteil. Sie ist sehr schlicht in ihrem Geschmack und maßvoll in ihren Gewohnheiten.«

»Hmmm«, meinte Otho. »Tugendhaft, verschwiegen und maßvoll. Was ist los? Ist sie unfruchtbar?«

Lucilla fuhr auf dem Sofa in die Höhe und sah Otho empört an. »Was! Sie ist eine schöne jungfräuliche Braut und das weißt du sehr wohl. Solche Frauen sind für gewöhnlich fruchtbar wie ein bewässerter Talgrund im Mai. Es ist eine bekannte Tatsache…«

Antonius trat Lucilla gegen das Schienbein. »Halt den Mund, Mutter. Du lässt dich auf unschicklichste Art und Weise hinreißen.«

Otho brach in Gelächter aus.

Lucilla schloss den Mund mit einem Klacken ihrer Zähne.

»Entweder sie hat irgendeinen entscheidenden Fehler«, murmelte Otho, »oder sie ist an diesen Maeniel verschwendet.«

»Es ist alles in Ordnung mit ihr«, erklärte Antonius energisch.

Otho kicherte leise. »Ist sie vielleicht schwachsinnig?«

Lucilla nippte mit flammenden Wangen an ihrem Wein.

Antonius schnaubte. »Was ist in deinen Augen das Gefährlichste – Dummheit oder Intelligenz?«

Otho nahm einen Schluck von dem zähflüssigen, süßen Wein. »Mein Gott, was für ein widerwärtiges Gebräu.«

»Es hat aber das gewisse Etwas«, sagte Lucilla.

»Unbedingt«, erwiderte Otho. »Am fränkischen Hof wäre es sicher ein Volltreffer. Ich frage mich, ob Maeniels Großzügigkeit wohl für ein paar Amphoren von diesem Wein ausreichen würde, die ich dem König mitbringen könnte?«

»Unbedingt«, sagte Antonius. »Wenn du den Wein nicht von ihm bekommst, dann gewiss von der schönen Dame Regeane.«

»Du bist ihr Haushofmeister?«, erkundigte sich Otho.

»Ja«, erwiderte Antonius.

»Um deine Frage zu beantworten, ich halte Dummheit für das Gefährlichste. Dumme Menschen sind eher geneigt, die Augen vor Tatsachen zu verschließen, sich hinter irgendeinem obskuren Paragraphen des Gesetzes zu verschanzen oder hinter ihren eigenen törichten Vorstellungen von Anstand und Schicklichkeit. Oder schlimmer noch, sie weigern sich, eine Entscheidung zu treffen, bis sie dem Unheil direkt ins Gesicht blicken. Während, wie ich festgestellt habe, Menschen mit Verstand dazu gebracht werden können, der Welt mit einem gewissen Sinn für die Wirklichkeit entgegenzutreten.«

»Sie hat Verstand«, erklärte Antonius.

»Offensichtlich«, sagte Otho. »Sie hat immerhin genug Verstand, dich zu ihrem Haushofmeister zu erwählen, und ihr beide, du und sie, ihr wisst offensichtlich, was man für nichts bekommt...«

»Ja«, seufzte Antonius und beendete den Satz für ihn. »Nämlich nichts.«

Auf dem erhöht postierten Sofa lag Regeane steif neben Maeniel. Ihre wölfischen Sinne waren sich seines warmen Körpers neben ihr nur allzu bewusst. Sie spürte die gesunde Hitze seines Leibes, und sie konnte ihn riechen. Pomade – das musste sein Haar sein. Seife und sonnengebleichte Kleidung – sein Hochzeitsstaat. Ein schwacher Duft von Holzrauch umgab ihn. Er musste in der Küche gewesen sein, um die Zubereitung der Speisen zu überprüfen.

Sie lagen einander gegenüber, Auge in Auge.

»Wie ist das Essen?«, fragte Regeane.

»Woher wusstest du...?, sagte Maeniel.

»Kohle«, antwortete sie.

»Hmmm«, sagte Maeniel. »Abscheulich protzig, aber der Geschmack ist nicht schlecht.«

»Wie schön«, sagte Regeane.

»Ich musste den Koch jedoch zurückhalten«, sagte Maeniel. »Er wollte in jede Speise Wein gießen. Er hat genug Safran und Pfeffer verwendet, um halb Rom gelb zu färben und zwei Dritteln von

Geistlichkeit und Volk den Magen zu verbrennen. Und du könntest den Zimt und die Nelken bis nach Athen riechen, wenn der Wind richtig steht. Alle Speisen, die zu Lebzeiten Fell oder Federn am Leib trugen, haben sie wieder bekommen, nachdem er sie zubereitet hatte. Dahinten steht ein ausgesprochen prächtiger, weißer Pfau. Ich denke, dass er tot ist, aber sicher bin ich mir nicht. Daneben gibt es ein Wildschwein, das einem einen gehörigen Schrecken einjagen würde, hätte es nicht einen Apfel im Maul, und einen Fasan aus Artischocken sowie eine große Artischocke aus Fasanenfleisch. Nichts sieht nach dem aus, was es ist, oder schmeckt, wie es sollte. Die ganze Sache hat ein halbes Königreich gekostet, ganz zu schweigen von der anderen Hälfte, die ich ihnen hinterherwerfen musste. Ich hoffe, deine römischen Freunde genießen den Abend.«

Regeane begann hilflos zu lachen. »Ist der Koch ebenfalls gemietet, so wie die Villa?«

»Aber ja«, sagte Maeniel. »Gott sei Dank brauche ich ihn nicht mit nach Hause in die Berge zu nehmen. Da oben pflegen wir eine schlichtere Kost zu uns zu nehmen.«

Da war er wieder, dieser Geruch nach Holzrauch. Er schien ein Teil seiner Haut zu sein. Sie konnte ihn in der Morgendämmerung neben einem kleinen Feuer stehen sehen, während die ersten Lichtstrahlen durch den rauchigen Dunst fielen. In seiner Nähe stampfte ein Pferd auf. Die Luft war kühl.

Tief in ihrem Innern wusste Regeane, dass sie wieder träumte. So wie damals, als Gundabald ihr die Halsfessel umgelegt hatte. Wie sie es getan hatte, als sie das Kleid und die Kette berührte. Der Unterschied bestand darin, dass sie diesem Traum kein Ende herbeiwünschte.

Er hatte einen Fuß auf eine umgestürzte Eiche gestellt. Er trug eine schlichte grüne Tunika, braune Beinkleider und Stiefel. In der Hand hielt er einen Humpen. Einen Abschiedstrunk. Er nippte daran, fuhr sich anerkennend über die Lippen und drehte sich dann zu ihr um. »Wirst du mit mir reiten?«

Regeane rückte näher an ihn heran. »Ja, o ja«, flüsterte sie.

Einige Leute gingen auf der anderen Seite an ihm vorbei, kaum mehr als Schemen in dem verräucherten Dunst. Sie führten Pferde am Halfter, zwei prachtvolle Tiere – ein braunes Vollblut und einen stahlgrauen Berberhengst –, und hinter ihnen liefen große, rotblonde Jagdhunde, die sich gegen ihre Leinen stemmten.

Sein Blick ruhte auf ihr. Er nahm sie mit den Augen in Besitz, verschlang sie förmlich. Sie gehörte ihm. Er würde sich mit dem Teufel persönlich schlagen, falls der Höllenfürst jemals versuchen sollte, sie ihm zu nehmen.

Sie hielt inne, als sie so dicht vor ihm stand, dass sie nicht mehr näher kommen konnte. Sein Atem dampfte leicht in der kalten Luft. Die Hitze, die sein Körper verströmte, wärmte sie. Sie berührte seine Hand, diejenige, in der er den Becher hielt. »Bier?«, fragte sie.

»Nein, Wein.«

»Gib mir einen Schluck.«

Er hob den Becher an ihre Lippen.

Sie trank. Der Geschmack eines solch alten Weins allein war schon berauschend, warm und süß und doch mit einer gewissen Schärfe und dem Aroma grüner Äpfel. »Aaah«, seufzte sie.

Er legte verstohlen seinen freien Arm um ihre Taille. »Wir werden höher in die Berge hinaufreiten. Ich kenne einen Ort gleich über den Wolken, von dem aus man einen Blick auf die ganze Welt hat. Da werden wir Rast machen.« Er beugte den Kopf noch tiefer und begann, eins nach dem anderen, die Weintröpfchen von ihren Lippen zu küssen. Sanft, oh, so sanft.

Sie seufzte abermals und schloss langsam die Augen. Am Rande des Schlafs träumt man zu fallen. Regeane stürzte und wurde von einer jähen Angst ins Bewusstsein zurückgerissen.

Maeniel lachte. »Bin ich so langweilig, dass ich dich einschläfere?«

Sie errötete heftig. »Nein.«

Er zog die Brauen hoch. »Oh.«

Regeane rutschte unbehaglich auf den Kissen hin und her. Das Kleid spannte sich über ihrem Schenkel, sodass sich der Stoff für einen Augenblick über ihrer Brust und ihrem Bauch zusammenzog.

Maeniel holte tief Luft. Seine Nasenflügel blähten sich auf wie bei einem nervösen Hengst. Er wandte abrupt den Blick ab. Als er sie wieder ansah, lag etwas Neues in seinen Augen. Er streckte die

Hand aus und hob die Kette auf ihrer Kehle ein kleines Stück in die Höhe.

Wieder sah sie ihn, wie er in seiner ersten Jugend ausgesehen haben musste, schlafend und arglos auf dem sonnengewärmten Stein, die blonde Frau an seiner Seite, die ihr langes Haar kämmte. Die Vision verblasste und verschwand, als seine Hand sich gerade um die Spur tiefer senkte, dass man es beinahe für eine öffentliche Liebkosung hätte halten können. Regeane erinnerte sich an Gundabalds Schmähungen. »Wie ich höre«, stammelte sie, »bin ich nicht besonders gut ausgestattet.«

»Eine krasse Lüge«, entgegnete er. »Du bist in jeder Weise wunderbar. So frisch wie die ersten Wildblumen, die sich durch den Winterschnee nach der Sonne drängen; so rein wie Bergluft, die durch die Pässe weht; wohlduftend und verlockend wie frisch gemähtes Heu an einem heißen Herbstabend.

Seine Berührung wirkte nach außen hin immer noch beiläufig. Aber sie war es nicht. Seine Finger waren heiß. Sie schoben sich sachte in die Höhe und wanderten erst über ihre Schulter, dann über die Haut in ihrem Nacken. Sie war an dieser Stelle besonders empfindlich, auch wenn sie nicht wusste, warum; vielleicht hatte es etwas mit der Wölfin zu tun. Jedenfalls erbebte sie unter seiner Berührung, und ihre Knie wurden weich. Sie errötete, bis ihre Wangen brannten. Ihre Lippen und – ja – noch ein anderer Teil ihres Körpers begann zu schwellen. Da sie sich die Peinlichkeit ersparen wollte, öffentlich ihre Leidenschaft preiszugeben, senkte sie den Kopf.

Antonius beobachtete sie eingehend. »Es sieht so aus, als würde er sie am liebsten bei lebendigem Leibe verspeisen«, meinte er zu seiner Mutter.

»Ja«, erwiderte Lucilla, »und sie scheint nur allzu glücklich darüber zu sein, ihm bei seinem nächsten Festmahl als Hauptgang dienen zu dürfen. Bei Gott, ich hoffe, die beiden wissen, was sie tun.«

»Verlass dich drauf, Mutter, sie wissen es nicht«, seufzte er.

»Wunderschön«, sagte Maeniel. Er hob die Hand wieder ein Stückchen höher und strich ihr übers Haar. »Einfach wunderschön.«

Regeane bemerkte, dass ihre Stirn beinahe auf seiner Schulter ruhte. Er war näher gerückt. In dem Versuch, den Bann zu brechen, sagte sie scharf: »Du kennst dich offensichtlich aus.«

Er strich über ihre Wange, dann erreichten seine Finger ihr Kinn und hoben ihren Kopf an. Erst vor wenigen Sekunden waren sie gut einen Meter voneinander getrennt gewesen. Jetzt hatte sich ihr Gesicht seinem bis auf wenige Zoll genähert. »Meine Schöne«, flüsterte er, »du hast ja keine Ahnung, wie fundiert meine Kenntnisse sind.« Dann drückte er ihr einen züchtigen, brüderlichen Kuss auf die Stirn und rückte von ihr weg.

Regeane hauchte einen Seufzer der Erleichterung.

»Bin ich so zudringlich?«, erkundigte sich Maeniel.

»Nein«, sagte Regeane leise. »Ich glaube, mein Verstand ist von einem Wahn der Sinne verwirrt, wie ich ihn noch nie zuvor erlebt habe. Ich fühle mich schuldig und habe Angst, dass andere etwas bemerken könnten.«

»Ah«, sagte Maeniel. Er hob die Hand zu einer durch und durch gekünstelten Geste tiefen Kummers und drückte sie sich schließlich auf die Stirn. »Was? Ist da etwa ein Makel der Scham in deinem Herzen?«

»Nein«, erwiderte Regeane. »Mit meinem Herzen ist alles in Ordnung, genauso wie mit all meinen übrigen Körperteilen. Es ist der Klatsch des römischen Adels, den ich fürchte. Du würdest ja nicht glauben, wie schnell und wie weit eine Geschichte sich im Mund von Frauen verbreitet.« Sie fuhr mit affektierter Stimme fort: »›Oh, du hättest die beiden mal sehen müssen. Sie konnte es gar nicht erwarten, seinen Mund auf ihrem zu spüren. Und er … er war keinen Deut besser, hat sie vor seinen versammelten Hochzeitsgästen mit Blicken ausgezogen … hat versucht, seine verstohlenen Liebkosungen unter der Maske von Höflichkeit zu verbergen … Abscheulich, meine Liebe … Und gerade bei einer Ehe wie ihrer, wo Anstand von allergrößter Bedeutung sein sollte.‹«

Lucilla und Antonius beobachteten das Hochzeitspaar noch immer. »Was auch immer sie verstehen oder nicht verstehen«, bemerkte sie, »nun ja … Der Mann ist Papier, die Frau Feuer und das Verlangen ein machtvoller Wind. Und verlass dich drauf, mein Sohn, dieser Wind weht, und zwar kräftig.«

Antonius seufzte. »Hast du Vorkehrungen getroffen, nur für den Fall des Falles?«

»Natürlich.« Lucilla machte eine weit ausholende Handbewegung und hätte beinahe eine große, mit purpurnen und weißen Trauben geschmückte silberne Vase umgestoßen.

Wachs?, dachte Antonius und war sich immer noch nicht sicher. Aus welcher Substanz die Trauben auch bestanden, Trauben waren es gewiss nicht. »Die Söldner?«, fragte Antonius. »Wo sind die Männer?«

»Rings um die Villa verteilt«, antwortete Lucilla. »Für den Fall eines… Unfalls.«

Die Musik wurde immer lauter. Als der Mundschenk erschien und versuchte, Antonius' Becher nachzufüllen, hielt er die Hand darüber und schüttelte den Kopf. Der Geräuschpegel im Raum nahm wieder zu. Die Musikanten ließen verstohlen einen Krug von einem zum anderen wandern. Ihr Spiel lag eine winzige Spur neben der Melodie.

Regeane bemerkte zu ihrer Bestürzung, dass etliche der Anwesenden einen glasigen Blick bekamen.

Maeniel bemerkte ebenfalls mit Bestürzung, dass Gavin es fertig gebracht hatte, den Raum zu durchqueren, und jetzt auf Augustas Sofa saß. Nach der Braut war sie unleugbar die anziehendste Frau im Raum. *O nein!*, dachte er. *Was immer auch über die Keuschheit von Barbaren oder Wölfen gesagt wurde, Gavin war stets auf der Pirsch.*

»Hast du den Wein gekauft?«, flüsterte Regeane Maeniel zu.

»Nein, warum fragst du?«

»Dann kann man nicht wissen, was sie hineingegeben haben«, sagte sie.

»Was!«, rief er leise. »Etwas hineingegeben? Du meinst, sie hätten irgendetwas in die Krüge mit dem Wein geschüttet? Was?«

»Opium, Wermut, Schierling, solche Dinge eben«, sagte Regeane.

»Barmherziger!«, entfuhr es Maeniel. »Wo ist das verdammte Essen? Vielleicht, wenn wir sie dazu bewegen können, etwas zu sich zu nehmen…«

Die Gäste, einschließlich Maeniels Gefolgsleuten, wirkten inzwischen außerordentlich locker. Gavin flüsterte Augusta etwas ins Ohr. Sie lauschte mit gesenktem Blick.

Silvia lag neben Josef und Gordo. Sie trug ein goldfarbenes Gewand, eine unglückliche Entscheidung, denn sie sah ein wenig wie eine Miniatursonne aus, da die glitzernden Falten ihres Kleides das Lampenlicht zurückwarfen.

Jemand stieß Silvia an. Sie sprang mit einem lauten Kreischen auf. Das Sofa, auf dem sie lag, knarrte und quietschte bedrohlich. Gordo und Josef machten ein unschuldiges Gesicht.

»Ich glaube, das Sofa ist schon sehr alt«, sprang Regeane in die Bresche.

Maeniel rieb sich das Gesicht. »Wo ist dieses verdammte…«

Wie aufs Stichwort erscholl ein wenig verschwommen eine Trompete vom Eingang des Speisesaals. Die Köche und Mundschenke kamen mit den verschiedenen Speisen herein.

Auf dem ersten Tablett lag offensichtlich ein Wildschwein. Seine Stoßzähne waren vergoldet, und der Rest seines Körpers schien mit einer Schicht leuchtender weißer Emaille bedeckt zu sein, auf die Bilder verschiedener kulinarischer Kräuter gemalt waren.

»Was ist denn das?«, fragte Regeane, als man es zum ersten Mal an ihr vorbei trug.

»Der Teufel soll mich holen, wenn ich das weiß«, antwortete Maeniel.

Das weiße Schwein wurde dreimal an dem hufeisenförmigen Tisch vorbeigetragen, während die Trompete unmelodisch weiter blökte wie ein krankes Schaf.

Plötzlich wurde Augusta, die mit dem Kopf auf Gavins Arm eingeschlafen war, wieder wach. Sie sah sich um und versuchte blinzelnd wieder ganz zu sich zu kommen.

Die Trompete stieß einen besonders schauerlichen Laut aus.

»Allmächtiger!«, rief Augusta. »Könnte nicht irgendjemand dieses Ding töten und von seinem Elend erlösen?« Die übrigen Gäste schlossen sich ihrem Vorschlag mit unverhohlener Begeisterung an, und die Trompete wurde zum Schweigen gebracht.

Maeniel brachte es fertig, die Prozession des kunstvollen Wildschweins lange genug aufzuhalten, um es anzuschneiden. Es erwies sich als recht vielschichtiger Überraschungsbraten, bestehend aus

Rind- und Schweinefleisch mit einer Füllung aus Fenchel, Käse und Leber. Die Gäste fielen darüber her, und ihre Unersättlichkeit wurde noch zusätzlich von einer Rosinensauce angefacht.

Als Nächstes kam der weiße Pfau, den nicht weniger als vier Mundschenke hereintrugen. Der Trompeter konnte der Versuchung nicht widerstehen. Der Pfau erreichte den Tisch gerade in dem Moment, als das Instrument aufkreischte und sechs oder sieben Laute produzierte, die starke Ähnlichkeit mit einem Pfurz hatten.

Augusta blickte schockiert in die Runde. Die übrigen Gäste fanden diese neuerliche musikalische Darbietung zum Schreien komisch.

Augusta schlug mit ihrem Becher auf den Tisch. »Bringt diesen Narren endlich zum Schweigen«, rief sie. »Schiebt ihm eine Hand voll Mist in das Horn und gönnt ihm eine Ruhepause. Und Wein! Wo bleibt der Wein! Ich bin trocken wie die große Wüste von Arabien.«

Die Weinkrüge erschienen und machten die Runde.

Maeniel blickte auf den weißen Pfau hinab. Er lag voll befiedert auf einer schweren Silberplatte, den Kopf demütig unter einen Flügel geschoben.

Die vier Köche traten vor Maeniel hin und strahlten vor Stolz.

»Oh, was für eine Schande«, wisperte Regeane. »Er ist so schön. Und schmecken kann er auch nicht besonders gut. Mit einem Brathuhn wäre uns besser gedient gewesen.«

Maeniel stieß einen bewegten Seufzer aus und versetzte dem Vogel einen zaghaften Stoß mit dem Tranchiermesser.

Der Vogel hob seinen Kopf unter dem Flügel hervor und heftete seine glitzernden Augen auf Maeniel. Er machte kein besonders erfreutes Gesicht.

Die vier Köche gafften erst das Tier, dann einander an. »Du solltest ihn zubereiten«, riefen sie wie aus einem Munde, während einer auf den anderen zeigte. Dann fuchtelten sie wild mit den Armen und beschimpften sich mit vulgärstem Gossenlatein.

Der Pfau warf Maeniel einen boshaften Blick zu und zielte mit dem schmalen Schnabel auf dessen linkes Auge. Maeniel ging gerade noch rechtzeitig in Deckung; er spürte, wie der scharfe Schnabel sein Haar teilte.

Der große Vogel fuhr herum und bot Regeane und Maeniel eine deutliche Ansicht seiner Hinterfront dar. Der gefiederte Fächer öffnete sich. Dann stieß das Tier einen absolut unglaublichen Schrei aus und hüpfte auf den Boden. Mit einem Höchstmaß an Würde und einer selbstbewussten Haltung verließ es unter dem donnernden Applaus der Gäste das Triclinium.

Maeniel sah die Köche an, die noch immer die Hände rangen. »Ruhe!« Seine Stimme klang wie ein Felsbrocken, der gegen einen anderen prallte.

Die Männer brachen mitten im schönsten Gekreische ab.

»Schafft den Rest des Essens herein und tragt es auf, bevor der Trunk meine Gäste auch noch um den letzten Rest ihres Verstandes und ihres guten Benehmens gebracht hat. Und ich möchte keine weiteren abscheulichen und würdelosen Geräusche von diesem verfluchten Horn hören. Überdies habe ich euch natürlich für eine neue Erfahrung zu danken, denn es ist mir noch nie passiert, dass ein Gericht, das ich tranchieren wollte, den Versuch unternahm, mich als Ersten aufs Korn zu nehmen. Ich möchte dennoch darum bitten, dass ihr mir nichts mehr serviert, was vom Teller springt und die Flucht ergreift, wenn ich versuche, es zu essen.«

Die Köche nickten und huschten hinaus. Der Rest der Speisen kam. Abgesehen von dem Pfau, der jetzt mit ausgebreitetem Gefieder um das funkelnde Becken herumlief, konnte es keinen Zweifel daran geben, dass der Küchenchef sich selbst übertroffen hatte.

Die riesige Artischocke war, wie sich herausstellte, aus mit Speck, Olivenöl und hart gekochten Eiern gewürztem Spinat gefertigt worden. Es war köstlich. Ein Igel aus echten Artischocken folgte. Das Gemüse war mit Brotkrumen gefüllt, die man zuvor mit Käse und einer Mischung aus frischen Kräutern und dunklen, würzigen Oliven gebraten hatte. Diese Beilage stellte den perfekten Hintergrund für die Geflügelspeisen dar: Einen zarten Kapaun in Mandelschaum mit frischem Salbei; zart geräucherte, rosafleischige Vögel, die mit Speck in einer dunklen Weinsoße zubereitet worden waren; in mit Safran und Estragon versetztem Weißwein gegarte Hühnerbrüste mit sizilianischen Bandnudeln. Und alledem folgte – für den Fall, dass noch jemand hungrig war – nicht weniger als ein Dutzend Spanferkel, mit Fenchel und Salbei gewürzt.

Die Weine waren das krönende Ereignis eines Abends, der an Pracht kaum mehr zu überbieten war: Es gab einen blumigen Weißwein, der schwach nach Kerbel und Basilikum roch, und einen roten, alten, weichen Wein, der in sich eine komplette Mischung verschiedener Aromen vereinte: Das des Rauches, der zwischen den Reihen der Reben aufsteigt, wenn die Winzer und ihre Erntehelfer am Feuer ihre Schnecken zubereiten; das langer Nächte in dunklen Kellern, wo der Wein lagert, während ein Wind, der sich scheinbar aus den eisigen Dolomiten erhebt, die Reben auf dem Weinberg peitscht; und das eines letzten Frühjahrsfrostes, der den noch winzigen grünen Beeren den für die letzte Reife nötigen Charakter verleiht. Ein Geschmack also, der auf der Zunge nachklingt wie der orgastische, letzte Augenblick eines Liebesaktes.

Regeane trank Maeniel mit dem Weißwein über eine kleine Auswahl sämtlicher Hühnerspeisen hinweg zu. Er hob ihr sein mit Rotwein gefülltes Glas entgegen, während auf seinem Teller ein in Äpfel gekochtes und mit dem Saft von iberischen Blutorangen angereichertes Spanferkel lag.

Die Gäste, die dem Alkohol allzu reichlich zugesprochen hatten, schwebten in die Arme von Morpheus. Einige wenige, die von Bacchus inspiriert zu sein schienen, verfolgten den Pfau.

Sie jagten den Pfau rund um das Becken in den Säulengang. Der Vogel war langsam, die Verfolger waren noch langsamer, da sie nach dem Wein ziemlich wacklig auf den Beinen waren. Sie fielen abwechselnd in das Becken und mussten von ihren Kameraden herausgefischt werden. An dieser Stelle legten sie dann für gewöhnlich eine Pause ein, um weiteren flüssigen Erfrischungen zuzusprechen – und sei es nur, um gegen die Kälte gewappnet zu sein.

Gavin überhäufte Augusta mit den ausgefallensten Komplimenten. Augustas Gemahl, Eugenius, war anwesend und nüchtern. Jedes Mal wenn Gavin sich anschickte, einen Kuss auf eine der cremeweißen, sommersprossigen Schultern zu drücken, begann Eugenius demonstrativ mit dem Griff seines Dolchs zu spielen. Augusta war sturzbetrunken, lange schon der Sprache nicht mehr mächtig und einem ständigen Kicherreiz verfallen.

Antonius und Lucilla dagegen waren stocknüchtern, ebenso wie

Matrona. Alle drei bedachten Maeniel und Regeane mit düsteren Blicken.

Maeniel und Regeane waren ebenfalls nicht mehr ganz nüchtern. Sie hatten jenen Zustand der Beschwipstheit erreicht, in dem alle Frauen schön und alle Männer gut aussehend sind, in dem die Lichter heller strahlen, die Musik von einem himmlischen Chor geschaffen zu sein scheint und alle Hemmungen wie Spinnweben von einer achtlosen Hand fortgewischt werden.

Tief in Regeanes Seele verspürte die Wölfin große Furcht, aber der Verstand der Frau tat ihre Bedenken mit einer verächtlichen Geste ab. Die Frau war betrunken, aber nur teilweise vom Wein. Das Begehren brandete in ihr auf wie noch nie zuvor. Ah, in der Tat, was sie jetzt empfand, ging über bloßes Begehren hinaus. Es war ein überwältigender Zwang, der nicht nur alle Furcht wegbrannte, sondern selbst den gesunden Menschenverstand zu bleicher, staubiger Asche schwinden ließ. Sie musste diesen Mann haben.

Als er sie ansah, wie der große graue Räuber einen Hirsch ansieht, wusste sie, dass er von demselben kopflosen, wahnsinnigen Feuer verzehrt wurde wie sie.

In der Nähe ihrer Couch lagen Silvia, Gordo, Josef und andere. Die meisten waren bewusstlos, aber Silvia, ein funkelnder Hügel im Kerzenlicht, versuchte davonzukriechen – wahrscheinlich hatten die Überreste des Weins ihre Blase erreicht. Das Sofa ließ ein lautes Knarren hören und neigte sich dem Boden zu.

Maeniel verdrehte die Augen himmelwärts.

»Ich hoffe, es war keine wertvolle Antiquität«, bemerkte Regeane.

»Egal.« Maeniel half Regeane auf. »Wenn der Besitzer der Villa zu mir kommt, um Schadenersatz zu verlangen, wird sich das Sofa wie von Zauberhand in ein wertvolles Erbstück verwandeln, das schon seit den Tagen der Cäsaren in Familienbesitz ist und nicht durch schnöden Mammon ersetzt werden kann. Aber leider, so wird er fortfahren, muss einen in diesen verkommenen Zeiten schäbiges Metall in Form von Münzen für Schönheit, Alter und Familienstolz entschädigen. Er wird sich also mit einem Ersatz zufrieden geben, vorzugsweise nicht in Form von plebejischem Kupfer oder ordinärem Silber, sondern aristokratischem Gold.«

»Hm«, murmelte Regeane, als sie bemerkte, dass sie von der Festhalle weg in einen leeren Raum geführt wurde. Sie blieb stehen und ließ sich einen Augenblick lang nicht mehr weiterziehen.

»Das geht schon in Ordnung«, sagte er. »Wir sind verheiratet.«

Die Wölfin blickte Regeane aus ihrer urtümlichen Dunkelheit entgegen. Sie schien besorgt. Das sah ihrer menschlichen Seite wieder einmal ähnlich, sich die Gedanken mit Drogen und Alkohol zu umwölken. Irgendetwas stimmte hier nicht. Genauso wie in der Nacht, als sie mit dem Papst gespeist hatte.

Maeniel schob sie, einen Arm über ihre Schulter gelegt, weiter. Er verfolgte ein klares Ziel. Jetzt, da sie weit weg von den Kohleöfen in der Festhalle waren, spürte sie umso deutlicher die Wärme, die sein Körper verströmte. Er schob einen Vorhang zur Seite. Das Geräusch von Ringen klirrte in Regeanes Ohren.

Regeane fand sich in einem Raum wieder, der nur von einer einzigen Kerze in einem Wandleuchter erhellt wurde. Maeniel schloss den Vorhang mit der einen Hand und zog sie mit der anderen an sich.

In diesem Kuss lag keine Spur von Zurückhaltung mehr. Seine Zunge explodierte in ihrem Mund. Seine Arme und Hände ließen sie mit seinem Körper verschmelzen, während ihre Hüften sich den seinen entgegendrängten. Seine Berührung entfachte zuerst ein Kribbeln und dann einen lichterlohen Brand in ihren Brüsten, als sie über seinen Oberkörper strichen, der mit Stahl gepanzert zu sein schien.

Zu guter Letzt gab er sie frei und sie rang nach Luft. Und wieder regte sich das unangenehme Kitzeln der Beklommenheit in ihr.

»Du bist nicht ganz bei mir, hm?«, stieß er hervor, während er sie wieder fester an sich zog. »Komm, trink ein wenig.«

Regeane sah einen Krug und einen silbernen Becher auf dem Tisch stehen.

»Diese beiden Dinge sind sehr kostbar«, sagte Maeniel, »und wirklich alt. Angeblich hat Livia, die Schwester von Augustus Caesar, sie für ihren bevorzugten Liebhaber machen lassen und selbst für die weibliche Figur Modell gestanden.«

Die Figuren, die in den Krug ziseliert waren, zeigten einen Mann, wie er eine Frau zuerst entkleidete, dann ihre Brüste küsste und ihr schließlich die Tunika über die Hüften streifte.

Der Becher daneben war mit einem Kreis von Rubinen geschmückt, der den verdunkelten Raum mit einem tiefen, blutfarbenen Feuerschein zu erfüllen schien. Auf dem Grund des Bechers sah man die beiden Figuren in leidenschaftlicher Umarmung. Sie waren zur Gänze miteinander verbunden, aber die Frau lehnte sich ein wenig zurück. Er streichelte sie, und ihr Gesicht spiegelte den Rausch der Ekstase wider.

Regeane und die Wölfin blickten auf die Erfüllung des Verlangens hinab. Der Raum drehte sich vor ihr, als stürze sie ins Unendliche. Die Botschaft der Wölfin war durchdrungen von einer tiefen Beunruhigung. *Dies hier wird nicht so enden, wie du es dir wünschst.*

Aber seine Arme umfingen sie, und wieder flammte das Verlangen in ihr auf, umso stärker diesmal, nachdem es kurz zuvor fast erstickt worden war.

Der Kuss war weniger leidenschaftlich, aber seine suchenden Hände fanden Stellen an ihrem Körper, die mit Schockwellen der Wonne auf seine Liebkosungen reagierten.

Als er ihr ein mehrfaches Aufkeuchen entlockt hatte, ließ er sie los und füllte den Becher mit dem Inhalt des Kruges. »Trink«, flüsterte er.

»Ich weiß nicht«, sagte Regeane. »Möchtest du eine bewusstlose Braut? Ich habe schon ziemlich viel Wein getrunken.«

»Nein.« Seine Stimme war sanft, hypnotisch und berauschend zugleich. »Dies ist der Wein des Begehrens. Frühlingsmet. Im Frühling nähren sich die Bienen von weißen, vom Märzwind verwehten Mohnblüten. Von der ersten herrlich duftenden Myrrhe und wilden Blumen, die wie ein bunter Reigen die noch immer verschneiten Wiesen bedecken. Der Wein der Liebe. Und nur Liebenden ist er vergönnt.«

Regeane trank. Der Met war eine unaussprechlich süße Essenz des Frühlings. Eine Flüssigkeit, die sich auf ihrer Zunge auflöste. Ein Prickeln, das seinen Ursprung in ihrem Herzen hatte und bis in ihre Fingerspitzen ausstrahlte. Ihre Angst schlief. All ihre Sinne waren von Begehren erfüllt und hatten keinen Raum mehr für irgendetwas anderes.

Er küsste sie erneut. Sie schmeckte den Met auf seinen Lippen.

Er hob mit einem Finger ihr Kinn an. »Wem gehörst du?«, fragte er.

»Dir.«

»Zieh das Kleid aus«, sagte er.

Sie gehorchte, zog ihr Gewand über den Kopf, warf es beiseite und dachte: *Wir werden es niemals bis ins Schlafzimmer schaffen. Aber wen kümmert das…* Sie trug ein Leinenhemd.

Er küsste sie noch einmal. Einige Teile ihres Körpers waren beinahe betäubt vor Wonne, und als seine Finger durch das Hemd hindurch über ihre Haut strichen, hatte sie das Gefühl, in Flammen zu stehen. Sie wollte ihn auf eine Art und Weise, die unerträglich war, einfach unerträglich. Sie würde sterben, wenn er sie nicht in Besitz nähme.

»Wirst du alles tun, was ich von dir will?«, neckte er sie.

»Ja.«

»Das Hemd.«

Eine Sekunde später lag das Hemd auf dem Boden. Regeane trug noch immer ein ärmelloses seidenes Unterhemd, das Strophium um ihre Brust und ein leinenes Lendentuch.

Er griff unter das Hemd. Der Streifen zwischen ihren Beinen fiel herab. Seine Hand bewegte sich weiter nach oben. Das Hemd folgte dem Weg seiner Finger. Er blickte auf ein weiches, gelocktes Venusdelta hinab. Sie errötete. Er konnte die Wärme auf seiner Haut spüren.

Er zog das Hemd noch etwas höher und löste das Strophium um ihre Brüste. Es flatterte zu Boden. Dann ließ er das Unterhemd wieder sinken und streichelte ihren Körper durch den seidigen Stoff.

»Bist du betrunken?«, fragte er.

»Ja.«

»Bist du noch Jungfrau?«

»Ja.«

Ihre Antwort war nicht mehr als ein Atemholen.

»Weißt du, wie das Geschlecht eines Mannes aussieht?«

Sie nickte und bemerkte, dass er seinen Umhang und die Tunika auf dem langen Tisch ausgebreitet hatte.

»Gut«, sagte er. »Dann verstehst du, was ich jetzt mit meinem vorhabe.«

»Oooh.«

»In diesem Zusammenhang werte ich deine Bemerkung als ein Ja.«

Seine Hände setzten ihre Erkundungsreise fort. Während er sprach, hatte Regeane das Gefühl, sich in einem Garten seltener Wonnen zu verirren, nur dass er es war, der die Blumen pflückte. Ganz langsam vermittelte ihr dieser Teil ihres Wesens, der Geist, der von uralter Vergangenheit und bisweilen von vager Zukunft flüsterte, ein Bild.

Sie stand neben ihm in einem Bergsee; das Wasser ging ihnen bis zu den Knien. Der Bergsee war ein Ort von wilder Schönheit, umrahmt von Kiefern, Farndickicht und rosafarbenen Rosen. Ein schmaler Wasserfall ergoss sich von einem mit grüngrauen Flechten und Moos überwucherten Felsen. Der feine Dunst seiner Gischt befeuchtete ihre Lippen und Wimpern.

Ihre Körper waren tief und beinahe schmerzhaft miteinander verbunden. Der Mann, der seine Arme um sie schlang, hatte Besitz von ihr ergriffen.

Sein Körper war feucht. Er trug eine Krone aus gelb blühenden Wassergräsern. Seine Schultern und Arme waren von einem Netz weiß blühender Pflanzen überzogen. *Was war er?*, fragte sie sich. Sie erinnerte sich an die Geschichten von jungen Mädchen, denen von Göttern Gewalt angetan wurde, Göttern, die Bewunderung ebenso wie Liebe verlangten und den absoluten Besitz von Geist und Körper. War sie nicht eins dieser Mädchen und war er nicht eine Art Gott? Wie kann sterbliches Fleisch unsterblichem Feuer standhalten?

Er bewegte sich und Wellen von sinnverwirrender Wonne durchliefen sie. Er bewegte sich abermals. Alles Denken war ausgelöscht – und mit ihm die Erinnerung. Alles löste sich in der Macht dessen auf, was Fleisch anderem Fleisch anzutun vermochte.

Sie kehrte in den verdunkelten Raum zurück, wo sie still in seinen Armen lag. War das eine Erinnerung gewesen? Ein Traum? Die Zukunft? Gleichviel. Es war nicht die Wirklichkeit, aber dies hier, das war echt.

Er zog ihr das Hemd über den Kopf. Sie war nackt.

»Weißt du, was ich jetzt tun werde?«, wiederholte er.

»Ja.« Ihr ganzer Körper erbebte. Ohne das Hemd, das sie beengte, breitete sie die Beine aus, um ihn zu empfangen. »Ich glaube, ich werde sterben, wenn du es nicht tust«, erwiderte sie offenherzig.

»So sei es«, sagte er und machte Anstalten, sie auf den Tisch zu heben.

Das Messer glitzerte in der Luft über seiner Schulter.

Tief in Regeanes Seele schrie die Wölfin eine Warnung. Das Verlangen starb.

Ihre linke Hand schnellte vor und umfing das Handgelenk des Mannes, der das Messer hielt. Der Mann versuchte sich loszureißen. Aber sie war schließlich keine sterbliche Frau. Einen Augenblick lang schien er über den Schmerz, den sie ihm zufügte, erschrocken zu sein. Dann riss er den Arm herunter und konnte sich von ihr befreien.

Maeniel stieß Regeane von sich und fuhr mit der Geschwindigkeit einer angreifenden Schlange herum. Das Messer des Attentäters riss das Fleisch seiner Schulter auf.

Antonius zog, die Fackel in der einen Hand, ein römisches Kurzschwert in der anderen, den Vorhang zurück. Er rammte dem Mann das Schwert direkt unterhalb des Schulterblatts in den Leib, sodass er seinen rechten Arm nicht mehr bewegen konnte.

Aber Maeniel sah das Stilett in seiner linken Hand, das auf sein Herz zielte. Er trat kühn zwischen die beiden kämpfenden Männer, packte den Angreifer an Schulter und Kiefer und riss ihm den Kopf nach rechts. Der Hals des Attentäters brach.

Das Geräusch war grauenhaft. *Wie das Bersten eines noch grünen Astes,* dachte Regeane. Als Maeniel sie von sich stieß, war ihr Kopf gegen den Tisch geprallt, und für einen Augenblick war ihr Körper wie gelähmt. Die Wölfin versuchte mit aller Macht, Besitz von ihr zu ergreifen, aber die Fackel in Antonius' Hand erstickte ihre Bemühungen im Keim. Sie sah zu, wie der Attentäter schlaff zu Boden sank, tot, noch bevor sein Schädel auf die Marmorfliesen krachte.

»Verdammt noch mal, du hast ihn getötet«, schrie Antonius.

»Ich hatte keine Wahl«, erwiderte Maeniel mit einem Blick auf das Stilett.

Regeane rappelte sich auf und betastete die Wunde an ihrem Kopf.

Lucilla kam in den Raum gestürzt. Sie griff Halt suchend nach dem Vorhang, der beinahe im selben Augenblick zerriss. Sie drohte zu fallen, aber Maeniel fing sie auf und stützte sie. Entgeistert blickte sie auf den Attentäter hinab. »Mein Gott«, sagte sie, »Petrus.«

»Du kennst ihn also«, sagte Maeniel leise. In der Weichheit seines Tonfalls lauerte eine beinahe grenzenlose Drohung.

Antonius meinte, während er Regeane seinen Umhang zuwarf: »Frau! Du bist nackt! Bedecke dich.«

Regeane riss den Umhang an sich und schlang ihn um ihren Leib. Dann machte sie sich eilig daran, ihre Kleider vom Boden aufzuheben.

Die wenigen Gäste, die noch nüchtern waren, versammelten sich an der Tür.

»Mutter kennt eine Menge Leute. Einige sind ganz respektabel – andere nicht«, sagte Antonius mit unüberhörbarer Schärfe zu Maeniel.

Regeane stahl sich in das Nebenzimmer. Es war sehr dunkel dort, aber sie konnte gut genug sehen, um festzustellen, dass es sich um einen kleinen Lagerraum handelte. Durch ein winziges verriegeltes Fenster kam klare Nachtluft herein.

Sie erinnerte sich an eine Geschichte aus der Bibel. In der Genesis wird Nacktheit, sobald Gott den Menschen seine Gnade entzieht, von Scham begleitet. Sie aber hatte ihre Nacktheit mit Maeniel genossen. Sie hatte das Gefühl gehabt, bekleidet zu sein, und hatte geglüht vor Begehren. Ihre Ängste und Hemmungen hatten sich bei seiner Berührung in nichts aufgelöst.

Die Wölfin schwieg und blickte durch das verriegelte Fenster hinaus in den gewaltigen Reigen der Sterne, der sich wie eine Straße aus Licht über den toten, schwarzen Himmel zog.

Sie dachte an den Grauen und an den sauberen Bergwind. Sie dachte an Maeniels erstarrte Züge – das Totenkopfgrinsen, als er die Zähne bleckte und seinen Feind tötete. So verlockend der Gedanke, ihn zu lieben, für ihren heißen, pulsierenden Körper auch sein mochte, die Nacht, die Wölfin und ihr kalter, durchdringender menschlicher Verstand sagten ihr, dass es Wahnsinn wäre, ihm ihr Geheimnis anzuvertrauen. Sie hatte gerade gesehen, wie er mit bloßen Händen einen Mann getötet hatte.

Er führte eine Schar von Raufbolden nicht aufgrund irgendeines göttlichen oder menschlichen Rechts an, sondern weil er der Stärkste von ihnen war und mit Faust und Schwert einen Aufstand niederschlagen konnte. Sie respektierten ihn, nicht weil er der Beste war, sondern weil er der Schlimmste unter ihnen war. Früher oder später würde die Wölfin um ihr Leben kämpfen müssen.

Also … jetzt … spürte sie kein Verlangen mehr. Nur den kalten, schneidenden Wind, der durch das offene Fenster drang, und tiefe Scham und Verletzlichkeit im Angesicht ihrer Nacktheit. Denn genau das war sie, nackt und allein.

Plötzlich hörte sie von der anderen Seite der Tür eine Frau schreien.

31

Regeane erwachte. Sie lag auf einem der Sofas im Triclinium, bekleidet mit einem weichen Leinengewand. Ihr Kopf schmerzte. Sie streckte die Hand aus und entdeckte eine überaus empfindliche Stelle an ihrer linken Schläfe. Als sie sich aufsetzte, bemerkte sie, dass der Raum übersät war von Toten.

Einer lag mit durchschnittener Kehle quer über dem Tisch. Ein anderer lag beim Eingang zum Triclinium, den Kopf in einem See aus Blut. Ein Dritter war mit einem Speer im Leib über die am Boden liegenden Stühle der Musikanten gestürzt.

Die Wölfin brachte Regeane unverzüglich auf die Beine. *Wie lange war sie bewusstlos gewesen?* Nicht lange. Das erste graue Morgenlicht hatte sich bereits über den Garten gelegt. Sie musste herausfinden, was geschehen war, bevor sie einen Aufruhr verursachte.

Sie stolperte vom Triclinium in den Raum, in dem sie und Maeniel ihren kurzen Augenblick der Leidenschaft geteilt hatten. Der Raum war leer.

Direkt vor ihr befand sich eine weitere, mit einem Vorhang verhängte Tür. Sie zwängte sich hindurch und fand sich in einer engen, römischen Schlafkammer wieder. Auf einer kleinen Ankleidekommode neben dem Bett stand ein Spiegel. Sie hob ihn hoch und blickte hinein. Ihre Züge waren verschwommen, was sowohl auf das Alter des Spiegels als auch auf das schwache Licht in dem Zimmer zurückzuführen war, aber ihre Augen waren klar. In ihrem Haar klebte kein Blut mehr, und von der Verletzung war nur eine Schwellung der linken Gesichtshälfte geblieben.

Plötzlich verzerrten sich ihre Züge abermals. Sie vermeinte Rauch zu riechen. Die Augen in dem Spiegel sahen sie durch einen Schleier zuckender Flammen an, dann machte dichter Rauch sie unsichtbar. Das Metall erhitzte sich in ihren Fingern.

Sie hatte trotz allem noch die Geistesgegenwart, sich umzudrehen und den Spiegel mit dem Glas nach unten aufs Bett zu werfen.

Sie fuhr herum und wurde erst jetzt gewahr, dass jemand sie beobachtete.

Der Raum hatte, wie es in den meisten römischen Häusern Sitte war, zwei Eingänge, wobei einer davon in einen weiteren Raum führte und der andere in den Säulengang.

Matrona stand in der Tür zum Garten.

»Was ist passiert?«, fragte Regeane.

»Viele Dinge«, erwiderte Matrona, »und nichts davon ist gut. Basils Männer haben uns angegriffen, gleich nachdem du ins Nebenzimmer gegangen bist, um dich anzuziehen. Wie eine blinde Närrin hast du die Tür geöffnet, als du Lucilla schreien hörtest. Man hat dich niedergeschlagen. Du musst einen sehr harten Kopf haben. Zuerst dachten wir, sie hätten dich getötet, aber wir hatten alle Hände voll zu tun, uns zu verteidigen, sodass wir dir nicht helfen konnten.«

»Ihr scheint Erfolg gehabt zu haben«, bemerkte Regeane.

»Mag sein«, sagte Matrona. »Was hast du in dem Spiegel gesehen?« Matronas Augen waren dunkle Teiche. Sie schien Regeane aus der Entfernung unendlicher Zeit anzusehen.

»Mein Gesicht«, antwortete Regeane.

»O nein«, erwiderte Matrona. »Du hast mehr gesehen als dein Gesicht. Ich weiß es, weil das mein Spiegel ist und er einst einer Priesterin des großen Volkes gehörte, das hier lebte, lange bevor die Römer den Tiber zu einer stinkenden Kloake machten. Erzähl mir, was hast du gesehen? Wenn du es mir sagst, kann ich dir helfen.«

Regeanes Mund war trocken geworden. »Ich habe nur mein Gesicht gesehen«, beharrte sie.

»Wie du meinst«, sagte Matrona mit einem Achselzucken. Dann trat sie dicht vor Regeane hin und untersuchte die Schwellung an ihrer Schläfe. »Nichts von Bedeutung«, lautete ihr Urteil. »So wie der Soldat auf dich eingeschlagen hat, so wie du gefallen bist, hatte ich eine weit ernstere Verletzung erwartet.«

»Nun ja«, sagte Regeane. »Mir ist nichts Schlimmes geschehen. Wo ist Antonius?«

»Draußen mit unserem Fürsten.«

Regeane zwängte sich an ihr vorbei in den Garten.

Matrona ging zum Bett, hob den Spiegel auf und blickte hinein. Sie runzelte die Stirn und ein Ausdruck großer Kümmernis huschte über ihre Züge. Dann legte sie den Spiegel mit dem Glas nach unten auf ihren Toilettentisch.

Die Rückseite zierte eine feinknochige und schöne Göttin. Sie ruhte mit einer Schriftrolle auf dem Schoß auf einem Stuhl, während ein Junge vor ihr herumtollte und gleichzeitig auf einer Doppelflöte spielte. Matrona strich mit den Fingern über die fein ziselierte Rückseite des Spiegels. »Göttin, Königin des Himmels nannten sie dich einst«, sagte sie. »Und heute kann ich mich nicht einmal mehr an deinen Namen erinnern.«

Antonius und Maeniel waren zusammen, als Regeane sie fand. Die Kleidung beider Männer war zerrissen und blutbespritzt. Antonius hatte einen Verband am Arm. Maeniel schien überrascht zu sein, sie zu sehen. Antonius nicht.

»Meine Dame«, sagte Maeniel mit einer Verbeugung, »wir hatten befürchtet, du seist schwer verletzt worden. Wir sprachen gerade darüber, wie sich wohl ein Wundarzt für dich finden ließe.« Er schien ein wenig verwirrt und ratlos zu sein, dass sie scheinbar unverletzt war.

Ein erster Hauch der Morgenbrise zupfte an Regeanes langem, grauem Gewand. Sie standen in der Nähe der Statue eines Gottes, den Regeane nicht zu benennen vermochte. Die Statue war schön, aber ihr fehlte ein Arm. *Wahrscheinlich*, dachte Regeane, *der Arm, mit dem er seine Ritualinsignien hält.* Das Gesicht des Gottes war von androgyner Schönheit. Sein Kopf war leicht nach oben geneigt, damit er das Morgengrauen betrachten konnte.

Regeane spürte, wie die Muskeln in ihrem Bauch sich anspannten. Sie zitterten förmlich. Gleichzeitig war sie von einer schrecklichen Gewissheit erfüllt. Es war das Wissen, dass, wenn dieser gerade eben heraufdämmernde Tag zu Ende ging, viele Angelegenheiten geregelt sein würden, für immer.

»Heute ist der Tag, an dem die Synode zusammentritt, nicht wahr?«, fragte sie Antonius.

»Ja«, antwortete er.

»Warum ist das von solch immenser Bedeutung?«, wollte Maeniel wissen.

»Die Entscheidung, die heute getroffen wird, betrifft nicht nur das Volk von Rom, sondern auch die Großgrundbesitzer von außerhalb«, erklärte Antonius. »Desiderius, der König der Lombarden, hegt schon seit langem den Wunsch, das Papsttum zu beherrschen, auf dass er es gegen seinen Feind Charlemagne zu benutzen vermöchte. Er würde diesen Papst stürzen und einen lombardischen Prälaten erwählen, einen Mann, der seinen Wünschen gehorcht und Charlemagne als Thronräuber brandmarkt. Das Volk von Rom und die Großgrundbesitzer, die großen Fürsten und Landbesitzer in der Umgebung von Rom, müssen jetzt zwischen Desiderius, dem Lombardenkönig, und Charlemagne und den Franken entscheiden. Sicherer noch ist, dass Desiderius diesen kleinen Staat, der nach wie vor dem Papst und dem Volk von Rom gehört, zerstören will. Er würde ihn dem lombardischen Fürstentum einverleiben und aus den Stellvertretern des Papstes seine Haushofmeister machen. Aus Charlemagnes Sicht keine wünschenswerte Entwicklung – und für uns ebenso wenig. Schließlich leben wir in diesem winzigen Rest dessen, was einst das größte Reich auf Erden war.«

Er hielt inne. Antonius konnte verschlagen sein, er konnte Halbwahrheiten verbreiten und anderen mit einer Miene vollkommener Unschuld ins Gesicht lügen, aber sowohl Regeane als auch Maeniel waren in diesem Augenblick betroffen von dem tiefen Ernst, mit dem er sprach. Und sie wussten, dass dieser Mann ihnen nach bestem Wissen und Gewissen die Wahrheit sagte.

Dann brach er zu Regeanes und Maeniels Überraschung in Tränen aus. »Sie haben Mutter mitgenommen, und ich bin mir sicher, dass sie sie jetzt foltern.«

»O Gott«, sagte Regeane und umarmte ihn. »Warum?«

Maeniel antwortete für ihn. »Wir glauben, Antonius und ich, dass sie die Aufgabe, deinen Onkel zu ... hm, sagen wir ... zu entfernen, Petrus zugewiesen hat. Wie es aussieht, hat er in der Vergangenheit schon öfter solche kleinen Arbeiten für sie erledigt. Antonius glaubt, dass er mit einer größeren Summe Geldes bestochen wurde, seine Dienste Basil und Desiderius zur Verfügung zu stellen.«

Regeane flüsterte die schmutzigste fränkische Obszönität, die ihr einfiel. »Ich wusste doch, dass ich ihnen zu viel Geld gegeben habe.«

»Nein«, berichtigte Maeniel sie. »Ich glaube nicht, dass sie den Mann mit deinem Geld gekauft haben. Wir vermuten, dass dein Onkel die Hoffnung aufgegeben hat, dich beherrschen und mich erpressen zu können, und dass er deshalb mit Basil und dem lombardischen König gemeinsame Sache gemacht hat. Der Überfall diente dazu, dich und Lucilla zu entführen. Wie es scheint, steht Lucilla bereits unter der Anklage, die schwarzen Künste auszuüben. Sie soll den Papst auf den Heiligen Stuhl gebracht haben, indem sie sich mit dem Teufel, dem Erzfeind des Menschen, eingelassen hat.«

»Was ...« Regeane wollte gerade nach der Lepraanklage fragen, aber Antonius trocknete sich hastig die Augen und bedachte sie mit einem warnenden Blick. Sie trat einen Schritt zurück. Die Gebote des Anstands gestatteten es nicht einmal einer großen Dame, mit einem anderen Mann als ihrem Gemahl auf vertrautem Fuße zu verkehren.

Maeniel betrachtete die beiden mit ausdrucksloser Miene. »Aber andererseits spielt die Anklage keine große Rolle, oder?«, fragte er. »Es geht nur darum, dass sie hinreichende Gründe finden, um Hadrian zu vernichten. Im Übrigen ist das der Grund, warum der fränkische König Graf Otho und seine Männer mit dem Auftrag ausgesandt hat, die Entschlossenheit der Römer zu stärken. Er hatte nicht den Auftrag, Hadrian von seinem Thron zu stürzen.«

»Ja«, sagte Antonius voll bitterer Trauer. »Mutter wird sagen, was auch immer sie hören wollen, was auch immer die bequemste Lösung für diese Leute ist. Und es wird sich zeigen, ob die Römer hinter Hadrian stehen oder nicht.«

»Du wirst an der Synode teilnehmen, nicht wahr?«, fragte Regeane.

»Ja«, sagte Antonius. »Wenn sie Mutter vorführen, werden meine Freunde und ich versuchen, sie aus Basils Fängen zu befreien, ganz gleich, was sie sagt und in welcher Verfassung sie ist. Von dir, Maeniel, möchte ich jetzt, dass du Regeane nimmst und fliehst. Wenn ihr jetzt losreitet, könnt ihr bis Einbruch der Nacht in Ostia sein. Ihr habt genug Gold, um euch eine Barkasse zu beschaffen, die euch nach Franka zurückbringt. In ein paar Wochen schon sitzt ihr sicher in euren Bergen.«

Regeane entfernte sich einen Schritt von den beiden Männern. Das Licht war inzwischen heller, aber ein dichter Nebel erfüllte den Garten mit einem bleichen Dunst und verhüllte die aufgehende Sonne. »Nein«, sagte sie. »Ich gehe nicht weg. Du und deine Mutter, ihr seid Freunde für mich. Mehr als Freunde, Menschen, die mir mit ihrem klugen Rat und ihrem Schutz beigestanden haben. Ich habe euch schon früher helfen können, und vielleicht kann ich euch auch in dieser schrecklichen Situation von Nutzen sein. Ich werde nicht gehen.«

Unausgesprochene Worte hingen zwischen ihnen in der Luft. Sie war jetzt Maeniels Frau. Der Vertrag war unterzeichnet. Sie waren miteinander allein gewesen. Die Frage, ob die Ehe vollzogen worden war, ließ sich nicht eindeutig beantworten.

Antonius sprach es aus. »Wende Gewalt an.«

Regeane lehnte sich nicht gegen diese Bemerkung auf, sondern meinte nur: »Das wird nicht funktionieren.«

Maeniel blickte auf seine Hände hinab. Es waren die großen, kräftigen Hände eines kampfgewohnten Mannes, muskulös und mit breiten Fingern. Letzte Nacht hatte er mit diesen Händen einem kräftigen Mann den Hals gebrochen. Er blickte auf. »Gewalt, nein!«, sagte er. »Irgendwie glaube ich nicht, dass die Dame meine Gewalt mehr respektieren würde als die ihres Onkels und die ihres Vetters. Ich werde keine Feindin in mein Bett nehmen. Außerdem teile ich die Meinung meiner Gemahlin. Ich habe dem König von Franka, Karl, den man Charlemagne nennt, die Treue geschworen. Mein Wort bindet mich. Selbst wenn ich es nur einem Wurm wie Graf Otho gegeben habe. Ich werde Karls Kandidaten für den Papststuhl unterstützen. Und als Karls Vasall werde ich ihn in dieser schwierigen Zeit nicht im Stich lassen.«

Regeane dachte an die Befürchtungen, die sie in der vergangenen Nacht Maeniel betreffend gehegt hatte. An die Angst, er könne ein Freibeuter sein, ein prinzipienloser Räuber. Sie sah jetzt, dass all diese Befürchtungen unbegründet gewesen waren. Sie streckte die Hand nach ihm aus. »Ich sehe, dass mein Gemahl ein Ehrenmann ist. Ich hoffe, dass er, was mich betrifft, ebenso denkt.«

Er nahm ihre Hand und sah in ihren Augen einen Ausdruck beinahe wahnsinniger Verzweiflung. »Ich hoffe – ich glaube –, dass ich in allen Belangen so bin, wie du mich beschreibst, meine Gemahlin«, sagte er. Dann hob er ihre Hand an die Lippen und küsste ihre Finger.

Antonius wischte sich mit seinem Umhang die Tränen ab. »Wahnsinn! Wahnsinnige ... Barbaren«, flüsterte er.

Plötzlich meldete sich hinter Regeane Matrona zu Wort. »Ich werde dir ein anderes Kleid heraussuchen. Jetzt geh und nimm ein Bad. Das Kleid, das du trägst, gehört Silvia. Genauso gut könntest du dich mit einem Zelt bedecken. Komm. Es gibt hier Bäder für Frauen und für Männer. Ich habe die Diener bezahlt. Sie erwärmen gerade das Wasser.« Sie klatschte in die Hände. »Tu, was ich sage. Die Bischöfe und Kardinäle marschieren gerade in den Chor des Lateranpalastes ein. Die Messe wird in Kürze beginnen. Wir müssen uns beeilen. Es wird nicht mehr lange dauern, bis die Synode zusammentritt.«

Regeane und Antonius gingen hastig davon. Maeniel machte Anstalten, ihnen zu folgen. »Warte«, sagte Matrona. »Ich möchte mit dir reden.«

Maeniel zog eine Augenbraue hoch. »Worüber?«

»Komm«, befahl Matrona. »Folge mir. Was ich erfahren habe, ist zu wichtig, als dass man es dem Zufall überlassen könnte.«

Sie führte ihn in den Raum, in dem er beinahe getötet worden wäre. Der Attentäter lag noch auf dem Boden, an der Stelle, an der er gestürzt war. Der Raum war jetzt von hellem Licht durchdrungen. Jemand hatte den Vorhang zerrissen, und in der Decke war eine gläserne Öffnung eingelassen. Matrona beugte sich über den Toten und hob seinen rechten Arm hoch. Dann machte sie Maeniel auf das Handgelenk aufmerksam, das Regeane ergriffen hatte, um sein Leben zu retten. Die Hand baumelte schlaff hin und her.

»Die Knochen sind gebrochen«, erklärte Maeniel erstaunt.

»Nur einer ist gebrochen, der andere nicht«, verbesserte ihn Matrona, »aber die Sehnen sind zerrissen. Keine gewöhnliche Frau hat diesen Mann gepackt. Sie hat dir das Leben gerettet. Der Grund, warum man hier keine weiteren blauen Flecken sieht, ist der, dass der Mann sehr schnell starb und nicht geblutet hat. Hätte eine gewöhnliche Frau über deine Schulter nach ihm gegriffen und versucht, ihn aufzuhalten, so hätte er sich mühelos aus ihrem Griff befreit, ihr dabei wahrscheinlich ein paar Finger gebrochen und sein Messer trotzdem in deinen Rücken gebohrt.«

Maeniel kniete ihr gegenüber. »Das heißt... was?«, fragte er.

»Sie ist die Silberne«, antwortete Matrona.

Er erhob sich hastig. »Nein«, sagte er.

Matrona stieß ein zynisches Brummen aus und erhob sich ebenfalls. Sie ging auf die Gartentür zu; Maeniel folgte ihr. »Von Gavin hörte ich, dass du dich für sehr alt hältst, weil du ein paar Caesaren gesehen hast«, meinte sie.

Als sie draußen waren, setzte sich Matrona auf eine Bank in der Nähe des Beckens und blickte auf das stille Wasser. Dort, wo die aufgehende Sonne den Dunst durchbrach, waren Flecken von hellem Blau zu sehen. Ein türkisfarbener Himmel spiegelte sich in dem stillen Gewässer, und man konnte beobachten, wie sich dort weiße und graue Wolken jagten.

»Vor den Göttern, die die Götter schufen«, sagte Matrona, »lebte ich bereits. Ich kann dir nicht sagen, welches Alter ich habe, denn als ich geboren wurde, fügten wir die vier Jahreszeiten noch nicht zu einem Jahr zusammen. Jeder Winter war für uns eine Art Tod, und wir betrauerten das Sterben von Leben und Schönheit. Mit angehaltenem Atem erwarteten wir jedes Mal den Frühling – wir hatten Angst, er würde vielleicht nicht kommen –, und wenn er dann doch kam, waren wir außer uns vor Glück über die Wiedergeburt der Welt.

Ich habe lange bei meinem Volk verweilt. Ich fuhr in den hohlen Schiffen, als wir über die sonnenbeschienene, weindunkle See nach Griechenland kamen. Ich saß in einer rauchigen Halle am Herdfeuer und hörte einen blinden Sänger das glitzernde blaue Wasser bei diesem Namen nennen. Ich habe Orakel für die Römer zu einer Zeit erstellt, da sie sich von dem Volk der bemalten Gräber befreit hatten. Diese alten Römer liebten meine Verwandlungsfähigkeit und fürchteten sich gleichzeitig. Am Ende obsiegte die Furcht. Ich wurde mit brennenden Fackeln und Flüchen vertrieben.

Ich fand ein anderes Volk in den Bergen. Dieses Schwert – der Gladius, den Antonius trägt –, ich habe seinesgleichen das erste Mal gesehen, als die römischen Legionen die Berge nach Gallien überquerten. Ich sah die Truppen durch den vom Wind verwehten Schnee. Ich habe die Eindringlinge mit meiner Stimme weitergetrieben, weg von meinem Volk. Und ich habe sie gefressen, wenn die Mörder vom Weg abkamen und in der Kälte zu Grunde gingen.« Sie lächelte grimmig.

»Was ist aus deinem Volk geworden?«

Matrona zuckte mit den Achseln. »Sie waren wie alle anderen auch. Die Menschen können die Vorherrschaft des Tieres nicht akzeptieren. Sie wollen nicht glauben, dass sie unsere Brüder sind. Sie wollen nicht glauben, dass wir derselben Wurzel entspringen und ein Teil desselben Baumes sind und dass wir, wenn dieser Baum fällt, beide zu Grunde gehen werden. Mein Volk war glücklich und frei. Ich führte die Leute zu hohen Wiesen, in Täler, von denen ich wusste, dass die Römer sie niemals betreten würden. Aber sie waren nicht zufrieden damit. Sie träumten von römischem Gold, von römischem Luxus. Von Schalen und Trinkgefäßen aus Silber und Gold. Von rotem Wein und weißem. Von weichen, schönen Frauen, angetan mit Samt und Seide. Zuerst bestachen die Römer sie, dann eroberten sie sie. Und wieder war ich allein.

Ich erzähle dir all das nicht, um zu prahlen oder dein Mitleid zu erregen. Ich will dir lediglich klarmachen, dass ich viele Dinge weiß. Dieses Mädchen ist eine von uns. Niemand als einer der Unseren hätte das Handgelenk dieses Mannes zerdrücken können. Ich habe sie beobachtet, wie sie in meinen Spiegel sah. Ich kann dir nicht sagen, was sie dort erblickte, aber sie vermochte in dem Spiegel zu lesen, wie ich es vermag. Wir benutzen ihn, um in die Welt jenseits der Welt zu blicken. Ich wiederhole, sie ist eine von uns.«

»Ich kann nicht …«, begann Maeniel.

»Großer, grauer Wolf«, sagte sie, »fall mir nicht lästig mit deinen Zweifeln. Aber jetzt weißt du wenigstens, wie du auf Gavin gewirkt hast. Du wirst Kutschen brauchen, um zum Lateranpalast zu kommen. Ich muss mich um das Anschirren der Maultiere kümmern.« Mit diesen Worten schritt sie in Richtung der Ställe davon.

Maeniel blickte Matrona schweigend nach. Was sie gesagt hatte, erklärte eine Menge, sowohl was Regeane betraf als auch in Bezug auf sie selbst. Er wusste schon lange, dass sie eines der stärksten und verlässlichsten Mitglieder seiner Schar war. Wenn sie wahrhaftig die Morgendämmerung der Welt erlebt hatte, würde das ihre Stärke und ihren eisernen Willen erklären. Sowohl sie als auch er hatten lange Zeit gelebt.

Matrona hielt Wort. Als Regeane in den Garten kam, erwartete sie an dem eisenverriegelten Tor eine Maultiersänfte. Sie blieb neben Maeniel stehen. Matrona hatte ein altes, aber respektables, golddurchwirktes Kleid für sie gefunden. »Mein Gemahl.« Sie neigte leicht den Kopf.

»Meine Gemahlin«, erwiderte er und führte ihre Hand an die Lippen. Er dachte an die Silberne, wie sie über das Gras schwebte, wie der wunderbare Schimmer ihres Fells von den schönen schwarzen Flecken ihres Kragens, ihres Bauchs und ihrer Beininnenseiten noch hervorgehoben wurden.

Bei Gott, sie war in beiden Gestalten wunderschön. Nachdem er ihre Fingerspitzen geküsst hatte, zögerte er und hielt die weiche Hand noch eine Weile in seiner. Er musste an das zerquetschte Handgelenk des Attentäters denken. Wenn Matrona Recht hatte, hatte sie ihm das Leben gerettet.

Er und Matrona mochten langsamer altern als sterbliche Menschen, aber auch sie waren vor dem Alter nicht gefeit. Außerdem, wenn das Messer sein Herz gefunden hätte, bevor er in die Verwandlung fliehen konnte, wäre er genauso schnell und endgültig gestorben wie jeder andere Mensch auch.

Behutsam, aber entschlossen entzog sie ihm ihre Hand. »Ich muss jetzt fort, aber ich danke dir für alles.« Sie zögerte. »Ich teile Antonius' Meinung. Geh zurück in deine Berge. Sei frei.«

»Das Leben ist nur eine Münze, dazu gedacht, sie auszugeben«, erwiderte er leise. »Man hat uns nicht den Atem geschenkt und unsere Gesichter der Schönheit der Welt zugewandt ... auf dass wir uns feige vor ihren Schmerzen und Schwierigkeiten verstecken mögen. Wir gewahren Schönheit und Hässlichkeit gleichermaßen und tadeln oder kritisieren nicht den, der sie schuf. Ich stehe ganz zu deiner Verfügung. Meine Männer und ich werden mit dir und Antonius reiten, als deine Eskorte.«

»Sei vorsichtig«, sagte Regeane. »Ich werde dich beim Wort nehmen.«

Er verbeugte sich und führte sie auf das Tor und die wartende Kutsche zu.

Maeniel wies den vier weißen Maultieren, die das Gefährt zogen, den Weg, wobei er sorgfältig darauf achtete, dass das Tempo für die Frau darin nicht zu unbehaglich wurde.

Gavin ritt neben ihm. Die ganze Zeit über ließ er Maeniel keine Ruhe. Er machte ihm Vorwürfe, bat ihn um Einsicht, warnte ihn, stieß heftige Drohungen aus und ging zum Schluss sogar dazu über, ihn anzuflehen. »Bist du von Sinnen? Sind dir etwa die Maden ins Gehirn gekrochen? Hast du vollends den Verstand verloren? Mein Gott, denk doch darüber nach, was du da tust! Dieses fränkische Mädchen könnte dein Tod sein.« Er redete auf Maeniel ein, bis sie den Lateranpalast erreichten.

Maeniel hörte zu. Er hatte es aufgegeben, Gavin zur Einsicht bringen zu wollen. Tausend Jahre lang hatte er nach diesem Mädchen gesucht, und von einer Sekunde auf die andere konnte er sie nun verlieren.

»Du hast noch nie zuvor eine menschliche Frau geliebt«, brummte Gavin.

»Ach nein?«, erwiderte Maeniel. »Wirklich nicht? Wenn es nicht eine war, dann waren es tausend, und heute sind sie nur mehr Staub. Alle … alle Staub.«

Dann waren da noch jene, bevor ich als Mann gefangen wurde, dachte er. *Sie haben keinen Namen.* Aber die Übrigen. Mein Gott, jede von ihnen war ein dunkler Fleck der Schuld auf seiner Seele. Ein Schmerz, von dem sein Geist sich abwandte.

Morgana, hässlich zwar, aber der Inbegriff des Begehrens. Cremeweiße, sommersprossige Haut, große, vorspringende Brüste, ein großzügiger Mund, der stets bereit war zu lachen oder zu küssen. Breite, verschwenderische Hüften. Ein Haar wie Feuer.

Guinevere. Er forderte noch immer jeden Mann heraus, der wie Gavin schlecht von ihr sprach. Maeniel erschauderte und blickte zu der zerklüfteten Wolke auf, die über den Himmel fegte. Manchmal ist das Gefäß des Fleisches zu zerbrechlich für den Geist, mit dem es erfüllt wurde. Ihr Körper war nichts als eine zarte Lampe für ein Feuer, das zu hell loderte für eine sterbliche Hülle. Als sie sie auf den Scheiterhaufen legten, fielen die Sterne vom Himmel herab wie kleine Lichtblitze vor dem mitternachtsschwarzen Empyreum. Der Himmel selbst trauerte um sie.

»O ja«, sagte er zu Gavin. »Ich habe Frauen geliebt. Und die Strafe für meine Liebe verbüßt. Jetzt sind sie alle Staub. Und wenn ich auch nur einige von ihnen aufzählte, so würde ich mich zum Unmenschen machen.«

Er hielt die Sänfte in einer der Nebenstraßen in der Nähe des Lateranpalastes an. Der öffentliche Platz war überfüllt. Auf den Stufen vor der Kirche drängten sich die Menschen. Maeniel drehte sich zu Gavin um. »Bist du bereit, mir zu gehorchen?«

Gavin blickte gleichzeitig verzweifelt und angewidert drein. »Natürlich. So wie ich bereit bin, mein Leben für dich zu geben.« Er stieg von seinem Pferd.

Regeane tat so, als merke sie nichts von alledem.

»Meine Gemahlin«, sagte Maeniel, als er ihr aus der Sänfte half.

Gavin, der direkt hinter ihm stand, fauchte böse. »Meine Gemahlin, dass ich nicht lache!«

Eine Sekunde später lag Gavin der Länge nach auf den Pflastersteinen und blickte erst zum Himmel hinauf und dann Maeniel und Regeane hinterher, die bereits einige Schritte entfernt waren. Er war sich nicht ganz sicher, was eigentlich passiert war.

Matrona half ihm auf die Füße. Sie lachte ihn nicht aus. »Vielleicht hast du ja zufällig einmal Recht«, sagte sie. »Möglich, dass wir ins Unglück rennen.« Neben ihr standen die beiden kräftigen Männer Josef und Gordo. »Aber für den Augenblick halten wir alle zusammen.« Mit diesen Worten gingen sie entschlossen auf den Palast zu und umringten Regeane und Maeniel, als sie versuchten, sich einen Weg über die Treppe zu erzwingen. »So will es das Gesetz«, sagte Matrona. »Er führt, wir folgen... in den Kampf.«

Regeane sah Maeniels Leute herbeikommen. Im Angesicht einer solchen Menge bewaffneter Männer und, wie Regeane mit einigem Schrecken bemerkte, auch Frauen, teilte sich die Menge ohne weiteres. Binnen weniger Sekunden standen sie auf dem Platz vor der Kirche. Den freien Platz in der Mitte ließ die Menge leer. Die päpstliche Wache blockierte den Eingang zur Kirche. Antonius, der ganz in Weiß gekleidet war, stand bei den Soldaten.

Mit seinem Gewand aus ungebleichtem Leinen und Wolle sah er aus wie ein alter Römer. Aber er trug keine Toga, nur einen dicken Umhang und eine Tunika. Ein schwerer goldener Gürtel hing ihm über die Hüfte, und um den Hals trug er eine Goldkette.

Auf sein Zeichen hin öffneten die Männer des Papsts die bronzenen Türen. Die Leute traten hastig beiseite, um sie hineinzulassen.

»Es hat sich herumgesprochen«, murmelte Antonius. »Bevor diese Sache hier zu Ende ist, wird man irgendeine grauenvolle Anklage gegen uns alle erheben.«

Auf dem Altar näherte sich die Messe ihrem Ende. In den hohen, hölzernen Chorstühlen, die sich über die ganze Länge der Kirchenmauern zogen, saßen die Bischöfe und Kardinäle der Stadt. Die hohen Edelmänner beanspruchten die Mitte der Kirche für sich.

Sie und ihre Frauen waren in Regeanes Augen wie ein prachtvoller Regenbogen. Sie hatte bisher nicht einmal geahnt, dass es so viele kostbare Stoffe gab – mit Brokat durchwirkte Seide, Stoffe aus Gold, die mit silbernen Bändern gestreift waren. Die Farben waren wunderbar: alle nur erdenklichen Blautöne; Scharlachrot, so strahlend wie das Herz einer Rose, das einem kaiserlichen Purpur entgegendämmerte, zartes Frühlingsviolett und kristallgleiches Smaragdgrün. Es war ein Fest der Sinne, eigens dazu angetan, alle Augen zu fesseln. Juwelen glitzerten an Hälsen, Armen, Händen. Schleier aus Seide, Leinen und Spitze bedeckten die Frauen.

Diese glitzernde Masse war die Anhängerschaft des Papstes. Diese Menschen hatten den Papst ebenso gewählt wie die Priester, die die Kirche säumten. Sie würden am meisten zu leiden haben, wenn die Frankenpolitik des Papstes fehlschlug. Und sie hatten am meisten zu gewinnen, wenn er Erfolg hatte.

Regeane blickte auf und bemerkte, dass das Dach der Laterankirche mit Paneelen aus mattiertem Glas ausgestattet war. Sie und die funkelnde Menschenmenge wurden in ein warmes, bläuliches Licht getaucht.

Der Platz direkt um den Altar herum war frei. Der weiße Marmorfußboden war mit den Farben der Buntglasfenster und einem schwachen, wässrigen Blau vom Oberlicht gesprenkelt.

Regeane betrachtete die Gesichter rund um den Altar.

Gundabald und Hugo waren dort. Sie schnaubte leise. Sie hatte ihnen befohlen zu baden, und es sah so aus, als hätten sie es getan. Ihr Haar und ihre Bärte waren gestutzt, und der Glanz darin konnte von Pomade stammen. Die Kleider, die sie trugen, sahen neu und überraschend sauber aus. An Hugos Arm hing Silve. Sie trug ein sauberes Kleid aus blauem Samt, hatte ein Grinsen aufgesetzt und einen Ehering an der Hand.

Regeane stieß ein Geheul aus, das sie in ein Lachen zu verwandeln suchte. Hugo wusste, dass sie ihn auslachte. Er lief scharlachrot an. Aber Gundabald betrachtete sie mit einem wahrhaft erschreckenden Funkeln des Hasses. In ihrer Nähe stand Basil mit einem großen Trupp Soldaten. Gundabalds Blick sagte klar und deutlich, als hätte er die Worte ausgesprochen: *Dir wird das Lachen schon bald genug vergehen.* Regeanes Lachen endete mit einem Beben der Furcht.

Barbara und Emilia waren mit Elfgifa gekommen. Als das Kind Regeane sah, versuchte es, sich loszureißen und auf sie zuzulaufen, aber Barbara und Emilia hielten die Kleine unerbittlich fest. Zu guter Letzt ließ sie sich überreden, ihnen zu gehorchen. Ganz in der Nähe der Nonnen stand die alte Frau aus dem Gästehaus. Sie hielt die Hand eines kleinen Jungen, der so aussah, als hätte man ihn mit größter Sorgfalt geschrubbt. Regeane erkannte Postumous und stellte zu ihrer eigenen Überraschung fest, was sie immer schon vermutet hatte: dass die alte Frau Postumous' Mutter sein musste.

Selbst Cecilia war, wenn auch schwer verschleiert, hergekommen. Rufus stand mit einer großen Schar seiner Männer auf Regeanes Seite der Kirche. Er wurde nicht nur von Soldaten begleitet, sondern auch von anderen Edelmännern, die offensichtlich seine Vasallen waren. Regeane hatte nicht gewusst, dass er so mächtig war. In seiner Nähe und anscheinend unter seinem Schutz standen viele von Lucillas Dienerinnen. Regeane erkannte Fausta und Susanna unter den Frauen.

Am Altar war die Messe nun zu Ende. Hadrians Akolythen nahmen ihm sein Messgewand ab, sodass er nur noch das simple, weiße Gewand trug, das das Vorrecht des Vertreters Christi auf Erden war. Er trat aus dem kerzenbeschienenen Sanktuarium in das klare Licht, das durch die Kathedralendecke fiel.

Basil bahnte sich einen Weg durch die bewaffneten Männer um Gundabald und Hugo. Er war so prächtig gekleidet wie die anderen Edelleute, aber über der schwarzgoldenen Tunika trug er einen Brustpanzer. Er hatte den Helm unter dem Arm, und sein Schwert hing an seiner Seite. Nun hob er die Hand und richtete anklagend einen Finger auf Hadrian. »Falscher Priester, du bist Papst, aber nicht, weil gute Christenmenschen dich gewählt haben, sondern weil du dich der Macht des Teufels persönlich unterstellt hast. Du bist Luzifers Handlanger, und seine Macht ist es, die dich in dieser gotteslästerlichen Art und Weise auf den Heiligen Stuhl gebracht hat.«

In der Kirche herrschte Schweigen.

»Wo ist sie, Basil?«, fragte Hadrian.

Regeane konnte sehen, dass Basil überrascht war. Sie hörte ein schlurfendes Geräusch. Einige Männer der päpstlichen Wache kamen in die Basilika gerannt, strömten in die Seitengänge und drängten die Leute vom Eingang weg. Sie legten einen riesigen Eisenbolzen vor das gewaltige Bronzeportal.

Ein furchtsames Raunen lief durch die Schar der Würdenträger, die die Kirche füllten. Selbst die Nonnen kauerten sich enger zusammen. Einige von ihnen schlugen das Kreuzzeichen, aber Barbara seufzte nur. Elfgifa, die versuchte, das alles zu verstehen, blickte mit vor Erregung leuchtenden Augen in die Runde. Die Erwachsenen jedoch empfanden nichts dergleichen. Fast alle sahen zu Tode erschrocken aus.

»Wo ist sie?«, wiederholte Hadrian. Der verhaltene Zorn in seiner Stimme hätte genügt, um einen Aufstand niederzuschlagen. *Nur ein Papst oder ein König kann seine Stimme so klingen las-*

sen, dachte Regeane. Zum ersten Mal, seit sie Bekanntschaft mit ihm geschlossen hatte, machte Basil einen ängstlichen Eindruck.

»Du bist nur einen Schritt vom Tod entfernt, Basil«, fuhr Hadrian fort. »Wo ist sie?«

Basil sah sich hastig um. Durchaus möglich, dass er auf dem Platz draußen noch eine große Zahl von Anhängern stehen hatte, aber in der Kirche selbst waren sie den Männern des Papsts gegenüber in der Minderheit. Hadrian hatte ihn mit bewundernswertem Geschick in die Falle gelockt.

Regeane spürte, dass sich auf der linken Seite etwas regte. Antonius zog behutsam seinen Umhang beiseite, sodass er an das Schwert in seinem Gürtel herankommen konnte. Maeniel, der rechts von ihr stand, tat dasselbe. Beide Männer rückten enger an sie heran. Überall in der Kirche konnte Regeane ähnliche Vorgänge wahrnehmen.

»Sie hat gestanden«, rief Basil.

»Basil«, erwiderte Hadrian, »wenn man den Menschen einen genügend großen Anreiz gibt, gestehen fast alle alles. Ich will sie sehen, sofort. Lass sie holen.«

Regeane hörte eine Abfolge klickender Laute und ein Ächzen abgrundtiefen Entsetzens.

Maeniel packte sie. Er zog sie mit sich auf den Boden und beschirmte sie mit seinem Körper. Sie hob den Kopf und blickte an seinem Arm vorbei. Unter den Männern der päpstlichen Wache waren auch einige Bogenschützen. Die Geräusche waren von den Bögen gekommen, die Hadrians Soldaten gezückt hatten. Die meisten Männer hatten es Maeniel gleich getan, sich auf den Boden geworfen und ihre Frauen mitgerissen.

Basil und seine Männer waren stehen geblieben.

»So ist es gut«, sagte Hadrian. »Bleib, wo du bist, Basil. Wenn du dich auf den Boden wirfst, werden meine Männer das als Signal auffassen, ihre Pfeile abzuschießen.«

Basil winkte einen seiner Männer heran. Als der Soldat sich ihm näherte, sagte Basil ihm leise etwas ins Ohr. Sowohl Basil als auch der Soldat blickten zu Hadrian hinüber.

Hadrian nickte. Der Soldat rannte durch die Kirche zur Sakristei.

Bumm! Bumm! Bumm!

Regeane wand sich unter Maeniels Gewicht, was ihr jedoch nicht viel half. »Was ist das für ein Lärm? Lass mich aufstehen. Ich ersticke! Ich kann nicht sehen, was da vorgeht.«

Maeniel gluckste und schob seinen Körper eine winzige Spur zur Seite.

Bumm! Bumm! Bumm!

»Was ist da los?«, fragte sie noch einmal.

»Ruhig«, antwortete Antonius. »Das ist einer der Bischöfe. Er ist unzufrieden mit Hadrians anmaßendem Benehmen. Er hämmert mit seinem Krummstab auf den Boden der Chorsitze.«

»Was wird als Nächstes geschehen?«, fragte Maeniel.

»Nichts«, sagte Antonius, »es sei denn, die anderen schlössen sich ihm an.«

Kaum hatte Antonius den Satz beendet, taten sie es, und die ganze Basilika hallte unter lautem Dröhnen wider, als auch die übrigen Kirchenmänner ihrer Meinung Ausdruck verliehen.

Antonius sagte: »Verdammt.«

»Keine günstige Entwicklung, wenn ich recht verstehe«, bemerkte Maeniel.

Hadrian hob die linke Hand, um den Bogenschützen ein Zeichen zu geben. Die Bögen wurden gesenkt. Einer nach dem anderen ließ die Sehne seiner Waffe erschlaffen. Das Dröhnen erstarb.

Die Würdenträger in der Mitte der Kirche erhoben sich mit einem gemurmelten Dankgebet.

Basils Männer, die dicht zusammengerückt waren, wobei jeder versuchte, sich hinter einem anderen zu verschanzen, entspannten sich, schwärmten aus und ließen einander wieder Platz zum Atmen.

Basils Gesicht nahm wieder eine Spur Farbe an. »Wir haben Beweise«, schrie er.

»Beweise!«, schrie jemand anderer. »Hölle, Tod und Verdammnis! Ich habe heute vor Angst beinahe meine fünf Sinne verloren! Ihr habt Beweise? Wofür, frage ich euch? Welche Verbrechen hat Seine Heiligkeit begangen?« Der Sprecher trat vor, und Regeane erkannte Rufus, Cecilias Rufus. Sein Gesicht war scharlachrot vor Zorn.

Basil winkte jemandem zu… Gundabald.

Gundabald ging langsam auf den freien Platz in der Mitte zwischen Hadrian und Basil zu. Dort blieb er stehen und zeigte mit dem Finger auf Regeane. »Da steht sie. Die Tochter des Bösen selbst.«

Er ließ den Arm sinken. »Es heißt«, fuhr er fort, »dass der Dämon auch als ein Engel des Lichts erscheinen kann. So ist es meiner armen Schwester Gisela widerfahren. Er hat sie mit seinem Gold und der Schönheit seines Körpers verführt. Er gab vor, sie zu heiraten… eine ehrenwerte Ehe mit ihr zu schließen.« Gundabald hob abermals den Arm, um auf Regeane zu deuten.

»Er hat sie geschwängert, und sie hat sein Höllengezücht zur Welt gebracht.« Er ließ den Arm wieder sinken und drehte sich zu den römischen Würdenträgern um. »Glücklicherweise konnten wir meine Schwester vor diesem Besucher aus dem Reich der Dunkelheit retten. Aber zu unserem Entsetzen stellten wir fest, dass sie ein Kind unterm Herzen trug.«

Regeane spürte einen scharfen Schmerz in den Lungen, während sie mit heftigen Stößen aus- und einatmete. Ihr Gesicht, ihre Lippen und ihre Finger waren taub. Sie hatte bis zu diesem Augenblick nicht gewusst, dass sie zu solcher Angst fähig war. In der Kirche herrschte tiefstes Schweigen. Die Leute hingen an Gundabalds Lippen.

»Und leider«, sagte er, »war meine Schwester eine Heilige. Wir haben ihr gesagt, sie soll ein solches Kind bei der Geburt erwürgen. Solle es fortschicken, auf dass es sich den Legionen der Verdammten anschließe. Aber zu ihrem ewiglichen Kummer brachte sie es nicht fertig. Stattdessen verbrachte sie den Rest ihres Lebens in der Buße, weinte um ihre Sünden, versuchte Vergebung zu finden…« Seine Stimme schwoll an. Wieder deutete er auf Regeane. »… Diese Tochter der Dunkelheit. Sie verfügt über finstere Kräfte«, brüllte er, sodass seine Stimme unter dem Dach widerhallte. »Sie kann auf zwei Beinen gehen oder auf vieren. Kein Schloss und keine Riegel können sie aufhalten. In der Nacht kann sie sein wie Nebel und sich mit den luftigen Dünsten vermählen, um durch ein geschlossenes Fenster oder unter einer Tür hinweg zu entkommen. Sie kann die Gestalt einer Fledermaus annehmen und zu den Toren der Hölle fliegen und wieder zurück. Sie kann in der Gestalt eines Wolfs erscheinen und sich wollüstig mit Mensch oder Tier verpaaren. In eben der Nacht, in der ihre Mutter starb, lief sie auf vier Füßen und nahm sich ihre tierischen Liebhaber – so viele sie nur wollte – im Mondlicht.«

Schwester Angelika war unter den Nonnen. Sie stieß einen ohrenbetäubenden Schrei aus, der selbst die Dachpfannen zu erschüttern schien, und dann wurde sie hysterisch. »Ich wusste es!«, kreischte sie. »Ich wusste es, als das Mädchen Hildegard sah. Die Toten sind für sie geradeso wie die Lebenden. Die kleine Dämonin ist von der Fäulnis des Grabes erfüllt. Schickt sie dorthin zurück. Sie gehört nicht zu den Lebenden.«

Gundabald trat auf Regeane zu und blieb eine Armeslänge von ihr entfernt stehen. Er sah fast so aus, als wäre er nüchtern. Das Weiß in seinen Augen war gelb, aber zumindest war es kein Spinnengewebe aus geplatzten Äderchen mehr. Er musterte sie mit grimmiger Befriedigung. »Du bist tot, mein Mädchen«, sagte er leise. »Tot, noch bevor am heutigen Tage die Sonne untergeht.« Dann kehrte er zu Basil zurück.

Basil trat vor und stellte sich neben Gundabald. »Antonius!«, rief er. »Zeige dich.«

Antonius ging, die Hand auf seinem Schwert, in die Mitte der Kirche.

Basil beäugte ihn furchtsam. »Antonius… du müsstest… tot sein. Als ich dich das letzte Mal sah, stankst du bereits nach dem Grab. Dein Gesicht war so zerfressen, dass du… du musstest es bedecken, weil sich sonst selbst starke Männer voller Entsetzen von dir abgewandt hätten. Deine Hände waren Klauen, und die Knochen durchstachen schon deine Haut. Du trugst auf deinem Leib das Mal des Teufels. Alle in diesem Raum wissen, dass du verflucht warst – dazu verdammt, bei lebendigem Leib zu verfaulen.« Basil drehte sich zu der Schar der Würdenträger hinter sich um. »Alle hier wissen Bescheid, ich sage es dir.« Seine Stimme schwoll zu einem Kreischen an. »Ihr wisst es… keiner von euch kann mir widersprechen. Keiner von euch würde es wagen zu lügen, nicht, solange ihr vor dem Altar Gottes steht. Ihr wisst Bescheid.«

Keiner der Angesprochenen erhob die Stimme, aber es wagte auch keiner, ihm in die Augen zu sehen.

Basil drehte sich wieder um. Diesmal fiel er über Hadrian her. »Jetzt... jetzt sehe ich ihn hier vor mir... einen gesunden Mann in der Blüte seiner Jahre. Während er noch im vergangenen Monat die Spuren von Gottes Fluch trug... Gottes Fluch über dich, weil du mit einer Hure verkehrst, einer Hexe und...« Basil zeigte auf Antonius, »... einem Hexenmeister.

Dieses Mädchen, das seine eigenen Verwandten verstoßen haben... dieses Mädchen da, das in Gold und Seide gewandet ist... Das ist keine Heilige mit heilenden Händen. Welch verdammenswertes Gezücht der Dunkelheit hat sie herbeigerufen, um deinen Lakaien vom Abgrund des Nichts zurückzureißen? Um über solch abscheuliche Kräfte zu verfügen, muss sie dem Thron der Hölle tatsächlich sehr nahe stehen. Und du...« Basils Stimme war ein Brüllen. »Du musst ein eingeschworener Vasall des Königs der Teufel sein, sonst hätte er dir nicht eine solche Dienerin gesandt.«

Alle Anwesenden in der Kirche schwiegen, als Basil nun zu seinen Männern zurückstolzierte.

»Unsinn«, sagte Antonius laut. »Unsinn«, wiederholte er noch lauter. »Niemand kann in dieses süße, jungfräuliche Gesicht blicken...« Er deutete auf Regeane, »... und glauben, diese Frau sei etwas anderes als eine unschuldige, tugendhafte Maid.«

Basil schrie: »Der ewige Feind des Menschen kann jenen, die er täuschen will... als ein Engel des Lichts erscheinen.«

Antonius erwiderte: »Ich kann mir gut vorstellen, dass du Fachmann auf dem Gebiet der Teufeleien bist, Basil. Die alten Fürsten der Grube sind deine Busenfreunde, wenn sie nicht gar blutsverwandt mit dir sind.«

»Genug«, griff Hadrian ein. »Ich kann mir durchaus vorstellen, dass hier etwas Merkwürdiges geschehen ist. Diese Anklagen sind sehr beunruhigend. Es muss eine Erklärung dafür geben...«

Er bekam nicht die Gelegenheit, seine Ausführungen zu beenden, da in diesem Augenblick drei Männer durch die Sakristei in die Kirche traten. In ihrer Mitte ging eine in einen schwarzen Kapuzenmantel gehüllte Gestalt, die sie halb führten, halb trugen. Obwohl sie weit entfernt war, konnte Regeane das Blut riechen. Altes Blut, verkrustet und faulig, und dazu der Geruch von frischem Blut und, das Schlimmste von allem, verbranntem Fleisch.

Lucilla, dachte Regeane.

Schwester Angelika begann zu heulen. Sie war nicht besonders laut. Auf keinen Fall konnte eine einzige Frau die riesenhafte Kirche mit ihrem Weinen erfüllen, aber eine Welle der Bewegung lief durch die hohen Würdenträger. Männer fluchten, und Frauen weinten.

Die drei, die Lucilla mit sich führten, blieben stehen. Das Einzige, was sie aufrecht hielt, war der Griff dieser Männer. Als sie sie losließen, glitt sie zu Boden. Die Robe bedeckte ihren Körper, die Kapuze ihr Gesicht. Die Soldaten zogen sich zurück und gesellten sich zu dem Rest von Basils Männern.

Sie lag auf der freien Fläche vor dem Altar und sah aus wie ein kleiner Teich schwarzer Tinte vor dem bleichen Marmor, der in das seltsame blaue Licht von oben getaucht war.

Hadrian stand auf den Stufen des Allerheiligsten und blickte auf die Gestalt vor sich herab. Seine Fäuste öffneten und schlossen sich, ein Mann, der nicht sehen wollte, was er früher oder später sehen musste.

Regeane beobachtete, wie die schwarz gewandete Gestalt sich abmühte. Eine blutverschmierte Hand kam unter der Robe hervor; rohe, eitrige Stellen schimmerten auf, wo früher die Fingernägel gewesen waren. Die dunkle Gestalt rang um Halt auf dem rutschigen Marmor und schien sich auf die Seite drehen zu wollen.

Die Menge zuckte mit einem gemeinschaftlichen Aufkeuchen des Entsetzens zurück, entfernte sich von der gebrochenen Lucilla, wie sie sich vielleicht von einem Hund entfernt hätten, der von einem Wagenrad zerquetscht worden war, sich aber noch immer bewegte, und in dessen Augen das Flehen stand, endlich getötet zu werden.

Regeane wurde von einer schrecklichen Einsamkeit überwältigt. In ihrem Denken regten sich die Erinnerungen der Wölfin. Sie sah einen Wolf, den man wie einen Menschen am Galgen erhängt hatte. Einen anderen hatte man festgebunden und ein Lagerfeuer war unter seinem Körper errichtet worden, um ihn bei lebendigem Leib zu verbrennen. Und dann sah sie einen dritten Wolf, den zwei Reiter zwischen sich festgebunden und in Stücke gerissen hatten, als sie in verschiedene Richtungen losgeritten waren.

Die Grausamkeiten, die Menschen einander antun, finden ihr Spiegelbild in der Unbarmherzigkeit, die sie den Tieren – diesen unschuldigen Kindern Gottes – gegenüber an den Tag legen.

»Nein.« Maeniel hielt ihren Arm fest. »Wenn diese Türen sich öffnen, verschwinden wir von hier. Meine Männer und ich werden nach Ostia reiten. Wir werden jeden töten, der versucht, uns aufzuhalten. In einer Woche werden wir in den Bergen sein. Sobald du in meiner Festung bist, wird niemand dir ein Haar krümmen.«

Sie sah erst ihn an, dann Gavin. Er gaffte sie mit offenem Mund an.

»Wolf«, sagte er, »Fledermaus, Nebel?«

Maeniel versetzte ihm einen Hieb aufs Ohr. »Halt den Mund, Gavin.«

Gavin hielt den Mund.

»Angenommen, es ist ein Körnchen Wahrheit in dem was sie sagen?«, fragte sie bitter.

»Nichts, was du tun könntest, wäre schlimmer als dies hier«, erwiderte er.

Regeane schüttelte seine Hand ab und eilte auf Lucilla zu. Antonius folgte ihr. Lucilla bewegte sich. Sie hatte sich auf die Seite gedreht. Ihre linke Hand war schlimmer verletzt als die rechte. Mit ihrer gesunden Hand zog sie sich in eine sitzende Position hoch.

Regeane ließ sich neben ihr auf den Boden sinken. Die Kapuze, die Lucillas Kopf verhüllt hatte, fiel nach hinten. Ein Auge war geschlossen und blutverkrustet, das andere stand offen. Ihr Mund war zu einer blutigen, breiigen Masse zerschlagen worden. Ihr Gesicht war eine einzige bläulich verfärbte Schwellung. Regeane blickte auf Lucillas Robe hinab und sah, dass noch immer frisches Blut durch ihr Hemd quoll. An ihrer linken Hand waren drei Fingernägel ausgerissen worden, und die Finger der rechten Hand waren geschwollen.

»Bastarde«, wisperte Lucilla. »Sag mir, Regeane, haben sie mir das rechte Auge ausgestochen? Ich weiß es nicht. Ich kann nichts sehen mit diesem Auge.«

Antonius nahm einen Zipfel seines Umhangs und wischte das Blut und die Kruste weg. Das Auge öffnete sich. Das Weiß war scharlachrot angelaufen, aber ein Ausdruck, der beinahe schön zu nennen war, verwandelte Lucillas Gesicht.

»Die anderen Dinge, die sie mit mir gemacht haben, sind nicht wichtig. Ich kann sehen. Seien sie zu ewiger Hölle verdammt«, stöhnte sie. »Aber andererseits ist auch das nicht wichtig. Wenn ich sie in die Finger bekomme, werde ich sie alle zu Gott schicken, und er kann mit ihnen machen, was er will.«

Dann umfasste sie zu Regeanes Entsetzen mit der rechten Hand Antonius' Schulter und zog sich auf die Füße. »Du weißt, was zu tun ist«, flüsterte sie Antonius ins Ohr.

»Mutter, ich weiß nicht, ob wir die Zeit dazu haben. Aber als du verschwunden warst, verbreitete sich die Nachricht in der ganzen Stadt.«

Lucilla drehte sich zu Regeane um. »Verschaff mir Zeit«, flüsterte sie. Die beiden Nägel, die ihr an ihrer linken Hand verblieben waren, bohrten sich in Regeanes Arm.

»Ja«, erwiderte Regeane.

Lucilla brach zusammen, erschlaffte in den Armen ihres Sohnes. Antonius hob sie hoch und trug sie aus der Kirche und durch die Sakristei in den Lateranpalast.

Regeane hörte ein Kind weinen. Sie drehte sich um und sah, dass das Geräusch von Elfgifa kam. Emilia hielt sie fest, und sie schluchzte, geborgen an der Schulter ihrer Tante.

Bumm! Bumm! Bumm! Die Kirche hallte wider von dem Dröhnen, das von den Sitzenden der wahlberechtigten Kirchenmänner kam. Hadrian hob die Hand und das Dröhnen erstarb.

Ein sehr alter Bischof blieb stehen, während die anderen schon wieder Platz genommen hatten. »Dies sind schwer wiegende Anklagen«, sagte er zu Hadrian, »und du musst sie entkräften oder aus dem Amt entfernt werden. Diese Angelegenheit kannst du nicht mit Waffengewalt bereinigen.«

Hadrian sah Regeane lange an. Seine Augen waren klar und grau. Sie erinnerten sie an die Sturmbrandung auf einer winterlichen See. »Gibt es hier noch irgendwelche anderen Zeugen?«, fragte er.

Gundabald schob Silve nach vorn. »Die brave Ehefrau meines Sohns.«

Silve sah so aus, als sei sie absolut gelähmt vor Angst.

»Nun, Mädchen, ist Regeane das, was ihr Onkel von ihr behauptet?«, fragte Hadrian.

Regeane hob das Kinn. Sie durchbohrte Silve mit einem Blick rot glühenden Zorns.

Silve sah zu Hadrian auf, dann schaute sie zu Boden und schließlich zur Decke. Sie sah sich in der Menge um, sah überall hin, nur nicht zu Regeane. Gundabald hob die Faust.

»Ja!«, kreischte Silve hastig. »Ja! Ja! Ja!«

Regeane trat mit geballten Fäusten auf sie zu. »Du kleine Hure. Ich habe dir geholfen. Ich habe dich gerettet, und du nennst mich eine Hexe. Wie kannst du es wagen?«

Silve stieß ein gurgelndes Geräusch aus und begann zu jammern: »Nein, nein, nein ...« Sie rannte vor Regeane weg und landete nur wenige Schritte vor Gundabald. Als sie sein wutverzerrtes Gesicht sah, heulte sie laut auf. »Komm her zu mir, Mädchen«, sagte Hadrian. Silve ging auf ihn zu. »Also«, er zeigte auf Regeane. »Mädchen, beim Leben deiner Seele, sage die Wahrheit. Ist sie das, was ihr Onkel von ihr behauptet?«

Silve drehte sich um und sah zu Regeane. Sie schniefte. Ihre Augen waren blutunterlaufen und voller Kummer, aber diesmal sah sie Regeane direkt an. »Ich möchte dich nicht verdammen«, sagte sie mit einer Art jämmerlichen Würde. »Und ja, sie hat Recht. Ich bin eine Hure der niedersten Sorte. Ich weiß nicht, ob sie eine Tochter des Teufels ist oder nicht, aber ich weiß, dass sie mit den Toten sprechen und sie sehen kann. Und ich habe mit meinen eigenen Augen gesehen, wie sie sich von einem Menschen in ein Tier und wieder zurückverwandelte.«

Die Menschen in der Kirche seufzten wie aus einem Mund tief auf; dann lief ein Raunen durch die Reihen der Zuschauer.

Silve drehte sich um und ging schleppend und mit geneigtem Kopf zu ihrem Platz zurück. Hugo versuchte, ihren Arm zu ergreifen. Sie riss sich von ihm los und zischte ihn wie eine Schlange an.

Regeane bemerkte, dass Maeniel und seine Männer sowie die nicht minder Ehrfurcht gebietenden Frauen seines Gefolges sich in einem Halbkreis hinter ihr aufgestellt hatten. Einmal mehr sah

Hadrian ihr ins Gesicht. Ihr war klar, dass Maeniels Leute sich auf einen Kampf vorbereiteten.

Nein, dachte sie. *Nein.* Wie an dem Bach, als sie in der Kälte zu sterben drohte, war es nicht die Wölfin, sondern die Frau, die kämpfte, die sich auflehnte.

Die Wölfin war zugegen. Sie trottete am Strand entlang. Das Wasser würde sich um jeden Abdruck ihrer Pfoten schließen, sobald ihre Füße in den feinkörnigen Sand eingesunken waren. Die glitzernden Wellen brachen sich mit einem lauten Tosen, und weiße Gischt brodelte auf. Der Nebel um sie herum schloss sie in tiefes Schweigen ein. Hoch über ihr kreisten schreiende Möwen. Ihre schrillen, beinahe wütenden Rufe waren wie ein Kontrapunkt. Zu dem Donnern des aufgewühlten Meeres.

»Nun?«, holte Hadrians Frage sie in die Kirche zurück.

Bumm! Wieder begannen die ohrenbetäubenden Geräusche, als die Bischöfe mit ihren Krummstäben auf den Boden schlugen. Der Lärm hielt einen Augenblick an, dann erstarb er. Stille kehrte ein.

In diese Stille hinein sprach nun der alte Bischof. »Was immer die Frau, Lucilla, getan hat, sie ist bestraft worden. Das Mädchen Regeane muss sich den Anklagen stellen. Wenn du sie freilässt, Hadrian, werden wir dich für ihren Komplizen halten.« Bumm! Sein Krummstab traf auf den Boden, und die anderen Prälaten signalisierten ihre Zustimmung auf dieselbe Art und Weise. Die Kirche schien unter dem Lärm zu erbeben.

Hadrian hob die Hand, und wieder kehrte Stille ein. Eine so tiefe Stille, dass Regeane das Murmeln der Menschenmenge draußen auf dem Platz und den Westwind hören konnte, der durch die Kirche pfiff.

Regeane war bereit. »Ich bin von königlicher Abkunft. Das Blut fränkischer Könige fließt durch meine Adern.« Sie hielt inne, selbst überrascht darüber, wie laut und zuversichtlich ihre Stimme klang. Dann holte sie tief Luft und fuhr fort: »Mein Vater war ein sächsischer Fürst, und er und seine Familie hielten die nördlichen Wälder gegen die römischen Legionen. Es würde mich zutiefst beschämen, eine solche Dynastie von närrischem Gerede über den Teufel niedergeworfen zu sehen. Närrisches Gerede noch dazu von einem trunksüchtigen Herumtreiber und einer weinseligen Hure.

Auch werde ich mich nicht dem Urteil von Menschen unterwerfen.« Sie hob die Stimme, so laut sie konnte. »Ich bin die Tochter von Königen. Gott ist mein einziger Richter, und nur ihm allein werde ich mich beugen. Ich poche auf mein Recht und ein Urteil durch Zweikampf... auf ein Gottesurteil.«

»So soll es geschehen«, erwiderte Hadrian. »Bleibt nur noch, dass beide Seiten ihre Kämpfer wählen.«

Bumm! Das Hämmern von Krummstäben hallte durch die Kirche, und gleichzeitig erscholl von den versammelten Würdenträgern in der Kirche ein markerschütternder Ruf.

Das, dachte Regeane voller Bitterkeit, *war etwas, das sie wirklich verstanden.*

Als der Lärm sich legte, trat Maeniel vor. »Als angetrauter Gemahl der Dame und freier Herr meiner selbst bin ich der einzig angemessene Kämpfer für sie.«

Regeane wurde von der päpstlichen Wache in eine noch unfertige Kapelle in der Nähe des Kircheneingangs geschoben. Als man sie in den kleinen Marmorraum drängte, hörte sie, wie der gewaltige Bolzen an der Kathedralentür zurückgeschoben wurde; dann gingen alle übrigen Geräusche im Brüllen des Pöbels unter.

Einer der Wachsoldaten hielt inne, als sie die Kapelle verließen. Er nahm den Helm ab und beäugte sie mit ernster Miene. Sie erkannte in ihm einen der Mundschenke vom Festbankett des Papstes, denjenigen, der Elfgifa ihren Becher gegeben hatte. »Edle Dame«, sagte er leise, »du solltest deine Seele besser Gott anempfehlen, denn ich habe Basils Kämpfer gesehen, und der ist nicht der Mann, der einen Kampf verliert.«

»Vielen Dank«, sagte Regeane mit steifen Lippen.

Maeniel trat hinter ihm ein. Bisher war ihr gar nicht klar gewesen, was für ein großer Mann er war, aber jetzt erschien er ihr wie ein Riese neben dem Jungen, der die Tür versperrte. Er legte dem jungen Mann die Hände auf die Schultern und drehte ihn mühelos herum. »Die Dame ist schon verängstigt genug«, sagte er. »Wollen wir sie nicht noch weiter erschrecken. Auch ich habe Basils Kämpfer gesehen, und ich glaube, dass ich möglicherweise doch in der Lage bin, mit ihm fertig zu werden. Jetzt geh hinaus. Ich möchte einen Moment unter vier Augen mit meiner Gemahlin reden.« Mit diesen Worten schob er den jungen Mann in die Kirche hinaus.

Regeane taumelte auf eine Marmorbank an der Wand zu und ließ sich darauf nieder. Sie wich Maeniels Blick aus und starrte stattdessen auf ihre im Schoß verschränkten Hände hinab. »Du solltest fliehen«, sagte sie.

»Warum?«, schnaubte er. »Weil Basils Kämpfer ein übergewichtiges Monstrum ist? Ich kann dir ein Geheimnis verraten, Mädchen, solche Männer können sich oft schlechter verteidigen, als ...«

»Nein!«, fiel sie ihm ins Wort. »Nicht deshalb, sondern weil ich schuldig bin.«

»In der Tat. Nebel?«, fragte Maeniel sanft.

Regeane lachte. Es war kein angenehmes Lachen. »Nein! Wie sollte man sich wohl in Nebel verwandeln? Das ist eine Torheit«, sagte sie und blickte ihm ins Gesicht.

»Klingt logisch. Wie ist es mit Fledermäusen?«, erkundigte er sich.

Regeane sah verärgert zur Seite. »Unfug. Eine Fledermaus ist ein sehr kleines Geschöpf. Wie sollte ich wohl in eine Fledermaus hineinpassen?«

»Das dürfte wohl ein Problem darstellen. Dann ein Wolf? Der Wolf ist ...« Seine Stimme wurde leiser. »Den Wolf kann ich besser verstehen.«

Tränen rannen ihr über die Wangen. Er setzte sich neben sie auf die Bank. Sie hatte die Hände in ihrem Schoß zu Fäusten geballt. Er strich ihr sanft über die Wangen.

»Regeane«, sagte er leise, »meine bewunderungswürdige Gemahlin, es macht mir nichts aus, wenn du bei mir oder meinen Leuten über derlei phantastische Dinge sprichst. Gott allein weiß, dass meine Leute genug eigene merkwürdige Ideen haben. Aber ich möchte dich doch ermahnen, nicht so vor Fremden zu sprechen. Sie könnten dich falsch verstehen.«

Sie drehte sich um und blickte ihn mit weit aufgerissenen, ungläubigen Augen an. »Du glaubst, ich bin verrückt«, stieß sie hervor.

»Nein, nein, nein«, flüsterte er. Er zog sie an sich, bis ihr Kopf an seiner Brust ruhte. »Nein, ich glaube nicht, dass du verrückt bist, aber ich bin nicht bereit, deinem schurkischen Onkel Glauben zu schenken. Was wollte er von dir?«

Sie hatte den Punkt, an dem sie irgendetwas vor ihm verbergen wollte, lange hinter sich gelassen. »Er wollte, dass ich ihm helfe, dich zu töten.«

»Ja«, antwortete er, »und du warst zu aufrichtig dafür. Also versucht er jetzt, nachdem du dich geweigert hast, ihm seine Truhen mit meinem Gold zu füllen, dich zu ruinieren und dir dein Leben zu nehmen. Wenn ich mit Basils Kämpfer fertig bin, werde ich mich um ihn kümmern. Seinen Kadaver werde ich auf der Straße liegen lassen, damit er dort verwesen kann. Ich würde seine Knochen nicht einmal an meine Jagdhunde verfüttern oder seine in Streifen geschnittene Haut an meine Falken. Und was die beiden anderen betrifft, deinen Vetter und seine kleine Mietfotze, die beiden würde ich nicht einmal nach der Tageszeit fragen wollen. Ein Becher zu viel von dem Wein, den sie so gerne trinken, und sie werden gar nichts merken.«

Sie seufzte tief und begann dann zu lachen. »Ich glaube fast, es ist dir egal, welche Gestalt ich annehme, solange ich dir eine ordentliche Ehefrau bin.«

»Ich glaube, das wirst du sein«, sagte er und strich ihr übers Haar. »Sobald ich dich in meinen Bergen habe, im Saal meiner Festung, behaglich gewärmt und verhätschelt und gut gesättigt von unserem köstlichen Käse, wirst du diese abscheulichen und traurigen Märchen vergessen, die dein Onkel dir mit seiner Grausamkeit und seiner Vernachlässigung ins Gehirn gepflanzt hat.«

»Und wenn ich es nicht tue?«, fragte sie mit tränenerstickter Stimme.

»Nun, ich habe gewisse Regeln«, erklärte er. »Du darfst nicht töten und nicht einmal unsere Schafe, die Ziegen, das Vieh oder die Pferde erschrecken. Wir brauchen die Milch, ja, sogar die Milch von den Pferden, für die Käseherstellung und den größten Teil unseres Wohlstands. Und ich will auch keine Frau, die auf dem Kaminläufer hockt und mit den Zähnen Markknochen aufbricht. Ich lasse meine Hunde nicht in mein Schlafzimmer und würde es auch nicht dulden, dass meine Frau sich dort häutet. Meine Teppiche stammen aus Persien, und die Laken sind aus feinstem ägyptischem Leinen. Meine Möbel sind von den geschicktesten Bergschnitzern gefertigt worden. Die Bettvorhänge sind aus schwerem Brokat, und wenn man auf der Gänsedaunenmatratze unter der Decke liegt, hat man das Gefühl, auf Wolken zu schlafen. Ach ja. Flöhe dulde ich ebenfalls nicht.«

Regeane begann hilflos zu lachen. Er drehte ihr Gesicht zu sich herum und küsste sie. Ihre Tränen schmeckten salzig auf seinen Lippen. »Besser?«, fragte er.

»Ich habe alles getan, was ich konnte«, erklärte sie.

»Ja.« Er erhob sich. »Und jetzt überlass Basils Kämpfer mir.«

Die Tür wurde geöffnet. Barbara, Antonius, Elfgifa und Postumous traten ein. Elfgifa wollte auf Regeane zulaufen, aber Barbara hielt sie fest. Stattdessen sorgte sie dafür, dass sich das Kind Regeane gemessenen Schrittes näherte und ihr einen tugendhaften Kuss gab, aber dann verlor Elfgifa doch die Selbstbeherrschung und schlang die Arme um sie. Regeane setzte Elfgifa auf ihren Schoß.

»Was wird jetzt passieren?«, fragte Elfgifa unter Tränen.

»Nichts«, erwiderte Regeane. Sie spürte die Zweifel des kleinen Mädchens an der Art, wie es sich an sie klammerte.

Postumous näherte sich ihr wie ein Erwachsener und küsste ihre ausgestreckte Hand. Sie sah die schwelende Furcht in seinen Augen.

Sie schob Elfgifa von sich und übergab sie wieder Barbaras Obhut. In dem Gesicht der Nonne zeichneten sich tiefe Sorgenfalten ab. »Schaff die Kinder hier weg, Barbara. Schaff die Kinder weg. Was auch immer geschehen mag, sie sollen das hier nicht sehen.«

»Keine Bange«, sagte Barbara. »Emilia reist morgen mit beiden Kindern nach Wessex. Sie hat Elfgifas Vater eine Nachricht geschickt. Er sagt, er würde den kleinen Jungen willkommen heißen und als Ziehsohn betrachten. Seine Mutter wollte ihn nicht gehen lassen, aber sie weiß, dass er dort eine bessere Zukunft haben wird als hier, vor allem, wenn die Lombarden siegen. Basil würde sie und den Jungen genauso töten, wie er eine Fliege vom Rand seines Bechers verscheuchen würde, genauso gleichgültig und genauso schnell.«

Elfgifa entwand sich Barbaras Arm und rannte abermals auf Regeane zu. Regeane hielt sie an den Händen fest.

»Mein Vater sagt, dass wir unsere Freunde in Zeiten der Not nicht im Stich lassen dürfen«, erklärte sie Regeane.

Regeane hielt die beiden kleinen Hände in ihren, um das Kind daran zu hindern, sich an sie zu klammern. Sie küsste Elfgifa auf die Stirn. »Freunde müssen auch die Wünsche des anderen respektieren, und ich wäre noch unglücklicher, als ich es ohnehin schon bin, wenn ich wüsste, dass du bei mir bleibst und dadurch verletzt oder vielleicht sogar getötet wirst. Geh jetzt. Deine Pflicht als Gastgeberin verlangt von dir, dass du für Postumous sorgst. Er begleitet dich in die angelsächsischen Königreiche deines Vaters. Postumous spricht eure Sprache nicht und hat keine Freunde bei euch. So wie er dir in seinem Land geholfen hat, musst du dich in deiner Heimat um ihn kümmern.«

Elfgifa trat einen Schritt zurück, und ein Ausdruck beinahe erwachsen wirkender Bekümmerung huschte über ihre Züge. Sie drehte sich um, griff nach Postumous' Hand und ging dann mit dem kleinen Jungen, gefolgt von Barbara, durch die Tür.

»Lebt wohl und alles Gute«, flüsterte Regeane. »Möge Gott euch begleiten und euch für alle Zeit vor dem Bösen bewahren.«

Draußen ging ein Brüllen durch die Menge. Regeane zuckte zusammen. Die Leute hatten Basils Kämpfer bereits gesehen.

Antonius sagte: »Ich denke, dass Maeniel sich gerade den Leuten gezeigt hat. Regeane, hast du eine Ahnung, was für eine erbärmliche Grausamkeit du mit deinen Worten über dich gebracht hast?«

»Wie meinst du das?«, fragte sie.

Er hielt ihr ein Stück Stoff hin. Es war ungefärbtes Leinen, das gröbste, was von den heimischen Webstühlen kam. Sie nahm es ihm aus der Hand.

»Sie werden dich an den Brandpfahl fesseln«, sagte er, »und du musst, während sie schon die Reisigbündel zu deinen Füßen aufstapeln, zusehen, wie dein Kämpfer die Schlacht ausficht. Wenn er verliert, sich ergibt oder getötet wird, werden sie das Feuer entzünden. Jetzt leg dieses goldene Gewand ab und zieh das hier an. Das Seidenhemd würde ich an deiner Stelle anbehalten. Dieses verdammte Ding taugt nicht mal als Sack, und wenn du nichts darunter trägst, wird es dir die Haut aufscheuern. Ich lasse dich allein, während du dich umziehst.« Mit diesen Worten eilte er aus dem Raum.

Regeane streifte sich schnell das goldene Kleid über den Kopf und warf es auf die Bank. Dann schlüpfte sie in das Büßerhemd. Es war in der Tat wie ein Stück Sackleinen, bedeckte sie vom Kopf bis zu den Zehen und schleifte ein wenig über den Boden. Die Ärmel hingen ihr bis über die Ellbogen herab.

Wieder peitschte der Wind um das Gebäude. Die bronzenen Türen, die zur Kathedrale und zur Kapelle führten, ratterten und dröhnten. Das Lärmen der Menge draußen war nur mehr ein Murmeln.

Regeane blickte auf. Die drei Lanzettfenster des Raums zeigten nur blauen Himmel mit einer kleinen Schar Wölkchen, die der Westwind vor sich her jagte.

Sie war allein. Woher sollte sie den Mut nehmen? In ihrer Seele begegnete sie der Wölfin. Die Wölfin lag auf dem Boden, den Kopf leicht erhoben. Sie sah Regeane in die Augen, als wollte sie sagen: »Du weißt, dass das nicht das Ende ist.« Aber Regeane dachte: *Wie werde ich es ertragen, wenn sie das Feuer entzünden? Und sie werden es tun.* Sie war überzeugt davon, dass dieser Bergfürst Maeniel sie für verrückt hielt. Selbst wenn sie ihm die besten Absichten unterstellte – wie hart würde er für eine Wahnsinnige kämpfen? Nein, sie war zum Tode verurteilt. Einen Augenblick stand sie still da, dann überließ sie sich einem heftigen, unkontrollierten Zittern, das ihren ganzen Körper erfasste. Die Woge der Panik flaute ab, dann kam eine große, ruhige Klarheit über sie.

Sie richtete sich auf. Sie dachte an die Schlange in der von Geistern heimgesuchten Kirche. Sie hatte vor Silve keine Furcht zeigen wollen. In dem Pöbel da draußen waren tausend Silves, Bestien, die sich vom Anblick einer Frau, die lebendig verbrannt wurde, einen Kitzel versprachen. Und sie würde keine Schande über das königliche Blut bringen, indem sie ihnen ihre Angst zeigte.

Die Tür wurde geöffnet. Antonius und vier Mitglieder der päpstlichen Wache traten ein. Regeanes weitere Erinnerungen an ihren Weg zum Scheiterhaufen waren nur bruchstückhaft. Man wollte sie dazu bewegen, ihre Schuhe auszuziehen mit der Begründung, dass eine Büßerin barfuß sein sollte. Sie antwortete mit der entschiedenen Feststellung, dass sie keine Büßerin sei. »Ich habe nichts getan, wofür ich büßen müsste.«

Andererseits gelang es ihnen doch, sie zu überreden, das Netz abzunehmen, das ihr Haar hielt. Antonius ergriff ihren Arm. Die päpstliche Wache bahnte sich einen Weg durch den Pöbel.

Der Weg zum Scheiterhaufen war nicht so schlimm, wie sie es befürchtet hatte. Sie hatte Angst vor Steinen und Flüchen gehabt, aber die meisten Leute, die sich in der Nähe der Kirche versammelt hatten, waren entweder gleichgültig oder äußerst erheitert und begafften sie, wie man vielleicht einen seltenen Vogel oder ein anderes exotisches Tier begaffen würde, einen Tiger etwa oder einen Affen, der zur Belustigung des Volkes herbeigeführt wurde.

Der Brandpfahl selbst war aus Stein, zwei Meter hoch, etwa dreißig Zentimeter breit und mit einem Eisenring auf Hüfthöhe versehen. Vier Stufen führten zu ihm hinauf.

Gundabald und Basil warteten dort. Sie saßen auf Pferden und überwachten die Art und Weise, wie man sie an den Pfosten fesselte. Ihre Handgelenke wurden an dem Eisenring angebunden. Aber Basil und Gundabald fügten noch eine weitere Raffinesse hinzu – eine Kette, die von dem Eisenring zu einer bronzenen Halsfessel um ihre Kehle führte. Der Henker drehte ihr den Kopf zur Seite und drückte sie mit der Wange gegen den Steinpfosten, während er mit mehreren Hammerschlägen die Halsfessel befestigte. Gundabald und Basil ragten hoch über ihr auf und begutachteten das Werk des Henkers.

»Das lässt sich nicht mal mit einem Schlüssel öffnen«, bemerkte Gundabald. »Man würde es mit einem Stemmeisen entfernen müssen.«

Regeane wandte den Kopf ab, damit sie sie nicht ansehen musste. Antonius stand am Fuß der Treppe und sah zu ihr auf. Ihr Mund war staubtrocken. »Bitte«, fragte sie ihn. »Ich habe furchtbaren Durst. Gib mir etwas zu trinken.«

Antonius hörte sich um, und irgendjemand förderte eine tönerne Flasche zu Tage; es war noch ein wenig saurer Wein darin. Das Gesöff schmeckte grauenhaft, aber sie trank trotzdem davon.

Basil und Gundabald lachten. »Ihre Mutter war ein feuchter Lumpen und hat ständig geheult, aber ihr Vater…« Gundabald drehte sich um und blickte auf Regeane hinab. Sie ließ den Wein in ihrem Mund durch die Luft fliegen. Der säuerliche Schwall traf ihn direkt in die Augen. Der billige Wein brannte und Gundabald schrie auf. Sein Pferd bäumte sich auf und hätte ihn beinahe aus dem Sattel geworfen.

Sie schrie Basil und Gundabald mit heiserer Stimme an. »Abschaum! Die Namen meiner Eltern würden geschändet, wenn sie euch nur über die Lippen kommen.«

Die Menge um Gundabalds Pferd stob auseinander, doch die Leute feuerten Regeane an, noch während sie selbst zurückwichen. Basil riss den Kopf seines Pferds unbarmherzig herum und ritt auf sie zu, die Faust zu einem wilden Schlag erhoben. Regeane versuchte sich auf eine Möglichkeit zu besinnen, wie sie vor ihm in Deckung gehen konnte, aber sie war am Hals und an den Handgelenken gefesselt. Jemand ritt zwischen sie. Sie erkannte Rufus. Er brüllte Basil an: »Weg mit dir! Deine Grausamkeit übersteigt jedes Maß.«

Gundabald, der kein Reiter war, war inzwischen über den halben Platz gejagt. Er hatte große Mühe, sein Pferd wieder unter Kontrolle zu bekommen. Rufus und seine Männer umstellten den Pfahl und drängten die Menge zurück. Sie bildeten einen schützenden Halbkreis um sie herum, ließen ihr aber den Blick frei auf den Kampfplatz vor dem Lateranpalast.

Rufus wandte sich mit lauter Stimme sowohl an Basil als auch an den Pöbel. »Die Dame wird keine weiteren Schmähungen oder Würdelosigkeiten über sich ergehen lassen müssen. Ihr Leben steht auf dem Spiel, das ist genug. Ich werde keinerlei Unfreundlichkeiten mehr dulden, von niemandem. Ich habe alle gewarnt, wie es sich gehört. Der Nächste, der gegen meinen Befehl verstößt, stirbt.«

»Mein Herr«, protestierte der Henker, »ich muss die Reisigbündel zu ihren Füßen aufstapeln. So will es das Gesetz.«

»Natürlich«, seufzte Rufus. »Nur zu.«

Der Henker, ein kleiner, grauer Mann mit wässrigen Augen, hatte zwei Jungen bei sich, bei denen es sich anscheinend um seine

Söhne handelte. Zusammen begannen die drei einen Karren voller Holz zu entladen. Der Karren war mit gebündelten, dünnen Stöcken beladen, die sie nun auf den Treppen vor dem Pfahl verteilten.

Regeane blickte auf die Steine zu ihren Füßen hinab. Es waren Granitblöcke, aber sie konnte die versengten Stellen darauf sehen und den Ruß, der sich in den Zwischenräumen gebildet hatte. Selbst mit ihren menschlichen Sinnen konnte sie Kohle und schalen Rauch wahrnehmen. Der Wind peitschte ihr das Haar aus dem Gesicht. Selbst das schwere Tuch des Büßergewandes flatterte und klatschte um ihren Leib herum.

Hadrian und seine Leute nahmen ihre Plätze auf den oberen Stufen der Laterankirche ein. Regeane stellte fest, dass sie die Absicht hatten, es sich bequem zu machen – Klappstühle und Hocker wurden aus dem Palast herbeigetragen, damit die versammelten Edelleute das Drama verfolgen konnten, ohne dabei irgendein Ungemach erleiden zu müssen.

Allein Hadrian war auf der obersten Treppenstufe der Kirche stehen geblieben.

»Er wollte dich segnen«, berichtete Rufus Regeane, »aber wir haben es nicht gestattet. Wenn er dich mit der dem Vertreter Christi anhaftenden Würde kleidet, wie sollten wir dann ermessen, ob du schuldig bist oder nicht?«

Regeane nickte.

»Mädchen, du hast die einzige Form des Urteils gewählt, gegen die es kein irdisches Einschreiten gibt. Selbst wenn die Engel vom Himmel herabkämen und Beweise für deine Unschuld brächten, müssten wir dich noch immer verbrennen, wenn dein Kämpfer verliert.«

Hadrian blickte zu ihr hinüber. Er hob zwar nicht die Hand, aber sie spürte seinen Gruß dennoch. Er stand auf seinem Platz, eine hoch gewachsene, einsame, bleiche Gestalt, vor dem Hintergrund der wehenden Roben seiner Herde. Er teilte ihre Beunruhigung; sie war sicher, dass er, wenn Maeniel scheiterte, ihr Schicksal teilen würde.

In der Menge wurde ein entzücktes Murmeln laut, und sie sah den Mann, der Basils Kämpfer sein musste; er betrat gerade die provisorisch errichtete Arena vor der Kirche. Er war der größte Mann, den sie je gesehen hatte. So groß, dass er beinahe grotesk wirkte. Alles an ihm war riesenhaft. Arme, Beine, Hände, Füße, Brust und Schultern. Er überragte Maeniel mindestens um dreißig Zentimeter, und sein ganzer Körper war, was seine Proportionen betraf, wuchtiger als der seines Gegners.

Maeniel stand gelassen auf den Stufen der Laterankirche. Er war gerüstet: Helm, Kettenhemd, Beinschienen auf den Unterschenkeln und Schienbeinschoner. Er begutachtete mehrere Schwerter, die seine Leute ihm hinhielten.

Dann erschien Matrona, die ebenfalls eine Waffe in Händen hielt. Die Scheide war alt, das Leder rissig, aber als Maeniel das Schwert herauszog, schimmerte es wie der kühle Schein des Mondes auf einem stehenden Gewässer. Als er die Klinge in die Sonne hob, funkelten rote, gelbe, blaue, purpurne und grüne Feuerstrahlen auf dem Metall.

Regeane hörte, wie Rufus scharf die Luft einsog. Er hatte sein Pferd dicht an sie herangelenkt. »Was ist denn?«, fragte sie.

»Das Schwert«, erwiderte er. »Ich habe immer geglaubt, solche Dinge gäbe es nur in den Legenden.«

Regeane zuckte mit den Achseln, so gut sie das in ihrer Lage vermochte. »Es ist hübsch, aber …«

»Hübsch?«, schnaubte er. »Aber schließlich bist du eine Frau und kein Krieger. Zum ersten Mal heute habe ich das Gefühl, dass die Dinge sich für Basil vielleicht doch nicht so entwickeln werden, wie er es sich wünscht. Werte Dame, ich hätte keine Ahnung, wo ich eine solche Waffe finden könnte, und erst recht mangelte es mir an dem Mut, sie zu benutzen.«

Basils Kämpfer stand mit gezogener Klinge in der Hand da. Seine Waffe war, wie alles andere an ihm, größer als die seines Gegners, mindestens dreißig Zentimeter länger als Maeniels Schwert. Er betrachtete Maeniel mit verhaltener, aber brutaler Heiterkeit.

»Wie heißt er?«, fragte er Rufus.

»Scapthar«, sagte Rufus. »Und ich sollte vielleicht hinzufügen, dass er Basil schon seit langer Zeit als Kämpfer dient. Er kann sich siebenundzwanzig erfolgreich getöteter Gegner rühmen. Angefangen hat er mit armen Bauern, die er zum Zweikampf zwang. Er tötete sie, riss ihr Land an sich und verkaufte es. Schließlich kam seine Karriere als erfolgreicher Schurke Basil zu Ohren. Er nahm ihn in seine Dienste. Seither sind die beiden zusammen.«

Regeane beobachtete, dass Scapthar Maeniel etwas zurief.

Maeniel, der gerade einen Becher Wein leerte, ignorierte ihn.

Scapthar ging auf Maeniel zu und hob sein Schwert. Maeniel sah ihn über den Rand des Bechers hinweg an. Scapthar ließ sein Schwert herabschnellen, aber plötzlich war Maeniel nicht mehr da, obwohl Scapthar tatsächlich beinahe ein paar unschuldige Zuschauer umgebracht hätte. Sein harter Schlag ließ das Schwert, als es auf dem Stein aufschlug, singen, und Funken stoben auf der Straße auf.

Maeniel, der nur einige Schritte entfernt stand, reichte Gavin den Becher und zog sein eigenes Schwert. Scapthar fuhr schnell herum und holte zu einem neuerlichen Schlag in Maeniels Richtung aus. Maeniel parierte, und das Schwert klang wie eine Glocke; es war ein schauerliches Geräusch, wie ein Freudenschrei. Einige Zuschauer keuchten auf, und Regeane sah aus den Augenwinkeln, wie Rufus sich bekreuzigte.

Keiner der beiden Kämpfer trug einen Schild. Scapthar hatte anscheinend die Absicht, sein Schwert mit beiden Händen zu schwingen. Methodisch begann er, Maeniel zu jagen. Jedes Mal, wenn Scapthar nach Maeniel schlug, hämmerte Regeane das Herz bis zum Hals. Manchmal kam er dem Bergfürsten so nahe, dass sie überzeugt war, Maeniel würde in zwei Teile gespalten werden oder zumindest einen Arm oder ein Bein an Scapthars riesenhaftes Schwert verlieren. Aber irgendwie trat dieser Fall niemals ein. Maeniel war, wie es schien, mit einer Schnelligkeit gesegnet, um die selbst eine Viper ihn beneidet hätte. Aber Regeane stellte fest, dass er, anders als eine Viper, gleichzeitig angreifen und sich zurückziehen konnte.

Zuerst schien Scapthar, auch wenn er keinen Treffer erzielte, die Oberhand zu haben. Er setzte Maeniel unbarmherzig nach. Die Menge teilte sich, um die beiden durchzulassen. Regeane hörte, wie um sie herum Wetten abgeschlossen wurden; die Frage war, wie lange Scapthar benötigen würde, um seinen Gegner zu töten.

Der Kampf wogte über den ganzen Platz, entfernte sich bald von ihr und rückte dann wieder näher, bis die beiden Männer direkt vor ihren Füßen aufeinander stießen. Maeniel sorgte weiter dafür, dass Scapthar sein Ziel verfehlte. Es wehte noch immer ein stürmischer Wind, und die Sonne stand mittlerweile hoch am Himmel. Sie brannte auf Regeanes Gesicht, ihre Arme und ihren Rücken herab.

Regeane hielt den Blick fest auf Maeniel geheftet und sah, dass er sich gut hielt. Auf dem Teil seiner Haut, der nicht von Rüstung oder Stoff bedeckt war, schimmerte nur eine dünne Schweißschicht, während Scapthar so heftig schwitzte, dass ihm das Wasser vom Kinn tropfte und sein Hemd befleckte. Trotzdem war Regeane ihrer Sache keineswegs sicher, als Maeniel Scapthar immer näher rückte.

Die Sonne stand im Zenit, und Regeane begann mit schwerem Herzen zu glauben, dass Maeniel langsamer wurde. Scapthars Schläge kamen ihrem Ziel näher und näher. Aber jedes Mal lenkte das sagenhafte Schwert seinen Schlag ab, manchmal gerade dann, wenn es so ausgesehen hatte, als sei Scapthar nur um Haaresbreite davon entfernt, seinen Gegner zu töten oder zu verkrüppeln. Jedes Mal war die Antwort von Maeniels Schwert wie ein süßer, schallender Hohnschrei, der sich gegen Scapthar richtete. Und jedes Mal, wenn sein Schwert sprach, traf es. Zuerst waren es nur ein oder zwei flache Kratzer auf Scapthars Arm. Nichts Schwerwiegendes, kaum fühlbar für einen Mann von Scapthars Größe. Aber dann bemerkte Regeane, dass Scapthar eine Blutspur hinter sich her zog. Mehr noch, eine Spur, die, je länger der Kampf andauerte, immer breiter wurde.

Es war inzwischen sehr heiß geworden, teils weil die Sonne vom Himmel auf die bloßen Steinflächen herabbrannte, und teils wegen der dicht an dicht gedrängten Leiber der Zuschauer, die den Kampf verfolgten.

Einen kurzen Moment riss Regeane den Blick von den beiden Kämpfern los. Der Platz quoll schier über vor Menschen, die sich noch bis in den letzten Winkel drängten. Straßenhändler verkauften Wein, geröstetes Brot und gefüllte Pasteten aller Art. Auf den Dächern sämtlicher Gebäude einschließlich der hohen Basilika saßen Gaffer. Alle Balkons waren besetzt, und an jedem Fenster rangen vier oder fünf Neugierige um den besten Platz.

»Regeane!« Antonius stand neben dem steinernen Pfahl, so nahe, wie er nur an sie herankommen konnte. Die Reisigbündel hinderten ihn jedoch daran, noch näher zu kommen.

»Wo bist du gewesen?«, fragte sie. »Heute Morgen waren doch noch nicht so viele Leute hier. Was geht da vor?«

»Mutter hat dich gebeten, ihr Zeit zu verschaffen«, antwortete er. »Nun, das hast du wahrlich getan. Wir sind zu viert – Hadrian, Mutter, du und ich.«

»Zu fünft«, sagte Regeane und deutete mit dem Kopf auf Maeniel, der noch immer mit offensichtlicher Gelassenheit gegen Scapthar kämpfte.

»Also schön, zu fünft«, erwiderte er. »Und vielleicht wird keiner von uns den morgigen Sonnenaufgang erleben, aber das kann ich Basil ebenfalls nicht versprechen.«

Ein lauter Schrei aus der Menge lenkte Regeane von Antonius ab. Maeniel war von jemandem zu Fall gebracht worden. Sie sah ihn stürzen. Scapthar warf sich mit größerer Geschwindigkeit auf ihn, als Regeane sie den ganzen Tag bei ihm gesehen hatte. Aber Maeniel rollte sich über den Boden gegen den Mann, der ihn zu Fall gebracht hatte. Dieser stürzte über Maeniel und Scapthars Schwert teilte seinen Körper in zwei Hälften.

Die Menge wich zurück, sodass Maeniel, Scapthar und der Leichnam allein auf der freien Fläche des Platzes zurückblieben.

»Gib zu, dass du geschlagen bist, Scapthar«, rief Maeniel. »Lass mich meiner Wege gehen und die Frau mitnehmen. Ich will dein Leben nicht.«

Scapthar schüttelte wie ein verwundeter Bulle den Kopf von einer Seite zur anderen. »Ich werde nicht dafür bezahlt, Männer am Leben zu lassen. Oder Frauen.«

Regeane sah, wie sich etwas in Maeniels Gesicht verhärtete und verwandelte. Und unwillkürlich ging ihr durch den Kopf: *Ich hoffe nur, dass er mich niemals so ansieht.* Dann nahmen die beiden den Kampf wieder auf.

Die Sonne verließ ihren hohen Stand am Himmel. Die ersten Wolken zeigten sich. Sie waren massig und dunkel, mit hellen Rändern, bedeckten den Himmel aber noch nicht vollends. Der Wind frischte auf, sodass den Leuten die Kleider um den Leib klatschten. Regeanes wölfische Nase fing den Duft von Regen im Wind auf.

Selbst die inbrünstigsten Geister in der Menge brachten nicht länger die Energie auf, die Männer in der Mitte des Platzes anzufeuern. Sie verfolgten den Kampf genauso schweigend wie die beiden Widersacher selbst.

Maeniel und Scapthar gingen erneut aufeinander los. Scapthar trieb Maeniel vor sich her, immer um den Platz herum, um ihn zu erschöpfen. Maeniel fügte ihm bei jeder neuen Runde unbarmherzig eine neue Wunde zu. Zu guter Letzt endeten sie dort, wo sie begonnen hatten, vor den Stufen der Lateranbasilika.

Der Papst stand dort oben und die Bischöfe und Kardinäle der Stadt. Sie hatten abgewartet, während der lange Tag sich dahinzog, ein Tag, der sich langsam seinem Ende näherte.

Scapthar war nur noch eine blutige Masse. Diejenigen, die ihn sahen, konnten kaum glauben, dass er noch lebte. Seine Kleider waren voller Blut, seine Rüstung war rot verschmiert. Wenn er innehielt, tropfte ihm der klebrige Lebenssaft aus den Kleidern.

Andererseits war nur allzu klar, dass auch sein Gegner langsam ermüdete. Maeniels Gesicht war grau vor Erschöpfung. Seine Tunika war schweißnass. Auch er hatte eine Verletzung davongetragen, eine Wunde am Bein. Sie war unangenehm, aber sie würde keinen bleibenden Schaden zurücklassen. Aus seinem Stiefel quoll bei jedem Schritt das Blut. Jedes Mal, wenn er den Arm hob, um Scapthars Schläge zu parieren, bewegte er sich ein wenig langsamer als noch kurz zuvor.

Die Sonne stand schon dicht über dem Horizont. Sie schien auf die Straßen hinab, die zu dem Platz führten, und erfüllte sie mit einem letzten goldenen Schimmer.

Regeane an ihrem Pfahl näherte sich ebenfalls ihrer Grenze. Ihre Hände waren taub. Ganz gleich, wie energisch sie mit den Fingern wackelte, nichts schien den Blutkreislauf wieder in Gang zu bringen. Ihre Finger fühlten sich an, als steckten sie voller Messer. Die Halsfessel hatte ihre Haut wund gescheuert. Sie hatte den ganzen Tag nichts zu essen oder zu trinken bekommen. Ihre Zunge fühlte sich an wie Leder, und ihre Lippen waren aufgerissen.

Maeniel und Scapthar umkreisten einander und sahen beide zu

erschöpft aus, um noch anzugreifen. Eine tiefe Stille lag über dem Platz. Scapthar trat einen Schritt zurück und brüllte wie ein gereizter Bulle. Das seltsame Licht blitzte auf seinem Schwert und seiner Rüstung auf und verwandelte sie beide in eine Flamme. Dann schleuderte er plötzlich sein Schwert wie ein Wurfmesser, direkt auf Maeniel.

Maeniel trat nach rechts und wich dem Schwert geschickt aus.

Regeane schrie. Sie hatte den Sinn von Scapthars Angriff durchschaut. Als Maeniel dem Schwert auswich, geriet er in Reichweite von Scapthars holzhammergroßen Händen. Eine Sekunde später lag er am Boden; eine von Scapthars Fäusten hatte sich um seine Kehle geschlossen, mit der anderen drückte der Riese seinen Schwertarm auf den Boden.

Regeane schrie abermals auf, als die beiden Männer sich über die Steine wälzten. Da sie Maeniel nicht sterben sehen wollte, wandte sie den Blick ab und sah den Henker mit der Fackel. *Nein,* dachte sie. *Nein.* Aber dann: *Ja!* Ihre Zähne bohrten sich in ihre Unterlippe, und ihr Mund füllte sich mit Blut. Das Blut rann ihr in einem dünnen Rinnsal übers Kinn. Eine Sekunde begegnete sie Rufus' Blick. Er wollte sich abwenden, aber ihre Augen, die wie zwei Seen tiefer Schwärze waren, ließen es nicht zu.

Der Henker hob die Fackel.

Rufus ging mit der Spitze seines Schwerts auf den Mann los. Dieser trat verwirrt zurück und ließ die Fackel fallen. Einer von Basils Männern hob sie auf und warf sie schnell in die übereinander gestapelten Reisigbündel. Das trockene Holz fing mit einem Tosen Feuer. Regeanes Körper bäumte sich gegen den Pfahl. Die Seile schnitten in ihre Handgelenke. Sie stemmte sich gegen die Halsfessel, und ihr Hals schien zu brechen, nicht aber das Metall. Dann rührte sie sich nicht mehr. Ihr blieb nur noch ein einziger Augenblick schmerzfreien Lebens.

Sie sah Basil durch eine Menschenmenge reiten, die wie eine Sturmbrandung klang, um seinen Sieg geltend zu machen. Zu ihrer Linken hörte sie Rufus sagen: »Ich lasse nicht zu, dass du die Flammen spürst«, und sie sah, wie er sein Schwert hob. Die untergehende Sonne schien ihr in die Augen.

Sie hörte ein Geräusch, einen unirdisch klingenden Schrei aus der Kehle des Pöbels. Ein Brüllen des Zorns und des Triumphs von solcher Heftigkeit, dass es ihr selbst im Angesicht des Todes alle Haare zu Berge stehen ließ. Durch die vom Wind verwehten Flammen sah sie Maeniel. Er stand auf den Füßen; sein linker Arm war rot bis zum Ellbogen, von seinen Fingern tropfte Blut, und er hielt etwas in der Hand. Basil war ihm bereits ganz nahe. Er schleuderte seine Beute Basil ins Gesicht.

Rufus schrie: »Er hat gesiegt! Mein Gott, er hat gesiegt. Löscht das Feuer!« Dann, Wunder über Wunder, spritzten die Leute Wasser in ihre Richtung und zogen das Holz von ihren Füßen weg.

Und sie wusste, dass sie leben würde. Wunderbarerweise, unglaublicherweise würde sie weiterleben ... leben. *O Gott,* dachte sie. *Dank sei Gott ... Leben.*

Scapthar war noch nicht ganz tot. Die Menge zog sich zurück. Er lag auf den Pflastersteinen, und das Blut sprudelte wie aus einer Fontäne zwischen seinen Beinen hervor. Er schrie, ein Geräusch, das ihr die Ohren zerriss. Er schrie ... öffnete den Mund, um abermals zu schreien ... und starb.

Basil wendete sein Pferd und versuchte zu seinen Männern zurückzureiten. Jemand hämmerte auf die Fessel um Regeanes Hals ein, versuchte sie davon zu befreien, als sie Basil sterben sah. Antonius erschien dicht hinter ihm in der Menge und rammte seinem Pferd ein Schwert in den Hals. Die Beine des sterbenden Tieres brachen unter ihm zusammen. Ein Dutzend Hände zogen Basil aus dem Sattel. Nach den Geräuschen, die sie hörte, glaubte sie nicht, dass er noch lebte, als sein Körper auf dem Boden aufprallte.

Basils Männer versuchten sich zur Wehr zu setzen. Gegen die vergleichsweise schlecht oder gar nicht bewaffneten Bürger hätten sie vielleicht noch Erfolg gehabt, aber Rufus und seine Soldaten stellten sich zusammen mit Maeniels Gefolgsleuten auf die Seite der Römer. Binnen kurzem gab es nur noch eines, was zu tun blieb, nämlich die Straßen zu kehren.

Jemand fand eine Flasche mit halbwegs anständigem Wein. Man mischte ihn mit Wasser und Regeane trank. Der Wein stieg ihr direkt zu Kopf, sodass sie keinen Protest erhob, als Maeniel kam, um sie für sich zu fordern.

Er hob sie vor sich in den Sattel, und sie stellte fest, dass sie nicht mehr zu tun brauchte, als den Kopf an seine Schulter zu legen und die Arme um seinen Hals zu schlingen. Von ihrem Platz aus sah sie, wie der letzte Halbkreis der untergehenden Sonne unter dem Horizont eintauchte.

Der Himmel über ihnen war eine Kuppel dichter, schwarzer Wolken mit blauen Rändern, hier und da noch von einem letzten Lichtschimmer umkränzt.

Der Regenguss setzte ein, noch bevor sie die Villa erreichten. Sie zügelten das Pferd, blieben auf der leeren, dunklen Straße stehen und ließen den Regen auf sich herabprasseln, ließen das saubere Wasser des Himmels den Schweiß der Angst von Regeanes Haut und das Blut des Gemetzels von seinem Leib waschen. Das eisige Wasser spülte seine Wunden aus und begann sie zu heilen. Die beiden Menschen auf dem Pferd öffneten den Mund und tranken aus der Quelle des Himmels.

Es goss noch immer, als sie die Villa erreichten. Ihre Kleidung war vollkommen durchnässt. Er führte sie in ein Nebenzimmer, in dem sie sich abtrockneten. Der Raum wurde nur von einer einzigen Kerze erhellt. Maeniel ging und kehrte trocken und mit einer sauberen Tunika bekleidet zurück. Er hielt ihr eine kleine Truhe hin, aus der sie ein Gewand herauszog.

Es war weiß und aus schwerer reiner Seide, beinahe unbezahlbar, und am Mieder, an den Ärmeln und am Saum mit Gold bestickt. Sie ließ es sich über den Kopf gleiten.

Ich muss fort, dachte sie. Langsam konnte sie wieder klar denken. Der Stoff liebkoste ihre Haut, eine sinnliche Wonne. Er küsste sie sanft und mit großer Zärtlichkeit. Noch eine Wonne für die Sinne. *Morgen früh muss ich fort,* dachte sie.

Er führte sie ins Triclinium. Auf dem Tisch türmten sich vielleicht noch mehr Speisen, als es bei ihrem Hochzeitsfest der Fall gewesen war. Schinken, verschiedene Käsesorten, weißer und roter Wein in Krügen, Tonflaschen und sogar in Amphoren, die in einem Zuber voller Schnee gekühlt wurden. Inmitten dieses Überflusses lagen ganze Keulen von Rind und Schwein, dazu zartes Lammfleisch und Kalbsbraten. Überall war Brot verteilt – das kräftige, köstliche, dunkle römische Brot, das mit Datteln, Zwiebeln, Kräutern, Olivenöl und Käse gebacken wurde.

Maeniels Gefolgsleute gönnten sich ein Festmahl. Sie alle trugen Waffen und Rüstung. Einige sahen mitgenommen aus und hatten blutige Wunden.

Weder Kerzen noch Lampen brannten. Nur einige Fackeln erhellten den Raum. An Stelle der Sofas waren Bänke aufgestellt worden, und an der hohen Tafel standen zwei Stühle. Maeniel führte sie darauf zu. Seine Leute standen auf, stimmten ein lautes Willkommen an und tranken Regeane zu.

Die Vorhänge, die das Triclinium vom Garten trennten, blähten sich, dann fegte der Wind durch den Raum. Regeane schauderte.

Die Wölfin erhob sich, schwamm aus tiefster Dunkelheit an die Oberfläche. Sie hatte wie immer keine Stimme, aber Regeane bemerkte, dass die Frau und das Geschöpf der Wildnis nicht einer Meinung waren. Ein flammender Blick aus schmal gewordenen Augen hielt sie fest.

Ihre Stühle standen so dicht nebeneinander, dass Maeniels Arm ihren berührte.

Die Wölfin wandte ihre Gedanken anderen Dingen zu. Sie sah den großen Grauen. Die Vision war vollkommen klar. Sie konnte den Wind der Höhen riechen, die Reinheit der Luft schmecken, die über einen schneebedeckten Gletscher wehte.

Der graue Wolf stieg in eine Höhe, in der kein Baum und nicht einmal mehr Gras wuchs; er befand sich jenseits des Pfads der Steinböcke, die einen Weg über kahle, windgepeitschte Felsen nehmen, Felsen, die am Rande des Himmels zu tanzen schienen. Der Wolf lief durch die dünne Luft und eine Kälte von solcher Intensität, dass sie selbst die dreifache Schicht seines Fells durchdrang und ihm beinahe wehtat.

Höher und höher mühte er sich über schneebedecktes Eis, wich Felsspalten aus, die wie starre, zahnlose Münder tintenschwarzen, lautlosen, eisigen Tod atmeten. Über ihm erhob sich die gezackte Silhouette des Kamms, die im Mondlicht vor einem toten, schwarzen Himmel aufragte.

Immer weiter ging es hinauf; der Wolf quälte sich weiter, gleichgültig gegenüber dem brennenden Schmerz in seinen Lungen, gegenüber dem Zerren seiner Sehnen und Muskeln, die sich mit jedem neuen Schritt von den Knochen zu lösen schienen. Immer weiter ging es hinauf, dem entgegen, was dem unerfahrenen Auge der Frau wie das Dach der Welt erschien.

Jemand berührte ihr Gesicht. Die Vision verblasste. Sie bemerkte, dass Matrona sich über sie beugte und Maeniel ihre Hand ergriffen hatte.

»Meine Gemahlin«, sagte er leise, »geht es dir gut?«

Matrona streichelte ihre Wange. »Hört auf, euch voll laufen zu lassen, ihr Säufer! Macht einen Teller mit Essen zurecht und gebt ihn eurer jüngeren Schwester hier. Sie braucht Essen. Und Wein; nein, nicht den roten Campagnawein, sondern etwas von dem Weißen, der im Schnee kühl gehalten wird.«

Binnen weniger Sekunden stellte jemand einen Teller und einen Kelch vor sie hin. Wurst – vom Rind und vom Schwein –, Braten und ein Stück Wildschweinlende, gegart in ihrem eigenen Saft. Dazu irgendein Gemüse, das in Käse und Öl gekocht worden war, und Wein, kalt und durststillend. Jeder Bissen war ein Vergnügen. Nein, mehr als Vernügen. Jeder war eine andere Art von Ekstase.

Einige Zeit später, als sie aufblickte, war das Essen fort. Maeniels Arm lag um ihre Schultern.

»So, geht es dir jetzt besser?«, fragte er.

»Ja.« Das Ja war ein Seufzen befriedigter Wünsche.

Der Arm um ihre Schultern umschlang sie fester, und Maeniel liebkoste mit dem Handrücken ihre Wange.

In der tiefsten Dunkelheit ihres Gehirns stieß die Wölfin einen Schrei voller Angst und Zorn aus. *Geh,* sagte sie so deutlich, als hätte sie das Wort ausgesprochen.

Nein. Die Frau wandte sich ihrer dunklen Gefährtin zu. *Wir haben ihn verloren, den Grauen verloren. Wir sind getrennt durch die Macht von König und Papst, von Gesetz und Gott…* Dann wallte plötzlich ein furchtbarer Kummer in ihr auf, denn sie wusste, dass die Silberne die Wahrheit sprach und dass sie früher oder später das Bett dieses Mannes verlassen und im Mondlicht ihre Freiheit würde suchen müssen. So wie es zu Anbeginn der Zeit war, so ist es jetzt und so soll es ewig sein, eine Welt ohne Ende. Amen. Diese Parodie eines Gebets umfasste ihren Sieg wie ihren Untergang.

Gundabald trat zwischen den Vorhängen hindurch, die das

Triclinium vom Garten trennten. Sechs von Basils Söldnern waren bei ihm. Alle hielten Armbrüste in den Händen. Ein wahnsinniges Flackern stand in Gundabalds Augen. Seine geladene Armbrust zielte direkt auf Maeniels Brust.

Eine jähe und absolute Stille legte sich über den Raum.

»Was willst du, Gundabald?«, fragte Maeniel.

Gundabald lachte. *Vielleicht war es ein Lachen,* dachte Regeane. Ein hässliches Gackern in dem stillen Raum.

»Alles, was ich versucht habe, ist fehlgeschlagen«, sagte er. »Eben in diesem Augenblick ist mir der Pöbel auf den Fersen. Aber ich und meine Freunde hier, wir haben nicht viel übrig für die Rolle der ausgestoßenen Flüchtlinge. Nicht, wenn auf dem Tisch vor uns genug Kostbarkeiten liegen, um uns für den Rest unseres Lebens zu reichen Männern zu machen.«

Regeane warf einen Blick auf die silbernen und goldenen Schalen und den mit Rubinen besetzten Becher neben Maeniel.

Maeniel zuckte mit den Achseln. »Matrona, gib ihnen, was sie wollen. Es ist schließlich nur Gold und Silber.«

Matrona antwortete mit einem Brummen und erhob sich. Sie begann, Teller und Becher einzusammeln und warf sie in den Beutel, den sie aus ihrem Umhang geformt hatte.

Nicht einmal Regeane bemerkte, dass sie, während sie arbeitete, sich immer näher an den Halbkreis der Männer im Eingang heranbewegte.

Nein! dachte Regeane. *Nein!* Die Armbrust zeigte direkt auf Maeniels Brust. Sie erinnerte sich an ihren Vater, an die Wunde, die seinem Leben ein Ende gemacht hatte. Rosafarbene und weiße Rosen, wie Blütenblätter in Blut getaucht. Sie wusste, was Gundabald vorhatte. Die Wölfin wusste, was Gundabald vorhatte. Der Wind, den sie aus der dunklen Klosterzelle kannte, jener Wind, der aus der Welt jenseits der Welt wehte; sie spürte, wie er plötzlich aufkam und immer stärker wurde. Mit einem Mal war die Luft im Raum durchtränkt vom Geruch nach Blut und Rosen.

Regeane riss sich aus Maeniels Umarmung los, trat den Stuhl unter sich weg und sprang auf.

»Liebste Nichte«, sagte Gundabald. »Liebste Nichte, wenn du klug bist...«

Aber der Wind wehte jetzt kräftiger, und der Vorhang flatterte wild in den Raum hinein. Regeane begriff. Sie hatte diesen Wind gerufen. Ihr Leben hatte ihn gerufen und vielleicht ihr Tod.

»Onkel«, sprach sie eine letzte Warnung aus, »geh. Geh! Geh sofort, oder es wird dein sicherer Tod sein.«

Die Armbrust schwang von Maeniel weg in ihre Richtung. Sämtliche der glitzernden tödlichen Sterne fuhren zu ihr herum.

Sie war die Silberwölfin, einen furchtbaren Augenblick lang behindert von ihrem Kleid; dann war sie frei und zog sich wie eine Feder zusammen. Sie war ein Schimmer von Mondlicht, als sie sich mit gebleckten Fängen auf Gundabalds Kehle stürzte. Sie rechnete fest damit, mitten im Sprung zu sterben... aber sie starb nicht.

Gundabald war brutal und feige, aber er war kein Narr. Sie hatte sich kopfüber in seine Falle gestürzt.

Etwas wie eine schwarze Wolke flog auf sie zu. Die stählernen Maschen des Netzes schlossen sich um sie herum. Die Wölfin lag auf dem Boden zu Gundabalds Füßen und wehrte sich.

Gundabald stieß einen Triumphschrei aus. Dann rief er Maeniel zu: »Siehst du! Sieh hin! Sieh, was du geheiratet hast!«

Die Söldner stießen ihre Fackeln in Regeanes Richtung und machten die Wölfin blind. Jetzt war sie wieder Frau, und sämtliche Armbrustbolzen richteten sich auf sie.

»Also«, rief Gundabald, »jetzt wirst du wohl froh sein, mich dafür bezahlen zu dürfen, sie wegzubringen.«

Regeane seufzte. Es war ein einfaches, aber schreckliches Geräusch. Ihr Seufzen war der Aufschrei einer Kreatur, die lange gegen den Tod gekämpft hat, sich nun aber seiner kalten Umarmung unterwirft. Der Protest eines Geschöpfs, das voller Trauer die ganze Bedeutung einer ewig währenden Trennung von einem zutiefst geliebten anderen Wesen begreift.

Alle Anwesenden im Raum spürten den Schmerz in diesem Geräusch, sogar Gundabald. »Dass sie so viel empfinden kann, ist mir schleierhaft«, sagte er; dann veränderte er die Position seiner Armbrust und zielte direkt auf ihr Herz.

»Gundabald!« Maeniels Stimme erklang, und dann stand der graue Wolf auf dem Tisch, um den anderen herauszufordern.

Gundabalds Augen weiteten sich und der Kiefer klappte ihm

nach unten. Regeane dachte, dass er wie ein Mann aussah, dessen schlimmster Albtraum wahr geworden war.

Die Gesichter der Söldner wurden aschfahl vor Angst. Ein schrecklicher Windschwall traf auf den Eingang zum Speisesaal. Die Fackeln an den Wänden flammten bläulich auf.

Maeniel war so grau, wie dunkle Sturmwolken es sind oder der Schatten eines Felsen auf einem verschneiten Gletscher. In seinem Sprung lag solche Kraft, dass er ihn den ganzen Weg vom Tisch bis zu Gundabald trug. Dann war er wieder ein Mann. Mit der linken Hand riss er Gundabald die Armbrust weg. Mit der rechten tötete er ihn – der Mann den Mann.

Das ganze Rudel stürzte über die Tische auf die Söldner zu. Sie kamen auf vier Beinen, ohne Waffen oder Kleidung oder Rüstung; mit Pelz, Fangzähnen und mörderischem Zorn… die Augen wie glühende Kohlen in der Dunkelheit.

Der Wind heulte durch den Raum. Weinflaschen und Tongeschirr gingen zu Bruch, als das Rudel lospreschte, ohne Sinn für irgendetwas anderes als den Angriff. Maeniel packte Gundabald am Hals und würgte ihn. Gundabald kämpfte verzweifelt, trat um sich und streckte die Finger wie Klauen nach Maeniels Gesicht aus, während sein eigenes Gesicht immer dunkler und dunkler wurde.

Draußen erscholl ein albtraumhafter Chor aus Schreien und Fauchen, als das Rudel sich auf Gundabalds Männer stürzte und sie tötete.

»Ich habe geschworen«, brüllte Maeniel, während er Gundabald direkt in die Augen sah, »dass ich ihren Peiniger mit bloßen Händen töten würde…« Gundabalds Körper wurde schlaff. Er baumelte wie eine Stoffpuppe an Maeniels Faust. »… und ich habe es getan«, beendete er seinen Satz, dann ließ er Gundabalds leblosen Körper zu Boden sinken.

Der Wind erstarb, und die Fackeln verloren ihren bläulichen Schimmer.

Maeniel kniete nieder und half Regeane mit zitternden Händen, sich aus dem Netz zu befreien. »Mein Gott«, flüsterte er, »mein Gott, warum hast du das getan? Warum hast du das nicht mir überlassen? Sobald sie diese Tür durchschritten hätten, wären sie tot gewesen.«

»Nein, er hatte nie die Absicht, dich am Leben zu lassen. Genauso hat er meinen Vater getötet – mit einem Armbrustbolzen durch das Herz.«

Maeniel warf einen Blick auf den am Boden liegenden Leichnam. »Vielleicht hast du Recht. Hast du dich irgendwie verletzt?«

»Nein«, flüsterte sie in seinen Armen. Sie schloss die Augen und legte den Kopf an seine Schulter. Dann spürte sie in der Stille ihres Herzens die Wölfin, wie sie den Kopf voller Liebe und Vertrauen an dieselbe Schulter legte. Und sie waren eins.

Er breitete schützend die Arme um sie. Es dauerte einige Zeit, bis sie bemerkten, dass der Steinboden, auf dem sie knieten, hart und die Nachtbrise kalt war.

Maeniel erhob sich, ging an den Tisch und streifte sich seine Tunika über den Kopf. Dann wischte er sich bedächtig die Hände ab und reichte Regeane ebenfalls ihr Kleid.

»Du hast es mir nicht verraten«, sagte sie, »und als ich versucht habe, es dir zu gestehen ...« Ihre Stimme wurde lauter. »Du ... du hast mich behandelt, als sei ich eine Wahnsinnige.«

»Regeane, wir waren die Hauptdarsteller in einem der interessanteren Dramen, die sich in dieser Stadt abgespielt haben, seit der Kaiserhof nach Konstantinopel umgezogen ist. Was glaubst du, wie viele Ohren sich an diese Tür drückten? Fünf, zehn, zwei Dutzend oder vielleicht noch mehr. Und was die Zeit danach betrifft, der Himmel steh mir bei, du hattest so viel durchgemacht. Ich hatte Angst um dich. Angst, dein Verstand könnte dem Druck nicht standhalten. Ich dachte, meine Ängste würden sich bestätigen, als du auf Gundabald losgegangen bist. Ich habe mir unbarmherzig viel Zeit damit gelassen, ihn zu töten. Er hat die ganze Qual gespürt, jeden – einzelnen – Schritt – des – Weges.« Maeniel stieß die letzten Worte zwischen zusammengebissenen Zähnen hervor.

Dann streckte er die Arme nach ihr aus, und sie ließ sich in seine Umarmung fallen. So standen sie noch immer da, als die Wölfe eintraten.

Gavin kam als Erster zurück, nackt und verärgert. Er sah Regeanes Blick und stürzte sich auf seine Kleider. »Er hat eine Menge menschlicher Angewohnheiten«, bemerkte Maeniel. »Schamgefühl ist eine von ihnen.«

Matrona folgte Gavin. Sie schien sich recht wohl in ihrer Haut zu fühlen. »Sie sind tot«, erklärte sie. »Später schaffen wir die Leichen weg und werfen sie irgendwohin. Wir hatten keinen Hunger. Zumindest nicht solchen Hunger.« Sie und einer der anderen trugen Gundabalds Körper weg zu seinen Kameraden.

Dann kamen die übrigen Wölfe herein, bekleidet und offensichtlich begierig, von neuem zu essen und zu trinken, vor allem zu trinken. Aber bevor sie sich hinsetzten, hob Gavin eine der Amphoren in die Höhe, die im Schnee gekühlt worden waren. Alle füllten ihre Becher mit dem leicht süßlichen Wein, der ein wenig nach Honig schmeckte.

Regeane ergriff Maeniels Hand. Sie war so müde, dass sie sich kaum mehr auf den Beinen halten konnte, aber erfüllt von dem tiefsten Frieden, den sie je gekannt hatte. Sie stand da und sah die anderen an, wie sie ihr zutranken.

Bei Gott, es war eine wilde Horde, und sie waren, dessen war sie gewiss, die Beherrscher ihrer Bergfestung. Sie selbst würde ihre Herrin sein, eine faszinierende und bisweilen gefährliche Aufgabe. Sie fragte sich, ob sie ihr gewachsen sein würde.

Dann sagte Maeniel: »Meine Brüder, meine Freunde, meine Waffengefährten und vor allem meine Kameraden, die mit mir durch die weglosen Pfade des Mondlichts laufen. Ich bringe euch Regeane, eure Herrin. Die Silberwölfin und meine Gemahlin.«